Joan Aiken

Fanny und Scylla

oder

Die zweite Frau

Roman

Aus dem Englischen von Brigitte Mentz

Diogenes

Titel der bei Doubleday & Company, Inc., New York,
erschienenen Originalausgabe:
›The Weeping Ash‹

Umschlagillustration: Sir Henry Raeburn,
›Miss Eleanor Urquhart‹, um 1793

Ein Glossar befindet sich
am Schluß des Bandes

200/90/8/2
ISBN 3 257 01838 X

Prolog

In der Nacht des vierten April 1775 widerfuhr Henry Goble, der als Gärtner auf dem Gut des Dritten Grafen von Egremont arbeitete, etwas so Trauriges und Absonderliches, daß es ihn von heute auf morgen von Grund auf verwandelte: Aus dem freundlichen, ausgeglichenen Burschen, der es sich gerne bei einem Krug Bier, einem Würfelspiel und einer freundlichen Plänkelei wohlsein ließ, wurde ein schweigsamer, zurückgezogener, grüblerischer Menschenfeind.

Dieser Wandlung ging eine Kette von Ereignissen voraus, die durch einen unglücklichen Zufall ausgelöst worden waren. Der gutherzige Goble hatte sich als Bürge für einen Kumpanen hergegeben, einen munteren, nichtsnutzigen italienischen Landschaftsgärtner namens Ridotti, den man nach Petworth geholt hatte, wo Lord Egremont seine Hauptresidenz hatte. Dort sollte er bei der Verschönerung von Park und Garten des Petworth Guts mitwirken.

Ridotti, ein verschwenderischer, sorgloser Südländer, gleichwohl ein geschickter Gärtner, stürzte sich Hals über Kopf in hohe Schulden für modische Kleidung und eine Handvoll Bücher über Gartenpflege, wurde zahlungsunfähig und zog sich dann im nebelfeuchten englischen Winter eine Lungenentzündung zu, die ihn schnell hinwegraffte. So konnten seine Gläubiger bei ihrer Ankunft nur seine wenigen Habseligkeiten zur teilweisen Deckung seiner Schulden beschlagnahmen, und der unglückselige Goble wurde ins Gefängnis von Petworth geworfen.

Goble, ein rechtschaffener Petworther Bürger mittleren Alters, nahm seine Einkerkerung zunächst nicht allzu schwer, abgesehen davon, daß sein Stolz verletzt war. Lord Egremont, der im Moment auf seinen Gütern in Northumberland weilte, wurde in wenigen Tagen zurückerwartet, und sobald er wieder da war, würde er die erforderlichen Gelder für seinen Gärtner vorschießen, das war so klar wie das Amen in der Kirche, denn er war ein freundlicher, großzügiger Herr mit einem ausgeprägten Sinn für Gerechtigkeit.

Einstweilen lebte sich Goble mit großem Gleichmut in seiner elenden Unterkunft ein. Außer ihm und einem betrunkenen Fuhrmann, den man wegen Pöbelei und öffentlicher Ruhestörung eingekerkert hatte, befand sich erfreulicherweise momentan niemand im Gefängnis. Während Goble an seinem Penny-Laib, seiner täglichen Brotration herumkaute, kam er zu dem Schluß, daß er nach seiner Entlassung Lord Egremont unverzüglich auf den üblen Zustand des Stadtgefängnisses aufmerksam machen mußte. Er konnte es gut und gern einflechten, während sie die neuen Rasenflächen abschritten, oder wenn sie im Park besprachen, wie tief der Zaun eingelassen werden sollte – der weite luftige Raum würde einen überaus zwingenden Kontrast bilden zu diesen zwei elenden Räumen hier, die kaum einen Meter achtzig hoch waren und zu Zeiten zehn bis zwanzig Gefangene zu beherbergen hatten, männliche wie weibliche bunt durcheinandergewürfelt. Man konnte nicht heizen, es gab kein Wasser, keinen Hof, keine Möglichkeit, Geld zu verdienen. Auf einem Lederbeutel, der draußen vor der Tür hing, stand die Inschrift: »Gedenket der armen Gefangenen«, aber Henry hatte in früheren Tagen, wenn er auf seinen rechtschaffenen Wegen vorbeikam, nie Essen oder Geld darin gesehen. Tatsächlich waren im Januar dieses Jahres drei von acht Insassen nach nur zwei bis drei Wochen Einkerkerung an Hunger und Kälte gestorben. Zitternd dankte Henry Goble seinen Sternen, daß Ridottis Gläubiger erst im April vorstellig geworden waren; selbst jetzt noch war der feuchtmuffige kleine Raum mit den Steinwänden und dem Backsteinboden erbärmlich kalt.

Vielleicht hat Gott mich hierhergesandt, dachte Goble, der ein frommer Mensch war, auf schlichte, aufrichtige Art; vielleicht war es Sein Wille, weil Er denkt, daß ich Seine Lordschaft dazu bewegen könnte, diese Stätte herzurichten.

Nachdem diese Angelegenheit zu Henrys Zufriedenheit gelöst war, erleichterte er sich widerstrebend (da kein Gefäß vorhanden war) in einer Ecke, wälzte sich auf ein Strohbündel und bemühte sich, seine Lage im Schlaf zu vergessen.

Es gelang ihm nicht. Der Raum war zu kalt, zu feucht, zu übelriechend. Der Gestank – nicht zu vergleichen mit dem Geruch anständigen Gartenmists – quälte ihn, die feuchte Luft drang ihm durch Mark und Bein. Der Fuhrmann befand sich jenseits von Gut und Böse und schnarchte nervenzerreibend in seiner Ecke.

Schließlich verlor Goble die Geduld und schrie nach dem alten Wärter.

»Bring ein halbes Dutzend Kerzen, Mudgeley, du alter Dachs!«

Kerzen würden zumindest den Gestank etwas vertreiben, und er konnte seine Hände darüber wärmen.

»Kerzen? Un wo krieg ich das Geld her für die?« erwiderte Mudgeley griesgrämig jenseits der Tür. Er war verärgert, weil man ihn aus seinem ersten Schlaf gerissen hatte.

»Meine Mutter wird es dir morgen früh geben, das weißt du genau.«

»Ah – un daß es 'ne Schande is, wird die denken, daß ihr Sohn eingelocht is«, sagte Mudgeley boshaft.

Gobles Eltern betrieben eine Bäckerei in einer engen Straße namens Bywimbles, in der Nähe der Kirche.

»Geht dich nichts an, was sie denkt, bring mir jetzt Licht!« sagte Goble.

»Schon gut, schon gut«, brummte Mudgeley und humpelte langsam davon zu einer Kiste, in der er verschiedene verderbliche

Waren vor den Ratten verwahrte. Als er schließlich wieder auftauchte, schob er ein Bündel Talgkerzen durch ein Gitter in der Tür mit der Bemerkung: »Ruf mich bloß nich nochmal – du kannst nämlich brüllen, solang wie du willst, ich werd mich 'n Dreck drum scheren.« Und er zog sich auf sein eigenes schmuddeliges Lager zurück.

Goble schichtete das feuchte Stroh unter sich auf und stellte die Kerzen in einem Ring auf, befestigte sie mit ihrem eigenen Wachs auf den Backsteinen und kauerte sich über sie und wärmte seine Hände in der bescheidenen Wärme. Wie lange sie wohl brennen würden – ein paar Stunden, drei vielleicht? Um fünf wurde es hell, er mußte also nur zwei Stunden Dunkelheit überstehen.

Er versuchte mit aller Kraft, sich abzulenken, indem er Pläne machte: Er würde Erbsen säen und eine Ladung Kies für die Rasenanlage anfordern, und er mußte Seine Lordschaft daran erinnern, daß er die jungen Bäume im Park einzäunen mußte, weil das Wild sie sonst anknabberte.

Dann hob er den Blick – denn ein weißes, flammendes Leuchten, stärker als das Kerzenlicht, fesselte sein Auge – und sah ein leibhaftiges Gespenst vor sich.

Henry Goble hatte nie zuvor in seinem Leben einen Geist gesehen, aber nun hatte er einen vor sich, das stand außer Frage: Ein durchsichtiges, nebelhaftes, schimmerndes, waberndes Etwas mit einem erkennbaren menschlichen Gesicht und zwei durchdringenden Augen, die ihn kummervoll anstarrten.

»He! W-Was willst du?« flüsterte Goble. Die Erscheinung war ein einziges trauriges, aufrichtiges Flehen. Goble hatte keine Angst um sich, aber dennoch weckte der geisterhafte Besucher in ihm ein tiefes Gefühl drohenden Unheils.

»Mein Name ist Wilshire!« verkündete das Gespenst. »Ned Wilshire – der arme, arme Ned Wilshire. Vergiß das nie!«

Später, in den zahllosen Nächten, in denen Goble über dieses

Ereignis sinnierte, konnte er sich nie mehr daran erinnern, wie die Geisterstimme geklungen hatte – er wußte nur noch, daß sie seltsam durchdringend war und direkt in seine Seele einzudringen schien, ohne Umweg über seine fleischlichen Ohren. Bis zu seinem Tode blieb ihm jedes Wort, das die Erscheinung an ihn gerichtet hatte, im Gedächtnis haften, als wäre es in Granit gemeißelt. »Mein Name ist Wilshire, und ich bin an dieser Stätte elendiglich verhungert! Ich will Vergeltung. Wenn mein herzloser Bruder sich um mich gekümmert hätte, wäre ich jetzt noch am Leben. Vergiß den armen Ned Wilshire nicht – den armen Ned Wilshire, der an Hunger gestorben ist! Ich wünsche, daß mein Bruder aufgespürt werde und meine Qual über sein Haupt komme. Vergiß mich nicht!«

Dann löste sich die Erscheinung auf typische Geisterart unversehens wieder auf, ohne den Namen des Bruders oder seinen Aufenthaltsort anzugeben oder zu verraten, ob der Bursche überhaupt noch am Leben war.

Es versteht sich von selbst, daß der arme Goble nach diesem schauerlichen Besuch die noch verbleibenden Stunden dieser Nacht wach blieb, starr vor Kälte und Furcht, während seine Kerzen vor sich hin flackerten und verlöschten. Als schließlich der Morgen graute, wurde der alte Mudgeley von Boxall, dem Tageswärter, abgelöst, einem entfernten Cousin von Goble, dessen Jahreseinkommen von zwanzig Pfund ihn nicht zu stolz machte, mit den Gefangenen zu plaudern. Von ihm wollte Goble sofort wissen, ob je ein gewisser Ned Wilshire im Gefängnis von Petworth gesessen hatte. Wilshire war kein einheimischer Name. Boxall konnte sich nicht an so einen Namen erinnern, aber er war erst zwei Jahre im Amt. Er erklärte sich gutmütig bereit, in den Akten nachzusehen, und kam alsbald mit der Kunde zurück, daß tatsächlich ein Wilshire aufgeführt wurde, der vor drei Jahren am Kerkerfieber gestorben war.

»Das ist ja nicht zu glauben! Er hat dir tatsächlich die Wahrheit gesagt«, wiederholte Boxall mehrmals voller Staunen, als könne man Geistern normalerweise nicht trauen, und einer, der die Wahrheit sprach, wäre etwas ganz Absonderliches.

»Wilshire? – Wo der wohl herstammt?« murmelte Henry Goble. Bis jetzt fühlte er nur leichten Unmut – die Erschöpfung eines vielbeschäftigten Mannes, dem man eine neue, unerwartete Aufgabe aufgebürdet hatte, obwohl er schon genügend zu tun hatte. Irgendwie sah er sich genötigt, den Bruder dieses Mannes ausfindig zu machen, um ihm sein sträfliches Versäumnis vorzuhalten.

»Vielleicht kommt er von Wiltshire«, schlug Boxall hilfreich vor. »Da gibt's viele Leute dort in der Gegend, hab ich gehört.«

Diesem wenig ergiebigen Gespräch wurde jäh ein Ende bereitet, als vor dem Gefängnis laut rumpelnd ein Vierspänner vorfuhr.

»Hallo! Aufmachen!« bellte draußen eine Stimme.

»Was soll das denn nun?« murmelte Boxall, während er zum Eingang stapfte. »Heut is kein Schiedsgerichtstag nich, und das is auch nich die Stimme von Wachtmeister Hoad; außerdem is der sowieso in Byworth.«

Wie sich herausstellte, befanden sich in der Kutsche ein paar Rekrutierungsbeamte auf dem Weg von Godalming nach Portsmouth. Sie hatten einen Schmugglertrupp gefangen. Die Männer waren aneinandergekettet und wirkten sehr niedergeschlagen, aber die Beamten waren übel gelaunt, weil sie gehofft hatten, bei einem mitternächtlichen Überraschungsschlag an einem wohlbekannten Schmugglertreffpunkt namens Gunshot Heath am andern Ende von North Chapel einen erheblich größeren Fang zu tun. Offenbar hatte man Wind bekommen von ihrer Absicht, und die Ausbeute war geringer ausgefallen als erwartet.

»Wir werden dich von deinen Vögeln befreien, auf die Weise kannst du immerhin einige Lebensmittel sparen«, sagte der Rekrutierungsbeamte zu Boxall.

»Äh, da weiß ich nichts von – von Rechts wegen muß der Magistrat das wissen, bevor sie die mitnehmen«, sagte Boxall zweifelnd.

»Misch dich da nicht ein, verdammt nochmal – hier ist mein Berechtigungsschein, und du bekommst einen Beleg für sie, soll alles schön seine Ordnung haben. Macht schon«, rief er seinen Männern zu, »holt sie raus!«

Mit größtem Widerstreben fügte sich Boxall. Goble und der benommene Fuhrmann wurden in die Kutsche gestoßen und mit der Schmugglerbande zusammengekettet. Goble war kaum weniger benommen als der Fuhrmann angesichts der plötzlichen Wende seines Schicksals; natürlich wußte er von den Fangzügen der Presspatrouillen, aber im Schutz des Anwesens Seiner Lordschaft hatte er nie damit gerechnet, daß man ihn ergreifen könnte, und außerdem hatte er bereits die obere Altersgrenze von fünfundfünfzig Jahren erreicht, mit der jeder Mann in Sicherheit sein sollte; aber für Gefängnisinsassen gab es natürlich keine Begrenzung, sie waren Freiwild für alle.

»Gib meiner Mutter Bescheid«, sagte er, seine Sprache wiederfindend, zu Boxall, der immer noch verdattert in der Tür seines leeren Gefängnisses stand. Dann knallte die Peitsche des Kutschers, die Pferde fielen in Trab, und die Kutsche rasselte aus der Stadt hinaus. Goble sollte Petworth in den nächsten dreizehn Jahren nicht wiedersehen. In dieser Zeit hatte er unendlich viel Gelegenheit, über den letzten ergreifenden Auftrag vom armen Ned Wilshire nachzusinnen.

I

Als die sechzehnjährige Fanny Herriard durch Vermittlung ihres Vaters, des Reverend Theophilus, und mit seiner vollen Billigung und Befürwortung dem achtundvierzigjährigen Thomas Paget, dem Regulating Officer von Gosport, versprochen wurde, machte sie sich keinerlei romantische Illusionen bezüglich dieser Partie. Sie unternahm nicht den geringsten Versuch, sich selbst davon zu überzeugen, daß Mr. Paget ein heldenhafter oder schneidiger Mann war – obwohl er sich vorzugsweise Captain Paget nennen ließ. Sie wußte, daß ein Regulating Officer sich in Wahrheit kaum von einem Zivilisten unterschied – und außerdem wußte sie von ihrem Papa, daß Mr. Paget nur den Rang eines Leutnants innehatte. Dazu kam, daß ihr zukünftiger Bräutigam Witwer war, mit zwei Töchtern, die älter waren als Fanny, und einer jüngeren Tochter, und bis zu diesem Jahr hatte er kaum mehr besessen als seinen Tagessold von einem Pfund, dazu zehn Schillinge für seinen Lebensunterhalt. (Seine frühere Frau, so war anzunehmen, hatte etwas eigenes Geld mit in die Ehe gebracht.)

Jüngst nun wurde Captain Paget überraschend vom Schicksal begünstigt, so daß er sich in der Lage sah, an eine zweite Heirat zu denken, diesmal eher zum Vergnügen denn aus praktischen Gründen. Eine entfernte Cousine von ihm, die er nie persönlich kennengelernt hatte, war in den Genuß einer gewaltigen – und gänzlich unerwarteten – Erbschaft gelangt, als sie sich gerade mit einem reichen Mann von hohem Rang verehelicht hatte; und sie hatte die erfreuliche, großzügige Idee, die weniger begüterten Mitglieder ihrer Familie aufzuspüren, um ihr Glück mit ihnen zu teilen. Der erstaunte Thomas sah sich daher nicht nur aus heiterem Himmel mit einem stattlichen Einkommen beschenkt, genug, um ihn in die Lage zu versetzen, ein florierendes Geschäft zu betreiben, sondern er gelangte darüber hinaus auf unbestimmte Zeit in den Besitz eines größeren und weit komfortableren Hauses als sein eigenes, zu einem sehr günstigen Pachtpreis.

Der Grund für dieses zusätzliche Glück lag in der hingebungsvollen Zuneigung seiner großzügigen Cousine Juliana zu ihrem frischangetrauten Gatten, einem holländischen Edelmann, der bis zu seiner Heirat als persönlicher Diener und Geheimsekretär in der Entourage des Prinzen von Wales gedient hatte. Graf van Welcker hatte im vorigen Jahr, 1796, zu seiner Freude alten Familienbesitz in Demerara zurückgewonnen, aufgrund einer Wiedereroberung dieser Region für das britische Imperium durch Laforey und Whyte. Das hatte zur Folge, daß der Graf gezwungen war, sich aus den Diensten des Prinzen beurlauben zu lassen und eine Reise zu unternehmen, die einige Jahre dauern konnte. Seine Braut, der die Vorstellung einer derart langen Trennung unerträglich war, hatte beschlossen, ihn zu begleiten, und hatte daher Thomas Paget liebenswürdigerweise ihr eigenes Haus in Petworth bis zu ihrer (zweifellos in weiter Ferne liegenden) Rückkehr überlassen.

Trotz all dieser Vorteile konnte man nicht sagen, daß Captain Paget als Person besonders erfreulich oder interessant war: Er war ein unansehnlicher, hagerer, spröder Mann, mit rotblondem Haar, ziemlich schmalen Lippen, blaßblauen Augen und verfärbten Zähnen; an einer Hand fehlten ihm zwei Finger, und er redete kurz und abgehackt. Aber man durfte immerhin hoffen, daß er nun, da er selbst so generös bedacht worden war, bislang unterdrückte liebenswürdige und großherzige Züge entfalten würde. Einige von Fannys Schwestern jedenfalls (sie war die jüngste von acht) dachten oder sagten, daß Fanny von Glück reden konnte, wahr und wahrhaftig, wenn man bedachte, daß der Papa jeder seiner Töchter nur zweihundert Pfund Mitgift geben konnte. Der Reverend Theophilus Herriard war ein hart arbeitender Pfarrer der Church of England, seit langem verwitwet, und seine Töchter konnten froh sein, wenn sie überhaupt einen Ehemann abbekamen.

Aber allein Fanny, ein scheues, feinfühliges Mädchen mit einem beträchtlichen Vorrat an empfindlichem Stolz, kannte das volle Ausmaß ihres Glücks: Durch die Heirat war sie in der Lage, von Zuhause wegzukommen, bevor ihre adleräugigen Schwestern das Ausmaß der Qual herausfanden, unter der sie litt, seit Barnaby Ferrars, der sorglose Sproß des Gutsherrn, sie zurückgewiesen hatte.

»Heirat?« hatte er herzlich lachend gesagt. »Du meinst, wir könnten *heiraten*? Oh, du Gänschen, das würde mein Vater nie zulassen! Nein, nein, nein, liebes kleines Schätzchen, wir gleichen zwei Schmetterlingen, die in der Luft herumschweben und tanzen und sich küssen – so! – und dann weiterflattern zu anderen Begegnungen; du wirst einen guten, freundlichen, achtbaren Burschen finden, der dich jeden einzelnen Tag deines Lebens verhätscheln und verwöhnen wird; und ich – ich werde dich, liebe kleine Rose, und unsere glücklichen Schäferstündchen bei der Heuernte nie vergessen, wenn ich dereinst mit irgendeiner vermögenden Dame verheiratet bin, die die Löcher stopfen wird, die mein Vater durch seine Spielleidenschaft in seinen Besitz gerissen hat. Gold – Gold – ich muß für Gold verkauft werden, mein Engel –«, und er hatte sie mit einer Butterblume unterm Kinn gekitzelt. Denn ihre Liebelei – der Himmel wußte es, wie unschuldig sie war – hatte sich in einem warmen, sonnigen Juni entfaltet, als das ganze Dorf – Schulkinder, Großeltern, Gutsherrensöhne und Pfarrerstöchter – in den Wiesen mithalf, das kostbare Heu einzubringen. Aber dann hatte Barnabys Vater sein Versprechen wahrgemacht und seinem Sohn einen Offiziersposten bei den Husaren erkauft. Als Barnaby einige Wochen später pfeifend vorbeigekommen war, um die Herriard-Familie, die gerade beim abendlichen Tee versammelt war, darüber zu informieren, daß seine Abreise bevorstand, war Fanny glücklicherweise in der Lage gewesen, sich mit den Resten ihres Stolzes und ihrer Würde zu wappnen – gerade ihr beherrschtes und zurückhaltendes Wesen hatte er, wiewohl sie es nicht wußte, besonders anziehend gefunden –, und so erzählte sie ihm, mit Anstand ihr brechendes Herz verbergend, daß ihre eigene Verlobung arrangiert worden sei; daß sie im September Captain Paget, einen Schulkameraden ihres Vaters, heiraten werde.

»Das ist ja wunderbar! Liebe kleine wilde Rose, ich freue mich, das zu hören. Viel Glück euch beiden«, sagte Barnaby ziemlich uninteressiert, und nachdem er die Herriards darüber in Kenntnis gesetzt hatte, daß sein Regiment nach Indien beordert war, wo es ein scharfes Auge auf Tippoo Sahib haben sollte, sagte er ihnen allen sorglos Lebewohl und zog beschwingt durch die Dämmerung davon.

»Barnaby ist überaus selbstgefällig«, sagte Harriet.

»Eigentlich sollte der Gutsherr ihn verheiraten, damit er einen Erben bekommt, bevor er in die Ferne zieht«, sagte Maria.

»Maria, solche Gedanken sind dir nicht förderlich, und wir haben ohnehin nichts damit zu schaffen«, tadelte sie ihr Vater.

»Mir kam es mal so vor, als hätte Barnaby ein Auge auf unsere Fanny geworfen«, sagte Kitty mit einem hämischen Seitenblick auf ihre jüngste Schwester. Aber Fanny sagte nichts, beugte nur den Kopf tiefer über ihre Näharbeit – sie säumten gemeinsam die Leintücher für ihre Aussteuer – und war überaus erleichtert, als der Pfarrer sagte: »Genug geplaudert, Kinder. Es ist Zeit fürs Abendgebet.«

Im September gehörten die heißen Monate der Heuernte längst der Vergangenheit an, und im nassen grauen Herbstwetter half Captain Paget seiner jungen Braut nach der schlichten Trauung, die ihr Vater gehalten hatte, in die Kutsche, die sie von Sway in New Forest, wo Fanny ihr ganzes bisheriges Leben verbracht hatte, zu ihrem neuen Heim in Sussex bringen sollte.

Es war eine kalte, trübselige Reise. Regen drang durch die Ritzen der klapprigen Mietskutsche, verwandelte die Straßen in Morast, und die Stoppelfelder vor und hinter der Mautschranke präsentierten sich in einem unappetitlichen Graubraun. Dennoch hatte Fanny, die noch nie in ihrem Leben gereist war, ein offenes Auge für alles, was sie sah. Obwohl es ihr sehr unwahrscheinlich erschien, daß sie ihren wortkargen Bräutigam je *lieben* könnte, war sie ihm über die Maßen dankbar, daß er sie von ihren wachsamen Schwestern und einem Zuhause, das mit qualvoller Trauer behaftet war, wegbrachte. Sie hatte die ehrliche Absicht, freundlich, liebevoll und fügsam zu sein, und sich nach Kräften zu bemühen, eine erfolgreiche Ehe zu führen.

Aber sie mußte bald feststellen, daß ihre höflichen Fragen und Kommentare bezüglich der Dörfer, die sie passierten, höchst unwirsch aufgenommen wurden. Captain Pagets schreckliches Gewerbe machte es erforderlich, daß er nahezu die ganze Woche unterwegs war, zu Pferde oder mit der Kutsche; die Landschaft interessierte ihn nicht, und im Moment war er nur von dem Wunsch besessen, nach Hause zu kommen und die neue Ära ehelicher Genüsse so unverzüglich wie möglich feierlich einzuleiten. Er überhörte Fannys höfliche Bemerkungen und fuhr den Kutscher scharf an, die Pferde anzutreiben und sie nach Petworth zu bringen, bevor aus dem Regen eine Sintflut wurde.

Weise beschloß Fanny zu schweigen. Aber schon einen Augenblick später vergaß sie ihren Vorsatz wieder, weil sie etwas über das Haus erfahren wollte, zu dem sie unterwegs waren, und sie fragte versonnen: »Wird Ihre Cousine Juliana uns empfangen, wenn wir ankommen?«

Eine Cousine, und zudem eine so gütige und gutsituierte Cousine, wäre gewiß eher dazu geneigt, freundlich zu sein, als ihre Stieftöchter, diese recht beängstigenden, unbekannten Wesen, die nicht zur Hochzeit erschienen waren, da ihr Vater das nicht für notwendig erachtet hatte.

»Juliana? Nein, nein, die ist schon mitten auf dem Ozean, sie und ihr prächtiger holländischer Ehemann.«

Wenn man bedachte, mit welchem Segen die Gräfin van Welcker ihn überschüttet hatte, klang Mr. Pagets Ton nicht gerade herzlich, dachte Fanny; es ist weit schwerer, dankbar zu empfangen als zu geben, und vielleicht war ihm auch bereits aufgegangen, daß es seine eigenen Probleme mit sich brachte, wenn man derart großzügig beschenkt wurde.

»Wie heißt das Haus Ihrer Cousine, Sir?«

»Hermitage«, sagte er kurz angebunden, in einem Tonfall, der nahelegte, daß er diesen Namen für verstiegen hielt und ihn gern durch einen schlichteren ersetzen würde, wenn es in seiner Macht läge. Er fügte hinzu: »Ich glaube, früher war ein Kloster auf dem Grundstück; zweifellos ist der Name so zu erklären.«

»Hermitage!« Fanny schauderte, für sie klang der Name kalt und furchterregend. Sie zog die Wagendecke enger um ihre Schultern.

»Und was für ein Haus ist es, Sir?«

»Was für ein Haus? Was für ein Haus? Ein Haus eben.«

»Nein, verstehen Sie mich recht, ist es alt oder neu? Liegt es direkt in Petworth oder außerhalb auf dem Land?«

Captain Paget antwortete kurz, daß es, soweit er wußte, ein neues Haus war, in den letzten zwanzig Jahren gebaut, und es lag am Rand der Stadt, die ungefähr dreitausend Einwohner hatte.

»Wie sonderbar es sein wird, in einer Stadt zu leben«, murmelte Fanny und fügte, in dem Bemühen freundlich und munter zu erscheinen, hinzu: »Ich bin sehr auf die Geschäfte gespannt und auf die Lagerhäuser und die Buden auf dem Markt.«

»Man wird dich dort gewiß nicht häufig sehen. Eine gute Hausfrau weiß alles so einzurichten, daß sie ihr Heim nach Möglichkeit nie verlassen muß«, lautete die recht entmutigende Antwort ihres Ehemanns.

Fanny hatte bereits erfahren, daß in ihrem neuen Heim vier

Dienstboten beschäftigt waren: eine Köchin, ein Hausmädchen, ein Jungknecht und ein Mann für Arbeiten außerhalb des Hauses, der über dem Stall schlief und für den Garten und die Pferde zuständig war. Die Aussicht, die Verantwortung für so ein großes Anwesen übernehmen zu müssen, erschreckte sie, und sie sagte ängstlich:

»Werden Sie weiterhin Ihrem Gewerbe nachgehen, Sir, da Sie doch jetzt die Mühle erworben haben?« Man hatte ihr nämlich erzählt, daß Captain Paget mit einem Teil des Geldes seiner Cousine eine kleine Kornmühle in Haslingbourne erworben hatte, eine Meile von Petworth entfernt, deren Erträge sein Einkommen ordentlich aufstocken würden.

»Meinem Gewerbe nachgehen? Natürlich!« sagte er schroff. »Wie kommst du darauf, daß ich es nicht tun könnte?«

»Ich habe – ich meinte nicht –« Fanny wußte, daß sie auf keinen Fall offenbaren durfte, wie abstoßend sie das Gewerbe ihres Gatten fand, sie stammelte daher etwas davon, wie bedauerlich es sei, daß er somit gezwungen sei, so oft von zu Hause wegzusein.

Thomas Paget sah ungeduldig aus dem Kutschenfenster – sie fuhren langsam einen steilen Hügel hinab, und der Kutscher war gezwungen, die Bremsen anzuziehen, sonst wäre das Fahrzeug schneller und schneller losgerattert und außer Kontrolle geraten. Fanny sah aus dem anderen Fenster auf eine blaugraue, neblige Waldlandschaft hinaus, in der weit und breit kein Haus zu sehen war, und kämpfte verzweifelt mit den aufsteigenden Tränen.

Ihr Hals war eng, wie zugeschnürt, sie schluckte und preßte die Hände zusammen. Zum hundertsten Male kam ihr der Nachmittag bei der Heuernte in den Sinn – der Höhepunkt ihrer Tändelei mit Barnaby, wie sich herausstellen sollte, obwohl sie damals gedacht hatte, daß es nur das Vorspiel war zu größerer, unendlicher Glückseligkeit. Er war ihr hinter einer frisch errichteten Garbe begegnet und hatte sie mit einem Regen leichter, lachender, frecher Küsse auf Gesicht und Hals überfallen, bis die Stimmen von zwei anderen Erntehelfern sie schuldbewußt auseinanderstieben ließen. Sie war benommen vor Freude, das Blut prickelte in ihren Adern wie hausgemachter Apfelmost, und sie glaubte in diesem Moment, daß ein Leben voller Glanz und Seligkeit vor ihr lag.

Und alles hatte so bald ein Ende gehabt!

Fanny spähte über den Rand ihrer Wagendecke zu ihrem grauhaarigen Bräutigam hinüber und fragte sich, ob sie je *so* für *ihn* empfinden könnte.

Captain Paget hatte sie erst einmal geküßt – eine kurze, förmliche Berührung der Lippen nach der Trauung. Er ist ein kalter Mann, dachte Fanny recht erleichtert, er ist ja auch schon *alt* und hat womöglich nichts mehr mit Küssen und Kosen im Sinn. Eigentlich ganz gut, weil es mir sicher keinen Spaß machen würde. Mit ihm ganz bestimmt nicht.

Fanny, die mit ihren Schwestern nach alter Tradition unaufgeklärt im Pfarrhaus aufgewachsen war, hatte nur eine überaus verschwommene, völlig unzulängliche Vorstellung davon, was Ehemänner mit ihren Ehefrauen trieben. Ihre Mutter war kurz nach ihrer Geburt gestorben, und die Herriard-Mädchen wurden von ihrem Vater davon abgehalten, mit den Dienstboten zu schwatzen, die in dem betriebsamen, ärmlichen Haushalt ohnehin so hart arbeiten mußten, daß ihnen keine Zeit blieb, den jungen Damen Geschichten zu erzählen. Anläßlich ihrer Verlobung hatte ihr Vater widerwillig ein kurzes Gespräch mit ihr geführt, in dem er sie darüber belehrte, daß sie und ihr Gatte ein Fleisch würden – eine schwer verständliche, abstoßende Formulierung –, und daß sie sich fraulich und ergeben allem zu fügen habe, was er von ihr verlange. Das hatte sie versprochen und würde es auch halten, beschloß Fanny. Schluckend versuchte sie die Erinnerung an Barnabys feste junge Lippen auf ihrem Nakken zu verscheuchen, aber sie hoffte fieberhaft, daß die weiblichen Pflichten nicht *gar* zu viel erfordern würden. Vielleicht würde Mr. Paget, der immerhin schon drei Kinder hatte, sie nur umarmen und mit ihr kosen, wie ein Vater; ihr eigener Vater hatte dazu nie Zeit gefunden; das wäre angenehm und erfreulich, dachte Fanny hoffnungsvoll, und wenn er das tat, gelang es ihr vielleicht ganz leicht, ihm freundliche Zuneigung entgegenzubringen wie eine Tochter.

Er sah sich nach ihr um und trommelte mit den Fingern auf die Armlehne, und sie warf ihm ein gezwungenes, nervöses Lächeln zu.

»Sind das etwa *Tränen* in deinen Augen? – Was hat das zu bedeuten?« fragte er mit vor Argwohn scharfer Stimme.

»Es – es ist etwas kalt. Und ich habe – gerade einen Moment lang – mein Zuhause vermißt«, stammelte Fanny.

Ihr Ehemann unterzog sie einer neugierigen, durchdringenden Musterung. Er schien ärgerlich, feindselig, gar eifersüchtig. Ganz gewiß konnte niemand ihm etwas über ihre kurze Romanze erzählt haben, dachte sie angstvoll, niemand konnte den Namen Barnaby Ferrars erwähnt haben. Niemand hatte es gewußt – keine Seele – nicht einmal ihre Schwestern. Außerdem hatte sich keine von ihnen je allein mit Captain Paget unterhalten. Sie selbst war bis heute nie mit ihm allein gewesen. Und ihr Vater hatte zum Glück nicht die geringste Ahnung, daß sie und Barnaby je mehr als ein paar Worte ausgetauscht hatten.

Nein, Captain Paget konnte nichts wissen. Seine folgenden Worte bestätigten es ihr.

»Du bist wahrhaftig fast noch ein Kind«, sagte er. »Als dein Vater mir vorgeschlagen hat, eine seiner Töchter zu heiraten, habe ich ganz bewußt dich, die Jüngste, ausgewählt.«

»Wir – wir haben uns gefragt, warum – wo Kitty doch viel hübscher ist –«, wagte Fanny zu bemerken.

Als ›hübsch‹ konnte man Fanny sicher nicht bezeichnen. Sie hatte ein ovales Gesicht mit einem spitzen Kinn, eine gerade, fein geschwungene Nase, dunkle haselnußbraune Augen und einen sensiblen Mund. Über das Muttermal auf ihrem rechten Wangenknochen hatte ihre Schwester Kitty oft häßliche Bemerkungen gemacht, und auch Fanny selbst war es ein Ärgernis. Ihr war nicht bewußt, daß es ihrem Gesicht etwas Besonderes verlieh und daß modebewußte Damen in London genau an diese Stelle einen Schönheitsfleck plazieren würden, um der klassischen Ebenmäßigkeit ihres Antlitzes eine besondere Note zu geben. Sie war keine Schönheit, aber wer einmal ein Auge auf sie geworfen hatte, kam nicht so leicht wieder los. Das auf den ersten Blick ruhige, spröde, gleichmäßige Gesicht konnte sich blitzartig beleben und wache Intelligenz ausstrahlen. Ihr glänzendes, seidiges haselnußbraunes Haar, das genau den gleichen Farbton hatte wie ihre Augen, schmiegte sich weich um ihren schmalen, nußförmigen Kopf und war im Nacken zu einem Knoten geschlungen.

»Papperlapapp!« sagte Captain Paget ziemlich schroff. »Was bedeutet Schönheit? Wenn die Blume blüht, versammeln sich die Bienen. Ich wollte mir eine Braut sichern, die ihre Reize noch nicht spielen ließ – nicht spielen lassen konnte. Dein Vater hat mir versichert, daß das für dich zutrifft. – *Das stimmt doch hoffentlich?*« stieß er plötzlich hervor.

»J-Ja, Sir«, log Fanny und grub sich die Fingernägel in die Handflächen.

»Das will ich auch gehofft haben! Und daran wird sich auch in Zukunft nichts ändern. – Ah, endlich erreichen wir Petworth«, fuhr er in einem anderen Tonfall fort und blickte in die regenfeuchte Dämmerung hinaus. »In zehn Minuten sind wir daheim, dem Himmel sei Dank. Ich hoffe, daß diese zwei Gänse und meine Schafsköpfe von Dienern alles einigermaßen ordentlich und behaglich eingerichtet haben.«

»War denn das Haus nicht eingerichtet, Sir?« wollte Fanny wissen, die ungeheuer erleichtert war über den Wechsel des Gesprächsthemas.

»Wäre ich genötigt, Möbel herbeizuschaffen, wenn es möbliert gewesen wäre?« sagte er ungehalten. »Nein – meine Cousine Juliana hat sich – aus Gründen, die nur ihr selbst bekannt sind – dazu entschlossen, sämtliches Mobiliar und alle Haushaltsgegenstände nach Demerara mitzunehmen.«

Inzwischen hatten sie Petworth erreicht. In dem Zwielicht war wenig von der Stadt zu erkennen, abgesehen vom Zollhaus und einigen Fachwerkhäusern. Die Kutsche ratterte durch enge gepflasterte Straßen und hielt mit einem Ruck auf dem kiesbedeckten Vorplatz eines Gebäudes an, das man nur verschwommen als einen schlicht aus Stein und Backstein erbauten Herrensitz erkennen konnte.

Sowie die Kutsche anhielt, flog die Eingangstür auf, und verzagt erblickte Fanny mindestens ein halbes Dutzend Personen. Einige davon waren offensichtlich Dienstboten, die unverzüglich von Thomas damit beauftragt wurden, das Gepäck abzuladen, und er drängte Fanny durch die Tür und schob dabei zwei junge Damen und ein Kind unsanft beiseite.

»Martha, Bet, macht doch Platz. Herrgott, wie soll ich denn so ins Haus kommen? Nein, Fanny möchte *keinen* Tee trinken – warum sollte sie ihre Eingeweide malträtieren und ihre Verdauung schädigen mit solchem Zeugs, wenn es in einer halben Stunde Essen gibt? Bis dahin wird sie es gut aushalten. Guter Gott, was für ein rauschender Empfang – was habt ihr bloß um alles in der Welt angestellt?« fuhr er zornig fort und ließ den Blick in der Eingangshalle schweifen, die sie gerade betreten hatten. Es war ein mittelgroßer Raum, der tatsächlich einen trostlosen Anblick bot, mit halbausgerollten Teppichen, halbausgepackten Kisten, verstreutem Stroh und willkürlich ausgewählten Möbelstücken, die man provisorisch aufgestellt hatte.

»Die Karren mit den Möbeln sind erst vor einer Stunde angekommen –« setzte die größere der jungen Damen an.

»Schweig! Martere meine Ohren nicht mit Ausflüchten! Ihr

hättet ja einen Boten aussenden können, um sie anzutreiben. Ich will jetzt nichts weiter hören. Vielen Dank! Ich bringe jetzt Fanny nach oben auf mein Zimmer – und ich hoffe, daß wenigstens *das* ordentlich ist.« Er brachte das in einem derart furchterregenden Ton hervor, daß beide Mädchen im Chor ausriefen:

»O ja, Papa! Und ein Feuer brennt –«

»Gut – und wenn wir wieder hinunterkommen, ist diese Unordnung beseitigt und das Essen fertig. Kümmert euch darum!« fuhr er sie an und schob Fanny vor sich eine enge Treppe hinauf, dann um ein paar Ecken und schließlich in ein geräumiges Schlafzimmer hinein.

Fanny fühlte sich recht benommen. Sie hatte kaum Zeit gehabt, ihre Stieftöchter in Augenschein zu nehmen – hatte nur bemerkt, daß die eine groß und blaß, die andere recht hübsch und die dritte noch ein Kind war – konnte deren Willkommensgrüße nicht erwidern, und außerdem hätte sie *gerne* eine Tasse Tee getrunken! – Zweifellos würde ihr Ehemann sich nach dem Essen besser fühlen, dachte sie und erinnerte sich daran, wie kurz angebunden ihr Vater oft vor dem Essen war, besonders in der Fastenzeit.

»W – was für ein schönes Zimmer!« wagte sie beschwichtigend zu sagen. Sie sah sich um. Das Schlafzimmer war erst dürftig eingerichtet mit einer Kommode, einem kleinen Teppich, einem Bett und zwei Stühlen, im Kamin flackerte ein schnell entfachtes, recht kümmerliches Feuer. Einen reizvollen Anblick bot das große halbrunde Erkerfenster, durch das man auf den dämmrigen Rasen, Rosenbüsche und eine Eibenhecke hinaussah. »Wie wunderschön das im Sommer sein muß –«, fuhr Fanny fort und fragte sich, ob sie wohl den Wunsch nach heißem Wasser äußern dürfte. Aber ihr Ehemann sagte knapp:

»Zieh dich aus.«

»Was –?«

»Mach schon – zieh das Kleid aus.«

»Aber es waren doch nur ein paar Schritte von der Kutsche – ich bin überhaupt nicht naß –«

»Stell dich nicht so dumm an – mach, was ich sage!«

Und da sie immer noch nicht recht begriff, was er wollte, und ihn mit staunenden Augen ansah, machte er sich selbst daran, den Verschluß von Fannys gestreiftem Musselinkleid zu öffnen – wobei er etliche Ösen abriß – dann zog er das Gewand von ihren Schultern und warf es auf den Boden. »Jetzt den Unterrock – steh nicht so stocksteif da.«

»Aber –«

»Dein Unterrock, Mädchen!«

Ihre Langsamkeit regte ihn vollends auf, und er schleuderte seine Stiefel und Reithosen von sich und warf Fanny aufs Bett.

Was nun folgte, war so entsetzlich für Fanny, daß jede grausige Einzelheit dieser ersten Begegnung bis an ihr Lebensende in ihrer Erinnerung haften blieb, obwohl sich in den nächsten Wochen und Monaten wieder und wieder dasselbe zutrug. Die wilde Entschlossenheit ihres Gatten, dessen Gesicht plötzlich rot angelaufen war und der blindlings auf sie losging, sie halb erdrückte und auf ihr herumturnte, keuchend, fluchend und vor sich hinmurmelnd, der ihre Existenz offenbar nur kurzzeitig wahrnahm, als er sie anknurrte: »Mach die Beine weiter auseinander, dumme Gans!« – der ungeheure Schock des ganzen Erlebnisses – der absolute Widerspruch zu ihren Erwartungen bezüglich dieser Seite von Thomas Paget – all das zusammen hatte eine verheerende Auswirkung auf Fanny.

Etwa zehn Minuten später, als sich ihr Gatte nüchtern erhob und nach seinen Hosen angelte, die unterm Bett gelandet waren, blieb Fanny reglos und nach Luft schnappend liegen. Nicht so sehr die Schmerzen setzten ihr zu – obwohl es die schlimmsten waren, die sie je empfunden hatte –, sie war vielmehr entsetzt über ihre eigene Unwissenheit und fragte sich voller Angst, was er wohl mit ihr angestellt hatte, welchen Schaden er bei ihr angerichtet hatte, indem er Körperregionen, von deren Existenz sie bislang nichts geahnt hatte, derartig brutal traktierte.

»Komm, lieg nicht rum wie eine Schwachsinnige«, sagte er gereizt. »Steh auf und zieh dich an! Es gibt gleich Essen. Ein paar von den Hohlköpfen werden wohl demnächst mit dem Gepäck erscheinen.«

»Ich blute –«

»Das will ich hoffen – sonst hätte ich mit deinem Vater ein Wörtchen zu reden!«

»Die Laken sind voller Blut«, sagte sie und fing an zu weinen.

»Dann sag den Dienstmädchen, daß sie sie waschen sollen! – Wo ist mein Halstuch? Verdammt nochmal, kannst du dich nicht nützlich machen, Frances? Lieg nicht so rum! Ich will noch weg zum Presspatrouillen-Treffen, um zu erfahren, ob meine Bekanntmachung ein paar Freiwillige angezogen hat – Himmel nochmal«, rief er verzweifelt aus, »ich dachte, ich hätte mir eine Frau zugelegt, keine jammernde kleine Vogelscheuche. Wenn ich wiederkomme, will ich gefälligst ein fröhlicheres Gesicht sehen, mein Mädchen, oder ich werde dir was erzählen!« Er schlug die Tür zu, um seinem gerechten Zorn Ausdruck zu verleihen, und eilte dann mit Rufen nach Jem, dem Jungknecht, der ihm seinen Offiziersmantel bringen sollte, die Treppe hinab.

Fanny lag noch ein paar Minuten benommen da. Als sie dann gedämpfte Schritte auf der Treppe hörte, schlüpfte sie unter das zerwühlte Bettzeug und bedeckte ihre Blöße mit einem Laken.

Thomas Paget war kaum je zufriedenzustellen. In der Blüte seiner Jahre hatte er es sich zur Regel gemacht, seine Erwartungen so hoch zu schrauben, daß sie unfehlbar enttäuscht werden mußten; das allein schien ihm Genugtuung zu bereiten.

Als Sohn eines nichtsnutzigen jüngeren Sprößlings einer heruntergekommenen Adelsfamilie war dem Heranwachsenden aufgegangen, daß er – im Gegensatz zu seinen Cousins, die alle

Geld oder Besitztümer erben würden –, wenn's hochkam, erwarten konnte, daß reichere Verwandte es ihm ermöglichten, eine Laufbahn bei der Handelsschiffahrt oder der Marine einzuschlagen, ob ihm das nun gefiel oder nicht. Und genauso geschah es: Ein Onkel erkaufte ihm einen Posten bei der Marine und Thomas hätte durch Glück oder Geschick in diesem Gewerbe reüssieren können. Aber das Glück blieb aus. Schon bei seinem zweiten Einsatz, einem völlig unbedeutenden gegen einen spanischen Freibeuter, hatte er das Pech, daß ihm ein Finger und der Daumen der rechten Hand abgeschossen wurde, was bedeutete, daß er für den aktiven Dienst nicht mehr zu gebrauchen war. Andere Seemänner wären vielleicht mit dieser Behinderung zurechtgekommen, aber Thomas Paget war nicht von diesem Schlag. Außerdem war er bei seinen Kameraden und Vorgesetzten wegen seines mißgünstigen, kleinlichen, streitsüchtigen Charakters nicht eben beliebt. Er neigte dazu, über jede noch so geringfügige Angelegenheit zu rechten, die sein eigenes Ansehen oder seine Stellung betraf, und seine Mitmatrosen begrüßten es daher sehr, als er ihnen auf immer Lebewohl sagte.

Da er nur kurze Zeit im aktiven Dienst gewesen war, konnte er nicht mit einer Leibrente rechnen, und nach einer derart abgeschnittenen Marinelaufbahn blieb ihm einzig die Wahl, den Posten eines ›Gelben Admirals‹ oder Regulating Officers anzunehmen, das heißt, eines Offiziers, der die Presspatrouillen befehligte, die, von der Regierung bevollmächtigt, Männer aller Berufssparten aufgriffen und gewaltsam in den Dienst der königlichen Marine stellten. Nur sehr wenige Berufe, wie Fischer und Erntearbeiter, waren ausgeschlossen – und Männer unter achtzehn oder über fünfundfünfzig Jahren; aber diese Ausnahmen wurden, wenn es zweckdienlich war, häufig nicht beachtet.

Jede Stadt des Landes hatte ihre eigene Presspatrouille, der je nachdem fünfzehn bis dreißig Männer angehörten, und jede Patrouille wurde von einem Marineoffizier angeführt, dem sogenannten Regulating Captain. In der Regel handelte es sich bei diesen Offizieren um gescheiterte Existenzen, Männer, deren Berufslaufbahn aus unterschiedlichen Gründen fehlgeschlagen war.

Thomas Paget war immerhin das Glück vergönnt gewesen, eine junge Frau zu ehelichen, die zwar unansehnlich war, ihn aber zur Entschädigung innig liebte und zudem, als Tochter eines begüterten Leichenbestatters, etwas Geld in die Ehe brachte. Aber Thomas verwaltete ihr Geld schlecht, und seine Frau enttäuschte ihn bitterlich. Zunächst brachte sie nur weibliche Nachkommen zur Welt, und in der Folge hatte sie etliche Fehl- und Totgeburten. Vielleicht war Thomas nur deshalb geradezu besessen von dem Wunsch, einen Sohn zu bekommen, weil ihm ein Stammhalter vorenthalten wurde, ein Sohn, ein Knabe, der all das erreichen konnte, was sein Vater nicht erreicht hatte. Und dann war seine Frau – was noch ärgerlicher war – nach der fünften oder sechsten Fehlgeburt nicht etwa gestorben, sondern schwermütig geworden, so daß eine Scheidung ausgeschlossen war. Da sie nicht gemeingefährlich war, konnte sie auch nicht ohne erschreckend hohe Kosten in eine Anstalt eingewiesen werden, also wurde sie unterm Dach seines Hauses in eine Kammer eingesperrt. Zunächst gab ihr Gatte selbst dann noch nicht die Hoffnung auf, einen Sohn zu bekommen, und selbst nachdem er sie eingesperrt hatte, kam es noch zu weiteren Fehlgeburten. Nach der zweiten gab Thomas dann die Hoffnung *endgültig* auf. Unglücklicherweise lebte die erste Mrs. Paget noch ganze zehn Jahre; vor sich hinbrabbelnd und kreischend und ihr Essen durch die Gegend schleudernd, während ihr Gatte unten im Haus seine Wut in sich hineinfraß und die Enttäuschung wie ein Gift sein Wesen zersetzte.

Zu guter Letzt starb Mrs. Paget gnädigerweise an Verstopfung. Sobald die Trauerfeierlichkeiten vorüber waren, wurde er, ohne Zeit zu verlieren, mit seinem Schulfreund Theophilus Herriard wegen dessen jüngster und gesündester Tochter handelseinig. Der Pfarrer mußte erfreut gewesen sein, wenigstens eine seiner acht Töchter zufriedenstellend unterzubringen, bevor er selbst das Zeitliche segnete – denn er war ein erfolgloser Mann.

Und nun hatte sich Thomas' Schicksal gar dramatisch zum Guten hin gewendet, indem ihm seine Cousine Juliana Haus und Vermögen vermachte. Daß er von dem Haus Besitz ergreifen konnte, war als besonderer Segen anzusehen, da die Nachbarn an seinem früheren Wohnort gemunkelt hatten – wie Nachbarn so sind –, daß die erste Mrs. Paget keines natürlichen Todes gestorben sei, etwas sei da ganz und gar nicht geheuer, man könne Gift drauf nehmen, daß ihr gefühlloser Gatte sie umgebracht habe, nachdem er keinen Sohn von ihr bekommen und ihr ganzes Geld ausgegeben hatte. Durch den Umzug in eine andere Gegend – und mit einer hieb- und stichfesten Begründung dafür – war Thomas in der Lage, all das unerfreuliche Geschwätz hinter sich zu lassen. Er hatte seine Hochzeit bewußt so lange hinausgezögert, bis er seine Braut direkt in die neue Behausung bringen konnte. Nun traf es sich auch noch glücklich, daß weder Petworth noch Chichester eigene Presspatrouillen hatten, obgleich es in Godalming, Littlehampton und Shoreham solche gab; in diesem Landstrich von Sussex klaffte eine deutliche Lücke, und Thomas, der zuvor Regulating Officer in Gosport gewesen war, ersuchte die Admiralität um Versetzung, die man ihm gerne bewilligte. Nun mußte er nur die bislang nicht beackerte Gegend nach einer einträglichen Ladung Männer durchkämmen, für die er einen Schilling pro Kopf bekam, ferner die Erträge seiner Mühle in Haslingbourne einstreichen und die Freuden seiner neuen Ehe genießen. Das Leben war aufgeblüht für ihn.

Etwas freundlicher als üblich ließ er sich von seinem Knecht Jem den Umhang über die Schultern legen, dann setzte er seinen Dreispitz auf und schritt hinaus in den Platzregen.

Fünf Minuten, nachdem ihr Ehemann außer Hörweite davongestapft war, raffte sich Fanny dazu auf, ihr Bett zu verlassen.

Sie bewegte sich steifbeinig wie eine alte Frau und stieß unwillkürlich kleine Schmerz- und Elendslaute aus. Benommen stolperte sie umher und sammelte die verstreuten Kleider ein. »Es gibt gleich Essen«, hatte Thomas gesagt. Sie hatte schreckliche Angst davor, erneut sein Mißfallen zu erregen, indem sie sich zur ersten Mahlzeit in diesem Hause verspätete.

Und was sollten seine Töchter denken, was sie so lange hier oben trieb?

Sie hob ihr Musselinkleid vom Boden auf, aber es war staubig, zerknittert und zerrissen. Und die Kisten mit ihren Sachen waren noch nicht nach oben gebracht worden. Sie fand im Zimmer weder Nadel noch Faden zum Annähen der abgerissenen Schnürbänder; außerdem brauchte sie dringend heißes Wasser zum Waschen. Sie fühlte sich beschmutzt, steif, kalt und übel zugerichtet. Der zarte Stolz, der sie die Qual durchstehen ließ, die Barnabys sorgloser Rückzug ihr bereitet hatte, und mit dessen Hilfe sie ihren Schmerz vor ihren Schwestern verborgen hatte, schien jetzt ganz und gar vernichtet. Ihr war bewußt, daß sie seelisch gebrochen war, nur noch zur Sklavin taugte. Verschwommen erwog sie davonzulaufen – aber wohin sollte sie flüchten? Zu ihrem Vater gewiß nicht – er würde sie niemals wieder aufnehmen. Und eine andere Möglichkeit gab es nicht ... Aber sie war viel zu eingeschüchtert und schwach, um sich ernsthafte Gedanken über eine Flucht zu machen.

Vor der Tür vernahm sie gedämpfte Stimmen.

»Ich geh auf keinen Fall rein. Sie soll allein zurechtkommen!«

»Was soll *ich* denn da drin?«

»Verflixt, wenn ich gehe –«

»Tess soll ihre Sachen reinbringen und ihr helfen – wenn sie Hilfe will. Eins ist gewiß – ich werde nie Mama zu ihr sagen. Ein sechzehnjähriges Mädchen!«

»Pscht, Martha, sie könnte dich hören. Los Tess, sag ihr, daß nicht viel Zeit ist – daß Papa es nicht ausstehen kann, wenn man ihn warten läßt.«

»Ja, Miss«, sagte eine viel leisere, schüchterne Stimme.

Vier Füße gingen die Treppe hinab, und nach einer Weile hörte Fanny ein zaghaftes Klopfen an der Tür.

»Herein!« rief sie matt und wischte sich die Tränen von den Wangen, mit einer Falte des Unterrocks, den sie umklammert hielt, und sie wickelte sich das Kleidungsstück um den Körper, als die Tür aufging und eine kleine Dienstmagd eintrat, die eine ihrer zwei Kisten hinter sich herzog.

»Ich bitt schön, Ma'am, ich bin Tess, ich will Ihnen behilflich sein«, sagte das Mädchen.

In ihrem Elend klang die Stimme der Dienstmagd in Fannys Ohren schnippisch und wissend. Sie sah Fanny neugierig an, sicher würde sie gleich in den Dienstbotentrakt laufen und ihren Kumpanen erzählen, in was für einem Zustand sie die neue junge Frau des Herrn vorgefunden hatte.

»Ich brauche keine Hilfe, danke. Du kannst gehen«, sagte Fanny und bemühte sich, ihrer zittrigen Stimme einen sicheren, kühlen Ton zu verleihen. Sie starrte auf den Unterrock in ihrem Schoß und hielt mit aller Gewalt die Tränen zurück.

»Soll ich die Kiste nich aufmachen?« fragte Tess erstaunt. »Soll ich *gar nichts* für Sie tun?«

»Oh, na gut – ja – öffne sie. – Kannst du mir etwas heißes Wasser bringen?«

»Weiß nich, Ma'am«, sagte das Mädchen zweifelnd. »Weiß nich, ob der Waschkessel schon heiß genug is.« Und sie fügte hinzu: »Miss Martha, die hat gesagt, ich soll Ihnen sagen, Ma'am, daß es gleich, wenn der Herr zurück is, Essen gibt, und er – der Herr – kann's nicht leiden, wenn er warten muß.«

Fanny deutete mit einem schwachen Nicken an, daß sie verstanden hatte. Sie hörte, wie die Seile von der Kiste gelöst wurden und der Deckel aufging, dann klackte die Tür hinter Tess zu, und Fanny begrub ihren Kopf unter dem Kissen in einem erneuten Tränenausbruch. Aber sie traute sich nicht, zu lange zu weinen, da Tess bald mit dem heißen Wasser zurücksein könnte.

Aber nichts dergleichen geschah – wahrscheinlich war der Kessel widerspenstig – also mußte sich Fanny wohl oder übel anders behelfen. Sie hatte etwas Rosmarinwasser, das ihre Schwester Maria für sie zubereitet hatte. Als eine der acht armen Pfarrerstöchter war sie es schließlich gewohnt, ohne die Dienste einer Zofe zurechtzukommen – aber sie vermißte jetzt zum ersten Mal ihre einst allgegenwärtigen Schwestern, die unablässig alles und jedes kommentierten und kritisierten – »Du liebe Güte, Kind, die Schärpe ist nicht gerade, komm her, ich mach sie nochmal fest – steh still, dein Spitzeneinsatz sitzt schief – dein Haar muß geglättet werden, warte, ich kämme es dir schnell –«

Jetzt wäre ihr sogar Kittys Anwesenheit willkommen gewesen.

Gongschläge dröhnten durchs Haus, und Fanny band mit zitternden Fingern die Bänder ihrer Hausschuhe zu, breitete so gut es ging die Tagesdecke über die schrecklichen Laken, griff nach ihrem Beutel, hob den Kopf, öffnete die Schlafzimmertür und stieg langsam die Treppe hinab. Dabei bemühte sie sich, den brennenden Schmerz, den das Treppensteigen ihr verursachte, mit Würde zu verbergen.

Sie stellte fest, daß man die Halle seit ihrer Ankunft nach Kräften hergerichtet hatte. Keine Spur von Unordnung war zurückgeblieben, abgesehen von einer verirrten Hobelspanlocke auf den nackten Dielen. Niemand war zu sehen, aber nach rechts und links standen die Türen offen. Fanny warf einen Blick durch die linke Tür und sah einen gedeckten Tisch, aber glücklicherweise war niemand im Zimmer. Sie wandte sich nach rechts und betrat scheu den Raum, der den Salon oder das Wohnzimmer darstellen mußte. Er lag unter ihrem Schlafzimmer und hatte die gleichen halbrunden Erkerfenster, durch die man in die Dunkelheit hinaussah, da noch keine Vorhänge angebracht waren. Vorsichtig sah sie sich in dem Zimmer um und erblickte einen abgetretenen Teppich, ein paar traurige, schäbige Möbelstücke, die streng geometrisch angeordnet waren, und drei junge Damen, die in ihrer Haltung kaum weniger streng wirkten. Nein, eine davon war noch ein Kind.

Da die jungen Damen sie nur anstarrten, ohne ein Wort zu sagen, sah sich Fanny gezwungen, die Konversation zu eröffnen. Sie tat es nur sehr widerstrebend, da sie alles andere als freundlich dreinsahen.

»Guten Abend«, sagte sie mit nervöser Höflichkeit. »Ich – ich denke, wir sollten uns einander bekanntmachen.«

Schweigen, während sie feindselig auf ihr besticktes Kleid aus weißer Seide starrten, das an den Schultern ausgeschnitten war und mit einem Spitzeneinsatz zusammengehalten wurde. Es war ihr hübschestes Kleid, das einzige neue, das sie außer ihrem Brautkleid besaß, und sie war sehr erleichtert gewesen, daß es ganz oben in der Kiste lag. Sie hatte das Gefühl, daß allein seine Eleganz ihr über diese schwere Begegnung hinweghelfen konnte. Sie hatte erwartet, daß Thomas' Töchter modisch gekleidet waren, aber jetzt war sie verlegen und kam sich viel zu vornehm vor, da die zwei älteren Dämchen schlichte Reifröcke aus blauem beziehungsweise braunem Wollstoff trugen, während das kleine Mädchen ein blauweißgestreiftes Baumwollkleid anhatte, vor das eine Kinderschürze gebunden war.

»Ich werde mal raten, wer von euch wer ist«, sagte Fanny nahezu verzweifelt, als die Paget-Töchter immer noch nichts sagten. »Du mußt Elisabeth sein«, sagte sie zu der größeren, »und du Martha – und du bist dann Patience.« Die Worte ›Ich bin eure neue Mama‹ blieben ihr im Halse stecken, als drei Paar kalte graue Augen sie musterten.

»Es – es ist reichlich sonderbar, nicht wahr?« fuhr Fanny

beharrlich fort, da alle drei hartnäckig schwiegen. »Ihr zwei seid beide größer als ich, glaube ich.«

Die Worte ›und älter‹ wurden unhörbar von Marthas Lippen geformt, während Fanny sie nervös anlächelte, aber sie sprach sie nicht aus. Patty jedoch rief mit einem verächtlichen Blick auf den Neuankömmling: »*Natürlich* sind sie viel größer!«

Alle drei Mädchen waren auffallend kräftig gebaut und großgewachsen für ihr Alter. Fanny wußte, daß sie neunzehn, siebzehn und acht waren. Sie glichen ihrem Vater mit ihrem teigigen Teint und den groben Knochen, dem rotblonden Haar und den wässrigen blaugrauen Augen, den blassen Lippen und dem verschlossenen Gesichtsausdruck. Nur Martha, die Mittlere, sah leidlich gut aus; ihre Wangen waren rosiger und ihre Wimpern dunkler als die ihrer älteren Schwester, ihr Mund, ihre Nase und ihr Kinn waren hübscher geformt, und ihr Haar, das etwas dunkler war, schien sich natürlich zu locken. Bet, das arme Mädchen, war wirklich mitleiderregend unansehnlich. Sicher war das einer der Gründe, warum sie mit ihren neunzehn Jahren noch nicht unter der Haube war. Sie hatte eine knollige Nase mit einem Höcker, ihr Mund war formlos, ihr dünnes rotblondes Haar hing ihr schlaff in den Nacken, nur über der Stirn und über den Ohren war es in wenig überzeugende Locken gedreht, und ihre dicken weißen, fast wimpernlosen Augenlider verdeckten Augen, die dermaßen blaß waren, daß man nur staunen mußte, daß sie einen so scharf ansehen konnten. Die kleine Patty schob die Unterlippe vor und zeigte mit finsterem Blick offen ihre Ablehnung.

Die Haustür schlug zu.

»Da kommt Papa«, sagte Martha erleichtert.

Fanny graute davor, Thomas wiederzusehen, hatte aber dennoch das Gefühl, daß seine Gegenwart die unangenehme Spannung lösen würde. Er trat ein, warf einen Blick auf Fanny und sagte: »Du hast dich also mit den Mädchen bekanntgemacht.

Gut. – Dieses Kleid ist viel zu fein, wie kommst du nur dazu, es anzulegen? Wir erwarten keine Gäste. Du wirst erfrieren im Eßzimmer.«

»Wünschen Sie, daß ich mich umziehe?« stammelte Fanny und meinte zu sehen, wie Bet und Martha einen raschen Blick tauschten angesichts dieser Unterwürfigkeit.

»Was, jetzt – wo das Essen auf dem Tisch steht? Nein, nein«, sagte Thomas ungehalten. »Eins von den Mädchen kann dir einen Schal bringen – Bet – hol was aus der Halle für deine Stiefmutter.«

Bet ging langsam aus dem Zimmer, mit zusammengepreßten Lippen und finsterer Miene, entweder wegen des Auftrags, oder weil es ihr nicht gefiel, daß Fanny als ihre Stiefmutter bezeichnet wurden.

»Beeil dich!« rief Thomas hinter ihr her, und dann ging er rasch ins Eßzimmer und rief ärgerlich durch eine weitere Tür, die offenbar in die Küche führte:

»Kate! Tess! Jem, wo seid ihr alle? Wo zum Teufel bleibt das Essen?«

Beschwichtigende Stimmen antworteten, und Fanny hörte hastige Schritte und Besteckklappern. »Kommt her!« rief Thomas seinen Töchtern und Fanny zu. »Wenn sie uns warten sehen, fällt ihnen vielleicht deutlicher auf, daß es acht Minuten über die Zeit ist.«

Als sie am Tisch Platz nahmen, brachte eine kräftige, rotgesichtige Frau eine Suppenterrine herein und Bet kam eilig mit einem schmutziggrünen Umschlagtuch zurück, das sie Fanny unhöflich hinschleuderte. Diese mußte ihr Essen dann reichlich unbequem zu sich nehmen, da ihr das Tuch ständig von den Schultern rutschte.

Das Essen war keine heiter beschwingte Angelegenheit. Thomas machte ab und zu eine Bemerkung zu seinen Töchtern oder stellte ihnen eine Frage, um zu überprüfen, ob seine Anordnungen befolgt wurden. Meist handelte es sich um scharfe Tadel. Als die kleine Patty ihren Suppenlöffel fallen ließ, schimpfte er:

»Habt ihr beiden ihr *immer noch* keine Manieren beigebracht?«

Fanny begriff, daß es der kleinen Patty nicht oft gestattet war, mit ihrem Vater zusammen zu speisen.

»Sie beträgt sich im allgemeinen sehr gut«, erwiderte Bet kurz. »Ich glaube, sie ist nur verschüchtert in Gesellschaft.«

»An die *Gesellschaft*, wie du es nennst, wird sie sich gewöhnen müssen«, bemerkte Thomas und warf einen wenig schmeichelhaften Blick auf seine junge Ehefrau. »Setz es dir zur Aufgabe, Frances, ihr ordentliche Tischmanieren beizubringen.«

Das peinliche Mahl war bald vorüber. Zum Abschluß gab es einen Heidelbeer-Apfelkuchen, der saure, matschige blaugraue Früchte und zahllose Kerne enthielt. Danach brachte die rotgesichtige Köchin eine Portion gebratener Knochen herein und stellte sie vor ihren Herrn.

»Ah, das wird besser munden. Morgen müssen Sie etwas Besseres zuwege bringen als heute, Kate, sonst muß ich mich nach einer neuen Köchin umtun.«

Kate brummte, daß man sich nicht blitzartig auf eine neue Kochstelle umstellen könne.

»Sie haben auch eine neue Herrin, vergessen Sie das nicht. Ich erwarte erhebliche Fortschritte in den nächsten Wochen – oder einige Veränderungen sind fällig!«

Kate warf der neuen Herrin einen abweisenden Blick zu, und Fanny fühlte mit sinkendem Mut, daß ihre Stellung in diesem Haushalt schon angeschlagen war, bevor sie sie überhaupt etablieren konnte, und es stand nicht in ihrer Macht, etwas dagegen zu tun.

Thomas wandte sich an Frau und Töchter, während er sich ein Glas Portwein einschenkte.

»Verzieht euch jetzt – allesamt. Ich habe zu arbeiten und

werde mich in mein Gartenhaus zurückziehen. Vielleicht werde ich später den Tee mit euch einnehmen. Bringt das Kind zu Bett.«

Patty wollte protestieren, wurde aber von Bet beschwichtigt, die sie nach oben begleitete. Martha folgte Fanny mit mürrischer Miene in den Salon. Dort brannte ein Feuer im Kamin, und sein Schein spiegelte sich zehnfach in den gerundeten Scheiben der Erkerfenster wider. Draußen kam ein Wind auf, der in den Ästen unsichtbarer Bäume seufzte und im Kamin bollerte und flüsterte, als wäre ein lebendiges Wesen dort eingesperrt.

Fanny zitterte in ihrem hübschen dünnen Gewand, zog den Schal eng um sich und trat in die Nähe des Feuers. Mit schwerem Herzen erinnerte sie sich daran, wie wohlig sie sich letzte Nacht in dem großen durchgelegenen Bett an Charlotte und Kitty geschmiegt hatte; sie hatten gescherzt und gelacht, und sogar Kitty war auf einmal betrübt gewesen, daß ihre jüngere Schwester und willfährige Dienerin sie verließ.

Martha schien jetzt aber weniger feindselig als im Beisein ihrer Schwestern.

»Sagen Sie, Fanny, waren Sie je in Winchester?« wollte sie wissen. »Oder in Salisbury? Da soll es so unbeschreiblich elegante Geschäfte geben.«

Fanny mußte zugeben, daß sie diese Städte noch nie besucht hatte, aber sie fand schnell heraus, daß es Martha nur darum ging, von ihrem eigenen Aufenthalt in Brighton zu erzählen, wo sie vor zwei Jahren in Begleitung einer Tante, einer Schwester ihrer Mutter, gewesen war. Die Beschreibung dieser prachtvollen Stadt mit ihren Leihbibliotheken und Konditoreien, dem berühmten Pavillon, den Haartrachten und großen Toiletten der Damen und den draufgängerischen jungen Stutzern hielt sie minutenlang beschäftigt und hob ihre Laune. Bet, die während ihrer Lobesreden zurückkam, verdrehte verzweifelt die Augen; eindeutig war sie mit dem Glanz von Brighton mehr als vertraut.

»*Du* warst eben nicht dort, Bet«, sagte Martha verteidigend. »Tante Philips hatte offenbar keine Lust, dich mitzunehmen. Ich habe Fanny nur ein bißchen erzählt.«

»Hat Papa dir erlaubt, sie so zu nennen?«

»Nein, aber das ist gleichgültig. Ich werde auf keinen Fall Mama zu ihr sagen. Du lieber Gott! Ich werde mich doch nicht soweit erniedrigen, daß ich eine Person, die jünger ist als ich, so anspreche!«

Während die zwei Schwestern sich stritten – Bet erklärte, daß Martha sich fügen müsse, wenn der Vater es gebot, und Martha blieb hartnäckig dabei, daß es ihr nicht im Traum einfiele – nutzte Fanny die Gelegenheit, um nach oben zu schlüpfen und das Binsenkörbchen zu holen, in dem sie ihr Nähzeug aufbewahrte. Sie hatte ein paar Taschentücher gesäumt und war dabei, sie mit Thomas' Initialien zu besticken; ihre Familie hatte befunden, dies sei eine schickliche Gabe der Braut an den Bräutigam.

Als sie in den Salon zurückkehrte, hatten die Mädchen offenbar das Thema gewechselt. Sie ereiferten sich jetzt über die Vorzüge von Petworth als Wohnort.

»Ich finde es nicht übel«, sagte Bet kurz. »Ich habe bei der Durchfahrt einen ganz gut aussehenden Kurzwarenladen gesehen – und einen Schneider – und ein paar Schuhgeschäfte. Und da es so ein kleiner Ort ist, läßt Papa uns vielleicht alleine ausgehen; auf jeden Fall gibt's hier keine Matrosen.«

»Ich weiß, daß *Pa* die Stadt nicht mag«, sagte Martha. »Ich habe nämlich gehört, wie er gesagt hat, daß er nur hierher geht, weil er das Haus von Cousine Juliana so günstig bekommt, daß er sich aber in keiner anderen Stadt des Königreichs so ungern niederlassen würde.«

»Wie sonderbar! Warum nur?« fuhr es Fanny heraus.

Bet sagte: »Oh, ich schätze, weil es so ein elendes, winzig kleines Loch ist, wo er schwerlich viele Männer zwangsverpflichten kann.«

»Nein«, widersprach ihre Schwester. »Weil er Lord Egremont nicht leiden kann, vom Petworth House.«

»Pah! Wie käme er dazu?« wollte Bet wissen.

Martha sah zur Tür und sagte mit gedämpfter Stimme: »Lord Egremont hat nur Mätressen, keine richtige Ehefrau! Und ich glaube, eine von denen hat ausgerechnet in *dem Haus hier* gelebt, bevor es in den Besitz unserer Cousine gelangte. Sie war Französin, und Lord Egremont hat das Haus für sie gebaut, und sie ist am Faulfieber gestorben.«

»Wer hat dir das erzählt?«

»Kate. Sie hat's vom Schornsteinfeger erfahren.«

»Und wenn schon«, hielt Bet ihr entgegen, »was hat Pa mit Lord Egremont zu schaffen? Er kommt doch nie mit dem Landadel in Berührung, gleichgültig wo wir sind. Niemand will etwas mit einem Offizier der Presspatrouille zu tun haben.«

Beide Schwestern verfielen bei dem Gedanken an diese unbekömmliche Wahrheit in bedrücktes Schweigen. Aber dann sagte Martha entschieden:

»Aber immerhin war unsere Cousine Juliana mit Lord Egremont befreundet, also macht *er* uns vielleicht seine Aufwartung.«

»Pa wird uns gewiß nicht gestatten, seine Bekanntschaft zu machen.«

Um dem Gespräch eine andere Wendung zu geben, sagte Fanny: »Erzählt mir doch etwas über eure Cousine Juliana. Kennt ihr sie gut?«

»Ach, woher denn! Sie ist nach Übersee gegangen. Wir haben sie nie kennengelernt«, antwortete Bet müde. Aber Martha rief aus:

»Sie war ein unerhört hübsches Mädchen! Da über dem Klavier hängt ihr Porträt. Und sie hat während der Französischen Revolution die unwahrscheinlichsten Abenteuer erlebt – man war drauf und dran, sie zu enthaupten, aber sie ist in einem

Ballon nach England entkommen – und sie hat einen holländischen Grafen geheiratet – und hat einen Haufen Geld von einem reichen alten Onkel geerbt, einem indischen Nabob, der nicht besser war, als man's erwartet. Deshalb hat sie an Pa geschrieben –«

»Der Onkel war nicht in Indien, Martha – er ist zurückgekommen und in England gestorben.«

»Was spielt es schon für eine Rolle, wo er gestorben ist? Mein Gott, sei doch nicht so pingelig!« rief Martha ungehalten aus. »Dann hat Cousine Juliana dieses Haus von der französischen Lady gekriegt, die gestorben ist – und dann hat sie es Pa als Wohnsitz angeboten, solange sie in Übersee ist –«

»Hat sie ihren Reichtum auch noch mit anderen Verwandten geteilt?« fragte Fanny, die fasziniert war von dieser verschwenderischen Großzügigkeit; ein Charakterzug, der (wie sie sich eingestehen mußte) Juliana Pagets Cousin Thomas gänzlich abging.

»Ja, sie hat an eine alte Cousine in Bath geschrieben – aber die war schon tot, aus der Kutsche gefallen – und an einen Cousin und eine Cousine in Indien.«

»Pa war ziemlich verärgert, als ihm zu Ohren gekommen ist, daß sie *das* getan hat«, kommentierte Bet säuerlich.

»Warum? Was sind das denn für Verwandte in Indien?«

»Zwillinge – ein Seitensprung des alten Nabob«, setzte Martha an und erntete einen mißbilligenden Blick ihrer Schwester. »Warum soll ich das denn nicht erzählen, Bet? Sie ist doch –«, sie warf einen vielsagenden Seitenblick auf Fanny, »sie ist jetzt eine verheiratete Frau, sie nimmt keinen Schaden, wenn sie es erfährt.«

Fanny lehnte ihr schmerzendes Rückgrat gegen die harte, aufrechte Lehne ihres Windsor-Stuhls und fragte sich recht bekümmert, was die Tatsache, daß sie verheiratet war, mit der Geschichte von den Zwillingen in Indien zu tun hatte.

»Es schickt sich nicht für dich, so eine Geschichte zu erzählen«, sagte Bet züchtig und preßte ihre bleichen Lippen zusammen.

»Ach, papperlapapp! Ich weiß es von Miss Fox, und *die* war nicht verheiratet! Also, Fanny, es trug sich folgendermaßen zu: Der alte Nabob in Indien – General Henry Paget, eben der, der Cousine Juliana das Vermögen hinterlassen hat – hatte zwei außereheliche Kinder von einer Dame, die halb Portugiesin, halb Hindu-Heidin –«

»*Martha!* Zügle *bitte* deine Zunge! Was würde Papa dazu sagen?«

»Na was schon? Es ist nichts weiter als die Wahrheit, und deswegen war er auch so außer sich, als er gehört hat, daß Cousine Juliana außer an uns auch noch an die Zwillinge geschrieben hat. Sie tragen den Namen Paget, obwohl sie sicher kein Recht darauf haben, weil ihre Mutter nicht mit dem Nabob verheiratet war, davon weiß jedenfalls niemand etwas –«

»Aber wenn er so reich war, hat er doch *sicher* für seine Kinder vorgesorgt«, sagte Fanny verwundert. »Selbst wenn sie nicht ehelich waren.«

»Nein, *das* hat er nicht getan. Augenscheinlich hatte er, als er nach England zurückkam, die Absicht, der Portugiesin Geld zu schicken, aber als er an die Adresse geschrieben hat, wo sie gewohnt hat, als er sie verließ, war sie verschwunden, und niemand wußte wohin. Und dann hat er sich gesagt ›Zum Teufel mit ihr, sie hat sich mit einem anderen davongemacht. Ich will mit ihr und den Zwillingen nichts mehr zu tun haben –‹.«

»Aber es kann doch viele Gründe gegeben haben, warum sie nicht mehr dort war, wo er sie verlassen hat«, warf Fanny ein, der diese scheinbare Ungerechtigkeit mißfiel.

»Oh, na ja, ich würde meinen, daß er recht daran getan hat. Er *kannte* sie schließlich«, erwiderte Martha. »Nachdem er also Cousine Juliana das Geld hinterlassen hatte, hat sie einen britischen Offizier kennengelernt, der in Nordindien gewesen war, und der hat gesagt, daß ihm zu Ohren gekommen ist, daß die Portugiesin gestorben ist, daß er aber wüßte, wo man die Zwillinge finden könnte. Also hat Cousine Juliana an sie geschrieben. Aber man kann *mit Sicherheit* annehmen, daß der Brief sie nie erreicht hat«, sagte Martha nachdenklich. »Wir hätten inzwischen davon gehört. Es ist wirklich traurig und eine Schande.«

Bet, die mit selbstgerechtem, mißbilligendem Blick zugehört hatte, sagte trocken:

»O ja, du würdest gewiß vor Freude in die Hände klatschen, wenn sie jetzt zur Tür hereinspaziert kämen!« Sie riß mit einem Ruck ihren Faden ab.

»Ja – hat Cousine Juliana sie denn *hierher* eingeladen?« fragte Fanny erstaunt.

»Ja, vor allem das war Pa ein Dorn im Auge. ›Herzlich willkommen, mein Haus steht Ihnen zur Verfügung!‹ sagte Cousine Juliana zu ihm. ›Ich selbst brauche es nicht, solange ich mit meinem geliebten Graf van Welcker in Demerara weile, und der Gedanke ist mir lieb, daß eine glückliche Familie hier leben wird.‹« Sie verdrehte die Augen in einer spöttischen Grimasse und sah daher den Gesichtsausdruck ihrer Schwester nicht. Bets blasse, höhnische Augen wanderten durch den Raum und hefteten sich dann auf Martha, mit einem so seltsamen, so kalten Blick, daß Fanny ein kalter Schauer über den Rücken lief.

»›Ich stelle nur eine Bedingung‹«, fuhr Martha mit theatralischem Genuß fort. »›Ich stelle nur eine Bedingung‹, sagte Cousine Juliana, ›nämlich daß Sie die Kinder von Großonkel Henry in der Hermitage aufnehmen, wenn sie nach England kommen, und ihnen einen freundlichen Empfang bereiten –‹« An dieser Stelle schniefte Bet und traktierte ihre Stickarbeit mit scharfen kleinen Stichen.

»›Denn schließlich und endlich‹«, schloß Martha, »›ist es *sein* Geld, von dem wir alle leben!‹ Dagegen konnte Pa nichts sagen.«

»Sie werden nie auftauchen«, sagte Bet endgültig und biß ihren Faden ab.

»Genau das hofft Pa«, sagte Martha.

»Wie alt sind sie? Die Zwillinge?« Fanny stellte sich zwei goldlockige Kinder vor – die einzigen Zwillinge, die sie je gesehen hatte, waren die Kinder vom flachsköpfigen Ned Woodley, dem Zimmermann aus Sway – die verloren Hand in Hand den Laufsteg eines riesigen Schiffes hinabgingen.

»Keine Ahnung. Es sind vier oder fünf Jahre vergangen, seit der alte Großonkel Henry gestorben ist. Sie sind vielleicht noch nicht ganz zwanzig«, sagte Martha. »Wenn sie doch kommen, hätten wir wenigstens jemanden, mit dem wir uns unterhalten könnten.«

Sie gähnte herzhaft und entblößte dabei hemmungslos ihre Zähne, die weiß und ebenmäßig waren und bei weitem schöner als die ihrer Schwester. Bets waren – passend zu ihrer Knollennase und ihrem fliehenden Kinn – lückenhaft und gelb wie eine schlechte Ähre.

»Du lieber Gott«, fuhr Martha fort, während sie unruhig zur Fensterbank hinüberlief und sich daraufkniete, um durch das schwarze Fenster hinauszuspähen, »du lieber Gott, es kommt mir so vor, als wären wir schon jahrelang in Petworth. Ich muß sagen, ich wünschte fast, Miss Fox wäre mitgekommen!«

Wer war Miss Fox? Fanny fragte nach und erfuhr von Martha, daß diese Dame die Gouvernante der Mädchen gewesen war, bis sie nach Petworth umzogen.

»Aber dann hat Pa ihr den Laufpaß gegeben. Er fand, ich sei zu alt für eine Gouvernante – und Bet natürlich auch –, und er hat sich gefreut wie ein Schneekönig, als er sie los war. Jetzt kann er ihren Lohn sparen, und Sie werden Patty umsonst erziehen. Die arme Foxy – wie sie geweint und gejammert und sich aufgeregt hat, als Pa ihr ihre Entlassung verkündet hat.«

Martha kicherte in der Erinnerung daran, und Fanny glaubte,

wieder einen raschen, bedeutsamen Blickwechsel zwischen den Schwestern wahrzunehmen.

»Wie lange war Miss Fox bei euch?« wollte sie wissen – nicht weil sie besonders an der ehemaligen Gouvernante interessiert war, sondern weil sie sich wohler fühlte, wenn sie sich an einen dünnen Unterhaltungsfaden klammern und auf diese Weise ihre eigenen Gedanken in Schach halten konnte. Hier saß sie nun in diesem Haus in der Falle, mit diesen zwei langweiligen Mädchen, zu denen sie wohl nie ein warmes Verhältnis bekommen würde, und ihr Vater... Aber es war besser, nicht an *ihn* zu denken. Außerdem war nicht wegzuleugnen, daß in dieser Familie unter der Oberfläche seltsame Strömungen zu herrschen schienen, sonderbar feindselige, spannungsreiche Kräfte, die nicht nur gegen sie gerichtet waren. Was für Gefühle hegten die Mädchen füreinander und für ihren Vater? Fanny spürte, daß sie in einen unglücklichen Haushalt geraten war.

»Miss Fox?« erwiderte Bet sorglos. »Ach je, die war jahrelang bei uns – schon lange bevor es mit Mutters Gesundheit bergab ging – zehn, zwölf Jahre, schätze ich.«

»Sie ist inzwischen schon alt – mindestens dreißig, eine alte Jungfer«, stimmte Martha zu. »Wer will schon eine Gouvernante heiraten? Allerdings glaube ich, daß sie mal gehofft hat, Pa zu angeln, als sie Anfang zwanzig war.«

Die Schwestern lachten einhellig.

»Dann muß sie aber sehr jung gewesen sein, als sie eure Gouvernante wurde«, sagte Fanny und kam zu dem Schluß, daß Martha die niederträchtigere der beiden war, obwohl Bet sich ihr selbst gegenüber feindseliger verhielt.

»Es war eine gute Stellung für sie«, sagte Bet scharf. »Sie war davor nur Kinderfrau gewesen. Früher war Mama für unsere Erziehung zuständig.«

»Aber dann hat Mama den Verstand verloren«, erklärte Martha und erntete einen gereizten Blick ihrer älteren Schwester.

»Du liebe Güte – das habe ich gar nicht gewußt«, sagte Fanny matt.

Bet hob ihre Augen von der Nadel, in die sie gerade einen Faden einfädelte. »Woher auch? Es war ja nicht allgemein bekannt.«

Aber Martha redete unbeirrt weiter – in dem Wunsch, ihre Schwester zu ärgern, vermutete Fanny.

»Ja, du lieber Gott, Mama war die letzten zehn Jahre verrückt, und du kannst sagen, was du willst, Bet, aber es hat sich rumgesprochen. Ganz gewiß hat deshalb kein einziger Kavalier aus Gosport um uns angehalten, und wir können froh sein, daß wir hierhergezogen sind, weil ich fürchte, daß alle gedacht haben, wir würden unserer Mutter nachschlagen. Ich allerdings glaube, was Doktor Plornish uns erzählt hat. Er hat immer gesagt, daß sie nicht wirklich irr war und daß wir keine Angst haben müßten, daß es uns auch einmal so gehen würde, aber weil sie eine schwache Gesundheit hatte, haben die vielen Wochenbetten ihr den Verstand geraubt.«

»Martha! Hüte deine Zunge!«

»Ach, sei doch still, Bet, was regst du dich auf – unsre Stiefmutter ist doch eine verheiratete Frau. Zwölf Kinder in dreizehn Jahren«, fuhr Martha bedeutungsvoll fort, die Augen unverwandt auf Fannys Gesicht gerichtet, »und alle bis auf drei tot geboren. Glauben Sie nicht auch, das reicht, um den Verstand zu verlieren, *Mrs. Paget?*«

Fanny fühlte, wie ihr die Hitze des Feuers in die Wangen stieg; ihre Schläfen hämmerten heftig und ihre Zunge fühlte sich ausgetrocknet an. Ihr Rücken schmerzte und ihre Füße waren starr vor Kälte. Benommen warf sie ihre Handarbeit in das Binsenkörbchen und sagte im Aufstehen: »Die Reise hat mich geschwächt, ich gehe jetzt besser nach oben.«

Sie fühlte, daß sie es nicht einen Moment länger in diesem Zimmer mit diesen Mädchen aushalten konnte.

Bet sagte: »Es wird Pa nicht gefallen, wenn Sie das Abendgebet versäumen.«

Genau in dem Moment schlug die Haustür zu, und Mr. Paget streckte den Kopf ins Zimmer und meinte:

»Für Tee ist es jetzt zu spät. Ich habe viel Arbeit vorgefunden. Wir werden am besten gleich die Gebete sprechen.«

Die Dienstboten hatten sich bereits zu dieser Zeremonie im Eßzimmer versammelt. Mr. Paget las die Gebete aus einem Buch, und danach ging er mit Jem und Kate durchs Haus, um zu überprüfen, ob alle Türen verriegelt, alle Fenster zu und die Läden geschlossen waren. Dann begaben sich Familie und Dienstboten zu Bett. Jem schlief unten in einem kleinen Verschlag, die Mägde bewohnten eine der Dachkammern, Martha schlief mit Patty zusammen in einem Zimmer, und Bet hatte ihren eigenen kleinen Raum. Thomas und seine Braut zogen sich wieder in das eheliche Schlafzimmer zurück. Zu ihrer Erleichterung stellte Fanny fest, daß es im Laufe des Abends hergerichtet worden war, das Bett war mit frischen Laken bezogen, ihre Kleider waren weggeräumt und eine Sitzbadewanne mit heißem Wasser stand bereit. Sie stand dampfend hinter einem Wandschirm, und Thomas machte als erster von ihr Gebrauch.

»Frauen vertragen nicht so heißes Wasser wie Männer«, sagte er. »Es ist nicht nötig, Wasser für *zwei* Bäder zu erhitzen. Holz und Kohle kosten Geld, ich hoffe, du schreibst dir das hinter die Ohren.«

Er verbrachte spritzend und grunzend geraume Zeit in der Wanne; dann war Fanny an der Reihe. Obwohl sie ganz und gar nicht begierig darauf war, ins Bett zu gehen, war ihr gewiß nicht nach Trödeln zumute, denn das Wasser war inzwischen nur noch lauwarm, außerdem leicht schaumig und trübe vom Schmutz ihres Gatten. Er lag bereits im Bett und wurde bald ungeduldig.

»Siel dich nicht die ganze Nacht da drinnen herum, Frances! Kerzen kosten auch Geld, merk dir das!«

Fanny hätte ihr Bad gerne im Dunkeln genommen. Vor dem Fenster sah man einen großen orangenen Herbstmond durch die Äste eines dicht belaubten Baumes scheinen, der im aufkommenden Wind schaukelte und wogte und tanzte und gleitende Schatten auf die Wände des Schlafzimmers warf.

»Zieh die Vorhänge fester zu, Frances«, befahl Thomas. Aber selbst als sie ins Bett gestiegen war und die Kerze ausgeblasen hatte, schien der ganze Raum von der seufzenden Gegenwart des Baumes vor dem Fenster erfüllt, als würden seine ruhelosen Äste durch die Wand hindurch eindringen.

»Da haben wir mal wieder ein Beispiel weiblicher Dummheit, wie sie im Buche steht!« brummte Thomas. »Wie kann man nur einen Baum so dicht ans Haus pflanzen? Der steht bestimmt keine vier Meter von der Hausmauer weg. Das bringt zwangsläufig Feuchtigkeit und nimmt Licht. Ich werde ihn morgen gleich fällen lassen.«

Fanny ließ einen schwachen Protestlaut hören, als er sich bewegte und unsanft ihren Arm packte; sie wußte nicht recht, ob sie gegen das Schicksal des Baumes oder gegen ihr eigenes Einspruch erhob.

»Was ist denn los, Frances? Warum liegst du ganz an der Bettkante? Komm her.«

Er rollte zu ihr hinüber und nahm sie in Besitz.

Das Klicken des Türriegels weckte Fanny am nächsten Morgen. Langsam und widerstrebend öffnete sie die Augen, um festzustellen, daß man erneut ein Feuer im Kamin entfacht hatte, das freundlich brannte, die Vorhänge waren halb zurückgezogen und ein Wasserkrug mit heißem Wasser stand dampfend auf der Kommode. Hinter dem Vorhang leuchtete ein strahlend blauer Himmel, ein glänzender Morgen hatte die stürmische Nacht abgelöst, und von ihrem Lager aus konnte Fanny die Kronen einiger stattlicher Bäume sehen, deren herbstliches Laub von der frühen Sonne vergoldet wurde. Dieser erbauliche Anblick konnte jedoch ihr Elend kaum lindern, und sie lag da und fragte sich verzweifelt, wie sie ihr neues Leben nur ertragen sollte.

Wohl zum hundertsten Male stellte sie sich die Frage, wie sie bloß so töricht hatte sein können anzunehmen, daß eine Ehe, irgendeine Ehe ganz gleich mit wem, besser war, als sich zu Hause mit den Schmerzen unerwiderter Liebe zu quälen und dabei der scharfen Musterung ihrer Schwestern und dem traurigen und bedrückenden Anblick der schwindenden Gesundheit des Vaters ausgesetzt zu sein. Sie hatte nur sich selbst Vorwürfe zu machen, es geschah ihr ganz recht. Sie hätte Captain Pagets Antrag ablehnen können, Papa hatte ihr gesagt, daß er sie in keinster Weise nötigen wolle (ihr war allerdings bewußt, daß er sehr erleichtert war, als sie zustimmte).

Neben ihr lag Thomas mit ausgebreiteten Armen auf dem Rücken und nahm zwei Drittel des Bettes ein. Er schnarchte noch ungestüm in tiefstem Schlummer. Das war auch besser so, dachte Fanny schaudernd, da er ihr mit seinen wiederholten wilden, unersättlichen Angriffen die halbe Nacht lang Schmerzen zugefügt, sie schockiert und befremdet hatte. Er hatte sie nicht wie ein menschliches Wesen behandelt, sondern wie eine Puppe, ein biegsames, knochenloses Objekt ohne Würde, das unfähig war, Gefühle zu empfinden oder auf ihn einzugehen. Sie hatte die Kirchenglocken zwei Uhr, drei Uhr, vier Uhr schlagen hören... Sie war mit blauen Flecken übersät, ihr Mund war wund und geschwollen, da sie sich wieder und wieder auf die Lippen gebissen hatte, um nicht zu schreien. Sie war sich nur allzu bewußt, daß Bet in dem kleinen Raum nebenan schlief, und Fanny konnte den Gedanken nicht ertragen, daß irgend jemand – und schon gar nicht ihre älteste Stieftochter – erraten sollte, was sie durchmachte, wie sie erniedrigt wurde. Schlimm genug, daß es geschah, unerträglich, daß jemand es erfuhr.

Voller Furcht, daß Thomas plötzlich erwachen und sie erneut

beanspruchen könnte, wand sie sich vorsichtig aus dem Bett und wusch sich lautlos und schnell, wie sie es sich in den sechzehn Jahren, in denen sie einen kleinen Raum mit zwei älteren Schwestern geteilt hatte, angewöhnt hatte, mit einer Tasse voll heißem Wasser (aus Angst, ihr Gatte könnte in Wut geraten, wenn sie zuviel verbrauchte), kämmte sich rasch ihr haselnußbraunes Haar und legte es in einen Knoten, zog dann ein weiches blaues Wollkleid an, mit langen Ärmeln und hochgeschlossen. Es war ein altes Kleid, aus der Mode, da niemand mehr Wolle trug, aber es würde die blauen Flecken hinreichend bedecken. Dann schlüpfte sie sachte wie ein Geist aus dem Zimmer. Ihre sehr wohl berechtigte Sorge bei dem Gedanken an Thomas' Zorn, wenn er erwachte und feststellte, daß sie ihm entwischt war, wurde verdrängt von ihrem verzweifelten Bedürfnis, allein zu sein, wenn auch nur für eine kurze Weile. Es war noch früh; kurz bevor sie aufstand, hatte sie die Kirchenglocke sieben Uhr schlagen hören, und sie wußte, daß das Familienfrühstück nicht vor acht Uhr serviert wurde. Sie hatte also mindestens eine halbe Stunde für sich allein.

Im Erdgeschoß konnte man in einigen Zimmern Geräusche häuslicher Geschäftigkeit hören, in der Küche im Souterrain wurde eine Matte ausgebürstet, Asche ausgekratzt, ein Messer geschärft. Fanny war ängstlich darauf bedacht, mit keinem der Dienstboten zusammenzutreffen. Sie ergriff das graue Umschlagtuch, das Bet am Vorabend für sie geholt hatte und das noch auf einem Stuhl in der Halle lag. So ausgerüstet fand sie eine Glastür, die in den Garten führte, entriegelte sie und huschte leise hinaus in den frischen Herbstmorgen, das Tuch fest um ihre schlanken Arme und Schultern gewickelt.

Die Tür führte auf einen mit Steinplatten belegten Weg, der um das Haus herumführte. Beim Hinaustreten fiel Fannys Blick zu allererst auf den Baum, der in der vergangenen Nacht Thomas' Zorn erregt hatte.

Es war eine anmutige junge Esche, vielleicht dreißig Jahre alt, groß, gutgewachsen, die obersten Äste reichten schon bis zum Dach des Hauses. Der glatte silbergraue Stamm war noch nicht dicker als ein Schiffsmast. Die fingerartig gefiederten Blätter, die in der windigen Nacht so heftig gewogt und geseufzt und gezittert hatten, hingen jetzt ruhig im Morgenlicht, sie waren bereits vom ersten Frost überzogen und leuchteten in einem zarten, blassen Gold. Die Äste, die geächzt und gewimmert hatten, ragten jetzt elegant und bewegungslos in den kühlen Himmel. *Yggdrasil,* dachte Fanny – denn in der theologischen Bibliothek des Herrn Reverend Herriard hatten sich unter anderem auch viele Bücher über Mythologie befunden, und Fanny hatte sie alle gelesen – Yggdrasil, Odins Esche, der heilige Stamm, die Achse, die Erde und Himmel zusammenhielt, und ihr Herz hob sich angesichts der friedlichen goldsilbernen Schönheit des Baumes.

Jenseits des Baums hing ein Nebelhauch in der Luft, und in der Ferne, auf der anderen Seite eines kleinen, tiefen Tals, erhob sich ein Hügelrücken. Häuser waren nicht zu sehen.

Fanny ging sachte auf Zehenspitzen auf dem Plattenweg am Haus entlang und lief dann quer über eine Rasenfläche, um ans äußere Ende des Gartens zu gelangen, der, wie sie jetzt sah, keilförmig und in Terrassen angelegt war. Jenseits der Einfriedung schien der Grund steil abzufallen.

Sie stieg ein paar flache Treppenstufen hinab und befand sich dann auf einer tieferen Ebene auf einem langen Grasweg, der an der ganzen Talseite des Gartens entlangführte. Der Weg war durch eine Eibenhecke vom Haus abgeschirmt, und an seinem Ende sah man über eine niedrige Mauer ins Tal. Hinter dieser Mauer ging es ziemlich steil abwärts – etwa drei bis vier Meter –, so daß der Garten durch einen Schutzwall begrenzt schien.

Fanny hielt den Atem an angesichts des wunderschönen Anblicks, der sich über die Mauer hinweg bot: Am Grunde des Tals schlängelte sich, hier und da zwischen den Nebelschwaden auftauchend, ein klarer Bach, dessen Lauf von Biegung zu Biegung von einer einzelnen Eiche oder einem Korbweidengrüppchen markiert wurde. Jenseits des Baches erstreckten sich steile Wiesen bis zur Kuppe eines Hügels, der mit einem kleinen Dickicht gekrönt war, und jenseits dieses Hügels dehnte sich, soweit das Auge reichte, eine höher gelegene, dunklere Waldlandschaft aus. Nördlich der Hügelkette senkte sich die Landschaft sanft zum blauen Weald, einem Acker- und Weidegebiet mit verstreuten Wäldchen, das sich weithin bis zu einer fernen blauen Bergkette am Horizont erstreckte, wohl dreißig bis vierzig Meilen entfernt. Vielleicht lag dort London, dachte Fanny, die nur sehr ungenaue Vorstellungen von der Entfernung hatte, und sie schärfte ihren Blick in der Suche nach Rauch oder einem Hinweis auf eine Stadt in der nebligen Ferne. Barnaby war nach London gezogen mit seinem Regiment, bis zu dessen Einschiffung nach Indien; vielleicht war er noch dort...

Fanny wußte nicht, wie lange sie so versunken dastand; die Morgensonne wärmte ihre Wangen, während sie die Schönheit der Landschaft in sich aufsog. Solange ich hierherkommen kann, sagte sie sich, solange ich das sehen kann – wenn auch nur einmal am Tag –, solange werde ich *alles* ertragen können.

Dieser kleine Vorsatz gab Fanny etwas Auftrieb; sie hatte das Gefühl, eine *gewisse* Anstrengung unternommen zu haben, um ihr neues Leben zu meistern. Dann fiel ihr ein, daß das Frühstück jeden Moment fertig sein konnte, und sie wandte sich um, um die Stufen hinauf- und zum Haus zurückzugehen.

Über Nacht hatte sie sich ein für allemal den Gedanken aus dem Kopf geschlagen, sie könnte einmal in der Lage sein, Thomas Paget zu lieben. Sie konnte beim besten Willen keine Eigenschaft an ihm entdecken, die sie bewundern oder gar liebenswert finden konnte. Vielleicht verhielt er sich in seinem Gewerbe rechtschaffen, gewiß tat er das, aber zu Hause war er ungehobelt, geizig, lieblos zu seinen Töchtern, und es mangelte ihm eindeutig an jedem Zartgefühl, jeglichem Einfühlungsvermögen, da er es weder merkte noch sich darum scherte, wenn er seinem Weib ernsthafte körperliche Schmerzen zufügte. – Er war wenig liebenswert, daran war nicht zu rütteln. – Gehorchen mußte Fanny ihm dennoch, und das würde sie auch tun. Sie würde sich nach Kräften bemühen, den Haushalt in seinem Sinne zu führen, und ihr Bestes tun, um sicherzustellen, daß das Alltagsleben in der Hermitage reibungslos verlief. Dergestalt entschlossen eilte sie auf die Gartentür zu, damit sie nicht am ersten Morgen zu spät zum Frühstück kam und damit sein Mißfallen auf sich zog.

Sie erreichte den Steinplattenweg und lief ihn rasch entlang, aber die Platten waren glatt, schlüpfrig vom Tau, der fast gefroren war, und sie glitt auf einer Platte aus und wäre gefallen, wenn nicht eine Hand von hinten ihren Arm gepackt hätte. Eine Stimme rief besorgt:

»Vorsicht, Ma'am! Die Steine, die sin ganz schlüpfrig, sin die!«

»Oh, ich danke Ihnen!« keuchte Fanny und schaffte es, ihr Gleichgewicht wiederzugewinnen.

Sie drehte sich um, blickte auf und sah in die dunkelblauen Augen eines großen jungen Mannes, der einen Satz nach vorn gemacht hatte, um sie zu packen, wobei er die Sense fallen ließ, die er in der Hand gehabt hatte. Er trug eine grobleinerne Gärtnerschürze, und seine schwarzen Locken waren mit einem Stück Bast zurückgebunden. Er war braun wie ein Zigeuner. Sein langes, markantes Gesicht hatte einen ernsten Ausdruck, aber als er ihren Arm freigab, breitete sich ein Lächeln darauf aus, und seine blitzend weißen Zähne wurden sichtbar. Sie stand wieder aufrecht und brachte ihr blaues Kleid in Ordnung.

»Das wär aber gar nich gut, wenn die neue Herrin von der Hermitage gleich am ersten Morgen ausrutscht und sich den Knöchel bricht! Das wär ein schlechtes Zeichen, das sag ich Ihnen!«

»Aber Sie haben es verhindert!« sagte Fanny, ebenfalls lächelnd. »Ich danke Ihnen, mir ist nichts geschehen. Ich bin Ihnen sehr verpflichtet für Ihre Geistesgegenwart. Sie sind gewiß der Gärtner, aber leider ist mir Ihr Name noch nicht bekannt.«

»Ich bin Andrew Talgarth, Ma'am.«

»Waren – sind Sie –« Sind Sie einer der Dienstboten, die mein Mann mitgebracht hat? wollte Fanny fragen, aber diese Bezeichnung schien nicht angemessen für den großen schwarzhaarigen jungen Mann, der so selbstverständlich neben ihr stand, mit der Sense in der Hand, die er wieder aufgehoben hatte. »Sind Sie von Petworth oder sind Sie mit meinem Mann hergekommen?« fragte sie schließlich.

»Ich hab hier schon als Gärtner gearbeitet, bevor daß Sie gekommen sind, für Madame Reynard, die Dame aus Frankreich, und dann für Miss Juliana – aber ich bin nich aus Petworth. Ich komm aus Breconshire, aus den Black Mountains. Lord Egremont hat mich un mein Vater hierhergeholt, das is schon lange her, zum Arbeiten im Garten und Park vom Petworth House; un dann hat er gewollt, daß ich den Garten hier für Madame Reynard mit herrichten helf, wie er das Haus für sie gebaut hat, vor sechzehn oder siebzehn Jahren war das.«

»Solange ist das her?« staunte Fanny. »So alt können Sie doch noch gar nicht sein!«

»Ich bin zweiunddreißig, Ma'am, aber ich bin Gärtnerbursche, seit ich von der Mutterbrust weg bin, kann man sozusagen sagen«, meinte er lächelnd. »Mit der Hacke in der Hand geboren. Mein Vater hat für'n Dutzend un mehr verschiedene Herrschaften gearbeitet, überall im ganzen Land, hat allen die Gärten angelegt – bevor daß er dann bei Lord Egremont geblieben is, drüben im Petworth House.«

Talgarth zeigte zum westlichen Ende des Gartens, wo sich, wie Fanny jetzt bemerkte, hinter einer Steinscheune, einer hohen Mauer und zwei Kutschhäusern die roten Ziegeldächer der Stadt erhoben, die noch überragt wurden von dem rechteckigen Steintor und dem Schieferdach eines eindrucksvollen, großen Herrenhauses. Es wirkte fast so groß wie ein Schloß.

»Du liebe Güte, ist das Petworth House? Ich hatte keine Ahnung, daß es so nah liegt und so groß ist! Arbeitet Ihr Vater immer noch für Lord Egremont?«

»Nein, der is jetzt im Ruhestand, Ma'am. Lord Egremont hat ihm ein kleines Häuschen gebaut, drüben in den Dilly Woods« – Talgarth wies über das Tal hinweg – »da hat er sein Bohnenbeet und seinen Goldlack und seine Pfeife und seinen Tabak und seine Geige; aber er tappelt immer noch manchmal zum Großen Haus rüber, weil er nachsehn will, ob dort alles in Ordnung is mit dem Garten. Lord Egremont hält große Stücke auf mein Vater seine Meinung, immer wenn was Neues geplant is, holt er mein Vater und beredet alles mit ihm. – Ein Garten pflegen, is wie'n Kind aufziehn, Ma'am, sag ich Ihnen. Man wächst da ganz rein, kommt eim so vor, wie wenn man an ein Stück Land gebunden is, wenn man einmal den Spaten in den Mergel gesteckt hat – also wie mit 'nem Baststrick dran festgebunden – und man kommt niemals nicht davon los.«

Zur Erläuterung seines Standpunktes zog er einen Baststrick aus seiner Schürzentasche und wickelte sich eine Schlaufe um zwei Finger.

»Das kann ich gut verstehen«, sagte Fanny. »Sie haben die Anlage hier wunderbar gestaltet.«

Sie sah mit schlichter Freude um sich. Auf dem ebenen Gelände zwischen dem Haus und der langen Eibenhecke war ein Ziergarten angelegt mit Blumenbeeten, die durch schmale Backsteinpfade unterteilt waren. Obwohl der Herbst schon fortgeschritten war, leuchteten die Beete zwischen niedrigen zurechtgestutzten Hecken, und in der zunehmend wärmeren Sonne verströmten sie einen süßen, aromatischen Duft. Jenseits des Ziergartens glitzerte das rotgolden verfärbte Laub von zwei kleinen, stämmigen Kirschbäumen, die auf dem Rasen standen;

eine wilde Hecke aus Flieder und immergrünen Büschen erstreckte sich zwischen dem Haus und der Steinscheune; an einer entfernten hohen Mauer hatte man kunstvoll ein Obstbaumspalier angelegt, und Kletterrosen rankten an der Hauswand und an zwei kleinen Sommerhäuschen empor, die an beiden Enden des eibengesäumten Weges standen, die Ranken immer noch überladen von späten Blüten. Bienen summten in einer Lavendelhecke, die einmal zurückgeschnitten worden war und nun zum zweiten Mal blühte. Obwohl es kein großes Anwesen war, war der Garten aufs Sorgfältigste angelegt, als hätte man sich um größte Vielfalt bemüht, um ihn größer erscheinen zu lassen, als er in Wirklichkeit war.

»Der Küchen- und Obstgarten ist drüben hinter der Mauer«, sagte Talgarth und wies Richtung Scheune. »Da gibt's noch 'ne Menge späte Bohnen. Möchten Sie vielleicht welche, Ma'am – Artischocken – Mispeln – Birnen und paar Ribston Pippinäpfel. Die müssen jetzt gepflückt werden, wenn der Herr einverstanden ist, tu ich mich da heut drum kümmern –«

Seine Stimme erstarb, als die Tür hinter Fanny aufgerissen wurde, und er sah über sie hinweg und legte höflich die Hand an die lockige Stirn. »Morgen, Sir!«

Thomas' Stimme erschallte ärgerlich:

»*Frances*! Was um alles in der Welt treibst du hier draußen? Ich habe dich im ganzen Haus gesucht! Hast du den Gong nicht gehört? Warum kommst du nicht zum Morgengebet?«

Durch seinen entrüsteten Wortschwall hindurch hörte man die Kirchenglocken acht Uhr schlagen. Fanny war bei seinem ersten Wort schuldbewußt herumgefahren. Sie rutschte fast wieder auf der schlüpfrigen Steinplatte aus, aber diesmal machte Talgarth keinerlei Anstalten, ihr zu helfen, und sie fing sich von allein wieder, indem sie sich an der Hauswand abstützte.

»Ich – tut mir leid, Sir – wollte gerade kommen, wirklich –«

Thomas sah erzürnt und ungläubig drein. Er hielt seine Uhr in der Hand, seine Lippen bildeten eine harte Linie, sein mißtrauischer Blick wanderte von Fanny zum Gärtner, als hätte er die beiden bei einem Komplott gegen ihn ertappt.

»Ich hatte wirklich keine Ahnung, daß es schon so spät ist«, stammelte Fanny.

»Aber du kannst ja wohl die Kirchturmuhr deutlich vom Garten aus sehen! – Geh sofort hinein; ich werde gleich mit dir reden. Und nun zu Ihnen«, sagte Thomas zu dem Gärtner, den er mit unverhohlener Abneigung anblickte, »Sie sind Talgarth, nehme ich an.«

»Ja, Sir.«

»Ich weiß zwar nicht, was Sie zur Frühstückszeit so nah beim Haus zu schaffen haben, aber da Sie schon mal hier sind, kann ich es Ihnen auch jetzt gleich sagen – Ihre erste Aufgabe am heutigen Tag besteht darin, diesen Baum zu fällen.«

Er zeigte auf die Esche.

»Den fällen, Captain Paget, Sir?« Talgarths Stimme verriet Bestürzung, er schien seinen Ohren nicht zu trauen.

»O nein!« rief Fanny im selben Moment kläglich aus und vergaß völlig, daß sie ins Haus gehen sollte. »O bitte, Sir, lassen Sie ihn nicht fällen! Er ist so wunderschön!«

»Frances! Wenn ich deine Meinung hören will, frage ich dich danach, andernfalls hast du zu schweigen! Habe ich dich übrigens nicht eben angewiesen, ins Haus zu gehen? Ja – fällen Sie ihn«, befahl Thomas dem Gärtner. »Der Baum steht viel zu dicht am Haus. Wer immer ihn gepflanzt hat, war von allen guten Geistern verlassen. Er hält das Licht vom Salon und von meinem Schlafzimmer ab, er verbreitet unweigerlich Feuchtigkeit – Insekten – womöglich Krankheiten. Und sein Holz wird uns eine ordentliche Ladung Brennholz liefern. – Wie komme ich überhaupt dazu, mich mit einer Erklärung meiner Anweisungen abzuplagen! Sie können sofort beginnen, ich wünsche, daß der Baum nach dem Frühstück weg ist.«

Talgarth jedoch verharrte wie angewurzelt.

»Tschuldigung, Sir, ich bin mir gewiß, Sir, daß ich das nich tun kann«, sagte er mit steinernem Gesicht.

Dieser ruhige Widerspruch trieb Thomas zur Weißglut, wie Fanny voller Schrecken beobachtete. Die sichtbaren Anzeichen der Wut waren weiße Flecken auf seinen Nasenflügeln, blutunterlaufene Augen und sein beschleunigter Atem. Er sagte drohend:

»Wie, bitte sehr, rechtfertigen Sie diese Unverschämtheit? Wollen Sie auf der Stelle entlassen werden?«

»Nein, Sir«, antwortete Talgarth gelassen. »Aber Miss Juliana – Lady van Welcker – is sie ja jetzt – sie hat zu mir gesagt, daß in ihrem Garten nichts verändert werden soll, nichts Großes, solange wie sie weg is, keine Bäume un keine Hecken sollen wegkommen, und neue Wege sollen auch nich angelegt werden un gar nichts von der Natur darf verändert werden, weil sie ihr so, wie sie jetzt is, gefällt, und sie will, daß alles so bleibt, als Erinnerung an die Lady, die wo ihr das alles hier vermacht hat, Madame Reynard nämlich. Miss Juliana hat die Esche hier *ganz besonders* gern gehabt, Sir, weil Lord Egremont sie der anderen Lady persönlich geschenkt hat, die würd ich nich um alles in der Welt anrühren, oder in so Sachen was gegen ihren Willen tun. – Un außerdem«, fügte er sachlich hinzu, als Thomas die Hände zusammenschlug und hörbar die Luft einsog, »glaub ich nich, daß Sie das Recht dazu haben, was gegen Miss Juliana ihren Wunsch zu machen, weil sie hat mir nämlich, bevor sie weg is, erzählt, daß sie ein Dokument für Sie zurückgelassen hat, zum Unterschreiben, wo alle Sachen drinstehn, die Sie hier machen können, und das nämlich können Sie nich machen.«

Das Schweigen, in das Thomas minutenlang verfiel, nachdem Talgarth gesprochen hatte, ließ vermuten, daß er ins Schwarze getroffen hatte. Offenbar war eine derartige Abmachung unterzeichnet worden, die er in der Aufregung vergessen hatte, aber

Fanny war sich ganz sicher, daß es ihm jetzt wieder einfiel. Die strenge Rechtgläubigkeit und Sturheit seines Charakters würde ihn davon abhalten, der Abmachung zuwider zu handeln. Diese Tatsache war jedoch nicht dazu angetan, seinen Zorn zu besänftigen, und Fanny war jetzt diskret genug, leise durch die offene Tür ins Haus zu treten, ohne zu versuchen, einen Blick von Talgarth zu erhaschen, der immer noch in tadellos respektvoller Haltung dastand und auf weitere Anweisungen seines Herrn wartete.

Fanny wartete nicht ab, wie sie lauteten, sondern eilte ins Eßzimmer, wo der Rest des Haushalts versammelt war; die Dienstboten in hungriger Ergebenheit, während Pagets Töchter sich über die Abweichung vom gewohnten Lauf der Dinge zu wundern schienen und entschieden ungeduldig waren. Fanny schlüpfte hinein, um sich zu ihren Stieftöchtern zu gesellen, und kurz darauf schritt Thomas mit gewitterumwölkter Stirn ins Zimmer.

Ohne auch nur einen Moment innezuhalten, riß er das Gebetbuch vom Bord und begann hastig zu lesen:

»Allmächtiger, gütiger Vater, der Du uns gnädig diesen Tag antreten ließest...«

Fanny konnte hören, wie sich draußen vor dem Fenster die Fußtritte des Gärtners knirschend über den Kies entfernten.

Nach dem Frühstück, als sie einen Moment mit Thomas allein war, der sein Frühstück in unheilverkündendem Schweigen verzehrt hatte, wollte Fanny die Gelegenheit nutzen, um sich für ihre Verspätung zu entschuldigen. Sie tat es rasch, bevor der Mut sie wieder verließ.

Thomas hörte kommentarlos zu und sagte dann:

»Nun gut, ich hoffe, dergleichen geschieht nicht noch einmal, Frances! Ich vertraue darauf, daß du dir über deine Stellung in diesem Haushalt als meine Ehefrau im klaren bist. Du bist kein

Kind mehr unter deinen Geschwistern, sondern eine erwachsene Frau und mußt demgemäß angemessene Würde und Zurückhaltung an den Tag legen.«

»Ja, Sir.« Sie konnte es nicht ertragen, ihm ins Gesicht zu sehen und heftete statt dessen ihren Blick auf seine dreifingrige Hand, in der er seinen Dreispitz hielt.

Er sagte: »Ich will dich nicht dabei erwischen, wie du mit männlichen Dienstboten oder anderen Personen dieses Schlags redest und scherzst. Das ziemt sich nicht für deinen Stand. Du bist jetzt mit mir verheiratet, vergiß das bitte keinen Moment.«

Fanny war überzeugt, daß sie das niemals vergessen könnte, aber sein Blick war so streng, daß sie ihre Entschuldigung wiederholte.

»Ich muß jetzt außer Haus meinen Rekrutierungsgeschäften nachgehen und bin wahrscheinlich bis heute nachmittag abwesend«, fuhr Thomas fort. »Ich habe Patience angewiesen, ihre Schiefertafel und ihre Schönschreibhefte in dieses Zimmer herunterzubringen, wo du sie bis zum Mittag unterrichten kannst. Ferner habe ich Kate befohlen, die Haushaltsbücher und die Vorratsliste für dich bereitzuhalten, damit du dich voll und ganz mit der Haushaltsführung vertraut machen kannst. Und besprich unbedingt mit ihr, wie die Möbel zu stellen sind, und vergewissere dich, daß in der Speisekammer und in sämtlichen Schränken Ordnung herrscht. Heute nachmittag kannst du dich im Garten ergehen, aber auf keinen Fall ohne Begleitung – eins von den Dienstmädchen oder besser Bet oder Martha sollen dir Gesellschaft leisten.«

»Darf ich nicht in die Stadt gehen?« frage Fanny recht verzagt.

Er bedachte sie mit einem stirnrunzelnden Blick – als er ihr seine Anweisungen gegeben hatte, hatte Thomas seinen Blick abgekehrt, als könnte er ihren Anblick nicht ertragen – und sagte: »*Dazu* sehe ich keinerlei Veranlassung! Was solltest du besorgen? Gewiß mangelt es dir an nichts. Dein Vater hat mir versichert, daß er genügend Mittel zur Verfügung gestellt hat, um dich mit der üblichen Brautausstattung zu versehen.«

»O ja, Sir, aber gewiß doch –« Fannys Stimme zitterte in der Erinnerung daran, wie ihr Vater sich von seinen Guineen trennen mußte, die er kaum entbehren konnte, damit sie ihre Aussteuer bekam. »Ich – ich wollte nur gerne die Stadt kennenlernen, durch die Straßen gehen. – Und Ihre Töchter würde das gewiß auch erfreuen.«

»Kommt nicht in Frage«, sagte Thomas kurz. »Wenn es an etwas Bestimmtem mangelt, Faden oder Lampenöl, kannst du einen Dienstboten mit der Besorgung beauftragen.«

Jetzt konnte man die Hufe seines Pferdes draußen vor der Eingangstür hören, und er brach unverzüglich auf. Fanny empfand nur Erleichterung über sein Gehen, obwohl die verschiedenen Ermahnungen und Verbote sie in einen niedergeschlagenen, kraft- und mutlosen Zustand versetzt hatten. Das Leben in ihrem Vaterhaus, wo sie nach Lust und Laune allein oder mit ihren Schwestern auf den Feldern oder im Dorf umherstreifen konnte, erschien ihr nun in höchstem Maße frei und unabhängig; hier war sie gewissermaßen eine Gefangene.

Aber vielleicht wird sich seine Haltung nach ein paar Wochen ändern, dachte Fanny hoffnungsvoll. Ich kann mir jedenfalls nicht vorstellen, daß Bet und Martha es lange erdulden, an Haus und Garten gefesselt zu sein, nach der Unterhaltung von gestern zu schließen. Sie vermutete, daß Thomas wenig Ahnung von der wahren Natur seiner Töchter hatte.

Im Moment waren die zwei älteren jedenfalls eifrig und mit geziemendem Anstand beschäftigt. Martha stickte an einer großen Leinwand für einen Kaminschirm, während Bet Klavier übte; also schickte Fanny sich an, die kleine Patty zu unterrichten. Das erwies sich als eine ausgesprochen undankbare Aufgabe. Zum einem war Patty ein träges, zurückgebliebenes Kind, das nur wenig natürliche Begabungen besaß, und sie hatte ein recht trotziges, ungehorsames Naturell, zum andern schien sie den mürrischen Entschluß gefaßt zu haben, so wenig wie möglich zu lernen, denn sie hatte für alles, was Fanny ihr beibringen wollte, fast gleichlautende Widerworte:

»Das hat Miss Fox mir nicht beigebracht!« »Miss Fox hat das nie gesagt!« »So hat Miss Fox das nie gemacht!«

Gegen Ende des Vormittags war Fanny mit ihrer Geduld am Ende, und sie konnte nicht umhin, Miss Fox auf den tiefsten Meeresgrund zu wünschen. Erschöpft, verärgert und entmutigt, mit roten Wangen und hämmernden Schläfen, lehnte sie sich gegen den Fenstersims und blickte in das Herbstlaub der Bäume hinaus. Wie gerne wäre sie jetzt im Garten spazierengegangen, aber in der Erinnerung an Thomas' Anweisung traute sie sich nicht, unbegleitet hinauszugehen. Talgarth war nicht zu sehen, vielleicht arbeitete er im Küchengarten. Immerhin war die Esche gerettet, dachte Fanny mit einem kleinen Herzklopfen. Sie konnte sie zwar von ihrem Standort aus nicht sehen, aber allein der Gedanke an ihre Färbung und ihre Anmut machte ihr Freude.

»Sieh doch zu, daß dein Griffel nicht so quietscht, Patty«, sagte sie seufzend.

»Geht nicht«, brummte Patty, die mit einem bösen Gesicht, das sehr an ihren Vater erinnerte, biblische Texte abschrieb. Man hatte den Eindruck, daß sie den Griffel absichtlich lauter auf der Schiefertafel quietschen ließ, und Fanny mußte die starke Versuchung bezwingen, ihr eine Ohrfeige zu geben.

Kate, die Köchin und Haushälterin, klopfte an die Tür.

»Wenn's recht ist, Ma'am, der Herr hat mir gesagt, daß ich gegen Mittag mit Ihnen die Vorräte und die Haushaltsbücher durchgehen soll, und da ist auch, bitte schön, ein Zigeuner an der Tür, der Lavendelsäckchen und Wäscheklammern verkauft, und wünschen Sie vielleicht, welche zu kaufen?«

Fanny schüttelte den Kopf. Thomas hatte ihr noch kein Haushaltsgeld gegeben, und selbst wenn er es getan hätte, war sie sicher, daß er niemals eine derart nichtige Anschaffung wie Lavendelsäckchen gutheißen würde.

»Sie sehen ja zu Tode erschöpft aus, Ma'am«, sagte Kate und sah von Fanny auf das schmollende Kind. »Soll ich Ihnen eine Tasse Tee machen, bevor wir die Vorräte durchgehen? Oder einen kleinen Imbiß, für Sie und die jungen Damen? Das geht ganz schnell.«

Die Versuchung war sehr groß für Fanny, aber in Gedanken an die Kosten für Tee – über elf Schillinge das Pfund – schüttelte sie den Kopf. »Nein danke, Kate, aber ich hätte gerne ein Glas Wasser.«

»Wollen Sie vielleicht nicht lieber ein Glas von meinem Schlüsselblümchenwein, Ma'am? Mit Verlaub, Sie sehen ganz mitgenommen aus.«

Fanny schüttelte wieder den Kopf, aber Kates unerwartete Freundlichkeit tat ihr gut. Und als sie dann durchs Haus gingen, zuerst die Küche im Souterrain besichtigten, dann die Vorratskammern und die Dachstuben der Dienstboten, und dabei die Anordnung der Möbel und die Aufbewahrung der Wäsche und der Lebensmittelvorräte besprachen, fühlte Fanny zu ihrer eigenen Verwunderung, wie ihre Stimmung sich wieder etwas hob. Obwohl so vieles ihr Kummer machte – Heimweh, der Gedanke an Barnaby, der weit weg war und sie vergaß, Sorgen und üble Vorahnungen in bezug auf ihren Vater, der Gedanke an die abscheuliche vergangene Nacht und an die bevorstehende heutige und alle kommenden Nächte, die ablehnenden Blicke ihrer Stieftöchter, wenn sie ihnen im Haus begegnete, und die Erinnerung an Thomas' Mißtrauen und seinen Tadel – trotz all dieser Dinge konnte sie, wenn sie hier und da aus einem Fenster ins sonnige Tal oder auf die goldene Esche blickte, die ihr blasses Gefieder in dem schönen Herbstwetter herausgeputzt zu haben schien, nicht leugnen, daß hier irgend etwas auf sie einwirkte, sie ermutigte, sich ein Herz zu fassen.

Es kommt mir so vor, als spräche dieser Ort zu mir, dachte Fanny, als wären Haus und Garten mir freundlich gesinnt und hießen mich willkommen.

»Kate, wissen Sie, ob es in dem Haus hier spukt?« fragte sie unvermittelt.

»Ob's *spukt*, Ma'am? Himmel, was hab ich mich erschreckt! Ich hoffe nicht! Es heißt, daß das Haus erst vor achtzehn Jahren erbaut worden ist. Es ist also ziemlich neu und kein Ort für Spuk und Gespenster! Obwohl hier, glaub ich, mal ein uraltes Kloster war, vor vielen hundert Jahren; aber Geister gibt's keine, Ma'am, setzen Sie sich bloß sowas nicht in den Kopf, sonst ängstigen Sie sich noch zu Tode!«

Fanny versuchte nicht zu erklären, daß ihr der Gedanke an einen freundlichen Geist gefiel, der den Ort beschützte, Wache hielt für die abwesende Herrin. Vielleicht, dachte sie träumerisch, vielleicht lebte der Hausgeist in der Esche. Ein Glück, daß Thomas daran gehindert worden war, den Baum zu fällen, sonst wäre eine schreckliche Strafe über sein Haupt gekommen...

Sie lächelte und sagte: »Nein, ich habe überhaupt keine Angst, Kate, ich bin nur ein wenig müde nach dem langen Vormittag im Haus. Ich werde wohl mal Miss Bet oder Miss Martha suchen und sehen, ob sie mit mir im Garten spazieren wollen.«

Martha, die inzwischen von ihrer Stubenarbeit herzlich gelangweilt war, war nur zu erfreut, davon wegzukommen und mit ihrer jungen Stiefmutter den Garten durchstreifen zu können, und die kleine Patty wurde gleichermaßen ermutigt, ihren Mantel anzuziehen und nach draußen zu gehen und mit ihrem Reifen zu spielen. Allerdings wurde ihr der Reifen bald langweilig, und sie wollte von Jem, dem Jungknecht, wissen, wo ihr Drachen war – sie mußte unbedingt ihren Drachen haben! Nach langer Suche kam der Drachen endlich zum Vorschein; er war zufällig in der Scheune gelandet, die so geräumig war, daß sie als Stall und Geräteschuppen dienen konnte.

Pattys Stiefmutter und ihre Schwester hatten bald allen Grund zu wünschen, der Drachen wäre nie gefunden worden, denn seine Besitzerin war weit davon entfernt, richtig mit ihm umgehen zu können. Er verfing sich ständig in den Ästen aller möglichen Obstbäume, und Jem mußte jedes Mal gerufen werden, um ihn zu befreien. Schließlich riß dann nach dem vielen Ziehen und Zerren die Schnur, und der pflichtvergessene Drachen segelte Richtung Stadt davon.

»Oh, schnell, *schnell*! Wir müssen hinterher!« schrie Patty und zerrte an der Hand ihrer Schwester. Martha war gern bereit mitzugehen, aber Fanny hatte Bedenken.

»Dein Papa will nicht, daß wir in die Stadt gehen, Patty. Wir gehen besser nicht auf die Straße, sonst wird er ungehalten.«

»Aber dann ist der Drachen verloren! Ein anderes Kind wird ihn finden!« jammerte Patty. »Wir müssen nicht weit gehen – Ich glaub, ich hab gesehen, daß er gleich nach der Wegbiegung runtergekommen ist.«

»Am besten schicken wir Jem zum Suchen los.«

Aber Jem war weggegangen, um Sattelseife und Stiefelwichse zu kaufen, und die anderen Dienstboten waren alle mit wichtigen Arbeiten beschäftigt, die sie wegen so einer Nichtigkeit nicht im Stich lassen konnten.

»*Ich* gehe mit Patty den Weg hinunter, da ist doch nichts dabei, wenn wir bis zur Straße gehen«, schlug Martha mit einem verächtlichen Blick auf ihre Stiefmutter vor. »Wenn Sie vor Vaters Unmut Angst haben, Fanny, bleiben Sie am besten hier.«

Getroffen von dieser höhnischen Bemerkung – obwohl es zutraf, daß sie Angst hatte – sagte Fanny schließlich, daß sie lieber mitkam, wenn Martha und Patty gingen. Sie wollte sie nicht unbegleitet gehen lassen, aber auf keinen Fall dürften sie weiter als bis zum Ende des Feldwegs gehen.

Als sie an dem Tor vorbeigingen, das in den ummauerten Küchengarten führte, warf Fanny schnell einen Blick hinein, weil sie wissen wollte, ob Talgarth dabei war, die Äpfel zu ernten, aber er war nicht zu sehen, weder da noch in dem kleinen Gewächshaus neben der Scheune.

»Oh, *dort* ist mein Drachen!« rief Patty freudig aus und rannte den furchigen Fahrweg entlang. Man sah den Drachen von hier aus in einem Stechpalmenbusch hängen.

Im nächsten Moment rutschte sie aus und fiel auf den matschigen, holprigen Weg und stimmte ein wildes Geschrei und Gejammer an.

»Oh, oh, oh, mein Knie, mein *Knie*!«

»Ruhig, Patty!« sagte ihre Schwester ungeduldig. »Mach nicht so ein Theater. Es ist nur ein kleiner Kratzer! Du führst dich immer auf, als wärst du halb am Sterben.«

»Es tut so weh, es tut so schrecklich weh!« schluchzte Patty, die von ihrer wenig mitfühlenden Schwester wieder auf die Füße gestellt wurde. Ihr Gesicht, ihre Hände und Knie waren schlammbedeckt, und auf einem Bein zeigte sich ein kleines Blutrinnsal. »Schau, es blutet! Oh, oh, oh!«

»Ach du liebe Güte, das ist mir aber ein trauriges Spektakel!« bemerkte eine freundliche Stimme über den Köpfen von Fanny und Martha, die beide bemüht waren, Patty herzurichten und das Blut zu stillen. Sie sahen überrascht auf, weil sie niemanden hatten kommen hören, und erblickten einen Herrn in einem schlichten aber adretten Jagdrock, Lederhosen und hohen Stiefeln, der zwei Vorstehhunde an der Leine hielt. Er verbeugte sich höflich vor ihnen, zog seinen Hut und übergab ihnen mit der freien Hand den verlorenen Drachen, mit der Bemerkung:

»Vielleicht wird das helfen, die Tränen der jungen Dame zu stillen! Ich nehme an, der Drachen ist Ihr Eigentum, meine Liebe. Erlauben Sie mir, ihn Ihnen zurückzugeben.«

Ohne ein Dankeswort riß Patty das Spielzeug an sich und warf aus verquollenen, tränenerfüllten Augen einen mißtrauischen Blick auf den Überbringer.

»Patty! Wo sind deine Manieren geblieben?« tadelte Fanny. »Sag gefälligst Dankeschön zu dem Herrn.« Und ihrerseits fügte sie hinzu. »Wir sind Ihnen sehr zu Dank verpflichtet, Sir.«

»Ach, nicht der Rede wert, werte Dame«, sagte er leichthin. »Ich gehe doch recht in der Annahme, daß ich hier Mrs. Thomas Paget vor mir habe? Juliana, die Cousine Ihres Gatten, ist eine ganz entzückende und charmante Freundin von mir, ich bin sicher, daß wir bald ebenso gute Nachbarn sein werden. Erlauben Sie mir, mich vorzustellen – mein Name ist Egremont, Sie wissen schon, von dort drüben –«, und er wedelte mit der Hand vage Richtung Petworth House, das man allerdings von hier aus nicht sah, da es von einigen Bäumen und Dächern verdeckt war.

Fanny war ganz durcheinander und etwas hilflos, da sie nicht wußte, wie sie mit so einer unvorhergesehenen Begegnung umzugehen hatte. Der feine Herr interessierte sie sehr. Er schien seinem skandalösen Ruf nicht gerecht zu werden – einmal abgesehen davon, daß er sich ausgesprochen ungezwungen und herzlich gab. Er hatte eine sehr frische Gesichtsfarbe, obwohl er mindestens Ende vierzig sein mußte. Seine Augen funkelten heiter, die Augenwinkel waren leicht nach unten gezogen, er hatte eine lange, stark gebogene Nase und einen breit lächelnden Mund. Als Fanny leicht verlegen einen Knicks machte und sich und Martha unsicher vorstellte, fuhr Lord Egremont liebenswürdig fort:

»Sie verzeihen gewiß, daß ich schon so bald vorbeikomme, da doch bei Ihnen sicher noch alles drunter und drüber geht und Sie mich vielleicht zum Teufel wünschen! Aber wir sind hier in der Gegend ganz ländlich und halten nicht viel von Etikette. Wenn es Ihnen an irgend etwas mangelt – vielleicht steht Ihnen der Sinn nach einem Stück Wildbret, einer Ananas oder ein paar Nektarinen – lassen Sie es mich wissen – es wird mir eine Freude sein, Ihnen die Früchte aus meinen Treibhäusern zu überlassen.«

»Vielen Dank – das ist sehr gütig von Ihnen«, erwiderte Fanny nervös, und sie fragte sich mit größter Besorgnis, was wohl Thomas von diesem unförmlichen Besuch halten mochte. Ihr gefiel Lord Egremont über die Maßen – seine lockere Ungezwungenheit zog sie stark an –, aber sie hatte große Furcht, daß ihr Ehemann genau entgegengesetzt reagieren würde. Martha stand die ganze Zeit mit offenem Mund und aufgerissenen Augen da, und Lord Egremont wandte sich mit größter Freundlichkeit an sie:

»Sie werden immer reichlich junge Gesellschaft finden im Petworth House, meine Liebe – meine Töchter, deren Freunde, viele Mädchen zum vierhändig Klavierspielen – Burschen, die Ihr Pony führen oder als Tanzpartner dienen – Stegreiftänze, versteht sich, nichts Förmliches. Ich kann Förmlichkeit nicht ausstehen, aber ein wenig amüsante Kurzweil, die allen jungen Leuten Spaß macht, ist mir das Liebste auf der Welt. Sie können also jederzeit vorbeikommen, wenn Ihnen der Sinn danach steht. Ein weiteres hübsches Mädchen ist immer willkommen.«

Martha errötete bei diesem Kompliment, hatte aber nichts dagegen einzuwenden. Dann wandte Lord Egremont sich wieder an Fanny und fragte etwas förmlicher:

»Ist Ihr Gatte – ist Captain Paget zu Hause, Madam? Ich hatte bislang noch nicht das Vergnügen, seine Bekanntschaft zu machen, wäre aber froh, wenn es mir vergönnt wäre, für kurze Zeit seine geschätzte Gesellschaft in Anspruch zu nehmen, in einer geringfügigen geschäftlichen Angelegenheit.«

Fanny wollte ihn gerade entschuldigen und erläutern, daß er außer Haus war, als sie durch das Getrappel von Pferdehufen unterbrochen wurde und Thomas' eigene Stimme hinter ihr erschallte, etwas lauter als gewöhnlich, in ausgesprochenem Mißfallen erhoben:

»Frances? Finde ich dich hier vor? Mit meinen Kindern? Und in welcher Gesellschaft, wenn ich fragen darf?«

»Ah, Paget, da sind Sie ja. Freut mich, Sie kennenzulernen!«

Lord Egremont drehte sich mit einem herzlichen Lächeln um, um seinen Nachbarn zu begrüßen, der seiner umwölkten Stirn und der vorgeschobenen Unterlippe nach weit davon entfernt schien, diese freundschaftlichen Gefühle zu erwidern. »Ich habe Ihrer Gattin gerade gesagt –«

Da Thomas Fanny unverwandt drohend anstarrte, fiel ihm Fanny eilig ins Wort, weil sie befürchtete, daß Thomas ihm eine schreckliche Abfuhr erteilen oder ihn beleidigen könnte.

»Das – das ist Lord Egremont, Sir – der freundlicherweise vorbeigekommen ist, um zu fragen, ob wir alles haben, was wir brauchen. Wir – wir haben ihn zufällig hier auf dem Weg getroffen –«

»Ihre Jüngste ist gestürzt, als sie hinter ihrem Drachen hergelaufen ist«, erklärte Lord Egremont mit seinem freundlichen Lächeln. »Aber es ist schon wieder vergessen, stimmt's, Miss Puss? Ich werde Ihnen eine ordentliche Ladung Weintrauben schicken, und Sie werden keine Sekunde mehr an Ihr verkratztes Knie denken. Ich habe Ihrer jungen Frau gesagt, daß Ihre Töchter herzlich bei mir willkommen sind, wenn sie Lust haben vorbeizukommen und an dem teilzuhaben, was mein junges Völkchen so treibt. Bei uns hüpfen selten weniger als zehn, zwölf junge Dinger durch die Gegend.«

Fanny wagte es nicht, ihren Gatten anzusehen, während dieses Angebot so unbefangen vorgetragen wurde. Sie konnte förmlich die arktische Kälte fühlen, die von ihm ausging, als er betont steif erwiderte:

»Das ist über die Maßen freundlich von Ihnen, Eure Lordschaft, aber ich glaube, sie bleiben besser zu Hause. Eine allzu starke Befriedigung des Wunsches nach geselligem Vergnügen kann zur Maßlosigkeit führen und alle Grundsätze, nach denen sie erzogen sind, umstoßen –«

»Nun gut, nun gut, wir werden sehen, wir werden sehen«, sagte der Graf unbeschwert, den diese Äußerung nicht sonderlich zu beeindrucken schien. »Aber eigentlich wollte ich Sie in einer anderen Angelegenheit sprechen, Paget, es geht um Talgarth, Ihren Gärtner. Er ist so ein famoser junger Bursche, daß ich, als er zu mir kam und mir erzählte, Sie hätten ihn entlassen, der Überzeugung war, daß ein Mißverständnis vorliegen muß, das man in einer Sekunde ausräumen kann. – Talgarth ist der anständigste, verläßlichste junge Mann, der mir je in meinem Leben begegnet ist, und ein erstklassiger Gärtner dazu. Ich habe ihn Madame Reynard nur überlassen, weil sie eine über alles geschätzte Freundin von mir war! Ich kann doch gewiß davon ausgehen, daß ein Mißverständnis vorliegt, und der Bursche befindet sich im Irrtum, wenn er mir erzählt, daß Sie ihm den Laufpaß gegeben haben?«

Fanny hielt den Atem an, aber Thomas antwortete mit kalter, beherrschter Stimme:

»Nein, mein Herr, es war kein Irrtum. Möglich, daß er ein hervorragender Gärtner ist, daran habe ich nicht den geringsten Zweifel, aber ich kann unter meinen Bediensteten keinen gebrauchen, der sich so dreist und unverfroren meinen Befehlen widersetzt, und genau das hat er getan.«

»Aber nicht doch, mein lieber Paget, nicht doch!« protestierte Lord Egremont gutmütig. »Der junge Andrew hat mir alles erzählt, und wenn ich recht verstanden habe, ging es wohl darum, daß die junge Esche gefällt werden sollte – ein prächtiger Baum, ich selbst habe ihn Madame Reynard geschenkt, habe vor achtzehn Jahren beim Pflanzen geholfen. Er hat nur Miss Julianas Wunsch, ihn nicht zu fällen, vertreten, das hat doch nichts mit Widersetzen zu tun, er hat damit doch nur die Anweisungen seiner Herrin befolgt! Vergessen Sie also das Ganze, ja, sagen Sie dem jungen Burschen, daß er seine Arbeit wieder aufnehmen kann, das machen Sie doch gewiß!«

»Ich fürchte, mein Lord, das kommt nicht in Frage«, sagte Thomas eisig. »Der *Grund* des Streits mag Ihnen nichtig erscheinen – und da mir nun bewußt ist, welche Vorliebe Gräfin van Welcker für den Baum hat, habe ich meinen Plan, ihn zu fällen, aufgegeben – obwohl man sich kaum einen unklugeren Standort für einen Baum dieser Größe vorstellen kann! –, aber ich habe meine wohlbegründeten Vorbehalte gegen eine Wiedereinstellung von Talgarth. Sein Betragen war ungebührlich – anmaßend – dünkelhaft, solche Allüren kann und will ich bei einem Dienstboten nicht dulden.«

»*Talgarth* dünkelhaft?« rief seine Lordschaft voller Erstaunen aus. »Da unterliegen Sie einem Irrtum, Sir. Das ist einfach unmöglich! Der höflichste, liebenswürdigste junge Bursche in der ganzen Gegend! Sie müssen irgend etwas, was er gesagt hat, falsch verstanden haben. Gewiß haben Sie sich verhört. Also los, vergessen Sie das Ganze und nehmen Sie ihn wieder auf!«

»Ich danke Ihnen, werte Lordschaft, aber ich höre ausgezeichnet«, erwiderte Thomas, der inzwischen von kalter Wut ergriffen war, »und ich habe nicht die geringste Absicht, ihn wieder einzustellen.«

»Nun, das ist allerdings sehr bedauerlich«, sagte Lord Egremont. »Bedauerlich für *Sie*, da Talgarth den Garten in einem sehr gepflegten Zustand gehalten hat, und Sie werden lange suchen müssen, bis Sie einen gleichwertigen Gärtner finden. Was mich betrifft, bin ich froh, da ich ihn gerne wieder im Petworth House habe, und ich habe ihm schon so gut wie versprochen, daß er mein Hauptgärtner werden wird, wenn mein Gespräch mit Ihnen erfolglos verlaufen sollte. – Bleiben Sie also endgültig bei Ihrem Entschluß?«

»Das steht außer Frage, mein Herr«, erwiderte Thomas. »Ich habe bereits einen anderen Gärtner eingestellt.«

»Nun denn, offenbar sind Sie ein Mann der Tat«, bemerkte Lord Egremont, »aber ich muß zugeben, ich bin enttäuscht. – Ach übrigens», bemerkte er dann beiläufig, »gehe ich recht in der Annahme, daß Sie den unterirdischen Gang schließen wollen?«

»*Unterirdischer Gang?*« fragte Thomas mißtrauisch und verwundert zugleich.

»Der unterirdische Gang zwischen Ihrem kleinen Sommerhäuschen und Petworth House. Sie haben ihn wohl noch gar nicht entdeckt? Die Kinder sind immer den lieben langen Tag darin hin und her gelaufen«, sagte Lord Egremont heiter. »Sie waren eng mit Miss Juliana befreundet, aber ich habe ihnen gesagt, daß sie erst einmal damit aufhören sollen, bis Sie sich eingerichtet haben, falls Ihnen die Vorstellung nicht gefällt. Ich fürchte, er wurde auch von Schmugglern benutzt – freie Händler, sozusagen; ich vermute, daß Sie als Regulating Officer wohl kaum wünschen, daß diese Aktivitäten fortgesetzt werden.«

»Das wünsche ich *in der Tat* nicht«, erwiderte Thomas eisig. »Ich wäre Ihrer Lordschaft überaus dankbar, wenn Sie umgehend veranlassen würden, daß der Gang versperrt wird.«

»Gut, gut! Und ich wünsche Ihnen einen guten Tag«, sagte Lord Egremont mit einem kleinen Seufzer. Offenbar hatte er sich jetzt mit der Tatsache abgefunden, daß sein neuer Nachbar nicht willens war, sein freundliches Entgegenkommen zu erwidern. Fanny kam es sogar so vor, als würde er sie mit einem leicht mitleidigen Blick bedenken, als er sich mit den Worten verbeugte: »Einen schönen Nachmittag den Damen. Ich hoffe, Sie werden eine glückliche Zeit in der Hermitage verbringen.«

Thomas lüpfte den Hut und verbeugte sich steif. Dann blieb er, sein Pferd am Zügel haltend, stehen, weil er erwartete, daß Lord Egremont den Weg freimachte. Aber der Bursche wandte sich noch einmal um und sagte:

»Ach, übrigens – wie heißt der neue Gärtner, den Sie eingestellt haben?«

»Er heißt Goble – Henry Goble«, sagte Paget widerwillig, als meinte er ›*Was geht Sie das an?*‹ »Er stammt aus Petworth, soweit ich weiß, ist aber erst jüngst von einem längeren Dienst bei der Marine zurückgekehrt.«

»Goble? *Goble?* Du lieber Himmel – ja – an den armen Burschen erinnere ich mich sehr gut. Der hat mal für mich gearbeitet – hervorragender Gärtner – wurde hinter meinem Rücken von der Presspatrouille geschnappt. Was für eine Ironie des Schicksals«, bemerkte Lord Egremont, dessen gute Laune angesichts dieser Neuigkeit offenbar wiederhergestellt war. »Eingefangen und für wer weiß wie viele Jahre auf See geschickt – kommt zurück – und arbeitet für einen Regulating Officer! Na ja, einen fähigen Gärtner haben Sie jedenfalls – ja, ja – mit Goble sind Sie gut bedient – ich habe Talgarth zurück – dann ist damit vielleicht allen gedient.«

Und er rief leise lachend seine Hunde bei Fuß und ging über die Straße davon.

2

Die Zwillinge hatten sich am Vorabend ihres Geburtstags gestritten. Nicht ernsthaft – ihre Zwistigkeiten gingen nie tief. Scylla hatte Einwände erhoben, als sie erfuhr, daß Carloman für den Abend eine Einladung in den Palast des jungen Maharadschas angenommen hatte.

»Du weißt genau, wie das enden wird, wenn du dorthin gehst«, beschwerte sie sich. »Du wirst bis zwei oder drei Uhr morgens dort bleiben – Wein trinken – Wasserpfeife rauchen, und aller Wahrscheinlichkeit nach Opium nehmen –«

»Das tut nur der Prinz, meine Liebe; du weißt, ich lasse die Finger davon –«

»Und er wird immer mehr Geld an dich verlieren, deshalb will er immer weiter spielen, um seine Verluste zurückzugewinnen. – Wieviel schuldet er dir im Moment?«

»Ich schätze etwa zwanzigtausend Rupien«, antwortete ihr Bruder heiter.

»Ja, und falls er sie dir je auszahlt, was ich zu bezweifeln wage, tut er das bestimmt in *Tüchern*. Und was sollen wir damit anfangen?«

»Wir könnten einen Elefanten mieten und sie an den nächsten Handelsplatz der East India Company verscherbeln. Hör auf zu schimpfen, Scylla, meine Liebe! Du weißt, es wäre unklug, Mihal zu kränken. Wir werden kein wüstes Gelage veranstalten, ich verspreche es dir. Ich werde ihm ein paar Gedichte von mir vorlesen. – Komm doch einfach mit in den Palast. Du könntest mal bei der armen Mahtab Kour vorbeischauen.«

»Vielen Dank, liebster Cal, ich verbringe schon genug Zeit in den Frauengemächern! Und du kannst mir deine Gedichte ebensogut zu Hause vorlesen. Versteht Mihal sie überhaupt?«

»Er bildet sich ein, sie zu verstehen. Und das versetzt ihn in gute Stimmung. Meine Besuche bei ihm sind eigentlich praktische Diplomatie.«

»Oh, zweifellos!« sagte sie lachend. »Also – versuch bitte sehr, vor Mitternacht nach Hause zu kommen! Immerhin ist morgen unser Geburtstag. Und du hast *fest* versprochen, daß wir zur Grabstätte des Großen Königs reiten –«

»Hab ich das wirklich?« Er klang erstaunt. »Den ganzen Weg bis zur Grabstätte des Großen Königs?«

»Das bedeutet, daß wir früh aufbrechen müssen, sobald die Knaben ihren Unterricht beendet haben und bevor es zu heiß wird –«

»Ich muß verrückt gewesen sein, das zu versprechen«, murrte Cal. »Es sind an die zwanzig Meilen.«

»Miss Musson hat angeboten, ein Vesperpaket für uns vorzubereiten. Du mußt bedenken, daß in Kürze die große Hitze einsetzt – wenn wir nicht bald gehen, müssen wir warten, bis die Regenzeit vorbei ist«, bettelte Scylla.

»Also schön!« Cal mochte seine Schwester und war ihr gewöhnlich gern gefällig, wenn es nicht mit allzuviel Anstrengung für ihn verbunden war. »Ich verspreche, daß ich so früh wie möglich aufbreche.«

»So ist's recht, mein lieber Bruder!«

»Seh ich gut aus?«

»Tadellos! Bis auf dein Haar – komm her –« Sie hatten die gleiche Größe, beide waren mittelgroß und schlank, so daß sie als Mädchen groß erschien und er als Mann gerade unter der Durchschnittsgröße lag. Während sie ihm das feine, weiche dunkle Haar nach hinten strich, das ihm immer in die Stirn fiel, stand er ruhig da und ließ alles geduldig über sich ergehen. Dann ließ er sich von ihr in einen sauberen weißen Leinenmantel helfen.

»Jetzt bist du fein ausstaffiert!« neckte sie ihn. »Wenn man dich in eine Uniform stecken würde, würdest du aufs Haar diesem glänzenden jungen französischen General Bonaparte gleichen – dessen Bild kürzlich in der *Gazette* war – nur dein Gesicht ist hagerer –«

»Uniform tragen? Gott sei Dank, daß mir das erspart bleibt«, gähnte ihr Bruder. »Das ist einer der Vorteile, die wir dadurch haben, daß unser lieber Vater uns verstoßen hat. Keine Verpflichtung, irgendeinem schrecklichen Kavallerieregiment beizutreten, in dem alle wie Pferde aussehen und sich entsprechend anhören – die Pferde eingeschlossen.« Sorgfältig krönte er sein interessantes Profil mit einem Tropenhelm und trat auf die Veranda hinaus, um nach dem Pferdeburschen zu rufen.

Kurz darauf hörte sie die Hufe seines Pferdes den sandigen Weg zum Großen Tor von Ziatur hinaufgaloppieren.

Entgegen seinem Versprechen blieb Cal natürlich sehr lange im Palast. Sie hatte das vorausgesehen. Es war schwer, Prinz Mihals Bitten zu widerstehen. »Mein lieber Padg-ett – es ist hier so verteufelt langweilig. Nur noch ein Spiel! Was bedeutet das schon für *Sie*!«

Als Scylla am nächsten Morgen wie üblich vom Gezanke der Krähen oben auf dem Stadtwall erwachte, herrschte in dem Teil des Bungalows, den ihr Bruder bewohnte, Totenstille. Sie war sofort im Bilde, da selbst der Punkah, der Zimmerfächer, stillstand. Sie löste die Bänder des Moskitonetzes, zog einen bequemen Baumwollmorgenrock an und ging auf die Veranda hinaus. Dort lag der Punkah Wallah, dessen Aufgabe darin bestand, die lange Fächerstange in Bewegung zu halten, in tiefstem Schlaf.

Scylla stieß ihn an.

»Wach auf, Ram! Wann ist mein Bruder letzte Nacht nach Hause gekommen?«

»Cal Sahib ist nicht vor der dritten Stunde heimgekehrt, Mem«, antwortete er und begann dann eiligst, an dem Punkah-Seil zu ziehen, das an seinem großen Zeh befestigt war und dann durch ein Loch in der Hauswand führte. »Der Sahib war sehr müde und hat befohlen, ihn nicht vor Mittag zu wecken.«

»O wirklich? Der Schuft!«

Scylla schnitt eine Grimasse, während sie in ihr Zimmer zurückging. Sie erfrischte sich Gesicht und Arme mit Wasser aus einem irdenen Krug, das bereits lauwarm war. Dann zwang sie sich, wie stets seufzend vor Ärger, in Hemd und Unterrock – Kleidungsstücke, die Miss Musson als unerläßlich ansah für eine junge europäische Dame, die unter lauter Heiden lebte. Wenn ich doch bloß einen Sari oder Perjamas tragen könnte, wie luftig und praktisch das wäre, wieviel weniger Aufsehen es erregen würde, dachte Scylla wohl zum hundertsten Male. Aber Miss Musson war davon überzeugt, daß es der Anfang vom Ende wäre, wenn ihr Mündel sich wie die Einheimischen kleiden würde, daß es unweigerlich in Sklaverei, Entwürdigung und Tod enden würde. »Meine liebe Priscilla, für mich ist es völlig angebracht, Pahari-Hosen zu tragen, weil ich alt und häßlich bin, und alle mich nur für das halten, was ich bin: eine exzentrische alte Lady aus Boston, die sich entschieden hat, den Götzendienern den Weg zu Sauberkeit und Frömmigkeit zu weisen. Aber du bist so hübsch, daß es sofort Mißverständnisse auslösen würde. Nein, nein, du bleibst so, wie du bist.«

Wenn sie nur wüßte, wie oft ich einen Sari getragen habe, bevor ich hierher kam, dachte Scylla verdrossen und zog ein blaues, hochgeschlossenes, am Hals gefälteltes Kattun-Reitkleid mit einem langen Rock an. Der Stoff war von der indischen Sonne ausgebleicht, fast weiß am Bug der Kräuselfalten, und unter den Achselhöhlen sah man Flecken, obwohl der Dhobi es häufig heftig rubbelnd wusch. Immerhin hatte Miss Musson in bezug auf Scyllas Haare nachgegeben; es wäre auch allzu närrisch, in Ziatur die Haare modisch aufgetürmt zu tragen, wie manche Damen in Kalkutta es immer noch taten, obwohl diese Mode in Paris oder London schon längst passé war. Scyllas Haar mußte geschoren werden, als sie im Alter von zwölf Jahren an einem Fieber litt, und es war seither nie mehr sehr lang geworden. Jetzt bauschten sich ihre weichen, silberhellen Locken anmutig zerzaust über Stirn und Ohren – ein halbes Dutzend Bürstenstriche, und ihre Toilette war beendet.

»Wie könnt ihr nur *Zwillinge* sein, du und dein Bruder – mit dieser unterschiedlichen Haarfarbe!« hatte Miss Musson anfangs oft gesagt.

»Wir sind keine eineiigen Zwillinge, Madam«, hatte Carloman erläutert. »Die zweieiigen gleichen sich oft gar nicht, soweit ich weiß. Da kann ich von Glück sagen! Wer würde schon gerne so aussehen wie Fräulein Äffchen?«

»Carloman! So darfst du aber nicht von deiner Schwester sprechen!«

Aber Scylla lachte nur. Tatsächlich ähnelte sie weniger einem Äffchen als einem reizenden kleinen Boxer. Ihre Nase war außergewöhnlich kurz und gerade und an den Nasenlöchern leicht aufgestülpt, ihr weicher rosa Mund formte ein Dreieck mit Grübchen in den Mundwinkeln, und ihre treuherzigen graublauen Augen blickten unter geraden Brauen, die dunkler waren als die silbrigen Locken, vertrauensvoll in die Welt.

»Mit deinen Augen führst du die Leute hinters Licht«, sagte Cal bewundernd. »Sie lassen dich so unschuldig erscheinen! Nur Vater hat dich wirklich gekannt, außer mir!«

»Dich hat er auch gekannt – du Schuft!«

»Das weiß ich wohl!«

Tatsächlich hatte der Nabob, als er einen scheelen Blick auf seine Nachkömmlinge geworfen hatte, die in dem Haus, das er für ihre Mutter gemietet hatte, strampelnd und mit den dünnen Ärmchen fuchtelnd auf Seide gebettet in einem Körbchen lagen, bei ihrem Anblick schaudernd ausgerufen: »Du lieber Gott! Caliban und Sycorax! Was habe ich nur verbrochen, daß mir so ein Pärchen aufgebürdet wird?«

Der Nabob war kein Kinderfreund und daher alles andere als erfreut, daß sein genüßliches, unbeschwertes Verhältnis mit der reizenden Goanesin durch die Ankunft von Zwillingen kompliziert wurde. Für ihn blieben sie Caliban und Sycorax – oder Scylla und Charybdis, wenn er sich klassisch fühlte –, bis ein empörter portugiesischer Pfarrer darauf bestand, daß sie mit christlichen Namen ausgestattet wurden. Er suchte welche heraus, die den heidnischen Bezeichnungen am nächsten kamen, da ihre träge Mutter wenig Interesse an der Sache hatte. Aber sie selbst nannten sich immer Cal und Scylla, und die meisten Leute, die mit ihnen zu tun hatten, folgten ihrem Beispiel. Sie blieben Cal und Scylla.

Als Scylla durch den Vorhang in das verdunkelte Zimmer ihres Bruders sah, stellte sie fest, daß er immer noch schlief, hingestreckt wie eine Leiche unter seinem Moskitonetz. Zweifellos würde er noch stundenlang so weiterschlafen ...

Nun, dann mußte er eben bis zum Abend auf sein Geburtstagsgeschenk warten. Und was das Königsgrab betraf – sie warf eine erbitterte Kußhand in seine Richtung und ging ihrer Wege.

Das Frühstück stand schon fertig auf der Veranda auf der anderen Seite des Hauses. Mit ihren scharfen Ohren hatten die Diener sie in ihrem Zimmer umhergehen hören und genauestens abgeschätzt, wie weit sie war. Es war bereits warm, und sie hatte wenig Appetit, wußte aber aus Erfahrung, daß das, was sich im Ziatur-Palast ihren Augen und Ohren bot, sie weniger belästigte oder ekelte, wenn sie ordentlich gegessen hatte. Also zwang sie sich energisch, den heißen Tee zu schlucken und dünne, in Butter gebackene Weizenfladen zu knabbern, dazu ein Stück Melone. Miss Musson, die sich wie eine Eremitin ernährte, hatte ihr Tässchen Tee schon genippt und machte sich gerade für den Gang ins Krankenhaus fertig.

»Guten Morgen, meine Liebe. Herzlichen Glückwunsch zum Geburtstag!« sagte sie. Miss Amanda Musson war keine überschwengliche oder rührselige Person. Sie hatte einen Großteil ihres Lebens sträflich harter Arbeit geopfert, in einer Sache, die ziemlich hoffnungslos erschien, und daher erlaubte sie es sich nicht, an Dinge Energie zu verschwenden, die nach ihrer Vorstellung von geringerer Bedeutung waren. Sie küßte also ihren jungen Schützling nicht, sondern überreichte Scylla herzlich lächelnd ein kleines Päckchen und fügte in trockenem Tonfall hinzu:

»Siebzehn! Du liebe Güte, schon so alt!«

»Ja, Madam, es ist wirklich wahr.«

»Nun bist du also schon fünf Jahre hier. Mein Bruder hat oft gesagt, daß er euch fast als seine eigenen Kinder ansehe – wenn er je welche gehabt hätte.«

»Er war sehr viel gütiger zu uns als unser eigener Vater – der *liebe* Onkel Winthrop«, sagte Scylla warm. »Ich vermisse ihn immer noch, als wäre er erst gestern gestorben – wie *Sie* da erst empfinden müssen –«

»Je nun, Kind, wenn man in meinem Alter ist, genießt man immerhin den Vorteil zu wissen, daß es nicht mehr allzu lange dauert, bis man wieder mit seinen Lieben vereint ist«, erwiderte Miss Musson brüsk. »Aber mach jetzt das Päckchen auf – ich muß gleich weg.«

»Oh, Madam –« Als Scylla die Schachtel öffnete, erblickte sie eine kleine Silberbrosche – kein indisches Silber, es war schwerer und dunkler und schnörkelig verziert. Das Wort ›Mizpah‹ war darauf eingraviert. »Sie schenken mir Ihre eigene Brosche!«

»Pscht, Kind, mach kein Theater! Der – der Mensch, der sie mir geschenkt hat, ist seit dreißig Jahren tot – ich bin sicher, daß er nichts dagegen hat, wenn ich sie an jemanden weitergebe, den ich mag.« Wohlwollend sah sie zu, wie Scylla die Brosche am Kragen ihres blauen Kleides befestigte. Wenn Miss Musson lächelte, legte sich ihre blaßbraune Haut, die sich fest über ihr knochiges Gesicht spannte, in zahllose Fältchen. Als Scylla dieses Phänomen mit zwölf Jahren zum ersten Mal gesehen hatte, hatte sie es für unmöglich gehalten, daß sich ihr Gesicht je wieder glätten könnte, ohne daß die Haut in Fetzen zerriß, weil sie so trocken und pergamentartig wirkte.

Tatsächlich sah Miss Musson mit ihren tiefliegenden Augen und dem schneeweißen Knoten aus wie die ältere Schwester der Zeit. Die Zwillinge hatten ihr genaues Alter nie herausgefunden, aber sie schätzten, daß sie weit über siebzig war. Sie erinnerte sich noch an die Invasion der Afghanen im Jahr 1748. Sie schien unverwüstlich, der Fluß der Jahre konnte ihr nichts anhaben. Sie trug lockere Wollhosen und eine schwarze Weste, wie die Frauen aus den Bergen, darüber einen Burqa und einen großen Lederhut, auch aus den Bergen, über den sie jetzt einen üppigen Musselinschleier drapierte. Sie stellte eine eindrucksvolle Erscheinung dar, wie sie auf das kleine Pony sprang, das der wartende Pferdebursche für sie hielt, und war bald im Damensitz auf und davon in Richtung Krankenhaus verschwunden. Auf ihrem Weg fielen die Frauen in Ehrfurcht auf die Knie und neigten die Köpfe zu Boden, wenn sie vorüberritt.

Scylla selbst folgte zehn Minuten später. Dreimal in der Woche half sie Miss Musson vormittags in dem kleinen Krankenhaus, an den anderen drei Vormittagen unterrichtete sie Amur und Ranji, zwei Prinzen aus dem Palast, die noch so jung waren, daß sie sich hauptsächlich in den Frauengemächern aufhielten. Sie lehrte sie Lesen und Schreiben, Geographie, Englisch und Französisch; außerdem erteilte sie allen Frauen des Maharadschas, die daran Interesse hatten, Unterricht in Allgemeinbildung und Hygiene, wie Miss Musson es nannte.

Scylla legte ihren eigenen Hut und Schleier an und brach in Begleitung von Abdul, dem Gärtner, auf. Schon um sechs Uhr morgens strahlten die engen Kameltrampelpfade der Stadt unterhalb der Zitadelle eine Backofenhitze aus. Kothaufen und tote Hunde waren mit Fliegen bedeckt. Der Geruch von Hammelfett, Gewürzen, verfaultem Gemüse, süßduftenden Blumen und Urin verschlug einem schier den Atem; er strömte in fast sichtbaren Wolken aus den offenen Türen und Fenstern der kleinen flachen Häuser, die sich auf allen möglichen Ebenen unterhalb des Palasts, der auf seinem roten Felsen thronte, drängten. Scylla bahnte sich ihren Weg durch den getrockneten Kot und rief Abdul hinterher, er solle sein Tempo mäßigen. Sie wollte ihre Energie aufsparen für den letzten, sträflich steilen Aufstieg über einen erhöhten Damm, der über warme, blankpolierte Felsenbänder bis zum Großen Tor führte.

»Warte einen Moment, Abdul! Ich möchte mich umsehen!«

Dicht unter ihr wimmelten die verstopften Straßen von Menschen – Frauen in rosaroten, safrangelben, türkisgrünen, zinnoberroten oder blauen Saris, die Kinder an der Hüfte oder in Körben auf dem Kopf trugen; Männer führten Ochsenkarren; Kinder wuselten überall herum. Zuckerwerkverkäufer riefen ihre Ware aus. Bucklige Brahmanenbullen mit prächtig bemalten Hörnern schoben sich durch die Menge und schnappten sich Früchte und Gemüse von den Marktständen. Beladene Kamele schlurften herum und grunzten und knurrten.

Außerhalb der Stadt – die einen Bogenschuß von der Palastmauer entfernt jäh endete – erstreckte sich jedoch die Ebene endlos dahin, eine eintönige graubraune Sandwüste, Kakteen, ein paar stachelige Büsche und nur gelegentlich ein Banyan oder ein Mangobaum, der einen winzigen Schatten in der sengenden Sonne warf. Richtung Süden schien die Ebene ins Unendliche zu führen, aber als sie sich nach Norden wandte, konnte Scylla durch den Hitzeschleier undeutlich die entfernte blaue Linie der Sangur-Berge ausmachen, der Vorberge des weit entfernten Hindukusch. In diesen Hügeln lag die altertümliche Grabstätte, die sie unbedingt besuchen wollte. Vier bis fünf Reitstunden Richtung Norden in einer tiefen Senke voller Dschungelgras. Sie war überzeugt, daß dieser Ort Cal begeistern und ihn vielleicht zu einem Gedicht inspirieren würde – aber wenn der verflixte Knabe kein Interesse daran hatte, sollte er doch den ganzen Tag schlafen! Dann besuchte sie das Grab eben allein.

Nachdem sie diesen Entschluß gefaßt hatte, ritt sie weiter, um sich zu dem ungeduldigen Abdul zu gesellen.

Das hölzerne Palasttor zwischen den hohen, ornamentgeschmückten roten Steintürmen war massiv geschützt mit eisernen Schlössern und Riegeln und zusätzlich mit bedrohlich wirkenden Eisenstacheln zur Abwehr von Elefanten und Sturmböcken. Es war der einzige Zugang zur Zitadelle, die über einen halbkreisförmigen Abgrund hinausragte. Die Stadt Ziatur lag auf ihrem eigenen kleinen Hügel, und sie hatte in vielen Kämpfen gegen die Mohammedaner als Vorposten gegen Überfälle aus dem Süden gedient. Jetzt, da fast alle Sikh-Staaten im Begriff standen, sich unter der Britischen Allianz zusammenzuschließen, war die Furcht vor den Angriffen der Mohammedaner zurückgegangen, jedoch nicht vollständig. In diesem trägen Land hielten sich Erinnerungen lange, und die Greueltaten von Jehangir und Aurangzeb schienen sich gerade erst gestern ereignet zu haben. Die Scharniere des Tors waren stets gut geölt und die Eisenspitzen geschärft. Und wenn man nun die Briten vertreiben würde?

Heute war alles friedlich. Ein Zauberer mit einer irdenen Teekanne zeigte seine Zauberkünste auf dem Torweg, er führte einen Stock so durch die Tülle der Kanne, daß beide Enden sichtbar blieben; ein Wahrsager mit einem großen Käfig, in dem sich ein Papagei und ein Sperling befanden, nötigte die Vorübergehenden, fünf Annas zu spenden, um ihre Zukunft zu erfahren.

Scylla widerstand der Versuchung und setzte ihren Weg fort. *»Sat Sri Akal«* (Gott ist gütig), grüßte sie den Torwächter Saroop Singh, den sie gut kannte. Er erwiderte den Gruß und begrüßte sie mit einer Flut lokaler Neuigkeiten: ein paar Reisende waren angekommen, Feringi, aber keine Angrezi oder Yagistani, und sie hielten sich immer noch beim jungen Maharadscha auf. Nein, nicht beim alten; dem ging es nicht gut, überhaupt nicht gut, er war wieder einmal in Schwermut verfallen. Er würde Mem Periseela, die ihn immer aufmunterte, vielleicht gerne empfangen.

Scylla dankte Abdul für seine Begleitung und wies ihn an, sie in zwei Stunden wieder hier zu erwarten, dann betrat sie den ersten Vorhof und zog ihren Schleier ganz übers Gesicht, wie es Sitte und Moral hier vorschrieben.

Der erste Hof war kahl und sandig, einige Soldaten in roten Tuniken und rosafarbenen sackartigen Hosen lungerten auf Strohmatten herum. Ein Elefant wurde gewaschen, der vor Begeisterung stampfte und trompetete, während sein Mahout mit Wassereimern und langen Strohbürsten um ihn herumtrippelte. In diesem Hof hielt der Maharadscha auch seine Menagerie: In Ketten gelegte Jagdleoparden ruhten mit gelangweilter Miene auf Hanfseillagern, Tiger liefen ruhelos hinter ihren Gittern auf und ab.

Im nächsten Hof befanden sich die Ställe, wo einige der achthundert Pferde des Maharadschas untergebracht waren. Hier standen auch Kutschen – ein offener Zweispänner mit Elfenbeinbeschlägen, eine Thronkutsche aus Kalkutta, eine Chaise mit goldenen Lampen und ein Landaulet. Einem Londoner wäre es sonderbar vorgekommen, diese eleganten europäischen Gefährte in so einer Gegend verstauben zu sehen, aber Scylla war nie in London gewesen und beachtete sie nicht weiter im Vorbeigehen. Auch an den Sänften ging sie achtlos vorüber, die mit lackiertem Zedernholz ausgeschlagen und mit silbernen Beschlägen und Goldbrokatkissen ausgestattet waren, desgleichen an den silbernen Howdahs der Elefanten und den juwelenbesetzten Samtsätteln, die aufgereiht in den nach vorne offenen Ställen hingen.

Der nächste Hof war vollständig mit weißen Marmorplatten ausgelegt, und in seiner Mitte befand sich ein Springbrunnen, in dem sich stolz zwei Wiedehopfe spiegelten. Etwa fünfzig Pferde wurden stetig langsam im Kreis geführt, so daß ihr Gang vom Maharadscha begutachtet werden konnte. Er ruhte beim Springbrunnen auf einer Liege mit einem Silberrahmen und Seilen aus geflochtenem Elefantenhaar. Er schenkte den Pferden jedoch nicht viel Beachtung, er sah krank aus, hohläugig und geistesabwesend. Ein blasser Freudenschimmer trat in seine Augen, als er Scylla über den Hof kommen sah.

»Aha, Mademoiselle Periseela kommt, um etwas Wissen in meine ungeratenen Söhne hineinzupauken!« Er redete Französisch, das er einst in der Prinzen-Schule in Adschmir fließend sprechen gelernt hatte.

»Guten Morgen, Exzellenz. Wie ist Ihr wertes Befinden heute?«

Scylla knickste, trat aber nicht zu nah an ihn heran, weil sie noch gut in Erinnerung hatte, wie er einmal zurückgeschreckt war, als sie ihm gedankenverloren die Hand gereicht hatte, um ihm aus seinem Stuhl zu helfen. Er genoß zwar gern ihre Gesellschaft, aber dennoch galt sie für ihn als unrein, unberührbar.

»Es geht mir nicht sehr gut«, sagte er gereizt. »Dieser verfluchte Schmerz – er hält mich von der Arbeit, vom Vergnügen, ja sogar von meinen Pferden ab.« Er klatschte in die Hände. »Schaff sie weg, Umr Singh!«

Die Pferde wurden klappernd durchs Tor davongeführt.

»Jetzt setzen Sie sich einen Moment, Mademoiselle, und erzählen Sie mir etwas Erheiterndes.«

Ein paar barfüßige Diener in Kniehosen und Turbanen eilten herbei, schüttelten die Kissen unter dem Maharadscha auf und stellten einen Stuhl für Scylla bereit – er war aus Wildgeweihen gefertigt und sehr unbequem. Sie lehnte höflich eine Schale eisgekühlten Fruchtsaft ab, aber der Maharadscha leerte durstig einen silbernen Krug mit Opium-Wasser und sah danach etwas heiterer in die Welt, eine Spur Farbe kam in seine wachsgelben Wangen. Er war groß und hager und hatte einen grauen, buschigen Bart. Sein langes, nie geschnittenes Haar war zu einem Turban aufgewickelt und mit einem diamantenen Kopfschmuck geziert, und seine Tunika war steif von goldener Stickerei und Juwelen. Er hatte winzige Hände und Füße, der Beweis seiner altehrwürdigen und inzestuösen Abstammung von den Radschputen.

»Erheitern Sie mich!« sagte er noch einmal erwartungsvoll. »Welchen Fortgang nehmen die Kriege in Feringistan?«

»Ich nehme an, Sie haben neuere Meldungen aus Europa als ich, Exzellenz«, sage Scylla. »Wir haben unsere letzte *Gazette* aus Kalkutta vor drei Wochen bekommen, und sie hat zwei Monate bis zu uns gebraucht. Es gab eine große Schlacht beim Kap St. Vincent, und Admiral Nelson hat die Spanier vor Cadiz zurückgeschlagen.«

»Wo ist das Kap St. Vincent?«

»Also, wenn ich was zum Zeichnen hätte –«

Ein Diener brachte ein kohlschwarzes Stäbchen aus Kajal – Lampenruß, der zum Bemalen der Augen benutzt wurde –, und Scylla zeichnete eine grobe Karte auf den Marmorboden.

»Hier ist Spanien, sehen Sie – und das ist das Mittelmeer – die Franzosen waren hier – Admiral Jervis hatte seinen Stützpunkt hier auf einem portugiesischen Fluß, dem Tajo –«

»Und wo liegt von da aus Angrezi?«

»Hier oben.« Scylla skizzierte rasch England und fügte links davon Irland hinzu. »Die Franzosen haben auch versucht, hier oben in Irland einzufallen, aber irgend etwas ist schiefgegangen, und sie sind wieder nach Hause gesegelt.«

»Die Franzosen sind wohl keine guten Krieger?« stieß er hervor. »Die Engländer sind besser?«

»Ich *glaube* schon«, antwortete Scylla vorsichtig. »Aber der französische General Bonaparte scheint ein sehr schlauer Feldherr zu sein. Ich habe gelesen, daß er vorhat, seine Armee gen Osten zu schicken wie Alexander der Große.«

»Aha, Iskander Bey – ein anderer großer Feringi-General. Zweifellos einer meiner Vorfahren.« Die Augen des Maharadschas blitzten auf, und Scylla fiel wieder ein, daß er von einem Geschlecht leidenschaftlicher Kämpfer abstammte. Vor fast hundert Jahren, am ersten Frühlingstag 1699, hatten sich die Sikhs zum Kriegerclan erklärt und sich den fünf *K*s verschworen. Kanga, der Kamm, für Reinlichkeit, Kara, das stählerne Halsband, stand für Genügsamkeit, Kesh, die ungeschnittenen Haare, für Strenge, Kachh, die einteilige Unterkleidung, für Keuschheit, und Kirpan, das Schwert, für den siegreichen Kampf gegen die Feinde der Rechtschaffenheit. Das Wort ›Singh‹ – Löwe – war Bestandteil eines jeden Sikhnamens. Der Name des Maharadschas begann mit Mansuri-i-Zaman Amirul-Umra Mohinder Singh und ging dann noch fünf Zeilen weiter, aber ihm war daran gelegen, daß man als Bhupindra Bahadur – Bhupindra, der Große Kämpfer – von ihm sprach, obwohl er persönlich nie an einer großen Schlacht teilgenommen hatte.

»Glauben Sie, daß die Franzosen in unser Land einfallen?«

»Sie müßten einen langen Weg zurücklegen vom Mittelmeer«, antwortete Scylla lachend.

»Ah ja? Wo ist das Pandschab auf Ihrer Karte? Wo ist Kafiristan und der Khaiberpaß?«

Ziemlich hastig und skizzenhaft fügte sie die Gebiete östlich des Mittelmeers hinzu. »Also, sehen Sie, hier ist Istanbul, hier ist Bagdad. Das hier ist Persien. Oben im Norden dann Turkmenistan und Rußland. Hier, weiter im Osten, Afghanistan.«

»Zeichnen Sie Kabul ein«, befahl er, und sie machte einen Punkt westlich vom Khaiber-Paß. »Jetzt Peschaur.« Sie machte östlich davon einen weiteren Punkt.

»Wie viele Parasangs sind es von Istanbul bis Peschaur?«

»Ich schätze, es sind rund sechstausend Meilen – ein Parasang hat vier Meilen.« Sie rechnete. »Vielleicht eintausendfünfhundert Parasangs.«

»Eine Kamelkarawane braucht vierzig Tage von Persien bis Herat in Afghanistan, bis zum Khaiberpaß würde es zweimal so lange dauern. Unsere Kundschafter in Afghanistan würden uns Meldung erstatten, viele Wochen bevor die Armeen den Weg zu uns nur halb zurückgelegt hätten. Sie werden es nie versuchen.«

»Aber Reiter auf Pferden können es in viel weniger Zeit schaffen – in zehn bis zwölf Tagen«, entgegnete Scylla.

»Aha! Sie würden einen guten Krieger abgeben, Mademoiselle! Aber Sie dürfen nicht vergessen, daß sie Kanonen mitführen müssen – große Kanonen, bei weitem schwerer als diese hier.«

Der Springbrunnen war mit uralten Messingkanonen geziert, deren Mündungen aus Löwenköpfen bestanden.

»Außerdem ist die Straße von Bagdad hierher im Winter unpassierbar«, sagte der Maharadscha. »Wegen des Schnees, und im Sommer wegen der Trockenheit. Ich glaube nicht, daß sie kommen.«

Er schien ungehalten. Scylla wußte nicht, ob er bedauerte, daß somit die Gelegenheit für eine Schlacht vertan war, oder ob er gehofft hatte, daß die Franzosen die Engländer vertreiben könnten, die zur Zeit faktisch unbestritten die Oberherrschaft über weite Teile Südindiens hatten.

Ein Diener erschien, verbeugte sich tief und sagte. »Shahzada Mihal Singh läßt fragen, wann Sie bereit sind, die Feringi-Abgesandten zu empfangen?«

»Mihal schickt mir immerzu jemanden auf den Hals«, murrte der Maharadscha verstimmt. »Im Moment sind es diese Franzosen.« Er warf einen verschmitzten Seitenblick auf Scylla. »Sie sehen, Mademoiselle, die Franzosen sind näher, als Sie denken!«

Er stand mit Mühe auf, und Scylla, die ihm wohlweislich nicht die Hand reichte, knickste wieder und machte sich zu den Frauengemächern auf.

Als sie die Purdah-Gemächer des Ziatur-Palasts zum ersten

Mal mit Miss Musson betreten hatte, waren sie ihr unerträglich bedrückend erschienen. Mit der Zeit hatte sie sich daran gewöhnt, aber dennoch betrat sie sie nie ohne ein Schaudern, in dem Gedanken daran, daß viele der Bewohnerinnen dieses Ortes im Gegensatz zu ihr, die frei ein- und ausgehen konnte, ihr restliches Leben hier verbringen mußten und nie mehr einen Fuß nach draußen setzen würden. Cal hatte einmal geschätzt, daß der Palast vielleicht vierhundert Bewohner hatte, von denen mindestens zwei Drittel Frauen waren. Dazu kam eine weit größere Anzahl unsichtbarer Bewohner, denn die Toten der letzten hundert Jahre waren unter dem Palast begraben.

Die Frauengemächer lagen auf einem natürlichen Felsvorsprung auf der Kuppe des Hügels, auf dem der Palast thronte. Sie waren von den übrigen Räumen abgetrennt und labyrinthartig angelegt. Treppen wanden sich auf und ab, Gänge endeten jäh an Öffnungen, die zu den Klippen abfielen, Hunderte von Räumen blieben dunkel und ungenutzt, ihre Seiden- und Zedernholzeinrichtung moderte hinter Trennwänden aus durchbrochenem Marmor still vor sich hin. Es gab auf allen Ebenen Wohnräume – einige lagen zwei Meter unter der Erde, wo es auch im sengenden Sommer kühl blieb, andere gingen zwanzig Meter über dem Boden auf Dachgärten hinaus, von deren Existenz man nichts ahnte. Fensterlose Innenräume und Gänge waren trübe erleuchtet mit brennenden Öllampen, die mit Lein- oder Senföl getränkt und in kleinen Schalen oder an zweiarmigen Haltern befestigt waren. Hier und da standen Öllampen mit bunten Glasschirmen auf Ständern, um gewaltige Wand- oder Deckengemälde zu beleuchten – viele davon abstoßend obszön. Bei ihrem ersten Besuch hatte Miss Musson Scylla streng angewiesen, den Blick davon abzuwenden, und sie warf im Vorbeigehen jetzt nur einen flüchtigen Blick auf die kunstreich verschlungenen Glieder. An anderen Wänden hingen unbeachtet Hunderte von Porträts ehemaliger Maharadschas; niemand mehr sah sich ihre Schwerter,

Turbane oder baumelnden Lippenbärte an. In einigen Gängen trieben sich Kühe herum. Ein Geruch von Speisen, Räucherstäbchen und Abfällen strömte aus düsteren, hinter Läden verborgenen Räumen, oder ein süßerer Duft von Moschus oder Jasmin lag in der Luft. Stets waren die Klänge entfernter Musik zu hören – Sitar, Flöten und Fingertrommeln. Wenn Scylla gelegentlich einen Blick durch eine Türöffnung warf, sah sie hier einen Zauberer, da einen Geschichtenerzähler oder eine Gruppe tanzender Mädchen, die man zur Unterhaltung der gelangweilten Insassinnen herbeigeholt hatte. Der Maharadscha hatte kein Interesse mehr an seinen Frauen – nicht einmal an der jüngsten von ihnen, der bildschönen, verschlagenen Rani Sada, der Tochter eines seiner Statthalter, die als kleines Mädchen vom Maharadscha wie eine Tochter verhätschelt worden war; sie durfte sogar neben ihm in seiner Palki sitzen, wenn er ausging. Als sie dreizehn war, hatte er sie nach Amritsar in die Schule geschickt und ihr fünftausend Rupien im Monat zugeteilt. Mit fünfzehn war sie nach Ziatur zurückgekehrt und hatte unverzüglich Mahtab Kour, die wahre Maharani, verdrängt und sich selbst zur ersten Dame des Palasts ernannt. Drei Jahre lang war sie dann die oberste Herrscherin gewesen, aber nun hieß es, daß auch sie vernachlässigt wurde, daß der Maharadscha sie nie mehr in ihren Gemächern aufsuchte. Die Langeweile *ihrer* leeren Tage mußte noch schlimmer sein als die der anderen, dachte Scylla schaudernd, da sie die Welt draußen gesehen hatte, in der Schule gewesen war und etwas von dem Leben wußte, das sich jenseits der Mauern von Ziatur abspielte...

Aber es war nicht Scyllas Aufgabe, Sadas Langeweile zu mindern, und sie stieg jetzt viele Stufen hinauf und wandte sich dann nach rechts in das Zimmer, das ihr als Unterrichtsraum zugewiesen worden war, in dem sie die jungen Prinzen Amur und Ranji unterrichtete.

Im Moment war der Raum leer, und Scylla trat zu dem verhangenen Fenster hinüber und sah durch eine exotische Fülle hängender Weinranken mit dunkelroten und weißen Blüten in einen kleinen Hof hinab, der in die Klippen gehauen war. Dahinter erstreckte sich die weite Ebene nach Süden, auf die die Sonne gnadenlos herabbrannte. Beide Prinzen befanden sich in dem schattigen Hof und spielten »Bulle und Kühe«. Scylla lehnte sich aus dem Fenster und rief sie auf eine Art und Weise hinein, die Miss Musson empört hätte. Sie steckte zwei Finger in den Mund und ließ einen ohrenbetäubenden Pfiff ertönen. Diesen Trick hatte sie von Cal. Die Knaben blickten auf, entdeckten sie und lachten, und bald trappelten sie die Steinstufen herauf. Bis sie oben waren, hatte sie Gelegenheit, ein offenes Heft auf dem Tisch zu bemerken, das die Zeichnung eines Drachen enthielt, recht kunstfertig ausgeführt mit der Unterschrift: *»Mademoiselle Paget est un bête féroce!«*

Schlaues Äffchen, dachte sie beim Betrachten, was wohl einmal aus ihm werden wird? Vielleicht wird der Maharadscha einen Botschafter aus ihm machen. Ranji hatte als Sohn einer Nebenfrau keine Hoffnung auf die Nachfolge auf dem Königsthron seines Vaters; dieser Platz stand Mihal Shadzada, dem ältesten Sohn von Mahtab Kour, zu. Es sei denn, Rani Sada könnte ihre Macht über Mihals Vater wiedererlangen... Aber in jedem Fall war Ranji nicht sein Nachfolger.

Die beiden Knaben stürmten ins Zimmer, und Scylla sagte streng:

»Ihr kommt zu spät, ihr zwei!«

»Aber *Sie* haben sich auch verspätet, Mademoiselle«, betonte Amur durchaus wahrheitsgemäß.

Beide waren schlank, dunkel und außergewöhnlich hübsch, wie graziöse Tiere, Hirsche oder Gazellen, dachte Scylla oft. Sie trugen Uniformen mit Kniehosen aus Rehleder, goldbesetzte Tuniken, goldene Sporen, die die Möbel schrecklich zerkratzten, und mit Juwelenkaskaden gezierte Turbane, die ein einziges

Ärgernis darstellten, da sie ihnen ständig in die Augen hingen und die Sicht versperrten.

»Ich wurde bei einem Gespräch mit eurem Vater aufgehalten«, sagte Scylla, »aber *ihr* hättet in der Zwischenzeit an eurer Übersetzung weiterarbeiten können. Und Ranji, *bête* ist weiblich – *Mademoiselle Paget est* UNE *bête féroce*! Ich denke, du solltest das fünfzigmal schreiben.«

»Oh, bitte nicht, Mademoiselle Periseela! Schauen Sie, wir haben Zuckerwerk für Sie.« Ranjis Blick voll bettelnder, heiterer Bestürzung war unwiderstehlich, und das Zuckerzeug des Palastes war erfahrungsgemäß köstlich – aus Sahne, Zucker, Fruchtsaft und Nüssen hergestellt –, aber Scylla sagte standhaft, daß sie gerade erst gefrühstückt habe und es zum Naschen noch zu früh sei und daß die Knaben mindestens ein Kapitel aus dem Englischen ins Französische übersetzen müßten, ehe irgend jemand auch nur eine Nuß anrührte.

Nach einigen Seufzern und Protesten machten sich die zwei Prinzen an die Arbeit. Scylla ließ sie *Tom Jones* übersetzen – ein Buch, das sie unter den Büchern von Mr. Winthrop Musson entdeckt hatte –, und glücklicherweise fanden sie es recht erheiternd und brachen oft in schallendes Gelächter aus, wenn sie an einer kniffeligen Stelle arbeiteten. In der Zwischenzeit korrigierte Scylla ihre Englischaufsätze und stellte Geometrieaufgaben zusammen, die sie dann für Cal nach Hause mitnahm, der recht gelangweilt diesen Teil ihrer Ausbildung betreute, da Scylla nichts mit Mathematik im Sinn hatte.

»Gestern abend waren ein paar Franzosen hier bei Taba zu Besuch«, sagte Ranji nach einer Weile, von *Tom Jones* aufblikkend. »Die haben meinem Vater gesagt, er soll ein *Francese compo* einrichten – eine französische Abteilung in seiner Armee. Vielleicht kann er dann die Engländer bekämpfen wie Tippoo Sahib!«

»Da siehst du nun, wie nützlich es ist, wenn man Französisch kann«, betonte Scylla mit schulmeisterlicher Stimme, verdarb dann aber die Wirkung, indem sie hinzufügte: »Und glaubst du, daß er es tun wird?«

»Mihal würde das gut finden«, setzte Amur an, aber Ranji unterbrach ihn.

»Taba läßt sich von Mihal in der Sache nicht reinreden.«

»Aber es geht deinem Vater nicht gut«, sagte Scylla unwillkürlich – in ihren Augen hatte der Maharadscha wie ein sterbender Mann gewirkt. »Wenn er ernsthaft krank wird, wird Mihal sich um die Armee kümmern müssen.«

»Taba hofft, daß Kamaran Sahib zurückkommt, mit all den Waffen, die er von Feringistan mitbringen will –«

»Ja, doppelläufige Musketen, die über tausend Schritte töten, Zünder für Messingkanonen – die sind viel besser als Luntenschlösser –, Karabiner, Pistolen und Brustharnische«, fiel Ranji ihm ins Wort.

»Pfeil und Bogen sind besser für einen wahren Sikh«, betonte Amur fest, aber sein Bruder sagte:

»Es hat keinen Sinn, mit Pfeil und Bogen zu kämpfen, wenn der Feind Gewehre hat, die über hundert Meter töten!«

»Aber glaubst du, daß Kamaran Sahib je zurückkommt?« fragte Scylla.

Sie hatte von diesem Mann gehört, aber weder sie noch Cal hatten ihn je kennengelernt, da er Ziatur vor drei Jahren verlassen hatte, bevor sie häufige Besucher im Palast wurden. Den Prinzen zufolge, die ihn verehrten, war er ein Yagistani – ein Amerikaner wie Miss Musson, die ihn kannte, sich aber abfällig über ihn geäußert hatte. Er hatte etliche Jahre im Heer des Maharadschas im Dienst gestanden. Soweit Scylla wußte, lautete sein richtiger Name Cameron, Colonel Cameron. Niemand schien etwas über Kamaran Sahibs Herkunft zu wissen, ob er früher als Offizier in der britischen, französischen oder russischen Armee gedient hatte. Er war weitgereist, hatte Miss Musson erzählt, er war um die ganze Welt gesegelt und schien weder Frau noch Kinder noch irgend welche anderen Bindungen zu haben. Er sei ein überaus oberflächlicher Mensch, hatte sie streng gesagt. Winthrop Musson hatte ihn gemocht und ihn für einen klugen, kultivierten Burschen gehalten. Die zwei Prinzen verehrten ihn wie eine Art Halbgott.

»Natürlich kommt er zurück«, prophezeite Amur zuversichtlich und unterbrach damit Scyllas Gedankengang, »weil Kamaran Sahib nämlich *immer* getan hat, was er versprochen hat, und außerdem hat Taba letzten Monat Nachricht aus Karatschi bekommen, daß er dort mit einer Ladung Karabiner eingetroffen ist.«

In diesem Moment erschien eine Dienerin, die fragte, ob Mem Periseela beim Weggehen noch Mahtab Kour besuchen könne. Scylla sah auf die Uhr, die ihr an einem Band um den Hals hing, und stellte fest, daß die Unterrichtsstunde der Knaben um war. Sie gab ihnen rasch eine neue Aufgabe und verabschiedete sich von dem erleichterten Paar, ermahnte sie, nicht zuviel Zuckerwerk zu essen, und folgte ihrer Führerin über einen dunklen, engen Gang, zahllose Treppen hinauf und hinab und durch etliche Höfe, bis sie zu den Gemächern der Königinmutter gelangten. Einmal, als sie ein großes Vorzimmer halb durchquert hatte, fühlte Scylla über sich die Gegenwart einer Person, ohne sie zu sehen. Sie blieb kurz stehen und sah auf. Eine mit Tüchern verhängte Galerie verlief quer über den Raum, den sie betreten hatte. Über die kunstvoll durchbrochene Balustrade lehnte ein Mädchen, prächtig gekleidet und mit Juwelen behangen, ein Mädchen, dessen ungewöhnliche, über die Maßen strahlende Schönheit keineswegs ihren bitterbösen Gesichtsausdruck zu überdecken vermochte. Die beiden Augenpaare begegneten sich eine Sekunde lang, dann entschwand die zornige Schönheit mit einem Husch hinter den Vorhängen. Es war Rani Sada. Aber warum um alles in der Welt ist sie so böse auf *mich*? dachte Scylla ziemlich verblüfft, weil sie noch vor einer Stunde tiefes Mitleid mit dem Mädchen empfunden hatte. Wahrscheinlich hatte Sada eine andere Person erwartet... Aber trotzdem hinterließ diese sonderbare kurze Begegnung einen Schauder in ihren Knochen, ein Gefühl entschiedener Beunruhigung.

Fünf Minuten später war sie in dem Teil des Ziatur-Palasts, der von Mahtab Kour und ihren Gefährtinnen bewohnt wurde. Es war eine zentral gelegene, sehr alte Stätte, die traditionellerweise stets von der herrschenden Königin benutzt wurde. Ein großer Teil davon war in einem sehr schlechten Zustand; bröckelnde Steinstufen führten abwärts in unvorstellbare Schrecken der Finsternis; angeblich gab es gewaltige unterirdische Zisternen, wo uralte, zu riesiger Größe herangewachsene Krokodile täglich von Priestern mit lebendigen Zicklein gefüttert wurden (und auch bei Bedarf ihrer Pflicht nachkamen, königliche Damen, die man der Untreue gegenüber ihrem Herrn bezichtigte, zu verspeisen). In großen, düsteren Hallen standen hier halbzerfallene Steinstatuen aus unvordenklichen Zeiten – Shiva, der Schöpfer; Ganesha, der elefantenköpfige Gott der Weisheit; Kali, Shivas Weib, furchteinflößend mit einer Girlande aus Totenschädeln, roter heraushängender Zunge und einer Hand, die nach einem blutbefleckten Schwert griff; der sechsarmige Bhairava mit Dreizack, Schwert und weiteren Totenschädeln und von Opferspeisen verschmiertem Gesicht...

Es waren Hindugötter, Überreste aus einer früheren Dynastie, aber hier im Norden achtete und besänftigte man alle Götter. Es gab auch Kafir-Gottheiten, Imra, der Schöpfer, und Gish, der Kriegsgott. Die Zitadelle war über die Jahrhunderte hinweg durch viele Hände gegangen, und sämtliche Bewohner gehorchten dem Grundsatz, daß es töricht war, irgendeine Gottheit zu beleidigen.

Mahtab Kour mußte einmal wunderschön gewesen sein, aber nun war aller Liebreiz aus ihrem Antlitz gewichen. Im Alter von zwölf Jahren war sie mit dem Maharadscha verheiratet worden. In einer mit Tüchern verhängten Sänfte hatte man sie in einer sechswöchigen Reise aus Deccan im Süden hergebracht, gereist wurde nur des Nachts, und nie durfte sie einen Blick durch die Vorhänge werfen. Sie hatte schreckliches Heimweh nach ihrer Familie und ihrem Geburtsort gehabt, der in so weiter Ferne lag, aber sie hatte von Anfang an gewußt, daß kaum eine Chance bestand, daß sie einen ihrer Verwandten je wiedersah oder Ziatur verlassen könnte. Nur wenn sie unfruchtbar gewesen wäre, hätte man ihr vielleicht gestattet, zu einem Königinnengebet zum Goldenen Tempel von Amritsar, der heiligen Stadt der Sikhs, zu pilgern – aber es erwies sich dann doch als Glück für sie, daß sie dem Maharadscha im Alter von fünfzehn Jahren einen Erben, Mihal Shahzada, schenken konnte. Danach hatte sie etliche Töchter geboren und war alsbald in Ungnade gefallen. Jetzt war sie über dreißig und ihr Leben war in jeder Hinsicht zu Ende. Seit Jahren hatte es den Maharadscha nicht mehr in ihre Gemächer gezogen, und sie verließ dieselben nie. Sie hatte den weichen weißen Teint einer Blume, die in der Dunkelheit gewachsen war, und die langsamen, traurigen, trägen Bewegungen einer Kreatur, der völlig gleichgültig ist, was mit ihr geschieht. Ihre ersten drei kleinen Töchter hatte man in geschlossenen Sänften weggebracht, als Bräute für entfernte Herrscher, und es gab Gerüchte, daß man ihre letzte als Neugeborene den Krokodilen vorgeworfen hatte, um die Mutter zu strafen, die ein weiteres Mädchen geboren hatte. Mahtab vertrieb sich die Zeit recht und schlecht mit kunstreichen Stickereiarbeiten, mit Essen – sie war inzwischen von einer unvorstellbaren Leibesfülle – und mit dem Verhätscheln kleiner Sklavinnen, die ihre Gunst in unberechenbarem Wechsel gewannen und verloren. Selbst ihr Sohn kam sie nur noch selten besuchen. Miss Musson, die tiefstes Mitleid mit ihr empfand, hatte versucht, ihr Interesse fürs Lesenlernen, für Malen und Stricken, für ferne Länder und andere Kulturen zu wecken, aber es war sinnlos. Ihr Geist war gebrochen und starb in ihrem Innern. Rani Sada, ein lebendiges, ungeduldiges, ehrgeiziges Mädchen, das aus einer Kriegerkaste stammte und nicht aus einer degenerierten, inzüchtigen Königsfamilie, machte kein Geheimnis aus ihrer Verachtung gegenüber der älteren Königin.

»*Sat Sri Akal* – gegrüßet sei Eure Königliche Hoheit«, grüßte Scylla Mahtab im heitersten Tonfall, der ihr gelingen wollte, während sie in das Gemach der Königin eilte. Sie knickste und fragte sich dabei, wie schnell sie wohl wieder gehen konnte. »Womit kann ich Ihnen dienen?«

Mahtab Kour wählte nicht den direkten Weg. Sie bot Tee an, Sorbet, Kaffee und Zuckerwerk aus geronnener Mandelmilch. Scylla lehnte höflich ab.

»Gut, aber ich werde etwas Zuckerwerk zu mir nehmen«, sagte Mahtab Kour. Sie wirkt wie ein riesiger Teigkloß, dachte Scylla, wie sie da auf ihren rosa und scharlachroten Kissen thront, in Schleier gehüllt, an Armen, Knöcheln, Hals und Ohren dick mit Juwelen behangen; auf ihrer Stirn prangte ein dunkelroter Rubin – und zwei traurige Augen, die Rosinen im Teig, sahen verständnislos und flehend unter dem Rubin hervor.

»Mein kleines Persermädchen Laili hat Sorgen mit den Ohren, Mem Periseela. Können Sie sie sich mal ansehen und versuchen, sie zu heilen?«

»Gewiß«, sagte Scylla in schrecklicher Vorahnung, was sie erwartete. Mahtab klatschte in die Hände, und das Kind wurde herbeigebracht – ein hübsches schwarzäugiges Geschöpf mit olivbraunem Teint, kaum älter als sieben oder acht, eine in der Reihe der Lieblingssklavinnen, die kamen und gingen, zuerst wie Schoßkinder gehalten wurden und dann in Ungnade fielen – entweder weil die Königin eine neue Zerstreuung fand oder weil sie unter den Einfluß von Rani Sada gerieten, die gerne ein paar Spioninnen im Gefolge ihrer Rivalin hatte, obwohl diese Rivalin längst keine Macht mehr besaß.

»Zeig der Mem deine Ohren, Laili!« befahl Mahtab, und das Kind, das vor Schmerzen wimmerte, ließ sich von Scylla den Kopf von einer zur anderen Seite drehen. Es war sofort klar, was los war: Ihre Ohren waren mit einem verdreckten Gegenstand durchstochen worden, wahrscheinlich mit einer alten Messingnadel, und die kleinen Wunden hatten sich scheußlich infiziert.

»Warum haben Sie mir das nicht schon früher gesagt?« fragte Scylla und versuchte dabei wie stets, jeden Anflug von Ungeduld oder Ärger aus ihrer Stimme zu verbannen.

»Doktor Nuruddin hat gesagt, das Kind hat einen Dämon in den Ohren, und wenn wir beten würden und der Göttin Durga opfern, würde der Dämon unfehlbar ausgetrieben. Ich habe gebetet und ein Zicklein geopfert, aber es muß ein sehr starker Dämon sein, er hat sich geweigert zu weichen.«

»Doktor Nuruddin ist –« Scylla riß sich zusammen.

»Und ich habe mir nun gedacht, daß Sie vielleicht Salbe auftragen können und den Teufel vertreiben«, sagte Mahtab hoffnungsvoll.

»In diesem Fall wird Salbe nicht helfen, Hoheit«, sagte Scylla. »Das Kind ist sehr krank – sehen Sie doch, wie matt ihre Augen sind und wie heiß ihre Stirn. Der Teufel steckt jetzt *tief* in ihrem Innern, nicht nur in ihren Ohren. Erlauben Sie, daß ich sie in Mem Mussons Krankenhaus bringe? Sie braucht viel Medizin und sorgfältige Pflege.«

Aber das war natürlich völlig ausgeschlossen. Erstens konnte sich Mahtab nicht von dem Kind trennen, und zweitens war es undenkbar, daß ein Sklavenmädchen des Palasts die Erlaubnis bekam, durch die Straßen der Stadt zu gehen. Scylla tat also, was sie tun konnte – wusch die Paste aus Dung und zerstoßenen Eulenfedern ab, die man auf Lailis Ohren geschmiert hatte (nach der Theorie, daß Eulenfedern gut gegen Ohrenleiden sein müssen, weil Eulen ein scharfes Gehör haben); dann trug sie unter leisen Tadeln gegen Doktor Nuruddin einen Heilbalsam auf.

»Armes kleines Ding – ich habe Angst, daß sie stirbt, wie meine kleine Zindan, die von einem Affen gebissen wurde«, sagte Mahtab in einer Art zorniger Resignation. »Es ist ganz eindeutig, daß die Götter mir nicht gewogen sind, allen meinen Lieblingen widerfährt Leid. Vielleicht ist es ganz gut, daß mein lieber Sohn Mihal mich nicht mehr besucht – auch er könnte den Unmut der Götter auf sich ziehen. – Huneefa, Lehna, Lakshmi!« rief sie aus. »Bringt das Kind weg, ihr Anblick macht mich trübsinnig. Schafft sie weit weg, damit ich ihr Weinen nicht hören kann.«

Als das erledigt war und Scylla gerade wieder gehen wollte, rückte Mahtab mit dem wahren Grund heraus, weswegen sie Scylla hergebeten hatte.

»Mem Periseela – man hat mir berichtet, daß Sie das tiefe Vertrauen des Maharadschas genießen – daß er sich ehrfurchtsvoll anhört, was Sie ihm erzählen.«

»Oh, das ist übertrieben, Euer Majestät«, erwiderte Scylla vorsichtig und fragte sich, was wohl als nächstes kam. »Wenn der Maharadscha sich erschöpft und unwohl fühlt, muntert es ihn manchmal auf, wenn er ein paar Minuten mit mir plaudert. Aber ich bezweifle sehr, daß er irgend etwas Beachtung schenkt, was ich sage. Er übt gerne sein Französisch – das ist alles.«

Hinter ihr konnte man das zischende Geflüster einer der Gefährtinnen hören.

»Es muß ihr Verstand sein, den unser Herr und Gebieter bewundert – wenn er überhaupt etwas an ihr bewundert. Wer könnte denn an einem weiß-rosa Schweinsgesicht mit einer Stülpnase und einem Mund wie ein Tor Gefallen finden – man könnte sich totlachen, wenn man sie nur anschaut!«

Die Flüsterin sprach Urdu, nicht Pandschabi. Als Scylla sich umblickte, sah sie, daß es Huneefa war, die große dunkelhäutige Ayah, die Mahtab vor vielen Jahren aus dem Süden mitgebracht hatte. Huneefa war eine enge Vertraute von Nuruddin, dem

Palastarzt (ein Hexendoktor, wie Miss Musson respektlos sagte). Sie würde ganz gewiß weitererzählen, daß seine Behandlungsmethode von dem Feringi-Mädchen schlechtgemacht worden war.

Schroff befahl Mahtab Kour ihren Frauen, nach nebenan zu gehen. »Nein – *alle* – woher soll ich wissen, welche von euch tratscht oder eine Spionin ist, die meinen Feinden berichten wird, was ich sage?«

Vor Ärger grollend – Huneefa war besonders böse – gingen sie hinaus. Mahtab Kour fuhr mit gesenkter Stimme fort:

»Mir ist zu Ohren gekommen, daß die weibliche Schlange aus dem Pandschab, die meinen Platz im Herzen meines Herrn und Gebieters gestohlen hat – ich will ihren Namen nicht aussprechen, weil ich fürchte, daß allein das Wort mich vergiftet – noch hinterhältiger und gemeiner geworden ist, seit auch sie die Gunst meines göttlichen Herrschers verloren hat, und sie legt ihre Netze aus, schmiedet ihre Ränke, um meinen lieben Sohn Mihal in die Falle zu locken. Wenn man nur von so einem Verrat spricht, ist das schon Gift für die Zunge – aber es ist mir zu Ohren gekommen, und ich glaube es.«

Scylla hatte auch davon gehört – nicht im Bazar, sondern von ihrem Bruder Cal, der mehrmals lakonisch bemerkt hatte, daß Rani Sada und Prinz Mihal sich offenbar immer enger verbündeten.

»Und das ist ja auch nicht weiter verwunderlich«, meinte er.

»Die *Geliebte* seines eigenen Vaters?« Scylla war überaus entrüstet gewesen.

»Warum nicht? Sie sind fast gleich alt, und sie ist schön wie eine Tigerlilie. Und außerdem ist sie mit allen Wassern gewaschen – Rani Sada weiß genau, auf welcher Seite ihre Chapatis gebuttert sind! Was wird denn mit ihr geschehen, wenn der Maharadscha stirbt – was allem Anschein nach im Laufe des nächsten Jahres der Fall sein wird? Wenn Sada nicht danach trachtet, sich bei dem künftigen Herrscher einzuschmeicheln, was für Chancen hat sie dann? Mihal war seiner Mutter sehr zugetan – ein richtiges Muttersöhnchen – und Mahtab Kour würde sicherlich gern ihre sämtlichen Rubine opfern, damit Sada einen Dolch zwischen die Rippen bekommt. Aber Mihal hat eine Schwäche für hübsche Mädchen, er ist leicht zu betören, und das weiß Sada. Sie trifft für alle Fälle ihre Vorsorge.«

Nun ereiferte sich Mahtab Kour: »Die Götter würden vor Scham ihr Antlitz verhüllen angesichts des schändlichen Betragens dieser Kreatur – aber sie ist schamlos! Sie ist die *Frau* meines göttlichen Gebieters – er hat nämlich die Karewa, die Verlobungszeremonie, mit ihr vollzogen, als sie von Amritsar zurückkam, und obwohl sie weniger Gewicht hat als die Chadar Dalna, die Hochzeit, bedeutet es, daß die Kinder, die sie von meinem Herrn und Gebieter empfangen hat, legitim sind – und jetzt betrügt sie ihn! Mit seinem eigenen Sohn! Damit hat sie ihr Gelübde gebrochen! Es ist übelster Verrat!«

»Aber, wenn das wirklich stimmt –« setzte Scylla unbehaglich an.

»Es gibt nicht den geringsten Schatten des Zweifels. Sie schändet den Namen der Familie meines göttlichen Gebieters!«

»Warum erzählen Sie mir das?« fragte Scylla unumwunden.

»Weil ich will, daß Sie es meinem Herrn erzählen!«

»Dem Maharadscha? O nein – ausgeschlossen! Ich – ich kann mich nicht in sein Privatleben einmischen und ihm so etwas erzählen.«

Scylla hatte keine hohe Meinung von Prinz Mihal. Sie sah ihn fast nie, nur hin und wieder, wenn er bei ihrem Bungalow vorbeikam, da es sich für eine unverheiratete Feringi-Lady nicht schickte, mit dem Thronerben zu verkehren. Aber er und Cal hatten ein kumpelhaftes Verhältnis, das so eng war, daß Miss Musson manchmal sagte: »Ich frage mich, ob es ratsam ist für deinen Bruder, so oft mit dem jungen Mann zusammenzusein.«

Und sogar Scylla, die gewöhnlich nicht an schwesterlicher Überängstlichkeit litt, hatte nicht das Gefühl, daß Mihal Shahzada die beste Gesellschaft für ihn war oder daß er gar einen guten Einfluß auf ihn ausüben könnte. Er war von einer unersättlichen Spielleidenschaft besessen und kam nicht ohne Wein und französischen Weinbrand aus, den er zu horrenden Preisen von Kalkutta herbeischaffen ließ. Er rauchte Opium und Haschisch, er liebte den Müßiggang und konnte schändlich grausam sein, wenn ihn der Teufel ritt. Einmal hatte Scylla den mittleren Vorhof betreten, als er gerade mit ein paar Kumpanen einen Pariah-Hund angezündet hatte, und sie brüllten vor Lachen und schlossen Wetten darüber ab, wie lange er noch leben würde, als das laut winselnde Flammenbündel wie toll im Hof herumjagte. Glücklicherweise war Miss Musson bei ihr, und das vereinte Drängen der beiden Feringi-Ladys hatte schließlich einen der Soldaten dazu veranlaßt, seinen Krummsäbel zu ziehen und dem Tier den Kopf abzuschlagen. Scylla war bei diesem Anlaß so außer sich geraten, daß Mihal Shahzada sie seitdem neckend »Mem Hundefreundin« nannte, und sie war ziemlich sicher, daß er ihr nie verziehen hatte, daß sie ihm seinen Spaß verdorben hatte.

Wenn er und Sada wirklich Verbündete waren – könnte das den bösen Blick erklären, den Sada von der oberen Galerie aus auf sie geworfen hatte. Vor allem wenn sie den Verdacht hegte, daß Scylla von Mahtab Kour damit betraut wurde, Informationen an den Maharadscha weiterzugeben.

Scylla verwies nicht auf das übliche Schicksal von Klatschmäulern. Sie sagte: »Bei meiner Ehre, Euer Majestät, so etwas kann ich dem Maharadscha nicht erzählen! Außerdem – glauben Sie nicht, daß er es vielleicht schon weiß? Gewiß bleibt ihm doch nichts verborgen?«

»Das weiß er sicherlich nicht. Denn wenn er es wüßte, wäre sein Zorn fürchterlich. Überbringen Sie ihm die Neuigkeiten, Sahiba, ich bitte Sie.«

Scylla jedoch erwiderte standhaft, daß sie dazu nicht in der Lage sei. »So eine Nachricht kann ich ihm niemals überbringen, Majestät. Wenn Seine Exzellenz einmal mit mir spricht – und manchmal sehen wir uns wochenlang nicht –, interessiert er sich zum Beispiel für die Kriege in Europa oder für die Frage, ob die Engländer Ranjit Singh erlauben werden, Lahore einzunehmen.«

»Männergespräche!« sagte Mahtab ungehalten. »Aber heute haben Sie mit ihm gesprochen. Worüber haben Sie mit ihm geredet?«

Wieder einmal staunte Scylla, mit welcher Geschwindigkeit sich der Klatsch in diesem Palast verbreitete. Wenn man bedachte, wie schwer es war, etwas zu verbergen, erschien es völlig ausgeschlossen, daß der Maharadscha nichts von den Machenschaften seines Sohnes wußte. Vielleicht fühlte er sich zu alt und zu krank, um sich aufzuregen.

Sie antwortete: »Wir haben über die Schlacht am Kap St. Vincent gesprochen, Lady.«

»Oh!« rief die Königin mit einer mißfälligen Grimasse aus. »Wenn er nur *mich* anhören würde!«

»Ich will ihm gern erzählen, Lady, daß Euer Majestät ihn zu sprechen wünschen – wenn ich das Glück haben sollte, wieder einmal mit ihm zu reden.«

Mehr wollte Scylla nicht versprechen, und die Rani mußte sich damit zufriedengeben.

»Und Euer Majestät wollen es sich nicht noch einmal überlegen und mir erlauben, die kleine Laili zum Krankenhaus mitzunehmen?«

»Nein – nein – auf keinen Fall!« fuhr Mahtab Kour sie an. »Sie können jetzt gehen, Mem Periseela!«

Seufzend ging Scylla zurück durch den großen Hof. Oh, könnte ich doch weg von hier, dachte sie ungehalten, fort von diesem Nest von Intrigen und Mißgunst.

Sie sehnte sich danach, nach Europa zu gehen, nach England, dem Land ihres Vaters – London, Ranelagh, das Pantheon, Drury Lane, modisch gekleidete Damen, Pall Mall, Sadler's Wells. Sie hatte in der *Calcutta Gazette* und in der ein oder anderen Ausgabe des *Gentlemen's Magazine* von all dem gelesen. Aber drei Hindernisse standen ihren Wünschen beharrlich im Wege. Das erste war Miss Musson – die die Zwillinge an Kindes Statt angenommen hatte, als sie verwaist waren, ohne Freunde und arm, sie hatte ihnen ein Zuhause gegeben und sie mit gleichbleibender Güte und Zuneigung behandelt. Jetzt war Scylla in der Lage, etwas von dieser Güte zurückzuzahlen, indem sie ihr bei der Arbeit half, und es erschien ihr ausgeschlossen, wegzugehen und die alte Frau alleine in Ziatur zurückzulassen, als einzige europäische Bewohnerin der Stadt. Das zweite Hindernis war das Geld. Als General Paget, der Vater der Zwillinge, nach England aufgebrochen war, mit dem vagen Versprechen, sie bald nachzuholen, hatte er Manuela, ihrer Mutter, ein paar tausend Rupien und das Haus in Umballa hinterlassen, und er hatte versprochen, von England aus bald mehr Geld zu schicken. Aber das versprochene Geld war nie eingetroffen, ihre Mutter war krank geworden vor Sorgen, das Haus mußte verkauft werden, und bald darauf war Manuela gestorben ... Scylla erinnerte sich nicht gern an diese Zeit. Das letzte Geld war ausgegeben. Sie und Cal waren verzweifelt, kurz vor dem Verhungern, als Miss Musson und ihr Bruder, die zu dieser Zeit ein kleines Missionskrankenhaus in Umballa betrieben, sich der Kinder annahmen. Winthrop Musson, ein freundlicher, kultivierter Mann, schloß das aufgeweckte Pärchen ins Herz. Er unterrichtete sie mit Freude und gab ihnen etliches von seinem beträchtlichen Wissen weiter. Cal und Scylla hatten ihr ganzes Leben nach Wissen gedürstet – da Manuela, ein bildhübsches, träges Geschöpf, die geborene Kurtisane, es nie für nötig befunden hatte, ihren Kindern Bildung zukommen zu lassen. Sie interessierte sich nur für ihren

Liebhaber, und als er sie verließ, versank sie in Schwermut. Wie ausgetrocknete Schwämme hatten Cal und Scylla alles aufgesogen, was Winthrop Musson sie lehren konnte. Musson hatte Cal ermutigt, als er dessen keimendes dichterisches Talent entdeckte, und er hatte sich über seine Fortschritte und seine Begabung gefreut. Als die Mussons nach Ziatur umzogen, weil Winthrop an einem Lungenleiden litt und es besser für ihn war, in den Norden in die Nähe der Berge zu ziehen, gingen die Zwillinge natürlich mit. Und da sitzen wir nun fest, dachte Scylla manchmal. Gut möglich, daß wir für den Rest unseres Lebens hierbleiben! Das dritte Hindernis, das einem Weggang im Wege stand, war natürlich Cal selbst, dem das Leben in Ziatur sehr gut gefiel. Klug, faul und ehrgeizlos wie er war, reichte es ihm völlig aus, in Winthrop Mussons umfangreicher Bibliothek zu schmökern, sich mit Prinz Mihal zu amüsieren, mit seiner Schwester an kühlen Abenden auszureiten und sich nicht weiter darum zu scheren, nicht um alles in der Welt, was sich in Europa, in Frankreich, in Spanien, im Mittelmeer ereignete. Als er vom Sturm auf die Bastille und von der Schreckensherrschaft in Frankreich hörte, hatte er nur gesagt: »Wie überaus schockierend! Was reimt sich auf ›Schnabel‹, Scylla?«

»Parabel. Interessierst du dich denn für *nichts*, was außerhalb dieser Stadt geschieht?«

»Ich bin ein Poet«, betonte er unbekümmert. »Ein Poet interessiert sich in erster Linie für sich selbst.«

Scylla hatte das Gefühl, daß Miss Musson sich etwas Sorgen machte wegen Cal und sich fragte, was aus ihm werden sollte. Aber Miss Musson gingen ihre Patienten über alles, und außerdem hatte sie eine tiefsitzende Abneigung dagegen, sich in die Angelegenheiten anderer einzumischen. Sie war der Meinung, daß jeder Mensch allein mit seinen Problemen zurechtkommen mußte; nur in ganz extremen Fällen (wie in dem des brennenden Hundes zum Beispiel) griff sie ein.

Als Scylla bei Miss Mussons Haus anlangte, war es immer noch früh – kaum zehn Uhr. Beim Hineingehen stellte sie wie erwartet fest, daß Cal immer noch schlief, in genau der gleichen Stellung, in der sie ihn zuletzt gesehen hatte, bewegungslos, klaftertief in Vergessenheit versunken. Er besaß ein außergewöhnliches Schlafvermögen: zehn, zwölf, vierzehn Stunden konnte er ohne Unterbrechung schlafen, in einer Art Trancezustand. Er schien kaum zu atmen, war unempfindlich gegenüber Hitze oder Kälte oder Lärm. Als die Zwillinge jünger waren, als Scylla ihren Bruder noch als Spielkameraden und Tröster brauchte, vor und während der Krankheit der Mutter und in den schrecklichen Monaten nach ihrem Tod, hatte Cals Fähigkeit, sich vor seinen Problemen in den Schlaf zu flüchten, sie oft mit einer Mischung aus Neid und Zorn erfüllt. Sie konnte ihn nicht wecken, das wußte sie; er würde eine Antwort murmeln, sich umdrehen und erneut in tiefste Entspannung verfallen.

Nun, da sie älter war, glaubte Scylla, daß Cals Fähigkeit, über derart lange Zeiträume zu schlafen, zum einen seine Form der Flucht vor unwillkommenen Komplikationen des Lebens war, und zum anderen mit seiner dichterischen Begabung zusammenhing. Aus diesen langen Stunden der Vergessenheit tauchte er nämlich knisternd vor neuen Ideen und mit Lösungen für seine dichterischen Probleme wieder auf. Allerdings war er nach seinem Wiedererwachen oft genauso unnahbar, weil er sich dann in seine schöpferische Arbeit stürzte, wie ein Mungo, der eine Kobra in ein Loch jagt, fieberhaft darauf bedacht, all seine schwer faßbaren Gedanken und Bilder, die ihm im Schlaf gekommen waren, einzufangen und am Boden festzunageln, ehe sie ihm wieder entwischen konnten.

»Einen Moment bitte – stör mich bitte nicht, bis ich das niedergeschrieben habe – Es blüht eine Liebe –« Und dann vergingen Stunden, in denen er emsig Zeile um Zeile schrieb und dann wieder ausstrich, wobei seine Hand über die verkleckste

Seite glitt wie ein unabhängiges, lebendiges Wesen mit eigenem Verstand und Ziel.

Gemäß Miss Mussons Grundsatz, daß jeder seine Angelegenheiten tunlichst selbst regeln sollte, jeder auf seine Weise, hatte Scylla schon vor langer Zeit den Versuch aufgegeben, Cal aufzuwecken oder ihn von seinen rasenden Schreibanfällen wegzulocken.

Aber immerhin war heute ihr gemeinsamer Geburtstag.

Sie ging in sein abgedunkeltes Zimmer, beugte sich über die Liege und sagte laut in sein Ohr:

»Cal! Du Unmensch, du Teufel! Bruder! Cal! Wach auf, wir haben heute Geburtstag!«

Keine Reaktion. Sie versuchte es noch einmal, noch lauter. Er bewegte sich ein wenig, dann sackte sein Kopf mit einem erleichterten Grunzer ins Kissen, als hätte er eine kleine anstrengende Aufgabe hinter sich gebracht. Sie schüttelte ihn heftig; er lächelte im Schlaf und murmelte: »Hey, ruhig Kali! Sachte, meine Stute...«

Scylla zuckte die Achseln, ließ seine Schultern los und ging zurück in den Hauptraum, der sich über die ganze Länge des Hauses erstreckte, damit jeder noch so kleine Windhauch ihn durchwehen konnte.

»Missy und Cal Sahib reiten aus? Mem Musson hat den Auftrag gegeben, ein Eßpaket vorzubereiten. Es ist fertig. Soll ich es einpacken für Cal Sahib zum Tragen?«

Der Diener zeigte ihr das Geburtstagsmahl, das Miss Musson vorbereitet hatte. Gerührt sah Scylla ein kaltes Huhn, eine Flasche Wein und Obst – Pampelmusen, Trauben, Bananen und Granatäpfel.

»Cal Sahib schläft tief, ich gehe alleine, Habib-ulla. Pack das Huhn und die Früchte ein, den Wein nicht, der ist zu schwer für mich, und sag dem Pferdeburschen, er soll Kali satteln.«

»Es ist nicht schicklich – und *gar nicht* klug – von Missy Sahib, alleine auszureiten«, wandte der alte Habib-ulla ein. »Und Kali wollen Sie nehmen – was wird Cal Sahib dazu sagen, wenn er aufwacht und es herausfindet?«

»Es geschieht Cal Sahib ganz recht, wenn er schläft, obwohl er seiner Schwester versprochen hat, mit ihr auszureiten«, erwiderte Scylla. »Sag Ibrahim, er soll Kali meinen Sattel auflegen und sie herbringen.«

Kali war der größte Schatz ihres Bruders – abgesehen von seinen Manuskripten. Eine schlanke, reinrassige kleine Kathiawarstute, geschmeidig wie ein Schatten, gehorsam am Zügel, doch voller Temperament. Sie konnte den ganzen Tag im Paßgang laufen, einem Zwischending zwischen Trab und Galopp, und ermüdete doch nie. Sie war eindeutig schneller als Scyllas Brauner, Tom Jones; angeblich konnte sie sogar die Jagdleoparden des Maharadschas überholen. Sie kam aus dem königlichen Stall, Cal hatte sie beim Kartenspiel von Mihal gewonnen.

Da Miss Musson nicht zu Hause war, um ihr Mißfallen zu äußern, zog sich Scylla rasch so an wie die Frauen in den Bergen: weite schwarze Hosen und eine schwarze Weste, dazu einen Burqa und einen breitkrempigen Hut. Über ihrem Hut befestigte sie einen Schleier, dann trat sie vor das Haus, wo Ibrahim widerwillig das Vesperpaket hinten an Kalis Sattel befestigt hatte, während er seine Meinung über junge Damen, die unbegleitet ausritten, vor sich hinbrummelte.

»Gut, sag Cal Sahib, wenn er aufwacht und nach mir fragt, daß ich kurz nach Sonnenuntergang zurückkehre«, wies Scylla ihn an und schwang sich in den Sattel. Kali tänzelte vor Freude, daß es losging, und Scylla gab der Stute einen leichten Klaps mit der Reitgerte. Nach einem einleitenden Aufbäumen fiel sie in den leichten Scheingalopp, der einem zwar nicht eben schnell erschien, aber bald die Meilen fraß. Kali konnte sechzig Meilen in zehn Stunden laufen, wenn man es von ihr verlangte, also machten ihr sechzehn Meilen nicht die geringste Mühe.

Zu Anfang ritten sie an Obstgärten und Melonenbeeten, Opiummohn- und Zuckerrohrfeldern vorüber, hier und da stand ein Feigenbaum oder ein Banyan, oder ein dunkelgrüner Mangohain zeigte sich in der Ferne. Der rasselnde Gesang der Zikaden erfüllte dröhnend wie Trommeln die Luft, so daß es schien, als würde die heiße, trockene Erde selbst vibrieren. Manchmal flitzte ein Stachelschwein über den Weg, oder man hörte in einem Zuckerrohrfeld ein Wildschwein wühlen und grunzen. Weiter von der Stadt entfernt nahmen die kultivierten Flächen ab und verschwanden dann ganz, hier wuchsen nur noch Kakteen und hohe, trockene Disteln. Ab und zu erhob sich ein Milan in den fahlen Himmel. Die entfernten weißen Hügel rückten näher, und Scylla konnte an ihren kahlen Hängen Granitfelsen und niedriges Strauchwerk erkennen.

Kurz nach zwölf Uhr erreichte Scylla ihr Ziel: ein enges Tal zwischen zwei niedrigen, sandigen, mit Felsen durchsetzten Hügeln, Ausläufern der Vorberge des Sangur-Gebirges. Sie ritten um einen schroffen Felsen herum, und vor ihnen lag die Tempelruine, genau in der Mitte zwischen den beiden Hügelausläufern. Während der letzten fünf Meilen war der Weg stetig angestiegen, und der Boden war hier nicht mehr nackt, sondern mit hohem silbrigem Dschungelgras bedeckt. Wenn Scylla zu Fuß gegangen wäre, hätte es sie überragt; rechts und links vom Weg war es dicht und undurchdringlich wie ein Vorhang. Scylla war etwas mulmig zumute, als sie zwischen diesen lebenden Schutzschirmen hindurchzog – alles Mögliche, Räuber aller Arten konnten hinter diesem Schutz lauern –, aber sie wußte, daß Kali es blitzschnell bemerken würde, wenn ein Raubtier in der Nähe war, und schnell wie sie war, konnte sie allem und jedem entkommen. Außerdem war die Mittagszeit die Stunde der Ruhe, in der sich keine Raubtiere herumtrieben.

Der Tempel selbst lag zum größten Teil hinter einem Dickicht aus wilden Feigenbäumen und anderen Gewächsen verborgen, das in den Jahrhunderten emporgewachsen war, seit er verlassen dalag. Ein vierzig Meter hoher Turm aus rosenrotem Stein, schlank und gut erhalten, ragte über den Wildwuchs hinaus. Hier und da sah man am Boden Reste von Mauerwerk, Teile einer Marmorkuppel, einen Pfeiler oder eine Wandplatte.

Scylla stieg ab und führte Kali durch das, was noch vom großen Tempeltor übrig war. Dahinter befanden sich die Überreste eines breiten Prachtweges, der mit roten Marmorsäulen gesäumt war und zu einem Eingang führte, der jetzt von Pflanzen überwuchert war. Jenseits der Marmorsäulen mußten einmal wunderbare Gärten gewesen sein, hier wuchsen immer noch Orangenbäume, wild und vergessen; üppige Kletterrosenwände kämpften mit wilden Feigen und Karela, der Dschungelliane, die wie ein Vorhang über den gepflanzten Bäumen hing. Ein Wasserglitzern wies auf eine Marmorzisterne hin, die immer noch nicht ganz versiegt, aber von grünem Schleim halb verdeckt war.

Scylla band Kali an die Wurzel eines Banyanbaumes und beschloß, ihr Mittagessen zu sich zu nehmen, bevor sie sich weiter umsah. Sie setzte sich auf einen großen Marmorblock, der von der Spitze eines Torbogens gefallen war, öffnete das Bündel, das Habib-ulla vorbereitet hatte, und verspeiste etwas Huhn, eine Pampelmuse und einen Granatapfel. Es war natürlich viel zu viel – und sie packte das meiste wieder ein.

»Nun sollten wir uns mal nach Wasser umsehen, Licht meiner Augen«, sagte sie zu der Stute. »Oder Cal wird behaupten, ich hätte dich vernachlässigt, und das zu Recht.«

Sie durchstreifte die überwucherte Umgebung des Tempels und fand eine andere Zisterne, eine erheblich größere, die offenbar von einer Quelle gespeist wurde, da das Wasser an einer Stelle sehr klar war. Der Ort war offenbar ein Paradies für Vögel und anderes Getier. Ein Kranichpaar flog mit schwerem Flügelschlag von der Zisterne weg, als Kali durstig trank, Horden wilder Affen sprangen umher und schnatterten und jagten sich gegenseitig in den verschlugenen Ästen der Kampferbäume, und auf ein paar nicht zerbrochenen Steinplatten pickte ein wilder Pfau herum, der stolz daherstolzierte und in regelmäßigen Abständen einen scharfen Schrei ausstieß.

Scylla streifte durch die leeren Höfe, zwängte sich mit Mühe durch mit Brombeerranken versperrte Torbögen, spähte durch durchbrochene Marmorwände, die mit Granaten, Türkisen, Achat und Lapislazuli eingelegt waren, wagte sich vorsichtig in große, dämmrige Hallen hinein, die durch endlose Reihen phantastisch verzierter Pfeiler unterteilt waren, betrachtete zahllose Götterstatuen, von bekannten und unbekannten Göttern, in allen nur denkbaren Posen dargestellt – sitzend, stehend, tanzend, Fratzen schneidend oder gütig blickend – und sie bedauerte sehr, daß Cal sie nicht begleitet hatte. Ich muß ihn *unbedingt* ein anderes Mal hierher führen, beschloß sie. So eine Stätte muß ihn einfach inspirieren.

Obwohl Scylla bewußt war, daß sie den Heimweg antreten sollte, verweilte sie noch. Ihr kam in den Sinn, daß sie die eigentliche Grabstätte des Maharadschas noch nicht ausfindig gemacht hatte. Man hatte ihr gesagt, daß sie sich nicht direkt im Tempel befand, sondern eine Viertel Meile davon entfernt am Fuß eines nahegelegenen Hügels.

Sie band Kali los und führte die Stute aus dem Tempelbereich hinaus und einen kleinen Plattenweg entlang, der das Tal durchquerte und zwischen großen Bambushainen verlief. In regelmäßigen Abständen blickten Steingötter mit gerunzelter Stirn oder lächelnd auf sie herab, hier und da war einer von seinem Sockel gefallen und starrte liegend vom Boden empor.

Am Ende des Pfades führte eine Treppe zu einem niedrigen steinernen Torbogen hinab. Hier blieb Scylla unsicher und leicht beunruhigt stehen. Der Eingang zur Grabstätte war in den Fuß des Hügels gebaut. Der Hügelhang darüber war nicht fest, sondern bestand aus bröckelndem, sandigem Erdreich, das über die

Jahre durch Trockenheit und heiße Winde gelockert und erodiert worden war. Eine sechzig Zentimeter hohe gemauerte Brüstung über dem Torbogen hatte die von oben herabgleitenden Sandströme geteilt, so daß sie rechts und links vom Eingang hinuntergerieselt waren und sich dort zu hohen Wällen aufgetürmt hatten, während der Eingang selbst frei geblieben war. Aber als sie emporblickte, konnte Scylla sehen, daß es nur eine Frage der Zeit war, bis ein gewaltiger trockener Erdbrocken ziemlich dicht über dem Tor sich löste und abrutschte, so daß der Eingang mit Sicherheit vollständig verschüttet würde. Könnte der Schall ihrer Tritte diesen Erdrutsch auslösen? Sollte sie es wagen, hineinzugehen? Alles Mögliche konnte die Erde ins Rutschen bringen: ein plötzlicher Windstoß, ein Wildschwein, das über den Hang lief, sogar ein Milan, der sich darauf niederließ. – Andererseits hatte Scylla das Gefühl, daß sie es sich nie verzeihen würde, wenn sie so kurz vor dem Ziel nicht den Mut aufbrachte, ihren ursprünglichen Plan auszuführen, nachdem sie so weit geritten war und derartige Strapazen auf sich genommen hatte, um hierher zu gelangen. Sie hatte Zündhölzer dabei und Wachskerzen. Sie konnte Cals verächtliche Stimme hören: »Du bist den ganzen Weg bis zum Tempel geritten und warst dann zu feige, in die Gruft hinabzusteigen? Meine Schwester ist ein Hasenfuß? Und ich hatte gedacht, du hättest ordentlich Mut in den Knochen!«

Mit knirschenden Zähnen schlang Scylla Kalis Zaumzügel ein gutes Stück vom Eingang enfernt um den freischwebenden Ast eines Feigenbaumes, so daß die Stute sich ohne große Schwierigkeiten mit der Zeit losreißen könnte, falls ihre Herrin von einer Sandlawine verschüttet würde. Dann entzündete Scylla ihre Kerze und wagte sich langsam und vorsichtig vorwärts, zwischen den hohen Sandwällen rechts und links vor dem Eingang hindurch, bis sie unter dem überhängenden Torbogen stand. Als sie die Treppe hinter sich und festen Steinboden unter den Füßen hatte, atmete sie wieder etwas freier, blieb aber die ganze Zeit innerlich angespannt, da sie ständig die Ohren spitzte, um auch das leiseste Rutschgeräusch über sich wahrzunehmen. Vielleicht genügte ja sogar ihre bloße Gegenwart in dem Gewölbe, den Hügel über ihr in Bewegung zu setzen. Aber sie hörte nichts, und als sich ihre Augen an das schwache Kerzenlicht gewöhnt hatten, faßte sie Mut, weiter vorzudringen. Sie stellte fest, daß die Grabstätte aus drei hintereinanderliegenden Kammern bestand, Decke, Boden und Wände waren aus Marmor. Aber traurigerweise waren auch hier offensichtlich Plünderer am Werk gewesen, entweder feindliche fremde Eroberer oder aus der Gegend stammende Räuber. Das Säulenpodest im hintersten Raum, unter einem verzierten Baldachin aus behauenem Stein, wo der Sarg stehen sollte, war leer, und man sah keine Spur des legendären Schatzes. Enttäuscht, aber gewissermaßen auch erleichtert lenkte Scylla ihre Schritte wieder Richtung Eingang, und als sie gerade ihre Kerze ausblasen und vorsichtig auf Zehenspitzen die Steinstufen hinaufsteigen wollte, hörte sie jenseits des Tors ein Geräusch, das ihr das Blut in den Adern stocken ließ: ein gedämpftes, dunkel grollendes Knurren. Einen schrecklichen Moment lang dachte sie, es sei der Beginn des Erdrutsches, aber die Wirklichkeit war kaum weniger furchterregend. Scylla war oft genug an der Menagerie des Maharadschas vorbeigegangen, um mit der Stimme eines Tigers vertraut zu sein. Was veranlaßte einen Tiger dazu, um diese Tageszeit zu jagen? Aber das Geräusch wiederholte sich, gefolgt vom Wiehern der Stute – ein schriller, angsterfüllter Hilfeschrei. Scylla hatte keine Waffe dabei, ließ aber instinktiv ihre Kerze fallen, ergriff ein paar Steine und rannte die Treppe hinauf, ohne sich Sorgen zu machen, ob ihre Hast einen Erdrutsch auslösen könnte. Wenn der Tiger Kali angriff –!

Als sie ins Tageslicht hinaustrat, war sie gezwungen, stehenzubleiben und einen Moment zu blinzeln, bis sich ihre Augen an den weißen Glanz des Tages gewöhnt hatten. Während sie innehielt, hörte sie das Tigergejaule in nächster Nähe, und jetzt war es das unheimliche, nicht zu ortende Jaulen, das von allen Seiten zu kommen scheint, mit dem der jagende Tiger sein Opfer in Panik versetzt, so daß es oft genau auf ihn zuläuft. Und wieder folgte Kalis angstvolles Stampfen und Wiehern. Sie wird sich jeden Moment losreißen und davongaloppieren – ich muß vorher zu ihr gelangen, dachte Scylla, und sie begann, auf die Stute zuzulaufen, immer noch mit den Steinen in der Hand. Während sie keuchend vorwärtsstolperte, sah sie plötzlich einen schwarzgelben Blitz – zu ihrer rechten Seite kam der Tiger aus dem Bambusdickicht hervor. Er schien riesig – viel, viel größer als die eingeschüchterten räudigen Biester in der Menagerie. Sein großer gestreifter Schädel sah aus wie ein geschnitzter, grausamer Götterkopf, schwer und kraftvoll. Als er sich überraschend mit zwei Objekten konfrontiert sah – einem rennenden Mädchen und einem stampfenden, sich aufbäumenden Pferd –, blieb er einen Moment mit schaukelndem Kopf stehen und versuchte, sich für eins davon zu entscheiden; dann kroch er geduckt weiter.

Scylla ließ die Steine fallen. Angesichts der wuchtigen, bedrohlichen Gegenwart des Tigers war ihr klar, daß sie als Waffe so nutzlos waren wie Reiskörner. Sie flog zu Kali – gerade noch rechtzeitig, da die dampfende, schäumende, zu Tode erschreckte Stute sich fast losgerissen hatte – und griff nach den Zügeln. Aber nun galt es aufzusitzen.

»Ruhig – ruhig!« keuchte Scylla. »Halt doch einen Moment *still*, du Tochter eines Irren! Wie soll ich denn aufsteigen, wenn du wie ein Derwisch umhertanzt?«

Sie schrie und hoffte, damit den Tiger so zu erschrecken, daß er in seinem zielstrebigen, stetigen Vorwärtskriechen innehielt. Er jaulte erneut – und dann hörte Scylla zu ihrem größten Erstaunen kurz hintereinander zwei scharfe Kracher, und eine Stimme rief:

»Stillhalten, Frau! Halt das verfluchte Pferd fest! Wir schießen nochmal!«

Scylla riß mit aller Gewalt Kalis Zügel nach unten, drehte sich baff vor Verwunderung um und sah zwei Männer aus dem Bambusdickicht herausrennen. Einer lud in fiebriger Hast eine Muskete, während der andere sich hinkniete und auf den Tiger anlegte, der, eindeutig verwirrt durch diese Neuankömmlinge, einen Satz zur Seite gemacht hatte und sich jetzt mit peitschendem Schwanz duckte, unfähig zu entscheiden, welches Opfer er zuerst anfallen sollte. Aber dann wieherte Kali erneut, und den Bauch tief über dem Boden kroch er wieder auf Mädchen und Pferd zu, auf die er es ursprünglich abgesehen hatte.

Krack! machte die Muskete noch einmal, und der Tiger sprang aufheulend in die Luft, wandte sich um und hetzte davon, in die Richtung, aus der Scylla gekommen war, auf den Eingang der Grabstätte zu.

»Hab ihn erwischt!« rief der kniende Mann triumphierend. Zu Scyllas Verwunderung sprach er diesmal Englisch – vorher hatte er sie auf Pandschabi angesprochen. »Hinterher, schnell, Therbah!«

Die zwei Männer setzten dem flüchtenden Tiger nach.

»Er ist verwundet, Herr – er will in die Höhle«, keuchte der kleinere Mann. »Da sitzt er in der Falle.«

Tatsächlich jagte der Tiger zum Eingang der Grabstätte und hinterließ dabei auf dem nackten Boden eine Blutspur. Beide Männer feuerten ein weiteres Mal, als er durch die dunkle Öffnung verschwand. Sie haben ihn beide verfehlt, dachte Scylla. Rechts und links vom Eingang stoben kleine Sandwirbel auf.

Und dann geschah etwas Verhängnisvolles. Entweder durch den Schall der Schüsse ausgelöst oder durch das Einschlagen der Geschosse in den sandigen Hügel löste sich der Erdbrocken, der über dem Eingang auf seinen Absturz gewartet hatte, von seinem

Untergrund, und mit einem seltsam dumpfen Poltern rutschte eine gewaltige Masse aus Sand, Steinen und Kies über den Torbogen und verschüttete den Eingang zur Gruft vollständig. Als sich die Staubwolke verzogen hatte, rief der größere Mann, der Scylla angesprochen hatte: »Verflucht nochmal, Therbah! Sieh dir *das* an! Er ist uns entwischt!«

»So eine Schande! Da haben Sie wahrlich recht, mein Herr«, stimmte der kleine Mann bekümmert zu, während er sich dem Eingang näherte und sich mit der freien Hand am Kopf kratzte. »Der König der Tiger hat sich im Großen Königsgrab zur Ruhe gesetzt. Es würde zwei Wochen dauern, ihn da auszugraben.«

»Dann wäre sein Fell nur noch Futter für Schakale.«

Der größere Mann wandte sich verärgert Scylla zu, die ihre von Panik erfaßte Stute endlich beruhigt und ihren verrutschten Schleier zurechtgerückt hatte und nun, die Stute am Zügel führend, zu ihnen hinüberlief, um sich zu bedanken.

»Warum in Eblis Namen mußten *Sie* ausgerechnet in diesem Moment hier auftauchen? Wenn Sie und Ihre dreimal verfluchte Stute nicht gewesen wären, hätte das Fell des Tigers, den wir zwei Wochen lang gejagt haben, ein überaus angemessenes Geschenk für den Maharadscha von Ziatur abgegeben. Nun können wir ihm nur noch die Nachricht überbringen, daß der Tiger in der Gruft seiner Urahnen verhungert.«

»Der Maharadscha ist sehr krank«, erwiderte Scylla gefaßt. »Ich glaube kaum, daß er sich für Ihren Tiger interessiert hätte. Und ich sehe nicht ein, warum sie *mich* dafür verantwortlich machen, daß der Tiger sich in die Gruft geflüchtet hat. Es gibt keinen Grund anzunehmen, daß er es ohne meine Gegenwart nicht getan hätte. Aber wie dem auch sei – ich bin Ihnen jedenfalls sehr dankbar, daß Sie mir das Leben gerettet haben. – Wenn man auch sagen muß«, fügte sie nachdenklich hinzu, »daß ich dem Tiger wohl nie begegnet wäre, wenn Sie ihn nicht gejagt hätten, also mußten Sie ja wohl mein Leben retten.«

Als sie zu reden begonnen hatte, war der große Mann zusammengezuckt, und nun sah er sie aufmerksam an.

»Wer sind Sie bloß im Namen aller Dschinns?« fragte er neugierig. »Sie sind keine Sikh- oder Dogra-Frau. Was machen Sie hier? Und woher wissen Sie soviel über den Maharadscha?«

Scylla hatte ihn ebenso neugierig gemustert. Er sah anders aus als alle Männer, denen sie bislang begegnet war. Zunächst einmal war er außergewöhnlich groß, sicher größer als der Maharadscha, die größte Person, die Scylla kannte. Sein Bart und seine Augenbrauen leuchteten rotgold und standen damit in sonderbarem Kontrast zu seiner bronzenen, wettergegerbten Haut. Unter den buschigen Augenbrauen sahen die strahlendsten Augen hervor, die sie je gesehen hatte – ein lebendiges, aufregendes Blau, das von innen zu leuchten schien, als fielen Sonnenstrahlen durch blaues Wasser. Er hatte ein längliches, hageres, stolzes Gesicht mit hohen Backenknochen, seine Nase war gebogen wie der Schnabel eines Shushbazhabichts. Aber das Sonderbarste von allem war, daß er von Kopf bis Fuß in schottisches Tuch gekleidet war: Rock und Hose waren aus schwarzgrün kariertem Stoff (später erfuhr sie, daß es sich um den Jagdtartan des Gordon-Clans handelte) – sogar sein Turban war aus dem gleichen Material, gekrönt mit einer Reiherfeder, die mit einem maulbeergroßen Diamanten befestigt war. Sowohl er als auch sein Diener – ein kleiner Mann, braun und runzelig wie eine Nuß und wie ein Mann aus den Bergen gekleidet – waren staubbedeckt und sahen verschmutzt und erschöpft aus, als wären sie tagelang in der Wildnis umhergezogen.

»Ich komme aus Ziatur – ich unterrichte die jüngeren Prinzen vom Palast«, erklärte Scylla. »Deshalb kenne ich den Maharadscha. Und jetzt fällt mir ein, daß ich wahrscheinlich weiß, wer Sie sind.« Sie wechselte von Pandschabi zu Englisch. »Sind Sie vielleicht Cameron Sahib?«

Ein Lächeln erhellte seine finstere, forschende Miene.

»Ich nehme an, Sie haben durch diese zwei kleinen Äffchen Amur und Ranji von mir gehört.«

»Oh, in den Höfen von Ziatur reden viele Leute von Ihnen. Der Maharadscha hat Sie in den letzten Wochen erwartet, glaube ich.«

»Genau das habe ich befürchtet! Und deshalb habe ich meine Reise unterbrochen und versucht, die alte Schnurrkatze da drinnen zur Strecke zu bringen –«, er wies mit dem Kopf Richtung Höhle. »Ich dachte, ein edles, frisches Tigerfell – und er war eine Schönheit, der größte, der mir je über den Weg gelaufen ist – könnte ihm die Nachricht etwas versüßen, daß ich nur halb so viele Karabiner habe wie versprochen und nur ein Drittel der Brustharnische.«

»Wie kommt das?« fragte sie interessiert.

»Weil ich üblicherweise Waffen in Frankreich gekauft habe. Aber jetzt wollen die Franzosen ihre Waffen für sich behalten – oder sie nach eigenem Gutdünken verkaufen.«

»Oh!« rief sie in plötzlicher Erleuchtung aus. »Vielleicht ist das – das erklärt –«

»Erklärt was?« fragte er begierig.

»Einer der Knaben hat gesagt, daß französische Abgesandte den Maharadscha überreden wollten, eine französische Abteilung in seiner Armee einzurichten.«

»Franzosen? Sind sie *zur Zeit* in Ziatur?«

»Ja, zwei Männer. Ich weiß nicht, ob es Händler sind oder offizielle Abgesandte.«

»Wie heißen sie?«

»Ducroze und Valhomir.«

Er nickte, als wären ihm die Namen geläufig. »Dieses Pärchen hat sich den ganzen Weg durch Zentralasien durchgeschmeichelt und -geschwatzt. Ich bin überall auf ihre Spuren gestoßen. Zuerst waren sie am Hof des Schah von Persien und haben ihm erzählt, daß Frankreich bald ganz Europa beherrschen wird, dann waren sie in Kabul und sind dem Amir um den Bart gegangen, und jetzt finde ich sie sogar in Ziatur! – Haben sie mich bei Bhupindra Singh angeschwärzt?«

»Aber nein, ich glaube, er erwartet Sie mit Ungeduld. Aber sie haben sich mit seinem Sohn zusammengetan.«

»Mihal? Er muß inzwischen ein erwachsener Mann sein. Hat er viel Einfluß am Hof?«

Sie besann sich und erwiderte dann: »Ich denke, sehr viel – auf seine Art. Und zunehmend mehr, da der Maharadscha krank ist und nichts unternehmen kann.«

Ihre letzten Worte erinnerten sie daran, daß sie selbst erschöpft war – sie zitterte vor Müdigkeit und wegen der fürchterlichen Begegnung mit dem Tiger. Obwohl das Abenteuer nur wenige Minuten gedauert hatte, schien sich die Zeit zu dehnen, wie in einem Traum oder eher Alptraum, und es kam ihr vor, als hätte sie mehrere anstrengende Stunden durchlebt. Und vor ihr lag noch ein Sechzehn-Meilen-Ritt.

Sie sagte: »Ich muß nach Ziatur zurück, oder meine Freunde machen sich Sorgen um mich. Sind Sie –«

»Sind Sie etwa *alleine* hierhergekommen? Ohne Begleitschutz oder Freunde?« Er sah sie mit offenem Staunen an.

»Ich habe schließlich nicht erwartet, bei vollem Tageslicht auf einen Tiger zu stoßen«, sagte Scylla lachend. »Wenn Sie ihn nicht verfolgt hätten, hätte er sich irgendwo im Verborgenen aufgehalten, tief schlafend – wie mein Bruder. Wenn ich *ihn* wachbekommen hätte, hätte *er* mich begleitet.«

»Ihr Bruder – jetzt kann ich erraten, wer *Sie* sind.« Cameron Sahib musterte sie erneut – sein wacher, durchdringender blauer Blick machte sie sehr verlegen. Scylla errötete, da ihr bewußt wurde, daß sie verschwitzt und staubig war, ihre Stiefel und Hosen waren von Brombeerranken zerrissen, ihr Schleier war schmutzig und zerknittert. Sie mußte einen sehr abgerissenen Eindruck machen. Aber er fuhr ganz höflich fort:

»Bruder und Schwester, Engländer, sie leben im Haus von Miss Musson, der amerikanischen Missionarin – aber ich weiß nicht genau, ob Sie Da Silva oder Paget heißen.«

»Paget!« sagte Scylla, erneut errötend.

»Miss Paget! Fabelhaft. Ich freue mich, Ihre Bekanntschaft zu machen«, sagte er und machte einen förmlichen Diener.

»Oh, das ist doch lächerlich!« Sie mußte unwillkürlich lachen, aber sie knickste so anmutig, wie es nur ging in ihrer Pahari-Tracht. »Wo können Sie denn nur von mir gehört haben? Kommen Sie von Umballa?«

»Nein, werte Dame, ich komme von England.«

»*England*? Dann –«

»Und ich habe nicht nur von Ihnen gehört, ich habe auch einen an Sie adressierten Brief dabei. Aber Sie sollten wirklich sofort nach Ziatur zurückkehren«, sagte er, während er mit erhobener Hand ihren Ausruf der Verwunderung dämpfte und mit einem Seitenblick den Stand der Sonne überprüfte. »Ihre Freunde werden sich Sorgen machen. Wir werden ebenfalls dorthin ziehen, da wir nun von Seiner Königlichen Hoheit enttäuscht worden sind«, sagte er mit einem letzten bedauernden Blick Richtung Grabeingang.

»Haben Sie Pferde?« fragte Scylla in dem Bewußtsein, daß sie sonst mindestens fünf Stunden bis zur Stadt brauchen würden.

»Ja, aber sie sind eine Meile von hier angebunden. Therbah, geh die Pferde holen«, sagte Colonel Cameron, und immer noch an den kleinen Mann gewandt, stieß er eine Wortflut in einem unbekannten Dialekt hervor und zeigte zuerst auf das Bambusdickicht und dann in südöstliche Richtung. Der kleine Mann nickte verständig, tippte sich an die Stirn in einer Geste, die sowohl respekt- als auch würdevoll war, gab dann seinem Meister beide Musketen und verschwand in einem schnellen Trab zwischen den Büschen.

»Steigen Sie auf Ihre Stute, Madam«, wies Cameron sie an. »Sie ist ein wahres Zuckerstück und es wird ihr guttun, wenn wir sie eine Meile bewegen, bis sie trocken ist – ich werde sie führen, bis Therbah mit meinen beiden zu uns stößt. Sie ist eine Schönheit«, fügte er beiläufig hinzu, Kalis Vorzüge begutachtend. »Sicher stammt sie aus dem Stall von Bhupindra Singh.«

»Ja, mein Bruder hat sie beim Kartenspiel von Mihal gewonnen. – Sir«, Scylla konnte ihre Neugier nicht länger bezähmen, »bitte erzählen Sie mir, von wem in England dieser Brief an mich ist.«

Er brach in schallendes Gelächter aus. »Ich werde Sie noch eine Weile auf die Folter spannen müssen! Der Brief ist in meiner Satteltasche. Sie müssen warten, bis Therbah wiederkommt. – Hier müssen wir doch entlang – über den Dammweg?«

Als sie loszogen, sah Scylla noch einmal bedauernd auf den Tempel zurück. Der hoch aufragende rote Turm und die Bruchstücke der Marmorkuppel und das Fensterwerk waren vom späten Nachmittagslicht vergoldet und wirkten jetzt seltsam geheimnisvoll zwischen den Kampfer- und Feigenbäumen; mehr denn je wünschte sie sich, Cal wäre mitgekommen, um dieses Erlebnis mit ihr zu teilen.

»Sie und Ihr Bruder leben also seit vier Jahren in Ziatur? Denn es ist mindestens so lange her, daß ich es verlassen habe«, fuhr Colonel Cameron fort. Er lief locker neben der Stute her, die zwei Musketen balancierte er auf seiner rechten Schulter. »Hatten Sie nie den Wunsch, mehr von der Welt zu sehen, wenn ich fragen darf?«

»O doch, Sir, und wie!« Sie sah auf ihn hinab – sah aber nur die Spitze seines Turbans und die Reiherfeder und einen Schimmer von rotem Haar entlang der markanten Backenknochen. »Aber was sollten wir tun? Wir hatten kein eigenes Geld – und Miss Musson, unsere Beschützerin, will in Ziatur bleiben. Sie wird alt – wir können sie nicht verlassen. Und obwohl ich gestehen muß, daß ich England unbedingt sehen will – und Frankreich –

Italien – viele Länder! – ist mein Bruder, glaube ich, ganz zufrieden, wenn er den Rest seines Lebens in Nordindien verbringen kann.«

»Er möchte bleiben und Miss Musson bei ihrer wohltätigen Arbeit unterstützen?« fragte Colonel Cameron. »Das ist sehr löblich für einen jungen Mann seines Alters.«

Scylla war nicht sicher, ob aus seinem Tonfall ein Anflug von Ironie herauszuhören war, aber sie antwortete ruhig:

»Nein, das ist eigentlich nicht der Grund – obwohl er Miss Musson wirklich sehr gern hat. Aber er ist ein Dichter, und Dichter schöpfen ja bekanntermaßen so sehr aus sich selbst, daß es für sie keine große Rolle spielt, wo sie leben – für sie ist alles eins.«

»Ach ja, wirklich?« staunte Colonel Cameron. »Es war mir bislang noch nicht vergönnt, die Bekanntschaft vieler Dichter zu machen. – Glauben Sie, daß Ihr Bruder ein *guter* Dichter ist?« fügte er hinzu.

»Ganz gewiß, Sir, ich glaube, daß er beträchtliches Talent hat«, erwiderte Scylla entschieden. »Was er vor seinem vierzehnten Lebensjahr geschrieben hat, war nicht besonders genial, aber dann hat der kritische Rat unseres lieben Freundes und Vormunds Dr. Winthrop Musson ihn vorangebracht, und ich glaube, daß man seine Verse jetzt ohne weiteres mit denen von Goldsmith oder Gray oder Cowper vergleichen kann. Und mir persönlich gefallen sie sehr viel besser als die von Isaac Watts oder Matthew Prior.«

»Nun – ich werde sie mit größtem Interesse lesen«, sagte Colonel Cameron. »Mir scheint, daß Sie nicht nur eine bemerkenswert mutige junge Dame sind, sondern auch eine sehr belesene. Aber sagen Sie mal, Sie reden von sich und Ihrem Bruder und Ihren Vormündern – demnach lebt also ihre eigene Mutter nicht mehr?«

»Unsere Mutter ist vor sechs Jahren gestorben, Sir«, sagte

Scylla nüchtern. »Ich glaube, aus Kummer, nachdem mein Vater uns verlassen hatte und nach England zurückgegangen war.« Dann rief sie von Neugier überwältigt aus: »Oh, Sir, ist der Brief, den Sie dabeihaben, von *ihm*? Haben Sie – kennen Sie unseren Vater in England?«

Colonel Cameron blieb einen Moment stehen, wandte sich ihr zu und musterte sie aufmerksam und mitfühlend.

»Waren Sie Ihrem Vater sehr zugetan, mein Kind? Haben Sie ihn auch vermißt, als er nach England ging?«

»Nein, ich war ihm überhaupt nicht zugetan«, antwortete Scylla schroff. »Er war nie besonders nett zu mir. Und ich fand, daß er unsere Mutter schrecklich unfein und rücksichtslos behandelt hat. Väterlicherseits stammte sie aus einer guten portugiesischen Familie. Warum ist er weggegangen und hat sie mit so wenig Geld zurückgelassen? Aber wenn er es jetzt bereut hat und uns etwas Geld schickt, werde ich mich nach Kräften bemühen, ihm wohlgesonnener zu sein.«

»Nun, das hat er nicht getan, weil er tot ist«, erwiderte ihr Begleiter in belustigtem Tonfall. »Ich bin erleichtert, daß es Sie nicht so sehr trifft, daß Sie jetzt Vollwaise sind. Aber aus Fairness gegenüber Ihrem Vater muß man sagen, daß er in finanziellen Nöten war, als er Indien verlassen hat, da er einen Großteil seines Geldes beim Spiel verloren hatte –«

»Dann hat Cal also diese Vorliebe von *ihm*«, rief Scylla.

»Außerdem war, soweit ich weiß, ein Brief, den er aus England an Ihre Mutter geschickt hat, nicht zustellbar, und ich nehme an, daß er daraus schloß, daß sie einen neuen –« Beschützer gefunden hat, wollte er sagen, aber er änderte den Satz und sagte: »eine neue Versorgungsquelle gefunden hatte.«

»Sicher kam der Brief erst an, nachdem sie gestorben war, vermute ich«, sagte Scylla ziemlich bitter. »Und damals waren mein Bruder und ich zweifellos schon mit den Mussons in Nordindien. Aber bitte, Sir, stillen Sie meine Neugier. Was hat mein

Vater dann gemacht? Hat er sich an Sie gewandt? Haben Sie ihn in England getroffen?«

Colonel Cameron antwortete nicht sofort. Er beschattete seine Augen und sah nach Westen. »Da kommt Therbah mit unsern Tieren«, stellte er fest. Die zwei Ponys, die auf sie zugetrottet kamen – auf einem ritt Therbah, das andere führte er – waren kurzbeinig, zottig und stämmig, obwohl Kopf und Knochenbau etwas Edles hatten. Schweif und Mähne waren so lang, daß sie fast den Boden berührten und ihre Augen verdeckten. Das staubige Graue, das von Therbah geritten wurde, trug ein Paar schwere Satteltaschen aus Ziegenfell, und Cameron kramte in einer davon herum und fand ein Päckchen, das in Wachstuch eingeschlagen war, und zog daraus einen Brief hervor, in einem etwas schmutzigen Umschlag, den er Scylla überreichte.

»Ich sehe, daß Ihre Neugier ins schier Unerträgliche angewachsen ist«, bemerkte er halb galant, halb neckend, »also will ich Sie nicht länger auf die Folter spannen. Außerdem wird in einer Viertelstunde die Dunkelheit hereinbrechen, also lesen Sie ihn am besten, solange es noch geht.«

Der Brief war an »Mr. und Miss Paget« adressiert, »zuletzt wohnhaft in Umballa, Indien, durch die gefälligen Dienste des Col. Robt. Cameron«.

Scylla wollte ihn aufreißen, aber der kleine Diener Therbah hielt sie zurück. »Einen Moment, Missy Sahib«, sagte er und nahm ihn ihr ab, zog aus seinem Gürtel einen gefährlich aussehenden krummen Kukri, ein Afghanenmesser, schlitzte ihn am Rand auf und gab ihn ihr mit einem höflichen Salaam zurück.

Als sie anfangen wollte zu lesen, fiel Scylla ihr halb aufgegessenes Mittagsmahl ein.

»Ich habe etwas Huhn und Obst hier«, sagte sie. »Während ich lese, können Sie, wenn Sie wollen –?«

»Und ob wir wollen, Madam! Sie haben zwei ausgehungerte Männer vor sich!«

Also vertilgten sie, während sie las, den Rest ihres Geburtstagsessens.

Liebe Cousine, lieber Cousin!
Vor kurzem bin ich, nicht durch eigenes Verdienst, in den Besitz des Vermögens Ihres verstorbenen Vaters gelangt, und mich verlangt danach, diese traurige Ungerechtigkeit auszugleichen, soweit es in meiner Macht steht. Colonel Cameron hat sich freundlicherweise bereit erklärt, Sie zu suchen, wenn er nach Indien zurückkehrt. Wenn dieser Brief Sie tatsächlich erreicht, schreiben Sie mir bitte und lassen Sie mich Ihre Anschrift wissen, damit ich das Vermögen mit Ihnen teilen kann, das von Rechts wegen Ihnen allein zustehen sollte. Und falls Sie vorhaben, nach England zu kommen (und ich hoffe inständig, daß dies der Fall sein wird, so daß ich in den Genuß komme, zwei unbekannte Verwandte kennenzulernen), steht Ihnen mein Haus zur Verfügung, solange Sie unter seinem Dach verbleiben wollen. Ich weiß aus persönlicher Erfahrung, wie es ist, wenn man ohne Freunde und mit beschränkten Mitteln in einem fremden Land ankommt, und ich möchte von Herzen gern dazu beitragen, daß Ihnen diese unangenehme Erfahrung erspart bleibt.

Ihre Gönnerin und Cousine
Juliana Paget van Welcker

Scylla las den Brief einmal und dann noch einmal. Ihr Erstaunen kannte keine Grenzen.

»Großer Gott! Wer ist Juliana? Kennen Sie sie? Wissen Sie, was in dem Brief steht?«

»Ja, ich kenne die Gräfin«, erwiderte er und schwang lässig ein Bein über sein kleines Roß. »Aber – Sie entschuldigen – ich glaube, wir sollten uns beeilen, weil die Dunkelheit hier so schnell hereinbricht. Sie können mich ja ausfragen, während wir reiten.«

»Sie haben völlig recht. – Aber wer ist Juliana? Wo haben Sie ihre Bekanntschaft gemacht?« wollte Scylla wissen.

»Ich habe sie in den Almack's Assembly Rooms in London kennengelernt, Madam.«

»Almack's!« seufzte sie voller Neid. »Ausgerechnet an dem Ort, den ich am allerliebsten besuchen möchte! Oh, was für ein Glück Sie haben!«

»Weil ich bei Almack's war?« Er warf ihr einen erstaunten Blick zu. »Das ist nämlich der geistloseste Ort der Welt – man bekommt nur Limonade und Orangeade zu trinken, und es herrscht eine durch und durch triste, steife Atmosphäre. Es wimmelt dort nur so von jungen Dämchen, die nichts anderes im Kopf haben als den Wunsch, sich einen Ehemann zu angeln.«

»Was hatten *Sie* denn dann dort verloren, Sir?«

»Ich vertrete den Standpunkt, daß man alles *einmal* gesehen haben sollte«, antwortete er kurz. »Ich bin auf dem Weg nach Schottland durch London gekommen. Lady Jersey hat mich der Gräfin van Welcker vorgestellt. Sie hat alle möglichen Personen, die aus Indien kamen, mit ihr bekanntgemacht, weil die Gräfin den Aufenthaltsort ihrer verschollenen Verwandtschaft ausfindig machen wollte. Als ich ihr erzählt habe, daß ich in Bälde wieder ostwärts reisen würde, eilte sie ins Spielzimmer, lieh sich das Schreibgerät ihres Gatten und schrieb diesen Brief, den ich Ihnen übergeben sollte, falls ich Ihnen begegnete.«

»Aber wie –«

»Ich habe zufällig erwähnt, daß ich die Mussons kenne, und anscheinend hatte man der Gräfin erzählt, daß Dr. Musson mit ziemlicher Sicherheit etwas über Ihren Aufenthaltsort wissen mußte, da er und seine Schwester mit Ihrer Mutter befreundet waren, als General Paget noch in Indien weilte. Sind die Zusammenhänge jetzt einigermaßen deutlich?«

»Ja, ich denke schon«, sagte Scylla, nachdem sie sich kurz besonnen hatte. »Aber wer genau ist Juliana Paget – Sie sagen, sie ist eine *Gräfin*?«

»Zu dem Zeitpunkt, als ich sie kennengelernt habe, hatte sie gerade einen holländischen Adligen geheiratet – einen gewissen Grafen van Welcker, der in den Diensten des Prinzen von Wales stand. Soweit ich verstanden habe, ist Miss Paget die Enkelin des älteren Bruders Ihres Vaters.«

»Demnach ist sie eine Cousine ersten Grades von uns. Und sie schreibt, daß unser Vater ihr sein ganzes Vermögen hinterlassen hat. Aber haben Sie nicht gesagt, daß er in finanziellen Nöten war wegen seiner Spielschulden? Wie kann er dann ein Vermögen hinterlassen?«

»Als General Paget Indien verlassen hatte, war seine Vermögenslage desolat. Aber anscheinend hat er das Leben eines indischen Prinzen gerettet, der dann nach einiger Zeit verschieden ist und ihn sehr großzügig belohnt hat; das Geld kam aber erst an, als General Paget auf dem Totenbett lag. Um seinem Bruder eins auszuwischen, mit dem er im Streit lag, hat er alles dem Sohn dieses Bruders vermacht, dem Vater von Juliana.«

»Warum hat das den Bruder geärgert?« fragte Scylla verwundert.

»Weil der Bruder – ein weiterer General Paget – gerade seinen Sohn verstoßen hatte, weil er nicht in die Fußstapfen des Vaters treten und in der Armee dienen wollte. – Sie gehören offenbar einer streitlustigen Familie an, Madam«, sagte Colonel Cameron amüsiert. Er fand es bemerkenswert, daß dieses Familienmitglied nicht daran dachte, das pflichtvergessene Verhalten ihres Vaters anzuprangern – der zu Reichtum gelangt war und schließlich guten Grund gehabt hätte, wenigstens *etwas* für das Wohl seiner verlassenen Kinder zu tun. Sie interessierte sich nur für die neuentdeckte Cousine.

»Was für ein Mensch ist Juliana? Wie alt ist sie?«

»Ich schätze, sie ist in Ihrem Alter, vielleicht neunzehn oder zwanzig – sehr hübsch, mit einem dunklen Teint, funkelnden dunklen Augen und dunklen Locken; ihrem Ehemann sehr ergeben, der gewiß zehn bis zwölf Jahre älter ist als sie.«

»Ich würde sie liebend gern kennenlernen«, schwärmte Scylla.

»Dem steht ja nichts im Wege«, bemerkte Colonel Cameron trocken. »Sie müssen nur ihre Einladung annehmen.«

Scylla runzelte nachdenklich die Stirn.

»Ach, wenn das nur so einfach wäre! Ich muß an meinen Bruder und an Miss Musson denken. Aber ich werde meiner Cousine auf jeden Fall schreiben. – Oh!« rief sie überschwenglich aus, »das ist ja *wundervoll*, eine Briefpartnerin in England! Sie kann mir was über die neuste Mode erzählen – und über den Prinzen – und Mr. Fox –«

Etwas kam ihr in den Sinn, und sie sah Colonel Cameron prüfend von der Seite her an. Die Dämmerung brach jetzt schnell herein, und sie konnte kaum mehr als die kantige Linie seines Profils erkennen.

»Sie sagten, daß die Mussons Landsleute von Ihnen sind, Sir?«

»Stimmt. Ich komme aus Amerika, genau wie sie. Aber aus einer anderen Gegend. Sie sind aus Boston – Neuengländer, ich jedoch bin in den Huron Mountains geboren, am Ufer des Lake Superior.«

»Aber Sie sind gewiß schottischer Abstammung.«

Scylla lächelte verstohlen in der Dämmerung vor sich hin in Gedanken an seinen karierten Turban.

»O ja, mein Großvater hat Schottland als junger Mann verlassen, zur Zeit des Aufstands von 1715, und am Red Cedar River eine Stadt mit seinem Namen gegründet, hundert Meilen südlich von meinem Geburtsort. Und viele Jahre später habe ich dann den Drang verspürt, das Land meiner Vorfahren kennenzulernen. Das war einer der Gründe, warum ich mich nach England aufgemacht habe.«

»Haben Sie irgendwelche Familienangehörige ausfindig gemacht, Sir?«

»O ja!« rief er ziemlich ungehalten aus. »In der Tat! Es gab Camerons in Scharen und unendlich viele Geschichten von Burschen, die sich eiligst davongemacht hatten, als der Stuart-Aufstand niedergeschlagen wurde, aber welcher von den zahlreichen Donald Camerons wohl mein Großvater gewesen war, konnte ich nicht herausfinden.«

Sie hatte das Gefühl, daß der Besuch eine Enttäuschung für ihn gewesen war und fragte ihn daher statt dessen über seine Kindheit aus. Er sagte:

»Ich wurde mit Vagabundenblut in den Adern geboren, Madam, das läßt sich nicht leugnen. Vielleicht war es der Anblick der Indianer, die zum Handeln in unser Dorf kamen, mit Booten über den See – sie bewegten sich so stolz und frei in ihrem gewaltigen Federschmuck und ihrer prächtigen Beinkleidung. Sie haben ihre Felle und Häute verkauft und sind dann in die Berge zurück gezogen. Das eintönige Leben eines Ladenbesitzers oder eines Bauern, der Jahr um Jahr das gleiche Stück Land beackert, war ihnen fremd. Mein Vater war Arzt und wollte, daß ich sein Nachfolger werde, aber ich wußte, daß ich niemals mein ganzes Leben an einem Ort verbringen konnte. Mit siebzehn Jahren bin ich auf und davon. Meine Schiffspassagen habe ich mir auf Schonern, Feluken und Dhows erarbeitet, ich war Kameltreiber in Wüstenkarawanen, ich habe von Kaschmir bis Bagdad in allerlei Schlachten gekämpft und das alles nur, um einen neuen Teil des Globus zu erforschen. – Und es gibt immer noch soviel zu entdecken!«

Scylla sagte zunächst nichts darauf, aber ihr tiefer Seufzer ließ erahnen, wie sehr sie Colonel Cameron beneidete. Nach einer Weile rief sie aus:

»*Warum* können Frauen nicht so reisen? Das ist ungerecht!«

»Nicht doch, meine Liebe«, erwiderte der Colonel leicht belustigt, »das habt ihr nur euch selbst zuzuschreiben! Wenn ihr alle so hübsch und betörend seid, ist es ja wohl kaum verwunderlich, daß sich, sobald ihr eure süßen Näschen aus der Tür streckt – oder über die Stadtmauer –, irgendein Bandit auf euch stürzt und euch in seinen Felsenhort verschleppt. Ich habe miterlebt, wie bildhübsche Sklavinnen für zwanzig- oder dreißigtausend Rupien verkauft wurden – Sie sehen, Ihr Geschlecht wird zu hoch gehandelt, als daß man es frei herumlaufen lassen könnte!«

Sie überging den Scherz und wiederholte beharrlich: »Es ist ungerecht! Ich wünschte, ich könnte Knabenkleidung anlegen und zu allen Orten reisen, die Sie besucht haben.«

»Und trotzdem würde manch eine junge englische Lady die Perlen ihrer Halskette opfern, um Indien und die Zitadelle von Ziatur zu sehen. Außerdem reiten Sie doch hier unbegleitet durch den Dschungel – *so etwas* tut weder eine englische noch eine indische Dame. – Dabei fällt mir ein«, fügte Colonel Cameron, von seinem scherzhaften zu einem ernsthaften Tonfall wechselnd, hinzu, »ist Rani Sada immer noch die Nummer eins? Kann sie den Maharadscha immer noch um den kleinen Finger wickeln? Vor meiner Abreise hatte er ihr gerade eine Kette mit kirschgroßen Perlen geschenkt.«

»Nein«, sagte Scylla und besann sich auf ihr Gespräch mit Mahtab Kour. »Zur Zeit hat der Maharadscha keine Lieblingsfrau, glaube ich – oder wenn er eine hat, ist es ein streng gehütetes Geheimmis –, und er ist krank und sehr niedergeschlagen. Aber es heißt, daß Sada – sehr vertraut ist mit Mihal Shahzada.«

Colonel Cameron stieß einen langen, besorgten Pfiff aus.

»Nein, wirklich! Und sie hat immer noch ihren Kopf auf den Schultern? Der Maharadscha muß in einem *sehr* schlechten Zustand sein – oder liegt die wahre Macht bereits in den Händen von Mihal?«

»Ich denke, daß eine Krise bevorsteht«, meinte Scylla, nachdem sie die Frage bedacht hatte.

»Es ist doch immer dasselbe!« rief er ziemlich bekümmert aus. »Und es sollte mir eine Lehre sein. Ich sollte einen Palast nie zweimal besuchen. Wenn ich es tue, muß ich immer feststellen, daß mich ein wahres Hornissennest erwartet. Aber ich hatte dem Maharadscha versprochen, eines Tages mit ein paar Karabinern zurückzukommen, und ich Dummkopf habe mein Versprechen gehalten.«

»Nun, *ich* bin Ihnen jedenfalls zu großem Dank verpflichtet«, sagte Scylla und bemerkte erleichtert, daß die Lichter von Ziatur jetzt von weitem wie ein Diadem über die dunkle Ebene herüberfunkelten. »Ich bin Ihnen zutiefst dankbar, Sir, daß Sie ihr Versprechen gegenüber der Gräfin van Welcker gehalten haben. Ich habe heute Geburtstag, und Sie haben mich mit einer neuen Cousine beschenkt.«

»Und mit einem neuen Freund«, sagte Colonel Cameron galant. »Wenn Sie mir diese Ehre gestatten, Madam.«

3

Etwa vier Monate, nachdem die frischvermählte Fanny Paget in der Hermitage angekommen war, ereignete sich etwas noch nie Dagewesenes: Thomas verkündete, daß er ein paar Tage in London verbringen und seine Frau mitnehmen werde. An der Verwunderung seiner Töchter ließ sich ablesen, daß eine Reise nach London für Thomas etwa so ungewöhnlich war wie eine Pilgerfahrt nach Mekka, und Fanny war sich schmerzlich bewußt, daß der Einschluß ihrer Person in das Unternehmen in keinster Weise als Gunst zu verstehen war, ganz im Gegenteil. Seit ihrer ungeplanten Begegnung mit Lord Egremont war Thomas' Verhalten ihr gegenüber durch grenzenloses Mißtrauen gekennzeichnet, durch Verdächtigungen und durch die eindeutige Absicht, sie nie sich selbst zu überlassen. Wenn Thomas nicht an ihrer Seite war, befand sie sich immer in Begleitung ihrer Stieftöchter. Von Heimweh und Niedergeschlagenheit erfüllt, fragte sich Fanny verwirrt, ob alle Männer so waren oder ob es ihr Unglück war, daß sie einen Mann geheiratet hatte, der eine einzigartige, ungewöhnlich eifersüchtige und mißtrauische Natur besaß. Natürlich hatte sie sich immer gewünscht, eine Reise nach London zu machen, aber unter diesen Umständen bot eine Reise in die Stadt mit Thomas keinerlei Aussicht auf Vergnügen, sondern war eher als Strafe anzusehen, und sie wäre viel lieber zu Hause geblieben, um die ungewohnte Ruhe während der Abwesenheit ihres Gatten zu genießen.

Sie hätte es auch deswegen bevorzugt, weil sie sich in letzter Zeit sehr unwohl fühlte; Übelkeit, Kopfschmerzen und Mattigkeit befielen sie jeden Tag, aber vor allem morgens; ihr Rücken und ihre Beine schmerzten, ihre Knöchel schwollen an, und sie schaffte es nur mit Mühe, ihre Haushaltspflichten zu erledigen.

Zuerst dachte sie mit einer gewissen Resignation, daß sie an Auszehrung litt und bald sterben würde; dann würde sie glücklich mit ihrem Vater vereint, über den sie in den sehr seltenen Briefen ihrer Schwestern bestürzende Nachrichten erhielt. Aber die Frau des Pfarrers klärte sie über ihren Zustand auf.

Die freundliche Dame war ein paar Tage nach Fannys Ankunft in der Hermitage vorbeigekommen, und da Thomas keinen begründeten Vorwand finden konnte, Fanny die Erwiderung des Besuchs zu verbieten – wenn er auch darauf bestand, daß sie nur in Begleitung einer ihrer Stieftöchter zum Pfarrhaus gehen durfte –, hatten sich die beiden Haushalte angefreundet. Reverend Martin Socket war ein liebenswürdiger, bescheidener Mann, der fast immer in irgendwelche wissenschaftliche Experimente vertieft war und mit fleckigen Fingern und Säurelöchern in der Jacke herumlief. Seine wohlbeleibte, unordentliche, freundliche Frau war die ergebene Mutter dreier kleiner Knaben, die sich in ihrer Freizeit hauptsächlich im Petworth House vergnügten, mit all seiner bunten Gesellschaft. Der Pfarrer und seine Frau fühlten sich Lord Egremont sehr eng verbunden und sprachen nur in den höchsten Tönen von ihm, hatte er doch Mr. Socket (einst der Hauslehrer von Egremonts Söhnen) an die Universität von Oxford geschickt und seine dortigen Studien bezahlt, damit er die notwendige Qualifikation bekam, um Pfarrer von Petworth zu werden. Die Tatsache, daß damit erforderlich wurde, daß Egremonts jüngster Sohn Charles seinen Lehrer zur Universität begleitete, damit dieser ihn weiter unterrichten konnte, war den Sockets nicht als etwas Außergewöhnliches erschienen.

Mrs. Socket wußte auf Anhieb, was mit Fanny los war.

»Aber Kind, Sie sind ja weiß wie ein Laken«, sagte sie eines Morgens, als sie im Wohnzimmer des Pfarrhauses Kleidung für die Armen sortierten. Und an Bet gewandt, die bei ihnen war, fügte sie hinzu: »Meine Liebe, seien Sie so gut und gehen sie in den Garten, dort hängt Nurse die Wäsche der Knaben auf. Bitten

Sie sie, für Ihre Stiefmutter eine heiße Würzmilch mit Weinbrand zuzubereiten.«

Nachdem Bet etwas widerstrebend dieser Anweisung gefolgt war, hatte sich Mrs. Socket Fanny mit der Frage zugewandt:

»Meine Liebe, bekommen Sie Zuwachs?« Und als Fanny sie unverständig anblickte, fügte sie eindeutiger hinzu: »Glauben Sie, daß Sie ein Kind erwarten?«

Als sie die erschreckte Miene und die verwunderten Augen des Mädchens sah, fuhr sie lächelnd fort: »Das ist doch ganz normal für eine junge Ehefrau!« Ein paar weitere Fragen machten bald klar, daß sie richtig vermutet hatte, und sie enthüllten zudem Fannys tiefe Unwissenheit auf diesem Gebiet.

»Meine Liebe, wo waren Sie bloß ihr ganzes Leben? Hat Ihre Mutter Ihnen nie erzählt –?«

»Sie ist bei meiner Geburt gestorben, Madam.«

»Oh, ich verstehe, Sie armes Kind. – Nun, ich werde Sie umgehend mit Mrs. Damer, einer ausgezeichneten Hebamme, bekannt machen und Dr. Chilgrove bitten, vorbeizukommen und mit Ihnen zu reden. Es wird Ihnen bald besser gehen, das verspreche ich Ihnen!«

Die Güte und Fürsorge, die sich hier äußerte, brachte Fanny aus der Fassung und sie brach in Tränen aus und schluchzte einige ihrer Ängste und Sorgen hervor. Während Mrs. Socket ihr zuhörte, legte sich ihre gewöhnlich glatte Stirn in Falten.

»Wenn doch Mr. Paget – nicht so mißtrauisch wäre! Er läßt mich nie allein sein – nie! Ich muß immer mit einem von diesen Mädchen zusammensein – oder mit dem Hausmädchen oder mit Kate – und wenn ich nur einen Schritt aus dem Haus mache, um den Vögeln ein paar Brotkrumen zu streuen, ist er *so* böse. Und – oh, Madam! Wenn nur irgend jemand – vielleicht Sie – ihn dazu bringen könnte, daß er mich nicht mehr zur Mühle mitnimmt – es setzt mir so sehr zu, daß ich manchmal denke, ich überlebe es nicht!«

Zweimal pro Woche fand Thomas neben seinen Geschäften mit der Presspatrouille Zeit, seine Mühle in Haslingbourne zu inspizieren.

Es gab zwei Zufahrtswege zu der Mühle, der eine führte durch das Dorf Byworth, der andere über einen Karrenweg namens Grove Lane, aber um seine Pferde zu schonen, ging Thomas fast immer zu Fuß über einen Weg, der sich unterhalb seines Hauses eine Meile weit am Grunde des Shimming Tals entlangzog. Wenn er zu Fuß ankam, hatte das den Vorteil, daß er seine Leute überraschte; er war nämlich der Meinung, daß sie weniger dem Müßiggang und der Bummelei verfielen, wenn sie ständig mit seinem überraschenden Besuch rechnen mußten.

Von Anfang an hatte Thomas erwartet, daß Fanny ihn bei diesen Besuchen begleitete, und im Oktober und November hatte sie den Gang auch sehr genossen, der in dem gewundenen Tal über etliche Fußbrücken hin und her über den Bach und unter malerisch überhängenden Bäumen am Talrand entlang führte. Aber in jüngster Zeit hatte sie sich so elend und ermattet gefühlt, und der Pfad war so schlüpfrig vor Eis und Matsch – da ein früher, bitterkalter Winter das ganze Land im Griff hatte –, daß diese Ausflüge zunehmend zu einer Tortur für sie wurden. Mit eiskalten Händen und Füßen hatte sie große Mühe, mit Thomas Schritt zu halten, der vorneweg ging, in seine eigenen unerfreulichen Gedanken versunken, ohne sich darum zu kümmern, wie sie vorankam. Nur falls sie zu weit zurückblieb, rief er ungeduldig: »Mach schon, Frances. Beeil dich! Wir können nicht den ganzen Tag herumtrödeln.«

Die Stunde, die sie in der Mühle verbrachten, war für Fanny stets die reinste Hölle. Es war ein kalter, hoher, zugiger Raum, stets vibrierend vom dröhnenden Mahlen der Mühlräder; man konnte sich nirgendwo hinsetzen, und wo immer sie stand, hatte sie unweigerlich das Gefühl, im Weg zu sein; immer wieder rief der eine oder andere Mann, der eine Ladung Säcke herbeikarrte:

»Passen Sie auf, Missus!« Auch blieb ihr nicht verborgen, daß die Besuche ihres Gatten herzlich unwillkommen waren bei den Männern, die hinter seinem Rücken mißmutige Gesichter machten und seine Vorschläge für eine ertragbringendere Arbeitsweise mit unverhohlener Feindseligkeit und Verachtung entgegennahmen. Sie hatte seinen Spitznamen aufgeschnappt: ›Alter Schrumpfkopf‹ nannten sie ihn, und sie fühlte sich eingeschlossen in ihre Verachtung und Ablehnung. Wenn der Besuch beendet war, war Fanny immer völlig entkräftet und ausgekühlt, ihre Knöchel waren vom Stehen geschwollen – doch dann stand der halbstündige Rückweg durch das Tal bevor, mit dem beißenden Nordwind im Gesicht, und zu guter Letzt der steile Aufstieg über den Talhang und dazu Thomas' üble Laune wegen all der Ablehnung und Gegnerschaft, der er sich ausgesetzt sah.

Einiges von diesen Leiden konnte Fanny Mrs. Socket gestehen, die sagte: »Nun, meine Liebe, ganz allgemein würde ich sagen, daß es nur gut sein kann für ein Mädchen in Ihrem Zustand, regelmäßige Fußmärsche zu unternehmen. Guter Gott, als ich Johnnie und Frederick erwartet habe, bin ich jeden Tag mit Mr. Socket ausgeritten und habe mir nichts dabei gedacht! – Aber ich sehe, daß Sie im Moment nicht auf der Höhe sind, und ich werde mit Ihrem Gatten darüber sprechen.«

Sie hatte Wort gehalten, was man an Thomas' übermäßigem Zorn und seinem Mißfallen ablesen konnte. »Wer hat diese Klatschtante aufgefordert, sich in meine Angelegenheiten einzumischen? Ich allein habe zu entscheiden, was gut für dich ist, und ich sage, daß ein gesunder Spaziergang durchs Tal zweimal in der Woche besser ist, als tagaus tagein im Haus herumzulungern!« Thomas ließ es schlicht und einfach nicht zu, daß Fanny die Besuche in der Mühle einstellte, und eine Beratung durch die Hebamme, Mrs. Damer, duldete er ebenfalls nicht – »*Ich* werde so eine Person beschaffen, wenn es nötig ist, aber das ist im Moment nicht der Fall!«

Ein paar Wochen später jedoch rutschte Fanny nach einem außergewöhnlich harten Frost auf dem Heimweg auf einer vereisten Stelle auf dem steilen Waldweg, dem sogenannten Glebe Path, der zur Hintertür des Gartens führte, aus. Sie stürzte und zog sich so starke Prellungen zu, daß man ein paar Tage lang mit einer Fehlgeburt rechnen mußte. Dr. Chilgrove mußte gerufen werden, und er bestand darauf, daß sie mindestens eine Woche im Bett blieb, und verbot die Wiederaufnahme der Gänge zur Mühle für weitere sechs Wochen, ungeachtet Thomas' heftiger Proteste.

»Eine Frau, die sich ständig im Haus verpäppelt, wird nie ein gesundes Kind gebären. Ich will einen kräftigen Jungen mit starken Gliedern – kein verweichlichtes Milchbübchen!« Und er schüttelte seine dreifingrige Faust vor dem Gesicht des Arztes.

»Gut so«, sagte Chilgrove, »aber«, fügte er unverblümt hinzu, »Sie sind auf dem besten Wege, eher einen toten Sohn zu bekommen, Sir, als einen gesunden, kräftigen. Natürlich kann Ihre Frau Spaziergänge im Freien machen, aber gemächliche im Garten. Da kann sie auf und ab gehen und ins Haus zurückkehren, wenn sie erschöpft ist. Mrs. Paget ist jung, Sir, und ziemlich zerbrechlich, sie kann Ihnen noch viele Kinder gebären, aber nur, wenn man sie jetzt fürsorglich behandelt.«

Diese Ausführungen gefielen Thomas nicht im mindesten. Er liebte es ganz und gar nicht, wenn er gezwungen war, von einer anderen Person Anweisungen entgegenzunehmen, und der Gedanke machte ihn rasend, daß er möglicherweise trotz seiner wohlbedachten Wahl Fannys einen weiteren schlechten Fang getan und sich mit einer kränkelnden, schwächlichen Frau belastet hatte, die nicht in der Lage war, ihm den Erben zu liefern, nach dem er sich so leidenschaftlich sehnte. Dennoch mußte er die Warnung des Arztes gezwungenermaßen respektieren, und die eine Woche Bettruhe tat Fanny so gut, daß sie danach wieder aufstehen und ihren häuslichen Pflichten nachkommen konnte.

Bei den Spaziergängen, die sie auf Empfehlung des Doktors mit Bet oder Martha im Garten unternahm, hatte sie Gelegenheit zu bedauern, daß der liebenswürdige, freundliche Talgarth durch den alten Gärtner Goble ersetzt worden war. Goble war ein mürrischer, wortkarger Mann, der kein Wort sagte, wenn er nicht direkt gefragt wurde. Er tat seine Arbeit schweigend, grub, werkelte, schnitt und stutzte zurecht, dabei brummte er hin und wieder einen Bibelspruch vor sich hin, der meist von Fluch und Verderben kündete. Er trug eine finstere, verschlossene Miene zur Schau und hielt sich damit jedermann vom Halse.

Eines Tages aber, kurz nachdem Fanny ihre Gartenspaziergänge aufgenommen hatte, sah sie sich gezwungen, Goble anzusprechen, als sie bemerkte, daß er sich mit einer Leiter, einer Drahtrolle und Lederriemen an der Esche zu schaffen machte.

»Oh, was machen Sie denn da, Goble?« rief sie voller Unmut und Erstaunen aus. Auf der Leiter balancierend ritzte er die Rinde auf der Oberseite der Äste ein, bog sie nach unten und befestigte sie am Stamm des Baumes, den er ebenfalls mit Lederriemen und Hanfseilen fest umwickelt hatte.

»Der Herr hat's befohlen«, grunzte er knapp, und als sie nicht locker ließ – »Aber warum? Warum machen Sie das?» lieferte er die Erklärung:

»Der Herr will, das das 'ne Traueresche wird, weil die soll nich so viel Licht vom Haus wegnehmen. Deswegen tu ich die Äste festbinden un den Stamm umwickeln, damit daß er nich weiter höher wachsen kann.«

Dann nahm er einen Topf mit Teer und fing an, ihn mit einer Bürste über die Kerben zu schmieren, die er in die Rinde geritzt hatte, so daß die silbrige Anmut des Baums mit großen schwarzen Flecken marmoriert wurde.

Fanny war außer sich. Inzwischen hatte sie längst begriffen, daß es nichts einbrachte, mit Thomas zu hadern oder Protest zu erheben – es würde alles nur verschlimmern. Ihr war klar, daß er, da er den Baum nicht fällen konnte, seinem Trotz und Ärger Luft verschaffte, indem er ihn zum Krüppel machte. Jedesmal, wenn sie nun an dem nackten Stamm vorüberging und seine kahlen, in sträflichen Fesseln nach unten gebogenen Äste sah, dazu die häßlichen Teerflecken auf der Rinde, hatte sie das Gefühl, es handele sich um ihren eigenen Körper, der dergestalt eingezwängt und erniedrigt wurde.

Thomas genoß den Anblick mit großer Befriedigung.

»Wenn ich ihn schon nicht fällen kann, kann ich ihn doch wenigstens zurechtbiegen«, pflegte er händereibend zu sagen. »Nächsten Sommer, wenn er wieder Blätter hat, werden wir sehen, was für einen Unterschied es macht!«

Fanny versuchte, ihre eigene Entrüstung zu dämpfen und bei dem Baum Abbitte zu leisten, indem sie Osterglockenzwiebeln rund um den Stamm setzte, aber Goble prophezeite düster, daß sie nie zum Blühen kämen, da es zu spät im Jahr war.

Thomas' leidlich gute Stimmung, die von seiner Bezwingung des Baumes herrührte, währte nicht lange. Zwei Ereignisse trugen dazu bei, ihr ein Ende zu bereiten.

Das erste war ein Brief, der im Januar ankam.

»Gütiger Himmel, Stiefmama!« schrie Martha eines Tages und rannte in den Salon (sie hatte sich kürzlich zu dieser Anrede entschlossen, die sie gewöhnlich in einem derart ironischen Tonfall aussprach, daß Fanny den Verdacht hatte, daß sie es aus Boshaftigkeit tat und ihr nicht etwa zunehmend freundlicher gesinnt war). »Gütiger Himmel, da ist ein an Cousine Juliana adressierter Brief gekommen, mit einem Umschlag, der ganz und gar ausländisch aussieht – ich könnte schwören, der kommt von den Zwillingen, den Verwandten aus Indien, von denen ich Ihnen erzählt habe!«

»Du liebe Güte!« rief Fanny aus. »So ein Pech! Sie wissen wohl nicht, daß unsere Cousine England verlassen mußte. Wie soll man ihr den Brief bloß zustellen? Vielleicht kann Thomas ihn mitschicken, wenn er das nächste Mal einen Anlaß hat, der Gräfin van Welcker zu schreiben.«

Fanny selbst hatte ihre Absicht, der durch die Heirat neuerworbenen Cousine zu schreiben, noch nicht in die Tat umgesetzt. Jedesmal, wenn sie es Thomas unterbreitete, erwiderte er, das sei nicht nötig, er habe bereits selbst alles Schickliche gesagt; ein Brief von Fanny würde das Paket mit der Korrespondenz, die er zu versenden hatte, nur über Gebühr belasten.

Der seltsame, ausländisch aussehende Brief lag auf dem Tisch in der Halle und wartete den ganzen Tag auf Thomas' Rückkehr und regte seine Töchter zu den vielfältigsten Spekulationen an. Als er nach Hause kam, bereitete er jeder Diskussion ein jähes Ende, indem er den Brief unverzüglich öffnete. Er las ihn nicht laut vor und offenbarte seiner neugierigen Familie keineswegs seinen Inhalt, aber da er den Briefbogen, nachdem er seinen knappen Inhalt erfaßt hatte, auf den Boden warf und mit einem ärgerlichen Ausruf nach oben ging, konnte Bet ihn an sich nehmen und sich und die anderen mit dem Inhalt vertraut machen. Der Brief war im August des Vorjahres geschrieben worden.

»Liebe Cousine Juliana (las sie laut),
ich kann Ihnen nicht schreiben, mit welcher Überraschung und Freude ich Ihren freundlichen Brief erhalten habe, den Colonel Cameron überbracht hat, und wie glücklich mein Bruder und ich über die Nachricht waren, daß wir eine Cousine in England haben – und dazu auch noch so eine großherzige! Wenn Ihr Brief ein paar Wochen früher eingetroffen wäre, hätte ich nie gedacht, daß wir uns in der Lage sehen könnten, Ihre überaus freundliche Einladung anzunehmen, aber nun machen es die Umstände dringend erforderlich, daß wir Ziatur verlassen, die Stadt, in der wir mit unserer Freundin Miss Musson gelebt haben, und daher möchten wir mit der größten Freude Ihr Angebot annehmen, in England unter

Ihrem Dach Zuflucht zu suchen. Unsere Reise nach England muß notwendigerweise auf allerlei Umwegen vonstatten gehen (aus Gründen, die ich hier nicht näher erläutern will, falls dieser Brief in falsche Hände geraten sollte).

Ich kann daher keine genauen Angaben darüber machen, wann Sie uns erwarten können, aber ich schätze, es wird erst etliche Monate nach der Ankunft meines Briefes sein (den ich einem gewissen Mr. Wharton, einem amerikanischen Wundarzt anvertraue, der nach Surat unterwegs ist und mir zugesichert hat, daß er ihn sicher an Bord eines Schiffes bringen wird). Irgendwann im nächsten Jahr, liebe Cousine Juliana, werden mein Bruder und ich dann hoffentlich das Vergnügen haben, Ihre Bekanntschaft zu machen. Nehmen Sie bitte einstweilen unsren innigsten Dank entgegen.

Ihre Cousine Scylla und
Ihr Cousin Carloman Paget.«

»Sieh an! Meiner Seel, das ist ein starkes Stück!« rief Bet aus. »Sie nennen sich *Paget*, obwohl sie kaum mehr Recht dazu haben als unser Knecht Jem!«

»Wartet, hier ist eine Nachschrift«, bemerkte Fanny und nahm den Brief auf.

»Ich fürchte, es hat keinen Sinn, eine Adresse (oder einen Ort) anzugeben, wohin Sie schreiben können, da wir unverzüglich aufbrechen müssen und nicht in der Lage sind, irgendeinen Ort anzugeben, den wir auf unserer Reise vielleicht passieren.«

Man muß kaum erwähnen, daß dieser Brief den dergestalt überraschten Bewohnerinnen der Hermitage noch tage-, ja wochenlang nach seiner Ankunft Nahrung lieferte für endlose Diskussionen, Mutmaßungen und Kommentare.

»Wenn unsere Cousine kommt –« »Wenn unsere Verwandten angekommen sind –« war ein ständiger Satz auf Bets und Marthas Lippen. Sie hatten aber bald begriffen, daß sie das Thema in Gegenwart ihres Vaters besser nicht anschnitten, da es ihn in eine derart finstere Laune versetzte, daß sein Unmut leicht die Person traf, die es zur Sprache brachte. Der Gedanke, daß jederzeit zwei ungebetene Gäste ankommen konnten, daß es nicht in seiner Macht stand, sie fernzuhalten oder vor die Tür zu setzen, nicht zu wissen, wo sie sich im Moment befanden, Personen, die er nicht kannte, die keinen persönlichen Anspruch auf seine Großzügigkeit hatten und die möglicherweise für unbestimmte Zeit unter seinem Dach zu bleiben wünschten, all das erregte seinen leidenschaftlichen Unwillen. Denn er hatte es sich bereits angewöhnt, die Hermitage als *sein* Haus anzusehen, weil er es mehr und mehr für unwahrscheinlich hielt, daß seine wahren Besitzer je von Demerara zurückkehren und es beanspruchen würden.

Dieser drohende Besuch war daher einer der Gründe, warum er beschloß, nach London zu reisen.

»Ich werde Throgmorton aufsuchen«, sagte er. (Throgmorton war der Treuhänder der Gräfin van Welcker, der die Vertragsbedingungen festgesetzt hatte, unter denen Thomas und seine Familie das Haus bewohnten). »Ich werde Throgmorton aufsuchen und herausfinden, wie meine Rechte und Pflichten in dieser Angelegenheit im einzelnen aussehen.«

Fanny wunderte sich, warum Thomas, der normalerweise so sparsam war, nicht einfach nur einen Brief an den Anwalt schrieb, statt die Kosten einer Reise in die Stadt auf sich zu nehmen, für die er zwei bis drei Tage einplanen mußte. Aber dann fand sie heraus, daß er ohnehin gezwungen war, in die Stadt zu reisen: Er war von der Admiralität vorgeladen, in einer Angelegenheit, in der es um die angebliche Bestechung eines Beamten der Presspatrouille ging. Gewöhnlich wurden solche Fälle intern vor dem Militärgericht geregelt, aber in diesem Fall war ein wohlhabender Sattler aus Portsmouth, der einem Offizier der Presspatrouille fünfzehn Pfund gegeben hatte, damit dieser seinen besten Handelsmann freiließ, nicht zu Unrecht sehr verärgert, als der Offizier, nachdem er das Geld angenommen hatte, vergaß, den zwangsverpflichteten Mann zu entlassen. Der Sattler brachte die Sache daher vors Zivilgericht. Thomas, der zu der Zeit befehlshabender Offizier in Gosport gewesen war, war zu seiner großen Verwirrung von der Verteidigung als Zeuge vorgeladen worden, um über den Charakter des Angeklagten auszusagen. Das Ganze hatte allerdings auch seine positive Seite, da ihm die Kutschfahrt nach London und die Kosten für die Unterkunft für die Dauer des erzwungenen Aufenthalts bezahlt wurden. Sonst hätte er auch kaum beschlossen, Fanny mitzunehmen, da war sie sich ganz sicher.

Thomas hielt es außerdem für ratsam, nach London zu reisen, solange es noch möglich war. Bonaparte hatte jüngst ein Abkommen mit Österreich unterzeichnet und war dabei, seine Truppen in Nordfrankreich zu versammeln – eine Streitmacht, die ›Englisches Heer‹ genannt wurde. In England kursierten Geschichten über den Bau gewaltiger Flöße, die durch gigantische Windmühlen angetrieben wurden, jedes könne zwei Divisionen Soldaten mit Waffen transportieren. Wenn die Franzosen landeten, war an eine Reise nach London nicht mehr zu denken. Er beschloß, ohne Verzögerung aufzubrechen.

Captain Pagets Reisemethode erregte bei Mrs. Socket größtes Mißfallen. Thomas, der stets darauf bedacht war, seine eigenen Pferde zu schonen, hatte zunächst erwogen, eine Mietkutsche zu nehmen, fand aber dann heraus, daß es billiger war, mit der Postkutsche zu reisen, die täglich von Petworth fuhr. Er entschied sich daher für dieses Transportmittel, da das Geld, das er von der Admiralität bekam, zwar für eine Mietkutsche ausreichen, dann aber die Kosten für Fannys Unterkunft nicht mehr decken würde.

»Wie kann er nur seine arme kleine Frau zu einer Fahrt in dieser barbarischen Kutsche zwingen!« sagte Mrs. Socket zu ihrem Mann. »Es wird gute fünf Stunden dauern, und sie wird völlig durchgeschüttelt werden. Wenn sie eine Fehlgeburt hat, trägt er allein die Schuld. Dieser Mann ist ein Ungeheuer!«

Aber sie hatte inzwischen jeden Versuch aufgegeben, Thomas ihre Meinung zu sagen, da sie zu Recht annahm, daß ihre Einmischung nur negative Folgen für Fanny haben würde.

Fanny fühlte sich tatsächlich schrecklich elend in der Kutsche, und wenn eine dicke, freundliche Kurzwarenhändlersgattin, die mit ihren drei Kindern zu ihrer Schwester in Edmonton unterwegs war, sich nicht um sie gekümmert hätte, wäre sie sicher etliche Male in Ohnmacht gefallen. Diese Dame bettete Fanny sorgsam zwischen ihre zahlreichen Bündel und flößte ihrer jungen Mitreisenden jedesmal, wenn sie sichtbar bleicher wurde oder kurz davor war, vom Sitz zu fallen, ihren Schlüsselblümchentrank ein oder erfrischte sie mit einem besonders kräftigen Essig. Thomas wußte nichts von diesen Wechselfällen. Nach einem kurzen Blick auf die drei Kinder hatte er sich entschlossen, auf dem Außensitz zu reisen, wo er mit einem Mitreisenden eine erbauliche Unterhaltung führte über die unerhörten neuen Steuereintreibungen für den Krieg: Steuern auf Fenster, auf männliche Dienstboten, auf Pferde, Kutschen und Gott weiß was noch. Die Abwesenheit ihres Gatten war eine Quelle der Erleichterung für Fanny, der es so schlecht ging, daß sie nichts von der Landschaft wahrnahm, durch die sie fuhren, und sie war auch nicht in der Lage, irgendeine Erfrischung zu sich zu nehmen, als sie in Dorking anhielten, um die Pferde zu wechseln.

Als sie bei dem kleinen unansehnlichen Gasthof in High Holborn, den Thomas ausgewählt hatte, ankamen, war sie heilfroh, gleich ins Bett gehen zu können, und sie sank auf der Stelle in einen unruhigen Schlaf. Der stetige Lärm von der Straße draußen drang schwach in ihr Bewußtsein, während sie von Träumen von

Barnaby geplagt wurde, da der Schmerz über seinen Verlust erneut durch den Besuch des Ortes aufgebrochen war, an dem er sich vielleicht immer noch aufhielt. Falls sein Regiment noch nicht nach Übersee beordert worden war.

Wenn ich ihm auf der Straße begegnen würde! war ein Gedanke, von dem sie in ihren fiebrigen Träumen besessen war. Sie hatte sich bei ihrer Einfahrt in die Stadt zu schlecht gefühlt, um zu erfassen, wie groß London war und wie unwahrscheinlich so ein Zufall daher wäre. Sie quälte sich mit wilden Visionen: Barnaby grüßte sie laut auf der Straße und rief: »Oh, da ist ja meine kleine wilde Rose!« – Thomas, zornentbrannt angesichts dieser Vertraulichkeit gegenüber seiner Frau – ein drohendes Duell – Sekundanten, Wahl der Waffen – Pistolen in der Dämmerung des Wimbledon Common.

Nach dieser Nacht fühlte sich Fanny so erschlagen und jämmerlich, daß sie am Morgen nicht in der Lage war, aufzustehen und auszugehen. Das paßte Thomas ausgesprochen gut ins Konzept. Er hatte sie nur nach London mitgenommen, weil er ihr mißtraute und ihm der Gedanke nicht gefiel, sie sich selbst zu überlassen, ohne seine Überwachung, jedoch ohne konkreten Entschluß, was er den ganzen Tag mit ihr anstellen sollte, während er bei den Gerichtsverhandlungen sein mußte. Wenn Fanny also so krank war, daß sie nicht aufstehen konnte – um so besser, dann blieb sie eben im Bett. Thomas gab einem Zimmermädchen etwas Geld, damit es ihr Tee und Toast brachte, machte sich selbst erleichtert auf den Weg und verbannte sie aus seinem Kopf.

Fanny lag zwei Tage im Bett und erholte sich nach und nach von der Reise. Sie lauschte mit langsam erwachender Aufmerksamkeit dem geschäftigen Treiben des Londoner Straßenlebens: die Rufe der Austernfrauen und der Pastetenverkäufer, das Rattern der Räder, das Klappern der Hufe, die plärrende Musik der Straßenmusiker. Manchmal bildete sie sich ein, Barnaby ging draußen vorüber, vielleicht waren das *seine* Schritte!

Am dritten Tag, einem Sonntag, fühlte sie sich soweit gestärkt, daß sie das Bett verlassen konnte. Das traf sich gut, da das Gericht nicht tagte und Thomas sie ohnehin aufgefordert hätte, aufzustehen und mit ihm in die Kirche zu gehen, selbst wenn es ihr noch nicht besser gegangen wäre. Fanny, die des stickigen, engen Gasthauszimmers und der sporadischen Dienste des Stubenmädchens überdrüssig war, zog sich gerne warm an, um Thomas über Kingsway und Strand zur Church of St. Clement Danes zu begleiten.

Es war ein frostiger Wintertag, und die sonntäglichen Straßen waren relativ sauber und ruhig. Sie ließ ihre Blicke aufmerksam schweifen und bemühte sich, sich alles einzuprägen, was sie sah, damit sie ihren Stieftöchtern, wenn sie zurückkam, berichten konnte. Die Armen hatten sie um ihr Glück beneidet und sie beschworen, sie über die neueste Damenmode zu unterrichten.

Sie wußte, daß dies kein feiner Stadtteil war, aber trotzdem sah sie viele weit vornehmere Toiletten als die von Mrs. Socket oder der Damen, die ihr bei der Gemeindearbeit halfen: ein Tageskleid aus gestreiftem Popelin mit einem wattierten Untergewand, ein hocheleganter Reitdreß aus blauem Samt mit einem knappen Pagenjäckchen, einer Rüschenhalskrause und einem schwarzen Hut mit einer Hahnenfeder, eine Haube, die dem Helm der Athene nachgebildet war, ein atemberaubendes Paar rosa Schuhe und ein wunderbar grünrosa bestickter Norwich-Schal. Diese aufregenden Anblicke ließen sie Thomas' wortkarges Verhalten vergessen, der verärgert war, weil die Gerichtsverhandlungen sich augenscheinlich noch über mindestens zwei, drei weitere Tage hinzuziehen drohten, und zudem fürchtete, daß die Männer beim Treffen der Presspatrouille in Petworth in seiner Abwesenheit nur Dummheiten machen oder faulenzen würden. Er hatte gehofft, spätestens am Montag zurückzusein.

Der Gottesdienst war kürzer, als Fanny es gewohnt war, und die Predigt glich eher einer hochdramatischen Rezitation als einer Himmelsbotschaft – der Pfarrer fuchtelte mit den Armen, rollte die Augen und seine Stimme dröhnte in allen Höhen und Tiefen –, aber dennoch fand Fanny Trost in dem vertrauten Ritual und betete inbrünstig, daß sich ihr Los zum Besseren wenden möge. Sie betete auch für ihr ungeborenes Kind, daß es Thomas glücklich machen und ihn seiner Frau näherbringen möge.

Sie waren früh in der Kirche angekommen, die sich beträchtlich füllte, nachdem sie sich in der Kirchenbank niedergelassen hatten. Als der Gottesdienst vorüber war, mußten sie notgedrungen noch einige Minuten sitzenbleiben, obwohl Thomas ungeduldig aufbrechen wollte, und auch als sie dann aufstehen konnten, kamen sie nur sehr langsam durch das überfüllte Seitenschiff voran. Der Grund dafür wurde offenbar, als sie hinaustraten: ein leichter Schneeregen hatte eingesetzt, und die Kirchgänger verweilten auf den Kirchenstufen, um ihre Schirme aufzuspannen oder ihre Kutschen und Sänften herbeizurufen, oder vergeblich nach Droschken Ausschau zu halten, und versperrten somit den Leuten hinter ihnen den Weg.

»Das ist nur ein kleiner Schauer!« sagte Thomas gereizt und schlug seinen Kragen hoch. »Wenn wir zügig ausschreiten, sind wir in zehn Minuten in High Holborn, also komm, Frances – trödel nicht rum –« und er wollte sie gerade am Arm packen, als eine Drängelei in der Menge sie auseinanderriß. Fanny reckte den Hals, um ihn wiederzufinden, und wurde schier vom Schlag getroffen, denn dort in der Menge, keine sechs Fuß von ihr entfernt, war Barnaby! Sie war sich völlig sicher! Sie konnte sich nicht irren! Sie sah zwar nur seinen Hinterkopf, aber diesen Hals, dieses Ohr hatte sie so oft und mit soviel Liebe betrachtet, daß sie nicht den leisesten Schatten eines Zweifels hatte. Trotzdem hinderte sie der Anstand und die gewohnte Vorsicht und Schüchternheit daran, laut seinen Namen auszurufen, aber sie mußte *unbedingt* einen Blick auf sein Gesicht werfen. Und schon schob sie sich mit einer Geschwindigkeit und Energie, deren sie sich vor zehn Minuten noch kaum für fähig gehalten hätte, durch die Herumstehenden und arbeitete sich in seine Richtung durch die Menge hindurch. Allenthalben wurde gedrängelt, geflucht und nach Droschken und Kutschen gerufen, sie meinte Thomas' Stimme zu hören, die sich verärgert hinter ihr erhob: »Frances! Wo willst du hin? Komm sofort zu mir!«, aber sie schenkte dem keinerlei Beachtung und ging einfach weiter. Schließlich war sie aus dem dichtesten Gedränge heraus und sah zwei junge Männer, die sich quer über die Straße einen Weg durch den langsam fließenden Verkehr bahnten. Beide trugen Uniform und gewiß – gewiß – war einer von ihnen Barnaby. Aufgeregt schlüpfte Fanny hinter einer Kutsche vorbei, prallte fast mit zwei Pferden zusammen und folgte den beiden.

Ich will nicht mit ihm sprechen, sagte sie zu sich selbst. Er soll mich gar nicht sehen – aber, oh, ich muß noch einmal einen Blick auf sein Gesicht werfen, nur einen Moment lang – vielleicht hat Gott mir diese Gnade beschert. Sicher wollte er mich nicht damit quälen, daß ich nur Barnabys Nacken sehe!

Die zwei Männer bogen nach rechts in eine Seitenstraße ein, die ziemlich steil hügelaufwärts führte. Fanny folgte, so schnell sie konnte, blind und taub ihrem Ziel folgend – aber sie schritten kräftig aus, plaudernd und lachend – und sie fiel immer mehr hinter ihnen zurück. Sie gab jedoch nicht auf, hoffte, daß sie irgendwo stehenbleiben würden, so daß sie sie einholen konnte. Da sie sich nun von der Hauptstraße entfernt hatten, waren weniger Leute unterwegs, und es war daher leichter für sie, sie im Auge zu behalten. Sie eilten rasch durch den zunehmenden Regen, ohne Fanny zu bemerken, die in ihren dünnen, weichen Schuhen hinter ihnen herhastete.

Nun befanden sie sich in einer Gegend mit engen, kurzen Straßen. Abgerissene, arm aussehende Leute, die ihren Geschäften nachgingen, starrten vorübergehend erstaunt auf die blasse, verzweifelte junge Dame in dem weißen Musselin, die an ihnen vorübereilte, und zuckten dann die Achseln und vergaßen sie; in London sah man an jeder Ecke verzweifelte junge Damen, sie hatten nichts damit zu schaffen. Immer noch rannte Fanny weiter, da sie nun schon so weit gegangen war, *mußte* sie zu guter Letzt durch einen Blick auf das geliebte Gesicht belohnt werden, der Himmel konnte gewiß nicht so ungnädig sein.

Aber der Himmel folgte seinen eigenen Ratschlüssen. Als Fanny um die Ecke einer noch kürzeren, schäbigeren Straße trat, war sie zunächst überglücklich, als sie feststellte, daß die zwei Männer stehengeblieben waren, um sich mit einem dritten zu unterhalten; außerdem befanden sie sich günstigerweise gerade jenseits eines Muschelstandes, in dessen Deckung sie dicht genug herankommen konnte, um sie betrachten zu können, ohne selbst gesehen zu werden. Soweit war sie glücklich. Aber als sie dann nahe genug heran war, um sie ganz zu sehen, erlebte sie eine bittere Enttäuschung, da der junge Mann, den sie auf der Kirchentreppe gesehen hatte, *nicht* Barnaby war – als sie ihm ins Gesicht sah, hatte er sogar nicht die leiseste Ähnlichkeit mit Barnaby – sie begriff nicht, wie sie sich dermaßen hatte täuschen können! Der Schlag war so hart, daß Fanny taumelte und sich mit der Hand ans Herz griff.

»Alles in Ordnung, Miss?« sagte der Muschelverkäufer.

»Ja, danke«, sagte Fanny mit abwesender, mechanischer Höflichkeit. Aber in Wahrheit war nichts in Ordnung. Als die drei fremden jungen Männer plaudernd und lachend die Straße hinuntergingen, stürzte das ganze Universum für sie ein, und sie blieb nackt und bloß zurück, der stürmischen Verachtung des Himmels ausgesetzt. Hinter ihr war eine Treppe, ein Kirchenaufgang; zitternd setzte sie sich nieder, ungeachtet ihres dünnen Musselinumhangs, und begann bitterlich zu weinen, heftige Schluchzer ausstoßend, als wäre etwas in ihrem Innern zerbrochen.

Inzwischen verfluchte Thomas den Tag, an dem er beschlossen hatte, Fanny nach London mitzunehmen. Wütend durchquerte er die Menge von einer Seite zur anderen und rief ihren Namen. Als sich die Leute dann zerstreut hatten und sie immer noch nicht zu sehen war, ging er in die Kirche zurück, falls sie dort Schutz gesucht hatte. Als er sie auch dort nicht fand, kehrte er schließlich zum Gasthof zurück. Er setzte nicht viel Vertrauen in Fannys Verstand, aber vielleicht war sie doch soweit Herr ihrer Sinne, daß sie auf die Idee kam, sich nach High Holborn durchzufragen. Als sich herausstellte, daß das nicht der Fall war, war er ernsthaft beunruhigt. War sie etwa entführt worden? Es erschien höchst unwahrscheinlich, daß sich jemand heimlich mit Fanny davonmachen wollte, so blaß und unansehnlich, wie sie zur Zeit wegen ihrer angegriffenen Gesundheit aussah, dazu still und zurückhaltend und keineswegs nach der neuesten Mode gekleidet. Aber sollte sie dann etwa davongelaufen sein? Das erschien sogar dem mißtrauischen Thomas ganz und gar abwegig. Fanny war so voller Demut, so sanftmütig, so bemüht, seine Erwartungen zu erfüllen. Was sollte sie zu so einem Schritt bewogen haben? Aber dennoch war nicht an der Tatsache zu rütteln, daß sie weg war.

Zuerst dachte er, na schön, sie hat sich verlaufen und irrt durch die Straßen. Wenn sie so schlau ist, nach dem Weg zu fragen und schließlich zurückkommt, werde ich sie gehörig ausschimpfen! Aber als die Dämmerung hereinbrach und sie immer noch nicht zurückkam, fing er an, sich echte Sorgen zu machen, und er überlegte sich, ob er die Sache auf der Wache melden sollte. Doch seine Sorge wurde überlagert von seinem Widerstreben, als lächerlicher verlassener Ehemann dazustehen. Nur zu gut konnte er sich die vielsagenden Blicke, das Zwinkern, die Kommentare seiner Zuhörer vorstellen, wenn er ihnen seine Geschichte vortrug:

»Ihre liebe Frau ist also fünfundzwanzig Jahre jünger als Sie,

Sir? Ein ziemlich junges Ding demnach. Junge Mädchen sind manchmal recht flatterhaft, das wissen wir doch alle. Seien Sie zuversichtlich, sie wird sich schon wieder hübsch ordentlich einfinden, wenn Sie sich in Geduld fassen, Sir. In anderen Umständen, sagen Sie? Die Frauen haben sonderbare Anwandlungen in dieser Zeit, das muß Ihnen doch bekannt sein. Das hat immerhin ein Gutes, Sir – daß sie in so einem Zustand ist – da kann kein anderer ihr ein Kind andrehen, also können Sie sich entspannen ... Ihr wird nichts Schlimmes zustoßen, vertrauen Sie darauf, Sir ...«

Vielleicht sollte er zu Mr. Throgmorton zurückkehren, den er wegen der Paget-Zwillinge aufgesucht hatte. Nein, Throgmorton war alles andere als entgegenkommend gewesen, warum sollte er also in dieser Notlage eine größere Hilfe sein?

Thomas ging hinaus und lief bis spät in die Nacht wütend durch die Straßen. Dann eilte er in den Gasthof zurück, in der Erwartung, daß Fanny inzwischen zurückgekehrt war. Aber sie war nicht da. Also ging er zu Bett, wohl unsicherer, zorniger, mitgenommener, verwunderter, verletzter und mißtrauischer als je zuvor in seinem Leben.

Am nächsten Morgen mußte er früh ins Gericht, und als er am Abend recht spät zurückkam, war Fanny immer noch nicht da. Das verdutzte Zimmermädchen fragte, ob Mrs. Paget in der vergangenen Nacht nicht hier geschlafen habe, und Thomas war gezwungen, eine Geschichte zu erfinden, daß ihr übel geworden war und sie bei Freunden bleiben mußte.

Am folgenden Tag waren die Gerichtsverhandlungen kurz nach Mittag beendet, und Thomas ging in einem elenden Zustand der Unsicherheit langsam nach High Holborn zurück. Wie konnte er Vorbereitungen für die Rückreise nach Petworth treffen, wenn Fanny nicht da war? Und wenn er in London blieb, mußte er das selbst bezahlen. Außerdem war er wegen der Gerichtsverhandlung verärgert – trotz seiner Bezeugung, daß

Offizier Wilkes, sein Untergebener in Gosport, ein Mann von höchster Tugend und Integrität war, hatte das Gericht ihn ohne Zögern der Annahme von Bestechungsgeldern für schuldig befunden. Thomas fühlte, daß das auf ihn zurückfiel. Die ganze Reise nach London war eine gewaltige Zeitverschwendung gewesen, abgesehen von der verheerenden Tatsache, daß Fanny abhandengekommen war. Throgmorton hatte ihm rundheraus gesagt, daß er an seine Abmachung mit der Gräfin van Welcker gebunden sei und die Verwandten aus Indien beherbergen müsse, diese Auflage war nicht zu umgehen. – Er war der unglücklichste Mann unter der Sonne.

Eingehüllt in diese Wolke von Düsternis und Unsicherheit schritt er, ohne nach links oder rechts zu sehen, durch die Diele des Gasthofs und die enge, krumme Treppe zu seinem Zimmer hinauf, immer noch im unklaren darüber, ob er packen sollte, die Gendarmerie einschalten oder eine Flasche Sherry bestellen und versuchen, seine Probleme mit Alkohol hinunterzuspülen.

Er stieß die Zimmertür auf und blieb wie angewurzelt auf der Schwelle stehen, er verlor fast den Verstand vor Staunen. Denn da saß Fanny auf dem einzigen Stuhl, erschöpft, hohläugig und reglos wie ein seltsam stiller, teilnahmsloser kleiner Geist, die Hände im Schoß und den Schal um die Schultern. Sie hob die Augen zu ihrem Gatten auf, als er ins Zimmer trat, und schien sich zusammenzureißen, als würde sie sich für einen Zornesausbruch wappnen. Aber sie sagte nichts.

Thomas war so verwundert und momentan erleichtert, sie zu sehen, daß er nicht gleich mit seiner Schimpfkanonade loslegte, die sie offensichtlich erwartete. Er stand da und starrte sie an, ihm fehlten buchstäblich die Worte, während er nach und nach die erstaunliche Tatsache begriff, daß er sie sicher zurückhatte; daß es nun möglich war, die Rückreise nach Petworth in die Wege zu leiten, daß er die Gendarmerie nicht bemühen mußte oder ihrem Vater schreiben oder sich die Wasserleichen ansehen, die in den letzten zwei Tagen an die Ufer der Themse gespült worden waren. Als seine Schimpfkanonade dann endlich losbrach, war sie durch die Verspätung keineswegs abgeschwächt. Er trat die Tür hinter sich zu, holte tief Luft und begann, sich mit leiser, beißender Stimme von all der Wut, dem Verdruß, den Sorgen und den Mutmaßungen zu befreien, die ihm in den letzten zwei Tagen zugesetzt hatten. Er redete und redete; bediente sich einer Sprache, die er gewöhnlich nur bei den Zusammenkünften der Preßpatrouille benutzte, Worte und Formulierungen, die nie zuvor an Fannys Ohren gedrungen waren. Er trat dicht vor sie hin und stand zitternd mit geballten Fäusten über ihr, als wollte er sie in Stücke schlagen oder zu Brei zerstampfen.

Wo war sie gewesen? Wo zum – – – war sie in diesen letzten zwei Tagen gewesen? Bildete sie sich etwa ein, sie könnte so mit ihm umspringen und ungeschoren davonkommen? Hielt sie ihn für einen Idioten? Und zum fünften oder sechsten Mal mit einer vor Wut heiseren und belegten Stimme: Wo war sie gewesen?

Fanny reagierte zunächst kaum auf seinen Ausbruch, schien ihn kaum zu hören; ihre Muskeln spannten sich etwas an, als er sie anschrie, und sie senkte den Kopf wie unter einem heftigen Wirbelsturm, machte aber keinerlei Anstalten, seine Fragen zu beantworten. Nur als seine Ausdrucksweise – für einen Mann, der gewöhnlich ein Muster an Anstand war – erschreckend anstößig wurde, sah sie mit großen, blind verstörten Augen zu ihm auf, neigte dann den Kopf wieder und preßte sich die Hände über Wangen und Ohren. Aber er riß ihr die Hände unsanft herunter.

»*Hör* mir zu, antworte mir, du Hexe! Wo warst du? Wo bist du gewesen?«

Daraufhin stieß sie einen Seufzer aus, als wäre durch diese körperliche Berührung ein Bann gebrochen worden, so daß sie nun über eine unendliche Entfernung aus anderen, weit entlegenen Gefilden zurückgeholt wurde, und als er sie erneut schüttelte, sagte sie mit schwacher, sanfter Stimme:

»Das kann ich Ihnen nicht erzählen, Thomas.«

»Das *kannst* du nicht? Was soll das heißen, du kannst es nicht erzählen?« tobte er. »Du – du *wirst* es mir erzählen! – Oder ich –«

Hier hielt er inne, vorübergehend verunsichert. Denn was *konnte* er ihr antun? Er konnte sie nicht schlagen oder sie anderweitig körperlich züchtigen; das verdroß ihn derart, daß seine Augen hervorquollen und die Adern an seinem Hals anschwollen.

»Ich werde dich einsperren!« stieß er hervor. »Ich werde dich in die Irrenanstalt stecken – du wirst deine Familie nie wiedersehen. *Wo warst du,* Herr Gott noch mal!«

Und wieder antwortete sie mit der sanften Stimme, die kaum mehr als ein Flüstern war:

»Ich kann es Ihnen nicht erzählen, Thomas.«

Sie hatte ihn nie zuvor Thomas genannt, immer nur *Sir,* manchmal Captain Paget, wenn sie ihn direkt ansprechen mußte, *euer Vater,* wenn sie mit den Mädchen sprach, und *der Herr* gegenüber den Dienstboten. Halbbewußt nahmen seine Ohren diese Tatsache auf, während sein Verstand bemerkte, daß sie zwar erschöpft, verhärmt und bleich aussah – sie wirkte zerbrechlich wie eine Elfe und konnte leicht jeden Moment in Ohnmacht fallen –, aber dennoch irgendwie gefaßt wirkte. Er wußte nicht genau, was mit ihr los war.

»Und ob du es mir erzählen kannst, mein Mädchen, dir bleibt keine Wahl! Wenn du eine Verfehlung begangen hast, kann ich dich ins Gefängnis bringen, das weißt du – und ich würde nicht zögern, nicht einen Moment.«

Eine leere Drohung, sie schien sie kaum zu hören. Da saß sie, zusammengekauert wie ein heimatloses Kind, wie ein Wechselbalg, Zeit schien ihr nichts zu bedeuten, sie schien die ganze Nacht so sitzen zu können, falls er mit seiner Beschimpfung fortfahren wollte.

Und er fuhr auch fort, lange Zeit, tobend und fragend; sie lauschte ihm abwesend wie dem Wind. Ihre Augen in den großen knochigen Höhlen blickten so traurig, daß Thomas plötzlich von abergläubischer Furcht ergriffen wurde und stockte. Was zum Teufel ging in ihrem Innern vor? Und was könnte das alles seinem ungeborenen Kind anhaben?

»Wann bist du zurückgekommen?« sagte er ruhiger. Sie stieß wieder einen langen Seufzer aus.

»Ich weiß es nicht genau. Vor einer – oder zwei Stunden.«

»Hast du heute schon etwas gegessen?« sagte Thomas, erneut verärgert bei dem Gedanken an eine derartige Nachlässigkeit, diese leichtsinnige, vorsätzliche Mißachtung mütterlicher Pflichten.

Sie schüttelte den Kopf, als hätte sie nicht die geringste Ahnung. Aufgebracht rief er das Zimmermädchen und bestellte Wein und Suppe. Sie nahm beides fügsam zu sich, und als er ihr befahl, ins Bett zu gehen, gehorchte sie und lag dort still wie ein Insekt in seinem Kokon. Thomas, der neben ihr lag und in die Dunkelheit starrte, konnte nicht feststellen, ob sie schlief oder nicht.

Aber am nächsten Morgen schien sie wieder mehr sie selbst zu sein, sie aß etwas Hafersuppe mit gerösteten Brotstücken zum Frühstück und fand sich sanftmütig bereit, Thomas in einer Droschke nach St. Martin's-le-Grand zu begleiten, und weiter mit der Postkutsche nach Petworth. Jedoch rückte sie nicht damit heraus, was sie in der Zeit, in der sie verschollen gewesen war, erlebt hatte. Hin und wieder gab sie eine sachliche Bemerkung von sich: »Ist das dort nicht die Postkutsche nach Petworth? Ich glaube, ich habe den Kutscher erkannt.« »Thomas, haben Sie dem Mann etwas dafür gegeben, daß er unser Gepäck verstaut hat?« Und während der Kutschreise riß sie sich zusammen, obwohl sie totenbleich war, und war in der Lage, höflich auf die Fragen einer alleinreisenden Mitfahrerin zu antworten.

Diesmal waren keine Kinder dabei, und Thomas reiste im Innern der Kutsche; er wechselte jedoch während der ganzen Reise keine zwei Worte mit Fanny. Aber er beobachtete sie befremdet mit quälender, unaufhörlicher, gefesselter Aufmerksamkeit; betrachtete sie gründlicher, als er es wohl bisher in ihrem ganzen Eheleben getan hatte. Sie heftete ihre Augen abwesend auf die regnerische graue Landschaft jenseits der Fensterscheiben, als würde sie seinen prüfenden Blick nicht bemerken, aber ihre Gedanken schienen weit weg; wo sie sich befanden, konnte man unmöglich erahnen.

Bei ihrer Ankunft zu Hause ließ Fanny das geschäftige Treiben über sich ergehen, immer noch mit demselben blinden Starren und der abwesenden Sanftheit. Thomas schubste gereizt seine Töchter aus dem Weg, überhörte ihre Fragen über London und den Ausgang der Gerichtsverhandlung. Er sagte zu Fanny:

»Geh nach oben ins Bett! Und du wirst dein Zimmer nicht verlassen, bis ich es dir gestatte!«

»Ist Stiefmama krank?« wollte Martha wissen, und die kleine Patty rief: »War sie böse, weil du sie aufs Zimmer schickst?«

Aber Fanny ging ruhig wie eine Schlafwandlerin die Treppe hinauf, betrat ihr Schlafzimmer und legte ihre Reisekleidung ab. Nur einmal hielt sie in ihrer mechanischen Tätigkeit inne. Als sie ihr Haar kämmte, verharrte sie mit der Bürste in der Hand und warf einen langen, gedankenverlorenen Blick auf die geteerte Esche vor dem Fenster, dann zog sie seufzend ihr Nachthemd an und stieg ins Bett.

4

Die ersten paar Tage nach seiner Ankunft in Ziatur bekamen die Paget-Zwillinge Colonel Cameron nicht zu Gesicht. Cal berichtete recht verdrossen, daß Cameron einen Großteil seiner Zeit mit dem Maharadscha verbrachte, dem es nun, da sein Yagistani-Freund zurückgekommen war und ihm Gesellschaft leistete, an Leib und Seele erheblich besser zu gehen schien. Mehr noch, die versprochenen Waffen – oder zumindest ein Teil davon – waren von Karatschi eingetroffen, und der Maharadscha zerstreute sich, indem er zusah, wie seine Männer mit dem neuen Kampfgerät ausgestattet und von Kamaran Sahib mit seiner Handhabung vertraut gemacht wurden. Die französischen Abgesandten waren inzwischen in plötzliche Ungnade gefallen, bekamen keinerlei Audienz mehr und standen sich tagelang in den Vorzimmern die Füße in den Bauch. Dieser Stand der Dinge behagte Mihal Shahzada ganz und gar nicht, und sein Ärger und seine schlechte Laune entluden sich auf Cal. Der Bursche, der die Gesellschaft des Prinzen bei heiterer Zerstreuung gerne ertrug – Trinkgelage, Würfelspiele oder Wachteljagd –, war keineswegs darauf erpicht, sich stundenlang Mihals Unmutsäußerungen anzuhören oder in die Palastintrigen verstrickt zu werden. Er zog es daher vor, dem Palast fernzubleiben, und deshalb hörte man in Miss Mussons Bungalow einige Tage lang nichts über die Ereignisse im Palast. Cal, der normalerweise umgänglich und gutmütig war, war etwas verstimmt gewesen, da seine Schwester sich seine geliebte Kali ausgeliehen hatte und alleine zu einem Abenteuer aufgebrochen war, und die Tatsache, daß er das seiner eigenen brüderlichen Pflichtvergessenheit zuzuschreiben hatte, belastete ihn noch zusätzlich mit Schuldgefühlen. Er fand keinen Weg, sie zu überwinden und zog sich immer mehr zurück. Aber da er ohnehin gerade am ersten Gesang einer langen Heldenballade über den Einmarsch Alexanders des Großen in Indien arbeitete, die mit der Schlacht zwischen Alexander und König Porus am Jhelum-Fluß enden sollte, fiel seine Reserviertheit kaum auf; nur seine wachsame, feinfühlige Schwester wußte Bescheid, aber sie zuckte die Achseln und lachte und kümmerte sich nur um ihre eigenen Angelegenheiten, da sie wußte, daß er bald wieder einlenken würde. Cal pflegte seinen Groll nie lange.

Die zwei kleinen Prinzen Amur und Ranji durften ein paar Tage Ferien machen, damit sie den Soldaten beim Exerzieren zusehen konnten, Scylla verbrachte daher mehr Zeit in Miss Mussons Krankenhaus.

Es war ein schäbiges, ungemütliches Gebäude, ein ehemaliger Jain-Tempel, den man mit ein paar Bambustrennwänden für seinen jetzigen Zweck umfunktioniert hatte. Davor war ein vernachlässigter, staubiger Garten, wo ambulante Patienten sich in einer langen Reihe hoffnungsvoll niedergelassen hatten. Unter einer Kolonnade mit drei Steinbögen stapelte sich die schmutzige Bettwäsche und wartete auf den Dhobi, und im Innern gab es ein paar Liegen und Strohsäcke, die auf dem Steinboden aufgereiht waren.

Die Behandlungsmethoden waren denkbar primitiv: Wunden wurden saubergehalten (Kamelbisse waren das am häufigsten vertretene Leiden), Fieberpatienten bekamen Chinin, und wer an Magenbeschwerden litt, bekam Rhabarber; Heilbalsam und Pflaster kamen bei Schlangenbissen zur Anwendung, um das Gift herauszuziehen, und Miss Musson hatte verschiedene Heilwässerchen aus Honig, Essig, Zimt, Nelken, Akazienharz und Ingwer, die sie gegen entzündete Augen, Zahn- und Muskelschmerzen verabreichte. Winthrop Musson war Arzt gewesen, und seine Schwester folgte gläubig den Prinzipien und Methoden, die er entwickelt hatte. Sie hatte über vierzig Jahre mit ihm zusammengearbeitet und war daher mit all seinen ärztlichen Grundregeln vertraut. Sie selbst hatte sich im Laufe der Jahre auch mit den Überlieferungen der Einheimischen vertraut gemacht in bezug auf Kräuter und Mineralien, und sie gab unverblümt zu: »Die Hälfte meiner Patienten werden gesund, weil ich ihnen das Vertrauen auf ihre Genesung vermittle, Dreiviertel der anderen Hälfte heile ich mit einheimischen Kräutern – man jagt den Schakal, der auf den Hügeln Mazandarans lebt, am besten mit den Hunden aus Mazandaran.« Miss Musson hatte unzählige einheimische Sprichwörter parat, die sie wie ihre Behandlungsmethoden im Laufe der Zeit im Umgang mit ihren Patienten aufgeschnappt hatte.

Scylla hatte Miss Musson bei einer langen, komplizierten Geburt geholfen: Ein zartes Mädchen, die Tochter des Gärtners, war mit Zwillingen niedergekommen. Zunächst wollte der Ehemann seine Frau nicht in die Nähe des Krankenhauses lassen, aber als Miss Musson vorsichtig zu bedenken gab: »Wer kann hier besser helfen als Mem Periseela, die selbst ein Zwilling ist? Sie wird Ihnen großes Glück bringen«, ließ er sich schließlich überzeugen, obwohl Scylla als Hebamme nicht eben sehr erfahren war. Miss Musson hatte gerade mit Unterstützung einer kundigen alten Frau namens Jameela und unter der Assistenz von Scylla, die Handtücher und Geräte bereithielt, nach einem ernsten Kampf die Zwillinge sicher zur Welt gebracht, und Eltern und Großeltern jubelten, während Scylla die Neugeborenen wusch und abtrocknete, als Colonel Cameron unangemeldet ins Krankenhaus hereinschlenderte.

»Hier finde ich Sie also!« begrüßte er Scylla, und als er dann Miss Mussons eindrucksvolle Erscheinung in dem schwarzen Burqa sah, machte er eine tiefe Verbeugung.

»Immer noch die große Heilerin, wie ich sehe, werte Miss Amanda! Wieviele Beine hatten Sie wohl unterm Messer, seit ich Sie das letzte Mal gesehen habe?«

»Oh, etwa neun oder zehn, schätze ich«, antwortete Miss

Musson und wusch sich schnell die Hände in einem Wasserbekken, das Jameela ihr hinhielt, bevor sie dem Colonel die Hand entgegenstreckte. »Wie geht es Ihnen, Rob, mein lieber Junge? Ich muß gestehen, es erstaunt mich, daß Sie nach Ziatur zurückgekehrt sind! Ich dachte immer, Sie würden nie an einen Ort zurückkommen, an dem sie schon einmal waren.«

Er lachte. »Nun, man ist eben gelegentlich gezwungen, seine Gewohnheiten zu ändern! Und ich habe die Dummheit begangen, Bhupindra Bahadur zu versprechen, daß ich zurückkomme und ihm ein bißchen neues Spielzeug mitbringe.«

»Das läßt Sie in meiner Achtung steigen. – Oh, nicht weil Sie ihm all die Kanonen oder was auch immer gebracht haben, sondern weil Sie einem kranken Mann gegenüber Wort gehalten haben. Er ist sehr glücklich über ihre Ankunft, soweit ich gehört habe.«

»Und Sie haben eine neue Helferin bekommen, seit ich das letzte Mal hier war«, sagte Colonel Cameron und blickte mit unverhohlener Bewunderung auf Scylla, die, nachdem sie die beiden Kleinen gewickelt hatte, gerade niederkniete, um sie ihrer besorgten Mutter zu übergeben.

Sie sah reizend aus in ihrem blauen Kleid, das von einer gewaltigen weißen Schürze geschützt wurde, deren Bänder zweimal um ihre schlanke Taille geschlungen waren. Ihre Lokken waren mit einem weißen Musselintuch hochgebunden, so daß ihr langer schlanker Hals und ihr reizendes klares Profil gut zur Geltung kamen. Sie lachte über die Verwunderung der jungen Mutter, als sie ihr die zwei gleichaussehenden Säuglinge überreichte, dabei kräuselte sich ihre kurze Oberlippe und enthüllte strahlend weiße Zähne.

»Warum habe ich sie nie zuvor gesehen?« wollte Cameron wissen.

»Oh, sie und ihr Bruder waren zwei staubige, dünne Kinder, als Sie letztes Mal hier waren, die in der Schulstube von Winthrop unterrichtet wurden. Sie konnten ihnen schlecht begegnen.«

Scyllas Lachen war ansteckend, der Colonel fing ebenfalls an zu lachen, als er sie ansah.

»Was erheitert Sie denn so, Robert?« fragte Miss Musson scharf.

»Ihre junge Kollegin wirkt hier so gänzlich fehl am Platze, meine liebe Miss Amanda.«

»Was soll das heißen?« wollte sie wissen. »Priscilla ist in jeder Hinsicht ein perfektes Mädchen – einfühlsam, hart arbeitend und gutherzig, ganz zu schweigen von ihrer Ergebenheit gegenüber ihrem Bruder. Zugegebenermaßen ist sie *etwas* zu selbständig –« Miss Musson war recht schockiert gewesen über die Tigerepisode, hatte aber dennoch ihrem Prinzip folgend davon abgesehen, Scylla auszuschimpfen.

»Außerdem ist sie eine Schelmin und eine Abenteurerin und eine *femme fatale*«, sagte Cameron. »Bring sie an den Hof in Paris oder London, kleide sie modisch, und die Kavaliere werden sich um sie reißen, sich gegenseitig in die Rippen stechen und sich Löcher in den Bauch schießen, wegen dieser Stupsnase und dieser komischen Oberlippe.«

»Papperlapapp!« sagte Miss Musson.

»Von wegen Papperlapapp! Ich bin mir da ganz sicher, und Sie müssen zugeben, Miss Amanda, daß ich etwas davon verstehe.«

Miss Musson warf ihm einen mißbilligenden Blick zu. Sie kannte Colonel Camerons Charakter zur Genüge, hatte sie ihn doch bei seinem letzten Besuch von einem Ausfluß geheilt – einem Leiden, das gewiß nicht auf notorische Enthaltsamkeit schließen ließ. Sie wußte so gut wie alles über sein verwegenes Vagabundenleben, und nichts davon schien ihr lobenswert.

»Wenn das so ist«, bemerkte sie, »ist es besser, wenn das liebe Kind hier bei mir in Ziatur bleibt, wo sie nicht zu Schaden kommt. Die Einheimischen finden an ihrer Erscheinung nichts

Bewundernswertes, das kann ich Ihnen versichern; die Damen des Palastes nennen sie sogar Affengesicht.«

»Die Arme!« sagte Colonel Cameron wieder lachend. »Aber ich bin nicht sicher, Miss Amanda, daß Sie mit Ihrer Annahme richtig liegen, daß sie hier nicht zu Schaden kommen kann. Ich mache mir Sorgen um die Sicherheit der jungen Dame und um Ihre auch. Deswegen bin ich vorbeigekommen. Ich habe ein ungutes Gefühl angesichts der Zustände im Palast.«

Miss Musson lächelte ihn nachsichtig an, ihr aufgewecktes, faltiges altes Gesicht zerknitterte sich wie altes Pergament.

»Rob, Rob, machen Sie sich bitte keine unnötigen Gedanken oder Sorgen wegen uns! Im Palast gibt es ständig Scherereien, aber das hat nie schwerwiegende Folgen. Und wenn Gefahr bestünde – was gewiß nicht der Fall ist – habe ich hier viele Freunde, Menschen, die ich gesund gepflegt oder deren Kinder ich geheilt habe.«

Er schüttelte den Kopf. »Auf die würde ich mich nicht verlassen.«

»Und der Maharadscha selbst ist mir sehr wohlgesonnen; er hat viel auf Winthrops Meinung gegeben und behandelt mich in seinem Angedenken überaus gütig. Er hat übrigens dieses Krankenhaus gestiftet.«

»Der Maharadscha wird nicht ewig leben. Es wäre mir eine ungeheure Erleichterung, liebe Miss Amanda, wenn Sie sich entschließen könnten, in eine größere Stadt zu ziehen, in der ein paar Europäer leben.«

»Reden Sie keinen Unsinn, mein lieber Junge. Sie haben den Kopf voller Hirngespinste, weil Sie sich so lange in der Wildnis herumgetrieben haben. Wenn Sie ein paar Wochen hierbleiben, werden Sie merken, daß kein Grund zur Sorge besteht. – Und jetzt verziehen Sie sich, bitte schön; es sei denn, Sie wollen mir helfen, einen armen Knaben zusammenzuflicken, der von seinem Kamel gebissen worden ist.«

»Nein danke, liebe Miss Amanda, sowas muß ich oft genug tun, wenn ich mich in der Wildnis herumtreibe.«

»Sie können heute abend zum Essen kommen, wenn Sie mit einem Currygericht von Habib-ulla vorlieb nehmen!« rief sie ihm hinterher. »Und wollen Sie das Kind nicht vielleicht zu einem Ausritt mitnehmen, später, wenn die Hitze sich gelegt hat – sie wird dann von Pillen und Verbänden genug haben.«

Er trat zu Scylla hinüber, die einer alten Dame etwas Reis fütterte.

»Hätten Sie Lust, heute nachmittag mit mir auszureiten, Miss Paget?«

»Aber gern, danke, Colonel Cameron, das wäre wunderbar!« antwortete sie mit einem förmlichen Knicks, dem sie aber mit ihrem einnehmenden dreieckigen Lächeln eine sehr persönliche Note verlieh.

Cal, der nach der Vollendung des ersten Gesangs seiner Ballade sein sonniges Gemüt wiedergefunden hatte und gerne mit jedermann in der Welt Freundschaft schloß, begleitete sie auf ihrem Ausritt.

»Und haben Sie Ihrer Cousine Gräfin van Welcker geschrieben, um ihr für ihre überaus entgegenkommende Einladung zu danken und sie anzunehmen?« fragte der Colonel, als sie mit den Pferden an Melonenäckern und Zuckerrohrpflanzungen vorbeitrotteten.

Cal antwortete heiter: »Aber nein, Sir, meine Schwester platzt natürlich schier vor Neugierde, nichts wäre ihr lieber als ein Briefwechsel mit dieser unbekannten Cousine, aber leider hat niemand die Stadt in Richtung eines Hafens verlassen, seit Sie uns den Brief überbracht haben. Sie wissen, wie es in Ziatur aussieht: Wir haben keinen regulären Postverkehr und sind auf die guten Dienste von Kaufleuten oder Reisenden wie Sie angewiesen. Aber wir hoffen, daß in der nächsten Woche oder so ein Landsmann von Ihnen, ein reisender Wundarzt und Zahndoktor, in der Stadt eintrifft. Er kommt gewöhnlich vor der Regenzeit, und wenn bis dahin kein anderer Kurier aufgetaucht ist, können wir ihn bemühen.«

»Wharton? O weh! Dem Burschen bin ich begegnet, in Peschaur auf meinem Weg hierher. Er war gerade dabei, einer altehrwürdigen Begum einen Backenzahn zu ziehen, die es sich kaum leisten konnte, ihn zu verlieren, da sie nur noch zwei andere Zähne im Mund hatte.«

»Aber wie dem auch sei«, fuhr Cal gut gelaunt fort, »es ist mir ziemlich gleichgültig, ob wir dieser Cousine Juliana antworten oder nicht, weil ohnehin feststeht, daß wir nie nach England kommen. Wir können Miss Musson nicht alleine hier lassen, und ich für meinen Teil will gar nicht weg; Ziatur gefällt mir sehr gut.«

Cameron fing Scyllas resignierten Blick auf und lächelte ihr ermutigend zu.

»Erzählen Sie uns von Ihren Reisen, Colonel Cameron«, schlug sie vor. »Ich nehme an, daß Sie über Land nach Indien gezogen sind, nachdem Sie die Waffen für den Maharadscha auf ein Schiff verfrachtet haben. Was hat Sie bloß dazu veranlaßt? Dauert es nicht sehr viel länger als über See? Und ist es nicht viel gefährlicher? Sind Sie durchs Heilige Land gekommen oder durch die Türkei? Haben Sie Jerusalem und Konstantinopel und Bagdad gesehen?«

»Ich habe die Waffen des Maharadschas über den Seeweg geschickt, weil es entlang der Landstrecke zu viele Banditen gibt«, antwortete Colonel Cameron. »Beluchi-Banditen kommen aus dem Süden, turkmenische Räuber aus dem Norden – dann gibt es viele Afghanen, die ihre gefärbten Bärte dafür opfern würden, eine Ladung Karabiner und Munition in die Hände zu kriegen. Für die Waffen ist also eine Seereise sicherer. Aber ich bin fünfmal ums Kap der Guten Hoffnung gesegelt, das ist mehr als genug. Vier Monate auf See sind sterbenslangweilig. Die Reise über Land ist viel unterhaltsamer. Außerdem habe ich viele Freunde auf dem Weg. Und auch ein paar Feinde«, fügte er hinzu. Und weil er sich nur zu gut ausrechnen konnte, was Scylla gerne hören würde, gab er ihnen eine lebendige Schilderung seiner Abenteuer, beginnend in Gibraltar, wo er seine Fracht einem Handelskapitän anvertraut hatte, dann die Passage übers Mittelmeer nach Tyrus und schließlich die Reise über Land bis zum Khaiberpaß, über den er nach Indien gelangt war.

Cal ließ sich unwillkürlich von dieser Erzählung fesseln, vor allem weil so viele der Orte, die der Colonel erwähnt hatte, auch von Cals Balladenhelden, Alexander von Mazedonien, besucht worden waren. Er wollte wissen, wieviele Städte auf dem Weg immer noch Alexandria hießen, ob noch Spuren der griechischen Heerscharen zu finden waren und ob man manchen Einheimischen die griechischen Vorfahren ansah. Scylla genoß dieses ›Verhör‹ und ritt still vor sich hinlächelnd neben Colonel Cameron her, der gutmütig alle Fragen beantwortete, soweit er dazu in der Lage war. »Man könnte annehmen, mein Junge, daß Sie selbst gerne Soldat werden würden, da Sie so großes Interesse an Feldzügen haben«, bemerkte er.

»Soldat? Du lieber Gott, nein, Sir! Haben Sie den Verstand verloren?« rief Cal aus. »Schlimm genug, daß mein Vater General war. Ein Glück, daß ich ein illegitimer Sproß bin – jedenfalls mehr oder weniger. Für mich stellte sich nie die Frage, ob ich der Familientradition folgen sollte, dafür bin ich unendlich dankbar! Nein, nein, mein lieber Colonel, mein Interesse für die Feldzüge ist rein literarischer Natur. Ich möchte über Feldzüge *schreiben*, nicht daran teilnehmen.«

»Mich würde interessieren ...« Cameron zwirbelte nachdenklich seinen langen roten Schnurrbart und betrachtete seinen jungen Begleiter aufmerksam. »Mich würde interessieren, was Sie zum Beispiel unternehmen würden, wenn ein Haufen wilder

Beluchen über den Hügel dort drüben galoppiert käme, mit erhobenen Speeren und ihre Musketen abfeuernd.«

»Unternehmen?« sagte Cal lachend. »Sie können gewiß sein, Sir, ich würde mich zweifellos in Windeseile davon machen, *ventre a terre*, wie die Franzosen sagen, in die Stadt eilen, und Sie und Scylla dürften die Nachhut bilden.«

Und er warf dem Colonel einen schelmischen Blick zu, während er seiner Stute die Sporen gab.

Beim Abendessen, während sie Habib-ullas köstliches Currygericht mit Reis und Früchten verzehrten, blickte Colonel Cameron, der einen sehr exzentrischen, eigenwilligen Humor hatte, kichernd in die Runde.

»Was erheitert Sie denn jetzt schon wieder, Rob?« fragte Miss Musson scharf. »Ich schätze, nachdem Sie mit manch einem Amir, Schah und Khan (keiner besser als sein Ruf) in ganz Zentralasien gespeist und gezecht haben, ist Ihnen unser Mahl zu schlicht.«

»Wo denken Sie hin, meine liebe Miss Amanda, ich fühle mich hier sehr wohl und das Essen war köstlich. Nein, mir ist das letzte Essen in den Sinn gekommen, an dem ich im Haus eines Beamten der Indischen Handelsgesellschaft in Surat teilgenommen habe – Suppe, gegrilltes Geflügel, Hammelpastete, ein Viertel Lamm, Kuchen, Käse, Butter, Brot und Plumpudding, bitte sehr, das ganze ergänzt durch gewaltige Kelche voll Madeira. Und dabei herrschte eine derartige Hitze, daß man ein Ei auf dem Dorfplatz hätte braten können! Es ist ein Wunder, daß all diese Engländer nicht am Schlaganfall sterben. Sie denken nicht daran, ihr Leben den Sitten und Gebräuchen des Landes anzupassen – wenn man davon absieht, daß manch einer von ihnen sich einen Harem hält«, fügte er nachdenklich hinzu.

Miss Musson warf einen mißbilligenden Blick in Scyllas Richtung und wollte gerade ein anderes Thema anschneiden, als man ein leises Geräusch hörte und Habib-ulla hereinkam, um zu verkünden, daß ein Diener ein Paket für Mem Periseela abgegeben habe.

»Vom Palast? Von wem, Habib-ulla?«

»Von Rani Mahtab Kour, Sahiba. Der Diener hat gesagt, das Geschenk sei eine Belohnung dafür, daß Missy Sahib das Sklavenmädchen Laili geheilt hat.«

Hochüberrascht löste Scylla die Bänder des Pakets, das in ungebleichten Musselin eingeschlagen war. Es lag keine Botschaft bei – aber es enthielt einen wunderschönen Sari aus kostbarer Seidengaze in einer Farbe zwischen Rosa und Ziegelrot, mit einem eingewebten schwarzgoldenen Muster und über und über bestickt mit Myriaden winziger Staubperlen, so daß er im Lampenlicht schimmerte. Der Choli, die dazugehörige Bluse, war aus reiner Seide und ebenfalls mit Perlen bestickt.

»Du meine Güte!« rief sie aus und starrte auf den schimmernden, zusammengefalteten Stoff. »Ich habe dem Mädchen nur die Ohren gesäubert und eine Salbe aufgetragen. Es wäre ein Wunder, wenn *das* allein sie geheilt hätte.«

»Vielleicht will Mahtab Kour Sie um einen Gefallen bitten, und das sind die Vorboten«, vermutete Colonel Cameron, dessen scharfen Augen Scyllas stirnrunzelnde Unsicherheit nicht entgangen war, als sie auf die kostbare Gabe hinabblickte.

»Sehr hübsch«, meinte Miss Musson trocken. »Zu dumm, daß unser eintöniges Leben dir kaum Gelegenheit bietet, so etwas Edles zu tragen, mein Kind. Willst du es anprobieren?«

Trotz der Pracht des Saris widerstrebte es Scylla, ihn anzulegen. Sie hatte den Verdacht, daß sie bestochen werden sollte, damit sie dem Maharadscha den Klatsch hinterbrachte, und sie hätte das Geschenk am liebsten nicht angenommen. Aber sie konnte es unmöglich zurückgeben, das wäre eine tödliche Beleidigung, also beschloß sie einfach, es nie zu tragen und sagte lachend: »Sie wissen doch, Madam, daß Rosa mir nicht steht. Die

Damen vom Palast hätten noch mehr Grund, mich Affengesicht oder Schweinstochter zu nennen, wenn ich in Rosa daherkommen würde!«

»Da hast du völlig recht, Scylla, meine Liebe!« beglückwünschte Cal sie. »Wenn du dieses rote Gewand tragen würdest, würdest du wie einer von diesen kandierten Rhabarberstengeln aussehen, die sie auf dem Bazar verkaufen.« Und zu Colonel Cameron bemerkte er: »Sie werden es nicht glauben, Sir, aber meine Schwester hat einen erlesenen Geschmack. Bringen Sie sie in die bessere Gesellschaft und sie wird trotz ihres Aussehens alle ausstechen, nach ein, zwei Wochen, wenn sie sich eingelebt hat.«

»Das glaube ich Ihnen gern«, sagte Cameron belustigt. Miss Musson wollte gerade eine moralisierende Bemerkung machen, als Cal mit einem Blick auf die Uhr zum Colonel sagte:

»Ich habe eine Verabredung mit Prinz Mihal, Sir. Wir wollen zu einem außergewöhnlichen Wahrsager gehen, der aus der Gegend hinter Samarkand stammt und gerade in der Stadt eingetroffen ist. Er ist ein Yogi und lebt angeblich hoch in den Bergen, in einer Höhe von über viertausend Metern, wo ein normaler Mensch nicht überleben könnte. Er soll bemerkenswerte Kräfte haben – würden Sie uns gerne begleiten?«

Cameron hatte in seinem Leben schon Unmengen von Wahrsagern gesehen und hatte keine besonders hohe Meinung von ihnen. Er wäre viel lieber gemütlich geblieben, wo er war, fing aber einen flehenden Blick aus Scyllas Augen auf und schloß zutreffend, daß er für ihren Bruder ein gesundes Gegengewicht zu Prinz Mihal bilden würde und sie daher froh wäre, wenn er Cal auf seinem Ausflug begleitete. Daher sagte er galant:

»Wenn Miss Paget uns nicht die Freude bereitet, das Geschenk der Königin anzuprobieren –«

»Nein, nein«, unterbrach Cal, »es würde Ihnen durchaus nicht gefallen, mein lieber Mann. Glauben Sie mir. Sie würde wie ein Rhabarberstengel aussehen.«

»Und ich muß mich um meine Abrechnung kümmern, also wünschen wir euch noch einen schönen Abend«, sagte Miss Musson entschieden.

Sowie die beiden Männer weg waren, schlug Scylla den Musselin wieder um den Sari der Königin und legte das Bündel auf eine Zedernholztruhe in ihrem Zimmer.

Mitternacht war schon vorüber, als Cal, Colonel Cameron und der Prinz das Haus betraten, in dem der Wahrsager Quartier bezogen hatte. Mihal hatte darauf bestanden, daß sie ein paar Stunden im Palast verbrachten, Kafirwein und Sherbet tranken und sich am Tanz einiger Nautch-Tänzerinnen erfreuten. Die Tänzerinnen beherrschten ihre Kunst, aber Mihal schenkte ihnen nicht viel Beachtung, er war über die Maßen freundlich zu Colonel Cameron, der sich mit seiner angeborenen Vorsicht und Skepsis fragte, was diese ungewohnte Höflichkeit zu bedeuten hatte. Bislang hatte sich Mihal stets kurz angebunden, fast feindselig gegeben. Er war ein glattgesichtiger junger Mann, etwas kleiner als Cal, stämmig gebaut – er setzte tatsächlich schon etwas Fett an wie seine Mutter; wenn er erst so alt war wie Mahtab Kour, würde er genauso beleibt sein. Hinter seinem munteren Gebaren steckte größte Reserviertheit, und seine kalten dunklen Augen waren tief wie ein bodenloser Tümpel.

Die Hitze war mit Macht hereingebrochen, und die Straßen waren um Mitternacht immer noch von pulsierendem Leben erfüllt; Familien plauderten und lachten auf den Dächern, der Geruch von Gewürzen, Urin und mit Zwiebeln und Kohl gebratenem Hammel verschlug einem fast den Atem, aus der Ferne hörte man den Klang von Trommeln und Hörnern, Balladensänger und Geschichtenerzähler hockten an jeder Straßenecke.

Prinz Mihal hatte fast alle Juwelen, Armbänder und den rubinbesetzten Turban, den er gewöhnlich trug, abgelegt. Er trug jetzt einen einfachen blauen Musselinturban mit Stahlplättchen und eine blaue Tunika, die nicht besonders auffiel, obwohl sie aus erlesenem Stoff war.

Eine dürre alte Frau, die an der Tür des Wahrsagers postiert war, ließ sie mit einem flüchtigen Nicken ein, nachdem Cal ein paar Pice in ihre ausgestreckte Klaue geworfen hatte, und sie stiegen durch ein enges, stinkendes Treppenhaus empor und kamen in einen mittelgroßen Raum, der von ein paar Lämpchen mit roten Glasschirmen schummrig erleuchtet war. Er hatte keine Fenster. Als sich seine Augen an das merkwürdige Licht gewöhnt hatten, stellte Colonel Cameron fest, daß die Wände mit Wandteppichen bedeckt waren, die mit Teufeln bestickt waren, die sich allesamt höchst unerfreulich betrugen. Ein verschleiertes Mädchen bedeutete ihnen, sich an der Wand niederzulassen, wo Kissen aufgereiht lagen, und Mihal gab ihr eine Handvoll Rupien.

Jetzt konnten sie sehen, daß sich in der Mitte des Raums ein flaches großes irdenes Becken befand, das mit einer roten Flüssigkeit gefüllt war. Cameron fragte sich zynisch, ob es sich um echtes Blut handelte oder um normales Wasser, das man mit Betelsaft rot gefärbt hatte; es sollte zweifellos wie Blut aussehen. Jenseits des Gefäßes saß ein regloser Mann mit gekreuzten Beinen, der nur einen Lendenschurz trug. Als sie sich besser an das Dämmerlicht gewöhnt hatten, konnten sie sehen, daß er kahl wie ein Ei war und eindeutig blind. Über seinen Augen lag eine weiße Haut wie bei einem Leprakranken. Er beachtete die Neuankömmlinge nicht und blieb in Gedanken versunken sitzen. Das Mädchen, das sie hereingeführt hatte, begann sanft auf einer Flöte zu blasen.

Nach etwa fünf Minuten bemerkte Cameron, daß das Wasser im Becken anfing, sich leicht zu kräuseln, wie die Oberfläche eines Teichs, unter der ein Krokodil lauert. Nun begann der reglose Mann zu sprechen, aber seine Lippen bewegten sich nicht, und die Stimme, die eine endlose Litanei von Teufelsnamen rezitierte, sie anrief und zum Erscheinen und Hilfeleisten aufforderte, schien nicht aus seiner Kehle zu kommen, sondern schauerlicherweise aus einer Ecke des Raumes. Aber Cameron, der ihn genauestens betrachtete, stellte fest, daß sich die Muskeln unter seinem Kiefer gelegentlich spannten, wenn die klangvollen Namen hervorrollten, vielsilbig und ominös. Cal beobachtete den Mann mit kühler, kritischer Aufmerksamkeit; er schien sich die Szene einzuprägen, dachte Cameron leicht belustigt, um sie später in Verse bannen zu können. Aber Prinz Mihal fühlte sich offensichtlich zunehmend unbehaglich und hantierte nervös unter seiner Tunika herum. Cameron vermutete, daß er da eine Pistole hatte.

Jetzt wogte das Wasser in dem Becken auf, und mit einem Mal sprang etwas unter der Oberfläche hervor. Sogar Cal hielt scharf die Luft an, denn das runde, hüpfende Ding war ein Kindskopf, allem Anschein nach frisch von dem dazugehörigen Körper getrennt. Seine Lippen teilten sich und sprachen.

»Was, o Vater der Vergangenheit, wollen Sie mich fragen?« sagte die hohe, zirpende Stimme.

»Sat Sri Akal!« murmelte Mihal und hub an, mit sanfter Stimme Abschnitte aus dem Adigranth, der Heiligen Schrift der Sikhs, zu rezitieren.

Der Seher sagte:

»Diese Unwissenden hier wollen von deiner Weisheit lernen, Kind von den Schwarzen Tiefen. Sie bitten dich, in die Sterne zu blicken und zu schauen, was für ein Schicksal sie erwartet.«

»Dann möge ein jeder in seinem Herzen das Bild dessen erstehen lassen, was er am meisten begehrt und sich in Geduld fassen, während ich meine großen Meister anrufe.«

Nun breitete sich eine lange, von Murmeln erfüllte Stille aus. Das verschleierte Mädchen ließ von ihrem Flötenspiel ab und blies in die glimmende Kohle eines Kohlebeckens und warf Händevoll Räucherwerk hinein, bis der Raum von beißenden, sich ringelnden blauen Rauchwolken erfüllt war. Inzwischen ging die endlose Dämonenbeschwörung weiter, Dämonen aller Arten wurden um Hilfe angerufen: die Dämonen der trockenen Wüstenwinde, Dämonen von den Schneebergen, Schlangendämonen aus dem Dschungel und weibliche Vampire, Seelen von Frauen, die im Kindbett gestorben waren und in der Nacht mit nach hinten verdrehten Füßen umgingen, Dämonen des Feuers und der Pest, Dämonen des fernen Ozeans.

Colonel Cameron fragte sich, während er zuhörte, pietätlos, wie der Herzenswunsch seiner Begleiter wohl aussehen mochte. Vielleicht eine Krone für Mihal – Reichtum, Macht, Ruhm? War das sein Wunsch? Und was wünschte sich Cal da Silva Paget, dieser sanfte, friedliche junge Mann mit der leisen Stimme, der offenbar nichts begehrte, nichts schätzte, nichts vermißte, also wunschlos glücklich war? War Sorglosigkeit wirklich das Geheimnis seiner Natur? Hatte Cal keine versteckten Sehnsüchte? Und was ihn selbst betraf – ein Mann, der vor langer Zeit all seine Hoffnung und Leidenschaft auf einem windigen Hügel fünfhundert Meilen südlich vom Hazrat Imam begraben hatte – zuckte Cameron die Achseln und lächelte. Im Moment war sein Hauptwunsch eine gut gefüllte Wasserpfeife, die wohltuend blubberte, ein Glas französischer Weinbrand, eine Tasse Kaffee und vielleicht ein Löffel Mangomus oder Guavengelee … Aber dann geisterte ihm seltsamerweise Scylla Pagets Gesicht durch den Kopf. Es war auch wirklich ein reizendes Gesicht, mit dieser lustigen kurzen Nase, dem bestrickenden dreieckigen Mund und diesen riesengroßen unschuldigen Augen …

Zu jung und unschuldig für dich, mein Junge, sagte sich Cameron. Das einzige, was du tun kannst, ist die Finger von ihr lassen. Ein Mädchen, das vielleicht zweimal im Jahr einen europäischen Mann sieht – wenn du mit ihr flirtest, läßt du sie mit gebrochenem Herzen zurück. Wenn du sie heiratest … Aber das ist das letzte, was ich tun will, mein Leben mit einer Ehefrau belasten.

Nein, nein, Rob, alter Knabe, halt dich lieber von Miss Mussons Bungalow fern; außerdem bist du doppelt so alt wie sie.

Der Kindskopf ließ wieder sein schauerliches Sirren hören:

»O du, der du vom Baba Nanak herabgestiegen bist... in dessen Adern königliches Blut strömt wie ein goldener Fluß... Sohn einer Kriegerkaste... Dein Stern strahlt hell, du hast einen weiten Weg zu gehen, ehe er sinkt... doch höre auf die Warnung jenseits der blinden Winde der Verwüstung... der Baum muß beschnitten werden, ehe er Früchte trägt... das alte Holz muß abgeschlagen, die wilden Triebe müssen gekappt werden... ein Akuli, ein Krieger, muß die Stärke eines Märtyrers haben... wenn dein Bein lahmt, hacke es ab!«

Gefährliches Zeug, dachte Cameron ziemlich besorgt, regelrecht aufwieglerisch sogar. Mihal lauschte schweigend und konzentriert, seine Fingerknöchel glänzten weiß, als er den Griff der Pistole umfaßte und sich vorbeugte, um das undeutliche Zirpen der Stimme zu verstehen, die, wie Cameron feststellte, den gleichen Gebirgsdialekt sprach wie der blinde Seher.

»Und was dich betrifft, Krieger aus Afar, der du Waffen bringest für die Söhne des Nanak, die Kinder des Gobind... hüte dich, auf daß der Speer, den du trägst, sich nicht in deiner Hand umkehre und sich in dein eigen Herz bohre... mische dich nicht in die Kämpfe der heiligen Kämpfer... wenn du die Waffen nicht dem wahren Herrscher gibst, wende dich besser hinweg von hier... hebe dich hinweg in deine eigenen Gefilde am Fluß der purpurroten Bäume... Lachende Jugend, Kind der Liebe, hüte dich vor dem Blitzschlag! Hüte dich vor dem schwarzen Schlag, der hinter die Augen trifft und Gesichter und Vergessen bringt!«

Das Balg in dem Becken dreht langsam durch, sagte sich Cameron geringschätzig, um den leichten Schauer loszuwerden, der ihm über den Rücken rieselte, als der Kopf auf und ab hüpfte und kreischte und sich in Cals Richtung zu wenden schien. Cal saß in höchster Faszination erstarrt auf seinem Kissen; die gestickten Teufel hinter ihm konnten nicht regloser sein.

»Beachte das Opfer der Traueresche!« kreischte die überirdische Stimme. »Und harre meiner Wiederkehr! Du kannst mich nicht zurücklassen; auch wenn du Wasser überquerst, werde ich dich begleiten; ich werde vor dir da sein. Bei der Traueresche wirst du mich wiedersehen! Ich bringe dir das, was du haben willst, und nehme es dir wieder weg; solange ich bei dir bin, werden die Menschen deine Stimme hören, wenn ich von dir gegangen bin, werden deine Lippen stumm sein!«

Die Stimme schien in weiter Ferne zu ersterben. Und mit einem Mal, als Mihal sich mit einer abrupten Bewegung erhob, kippte das Becken um. Er hatte es an einer Seite angestoßen, und eine schwarze Lache breitete sich auf dem Boden aus. Im nächsten Moment krachte und blitzte seine Pistole und mit einem Stöhnen fiel der Seher nach hinten, Blut floß aus seinem Mund und bedeckte seine blinden Augen.

Aufheulend vor Entsetzen rannte das verschleierte Mädchen aus dem Raum.

»Mutter Gottes!« Aus seinem üblichen Gleichmut gerissen wandte sich Cameron an den Prinzen: »Was im Namen von Eblis hat Sie zu dieser Tat veranlaßt?«

Mihal war schweißüberströmt und sehr bleich, aber ziemlich gelassen. Er steckte die Pistole in ihren Halter zurück und sagte sachlich: »Man muß jene, die den Prinzen weissagen, ein für allemal zum Schweigen bringen, auf daß sie in ihrem Stolz nicht gefährlich werden oder vor dem Volk prahlen.«

Cameron hatte zuviel Zeit in der Wildnis verbracht, um das menschliche Leben allzuhoch einzuschätzen, er hatte miterlebt, wie ganze Sippen bei afghanischen Blutfehden oder von Kopfjägern aus Kafiristan ausgemerzt wurden. Dennoch traf ihn diese kaltblütige Feststellung mit besonderer Härte. Aber er sagte doch halb bewundernd:

»Sie sind wahrlich ein abgefeimter Zeitgenosse, Prinz. – Soll das heißen, daß Sie dem *Glauben* schenken, was der Bursche Ihnen erzählt hat?«

»Aber gewiß«, erwiderte Mihal. »Und auch Sie, Kamaran Sahib, auch Sie täten gut daran, ihm zu glauben! Mein Stern strahlt hell, und ich habe einen weiten Weg zu gehen, ehe er sinkt. Dienen Sie mir, Sahib, und ich werde es Ihnen vergelten. Werden Sie mein Daroga, Kamaran, ich werde Sie gut bezahlen. Ich bitte Sie darum! Sie werden zweitausendfünfhundert Rupien im Monat bekommen und viele Hektar Land.«

»Was soll ein Mann mit Vagabundenblut mit Land anfangen?« erwiderte Cameron gelassen. »Sie sind sehr gütig, Mihal Shahzada, aber ich stehe im Dienst Ihres königlichen Vaters. Ein Mann kann nicht zwei Herren dienen.« Um dieses heikle Gespräch abzubrechen, das seinem Gefühl nach besser nicht stattgefunden hätte, fügte er hinzu:

»Sollten wir uns nicht lieber um unseren jungen Freund hier kümmern? Er scheint irgendeinen Anfall erlitten zu haben.«

Tatsächlich war Cal auf die Seite gekippt und lag flach und stocksteif auf dem Boden, die Augen so verdreht, daß man nur das Weiße sah. Er wirkte fast so tot wie der Wahrsager, abgesehen davon, daß ihm ein dünner Speichelfaden aus dem Mundwinkel rann. Camerons forschende Hand fand einen schwachen, aber regelmäßigen Pulsschlag und einen noch schwächeren Atem.

»Bei allen Göttern! Glauben Sie, er ist vergiftet?« murmelte Mihal, den dieser Vorfall erheblich mehr erschütterte als seine Tötung des Wahrsagers. »Hat das Mädchen etwa giftiges Räucherwerk in die Kohle gestreut –?«

»Nein, nein, beruhigen Sie sich«, sagte Cameron beschwichtigend. »Er hat nur einen Fallsuchtanfall. Ich habe schon des öfteren miterlebt, wie Menschen, die sehr aufgewühlt waren oder durcheinandergebracht durch böse Vorahnungen, in so einen Zustand verfallen sind. Sie brauchen sich seinetwegen keine Sorgen zu machen.« Mit einem ironischen Blick auf den Prinzen fügte er hinzu: »Trotzdem müssen Sie mir wohl oder übel helfen, ihn die Treppe hinunterzutragen, er kann leicht mehrere Stunden so weiterschlafen, und wir können ihn schwerlich hier bei dem Toten zurücklassen. Man würde sicher annehmen, er hätte ihn getötet.«

Ziemlich mürrisch, daß er so einen Dienst tun mußte, der unvereinbar mit seiner königlichen Würde war, willigte er ein. Die alte Frau an der Haustür war verschwunden.

»Warten Sie hier mit dem Knaben, Colonel, ich schicke eine Tonga, die ihn nach Hause bringt«, ordnete Mihal an und tauchte unversehens in den Schatten unter. Cameron lehnte Cals schlaffen Körper gegen den Türpfosten und wartete ein paar Minuten.

Die Zeit verging und keine Tonga kam. Cameron hatte das dumpfe Gefühl, Mihal könne ebensogut jemanden schicken, der ihn und den jungen Paget erstach oder erdrosselte, um so zwei weitere unerwünschte Zeugen der Prophezeiungen des Sehers zu beseitigen.

Dieser Gedanke bewog ihn dazu, Cal, der nicht besonders schwer war, aufzuheben und durch die heißen, dunklen Straßen Richtung Miss Mussons Bungalow loszuziehen, während der bewußtlose Knabe ihm über die Schulter baumelte.

Er wählte einen ziemlichen Umweg.

Früh am nächsten Morgen machte sich Scylla zum Palast auf, da sie der Meinung war, daß Amur und Ranji sich lange genug vergnügt hatten und jetzt zum Unterricht zurückkehren sollten. Sie hatte daher am vorigen Abend die Botschaft übermitteln lassen, daß der Unterricht am folgenden Tage wieder aufgenommen werden würde.

Als sie sich dem inneren Hof näherte, sah sie als erstes Kamaran Sahib, der dem Maharadscha zeigte, wie man einen stählernen, mit Messing beschlagenen Brustharnisch aus Frankreich anlegte. Die Rüstung war hübsch anzusehen. Sie wurde an den Seiten mit Schnallenbändern befestigt und war mit einem Lorbeerkranz und einem krähenden gallischen Hahn aus eingelegtem Messing verziert. Sicher wog sie an die sechzehn bis zwanzig Pfund. Der Maharadscha lagerte auf seiner Liege, heute in ein blaues, goldbesticktes Gewand gekleidet, und war zutiefst beeindruckt von dem Harnisch, ebenso wie sein jüngster Sohn, der kleine Chet Singh, der auf des Vaters Knien saß und begeistert in die kleinen Händchen klatschte, als die frühe Morgensonne Stahl- und Messingteile aufglitzern ließ. Cameron, nun in den Brustpanzer geschnallt, richtete sich auf und nahm dramatisch die unterschiedlichsten kämpferischen Posen ein.

»*Shabash*, Sahib Bahadur!« rief der kleine Chet.

»Das ist eine sehr schöne Rüstung«, sagte der Maharadscha. »Habe ich recht, mein kleiner Herzensprinz? Wir könnten gut zehntausend davon gebrauchen.«

»Anziehn, anziehn!« schrie der kleine Knabe. Er hüpfte von seines Vaters Knien, rannte zu Cameron und umklammerte sein Bein – er war noch keine zwei Jahre alt und noch ziemlich wackelig auf den Beinen. Er war der Lieblingssohn des Maharadschas, von einer jungen Frau, Raj Kour, geboren, die unglücklicherweise Kindbettfieber bekam und kurz nach seiner Geburt starb. Man munkelte im Palast, daß Raj Kour von ihrer entthronten Rivalin Rani Sada vergiftet worden sei, aber Miss Musson beharrte darauf, daß es ein eindeutiger Fall von Kindbettfieber war – weiß Gott weit verbreitet –, und wenn man nur ihren Anweisungen gefolgt wäre, hätte es nicht so fatal enden müssen.

»Sie wollen die Rüstung tragen, Prinzlein?« sagte Cameron und nahm Chet auf den Arm, der sofort mit seinen kleinen Fäusten auf den glänzenden Stahl hämmerte und ›Bum, Bum, Bum‹ rief. »Sie könnten sie nicht einmal hochheben! Sie müssen warten, bis Sie ein großer Mann sind, mein Herr – dann ist immer noch genug Zeit, große Gewehre abzuschießen und schwere Rüstungen zu tragen.«

»Nein, Sahib, ich habe andere Pläne mit diesem Prinzen«, sagte sein Vater stolz und nahm Chet zurück, als Colonel Cameron sich anschickte, den Brustpanzer abzuschnallen. »Er soll in England zur Schule gehen und zu einem weisen Administrator ausgebildet werden, der sich in den Gesetzen und diplomatischen Listen der Feringi auskennt. Ja, das habe ich alles geplant; er wird nach Eton gehen, wo sie ihre Premierminister zur Ausbildung hinschicken, wenn er alt genug ist zum Reisen.«

»Eton!« sagte Cameron verblüfft – er begegnete Scyllas Blick, als sie herbeikam, um vor dem Maharadscha zu knicksen, und tauschte ein Lächeln mit ihr aus. »Glauben Sie, daß er dort glücklich sein wird, Exzellenz? An einer englischen Schule? Es ist so kalt in England und regnet so oft!«

»Glücklich? Ein Prinz braucht nicht *glücklich* zu sein«, erwiderte der Maharadscha streng. »Chet Singh muß sich die List und das Geschick des Weißen Mannes aneignen, damit er seinen Bruder Mihal beraten kann.« Der Tonfall des Maharadschas bestätigte den Eindruck, den Scylla schon lange gehabt hatte, daß der Vater nämlich keine besonders hohe Meinung von den Fähigkeiten seines ältesten Sohnes hatte. »Der Kleine hier wird ein gelehrter Doktor des Belaiti-Rechts werden. Das ist schon lange beschlossene Sache. Dieser Brief an meinen Cousin Gobind Tegh Bahadur in London, den Sie, Kamaran Sahib, für mich befördert haben, hat die notwendigen Schritte in die Wege geleitet; das Geld ist transferiert, und mein Cousin wird sich des Jungen annehmen, wenn er alt genug ist, um diesen Ort hier zu verlassen. Aber bis es soweit ist, wird Mem Periseela – der ich unhöflicherweise noch keinen guten Morgen gewünscht habe – ihm hoffentlich alles beibringen, was ein Feringi-Knabe wissen muß, bevor er eine Madrisseh – eine Schule wie Eton – besuchen kann.«

»Guten Morgen, Euer Exzellenz!« sagte Scylla und knickste und lächelte erneut. »Ich bezweifle, daß ich dem Kleinen wirklich *alles* beibringen kann, was er wissen muß, aber gewiß werden Sie, bevor der traurige Tag naht, an dem er gehen muß, einen klugen englischen Hauslehrer finden, der ihn auf den Besuch der Schule in Eton vorbereiten kann.«

Aber sie empfand unwillkürlich Mitleid mit dem kleinen Chet, der jetzt seinen Vater fröhlich am Bart zupfte. Ein langer, kalter Weg in die Fremde schien ihm bevorzustehen, und sie hatte gehört, daß an den englischen Schulen strenge Sitten herrschten. Cal hatte sich oft beglückwünscht, daß ihm ein solches Schicksal erspart geblieben war.

»Was halten Sie von der Rüstung, die Kamaran Sahib mir mitgebracht hat, Mademoiselle?« wollte der Maharadscha wissen. »Werden meine Soldaten nicht prächtig funkeln in diesen Brustpanzern? Und mein Freund hier hat mir versichert, daß sie eine Musketenkugel aus über hundert Metern Entfernung abhalten, vielleicht sogar auch aus kürzerer Entfernung.«

»Er ist sehr schmuck«, bestätigte Scylla und bewunderte den Brustharnisch. »Ich frage mich nur, ob die Soldaten des Maharadscha, die so leichte Bekleidung gewohnt sind, mit dem Gewicht zurechtkommen werden beim Kampf, besonders in unwegsamem Gelände und in der heißen Sonne dieses Landes.«

Der Maharadscha sah beleidigt drein, aber Cameron lachte.

»Die junge Dame ist ein kluges Köpfchen«, sagte er zum Maharadscha. »Sie sollten Sie zu Ihrem Daroga machen, Exzellenz!«

»Die Soldaten werden täglich mit den Brustpanzern exerzieren, bis sie sich daran gewöhnt haben«, sagte der Maharadscha gereizt.

Scylla begriff, daß sie die empfindsamen Gefühle des Maharadschas verletzt hatte, und schickte sich zum Gehen an, aber der Colonel zog sie beiseite, die Gelegenheit nutzend, als der Maharadscha den kleinen Chet küßte und ihn dann einer Kinderfrau übergab, die ihn mit vielen Salemaleikums entgegennahm.

»Ich hoffe, Sie machen sich keine Sorgen wegen Ihres Bruders, Miss Paget«, sagte er mit gesenkter Stimme. »Ich glaube, es war kein bösartiger Anfall, der Anlaß zu Sorge gibt – aber ich hätte ihm natürlich abgeraten, zu so einer Sitzung zu gehen, wenn ich gewußt hätte, daß er –«

»*Anfall?* Wovon reden Sie, Colonel Cameron?«

Scylla war leichenblaß geworden und starrte ihn mit aufgerissenen Augen an.

Durch ein paar Fragen bekam Cameron heraus, daß Cal immer noch schlief, und die Diener, die dachten, daß er vom Alkohol- oder Opiumgenuß benommen war, hatten nicht erwähnt, daß er in den frühen Morgenstunden bewußtlos von Colonel Cameron nach Hause gebracht worden war.

Cameron erläuterte schnell die Situation.

»Ich bin überzeugt, daß Miss Musson Ihnen sagen wird, daß kein Grund zur Aufregung besteht«, sagte er ermutigend zum Abschluß. »Ich habe schon andere, genauso hochempfindsame junge Männer wie Ihren Bruder kennengelernt, die gelegentlich derartige Starrkrämpfe bekamen – ich wette zehn zu eins, daß sich diese Veranlagung in ein paar Jahren ausgewachsen haben wird –«

Trotz dieser Beteuerungen sah sie immer noch bleich und verstört aus und murmelte vor sich hin: »Oh, wenn ich ihn doch bloß von hier wegschaffen könnte.« Dann fiel ihr ein, wo sie sich befand, und sie dankte Cameron sehr warm und aufrichtig. »Ich fürchte, es war nicht leicht, ihn nach Hause zu befördern, wir sind Ihnen zu größtem Dank verpflichtet! Weiß der Himmel, was ihm sonst hätte zustoßen können – nicht auszudenken –«

Sie wollte sich entfernen, als der Maharadscha sie beide zu sich rief.

»Ich wollte Ihnen beiden – meine Yagistani-Freunde – gerne

etwas mitteilen«, kündigte er an. Scylla fragte sich, was er wohl im Sinn hatte, da er so schrecklich ernst dreinsah – und sie unterließ es, seinen Irrtum zu korrigieren, der eine ehrenwerte Yagistani aus ihr gemacht hatte. Sie hörte ihm genauso höflich zu wie Colonel Cameron.

»Ich möchte Sie gerne mit einer Aufgabe betrauen«, fuhr der Maharadscha fort, »da ich weiß, daß Sie beide ehrenhafte und verantwortungsbewußte Menschen sind – genau wie meine Freundin Sahiba Musson, die mich leider nur noch selten besuchen kommt.«

»Wir hören, Euer Exzellenz. Was immer Sie wünschen, wir werden es gerne tun, wenn es in unsrer Macht steht«, sagte Cameron.

»Gut, aber es kann schwierig werden. Deshalb frage ich Sie beide zusammen, damit der eine den anderen erinnern kann.« Die flußbraunen Augen des Maharadschas wanderten von Cameron zu Scylla und zurück. »Ich bitte Sie – falls mir irgendein Unheil zustoßen sollte – wie es nach dem Ratschluß der Götter jedem Sterblichen jederzeit widerfahren kann – mir gemeinsam zu versprechen, daß Sie es übernehmen, meinen kleinen Chet Singh zu meinem Cousin nach London zu bringen, oder dafür zu sorgen, daß er dorthin gebracht wird. Selbst wenn er noch zu jung für die Madrisseh ist. Denn auch wenn ich zu den Göttern eingegangen bin, wird mein Herz sich um ihn sorgen, und ich werde glücklicher ruhen, wenn ich weiß, daß er in einem fremden Land bei meinem Cousin weilt. Der Palast von Ziatur ist vielleicht nicht mehr sicher für ihn, wenn ich nicht mehr da bin.«

»Möge Euer Exzellenz ewig leben«, sagte Scylla. »Hoffen wir, daß der Himmel Ihnen noch viele Jahre schenkt, bis Ihr kleiner Sohn alt genug ist, seine Reise selbst in die Wege zu leiten –«

Ihr Blick begegnete dem Camerons, und sie sah, daß er genauso besorgt war wie sie. Cameron mußte unwillkürlich an die

Worte des Wahrsagers von der letzten Nacht denken und an Mihals ungerührten Blick, als er den Toten betrachtete und sagte: »Man muß jene, die den Prinzen weissagen, ein für allemal zum Schweigen bringen.«

»Nun, versprechen Sie es mir!« drängte der Maharadscha. »Schwören Sie bei Ihren Yagistani-Göttern.«

Beide gaben ihr Versprechen, und dann eilte Scylla davon, zu ihren beiden anderen Prinzen. Schon wieder kam sie zu spät und wurde ungeduldig erwartet. Sie losten gerade aus, wer als erster von der riesigen Platte mit Zuckerwerk naschen durfte: Türkischer Honig, auf einem Faden aufgezogene Zuckerkugeln und gezuckerte kandierte Früchte, die ihnen ihre Stiefmutter Rani Sada geschickt hatte. Scylla verbot den beiden, das Zuckerzeug anzurühren, bis der Unterricht beendet war. In einem Winkel ihres Gehirns fragte sie sich, warum Sada sich die Mühe machte, ihre Stiefsöhne zu beschenken, die ihr völlig gleichgültig waren, da sich ihre ganze Liebe auf ihr eigenes Kind konzentrierte, einen dicken, verwöhnten kleinen dreijährigen Knaben namens Ajit, der nur selten außerhalb ihrer Räume zu sehen war. Aber vielleicht war auch sie vorausschauend und züchtete sich mögliche Freunde im ganzen Palast heran ...

Scylla sorgte sich aber so sehr um ihren Bruder, daß die Palastpolitik sie heute kaum interessierte. Sie sehnte den Zeitpunkt herbei, wo sie nach Hause gehen und sich Cal vornehmen konnte – ihn fragen, ob es der erste Anfall gewesen war, den er je erlitten hatte oder ob so etwas schon öfter geschehen war. Wußte Miss Musson von dieser Veranlagung? Erinnerte er sich an den letzten Anfall oder war das Ganze ihm entfallen? Als sie jetzt ihre eigenen Eindrücke mit den Tatsachen in Zusammenhang brachte, die sie über solche Fälle von Miss Musson erfahren hatte, begriff Scylla, daß alles im Wesen ihres Bruders darauf hindeutete, daß er eine Veranlagung zur Fallsucht hatte – seine Verträumtheit, seine Launen, der Wechsel von höchster Tatkraft zu Teilnahmslosigkeit, seine sonderbare Distanz zu seiner Umwelt, sein außergewöhnliches Schlafvermögen...

Nie waren ihr zwei Stunden so langsam vergangen. »Auf Wiedersehen, ihr Zwei«, sagte sie schließlich und nahm ihre Geometrieübungen für Cal mit. »Verderbt euch nicht den Magen. Bis morgen zur selben Zeit –«

»Au revoir, Mademoiselle! Wollen Sie eine Zuckerkugel, Mademoiselle?«

»Danke, nein! Ich möchte nicht so dick werden wie Mahtab Kour«, sagte sie frevelhaft und ließ die beiden kichernd zurück angesichts dieser absurden Vorstellung.

Während sie unter einer Galerie entlangging, wurde Scylla von einer Dienerin aufgehalten, mit der Nachricht, daß Mahtab Kour sie zu sehen wünsche, aber sie entschuldigte sich mit der Begründung, daß ihr Bruder krank sei und sie so schnell wie möglich nach Hause mußte. Sie versprach aber, am folgenden Tag vorbeizukommen und ließ die Nachricht überbringen, daß sie sich ganz herzlich für den wunderschönen Sari bedanke.

Wie bei einem früheren Besuch hatte sie das Gefühl, daß sich jemand über ihr befand, und sie sah gerade noch rechtzeitig in die Höhe, um auf der Galerie das Wehen eines Vorhangs zu sehen. Der Palast schien noch mehr als sonst erfüllt von Flüsterern, Schleichern, unsichtbaren Beobachtern und Lauschern. Scylla war erleichtert, als sie in den Hof hinaustrat; unterschwellig fragte sie sich, warum Mahtab Kours Dienerin – die fette, griesgrämige Huneefa – bei ihrem Anblick so verwundert schien. Aber ihre Sorge um Cal überlagerte alle anderen Gedanken, als sie Abdul herbeirief und sich dann auf den Heimweg machte.

Als sie beim Bungalow ankam, war Cal gerade schläfrig auf die Veranda hinausgeschlendert und kämpfte mit einer großen Scheibe Wassermelone. Als Scylla ihn mit besorgten Fragen bestürmte, reagierte er leicht unwirsch und verstimmt.

»Oh, laß mich zufrieden! Es war nichts – kein Grund zur

Aufregung! Belästige mich bitte nicht wegen dieser verwünschten Geschichte, meine Liebe.«

Aber ihre Fragen brachten an den Tag, daß er sich überhaupt nicht mehr an die Umstände erinnern konnte, die zu dem Anfall geführt hatten; er wußte so gut wie gar nichts mehr von dem Besuch bei dem Wahrsager.

»Da war ein magerer blinder Kerl in einem Lendenschurz, der Tazreel und Bezroth und zahllose andere Dschinns und Dämonen anrief – es war, ehrlich gesagt, entsetzlich langweilig. O ja, und ein Mädchen hat auf einer Flöte einschläfernde Melodien geblasen, da bin ich wohl eingeschlafen.«

»Aber fühlst du dich jetzt gut, Cal, mein Lieber?«

»Herr Gott, ja, besser denn je! Zum Bäume ausreißen. Ich nehme dich auf einen Ritt zum großen Königsgrab mit, wenn du willst!«

»Sei nicht kindisch! Es ist viel zu heiß! Aber sag mir, Liebling – ist dir so etwas schon einmal widerfahren?«

Eindringliche Befragung förderte die widerwillige Antwort zutage, daß er in den letzten paar Monaten den ein oder anderen schwächeren Anfall dieser Art gehabt hatte – im allgemeinen, wenn etwas geschehen war, was ihn verwirrte oder beunruhigte, oder manchmal als Folge äußerer Einflüsse wie gleißendes oder flackerndes Licht. Die kurzen Anfälle waren so schnell vorüber wie sie gekommen waren, und sie erschienen ihm als ein vorübergehender Moment der Vergessenheit, ein ›Anderswoweilen‹.

»Aber gütiger Himmel, Cal, was ist, wenn du so einen Anfall bei einem Ausritt bekommst, Meilen von der Stadt entfernt?«

»Ich glaube nicht, daß das geschehen wird«, erwiderte er, nachdem er sich kurz besonnen hatte. »Ich bin mir ziemlich sicher, daß ich solche Anwandlungen nicht habe, wenn ich mich geistig oder körperlich betätige. Sie scheinen mit Untätigkeit einherzugehen. Jetzt komm, Scylla, meine Liebe, plag mich nicht mehr damit – wenn *ich* mir deswegen nicht den Kopf zerbreche, warum solltest *du* es tun? Ich habe eine großartige Eingebung für einen Abschnitt meines Gedichts über den Olivenbaum – den Heiligen Baum der Athener – wie Alexander ihn, oder die Legende von ihm, nach Indien gebracht hat, und er zum Heiligen Baum der Hinduschriften gemacht wurde – also laß mich bitte in Ruhe, sei ein liebes Mädchen und laß mich arbeiten.«

»Aber wenn deine Anfälle auf Untätigkeit zurückzuführen sind«, sagte seine aufgeregte Schwester, »solltest du dich dann nicht körperlich betätigen?«

»Was ist wichtiger – meine Dichtung oder ein paar nichtige körperliche Unregelmäßigkeiten?« wollte er wissen. Sie mußte zugeben, daß seine Dichtung Vorrang hatte.

»Oh, nebenbei bemerkt, Ram sagt, daß dieser Wundarzt Wharton in der Stadt aufgetaucht ist. Warum vertreibst du dir nicht die Zeit damit, einen Brief an unsere Cousine Juliana zu schreiben?«

»Du glaubst, du kannst mich damit abspeisen. Schon gut, ich laß dich zufrieden!«

Scylla ging zum Krankenhaus, um Miss Musson zu fragen, was sie von Cals Veranlagung hielt. Sie fand die Dame aber sehr beschäftigt und besorgt vor, wegen des Zustands der kleinen Bisesa, der Tochter des Kochs, die als Hausmädchen im Bungalow diente.

»Es kam aus heiterem Himmel! Ich kann nicht herausfinden, was ihr fehlt. Es ist kein Hitzeausschlag – keine Mangoallergie – und obwohl die Symptome Gott sei Dank nicht auf Pocken schließen lassen, leidet das arme Mädchen große Qualen – keines meiner Mittel scheint im Moment anzuschlagen. Beim Frühstück ging es ihr noch ausgezeichnet – dann hat ihr Vater sie vor ein paar Stunden in *diesem* Zustand hergebracht – ich hoffe inständig, daß es nichts Ansteckendes ist, das sich wie ein Lauffeuer ausbreitet.«

Scylla ging hinein, um sich das Mädchen anzusehen, für das sie große Zuneigung empfand. Bisesa war erst vierzehn Jahre alt, ein zierliches, hübsches Geschöpf, schlank wie eine Gazelle, mit riesengroßen, samtigen Augen. Normalerweise war ihre Haut von einem hellen, sanften Braun, aber jetzt war sie von kleinen bösartigen Pusteln übersät. Am stärksten befallen waren Schultern, Arme und Oberkörper, aber auch Hüften, Oberschenkel und Hals und sogar die Kopfhaut unter den Haaren. Die Reizung durch die Pusteln war so quälend, daß Miss Musson ihre Hände bandagiert hatte, um das arme Mädchen davon abzuhalten, ihre Haut zu reiben oder sich zu kratzen – aber die Bandagen waren ziemlich nutzlos, sie lag da und scheuerte sich wie rasend mit ihren bandagierten Fäusten und wimmerte vor Qualen, rief ihre tote Mutter an, daß sie komme und ihr beistehe.

»Ich werde ihr etwas Opium geben«, sagte Miss Musson sehr besorgt. »Bleib jetzt bei ihr, Scylla, rede mit ihr und beruhige sie, bis es wirkt. Ich habe nach ihrer Schwester Ameera geschickt, damit sie ihr Gesellschaft leistet.«

Scylla saß lange Zeit bei dem armen Kind, hielt sie sanft davon ab, sich zu kratzen, und versuchte, sie abzulenken, indem sie über ihre bevorstehende Hochzeit mit all ihren Zeremonien redete und ihr Schlaflieder sang, bis das Opium schließlich wirkte und sie in einen unruhigen Schlaf fiel. Miss Musson und Scylla trugen auf ihren ganzen Körper Balsam auf, aber obwohl das bei Hitzepickeln gewöhnlich sehr wirksam war, schien seine wohltuende Wirkung hier nur sehr langsam einzusetzen.

Als sie in der Dämmerung nach Hause ging, Bisesa in der Obhut ihrer Schwester und der alten Jameela zurücklassend, befreite sich Scylla von ihrer Last wegen Cals krankhafter Veranlagung. Wie sie es halb erwartet hatte, stellte sich heraus, daß diese Neuigkeiten Miss Musson nicht überraschten.

»Er hat eine Veranlagung zur Fallsucht; zu dem Schluß bin ich im Laufe des letzten Jahres gekommen. Aber laß dir deswegen keine grauen Haare wachsen, mein liebes Kind. Es ist nichts

Schlimmes. Bedenke, wie viele große Männer das gleiche Leiden hatten – Julius Cäsar – der Heilige Paulus – fast die Hälfte aller Heiligen, soweit ich weiß. Es scheint ein Leiden zu sein, das vordringlich Menschen befällt, die zum Heiligen bestimmt sind oder zum Genie. Wenn *das* für unseren Knaben gilt«, sagte sie lächelnd, »sollten wir nicht murren, wenn die Vorsehung beschließt, ihn mit Anfällen zu schlagen und mit der dazugehörigen Schwäche – vielleicht um daran zu gemahnen, daß kein Mensch vollkommen sein kann!«

»Ja, Madam, ich verstehe«, stimmte Scylla leicht beunruhigt zu. »Cal ist gewiß nicht vollkommen – das weiß ich! Was sollen wir also tun?«

»Nun, einfach nicht zu viel Staub aufwirbeln deswegen – wie Cal sagen würde –, aber unauffällig sicherstellen, daß der liebe Knabe viel gesunde Nahrung zu sich nimmt, sich körperlich betätigt und – wenn möglich – ein ruhiges, wohlgeordnetes Leben führt, ohne ungebührliche Aufregung. Etliche junge Männer wachsen aus solchen abnormen Veranlagungen heraus, die in ihrer Jugend zum Ausbruch kommen. Vielleicht geht diese Heimsuchung mit einem letzten Wachstumsschub einher.«

»Ich verstehe, Madam. Danke. Ich werde versuchen – ich werde versuchen, mich vernünftig zu verhalten.«

Während sie sich innerlich fragte, wie so ein wohlgeordnetes Leben, von dem Miss Musson geredet hatte, bei den unvorhersehbaren orientalischen Höhen und Tiefen ihres Lebens in Ziatur zu verwirklichen war, kamen sie bei ihrem Bungalow an.

Dort war Cal auf der Veranda an der Arbeit, gänzlich ungefährdet, Tinte an der Stirn, umgeben von vollgekritzelten Papierbögen und einem guten Dutzend Federkielen, die er gerne zur Hand hatte, wenn die Muse ihn küßte. Er nickte ihnen schwach zu und ließ sich nicht bei seiner Schreibarbeit unterbrechen.

Miss Musson und Scylla zogen sich auf ihre Zimmer zurück, um sich frisch zu machen und bis zum Abendessen etwas auszuruhen. In ihrem Zimmer stellte Scylla befremdet fest, daß offenbar jemand den rosenfarbigen Sari, Mahtab Kours Geschenk, den sie in seine Musselinumhüllung eingeschlagen auf ihrer hölzernen Kommode zurückgelassen hatte, ausgewickelt und unordentlich auf den Boden geworfen hatte. Vielleicht waren Grauaffen eingedrungen, was sie manchmal von dem Loquatbaum im Garten aus machten, um herumzutollen und Unheil anzurichten. Aber sonderbarerweise war sonst nichts in Unordnung, dachte Scylla, während sie sich in dem Raum umsah. Es hatte fast den Anschein, als hätte jemand, der neidisch auf sie war und ihr die Gabe nicht gönnte, ihr diesen kindischen Streich gespielt – aber wer konnte so etwas getan haben? Der Gedanke an Rani Sada schoß ihr kurz durch den Kopf – aber das schien zu unwahrscheinlich; wie sollte sie oder irgendeiner ihrer Gesandten auch Zugang zu ihrem Bungalow haben? Nein, es mußten Affen gewesen sein. Wenn die arme Bisesa nicht im Krankenhaus wäre, hätte sie den Sari aufgehoben und zusammengefaltet, und die Besitzerin hätte nie etwas von dem Vorfall erfahren. Oder doch – sie hätte auf jeden Fall davon erfahren, erkannte Scylla, als sie das Gewand aufnahm und mit ziemlichem Widerwillen wieder einpackte (sie wurde den Gedanken nicht los, daß sie damit bestochen werden sollte, dem Maharadscha von Sadas Ränkespielen mit Mihal zu berichten). Die Sache hätte ihr nicht verborgen bleiben können, da der Choli am Hals zerrissen war. Nun, was soll's, ich hätte ihn ohnehin nie getragen, dachte Scylla während sie alles in den Musselin einschlug, und als sie sich die Hände wusch, beschloß sie, den Choli so unauffällig wie möglich zu flicken und das Gewand Bisesa zur Hochzeit zu schenken – selbst wenn es zerrissen war, mußte es mit all den Perlen von nicht geringem Wert sein, und so etwas Vornehmes hätte das Kind sonst nicht. Sie würde es gewiß besonders hochschätzen, da es vom Palast kam.

Als sie gerade mit dem Abendessen fertig waren – zu dem sie

Cal mit Mühe von seiner schriftstellerischen Tätigkeit losgerissen hatten –, wurde Colonel Cameron gemeldet. Blaß, staubig und von großem Kummer gezeichnet betrat er den Raum. Miss Musson warf einen Blick auf ihn und wies Habib-ulla an, ein Glas Weinbrand zu holen. Als er einen großen Schluck davon genommen hatte, fragte sie ruhig: »Was ist los, mein Freund?«

»Der Maharadscha ist tot«, sagte er.

»Oh, der arme Mann!« rief Scylla aus. »So plötzlich! Wie sonderbar! Er sah heute morgen gar nicht so krank aus.«

»Mit Krankheit hat das nichts zu tun.« Cameron wischte sich mit der Hand über die staubige Stirn. Unauffällig füllte Miss Musson sein Glas erneut. »In den Straßen wird jeden Moment das große Wehklagen anheben. Ich wollte es Ihnen mitteilen, damit Sie sich überlegen können, was Sie am besten tun.«

»Es war *nicht* die Krankheit?« fragte Miss Musson nach. »Dann also – ein Unfall?«

Er knurrte finster. »Genauso wenig ein Unfall wie der Sonnenaufgang – wenn Sie mich fragen.«

»Was ist geschehen?« Sogar Cal war jetzt aufmerksam geworden und tauchte aus seiner dichterischen Trance auf, um zuzuhören, wenn auch immer noch mit leicht unbeteiligter Miene.

»Wir sind von einer Begutachtung der Truppen in der Ebene draußen zurückgekehrt – Sie hatten übrigens recht«, sagte Cameron zu Scylla, »es wird Monate dauern, bis sich die Männer an die französischen Brustharnische gewöhnt haben – aber der Maharadscha war zufrieden mit ihnen und fand, daß sie schmuck aussahen – er ritt auf seinem Elefanten an der Spitze, ich folgte auf einem anderen – als er durch den Bogengang des großen Tores ritt, löste sich ein gewaltiger Stein aus dem Mauerwerk, fiel auf ihn und riß ihn von seinem Reittier.«

»Das konnte aber doch ein Unfall sein?« warf Miss Musson ein.

»Was dann folgte aber gewiß nicht«, sagte Cameron schroff.

»Er lag auf dem Boden – ich war abgesprungen und eilte ihm zu Hilfe, und der Mahout seines Elefanten stand auf der anderen Seite – als das Biest sich plötzlich an uns vorbeidrängte. Es kniete sich auf ihn, mit Sorgfalt und Bedacht, auf seine Lenden, seine Brust, seine Knie – ich hörte die Knochen brechen, ich hörte ihn schreien. O Gott, ich habe den Tod in meinem Leben schon oft miterlebt, aber so etwas Entsetzliches ist mir noch nie begegnet –«

»Hat das Vieh vielleicht durchgedreht?« drang Miss Musson, die völlig entgeistert dreinsah, in ihn.

»Nein, Madam, der Elefant war nicht toll, er war ruhig und gefaßt wie Sie oder ich. Er war auf diese kleine Nummer trainiert. Und ich – der Himmel sei mir gnädig – hätte es kommen sehen sollen – weiß der Himmel – ich war eindeutig vorgewarnt – vielleicht hätte ich Schritte unternehmen können, es zu verhüten –«

»Mein lieber Mann, wie hätten Sie das denn tun sollen?« wollte Miss Musson wissen. »Sie sind nicht die göttliche Vorsehung persönlich, die überall zur gleichen Zeit sein kann! Es hat keinen Sinn, daß Sie mit sich hadern! Lassen Sie uns lieber überlegen, was wir als nächstes tun sollen. Es ist gut, daß Sie gleich zu uns gekommen sind – ich muß unverzüglich zum Palast.«

Und sie rief laut nach Abdul.

»Zum *Palast?* Meine liebe Madam – Miss Amanda – sind Sie von allen guten Geistern verlassen? Warum dorthin? Der Palast ist der Ort, den man jetzt am *allerwenigsten* aufsuchen sollte –«

»Aber gewiß muß ich zum Palast«, entgegnete Miss Musson, während sie sich aufbruchfertig machte, ihren großen Hut und ihren Burqa anzog und eine Ausgabe der Heiligen Schrift ergriff. »Wenn ich nicht auf der Stelle hingehe und all meine Überzeugungskraft einsetze, wird man die arme dumme Mahtab Kour dazu bringen, Sati zu begehen, und mit ihr womöglich noch ein Dutzend andere!«

Und trotz Camerons Widerspruch schob sie ihn beiseite, drängte ihn, im Bungalow zu bleiben und etwas zu essen – »denn ich bin sicher, Sie haben noch nicht gegessen« – und den Zwillingen Gesellschaft zu leisten, und machte sich dann auf den Weg.

Als sie auf ihrem Pony davonritt, setzte hoch oben auf den Mauern das Wehgeschrei ein, begleitet vom Klang der Trommeln und Hörner und den feierlichen Böllerschüssen der Kanonen.

Cameron schluckte gedankenverloren sein Essen, das Habibulla ihm gebracht hatte. Er wirkte traurig und wütend zugleich.

»Zweifellos wird Mihal ein großes Staatsbegräbnis anordnen – genau das Richtige, um seinen Pomp und Reichtum gegenüber den Nachbarprinzen zur Schau zu stellen – nachdem er die Mühe auf sich genommen hat, diesen Unglücksfall zu arrangieren –«

»Sie glauben, daß er dahintersteckt?« fragte Scylla unbehaglich. Sie zweifelte eigentlich nicht daran, glaubte es vielmehr selbst.

»Mein liebes Kind, das ist gar keine Frage – Was ist los?« unterbrach er sich. Scylla hatte in den letzten paar Minuten unbewußt ihre Hände gerieben, als würden sie jucken oder schmerzen, nun blickte sie mit einem Ausruf der Überraschung und Verärgerung auf sie hinab.

»Meine Hände – ich habe das arme kleine Mädchen im Krankenhaus mit Balsam eingerieben, und es sieht ganz so aus, als hätte ich mich bei ihr angesteckt – ich hoffe, Miss Musson hat es nicht auch erwischt –«

Scyllas Hände waren über und über mit dicken kleinen roten, bösartig aussehenden Pusteln bedeckt.

5

Nach ihrer Rückkehr aus London war Fanny sechs Wochen lang an ihr Zimmer gefesselt. Thomas verbreitete in der Familie und bei den Nachbarn, daß sie in London erkrankt war; die Reise mit der Postkutsche war zuviel für sie gewesen, sie durfte niemanden sehen, mit niemandem sprechen, nicht einmal mit ihren Stieftöchtern. Sie selbst hielt sich nur zu gern an dieses Verbot.

Die Mädchen waren verwundert und neugierig, die Sache erschien ihnen rätselhaft, und sie stellten ihre eigenen Mutmaßungen an – hatte Fanny sich in London ungebührlich betragen? Hatte sie etwas Unschickliches getan? Einem jungen Burschen schöne Augen gemacht? (Das war Marthas Beitrag.) Hatte sie um ein elegantes Kleid gebeten? (Das war die Idee von Klein-Patty.) Keine von ihnen kam der Wahrheit nahe. Kate, die Haushälterin, berichtete, daß sie wie ein Spatz aß und nur noch ein Schatten ihrer selbst war, kaum in der Lage, den Kopf vom Kissen zu heben. Doktor Chilgrove mußte gerufen werden, und er schüttelte den Kopf über sie. Er konnte kein körperliches Leiden feststellen, meinte aber, daß ihr Zustand sehr bedenklich sei und verschrieb ihr Portwein, nahrhafte Fleischbrühe und heitere Gesellschaft. Vielleicht könnte man eine ihrer Schwestern herholen, schlug er vor. Sie könnte die drei bis vier Monate bis zur Geburt des Kindes bei ihr bleiben und sie aufmuntern.

»Pah, Sir, meine Töchter könnten ihr jederzeit eine heitere Gesellschaft sein, wie Sie es nennen, wenn ihr der Sinn danach stünde«, sagte Thomas verärgert.

»Gewiß, mein Herr, davon bin ich überzeugt, aber – wissen Sie, die eigene Familie – Frauen in ihrem Zustand – diese Geschöpfe sind der Vernunft nicht zugänglich – ich werde sie fragen, was sie davon hält – soll ich?«

Und ohne Thomas' Einwilligung abzuwarten, kehrte er ins Krankenzimmer zurück und sagte zu Fanny:

»Was würden Sie davon halten, Madam, wenn wir eine Ihrer Schwestern zu Ihrer Gesellschaft herbeiholen würden – würde Ihnen das Freude bereiten – na?«

Es war erstaunlich, wie die Augen der armen Kleinen aufleuchteten.

»O ja, Doktor, wenn das möglich wäre«, flüsterte die dünne Stimme vom Bett. »Wenn meine Schwester Lydia – also wenn die anderen sie nach dem Tode meines Vaters entbehren können – aber vielleicht sind sie auch froh, wenn sie anderswo unterkommen kann – weil sie alle gezwungen sind, das Pfarrhaus zu verlassen –«

Denn die erwartete Nachricht war inzwischen eingetroffen, daß Fannys Vater seiner langen Krankheit und dem harten Winter erlegen war, und Fannys Schwestern mußten das Pfarrhaus räumen, um der neuen Pfarrersfamilie Platz zu machen, und nun mit verschiedenen geplagten und wenig gastfreundlichen Tanten zusammenleben. Reverend Theophilus war gewiß froh gewesen, daß er bei seinem Tode wenigstens *eine* seiner Töchter wohlversorgt zurücklassen konnte. Und jetzt erfreute der Gedanke, daß sie vielleicht in der Lage war, Lydia ein Heim zu bieten, Fannys Herz.

»Der Himmel weiß, wo wir sie unterbringen sollen – sie muß unters Dach!« rief Thomas zornig aus, als der Arzt wieder auftauchte, mit der strikten Anweisung, nach Lydia zu schicken. Und als Chilgrove weg war, ging Thomas zu seiner Frau hinein und betrachtete sie wie stets voll Zorn und ungestillter Neugier – in einem Wort – mit dem größten Unmut. Denn da lag sie vor ihm, schwach wie ein Grashalm, bleich wie ein Gespenst, ihm auf Gedeih und Verderb ausgeliefert – und dennoch konnte er sie mit keinem Mittel dazu bringen, ihm endlich zu erzählen, wo sie in den drei Tagen in London gewesen war. Sie war einfach nicht einzuschüchtern. Er mochte die wildesten Drohungen aussto-ßen, es konnte ihr offenbar in ihrem gegenwärtigen Zustand nichts anhaben, sie war unverwundbar. Körperlich konnte er sie immer noch in Angst und Schrecken versetzen, und das tat er auch. Sie schrumpfte zusammen, wenn er ins Zimmer kam, und wurde noch kleiner, wenn er an ihr Bett trat. Das bereitete ihm eine gewisse Genugtuung, aber geistig war sie ihm irgendwie entschlüpft, und er mochte anstellen, was er wollte, er konnte sie nicht packen.

Aber dem Plan, ihre Schwester ins Haus zu holen, konnte schnell ein Riegel vorgeschoben werden.

Thomas' ältliche Mutter, die bei ihrer Wiederheirat auf die Isle of Wight gezogen und nach dem Tod ihres zweiten Ehemanns dort geblieben war, lebte mit einer Gesellschafterin sehr bescheiden von der Leibrente, die er ihr hinterlassen hatte, in einem kleinen Haus. Nach dem Tod ihrer Gefährtin sah sie sich nun gezwungen, die zweifelhafte Güte ihres älteren Sohns in Anspruch zu nehmen. Sie hätte gewiß lieber davon Abstand genommen, wenn es ihr möglich gewesen wäre, denn ein paar Jahre nach ihrer zweiten Heirat war es zum vollständigen Bruch zwischen ihnen gekommen, da Thomas seinen Stiefvater und seinen Halbbruder nicht leiden konnte. Aber das war lange her, die alte Dame war inzwischen halbblind und sozusagen senil, und sie hatte sonst keinen, an den sie sich wenden konnte. Also hatte sie sich widerstrebend mit ihren Nöten an Thomas gewandt. Unter anderen Umständen hätte er es vorgezogen, sie in einem kleinen Haus unterzubringen, für einen Hungerlohn recht und schlecht von einem alten Lotterweib betreut. Aber wie die Dinge standen, paßte es ihm sehr gut, aus der Not eine Tugend zu machen und Doktor Chilgrove am nächsten Tag reinen Gewissens verkünden zu können:

»Es tut mir leid, daß ich Ihre Pläne durchkreuzen muß, mein lieber Herr, aber ich sehe mich im Moment nicht in der Lage,

Mrs. Pagets Schwester zu beherbergen. Ich muß meine alte Mutter bei mir aufnehmen. Sie lebt nämlich auf der Isle of Wight, und ich kann sie da nicht lassen, die Häfen sind voller Kanonenboote und jede Woche muß mit einer Besetzung gerechnet werden. Und meine Mutter muß eine Pflegerin im Haus haben, und mir wird wohl nichts anderes übrigbleiben, als meine gute alte Haushälterin Kate zu entlassen und an ihrer Stelle eine Frau einzustellen, die nur tagsüber hier ist, so daß Kates Zimmer für die Pflegerin meiner Mutter zur Verfügung steht.«

Der Arzt mußte diese zwingende Begründung gelten lassen und sprach die Hoffnung aus (obwohl er persönlich nicht eben zuversichtlich war), daß die Gesellschaft der alten Dame und das Bedürfnis, für sie zu sorgen, eine wohltuende Wirkung auf Fannys Gemütszustand haben möge.

Thomas war froh, Kate unter einem guten Vorwand loszuwerden, hatte sie doch in den letzten Wochen eine etwas aufsässige und parteiische Haltung an den Tag gelegt und dazu geneigt, sich in unbedeutenden Angelegenheiten auf die Seite ihrer Herrin zu stellen. Also gab er ihr den Laufpaß, und sie zog aus. Eine gewisse Mrs. Strudwick, eine Witwe, die in Petworth lebte, wurde eingestellt. Sie kam tagsüber und führte den Haushalt. Auf diese Weise hatte Thomas zwei Fliegen mit einer Klappe geschlagen: Er war einen potentiellen Störenfried los und konnte außerdem erfreulicherweise Kosten sparen, da er einer Frau, die nur tagsüber kam, nicht soviel bezahlen mußte wie einer, die im Haus lebte. Und wenn seine Mutter einzog, war das zwar lästig, aber ein wirtschaftlicher Gewinn, da er in den Genuß ihrer Rente kam. Dazu kamen noch die Einnahmen aus dem Verkauf ihres Hauses.

Er nahm an, daß die Rente seiner Mutter nur bis zu ihrem Ableben gezahlt wurde, aber bis dahin würde er das Geld verwalten, also war es ganz in seinem Interesse, sie noch eine Weile am Leben zu erhalten. Und wenn sie dann starb, hinterließ sie sicherlich *einige* Ersparnisse, da ihr zweiter Gatte ein gefragter Kutschenbauer gewesen war – und vielleicht besaß sie auch ein paar Schmuckstücke, die die Mädchen gut gebrauchen konnten.

Diese Überlegungen heiterten ihn auf, und er war in außergewöhnlich gnädiger Stimmung und fand sich ausnahmsweise großzügig bereit, einer Bitte seiner Tochter Martha Gehör zu schenken.

»Papa, könnten Sie mir erlauben, das Harfenspiel zu erlernen? In Gosport waren Sie dagegen, weil ich dort mit der Kutsche quer durch die Stadt hätte fahren müssen, aber hier wohnt eine Frau ganz in der Nähe, in der East Street, die Harfenstunden gibt – für nur zwei Schillinge die Stunde – und es sind nur fünf Minuten zu Fuß von unserem Haus, sagt Tess – bitte, Papa. – Es sei denn, Sie würden eine Harfe *kaufen*, dann könnten wir zu Hause üben – Jem, der Knecht, hat mir erzählt, daß in Midhurst eine zum Verkauf angeboten war für nur zwanzig Pfund –«

»*Zwanzig Pfund*? Bist du von allen guten Geistern verlassen, Miss?« fuhr ihr Vater sie an.

Aber die listige Martha hatte ihre Frage mit Bedacht so gestellt, weil sie wußte, daß im Vergleich zu einer Harfe für zwanzig Pfund in Midhurst zwei Schillinge für Harfenunterricht gleich um die Ecke günstiger erschienen, und die Stunden wurden dann auch tatsächlich genehmigt – unter der Voraussetzung, daß Bet beim Unterricht ihrer Schwester dabei war, und sie wurden zum Haus der Lehrerin, einer Mrs. Dawtry, auf dem Hin- und Rückweg von Tess oder der neuen Haushälterin begleitet.

Thomas war in jüngster Zeit etwas unzufrieden mit seinen Töchtern gewesen. Obwohl Fanny ihm auf die Nerven ging – starrköpfig, verschlossen und eigenwillig wie sie war – konnte er nicht umhin festzustellen, daß sie in ihrem sanften Benehmen, ihrer Bildung, all ihrer bescheidenen Anmut und Vornehmheit und ihrer freundlichen, beflissenen Art weit charmanter und gefälliger war als seine Mädchen, und er begann, sich unterschwellig zu fragen, wie ihre Chancen standen, einen Ehemann abzubekommen. Er hatte darauf gehofft, daß Fannys Vorbild ihnen eine Vorstellung davon geben könnte, wie sie sich betragen sollten, aber nichts dergleichen schien zu geschehen. Und er wollte natürlich nicht, daß sie ihm ihr ganzes Leben lang unverheiratet auf der Tasche lagen, sich die Butter dick aufs Brot schmierten, ständig neue Bänder wollten und jeden Abend ein Feuer im Kamin brauchten. Wenn Harfenstunden ihre Heiratschancen verbesserten – und da der Unterricht nur zwei Schillinge pro Stunde kostete – ließen sich die Stunden rechtfertigen. Bet konnte vom Zusehen auch etwas lernen.

Folglich gab es in der nächsten Woche zwei wesentliche Änderungen in der Hermitage: Bet und Martha gingen an zwei Vormittagen in der Woche aus dem Haus zu Mrs. Dawtry, wo man dann aus einem oberen Fenster leicht verstimmte Harfentöne erschallen hörte, und die alte Dame kam in Begleitung ihrer Pflegerin aus Ryde an.

Als drittes Ereignis kam Fanny aus ihrem Zimmer.

Dieser Akt wäre nicht so wenig beachtet über die Bühne gegangen, wenn Thomas zu dieser Zeit nicht so sehr mit den Angelegenheiten der Preßpatrouille beschäftigt gewesen wäre.

Obwohl Handelsmatrosen und Fischer theoretisch nicht zwangsverpflichtet werden konnten, ebensowenig wie Erntehelfer und Straßen- und Kanalarbeiter, wurde diese Ausnahmeregelung keineswegs strikt befolgt. Häufig wurden Seeleute von Privatschiffen geholt, selbst wenn diese eigentlich durch Kaperbriefe geschützt waren, und Fischer wurden so oft zwangsverpflichtet, daß sich vor ein paar Jahren die ganze Fischergemeinde von Worthing zusammengeschlossen und einen Immunitätsbeschluß erwirkt hatte; als Gegenleistung lieferte man fünf Männer, die sich aufopferungsvoll zur Verfügung gestellt hatten, und vierzig Pfund. Zur gleichen Zeit hatte die Nachbarstadt Brighthelmstone, oder Brighton, großen Unmut über dieses feige und unterwürfige Verhalten zum Ausdruck gebracht. Die dortigen Fischer hatten erklärt, daß sie sich nie soweit erniedrigen würden, sich von »hundsgemeinen Rottenführern« loszukaufen. Nein, die freien Fischer von Brighton würden sich nie zu *so etwas* bereit finden! Ihr Widerstand gegen die Presspatrouille war mit den Jahren noch weiter angewachsen, und jetzt hatten die Einwohner gar einen Anschlag gemacht, der verkündete, daß sich sämtliche männlichen Bewohner der Stadt als immun ansahen, und dieser Akt, der einem Verrat gleichkam, wurde von den Regulating Officers der örtlichen Presspatrouillen als überaus schwerwiegend angesehen.

Brighton gehörte nicht direkt zu Thomas' Gebiet – die Stadt hatte ihre eigene Patrouille und ihren eigenen Regulating Officer, Captain Pankhurst, aber da dessen Patrouille mit nur vierzehn Männern nicht in der Lage war, mit der Situation fertig zu werden, hatte er die benachbarten Regulating Officers um Hilfe ersucht. Ein Überraschungsangriff auf die Stadt war geplant, und die Regulating Officers mußten sich häufig treffen, was ihnen große Umstände bereitete und sie um Einnahmen vor Ort brachte. Sie mußten einen Zeitpunkt wählen, der allen genehm und zugleich strategisch günstig war. Die Zeit und die Gezeiten waren zu berücksichtigen und strikte Geheimhaltung war zu wahren. Es war alles in allem eine verzwickte Geschichte, und Thomas war in der Zeit wenig zu Hause. Höchst ungern opferte er einen Tag, um seine Mutter vom Hafen in Chichester abzuholen und sie zur Hermitage zu bringen. Er brachte alles so schnell wie möglich hinter sich und brach in der Morgendämmerung des nächsten Tages schon wieder auf, um mit seinen Offizierskumpanen in Shoreham zu verhandeln, die knappe Botschaft hinterlassend, daß er nicht sagen könne, wann er zurückkomme.

Die neue Haushälterin in der Hermitage, Mrs. Strudwick, schien keine entgegenkommende Person zu sein. Sie war Witwe, steif, stockgerade, mit einem grauen Knoten, einem Fischbeinkorsett und eisigen Augen. Mit all diesen Eigenschaften entsprach sie genau Thomas' Vorstellungen.

Als sie nun in Fannys Zimmer trat, mit einer Schale Hafersuppe mit gerösteten Brotstücken und dem Vorsatz zu verkünden, daß sie »nicht immerzu mit Tabletts voller Schalen die Treppe rauf und runter laufen konnte, wo jetzt die alte Dame da war«, war sie überrascht, daß ihre Herrin aufgestanden war und schwach aber entschlossen ihre Unterrockbänder schnürte.

»Danke, Mrs. Strudwick, Sie können die Hafersuppe hierlassen. Ich werde sie hier oben zu mir nehmen und dann gleich nach unten kommen«, sagte die junge Mrs. Paget mit sanfter Würde. Mittlerweile sah man deutlich, daß sie guter Hoffnung war – nur noch ein paar Monate, schätzte Mrs. Strudwick mit geschultem Blick –, und sie sah verhärmt und erschöpft aus, mit Handgelenken dünn wie Brustwurzstengel. Aber sie wirkte in sich ruhend, als sie ihren Batistunterrock raffte.

»Ich wäre Ihnen sehr dankbar, wenn Sie mir in etwa zehn Minuten Tess schicken würden, damit sie mir beim Frisieren behilflich sein kann«, fügte Fanny hinzu, als die Haushälterin etwas verdutzt dastand – ›den Wind aus den Segeln‹, wie sie es selbst ausgedrückt hätte, und sie antwortete unwillkürlich in einem recht freundlichen Ton:

»Ja, gern, Ma'am, Sie sollten Ihre Arme nicht zu lange hochhalten, wo Sie doch in anderen Umständen sind.«

»Fühlt sich die Mutter meines Mannes wohl?« fragte Fanny.

»Ob die sich wohlfühlt, kann ich Sie nich sagen; bei der piept's im Oberstübchen. Aus der wird keiner richtig schlau. Und die erst, wo sie pflegen soll –« Mrs. Strudwick verdrehte vielsagend die Augen.

Aber Fanny, die keine Lust hatte, sich Klatschgeschichten anzuhören, sagte: »Vielen Dank, Mrs. Strudwick. Das wäre soweit alles«, mit so sanfter aber bestimmter Stimme, daß Mrs. Strudwick sich vor der Tür wiederfand, ehe sie sich's versah. Sie tröstete sich selbst über diese merkwürdige Tatsache hinweg, indem sie bei sich dachte: *Die* wird sich auch noch ganz schön wundern, wenn sie sieht, was da ins Haus gekommen ist, das steht fest.

Als Fanny wieder alleine war, zog sie einen Kattunumhang über den Unterrock und trat zum Fenster, die Schale mit der heißen Hafersuppe in der Hand. Im Erker war eine halbrunde Sitzbank. Sie setzte sich mit einem untergeschlagenen Bein nieder und genoß die Wärme der Morgensonne auf ihrem schmerzenden Rücken und blickte in den Garten hinaus. Sie hörte die Vögel übermütig tirilieren und sah die Knospen an den Bäumen. Vor Thomas' Gartenhaus war ein gelber Fleck, dort blühten Narzissen, und die Kirschbäume zeigten sanfte korallenrote Knospen, die kurz davor waren, sich zu ihrer weißen Blütenpracht zu entfalten. Jenseits des Tals stieg der liebliche grüne Hügel empor, und die blaue Ebene verlor sich in der Ferne.

Bald haben wir April, dachte Fanny, und ihr Herz hob sich; und sie erinnerte sich, wie jung und unbeschwert sie im letzten April gewesen war. Was für eine tiefe Kluft hatten ihre Erlebnisse zwischen damals und heute gerissen. Aber Narzissen und Kirschblüten blieben bestehen, und sie murmelte (denn sie hatte in der väterlichen Bibliothek viele Gedichte gelesen und konnte etliche davon auswendig):

Ihr goldenen Narzissen,
oh viel zu schnell vergehet eure Pracht!
Eh noch die früh erwachte Sonne
vom hohen Mittagshimmel lacht...

Und wie einst so oft in ihrer Kinderzeit, zu Hause oder auf den Wegen und den Feldern von Sway und im New Forest, tanzten ganz von selbst Melodien durch Fannys Kopf und bildeten eine Begleitung zu den Versen, die sie gerade gesprochen hatte. Worte und Töne verknüpften sich unlöslich miteinander, wie ein kleiner erfrischender Quell, der aus irgend etwas hervorzusprudeln schien, das nicht in ihr selbst lag – aus dem Haus vielleicht, phantasierte sie; vielleicht brachte das Haus mit diesem Musikstrom seine wohlwollenden Gefühle zum Ausdruck. Denn immer noch – trotz langer Zeiten tiefer schwarzer Traurigkeit – hatte sie den untrüglichen Eindruck, daß das Haus ihr Freund war – es hatte ihr etwas mitzuteilen, eine warme, beruhigende Botschaft. Wir sind füreinander da; meine Zeit ist auch kurz, aber solange ich hier bin, werde ich dich hegen und pflegen, wie du mich hegst und pflegst. Irgend etwas dieser Art vermittelte ihr das Haus, und Fanny lauschte und fand Trost.

Es klopfte an der Tür. Tess kam zum Frisieren.

»Herein!« rief Fanny.

Die kleine Dienstmagd schlich ins Zimmer, und Fanny wandte sich ihr sogleich besorgt zu.

»Was ist los, Tess? Du scheinst verstört.«

Tess Goodger, die niedrigste Dienstmagd, war eine blasse, dürre, kleine Vierzehnjährige, die kaum älter als zehn oder elf aussah. Ihre magere, kantige Gestalt war halb unter ihrem Umhang verborgen. Meist verrichtete sie ihre Arbeit still und apathisch vor Schüchternheit und Unterernährung. Offensichtlich hatte sie große Sorgen, denn ihre abgehärmten Wangen waren käsebleich und ihre Augen purpurrot verschwollen, die Hände, die die Locken ihrer Herrin kämmten, zitterten unkontrolliert.

»Nix is, Ma'am; Sie solln sich keine Sorgen nich machen.«

»Aber ich mache mir keine Sorgen, Tess. Bist du krank? Du siehst so schwach aus.«

»Nein, ich bin nich krank, Ma'am, aber – a-aber –« Tess brach in Tränen aus, und die Geschichte sprudelte hervor.

Ihre Haushaltspflichten begannen um fünf Uhr, um diese Zeit mußte sie aufstehen und den Herd in der Küche anzünden für das Frühstück der Dienstboten, die Küche fegen und schrubben,

Waschwasser für die Haushälterin und die männlichen Dienstboten erhitzen, den Küchentisch decken, aus allen Kaminen im Erdgeschoß die Asche ausräumen und das Frühstück für die Dienstboten vorbereiten, das aus Brot und Porridge bestand. Kate, die frühere Haushälterin, hatte eine kleine Uhr besessen, die Tess nachts in ihr Zimmer mitnehmen durfte (falls man das überhaupt Zimmer nennen konnte; Tess schlief auf dem Dachboden ganz oben im Haus, der nur über eine Leiter zu erreichen war), damit sie zur rechten Zeit aufwachte.

»Wo ich die Uhr da an mein Bett gehabt hab, Ma'am – ich hab sie auf zwei Backsteine raufgestellt – das hat mir geholfen, daß ich nich verschlafen hab. Aber Kate hat die Uhr mitgenommen, wo sie rausgeschmissen worden is – un ich hab Mrs. Strudwick gefragt, aber die will mir ihre Uhr nich leihen, weil die wohnt ja bei sich zu Haus – un jetzt weiß ich nich richtig, wann fünf Uhr is – ich bin die ganze Nacht unruhig. Zehn, fünfzehn Mal schleich ich runter in der Nacht, in die Halle nämlich, wo die Standuhr stehn tut, ich hab mich auch schon da hingesessen, so von halb drei bis fünf, weil wenn ich zurückgeh, könnt ich ja verschlafen. Ich hab auch schon paarmal verschlafen, und Missus Strudwick hat *so* geschimpft –«

»Aber das ist doch lächerlich! Warum kannst du nicht die Küchenuhr mit nach oben ans Bett nehmen?«

»Küchenuhr gibt's keine mehr, Ma'am, weil die is beim Umzug kaputtgegangen, und der Herr sagt, eine neue kaufen, das lohnt nich, weil wir doch die Kirchturmuhr sehn können, wenn wir in Garten rausgehn.«

Das stimmte, Fanny wußte das. In diesem Fall war Thomas' Knauserigkeit besonders gut gerechtfertigt.

»Kannst du die Kirchturmuhr in der Nacht hören, Tess?« fragte sie freundlich. »Ich selbst habe sie schon sehr oft gehört.« Sie schauderte leicht.

»Nein, Ma'am. Wo ich schlaf, is nämlich kein Fenster, un ich muß Ihnen ganz ehrlich sagen«, sagte Tess und sah ihre Herrin nervös durch die Haarflut an, die sie sanft auskämmte, »ich muß ganz ehrlich sagen, ich bin bißchen taub; ich glaub das kommt von wegen meine Tante, die hat mich nämlich immer mit'n Nudelholz auf die Ohrn gehaut, wenn die böse war auf mich –«

»Ach so.« Das erklärte natürlich die Situationen, in denen Thomas Tess gereizt angefahren hatte, weil sie ihm nicht schneller gehorchte. Zweifellos hatte das arme Kind seinen Befehl beim ersten Mal nicht gehört.

»Also, du mußt auf jeden Fall eine Uhr haben«, bestimmte Fanny. »Also – laß mich überlegen –«

Während ihrer Krankheit hatte Thomas seine frühere Gepflogenheit abgelegt, Fanny täglich etwas Haushaltsgeld zu geben, statt dessen hatte er es zunächst Kate und dann Mrs. Strudwick ausgehändigt. Als Fanny letztere in der Sache ansprach, meinte sie, daß sie kein Geld für eine Uhr übrig hätte, der Herr habe ihr nur Geld für lebensnotwendige Dinge wie Fleisch, Kerzen, grünen Fries und Soda gegeben. Ihre Miene brachte unverhohlen zum Ausdruck, daß der Wunsch nach einer Uhr ihr als das Überflüssigste, Anmaßendste und Verstiegenste erschien, was sie je in ihrem Leben gehört hatte.

Dann hatte Fanny eine hoffnungsfrohe Eingebung.

»Vielleicht hat die alte Dame, Thomas' Mutter, eine Uhr. Sie hatte ja einen vollständig ausgestatteten Haushalt, sicher hatte sie einen Teil ihrer Sachen mitgebracht. Es ist sowieso meine Pflicht, ihr meine Aufwartung zu machen und zu sehen, wie es ihr geht.«

Demgemäß machte sich Fanny langsam auf den beschwerlichen Weg über die Treppe in den obersten Stock, wo sich die zwei Zimmer befanden, in denen Thomas' Mutter und deren Pflegerin untergebracht waren.

Fanny war es sehr unpassend erschienen, eine kranke Person dort einzuquartieren. Mehrmals täglich mußte man Essen, Waschwasser, Heizkohle, Wäsche und so weiter zwei Treppen hinauf oder hinunter tragen. Und wie sollte man die arme alte Dame je nach unten befördern, wenn sie sich soweit von ihrer Reise erholt hatte, daß sie gerne ins Freie gehen wollte, um frische Luft zu schnappen? Thomas befaßte sich nicht mit derart lästigen häuslichen Angelegenheiten, und es erschien ihm ausgeschlossen, daß seine Mutter je wünschen sollte, das Haus zu verlassen. Ihm war es auch viel lieber, wenn sie es nicht tat, da solche Ausflüge nur das Schuhleder abnutzen und ihren Appetit anregen konnten. Im Moment war ohnehin nicht daran zu denken, da der gestrige Umzug die alte Dame sehr mitgenommen hatte und sie in ihrem Bett lag und sich kaum bewegen konnte.

Die Dachkammer war zwar unbequem, aber der Blick aus ihrem Fenster war zweifellos unübertroffen. Es ging nach Südosten zum Tal hin und bot eine Sicht auf die lange, leicht ansteigende Straße, die von Byworth in die Stadt führte, und auf die neueren Herrensitze, die jenseits des Gasthofs ›Zum Engel‹ am Rand des Tales erbaut worden waren. In nächster Nähe standen einige junge Apfelbäume, die die Gräfin van Welcker gepflanzt hatte und deren Kronen bei weitem nicht bis zum Fenster hinauf reichten. Der einzige Baum, der vielleicht einmal so hoch werden konnte, war die Traueresche, die jetzt so arg gezügelt war. Sie stand direkt vor dem Fenster.

Die anderen Bäume im Garten, die junge Eibenhecke sowie die Eichen und Weiden im Tal schüttelten froh ihre Äste im Märzwind, nur die Esche konnte sich nicht rühren, wie eine Gefangene, der man die Arme gefesselt hatte. Fannys empfindsamer Seele kam es so vor, als würde der Baum düster über diese Kränkung nachbrüten: gekrümmt, still, bewegungslos schien er Ströme der Verwünschung zum Haus hinauszusenden. Das empfand sie nicht zum ersten Mal so.

Aber Bäume waren im Moment nebensächlich, also ging sie am Fenster vorbei auf das Bett mit der liegenden Gestalt zu. Thomas' Mutter war in der kleineren der beiden Dachkammern untergebracht, weil es hier eine Feuerstelle gab (in der jetzt ein recht dürftiges Feuer brannte). Es war ein sehr kleines Zimmer; ein Sessel, ein Waschtisch, ein winziger Tisch und ein Bett füllten es sozusagen vollständig aus. Die Kleider der alten Dame mußten offenbar im Zimmer der Pflegerin aufbewahrt werden. Fanny sah sich um und konnte keine Uhr entdecken. Die Ausstattung war mehr als bescheiden: ein sauberes Handtuch am Waschtisch, eine Haarbürste, ein Kamm und Waschutensilien, weiter nichts.

Auf ihr Klopfen hatte niemand geantwortet, und Thomas hatte sie auch vorgewarnt, daß seine Mutter ziemlich schlecht hörte, also trat sie dicht ans Bett heran und sagte mit ihrer klaren, hübschen Stimme – etwas lauter als gewöhnlich:

»Guten Morgen, Madam! Ich hoffe, Sie haben sich von Ihrer Reise erholt. Herzlich willkommen in der Hermitage!«

»Hä? Hä, was gibt's? Was haben Sie gesagt?« ließ sich die zusammengekauerte Gestalt im Bett mit schwacher, zittriger Stimme vernehmen – sie wirkte nervös, ermattet und mißtrauisch. Dann drehte sich die alte Dame, die mit dem Gesicht zur Wand gelegen hatte, langsam um, um ihre Besucherin in Augenschein zu nehmen.

»Es tut mir leid, Madam, daß ich indisponiert war und nicht in der Lage, Sie gestern bei ihrer Ankunft willkommen zu heißen. Es ging mir nicht sehr gut«, erklärte Fanny entschuldigend. Zwei blaßblaue, staunende Augen waren auf sie gerichtet, und sie streckte eine Hand aus und sagte mit einem freundlichen Lächeln: »Sicher haben Sie inzwischen erraten, daß ich Ihre neue Schwiegertochter bin, Thomas' Frau, Fanny.«

»Hä, was ist los? Verstehe nicht ganz. Brandy, sagten Sie?«

»Nein, Madam, ich bin Fanny, Ihre Schwiegertochter.«

»Schwiegertochter? Wo ist denn Emma? Die Mutter der Mädchen?«

»Sie – sie ist leider gestorben, Madam. Ich bin Thomas' neue Frau.«

»Seine neue Frau? Ah ja, er hat was über Sie erzählt. Es war mir entfallen.« Die alte Dame warf einen schrägen Blick unter ihren gesenkten Augenlidern auf Fanny, in dem Verschlagenheit, Sorge und Furcht vereint schienen. Dann kam unter der Decke eine magere, gelbliche, fleckige Hand zum Vorschein, die sich Fanny zittrig entgegenstreckte. Fanny ergriff sie und lächelte Thomas' Mutter ermutigend an.

»Ich hoffe sehr, daß Sie sich wohl fühlen bei uns, Madam; ich werde mich nach Kräften darum bemühen, das verspreche ich Ihnen.«

Hörte die alte Dame sie? Man konnte nicht sicher sein. Sie ließ den Blick rastlos umherschweifen, und ihre verblaßten Augen verweilten kaum auf Fanny, sondern wanderten im Zimmer herum, wie die eines eingesperrten Tieres. Furcht war das vorherrschende Element ihres Wesens – Furcht vor den Menschen, mit denen sie zu tun hatte, vor ihrem Mann, ihrem Sohn, der Pflegerin, ihrer Schwiegertochter – sie fürchtete sich vor allen, vertraute keinem. Nur eine Person hatte sie nicht geängstigt, und die war tot.

»Danke, meine Liebe, danke«, murmelte sie jetzt undeutlich, weil sie annahm, daß irgendeine Antwort von ihr erwartet wurde. »Es ist schon merkwürdig – arme, liebe Emma – so lange mit Thomas verheiratet – und jetzt dahin und vergessen – O je, o je!«

Fanny zog den kleinen gepolsterten Krankenstuhl mit der geraden Lehne herbei, der auf Anweisung von Doktor Chilgrove für sie angeschafft worden war, den sie aber durch Tess zu der alten Dame hatte hinaufbringen lassen, und setzte sich nieder.

»Ich hoffe, daß Sie bald aufstehen können, Madam, und zu uns nach unten kommen«, sagte sie.

»Was? Nein, nein, das läßt Thomas nie zu, davon will er gewiß nichts hören«, sagte die alte Dame mit einem ängstlichen Blick auf die Tür.

»Thomas ist den ganzen Tag weg, Madam«, sagte Fanny, ihr gut zuredend. »Und ich bin überzeugt, daß es besser ist für Sie, ab und zu frische Luft zu schnappen – wir können einen Korbstuhl mit Rädern anschaffen und Jem, der Knecht, kann Sie darin umherschieben – oder Sie können wenigstens im Salon sitzen. Wollen Sie das tun? Sind Sie nie ausgegangen, als Sie noch auf der Isle of Wight gelebt haben?«

»Hä? – Doch, war immer unterwegs – Geschäfte, Leihbibliothek, Kurzwarenhändler«, antwortete die alte Dame, nachdem die Frage etliche Male wiederholt worden war. In ihrer Antwort zeigte sich ein Hauch von Vergnügen und Verstand, aber ohne es zu wissen, bestätigte sie damit die schlimmsten Befürchtungen ihres Sohnes, dem vor ihrer Verschwendungssucht graute.

»Wie soll ich Sie anreden, Madam? – Thomas hat sich nämlich geweigert, mir Ihren Namen zu sagen – ich weiß, daß Sie nicht Paget heißen.«

Dieser Frage schien die alte Dame nicht gewachsen, sie runzelte die Stirn und schüttelte so verwirrt den Kopf, daß sie fast ihre Nachthaube verlor, und Fanny mußte ihr helfen, die Bänder wieder über ihrem spärlichen weißen Haar zu befestigen, das zu einem Zopf geflochten war.

»Na, ich werde Mutter zu Ihnen sagen – darf ich das? Meine Mutter ist nämlich bei meiner Geburt gestorben, und ich mußte mein Leben lang ohne eine auskommen, und es wäre mir ein Trost, endlich eine zu haben.«

Es war allerdings offensichtlich, daß ihr Gegenüber weit trostbedürftiger war, aber ein Nicken zeigte an, daß der Tenor ihrer Worte den verwirrten Geist der alten Dame erreicht hatte, die jetzt scheu Fannys Händedruck erwiderte.

»Was kann ich nun für Sie tun?« fragte Fanny. »Soll ich Ihnen vorlesen – oder kann ich Ihnen irgendwie behilflich sein?«

Auch diese Frage kam erst nach einiger Zeit bei ihr an, aber als sie verstanden hatte, deutete die alte Dame an, daß eine Rückenmassage ihr guttun würde, da ihr Rücken nach der langen, ungewohnten Fähr- und Kutschfahrt heftig schmerzte. »Es raubt mir schier den Verstand, Liebchen«, meinte sie.

Fanny, die aufgrund ihrer fortgeschrittenen Schwangerschaft selbst häufig unter Rückenschmerzen litt, verstand diese Bitte nur zu gut. Als sie ihrer Schwiegermutter sieben bis acht Minuten sanft den Rücken massiert und dabei geplaudert hatte, was ihr gerade in den Sinn kam, hörte man harte Tritte auf der Treppe, Geschirr klapperte und die Tür wurde ohne Vorankündigung aufgestoßen.

»O Gott! Entschuldigen Sie, Madam – ich war sicher – ich hatte keine Ahnung, daß sich jemand im Zimmer befindet«, sagte die eintretende Pflegerin und stellte ein Tablett mit einer Schale Milch mit Brot auf dem Tischchen ab und redete dabei auf die alte Dame ein, mit lauter, munterer Stimme, als spräche sie mit einem kleinen Kind. »So, Missus, da haben wir alles hübsch beisammen! Schönes Frühstück für Sie! Setzen Sie sich mal schön auf und beeilen Sie sich schön mit dem Essen. Oh, nicht zu glauben – hat Mrs. Paget Sie etwa massiert – das ist aber ausnehmend nett von ihr, was? Daß Sie sich zu so etwas herablassen, Madam!« Sie schleuderte einen halb spöttischen, halb verächtlichen Blick auf Fanny.

Fanny erhob sich ruhig von der Bettkante und sagte, daß sie nicht länger stören wolle, bat aber die Pflegerin, sie zu benachrichtigen, falls es an irgend etwas in ihrem Zimmer oder im Krankenzimmer mangeln sollte. An dem leicht überheblichen Lächeln, mit dem sie bedacht wurde, konnte sie ablesen, daß bereits unmißverständlich klargemacht worden war, daß jegliche Anweisung und Versorgung vom Herrn des Hauses oder von Mrs. Strudwick zu erwarten war, und Fannys eigene unbedeutende Rolle war der Hausschwester offenbar dargelegt worden, die immerhin knickste und sagte, daß die Missus sehr nett und entgegenkommend sei, es aber an nichts mangele.

»Gott segne Sie, die alte Dame wird wohl nicht allzu viel Mühe machen«, fügte sie mit einem verächtlichen Lächeln Richtung Bett hinzu, wo besagte Dame schon gierig Milch mit Brot hinunterschlang. »Die ist sanft wie ein Lamm, verglichen mit den anderen, die ich schon in Pflege hatte.«

»Tatsächlich? Sie sehen jung aus für soviel Erfahrung«, erwiderte Fanny höflich. »Man hat mir leider Ihren Namen noch nicht mitgeteilt, Miss –?«

»Baggot, Madam – Missus Lily Baggot«, sagte die Schwester affektiert. »Barmherziger Gott, ja, ich habe schon viele in den Sarg gepflegt, mein Name ist wohlbekannt in Gosport, das kann ich Ihnen versichern – Captain Paget hat genau gewußt, was er tut, wie er mich zur Pflege der alten Dame eingestellt hat. Ich werde gut für Sie sorgen, stimmt's, Missus Soundso?« fuhr Schwester Baggot fort und nahm ihrer Patientin die geleerte Schüssel so rabiat aus der Hand – die alte Dame war noch gar nicht ganz fertig –, daß etwas Milch auf das Laken verschüttet wurde. »Tz, tz, Missus, wir müssen bißchen vorsichtiger sein, stimmt's?« bemerkte sie und schlug ihrer Patientin, die verschreckt zurückzuckte, spielerisch aufs Handgelenk. »Nicht auf die Laken kleckern, Madam, sonst wird der Herr *ganz* böse! So, hier ist heißes Wasser. Ich wasche jetzt Ihr Gesicht und mache Sie für den Tag fertig.«

Bei diesem Hinweis wollte Fanny sich zurückziehen, aber nach kurzer Besinnung fragte sie sanft von der Türe her:

»Schwester, können Sie mir den Namen meiner Schwiegermutter sagen? Ich weiß, daß sie nicht Paget heißt, weil sie nach dem Tode des Vaters meines Gatten wieder geheiratet hat.«

»O je, der Herr will von ihrem anderen Namen nichts wissen«, sagte die Schwester grinsend. »Er hat gesagt, daß wir sie hier Missus Paget nennen sollen; und für sie macht es sowieso keinen Unterschied, weil das alte Mädchen stocktaub ist. Sie können Mrs. Punchinello zu ihr sagen, das fällt ihr auch nicht weiter auf – stimmt's, meine Liebe?« fügte sie hinzu, während sie die alte Dame energisch im Bett hochzog, sie mit einer Nackenrolle abstützte und ihr die Nachthaube abnahm.

Fanny ging langsam und nachdenklich die Treppe hinab. Sie wußte nicht recht, ob Mrs. Baggot ihr gefiel. Sie hatte eine gesunde Gesichtsfarbe, üppiges, dicht gelocktes, glänzendes schwarzes Haar, durchdringende dunkle Augen mit einem leichten Geierblick, einen großen Mund, der viel lächelte und dabei zwei Goldzähne entblößte, vermittelte dabei aber nicht direkt den Eindruck einer wirklich gutherzigen Person; sie hatte eine dralle, kurvenreiche Figur und Arme dick wie Hammelbeine. Zweifellos war die Schwester kräftig und fähig in ihrem Beruf, aber Fanny fragte sich zweifelnd, ob man darauf vertrauen konnte, daß sie wirklich nett war zu der alten Dame. Aber solange Thomas' Mutter oft von anderen Mitgliedern der Familie besucht wurde, und wenn sie einen Gutteil ihrer Zeit unten verbrachte, konnte man doch sicher sein, daß ihre Behandlung auf Dauer nichts zu wünschen übrig ließ.

Jetzt fiel Fanny wieder ein, daß sie ihre Schwiegermutter unter anderem aufgesucht hatte, weil sie herausfinden wollte, ob sie zufällig eine Uhr besaß, die sie nicht dringend brauchte und daher Tess überlassen konnte. Nachdem sie nun gesehen hatte, wie bescheiden die alte Dame ausgestattet war, rechnete Fanny eigentlich nicht mehr mit einem Erfolg ihres Botenganges, machte aber dennoch kehrt und lief Mrs. Baggot in die Arme, die mit der leeren Frühstücksschüssel nach unten kam.

»Eigentlich ist es ja Tess' Aufgabe, sie runterzutragen«, bemerkte die Schwester mit gereizter Munterkeit. »Aber auf *die* kann man den ganzen Vormittag warten – und inzwischen kann man nirgendwo auch nur eine Haarnadel ablegen.«

»Wissen Sie zufällig, ob meine Schwiegermutter eine Uhr übrig hat – dann muß ich sie nicht nochmal stören«, fragte Fanny und war sich dabei wohl bewußt, wie habgierig diese Frage klang.

»Du lieber Himmel, woher denn, Madam! Der Herr hat gestern in Chichester Station gemacht und all ihre mit Kleinkram gefüllten Truhen an einen Auktionär verkauft«, sagte Mrs. Baggot beiläufig beim Hinuntergehen. »Er hat gesagt, daß hier nicht genug Platz ist, um mehr als ihre Kleider unterzubringen, und nötig sei es auch nicht, weil sie ohnehin das Haus nicht verlassen wird, hier in der Stadt kennt sie niemand, und da kann sie gleich in der Stube hocken bleiben. Nur ein paar Schmuckstücke hat er behalten, aber ihr Haushaltskram ist verkauft worden – hat kein Sinn, den alten abgenutzten Krempel zu behalten, der sie nur an alte Zeiten erinnert, hat er gesagt.« Und Mrs. Baggot rauschte mit einem Aufbauschen ihres gestreiften Popelinkleides davon.

Fanny kehrte in ihr eigenes Zimmer zurück und nahm ein Paar neue Strümpfe aus ihrer Kommode. Sie hatte sie für eine besondere Gelegenheit aufgehoben, aber es war kaum zu erwarten, daß sich je so eine Gelegenheit bieten würde, und es machte ihr nicht viel aus, sich von ihnen zu trennen.

Zehn Minuten später zog Fanny unten ihren abgetragenen Umhang an, als sie voller Erstaunen die Pflegerin zu Mrs. Strudwick sagen hörte:

»Ist der Herr von Shoreham zurück? Ich muß ihn sprechen.«

»Ja, er ist zurück, er ist in seinem Gartenhaus. Aber *dort* darf ihn niemand stören, auf gar keinen Fall.«

»Nun, *ich* werde ihn stören«, sagte die Schwester und drehte sich auf dem Absatz um.

»Machen Sie mir dann bloß keine Vorwürfe, wenn Sie als begossener Pudel zurückkommen!« rief Mrs. Strudwick hinter ihr her.

Verstört beobachtete Fanny vom Wohnzimmerfenster aus, wie Mrs. Baggot den Eibenweg entlangging und an die Tür des Gartenhauses klopfte. Es war ein kleines Steingebäude, das etwa vierzig Meter vom Haus entfernt am Nordende des Eibenwegs lag. Es war an dieser Stelle errichtet worden, weil man von dort aus das Tal vor sich liegen sah, und von den Fenstern, die zur Talseite hin lagen, hatte man einen herrlichen Blick. Fanny hatte aufgeschnappt, daß Madame Reynard, für die die Hermitage einst gebaut wurde, das kleine Gebäude als Sommerhaus benutzt hatte und (wie gemunkelt wurde) für ihre Stelldicheins mit ihrem Liebhaber Lord Egremont, der sie über einen unterirdischen Gang besucht hatte, der von einem Kellerraum unter dem Gebäude zum Petworth House führte. Der Gang war immer noch da, aber Thomas hatte die Tür auf seiner Seite zunageln und die Falltür zum Keller mit einem Vorhängeschloß sichern lassen. Er selbst benutzte das Gartenhaus zum Arbeiten. Hier überprüfte er die Rechnungsbücher der Mühle und erledigte auch einen Großteil seiner Geschäfte in Sachen Presspatrouille, da der Patrouille in der Stadt nur ein elender kleiner Raum im Gasthof ›Zum Ochsen‹ zur Verfügung stand. Den Mitgliedern des Haushalts war es zu jeder Zeit streng verboten, das Gartenhaus zu betreten (ausgenommen war nur Jem, der Knecht, der regelmäßig das Kaminfeuer zu entfachen hatte), und Fanny wäre es nicht im Traum eingefallen, diesen Ort zu betreten. Sie mied sogar bewußt dieses Ende des Eibenweges; es sei denn, sie wußte bestimmt, daß Thomas nicht zu Hause war. Fanny wurde schreckensbleich, als sie sah, wie Mrs. Baggot an die Tür klopfte und sie öffnete, ohne auf eine Aufforderung zu warten. Sie war wie versteinert und rechnete damit, daß die Schwester jeden Moment mit geröteten Wangen wieder herausflog, aber erstaunlicherweise geschah nichts dergleichen und die Tür wurde geschlossen. – Möglich, daß sie mit Thomas über den Gesundheitszustand seiner Mutter sprach.

Fanny dachte bei sich, daß jetzt ein günstiger Zeitpunkt für ihren eigenen Botengang sei, da Thomas anderweitig beschäftigt war, und trat leise aus der Hintertür und lief über den Backsteinweg, der am Rand der Büsche entlangführte und daher von den Gartenhausfenstern abgeschirmt war. Mrs. Socket hatte Thomas überzeugen können, daß nichts Anstößiges daran war, wenn Fanny unbegleitet zum Pfarrhaus ging, da der Weg vom Garten der Hermitage über einen ungenutzten Friedhof führte, so daß es möglich war, von Haus zu Haus zu laufen, ohne eine öffentliche Straße zu betreten. Unglücklicherweise befand sich das Tor zum Friedhof in der Mauerecke direkt neben dem Gartenhaus, und wenn Thomas sah, wie Fanny sich in dieser Richtung entfernte, würde er mit Sicherheit wissen wollen, warum sie wegging und zahllose Gründe finden, die belegten, daß ihr Botengang überflüssig und unnütz war. In dem Fall wußte sie wirklich nicht, *was* sie ihm erzählen sollte, falls er sie entdeckte ... Aber glücklicherweise waren die Fensterläden geschlossen, und sie konnte ungesehen durch das Tor in den Friedhof schlüpfen, wo sie dankbar Atem schöpfte.

Jeder Moment, den sie befreit von Thomas' Gegenwart verbringen konnte, war die reinste Erholung für sie. Wenn er zu Hause war, schien sein Blick ihr stets zu folgen und auf ihr zu lasten, wo immer sie hinging und was immer sie tat. Zur Zeit konnte er im Bett keine Ansprüche geltend machen, da die Geburt des Kindes bevorstand, aber wegen dieser sexuellen Enthaltsamkeit (von Doktor Chilgrove dringend angeraten) war seine Gemütsverfassung noch bedrohlicher. Einerseits hatte Fanny Angst vor der Geburt des Kindes, denn wenn alles vorbei war, würde nichts mehr Thomas davon abhalten, seine ehelichen Rechte einzufordern. – Sie wußte wahrlich nicht, wie sie das ertragen sollte, hoffte und betete aber, daß Gott ihr die nötige Kraft und das erforderliche Durchhaltevermögen verleihen möge. – Insgesamt freute sie sich aber auf das Kind. Ich werde etwas ganz für mich haben, dachte sie hoffnungsfroh; einen kleinen Bereich, für den ich zuständig bin. Dabei bedachte sie in ihrer Unschuld nicht, welch ungeheure Bedeutung Thomas dem Ereignis beimaß, wollte er sich doch mit diesem Kind ein Denkmal setzen. Insgeheim wäre Fanny ein Mädchen lieber gewesen;

sie hatte das Gefühl, daß sie ein Mädchen besser verstehen, besser mit ihm umgehen könnte. Dabei machte sie sich keine Vorstellung davon, in welche Ungnade sie fallen würde, wenn sie eine Tochter zur Welt brachte.

Als sie beim Pfarrhaus ankam, sah sie zu ihrem Mißfallen, daß ein angeschirrtes Pony mit einem zweirädrigen Wagen auf dem ordentlich geharkten Kies vor der Eingangstür wartete. Offenbar war Mrs. Socket gerade im Aufbruch begriffen, denn sie erschien in der Tür in einem alten blauen Samtreitdreß mit Umhang und einer seidenen Kapuze zum Schutz ihrer Haube. »Sieh da, Sie kommen im rechten Moment, meine Liebe!« rief sie aus, als sie Fanny erblickte. »Ich will gerade meine neue Kutsche ausprobieren, und Sie können mitkommen!«

»Neue Kutsche, Madam?«

»Ja, gewiß, Lord Egremont hat sie mir vermacht – ist er nicht ein Schatz? Der freundlichste Mensch unter der Sonne, wenn Sie mich fragen. Als er gehört hat, daß unser altes Pony nicht mehr so recht will, hatte er nichts Bessres zu tun, als mir dieses wunderschöne grauscheckige Tier und die entzückende neue Kutsche dazu zu geben. Kommen Sie auf eine Fahrt mit, meine Liebe?«

»Oh!« Fanny war in großer Versuchung. Der Gedanke, eine Kutschfahrt zu unternehmen, Gelegenheit zu haben, etwas von der Gegend zu sehen, die sie bislang kaum kannte, an so einem herrlichen Frühlingstag – das war genau das, was sie brauchte, um ihr Gemüt zu erfrischen. Aber dann stellte sie sich Thomas' unvermeidlichen Zornesausbruch vor und sagte bekümmert:

»Das ist schrecklich nett von Ihnen, Madam, aber ich glaube, das geht nicht. Thomas will nicht, daß ich unterwegs bin – in meinem Zustand. Er hält es für unschicklich.«

»Was, spricht Ihr Unmensch von einem Gatten schon wieder seine Verbote aus? Unsinn, meine Liebe! Eine Ausfahrt ist jetzt genau das Richtige für Sie – Ihre Wangen sind viel zu blaß.

Captain Paget kann auf keinen Fall etwas an diesem Ausflug auszusetzen haben, weil ich nicht durch die Straßen fahre, sondern nur in den Petworth Park. Sie können mich also ohne die geringste Sorge begleiten. Niemand wird Sie sehen. Außerdem werde ich Sie in ein Umschlagtuch einhüllen, dann kann man nicht sehen, in welchem Zustand Sie sind. – Pringle, hilf Mrs. Paget in die Kutsche.«

So genötigt – ja fast befehligt – brachte Fanny es nicht übers Herz, abzulehnen. Wohlig eingehüllt ließ sie sich neben Mrs. Socket nieder, die als erfahrene Kutscherin die Zügel ergriff, während Pringle sie auf dem alten Pony reitend begleitete – »Nur um die Tore zu öffnen«, wie er beteuerte.

»Er meint, daß er mich nicht aus den Augen lassen kann, bis er sich versichert hat, daß sich das neue Pony anständig benimmt«, bemerkte Mrs. Socket aufgeräumt. »Aber ich bin überzeugt, daß Lord Egremont uns nicht mit einem Tier beschenken würde, das nicht überdurchschnittlich sanftmütig und gehorsam ist – er weiß, was für ein Kutscher Martin ist. Lord Egremont schätzt meinen Gatten sehr und hat nicht den Wunsch, daß er sich den Hals bricht.«

Fanny sah mit lebhaftem Interesse in die Gegend, als sie den Pfarrweg entlang fuhren, dann ein paar Meter über die Straße Richtung London nordwärts trotteten, schließlich links einbogen, durch ein Tor in einer haushohen Mauer fuhren und weiter an Nebengebäuden von Petworth House vorbei. Sie passierten eine Hufschmiede, ein Kutschenhaus, ein paar Karrenverschläge und einige Häuschen mit hübschen kleinen Gemüsegärten, die vom Dienstpersonal bewohnt wurden. In einem der Gärten stand ein Mann. Er sah beim Klang der Pferdehufe auf, erkannte Fanny und schenkte ihr ein errötendes Lächeln.

»Sie kennen Lord Egremonts Gärtner?« fragte Mrs. Socket leicht verwundert, als sie weiterfuhren.

»Na ja – das heißt – ich habe einmal mit ihm gesprochen. Er

sollte eigentlich für meinen Mann arbeiten – aber er war Thomas zu eigensinnig.«

»Natürlich – ich erinnere mich.« Die Sache schien sie nicht weiter zu interessieren, denn sie fuhr fort: »So, jetzt fahren wir unter dem Lustgarten von Petworth House durch, dieser Tunnel führt uns direkt in den Park.«

Fanny war schon durch den Kopf gegangen, ob wohl Gefahr bestand, daß sie den Bewohnern von Petworth House begegneten – das Allerletzte, was Thomas gewollt hätte, das wußte sie ganz genau, und sie war daher sehr erleichtert, daß es möglich war, so unauffällig in den Park zu gelangen. Sie fuhren durch einen Steinbogen und einen breiten Tunnel entlang, der so hoch war, daß Pferd und Kutsche gut durchkamen. Er war etwa dreißig Meter lang und mündete in einen Hohlweg, der an einem schmiedeeisernen Tor endete. Mrs. Socket war ziemlich langsam durch den Tunnel gefahren, aber erst jetzt bemerkten sie, daß Andrew Talgarth ihnen gefolgt war. Er schob sich an Pringle auf dem kleinen Pferd vorbei und öffnete ihnen das Tor, tippte sich, an Mrs. Socket gewandt, an die Mütze und schenkte Fanny ein weiteres Lächeln. Während er das Tor hinter ihnen schloß, richtete er ein paar Worte an Pringle, der dann zu ihnen trat und sagte:

»Entschuldigung, Ma'am, aber der junge Talgarth hier sagt, daß wir heute lieber nich ans Nordende vom Park fahren sollen, weil da ein alter Hirsch ist, der sein Geweih noch nich gewechselt hat, und der ist deswegen sehr gereizt und unberechenbar.«

»Gut, danke, Pringle, aber in die Richtung wollte ich ohnehin nicht fahren«, sagte Mrs. Socket. »Ich will nur eine Runde um den Teich drehen.«

Jenseits des Tores versperrte ein steiler Grashang die Sicht. Mrs. Socket lenkte den Kopf ihres Ponys nach rechts, und sie erklommen einen sanft ansteigenden Weg, der sich an dem Grashügel hinaufschlängelte. In einem flachen Tal vor ihnen tummelte sich äsendes Rotwild, die Tiere bewegten sich mit eleganter Anmut und schlugen mit ihren schwarzweiß gestreiften Schwänzen. Die Färbung ihres Fells reichte von dunkelbraun bis hellbeige. Mit einem Mal rannten alle los, und das ganze Rudel flog davon. Sie schwebten so leichtfüßig über den Boden, daß sie eher Insekten glichen als Säugetieren.

»Oh, sind sie nicht wunderschön!« rief Fanny aus. »Sicher sind sie zu ängstlich, um gefährlich zu sein.«

»In der Regel sind sie überhaupt nicht gefährlich – sogar sehr scheu. Aber im Frühling werfen die Hirsche ihr Geweih ab, und wahrscheinlich werden sie deswegen unruhig – hier können Sie jetzt links Petworth House sehen.«

Sie kamen am Fuß einer Zierteichanlage vorbei, die sich in eleganten Bögen durch sanft ansteigende Ebenen von ihnen wegschlängelte. Fanny erfuhr von Mrs. Socket, daß diese ganze Parklandschaft von Capability Brown angelegt worden war, vor etwa vierzig Jahren. »Es hat ein Vermögen gekostet! Aber ich glaube, vorher war der Park gänzlich verwildert und ungepflegt.« Ganz am Ende des Teichs, jenseits eines weiteren Parkteils, stand ein großes, recht einfaches graues Haus – ein rechteckiger Hauptblock mit zwei kleinen Seitenflügeln. Ganz oben meinte Fanny eine außergewöhnliche Kuppel zu sehen; wie sich herausstellte, war das aber der Turm der Kirche von Petworth, der über das Dach hinausragte.

»Wie – wie viele Fenster es hat!« war das einzige, was sie zu dem Haus sagen konnte. Es schien ihr sehr schlicht.

»Einundzwanzig, meine Liebe, auf jedem Stockwerk. Ist es nicht ein hübscher Landsitz? Lord Egremont ist nämlich einer der reichsten Männer Englands, und dazu auch noch der gütigste. Er kann im Jahr über mehr als hunderttausend verfügen!«

Trotz dieser Fensterpracht fand Fanny mehr Gefallen an der Teichanlage, die mit pittoresken Inseln bezaubernd gestaltet war, jede mit Zierbäumen bepflanzt, mit Trauerweiden, Birken und Koniferen. Das Ufer war von Binsen gesäumt, und ein Schwarm Wasservögel zog über die ruhige Oberfläche, in der sich das Haus spiegelte. Dann kamen sie an einen Kastanienhain, hinter dem das Haus verschwand.

»Madam«, sagte Fanny, die in den letzten Minuten ihren ganzen Mut zusammengekratzt hatte, »ich wollte Sie um einen Gefallen bitten.«

»Was kann ich für Sie tun, meine Liebe?« Mrs. Socket wandte sich ihr mit einem freundlichen Lächeln zu, das ihr einfaches, wettergegerbtes Gesicht erleuchtete. »Ich bin Ihnen nur zu gern gefällig.«

Hastig und holprig erklärte Fanny, daß sie eine Uhr brauche und es schwierig sei, eine zu beschaffen. Sie zog die aufgerollten Seidenstrümpfe aus ihrem Beutel und streckte sie ihr mit den Worten entgegen:

»Ich kann Ihnen leider kein Geld geben, liebe Madam, aber diese Strümpfe sind so gut wie neu und aus bester Seide – ich glaube, sie sind soviel wert wie eine Uhr –«

»Oh, Sie armes Kind!« rief Mrs. Socket aus. »Es ist wirklich nicht zu ertragen, es bringt mein Blut zum Kochen!« Und sie murmelte etwas von wegen pfennigfuchserische, knickerige Geizhälse vor sich hin, was Fanny lieber überhörte.

»Natürlich kann ich eine Uhr auftreiben, Kind – im Pfarrhaus ticken in jedem Zimmer Uhren. Sie können eine passende auswählen, wenn wir zurück sind, und Ihre Strümpfe brauchen Sie mir nicht dafür zu geben!«

»Oh, ich muß sie doch bezahlen, Madam – ich werde sowieso nie Gelegenheit haben, sie zu tragen –«

»Ich ebensowenig, meine Liebe – bei dem kalten Steinboden im Pfarrhaus bleibe ich lieber bei meinen wollenen«, sie streckte ein derb bestrumpftes Bein hervor – »wenn wir im Gutshaus speisen, ziehe ich allerdings etwas Feineres an. Lord Egremont ist übrigens sehr traurig, daß Ihr Gatte alle seine Einladungen ausschlägt! – Jetzt können Sie das Dorf Tillington sehen.« Mrs. Socket zeigte mit der Peitsche nach rechts. »Die Hügel vor uns sind die South Downs.«

Genau in dem Moment stieß Pringle, der hinter ihnen ritt, einen Warnruf aus:

»Ma'am! Mrs. Socket! Passen Sie auf das Tier da auf!«

Eines der dunkler gefärbten Tiere war auf sie zugekommen, in leichtem Trab anmutig über den weichen Boden laufend. Anders als die anderen Tiere des Rudels, die beim Anblick von Menschen die Flucht ergriffen, kam dieses auf sie zu und hielt den Kopf mit dem Geweih hoch. Es wirkte seltsam schief, da es eine Geweihhälfte schon abgestoßen hatte, die andere aber noch nicht, was ihm ein verwegenes Aussehen verlieh.

Es stieß einen merkwürdig lauten, kehligen Schrei aus, halb Grunzen, halb Wiehern, senkte den Kopf und stürmte geradewegs auf ihr grauscheckiges Pony los, das, nicht von ungefähr, durchging, den Fahrweg verließ und den leichten Karren in halsbrecherischem Tempo über die weite kurzgeschnittene Grasfläche zwischen Teich und Gutshaus zog.

»Oh, *barmherziger* Gott!« keuchte die arme Mrs. Socket. »Wer konnte *so etwas* voraussehen –« Sie kämpfte darum, ihr in Panik geratenes Graues mit der Gebißstange wieder unter Kontrolle zu kriegen. »Wenn es nur unser altes Roß wäre – Mrs. Paget – Fanny – *halten Sie sich gut am Rand fest!* Lassen Sie um nichts in der Welt los!«

»Ich halte mich fest, Madam«, keuchte Fanny zwischen ihren klappernden Zähnen hindurch, die mehr wegen der rasenden Fahrt klapperten denn aus Furcht. »Machen Sie sich bloß keine Sorgen um mich!«

»Oh, Himmel nochmal, was wird Martin sagen? Er wird mich einen Hohlkopf schimpfen – aber es schien keine Gefahr zu drohen –«

Trotz ihres tapferen Widerspruchs regte Fanny sich zunehmend auf. Das wildgewordene Graue lief auf einen Grenzwall zu, der aus einem tiefen Graben bestand, hinter dem sich eine hohe Mauer erhob, auf deren Krone ein Stacheldraht verlief. Gefahr schien zu drohen. Fanny preßte ihre freie Hand, mit der sie sich nicht festklammerte, vor den Mund, um einen Schrekkensschrei zu ersticken. Aber als es schon unausweichlich schien, daß sie in den Graben stürzten und aus dem Wagen fielen oder gegen die Mauer geschleudert wurden, erschienen gleichzeitig zwei Retter. Pringle kam auf seinem kleinen Roß herbeigaloppiert und ritt das Graue von der Seite her an. Es schwenkte heftig nach links – und dort rannte ein Mann auf es zu, packte seine Zügel und brachte es zum Stehen – Andrew Talgarth, der Gärtner, der vom Grenzwall aus gesehen haben mußte, in welcher Notlage sie sich befanden, war zu ihrer Rettung herbeigeeilt.

In Nullkommanichts war die Gefahr gebannt. Pringle stieg von seinem Pferd ab und besänftigte das schwitzende, zitternde Graue.

Andrew Talgarth wollte wissen, ob Mrs. Socket sich verletzt hatte, und die Dame dankte beiden Männern auf ihre lebhafte, ungezierte Art.

»Mein lieber Mann! Das war das reinste Abenteuer! Ich dachte schon, unser letztes Stündlein hätte geschlagen! Das war aber auch wirklich nicht vorauszusehen. Talgarth, Sie hatten doch gesagt, daß dieser gereizte Hirsch sich im Norden des Parks aufhält?«

»Das hat er auch, Ma'am, aber er ist wohl hier runtergezogen, schneller als man sich's versah –«

»Ich danke Ihnen beiden jedenfalls, daß Sie so rasch gehandelt haben, es ist nichts geschehen – Sind Sie auch *wirklich* nicht verletzt, meine Liebe?«

»Nein, Madam«, sagte Fanny matt. Nun, da die Gefahr vorüber war, war ihr doch etwas seltsam zumute. Das Unheil war so erschreckend nah gewesen. Sie fühlte ihr Herz hämmern, oder war es das ungeborene Kind, das in ihrem Bauch trat?

Im gleichen Moment erschienen drei weitere Personen am Schauplatz, sie waren aus der offenen Terrassentür des Gutshauses herbeigeeilt. Eine von ihnen war Lord Egremont – er trug einen überaus unschicklichen Hut, der ganz und gar nicht zu seinem korrekten Anzug und seinem schneeweißen Halstuch paßte. Die zweite Person war eine füllige, freundlich aussehende Dame, vielleicht sieben oder acht Jahre älter als Fanny, in einem hinreißenden Kleid aus besticktem rosa Tüll mit der dazu passenden, höchst kleidsamen Haube. Beide schienen fassungslos und besorgt. Dicht hinter ihnen kam ein weiterer Mann.

»Meine *liebe* Mrs. Socket! Meine liebe Madam! Was für ein schreckliches Schauspiel! Mir fehlen geradezu die Worte! Was für ein schockierendes Mißgeschick – ihre allererste Ausfahrt mit meinem Geschenk – ich flehe Sie an, versichern Sie mir, daß Sie und Ihre Begleiterin unversehrt sind. Wenn nicht, sehe ich mich genötigt, mich unverzüglich zu entleiben!«

Mrs. Socket versicherte ihm lachend, daß sie und Mrs. Paget, dank ihrer geistesgegenwärtigen, tapferen Retter, völlig gefaßt und nicht im geringsten erschüttert waren durch dieses Erlebnis.

»In dem Falle werde ich nur Staub und Asche über mein Haupt streuen«, sagte er den Hut abnehmend und sich vor Fanny verbeugend. »Liebe Mrs. Paget – können Sie mir je verzeihen? Zuerst dafür, daß ich Mrs. Socket dieses verhexte Tier geschenkt habe –«

»Es war nicht Dapples Schuld – das Tier darf nicht dafür verantwortlich gemacht werden! Ich hätte den Hirsch früher bemerken müssen –«

»Und zweitens«, fuhr Lord Egremont fort, ohne die Pfarrfrau zu beachten, »weil ich ein so gefährliches Tier wie diesen Hirsch in meinem Park habe. Er wird unverzüglich in einen Braten verwandelt werden.«

»Nur gemach, mein Herr, wenn er seine zweite Geweihhälfte abgestoßen hat, wird er gewiß wieder ganz manierlich werden. Lassen Sie ihn zufrieden! Sicher ist er ganz zäh.«

»Und Sie haben wirklich beide keinerlei Schaden erlitten?« fragte jetzt die Dame an Lord Egremonts Seite. »Wollen Sie nicht kurz ins Haus kommen und sich etwas erfrischen? Machen Sie das doch bitte. Egremont, die arme junge Frau ist so weiß wie dein Halstuch. Willst du uns nicht miteinander bekanntmachen?«

»Entschuldige, meine Liebe! Das ist deine reizende Nachbarin, Mrs. Paget, deren Gatte, Captain Paget, die Preßpatrouille von Petworth befehligt – ich habe dir von ihm erzählt. Mrs. Paget, darf ich Ihnen Mrs. Elizabeth Wyndham vorstellen?«

»Angenehm, Madam«, sagte Fanny matt. »Machen Sie sich bitte keine Sorgen um mich – wenn ich wieder zu Hause bin, werde ich mich schnell erholen –«

In Wirklichkeit fing der Park an, sich in verschwommenen Kreisen um sie zu drehen, und Lord Egremont, der sah, wie sie schwankte und erbleichte, sagte brüsk:

»Nichts da, Madam! Sie brauchen dringend eine kleine Stärkung. Henriques, helfen Sie mir, Mrs. Paget ins Haus zu tragen – vorsichtig!« Ein paar Diener brachten einen Stuhl herbei, Fanny nahm darauf Platz und wurde von Lord Egremont und seinem Freund, einem dunklen, modisch gekleideten Herrn, sicher ins Haus getragen.

Sie wurde neben einem Marmorkamin, in dem ein ordentlicher Stapel Holzscheite ruhig vor sich hinglühte, auf ein Sofa gebettet. Mrs. Socket und Mrs. Wyndham wollten ihr Riechsalz geben, aber Lord Egremont schob sie mit entschiedenen Worten beiseite:

»Weg mit diesen dummen, übelriechenden Giftwässerchen, Liz! Hier ist etwas, das Mrs. Paget sehr viel besser bekommen wird«, und er nötigte Fanny, ein Glas mit dunklem nußbraunem Süßwein zu leeren, der zweifellos eine sehr stärkende und belebende Wirkung hatte. »Aus einem der letzten Madeirafässer meines Vaters. Er hat immer gesagt, sein Madeira und Schildkrötensuppe hätten König Charles wieder zum Leben erweckt, nachdem man ihm den Kopf abgeschlagen hatte. – Haben wir Schildkrötensuppe im Haus, Liz, meine Liebe?« wollte er von Mrs. Wyndham wissen.

»Ich werde bei Conrad Leidenberg anfragen lassen«, erwiderte sie prompt. »Es ist sehr gut möglich, daß er welche hat – er ist der vielseitigste und wohlausgestattetste Koch, den ich kenne. Lehnen Sie sich jetzt ruhig zurück, meine Liebe, und in kürzester Zeit werden Sie wieder auf dem Damm sein. Mir war unablässig übel, als ich in anderen Umständen war, ich habe also größtes Mitgefühl mit Ihnen – und dann so einem Abenteuer ausgesetzt! – Sollte man nicht vielleicht Dr. Chilgrove rufen, Madam?« fragte sie Mrs. Socket, die besorgt und schuldbewußt war und fast ebensosehr der Stärkung bedurfte wie Fanny. Lord Egremont versorgte auch sie mit Madeira.

»Haben Sie vielleicht irgendwelche Schläge oder Stöße empfangen, meine Liebe?« fragte sie Fanny. »Auf – auf den bewußten Körperteil?«

»Ich glaube nicht, Madam.« Fanny errötete, als vor dem fremden Herrn, den Egremont mit Henriques anredete, auf ihren Zustand angespielt wurde. Er stand in der Nähe und beobachtete sie mit unverhülltem Interesse. Sie hatte jetzt Zeit festzustellen, daß er ein gedrungener, kräftig gebauter Mann in mittleren Jahren war, mit lockigem graumeliertem Haar. Um seinem Blick, der sie sehr beunruhigte, auszuweichen, sah sie sich im Raum um und war sehr von seiner Größe und Pracht beeindruckt. Die Möbel waren vergoldet und verschnörkelt, es gab Tische mit Porphyrplatten und Einlegearbeiten in Bronze und Marmor. Die Wände waren vollständig vertäfelt mit kostbar geschnitztem

Holzwerk (Lindenholz, erfuhr sie später von der Pfarrfrau) und mit einer Fülle von Schnitzereien verziert, in denen sich zwischen Kränzen, Blumenkörben, Trauben, Füllhörnern und Girlanden Vögel, Fische, Wildtiere und nackte Cupidos tummelten. Ein Bildnis von König Heinrich VIII. blickte vom Kamin auf sie herab und schien zu fragen, was sie hier inmitten dieser Pracht verloren hatte – die kleine Fanny Herriard aus Sway. Der Glanz wurde allerdings durch die herrschende Unordnung etwas beeinträchtigt – Zeitungen, Stickarbeiten und geöffnete Bücher lagen in der Gegend verstreut herum, und ein großer Aschehaufen war vom Kaminrost auf den Steinboden gefallen.

»Wir sollten auf jeden Fall nach dem Arzt schicken«, sagte Lord Egremont. »Captain Paget würde es gewiß wünschen.«

Bei dem Gedanken an ihren Mann fiel Fanny fast in Ohnmacht, und sie erbleichte derart, daß Mrs. Wyndham die Männer aus dem Zimmer scheuchte.

»Sie brauchen etwas Warmes im Magen, meine Liebe, und es wird gleich zur Stelle sein«, sagte sie zu Fanny mit ihrer herrlich wohltuenden, gurrenden Stimme. »Beunruhigen Sie sich bloß nicht – ich glaube kaum, daß Ihnen oder Ihrem Kind etwas zugestoßen ist – und ich weiß, wovon ich rede – stimmt's, Mrs. Socket? – immerhin habe ich drei Stück zur Welt gebracht.«

»Nicht zu glauben, Madam, das hätte ich nie gedacht«, sagte Fanny matt. Mrs. Wyndham sah kaum älter als fünfundzwanzig aus und war bildhübsch. In ihrer strahlenden, voll entfalteten, üppigen Schönheit glich sie einer vollerblühten weißrosa Rose, die bald ein paar Blütenblätter verlieren würde, aber immer noch einen betörenden sommerlichen Wohlgeruch verströmte. Fanny war von ihrem Aussehen und ihrer schlichten Freundlichkeit überaus angetan. Als die Schildkrötensuppe kam, auf einem silbernen Tablett mit Brötchen und Trauben, schickte sie den Boten, der sie gebracht hatte, hinaus – »denn Dienstboten sind so ungeschickt und zappelig« – und bestand darauf, Fanny Löffel um Löffel zu füttern, bis diese lachend erklärte, daß sie sehr gut selbst zurecht käme und ihrer Gastgeberin nicht länger zur Last fallen müsse (denn an Mrs. Wyndhams gebieterischem Gebaren und der Ehrerbietung, die die Dienstboten ihr entgegenbrachten, konnte man ablesen, daß sie die Herrin des Hauses war).

Doktor Chilgrove wurde nun gemeldet – offenbar wurde einer Vorladung von Petworth House prompt Folge geleistet –, und Fanny wurde für die private Untersuchung in ein kleineres Zimmer gebracht. Bevor der Doktor hereinkam, und während Mrs. Socket in einem anderen Zimmer mit ihm sprach, wandte sich Liz Wyndham noch einmal an Fanny:

»Nun sagen Sie mir mal, meine Liebe, haben Sie vielleicht Angst vor Ihrem Gatten? Ich habe gesehen, wie Sie weiß wie Ihr Brusttuch wurden, als George von ihm sprach – und ich habe gehört, daß er ein überaus gestrenger, streitsüchtiger Mensch ist – bereitet Ihnen das Sorge? Wird er Sie ob dieses Zwischenfalls schelten?«

»O ja – Ma'am! Ich – ich möchte nicht unhöflich erscheinen – da – da Sie so gütig zu mir waren« – Fannys Stimme versagte, und ein paar verlegene Tränen rannen ihr über die Wangen – »aber der Gedanke daran, was er sagen wird, wenn er davon hört – erfüllt mich mit Angst und Schrecken! Er wird – er wird entsetzlich böse sein –«

»Puh! Wegen des Unfalls im Park – oder wegen des Besuchs hier im Haus?«

»Wegen beidem, Ma'am, fürchte ich. Es ist von so großer Bedeutung für ihn, daß ich ihm einen Erben gebäre – weil er nur Töchter hat und bis jetzt noch keinen Sohn – und – und –«

»Und nun wird er sagen, daß sein unbedarftes kleines Weib nicht nur das Leben des Kindes aufs Spiel gesetzt hat, sondern auch noch nolens volens zu einer dummen Eskapade verleitet wurde und unter die unmoralischsten Leute zwischen hier und London geraten ist, die ein schlimmes Lotterleben führen«, vollendete Mrs. Wyndham den Satz. »Tja – tja, dann müssen wir tunlichst dafür sorgen, daß ihm *nichts* zu Ohren kommt über ihr Mißgeschick.«

Fanny bezweifelte, ob so eine Verheimlichung möglich war, aber als Doktor Chilgrove sie dann untersuchte, war er erfreulich zuversichtlich, was ihren Zustand betraf. – »Nicht das mindeste geschehen, mein Kind, das können Sie mir glauben!« Und dann erfuhr sie eine Neuigkeit von ihm, die sie schlagartig aufrichtete: »Wir werden Ihrem Gatten nichts davon erzählen, meine Liebe, weil er sich nur übermäßig echauffieren würde – ich kenne seine aufbrausende Natur – und außerdem müßte man ihm einen Boten nachschicken, weil er gar nicht in der Nähe ist. Ich habe ihn mit all seinen schändlichen Schuften von der Preßpatrouille über die Straße nach Brighton davonziehen sehen, als säße ihnen der Teufel persönlich im Nacken.«

»Oh, was für ein glücklicher Umstand«, meinte Fanny aufatmend. »Ich wußte, daß er vorhatte, in Kürze nach Brighton zu gehen, er hat nur auf den Befehl gewartet –«

»Ich habe von dieser Brighton-Geschichte gehört«, bemerkte Chilgrove. »Alle Männer der Stadt bestehen auf ihrem Recht, nicht zwangsverpflichtet werden zu dürfen, stimmt's? Die Preßpatrouillen werden sich in einer heiklen Lage sehen, wenn sie all diese kräftigen Fischerbanditen von Brighthelmstone einfangen wollen – Ich beneide sie nicht um die Aufgabe. Vertrauen Sie darauf, daß Ihr Mann heute nacht kaum nach Hause kommen wird, meine Liebe.«

»Wenn das so ist«, sagte Liz Wyndham, »bleibt Mrs. Paget am besten hier, wo wir auf sie aufpassen können.«

Doktor Chilgrove hätte diesen Vorschlag unterschrieben, aber Fanny regte sich bei dieser Vorstellung so auf, daß sie zustimmten, daß sie nur den Nachmittag in Petworth House verbrachte und dann, wenn sie sich hinreichend erholt hatte, zu Mrs. Sokkets Haus gebracht wurde. Diese Dame ging folglich nach

Hause, um ihrem Mann von dem Unglück zu berichten, ihn zum Schweigen darüber zu verpflichten und Bettzeug auszulüften, Wärmflaschen vorzubereiten und ein Zimmer für Fanny herzurichten. Gleichzeitig wurde ein Dienstbote zur Hermitage gesandt, um Mrs. Strudwick zu informieren, daß ihre Herrin die Nacht im Pfarrhaus verbrachte. Das allein war eine derart ungeheure Abweichung vom Alltäglichen, daß Fanny sich erneut über die Maßen aufregte, aber Liz Wyndham meinte nachdrücklich, daß es erheblich besser war, die Nacht unterm Dach einer erfahrenen Frau reiferen Alters zu verbringen, die selbst Kinder hatte und etwas von diesen Dingen verstand, als der fruchtlosen Pflege eines Trüppchens von Dienstboten ausgeliefert zu sein. Fanny kam in den Sinn, daß sie ja nun eine richtige Pflegerin in der Hermitage hatten, aber da sie Mrs. Lily Baggot nicht vorbehaltlos zugetan war und auch daran zweifelte, ob es Thomas recht war, wenn die Fürsorge dieser Person von seiner Mutter abgelenkt wurde, beschloß sie, es für sich zu behalten.

Liz Wyndham setzte sich neben Fanny und sagte: »Jetzt wollen wir aber Ihren Besuch nach Kräften genießen! Ich wollte ja so gerne Ihre Bekanntschaft machen! Die beiden früheren Bewohnerinnen Ihres Hauses waren nämlich meine liebsten Freundinnen, und ich vermisse sie schmerzlich. Sicher hat das Schicksal uns jetzt zusammengeführt.«

»Oh, kannten Sie Juliana, die Cousine meines Mannes? Ich würde so gerne wissen, was für ein Mensch sie ist. Sie muß ein überaus gütiges Wesen sein!« In ihrer Neugier legte Fanny alle Hemmungen ab und plauderte bald ungezwungen los.

Liz Wyndhams freundliche, fürsorgliche Art und ihre wunderbare Direktheit schlug sie in deren Bann.

»Wird ihr Gatte *sehr* böse sein, wenn er hört, daß Sie mich kennengelernt haben?« fragte sie geradeheraus. Und als die errötende Fanny bekümmert zugab, daß sie nicht daran zu denken wagte, *wie* groß Thomas' Wut und Zorn sein würden, sagte Liz:

»Das tut mir sehr leid für Sie, denn das hört sich so an, als wäre er ein schrecklich unangenehmer, engstirniger Mann, und ich habe großes Mitleid mit Ihnen, daß Sie mit ihm zusammenleben müssen. Ist er *sehr* unangenehm?«

»Oh, ja – in der Tat«, seufzte Fanny aus tiefstem Herzen. »Sie können sich nicht vorstellen, *wie* unangenehm er ist.«

»Arme Fanny! Sie müssen diesen Besuch einfach vor ihm verheimlichen. Niemand liebt es, andere zu hintergehen, es ist so dumm und abgeschmackt, aber diese kleinlichen, böswilligen puritanischen Charaktere zwingen uns dazu. Was geht es *ihn* an, wenn George und ich beschlossen haben, nicht zu heiraten?«

Fanny fragte sich unwillkürlich, was sie zu diesem Entschluß bewogen hatte, aber ihr Taktgefühl verbot es ihr nachzufragen; Liz jedoch redete weiter, als hätte sie ihr die Frage vom Gesicht abgelesen: »Wir ziehen es vor, meine Liebe, weil es uns davon entbindet, so trübselige, miesepetrige Personen wie Ihren Gatten zu empfangen, die ihre Nase in alles hineinstecken. Und es gibt genügend andere, das kann ich Ihnen versichern! Wir haben so viele Freunde, daß wir gar nicht für alle Zeit haben. Wir hatten unzählige Male Mr. Fox zu Gast und Mr. Creevey, die Seftons und die halbe Melbourne-Sippe – Creevey bemängelt zwar stets die klamme Bettwäsche und die Freimütigkeit der Dienstboten, aber er kommt immer wieder. Prinney war auch ein guter Freund von George, aber er ist inzwischen so fett und faul, daß er nicht mehr von Brighton hierherkommt.«

Fanny machte große Augen angesichts dieser Auflistung bedeutender Namen. »George hält, ehrlich gesagt, nicht viel vom Ehestand«, meinte Liz dann nachdenklich. »Der Gedanke daran macht ihn unruhig. Er war einmal mit dem hübschesten Mädchen Englands verlobt – mit Lady Maria Waldegrave – oh, ein Juwel erster Güte! –, aber er hat einen Rückzieher gemacht. Das war vor neun Jahren. Ich glaube nicht, daß er jetzt heiraten würde. Die steife Etikette und das Förmliche der Ehe ist irgendwie nichts für ihn. Wenn wir verheiratet wären, müßten wir unser halbes Leben in Egremonts Haus in Piccadilly verbringen und große Essen geben für die High Society und uns stundenlang damit auseinandersetzen, wer wen zu Tisch führen soll, ob die jüngeren Söhne der Barone vor den älteren Töchtern der Grafen den Raum betreten oder nicht. Hierher kommen nur unsere Freunde, ganz nach unserem Belieben. – George hat mir zwar die Ehe angeboten, aber ich habe stets beharrlich abgelehnt; was für einen Sinn sollte es *heute* haben? Seine Söhne würden damit nicht legitim, was der einzige vertretbare Grund wäre. Aber George gibt ohnehin keinen Heller darum; soll doch der Sohn seines Bruders William den Titel erben, sagt er. Für die Knaben ist ausreichend Vorsorge getroffen.«

Fanny staunte über diese neuartige Sicht der Ehe und starrte ihre Gastgeberin verwundert an.

»Aber *Ihr* Gatte«, fuhr Liz fort. »Sie sagen, er will unbedingt einen Erben?«

»O ja, Ma'am, in der Tat –«

»Nennen Sie mich doch Liz, Kind – so nennen mich alle! Und darf ich Fanny zu Ihnen sagen?«

Angesichts dieses ungezwungenen, vertraulichen Angebots entfuhr Fanny sonderbarerweise ein Schluchzer.

»Was ist los, meine Liebe?« Liz war sehr besorgt und rückte mit einem Rascheln von Musselin und einer zarten Duftwolke näher, um sie zu umarmen. »Ermüde ich Sie? Ist mein Geschwätz zuviel für Sie? Soll ich Sie lieber alleine lassen?«

»O *nein*, Ma'am – liebe Liz – es ist nur – ich *weiß*, daß mein Mann es nie, nie erlauben wird, daß wir Freundinnen werden – was nutzt es also, wenn wir unsere Vornamen austauschen?«

Liz Wyndham legte ihre schöne glatte Stirn in Falten.

»Nun, was das betrifft – wer weiß? Vielleicht gelingt es uns, uns irgendwie zu treffen. Und außerdem ist Ihr Gatte nicht mehr der Jüngste. Er war doch schon einmal verheiratet?«

»Ja. Ich habe drei Stieftöchter, zwei von ihnen sind älter als ich.«

»Pfui Teufel«, sagte Liz entrüstet. »Was er sich wohl dabei gedacht hat, ein Kind in Ihrem Alter zu heiraten?« Sie beantwortete ihre eigene Frage sogleich selbst: »Er wollte eine junge, gesunde Frau, die ihm einen Sohn gebären würde – seltsam, daß Männer doch immer das wollen, was sie nicht haben. Wenn er dann einen Erben hat, wette ich darum, daß er nicht zweimal am Tag nach ihm fragt oder sich um seine Entwicklung kümmert – Schauen Sie nur George an mit seinen Vieren!«

»Vier – Ma'am – sprachen Sie nicht von dreien?«

»Ah, er hat auch noch einen Sohn und eine Tochter von einer anderen Dame – von meiner Busenfreundin Elise Reynard, die vor der Cousine Ihres Gatten in der Hermitage gelebt hat. George hat sie ja damals für sie bauen lassen.«

»Oh, die Dame aus Frankreich, die gestorben ist?«

»Ja, genau die.« Liz verfiel einen Moment in Schweigen.

Fanny war ganz durcheinander angesichts der Liaisons von Lord Egremont, beschloß aber, bezüglich dieser offenbar traurigen Geschichte keine weiteren Fragen zu stellen.

»Ihr Gatte wünscht sich also einen Sohn«, resümierte Liz dann auf ihre bedächtige Art. »Dann hoffe ich, Fanny, zu Ihrem eigenen Nutzen, daß Sie in der Lage sind, ihm einen Sohn zu schenken.«

»Oh, das hoffe ich auch!« Fanny schauderte bei dem Gedanken an Thomas' Enttäuschung, falls das Kind ein Mädchen wäre. ›Enttäuschung‹ wäre wohl kaum das passende Wort, dachte sie.

»Mißbraucht er Sie im Bett?« fragte Liz unvermittelt mit einem durchdringenden Blick. Fanny verschlug es den Atem und sie wurde kreideweiß. Sie hatte nicht damit gerechnet, je gegenüber einer lebenden Seele zu enthüllen, welche Qualen sie hinter der geschlossenen Tür ihres Schlafzimmers zu durchleiden hatte. Daß ihr schmerzliches Geheimnis so ruhig ans Tageslicht gebracht wurde, versetzte ihr geradezu einen körperlichen Schock.

»Ich – ich kann nicht – ich kann nicht darüber sprechen. Nein, nicht einmal mit Ihnen«, sagte sie, als sie sich etwas gefangen hatte.

»Armes Kind.« Liz sah sie voller Mitleid an. »Sie glauben nicht, daß es Ihnen guttun würde, darüber zu reden?«

Fanny schüttelte den Kopf.

»Wenn ich darüber reden würde«, brachte sie nach einiger Zeit hervor, »würde ich nur anfangen, mich selbst zu bemitleiden. Und das würde zu nichts führen.«

Liz stand auf und ging unruhig auf dem hübschen Exeter-Teppich auf und ab. Ihr heiteres rundes Gesicht war umwölkt. Dann hielt sie inne und sah Fanny grübelnd an.

»Wenn – wenn Sie ihm einen Knaben schenken, wird er Sie vielleicht besser behandeln. Glauben Sie das?«

»Gewiß«, sagte Fanny ohne Zutrauen. »Aber wenn ich ihm ein Mädchen gebäre –«

»Falls Sie ihm ein Mädchen gebären – Haben Sie dann *niemanden,* an den Sie sich wenden können? Ihr Vater, Ihre Familie?«

»Nein, Papa ist tot. Und meine Schwestern müssen bei Verwandten leben. Die armen Dinger haben kein Geld, sie sind allesamt unverheiratet.«

»Man könnte denken, daß wir Frauen Sklavinnen sind!« brach es aus Liz hervor. Dann lachte sie über sich selbst. »Hören Sie mich an! Ich bin so glücklich – was soll ich mich also beklagen? Aber, oh, es bringt mein Blut zum Kochen! Nun, es hilft nichts, meine Liebe – falls es zu Hause zu schlimm wird, müssen Sie zu uns flüchten! Kommen Sie ins Petworth House. Wir werden uns gut um Sie kümmern, das verspreche ich Ihnen.«

»Oh – du – lieber Gott!« stammelte Fanny. »Aber, Ma'am – aber, Liz, überlegen Sie doch! Daran ist nicht zu denken! Mein Gatte könnte gerichtlich meine Rückkehr erzwingen –«

»Und sich selbst einem Skandal und dem Klatsch aussetzen? Ich bin überzeugt, daß ein Mann seines Schlages eher sterben würde, als das zu tun.«

Fanny glaubte nicht, daß Liz' Einschätzung von Thomas zutraf. Sie dachte, daß er mit größter Hartnäckigkeit für alles kämpfen würde, was er für sein Recht hielt, und zwar um jeden Preis.

»So etwas könnte ich nie und nimmer tun«, seufzte sie. »Aber ich danke Ihnen für Ihr Angebot. Es ist zu gütig von Ihnen.«

»Nun denn«, sagte Liz zuversichtlich, »er wird gewiß bald sterben, durch einen Sturz von seinem Pferd, oder einem von den armen Burschen, die er zwangsverpflichtet hat, gelingt die Flucht, und er kehrt nach Hause zurück und jagt ihm eine Kugel durch den Kopf. Oder irgend sowas. Und dann werden Sie eine zufriedene, wohlsituierte Witwe sein, und wir können uns treffen, so oft wir wollen, und ich werde einen reizenden zweiten Ehemann für Sie ausfindig machen. Lassen Sie den Kopf also nicht hängen!«

Sie lächelte Fanny zu, die sich bemühte zurückzulächeln, und da sie sich nun wieder etwas erholt hatte, faßte sie den Mut, eine scheue Frage zu stellen.

»Ma'am – liebe Liz – Mrs. Socket und ich sind Ihrem Gärtner so zu Dank verpflichtet, weil er herbeigeeilt ist und unser Pferd beim Zügel gepackt hat – er ist die Gefahr eingegangen, gegen die Mauer geschleudert zu werden – könnte ich ihn, wäre es möglich, daß ich ihn kurz sprechen könnte, um ihm zu danken? Mrs. Sockets Burschen sehe ich oft, aber den anderen Mann werde ich schwerlich wiedertreffen –«

»Andrew Talgarth? Natürlich können Sie ihm danken«, meinte Liz Wyndham und erhob sich, um die Glocke zu läuten. »Ich bin froh, daß Sie diesen Wunsch äußern, weil ich selbst ihm unbedingt danken wollte. Er ist so ein großartiger junger Mann! George hat eine sehr hohe Meinung von ihm – denkt, er wird ein zweiter Repton – und hat sich angewöhnt, ihn in allen möglichen Angelegenheiten um Rat zu fragen, deshalb hat es *ihn* gewiß nicht überrascht, daß Andrew Talgarth so schnell zur Stelle war und das Pferd gebändigt hat. – Oh, Towson, können Sie bitte herausfinden, wo Andrew Talgarth sich befindet und ihn hierher schicken? Mrs. Paget will ihm für ihre Rettung danken.«

»Ja, Ma'am. Ich glaube, Talgarth ist in der Bibliothek, Ma'am. Ich werde ihn umgehend zu Ihnen schicken.«

Mit Erstaunen vernahm Fanny, daß Lord Egremonts Gärtner in der Bibliothek zu finden war. Liz gab ihr die Erklärung:

»Talgarth liest in jeder freien Minute Tusser oder Lawson oder *The Gardener's Labyrinth* oder ähnliche Werke, und er hat sogar vom Hauslehrer der Knaben genug Latein gelernt, um studieren zu können, was Plinius über die Kunst der Gärtnerei geschrieben hat. George ermutigt ihn, seine Bücher zu benützen. George sagt, wozu ist eine Bibliothek gut, wenn sie nicht dazu dient, einen in Haushaltsfragen zu belehren?«

Während Fanny darüber nachdachte, daß Lord Egremont unzählige überraschende Eigenschaften besaß, erschien Andrew Talgarth. Man sah deutlich, daß er sein lockiges schwarzes Haar rasch mit einem nassen Kamm gebändigt hatte, im übrigen sah er genauso aus, wie Fanny ihn von ihrer ersten Begegnung im Garten der Hermitage in Erinnerung hatte: Sein braunes, wettergegerbtes Gesicht blickte sie ernst, aber mit einem verborgenen Lächeln in den blitzblauen Augen an. Er stand weder verlegen noch allzu beflissen in der Tür und sagte höflich:

»Sie haben nach mir geschickt, Ma'am?«

»Mrs. Paget will Ihnen dafür danken, daß Sie ihr das Leben gerettet haben«, sagte seine Herrin. »Und ich will Sie ebenfalls loben, Andrew. Sie sind ein tapferer Bursche! Ich wäre dem Pferd nicht gern in die Zügel gefallen, wie Sie es getan haben – ich hätte zu große Angst davor gehabt, in den Stacheldraht geworfen zu werden!«

»Ah, Euer Ladyschaft sind nicht so schwer wie ich!« antwortete der Gärtner, und sein ernstes Gesicht wurde von dem Lächeln erhellt, das Fanny noch gut in Erinnerung hatte. Sie streckte ihm die Hand entgegen und sagte sanft:

»Ich bedaure es sehr, daß Sie nicht mehr für uns in der Hermitage arbeiten, Talgarth, ich war sehr erschüttert über – über das, was geschehen ist. Aber es war nur zu meinem Glück, daß sie heute hier im Park waren! Und ich sehe, daß Sie sich hier besser entfalten können. Ich bin Ihnen zutiefst dankbar für Ihre tapfere Tat.«

»Nicht der Rede wert, Ma'am. Ich bin froh, daß ich mich nützlich machen konnte«, erwiderte Talgarth ruhig. Er beugte sich über ihre Hand, tippte sich an die Stirn und verließ den Raum – sein sanfter Schritt war auf dem Teppich kaum zu hören.

»Seine Frau müßte man sein«, seufzte Liz ihm nachblickend.

»Oh? – Ist er verheiratet?«

»Nein, es wundert mich immer, weil ich sicher bin, daß die Mädchen aus Petworth scharenweise hinter ihm her sind. Meiner eigenen Zofe Clara will stets schier das Herz brechen, wenn er mir ein Sträußchen bringt und sie dabei keines Blickes würdigt! Er hat nichts als Gärten im Kopf. Man käme sich vor wie die Frau eines Waldgottes! Wenn er mir einen Strauß rosa Nelken oder Goldlack überreicht, bin ich überzeugt, daß die Blumen ewig halten und nie welken.«

In diesem Moment erschien ein Bote mit der Meldung, daß die Kutsche von Mrs. Socket zurückgekehrt sei, um die junge Dame zum Pfarrhaus zu bringen.

»Ich hoffe, das alte Pferdchen ist angeschirrt«, sagte Liz lachend, »obwohl ich dem ungezogenen Dapple dankbar bin, daß er es mir ermöglicht hat, Ihre Bekanntschaft zu machen.« Sie küßte Fanny herzlich. »Vergessen Sie nicht, daß Sie in mir eine Freundin haben, meine Liebe, und einen Freund in George – er findet, Sie sind hübsch wie eine Schlüsselblume, das sind seine Worte! George ist ein großer Charmeur, aber Sie dürfen darauf vertrauen, daß er nie die Grenzen des Anstands überschreitet. Vielleicht sollte ich Sie aber vor James Henriques warnen.« Liz senkte die Stimme, und Fanny hatte wieder den grauhaarigen Mann vor Augen, dessen Blick so unangenehm auf ihr gehaftet hatte. »Er ist ein Schwerenöter, ein Spieler und ein oberflächlicher Bursche – trauen Sie ihm nicht über den Weg. Sie werden ihm aber ohnehin kaum wieder begegnen. Auf Wiedersehen, meine liebe Nachbarin und Freundin – ich hoffe, daß wir uns bald wiedersehen. Ich werde mich nach Kräften darum bemühen!«

»Auf Wiedersehen – und – und ich danke Ihnen inniglich!« sagte Fanny, die ganz durcheinander war, als die zwei Burschen des Pfarrers sie vorsichtig zur Kutsche hinaus geleiteten.

Liz eilte wutentbrannt in das holzgetäfelte Zimmer zurück, wo sich Lord Egremont und sein Freund über alte Zeiten an der Pampellone-Schule unterhielten, die sie als Knaben zusammen mit Charles Fox besucht hatten. Und sie ergingen sich in Erinnerungen an die späteren Karrieren der verschiedenen wilden Burschen und Emporkömmlinge, die einst ihre Schulkameraden gewesen waren.

»Und ausgerechnet *du* machst dir Gedanken über Parvenus, Egremont«, sagte Major Henriques zweifelnd, »du, der du deinen Knechten erlaubst, auf dem Rasen Kricket zu spielen, und deinem Gärtner gestattest, in deiner Bibliothek zu stöbern – du bist ein echter Umstürzler!«

»Ja, aber es ist ein gewaltiger Unterschied, James, ob man freiwillig gibt oder ob einem etwas genommen wird. Sieh dir nur diesen Bonaparte an – allem Anschein nach wird er Sardinien erobern, und die elenden Österreicher werden ihm nicht mehr als ein Geblöke entgegensetzen – Es wird Zeit, daß ihm jemand das Handwerk legt.«

»Es ist Zeit, daß jemand diesem elenden Paget das Handwerk legt!« ließ sich Liz vernehmen. »Diese arme kleine Kreatur wird eingesperrt, als wäre sie eine Sklavin und keine britische Christin. Du solltest ihren abscheulichen Gatten an den Pranger stellen, George, damit die Leute ihn mit faulen Eiern bewerfen können!«

»Ich muß zugeben, daß ich den Burschen nicht mag, meine Liebe«, erwiderte Lord Egremont beschwichtigend, »aber wir leben in einem freien Land, vergiß das nicht, in dem ein Mann mit seiner Frau machen kann, was er will.«

»Darum hast du wohl nie eine gehabt, George?« meinte der Major. »Aber springt ihr Gatte wirklich so übel mit ihr um, Madam? Auf mich wirkt die Kleine überaus einnehmend und liebenswert – wenn sie auch nicht gerade groß herausgeputzt ist – ich würde denken, jeder Ehemann müßte sie nach Strich und Faden verwöhnen.«

»Dieser schändliche Paget aber nicht«, sagte Liz. »Ich fürchte, er setzt ihr übel zu. George, ich habe ihr gesagt, daß sie bei uns Schutz suchen kann, wenn sie es nicht mehr aushält.«

Egremont hob die Brauen.

»Da kannst du aber ganz schön aufs Glatteis geraten, meine Liebe, wenn sie dich beim Wort nimmt. Wenn nun der erzürnte Gatte dir an den Kragen will? Aber wir werden die Dinge regeln, wenn es erforderlich wird. Nun, James? Hast du lange genug drinnen herumgefaulenzt? Sollen wir ausreiten und meine Southdowns begutachten? Rapley hat mir gesagt, daß wir das beste Lämmerjahr seit 1784 haben; nur drei Stück sind eingegangen, und sie werden dick und fett.«

»Du bist ein schlauer Fuchs, Egremont«, hörte Liz Henriques sagen, als die zwei Männer durch die Terrassentür traten. »Wenn ich so ein liebes Vögelchen am Rand meines Horsts nisten hätte, würde ich es, zum Teufel, ermutigen, von seinem Halter wegzufliegen, da kannst du Gift darauf nehmen!«

»Stell deine eigenen Fallen auf, wo du willst, James«, erwiderte Lord Egremont ruhig. »Zerbrech dir nur nicht den Kopf über *mein* Jagdrevier.«

Im Pfarrhaus wurde Fanny beflissen umsorgt und gleich nach dem Abendessen von ihrer Gastgeberin zu Bett gebracht. Aber sie lag noch viele Stunden wach.

6

In der Nacht starb Bisesa, das kleine Hausmädchen. Scylla war bei ihr, als es mit ihr zu Ende ging. Kurz nachdem Miss Musson zum Palast aufgebrochen war, hatte man vom Krankenhaus nach der Sahiba geschickt, die so schnell wie möglich kommen sollte, da sich der Zustand des Mädchens beängstigend verschlimmert hatte. Scylla schickte Ram zur Zitadelle mit dem Auftrag, die Mem ausfindig zu machen und zum Krankenhaus zu holen, war aber nicht weiter überrascht, als Miss Musson ausblieb. Vielleicht war sie nicht auffindbar gewesen in dem vom Kummer aufgewühlten Palast, oder sie war der Meinung, daß ihre Pflichten gegenüber Mahtab Kour Vorrang hatten.

Scylla selbst eilte mit Abdul zum Krankenhaus. Sie erkannte sofort, daß Bisesas Fieber ein kritisches Stadium erreicht hatte; ihr Körper brannte, das Weiße ihrer Augen war gelb, und jeder Zentimeter ihrer Haut war jetzt mit den Pusteln bedeckt, die sich mit rätselhafter Geschwindigkeit vermehrt hatten. Sie sonderten leuchtend gelben Eiter ab und verursachten eine derartige Pein, daß Bisesa sogar auf dem Höhepunkt ihres Deliriums versuchte, daran zu reiben oder zu kratzen. Ihre Schwester und ihre Schwägerin, die rechts und links von ihrer Liege saßen, hielten ihr geduldig die Hände fest. Scylla konnte so gut wie nichts für das arme Mädchen tun, außer ihre Schmerzen mit Opium zu lindern. Kurz nach Mitternacht erreichte das Fieber seinen Höhepunkt, und das schmächtige Mädchen war nicht kräftig genug, es durchzustehen. Kurz bevor sie starb, hatte sie einen klaren Moment, in dem sie ihre geschwollenen, verklebten Augen noch einmal aufschlug und Scylla erkannte, die ihre Stirn mit Rosmarinwasser kühlte.

»Oh, Mem Periseela! Es tut mir so leid, daß ich das Geschenk der Königin anprobiert habe – ich weiß, ich hätte es nicht tun dürfen – und jetzt werde ich dafür bestraft – aber ich habe nicht gedacht, daß es so schlimm ist, so eine große Sünde –«

»Aber das war doch keine Sünde, mein armes Kind – ich wollte es dir ohnehin zur Hochzeit schenken, als Brautkleid – also sieh zu, daß du schnell wieder gesund wirst!«

»Ich werde nicht mehr gesund werden, Mem«, keuchte Bisesa und schloß auf immer die Augen. Die Frauen an ihrem Bett brachen sofort in herzzerreißendes Wehklagen aus, aber Scylla verspürte Erleichterung, daß die Leiden des unglücklichen Mädchens nun vorüber waren. Solange sie sich um Bisesa gekümmert hatte, war sie so beschäftigt gewesen, daß sie ihre eigenen schmerzenden Hände vergessen hatte, aber während nun die alte Jameela und die Angehörigen des Mädchens die Tote wuschen und zurechtmachten, ging Scylla in die kleine Kammer, wo die Medikamente aufbewahrt wurden, fand einen Balsam aus Honig und Akazienharz und rieb ihre mit brennenden Blasen bedeckten Hände damit ein. Sie fragte sich erschöpft und resigniert, ob sie sich wohl in der nächsten Nacht im gleichen Zustand wie Bisesa befinden würde.

Sie weckte den alten Abdul, der im Vorhof döste, und kehrte nach Hause zurück, wo Colonel Cameron, den sie in einem Korbstuhl schlafend zurückgelassen hatte, inzwischen erwacht war und besorgt im Hauptraum des Bungalows auf und ab ging.

»Sie hätten das Haus nicht verlassen dürfen, ohne mir Bescheid zu sagen!« fuhr er sie an. »Jeden Moment kann ein Aufstand ausbrechen und ein großes Gemetzel einsetzen – in der derzeitigen Lage ist es kaum angebracht, sich in den frühen Morgenstunden in Ziatur herumzutreiben.«

Scylla hob die Brauen. Sie war aber zu schwach, um sich groß zu verteidigen, wenn sie auch nicht einsah, was ihm das Recht gab, sie so zurechtzuweisen.

»Entschuldigen Sie mich – ich bin sehr müde – ich gehe jetzt ins Bett«, erwiderte sie kurz und versuchte, hinter ihm vorbei in ihr Zimmer zu gehen.

»Wo waren Sie?«

»Im Krankenhaus, bei Bisesa, unserem Hausmädchen, sie ist gestorben.«

Sie hob die Hände, um den Burqa abzustreifen, der ihr Haar bedeckte. Als Cameron ihre Hände sah, rief er aus:

»Großer Gott, Mädchen! Mit *diesen* Händen können Sie doch nicht ins Bett gehen! Sie müssen behandelt werden! Was haben Sie sich da zugezogen?«

»Ich nehme an, ich habe mich bei Bisesa angesteckt«, sagte sie müde. »Sie sollten sich besser von mir fernhalten.«

Er befragte sie scharf über das Leiden des Mädchens, wann es ausgebrochen und wie es verlaufen war, ob Bisesa Hinweise über mögliche Ursachen hatte fallen lassen. »Hat sie irgend etwas erwähnt, was sie gegessen oder getrunken hat?«

»Nein, sie hat uns keinerlei Hinweise gegeben. Die letzten Worte des armen Kindes waren eine Entschuldigung dafür, daß sie meinen neuen Sari anprobiert hatte. Ich wollte ihn ihr ohnehin schenken – zu ihrer Hochzeit«, sagte Scylla mit vor Erschöpfung und Gram brechender Stimme.

»Sari?« horchte er auf. »Sie meinen doch nicht etwa das rote Ding mit den Perlen – das Mahtab Kour Ihnen geschickt hat?«

»Doch. Warum?«

»Sie hat das Gewand anprobiert? Wo ist es?«

Sie machte ein Zeichen mit dem Kopf, und Cameron ging in ihr Schlafzimmer, schnappte sich eine Reitgerte, die auf einer Truhe lag, löste vorsichtig die Musselinumhüllung und inspizierte das hauchdünne rosenfarbene Gewand. Er beleuchtete das Gewebe aus nächster Nähe mit einer Lampe, dann hob er mit dem Griff der Gerte eine Stoffalte an und schnüffelte vorsichtig daran.

»Das stammt auf keinen Fall von Mahtab Kour«, war sein

Urteil. »Ich wette meinen Kopf darum, daß hier die falsche Schlange Sada ihre Finger im Spiel hat.«

»*Sada?* Aber warum –?«

»Das Gewand wurde in Datura-Gift getränkt. Sie können sich glücklich schätzen, mein Kind, daß Rosenrot Ihnen nicht steht – daß Sie es nicht angezogen haben«, sagte Cameron grimmig.

Er hob das Stoffbündel an, balancierte es auf der Reitgerte, trug es in den Garten, nahm Feuerstein und Zunderbüchse zur Hand und steckte es an. Dann sah er zu, wie es in Flammen aufging und wartete, bis auch das letzte Restchen des Tuchs aufgezehrt war.

Als er zum Haus zurückkam, fragte er Scylla:

»Haben Sie Brotteig im Haus?«

»*Brot?* Habib-ulla hat sicher eine Schüssel voll Teig vorbereitet – wozu in Himmels Namen?«

Ohne sich um eine Antwort zu bemühen, ging er in die Küche und kam mit einem großen irdenen Topf mit weichem, rohem Teig zurück, der bis zum Morgen aufgehen sollte.

»Habib-ulla wird *sehr* böse sein«, sagte Scylla halb lachend, als Cameron den Teig in zwei große formlose Klumpen zerteilte.

»Gewiß ist ihm aber auch sehr viel daran gelegen, daß seine Memsahib ihre Hände wieder gebrauchen kann«, erwiderte Cameron lakonisch. Er zog und drückte die zwei Teigklumpen zu etwa dreißig Quadratzentimeter großen Fladen, wickelte sie um Scyllas infizierte Hände und preßte die weiche Masse an den Handgelenken fest. »Jetzt brauche ich etwas Stoff, ja, Servietten wären gut«, und er band sie um die Teigfladen, damit sie nicht verrutschten.

»Was ist Datura?« wollte Scylla wissen, als er die zweite Serviette festknotete.

»Stechapfel. Eines der tödlichsten Gifte der Natur. Der Sari muß in eine starke Lösung eingetaucht worden sein; wenn Sie ihn angelegt hätten, wären Sie gestorben wie Ihr Mädchen. Roher Teig ist zum Glück ein gutes Gegenmittel gegen die äußerliche Einwirkung des Giftes.«

»Du lieber Gott«, sagte Scylla gedehnt. »Aber warum sollte Sada meinen Tod wünschen?«

Allzusehr überraschte sie diese Neuigkeit allerdings nicht. Sie hatte Sadas Haß bereits deutlich bemerkt.

»Ach, warum, *warum?* Wer fragt *warum* in Ziatur?« sagte Cameron ungehalten. »Sie will, daß die Angrezi verschwinden; sie glaubt, daß Sie – oder Miss Musson – ihre Stellung gefährden könnten. – Jetzt sollten Sie aber besser versuchen zu schlafen.«

»Wie soll ich mich denn ausziehen mit diesen Plumpuddinghänden?« meinte Scylla.

»Wenn Sie nicht wollen, daß ich oder Ihr Bruder Sie entkleiden, müssen Sie wohl in Ihren Kleidern schlafen«, antwortete er unverfroren.

»Wie käme ich dazu«, gab Scylla empört zurück und fügte dann hinzu: »Wo ist übrigens Cal?«

»Er schläft.« Der mißmutige, erschöpfte Klang seiner Stimme veranlaßte sie, den Colonel etwas schuldbewußt zu betrachten. Er sah todmüde aus. Seine Backenknochen schienen stärker hervorzutreten denn je, da seine Augen tief in ihre Höhlen eingesunken waren, seine dunklen roten Haare waren völlig zerzaust und feucht vor Schweiß.

Sie sagte entschuldigend: »Ich bin Ihnen wirklich zu großem Dank verpflichtet, Colonel, für Ihre fachkundige Behandlung. Ich glaube, dieses Heilmittel ist selbst Miss Musson unbekannt. Meine Hände fühlen sich bereits besser an.«

»Lassen Sie den Teig die ganze Nacht darauf«, war seine einzige Antwort. »Warten Sie – Sie sollten noch etwas Weinbrand trinken. Dann schlafen Sie besser.«

Und als hätte er es mit einem kranken Tier zu tun, flößte er ihr sachlich und geschickt ein ordentliches Quantum Kognak ein, indem er ihr das Glas sorgsam zum Munde führte. Scylla erhob

Protest und spuckte – sie war es nicht gewohnt, Alkohol zu trinken –, aber er ermahnte sie unwirsch, kein Kindskopf zu sein, und kippte ihr die Flüssigkeit in die Kehle.

»So – jetzt gehen Sie schön zu Bett.«

Sie konnte nur gehorchen und dachte leicht entrüstet, daß Colonel Cameron seine Gefälligkeiten wie Strafen austeilte. Aber zweifellos fand er die Paget-Zwillinge schrecklich lästig, weil sie ständig aus irgendeiner mißlichen Lage befreit werden mußten, und es kam ihm überaus ungelegen, Verantwortung für sie übernehmen zu müssen. Ziemlich gereizt kam Scylla zu dem Schluß, daß er allen Grund dazu hatte. Außerdem war nur allzu deutlich, daß ihrem friedlichen Leben in Ziatur schlagartig ein Ende gesetzt worden war. Da er ein alter Freund von Miss Musson war, sah es Cameron zweifellos als seine Pflicht an, sie und ihre jungen Gefährten sicher von hier fortzuschaffen. Ob es ihm allerdings gelang, Miss Musson von der Notwendigkeit dieses Schrittes zu überzeugen, war eine andere Frage.

Nachdem sie zu diesem unbefriedigenden Schluß gekommen war, taten der Weinbrand und die Anstrengungen und Sorgen des Tages ihre Wirkung bei Scylla, und sie fiel in einen tiefen, traumlosen Schlaf.

Als sie viele Stunden später erwachte, fand sie den Bungalow still und leer vor. Sie machte sich daran, den Teig von ihren Händen zu lösen und stellte fest, daß die Entzündung verschwunden war. Colonel Camerons Heilmittel war außergewöhnlich wirksam gewesen. Wenn wir es nur bei der armen Bisesa hätten anwenden können! dachte Scylla traurig.

Als sie sich gewaschen und angezogen hatte, trat sie auf die Veranda hinaus, wo sie Cal vorfand, der wie gewöhnlich tief in seine epische Ballade über Alexander den Großen versunken war. Er nickte, als sie herauskam, sah aber kaum auf. Habib-ulla brachte Scylla Tee, Melone und Chapatis, und sie fragte ihn:

»Wo ist Mem Musson? Ist sie immer noch im Palast?« Und als sie erfuhr, daß dies der Fall war, beschloß sie, sich umgehend auf die Suche nach der alten Dame zu machen.

»Soll ich mitkommen?« fragte Cal, der einen Gesang seiner Ballade vollendet hatte und nun bereit war, sich nützlich zu machen, da er sich undeutlich bewußt war, daß sie sich in einer widrigen Lage befanden, aber Scylla sagte:

»Nein danke, mein Lieber, du könntest die Frauengemächer ohnehin nicht betreten. Am besten bleibst du hier, falls Miss Musson auf einem anderen Weg zurückkommt und wir uns verfehlen.« Sie zog ein Paar weiße Baumwollhandschuhe über, um ihre empfindlichen Hände zu schützen; es sah sonderbar aus zu dem Burqa und dem Hut.

»Bleib nicht so lange«, sagte Cal, «sonst mache ich mir Sorgen um dich. In der Stadt ist es heute ganz und gar nicht geheuer.«

Scylla hatte das auch bemerkt. Eine tödliche Ruhe herrschte in den Straßen, nur das Wehklagen und der Rauch des Räucherwerks erfüllte die Luft.

Im Palast war die Atmosphäre noch seltsamer und erdrückender. Aufgeregtes Geflüster durchzog die Stille, entfernte Gongs dröhnten, und in den Nischen der verwinkelten Gänge standen vor jedem Gott und jeder Göttin Schalen mit brennendem Räucherwerk; überall waren Blütenblätter von Ringelblumen verstreut, die einen Übelkeit erregenden Geruch verströmten und damit das allgemeine Miasma noch verstärkten. Gefärbter Reis knackte unter Scyllas Sohlen, als sie die vertrauten Gänge zum Schulraum der Prinzen entlangging. Sie hatte natürlich nicht die Absicht, sie an diesem Trauertag zu unterrichten, aber sie wollte die beiden sehen und ihnen ihr Beileid über den Tod ihres Vaters aussprechen, an dem sie sehr gehangen hatten.

Die Prinzen brauchten ihr Beileid nicht mehr. Sie sah die beiden in der Tat – und ihr Anblick ließ ihr das Blut in den Adern erstarren und raubte ihr den Atem.

Gräßlich aufgequollen und entstellt, mit schwarzen Gesichtern und hervorquellenden Augäpfeln lagen die Knaben nebeneinander hingestreckt in ihrem Schulraum. Ranji hatte im Sterben seinen Bauch umklammert, Amur hatte sich nach hinten gekrümmt, in einem letzten, aufbäumenden Schmerz. Im Raum roch es säuerlich nach Erbrochenem. Beide Körper waren steif und kalt, sie waren eindeutig schon viele Stunden tot.

»O Gott! Mein Gott!« flüsterte Scylla mit trockenen Lippen. Sie wandte sich um und fand sich Nuruddin, dem Leibarzt des Mahardschas, gegenüber, der hinter sie getreten war.

»Ein überaus trauriger Anblick, nicht wahr, Mem Periseela?« begrüßte er sie heuchlerisch. »Diese zwei, ihrem Vater zutiefst ergebenen Knaben haben aus Kummer Gift geschluckt, um ihm nachzufolgen. Ist das nicht eine ergreifende, edle Tat?«

Scylla blickte ihn eisig an. Sie erinnerte sich an das Tablett mit Zuckerwerk, das Sada den Knaben geschickt hatte. Sie dachte an den Rosen-Sari.

»Ich glaube nicht, daß sie sich selbst getötet haben«, sagte sie. »Ich glaube, sie wurden vergiftet.«

»Ich empfehle Ihnen wärmstens, diese Mutmaßungen hier im Palast nicht laut zu äußern, Memsahib«, erwiderte Nuruddin. »Wenn Sie eine verständige junge Dame sind, sollten Sie tunlichst umgehend nach Hause zurückkehren.«

»Ich suche Miss Musson«, entgegnete Scylla knapp und ging an ihm vorbei.

»Ihre Freundin ist bei Mahtab Kour. Wenn Ihnen an *deren* Sicherheit gelegen ist«, sagte der Doktor, »sollten Sie auch ihr raten, nach Hause zu gehen.«

Mahtab Kours Teil des Palasts war heute noch düsterer als sonst und unerträglich stickig. Scylla blieb an einem Fensterladen stehen und stieß ihn auf, um etwas frische Luft einzuatmen, wünschte dann aber, sie hätte es nicht getan. Draußen im Hof der Haremsfrauen wurde ein großer Scheiterhaufen errichtet, dessen

Zweck sie schaudernd erriet. Schnell wandte sie den Blick davon ab und eilte weiter zum Gemach der Königin.

Jammernd und klagend wiegte Mahtab Kour ihren mächtigen Leib, der in weiße Trauergewänder gehüllt war. Sie war von ihren Gefährtinnen umringt, und ihre ungeheuren Schätze an Juwelen, Gewändern und Spezereien, mit den vielfältigsten Dingen gefüllte Schatullen, Truhen voller Münzen, diamantenbesetzte Pantoffeln, Seidenschals, bestickte, juwelengesäumte Bettdecken, seidene Matten und andere persönliche Habe wurden herbeigeschafft, damit sie alles unter ihren Freundinnen und Angehörigen verteilen konnte, die sich mit gesenkten Köpfen um sie geschart hatten und laut in ihr Wehklagen einstimmten.

Eine neue Lieblingssklavin (die kleine Perserin Laili war an der Entzündung ihrer Ohren gestorben) kuschelte sich traurig an ihre Herrin und starrte mit großen Augen gebannt zu Mahtab Kour empor, über deren Gesicht ein nicht versiegender Tränenstrom rann, während sie ohne Unterlaß die Götter anrief und gleichzeitig auf recht geschäftsmäßige Art ihre Anordnungen bezüglich der Aufteilung ihres Besitzes gab.

»Und dieses Päckchen Goldstaub ist für meine Freundin Miss Musson«, bestimmte sie. Ein kleines, silbern eingeschlagenes Päckchen wurde Miss Musson übergeben, die nun erst von Scylla entdeckt wurde. In ihren schwarzen Burqa gehüllt saß sie im Schatten hinter der Königin, sie hielt eine Bibel in der Hand, eine bestimmte Stelle mit dem Finger markierend, und sah bitterböse, aufs höchste beunruhigt und völlig erschöpft aus. Scylla verneigte sich ehrerbietig vor der Königin, schlüpfte dann zu ihrer Pflegemutter und setzte sich neben sie auf den Boden.

»Diese hoffnungslosen, dummen Heiden!« rief Miss Musson auf Englisch aus – noch nie hatte Scylla die gewöhnlich so Gelassene derart aufgebracht gesehen. »Man könnte ebensogut mit einer Kuhherde reden – denen ist alles gleichgültig. Sie scheinen ganz und gar auf ihre Selbstzerstörung aus zu sein.«

Scylla wunderte das nicht. Welches Vergnügen bot sich diesen armen Frauen noch, was machte ihr Dasein jetzt noch lebenswert? Als Überbleibsel einer verstorbenen Königin erwartete sie ein wahrhaft trauriges Los. Der Tod konnte leicht einem Leben in Erniedrigung und Schande vorzuziehen sein.

»Euer Hoheit, lassen Sie mich wenigstens diese Kleine mitnehmen«, schlug Miss Musson vor, die offenbar im Laufe der Nacht, ganz gegen ihre Gewohnheit, ihr Hauptziel aufgegeben hatte. Sie tätschelte den Kopf des Sklavenmädchens auf Mahtab Kours Schoß.

»Meine kleine Lehna mitnehmen? Aber mit wem soll ich dann in meinem nächsten Leben spielen und kosen?« fragte die Maharani in erstauntem, verletztem Tonfall.

»Meine liebe Königin, in Ihrem nächsten Leben bedürfen Sie keiner Aufheiterung und keines Trostes – Sie bedürfen keines *Spielzeugs*«, erklärte die amerikanische Dame nachdrücklich.

Mahtab Kour schien ganz und gar nicht überzeugt. Aber nach langem Hin und Her willigte sie schließlich ein, daß Lehna zumindest vom Feueropfer ausgeschlossen werden sollte. »Nimm das Kind schnell mit, bevor die vermaledeite Frau sich anders besinnt!« zischte Miss Musson Scylla zu. »Geh jetzt, bring sie zum Bungalow, ich komme nach, sobald ich kann.«

»Können Sie nicht gleich mitkommen?« murmelte Scylla drängend. »Bitte, liebe Miss Musson, kommen Sie mit! Sie können doch hier nichts mehr ausrichten. Colonel Cameron macht sich die größten Sorgen um Ihre Sicherheit. Und ich auch!«

Die alte Frau schüttelte den Kopf.

»Ich kann nicht, Kind, solange noch die geringste Hoffnung besteht, daß ich einige von diesen elenden, dummen, versklavten Frauen retten kann. – Ich komme erst, wenn ich überzeugt bin, daß für mich nichts mehr zu tun bleibt. Aber nimm dieses Kind mit!«

Als das Mädchen Lehna begriff, daß sie von ihrer Herrin

getrennt werden sollte, sträubte sie sich schreiend dagegen. Scylla wollte sie nicht gewaltsam mitnehmen; sie war ratlos. Mahtab Kour sagte mit erschöpfter Stimme:

»Geh mit der Mem, Lehna! Sie wird gut für dich sorgen.«

»Ich möchte Euer Hoheit nicht verlassen!« jammerte das Kind.

»Ich werde in dem großen Feuer verbrennen, das ist kein Schicksal für ein so junges Mädchen wie du.«

»Ich will aber, ich will es!«

Mit einem Mal fand Mahtab Kour zu einer königlichen Strenge zurück, die ihr in jüngeren Jahren Würde verliehen haben mußte. Ihre Augen blitzten.

»*Geh*, wenn ich es dir sage, Kind!«

Wortlos und eingeschüchtert kroch Lehna mit Scylla aus dem Raum.

Als sie hoch oben auf den Zinnen der Frauengemächer einen Hof überquerten, riß sich Lehna plötzlich von Scylla los und schrie: »Dann will ich eben auf diese Weise mit ihr vereint werden!« Sie lief zu der niedrigen Brüstung und stürzte sich hinab. Entsetzt eilte Scylla hinter ihr her, beugte sich vor und sah nach unten. Zwanzig Fuß tiefer lag das Mädchen verletzt und stöhnend auf dem Pflaster eines tiefer gelegenen Hofes, genau dort, wo der Scheiterhaufen aufgetürmt war; ein Bein war unnatürlich verdreht, es war eindeutig gebrochen. Scylla sah sich um, fand eine Treppe und rannte hinunter. Aber als sie die Stelle erreichte, wo Lehna gelegen hatte, hatten ein paar Frauen der Königin sie schon aufgehoben und trugen sie fort.

»Ihre Hoheit sagt, wenn das Kind so sehr wünscht, mit ihr zu sterben, dann soll der Kleinen die Ehre zuteil werden, sie auf den Scheiterhaufen begleiten zu dürfen. Verlassen Sie uns, Mem.«

Schweigend und mit schwerem Herzen ging Scylla an dem großen Haufen aus Holz, Bambus und Dornenranken vorbei. Sie sah, wie Männer große Krüge voller Öl darüber ausleerten, damit das Feuer so schnell wie möglich aufloderte, wenn es entzündet war. In der Mitte hatte man eine Plattform errichtet, die über Stufen zu erreichen war, die gerade gebaut wurden.

Diese Arbeit wurde von Rani Sada Kour überwacht, mit einem Ausdruck gelassener Anerkennung und Befriedigung. Sie trug nicht ihre üblichen Gewänder, sondern ein hochtailliertes europäisches Kleid aus gestreiftem Jakonett und eine Pariser Haube, über die ein Schleier gezogen war. Sie funkelte vor Diamanten, die ihr Haar, ihre Ohren, ihre Nasenflügel, ihren Hals, ihre Handgelenke und Knöchel zierten. Sie erinnert an einen Kronleuchter, der einmal in der *Bombay Gazette* abgebildet war, dachte Scylla schonungslos. Die Königin schien leicht befremdet, als sie Scylla erblickte. Ihr Blick tastete sie von Kopf bis Fuß ab, wie die Zunge einer Schlange, und blieb dann auf den weißen Handschuhen haften.

»Sie sind ja wohl hier fehl am Platze, Feringi-Lady. Ich habe nicht erwartet, Sie heute hier zu sehen«, sagte sie ölig.

»Nein?« gab Scylla zurück, ohne sich zu bemühen, den feindseligen Klang ihrer Stimme zu überspielen. »Ganz meinerseits, königliche Hoheit – es sei denn, Sie hätten den Wunsch, mit Mahtab Kour auf dem Scheiterhaufen zu sterben. Aber das ist wohl kaum Ihre Absicht.« Sie ließ ihren Blick einen Moment lang ironisch auf der modischen Kleidung der jungen Königin ruhen.

Sadas Miene verfinsterte sich. Sie sagte: »Hüten Sie Ihre unverschämte Zunge, Angrezi, oder ich lasse Sie Ihnen herausschneiden. Mihal, mein Herr und Gebieter, tut alles, was ich von ihm verlange.«

»Lassen Sie sich zu Ihrem günstigen Schicksal gratulieren«, sagte Scylla ungerührt. Sie bot Sada einen zornigen Knicks und ging los, drehte sich dann aber noch einmal um und sagte: »Ich schätze, ich habe Ihnen für einen wunderschönen Sari zu danken, Rani, der mir überbracht wurde. Unglücklicherweise ist ein

Mißgeschick mit ihm geschehen – zu meinem Bedauern muß ich gestehen, daß er vollständig verbrannt ist.«

Und ich hoffe, dich ereilt ein ähnliches Schicksal, dachte sie in Gedanken an Bisesas Todeskampf und an die zwei armen Prinzen. Sie eilte zum Tor hinaus, und Sada starrte ihr wutentbrannt und entgeistert nach.

Am Haupttor fragte der alte Abdul: »Wo ist Mem Musson?«

»Sie wollte noch nicht nach Hause mitkommen, Abdul. Sie hat gesagt, daß sie so lange wie möglich ausharren muß. Warten Sie hier auf sie. Ich mache mir Sorgen um sie.«

Der alte Mann schob die Unterlippe vor und machte ein finsteres Gesicht. »Es ist nicht gut, wenn die junge Mem unbegleitet nach Hause geht.«

»Unsinn, Abdul. Ich kenne den Weg in- und auswendig, mir wird schon nichts zustoßen. Ich befehle Ihnen hierzubleiben!«

Murrend hockte er sich wieder nieder, und Scylla eilte durch die altbekannten engen Straßen davon, und wieder fiel ihr die unnatürliche Stille auf, die über der Stadt lag.

Es gab Anzeichen, daß die Hitzeperiode ihrem Ende zuging. Der Monsun stand bevor. Über den Hügeln in der Ferne türmten sich am Himmel schwere drohende Wolkenmassen auf, zerteilten sich wieder und zogen davon, um sich wieder neu zusammenzuballen. Die Luft war schwül und drückend, von Hitze und Feuchtigkeit geschwängert, und es wimmelte von winzigen Stechfliegen. Während Scylla nach Hause hastete, dachte sie: Müssen wir unsere Reise ausgerechnet zu Beginn der Regenzeit antreten? Können wir nicht bis zu den Herbstfesten warten oder bis zum Winter?

Sie liebte den Winter in Ziatur. Die vom Monsun gereinigte Luft war dann prickelnd klar wie eisgekühlter Wein. An den schneidend kalten Abenden war die Luft vom nussigen Geruch der Kameldungfeuer erfüllt, die Berge hüllten sich in Schneemäntel und glühten im Sonnenuntergang, und die Schafhirten zogen mit ihren bimmelnden Herden von den Hügeln herab. Mit einem Mal schienen die Winter der letzten fünf Jahre zu einem Moment zusammenzuschmelzen, hier lag unwiederbringlich kostbar das letzte Stück ihrer Kindheit. Wo werden wir wohl nächstes Jahr um diese Zeit sein? fragte sie sich.

Dann fiel ihr die plötzliche Lautlosigkeit um sie herum auf, und sie blieb stehen und blickte um sich. Die wenigen Menschen, die zu sehen waren, weiß verhüllte Frauen, die auf den Türschwellen wehklagten und Händler, die ihre Waren ausriefen, schienen mit einem Mal von Stummheit geschlagen und starrten in ihre Richtung. Sie warf einen Seitenblick und erkannte die Ursache: Ein hünenhafter, weiß gekleideter, barfüßiger Mann eilte eine enge Seitenstraße entlang. Er schien von Sinnen oder betrunken, torkelte von einer Seite zur anderen, wedelte mit den Armen und nickte mit dem Kopf. Seine Gesichtszüge waren zu einer irren Grimasse verzerrt, in der Hand hielt er einen riesigen krummen Kukri, das Messer der Männer aus den Bergen. Scylla war gebannt, in einer geradezu fatalistischen Ruhe, wie damals, als sie sich plötzlich dem Tiger gegenüber sah. Er kommt direkt auf mich zu, dachte sie; er rennt so schnell, daß ich ihm nicht entkommen kann. Als sie mit aller Gewalt ihren Blick von dem näherkommenden Mann losriß und zu den Frauen auf den Türschwellen hinübersah, erkannte sie, daß niemand ihr beistehen würde. In deren Augen war sie bereits tot. Vielleicht hatten sie Weisung vom Palast ... oder ihnen war instinktiv bewußt, daß es Unglück bringen würde, einer Feringi oder Yagistani zu helfen. Sie würden ruhig mit ansehen, wie sie in zwei Hälften gespalten wurde.

Wundersamerweise säbelte ihr der herannahende Mann aber nicht mit seinem Kukri den Kopf ab; er riß sie vielmehr hoch, als wäre sie ein Strohbündel, schrie: »Gott ist groß« und eilte über die Straße davon. Scylla baumelte hilflos kopfüber über seiner Schulter, sah die roten, mit Betelsaft getränkten Pflastersteine nach hinten wegsausen und fragte sich unpassenderweise, wo Colonel Cameron bloß steckte. Es sah ihm gar nicht ähnlich, daß er nicht zu ihrer Rettung zur Stelle war.

Nach einiger Zeit verlangsamten sich die Schritte ihres Häschers, dann blieb er zu Scyllas größtem Erstaunen stehen und stellte sie ehrfurchtsvoll auf die Füße. Als ihr Kopf nicht mehr dröhnte und sie wieder klar sehen konnte, stellte sie fest, daß sie sich im Vorhof von Miss Mussons Krankenhaus befanden. Als sie dann ihren Begleiter, dessen Gesicht jetzt nicht mehr entstellt war, genauer ansah, erkannte sie ihn. Es war der Afghane Sirafraz Ali, der mit einem gefährlichen Hirnfieber im Krankenhaus gelegen hatte, verursacht durch den Tritt eines Kamels gegen seinen Schädel. Miss Musson hatte ihn in monatelanger Pflege durch Verabreichung von Kamillentee und Umschlägen mit kaltem, nassem Sand erfolgreich geheilt, aber er war seitdem gänzlich kahl und nicht ganz richtig im Kopf. Im Moment schien er aber recht vernünftig, er schüttelte Scylla nachdrücklich und sagte wieder und wieder:

»Missy Sahib, sagen Sie der Mem, sie darf auf keinen Fall zum Krankenhaus zurückkommen – nie wieder! Missy und Cal Sahib und Kamaran Sahib, alle müssen weg aus Ziatur – hier ist es viel zu gefährlich! Wenn Sie nicht sofort flüchten, lebt keiner von den Feringis mehr, wenn die Regenzeit beginnt. Verstehen Sie, Missy Sahib?«

Er schüttelte sie erneut, als wollte er die Information in sie hineinzwingen. Als sie über seine Schulter hinweg einen Blick ins Krankenhaus warf, mußte Scylla feststellen, daß alle Betten und Lagerstellen entfernt worden waren, die Arzneikammer war offen und ausgeplündert, nichts von der Einrichtung war übrig bis auf ein paar Händevoll Stroh und einige zerbrochene Kisten.

»Bald kommen Soldaten hierher«, murmelte Sirafraz Scylla ins Ohr. »Prinz Mihal hat den Befehl gegeben. Erschießt die Feringi-Ladys, schneidet ihnen die Köpfe ab. Verstehen Sie,

Missy?« Wieder schüttelte er sie drohend, dann lud er sie wieder über seine Schulter und setzte seinen rasenden Spurt durch die Stadt fort, eilte eine Straße hinauf, die andere hinab und näherte sich auf diese Weise nach und nach Miss Mussons Bungalow. Im Rennen rief er: »Erschlagt die Heiden! Kreuzigt die Ungläubigen! Gott ist groß! Gott ist groß!«

Endlich setzte er Scylla sanft in einer Gasse ab, die am Garten des Bungalows entlangführte. Er legte den Finger an die Lippen, verzog sein Gesicht zu einer letzten furchterregenden Grimasse und verschwand.

Scylla ging sehr nachdenklich ins Haus und fand Cal ausnahmsweise nicht beim Schreiben vor. Er schritt auf der Veranda auf und ab und sah überaus besorgt drein.

»Ist Miss Musson noch nicht zurück?« fragte sie. Er schüttelte den Kopf.

»Noch nicht. Und Cameron hat man zu einer Unterredung mit Mihal beordert.«

»Vielleicht will Mihal, daß Cameron seine Armee befehligt, wie er es für den Maharadscha getan hat«, sagte Scylla matt. »Wo sind die Dienstboten?«

»Ich glaube, sie sind weggelaufen. Alle bis auf Habib-ulla.«

»Man hat mir gerade dringend empfohlen, Ziatur zu verlassen, da wir sonst allesamt getötet werden«, berichtete Scylla.

»Oh, die Lage wird sich beruhigen, denke ich, wenn Mihal erst fest auf dem Thron sitzt«, sagte Cal. »So ein übler Bursche ist er nun auch wieder nicht. Vergiß übrigens nicht, daß dieser Wundarzt Wharton in der Stadt ist und nach Surat weiterzieht. Hast du einen Brief geschrieben, den er mitnehmen kann? Er kann dafür sorgen, daß er mit der India Company zu unserer Cousine nach England gelangt.«

»Wenn wir ohnehin wegmüssen, warum soll ich dann noch einen Brief schreiben? Vielleicht gehen wir selbst nach England und kommen schon vorher dort an.«

»Nicht, wenn unsere liebe Pflegemutter Mittel und Wege findet, hierzubleiben«, sagte Cal grinsend.

Zwei Stunden vor Einbruch der Dunkelheit kam Cameron beim Bungalow an. Als er hörte, daß Miss Musson wahrscheinlich immer noch im Palast war, stieß er eine Reihe derart kräftiger Flüche aus, daß Cal ihn bewundernd anstarrte.

»Entschuldigung, mein Kind«, sagte Cameron dann mit einem Blick auf Scylla. Sie bemerkte, daß er noch erschöpfter aussah als in der vergangenen Nacht, sein Haar war staubig und dunkel vor Schweiß, Schweißtropfen hingen ihm an Schläfen und Wangenknochen, das Weiße seiner blauen Augen war blutunterlaufen. »Tut mir leid, aber wenn die Sturheit dieser Frau dazu führt, daß wir hier alle in der Falle sitzen und in Stücke geschnitten werden, könnte das wohl selbst einen Heiligen rasend machen. Und ich bin kein Heiliger.«

Glücklicherweise erschien Miss Musson wenig später. Langsam ritt sie auf ihrem schwarzen Pony auf das Haus zu. Beim Absteigen rief sie: »Wo ist der Pferdebursche?«

»Keine Sorge, Ma'am, ich kümmere mich um Ihr Pony«, sagte Cal und führte das Tier in den Stall, während Scylla rasch einen großen kühlen Trank für ihre Pflegemutter holte.

Sie wollte nicht fragen, ob Miss Mussons Einsatz Erfolg gehabt hatte, da an der abgekämpften, verärgerten Erscheinung der alten Dame nur allzu deutlich abzulesen war, daß sie gescheitert war. Aber Cameron war nicht so feinfühlig und sagte in seiner üblichen Unverblümtheit:

»Nun Ma'am? Ist alles vorüber? Haben sie sich alle rösten lassen?«

»Davon können Sie sich selbst überzeugen«, erwiderte Miss Musson und wies mit einem Kopfnicken auf die Zitadelle, von der sich, wie Scylla jetzt schaudernd bemerkte, eine dicke, träge schwarze Rauchsäule emporkringelte. »Allesamt haben Mahtab begleitet; alle Frauen und fast sämtliche Sklavinnen, sogar das arme, unglückselige Kind mit dem gebrochenen Bein war dabei. Ihm wurde die besondere Ehre zuteil, auf dem Schoß der Königin sitzen zu dürfen. Und diese Hexe Sada hat von einem Fenster aus mit *unbeschreiblicher* Befriedigung zugesehen; ich würde sie am liebsten erwürgen.«

Sie nippte an ihrem Getränk, schob es dann von sich und rief: »Oh, wie kann ich nur trinken, nachdem ich all diese Frauen in ihrem Todeskampf gesehen habe? Es ist zu widerwärtig!«

»Beruhigen Sie sich, Miss Amanda«, sagte Cameron scharf. »Sie wissen ganz genau, daß diese Frauen glücklich in den Tod gegangen sind, in dem Glauben, daß sie die Wünsche der Götter erfüllen und ihnen damit in ihrem zukünftigen Leben eine höhere Stellung sicher ist. Und wenn die unglückliche Mahtab Kour sich *nicht* hätte verbrennen lassen, wäre sie todsicher im Bade von ihren Sklavinnen mit einem Pflasterstein erschlagen worden. Sie hätte in keinem Fall lange überlebt. Dehnen sie also ihren Kummer auch nicht allzu lange aus, wenn ich bitten darf. Wir müssen an unsere Zukunft denken. Und sie liegt nicht in Ziatur. Ihr Krankenhaus existiert nicht mehr, Ma'am. Und uns bleiben nur noch ein paar Stunden Gnadenfrist – wenn überhaupt –, bis die Soldaten aufkreuzen, um uns die Köpfe abzuhakken. Um etwas Zeit zu gewinnen, habe ich Mihal erzählt, daß ich eine weitere Ladung Gewehre und Munition erwarte – so daß er es vielleicht für sinnvoll hält, mich noch so lange am Leben zu lassen, bis ich seinen Männern gezeigt habe, wie man die Karabiner bedient. Aber es ist gelogen, und ich bin nicht sicher, ob er mir glaubt. Ich bin schlecht bei ihm angeschrieben, weil ich die Ehre ausgeschlagen habe, der Anführer seiner Armee zu werden. Die französischen Gesandten haben Sada auf ihrer Seite. Sie haben ihre Gunst mit ein paar Pariser Modegewändern gewonnen. Die Wege der Diplomatie sind verschlungen! Wer hätte je gedacht, daß ein besticktes Musselingewand und eine Haube, die dem Helm der Athene gleicht, den Lauf der Geschichte bestimmen könnte? Aber so ist es.«

Er redet, um Miss Musson Gelegenheit zu geben, sich zu fassen, dachte Scylla. Sie reichte der alten Frau ruhig eine Schale mit Obst und sagte:

»Kommen Sie, liebe Ma'am, Sie müssen etwas essen! Colonel Cameron hat recht, wir müssen Pläne schmieden. Das Krankenhaus ist tatsächlich ausgeplündert worden, die Patienten sind leider alle weg und die Einrichtung ist ausgeräumt. Ich fürchte, es ist unumgänglich, daß wir diese Stadt verlassen.«

Cameron nickte ihr beipflichtend zu, und Cal, der vom Stall hereinkam, fügte auch sein Scherflein bei:

»Die gesamte Dienerschaft ist weggelaufen, und sie haben alle unsere Pferde mitgenommen.«

»Was?« rief Scylla, aus ihrer bemühten Gelassenheit gerissen, aus. »*Alle* Pferde? Aber doch nicht *Kali*?«

»Auch Kali«, erwiderte ihr Bruder grimmig.

Cameron ließ ein Knurren vernehmen, als habe er das erwartet.

»Sie sehen also, Miss Musson, wenn es Ihnen auch wenig gefallen wird, die Zeit ist gekommen, die Zelte abzubrechen und zu gehen.«

Merkwürdigerweise machte Miss Musson keinerlei Anstalten, Widerspruch zu erheben. Sie hatte ihre ganze Widerstandskraft im Palast eingesetzt und meinte jetzt nur noch kraftlos:

»Ja, mich dünkt, das wird das beste sein. Aber wie sollen wir es bewerkstelligen? Wir haben keine Pferde, und es ist nicht zu erwarten, daß wir welche kaufen oder leihen können. Wie sollen wir reisen?«

»So redet eine Frau mit Verstand!« rief Cameron anerkennend aus. »Nun, wenn Sie mir Gehör schenken, will ich Ihnen meinen Plan erläutern. Wir dürfen nicht alle auf einmal losziehen, sonst lenken wir die Aufmerksamkeit auf uns und werden aufgehalten.

Verkleidet euch als Bettler, nehmt so wenig wie möglich mit, nur wirklich unersetzliche Dinge und einige Nahrungsmittel für unterwegs. Wir treffen uns zur Dämmerstunde vor dem Kohat Tor, kurz bevor sie das Tor schließen. Kommt einzeln«, wiederholte er. »Ich werde für Transportmittel sorgen und euch dort erwarten. Sind Sie damit einverstanden?«

»Uns wird nichts anderes übrigbleiben«, sagte Miss Musson mit einem Seufzer. Cal nickte nur mit abwesender Miene. Seine Schwester vermutete mitfühlend, daß er überlegte, wie er seine gesammelten dichterischen Werke, seine Federkiele und Tintenblöcke zusammenpacken konnte, und welche Bücher er zurücklassen mußte.

Scylla selbst sagte: »Da wäre nur eine Sache, Colonel Cameron.«

»Was, bitte sehr?« Er ging sofort auf Abwehrstellung, bereit sich zu ereifern, wenn irgend etwas gegen seine Pläne vorgebracht würde.

»Erinnern Sie sich nicht an unser Versprechen gegenüber dem Maharadscha? Daß wir uns, falls ihm etwas zustößt, darum kümmern, daß der kleine Prinz Chet Singh sicher nach England gelangt, zu seinem Onkel in London?«

»Ach, das.«

»Ja, das, Colonel Cameron! Ich vergesse ein Versprechen nie, selbst wenn Sie es tun!«

»Halten Sie sich zurück, meine Liebe.« Cameron sah sie gütig und bekümmert an. »Ich achte ein Versprechen genau wie Sie, mein Kind. Aber dieses können wir unmöglich halten – und ich muß zugeben, daß unsere Reise dadurch von einer ordentlichen Last befreit ist. Wenn wir ein Kind bei uns hätten, auf dem Weg, den wir gehen müssen, kämen wir notgedrungen langsamer voran und wären leichter angreifbar.«

»Aber warum können wir den kleinen Chet Singh nicht mitnehmen?«

»Weil der kleine Chet Singh heute in den frühen Morgenstunden auf Sadas Befehl über die Zinnen geworfen wurde, mein Kind. Inzwischen werden die Krähen seine Gebeine schon säuberlich bloßgelegt haben. – Jetzt muß ich Sie verlassen. Ich habe viel vorzubereiten. – Zur Dämmerstunde am Kohat Tor. Legen Sie alte, aber warme Kleidung an. Miss Amanda, wenn Sie Medikamente im Haus haben, nehmen Sie ein Bündel voll mit –« Und weg war er.

Hastig sortierten Miss Musson und ihre zwei Mündel Dinge aus, die sich über ein ganzes Leben lang angesammelt hatten, und packten einiges Unersetzliche ein. In gewisser Weise war es eine Erleichterung, daß Ihnen nur so wenig Zeit zum Nachdenken oder Mutmaßen blieb.

Scylla ging in die verlassene Küche, wo nur Habib-ulla von den Dienstboten übriggeblieben war. Sie gab dem alten Mann einen Monatslohn und empfahl ihm, besser zu vergessen, daß er je den Feringi-Ladys gedient hatte, die nun gezwungen waren, Ziatur zu verlassen.

«O weh! Aber wie wollen die Damen denn ohne mich zurechtkommen?« fragte er bekümmert. »Wann brechen Sie auf?«

»Morgen«, antwortete Scylla mit Bedacht, da sogar er, der ihnen stets so treu ergeben war, jetzt zu einem von Sadas Günstlingen geworden sein konnte. »Backen Sie uns bitte heute nacht viel Brot für unsere Reise, Habib-ulla. Gehen Sie gleich zum Bazar und kaufen Sie einen großen Sack für die Vorräte. Und bringen Sie diesen Brief zu Sahib Wharton, der in der Silberschmiedstraße wohnt. Hier ist Geld für den Sack.«

Als er zu seinem Botengang losgetrottet war, raffte Scylla eilends so viele Nahrungsmittel wie möglich zusammen, dazu Eß- und Kochgeschirr, das nicht sofort vermißt werden würde, und packte alles in einen Beutel aus Schafsleder. Ihre eigenen Gewänder und Schmuckstücke waren nicht viel wert. Sie ließ alles zurück.

Cal hatte in beachtlicher Geschwindigkeit seine Manuskripte und ein paar Bücher in Musselintücher und Wachstuch eingepackt und verkündete, daß er bereit sei. Nur Miss Musson schien unruhig und bedrückt und nicht zum Weggehen bereit, obwohl sie ein Bündel voll Medikamente gepackt hatte. Scylla empfand größtes Mitgefühl mit ihrer Pflegemutter. Wenn sie dieses Haus verließ, bedeutete das für die alte Frau, daß sie das Heim aufgab, das sie einst mit ihrem geliebten Bruder Winthrop geteilt hatte. Es war ein Schritt in eine trostlose, wenig verheißungsvolle Zukunft.

»Was ist los, liebe Ma'am? Versuchen Sie, sich an etwas zu erinnern? Kann ich Ihnen behilflich sein?«

»Nein, mein liebes Kind, danke. Nein, es ist alles in Ordnung. Geht jetzt los, ihr beiden, die Dämmerung naht. Ich werde bald nachkommen. Colonel Cameron hat gesagt, daß wir nicht gemeinsam aufbrechen sollen.«

Cal nickte und schritt ins Zwielicht hinaus und wies seine Schwester an, fünf Minuten verstreichen zu lassen und ihm dann zum Kohat Tor zu folgen, aber auf einem anderen Weg.

»Ma'am«, sagte Scylla bekümmert, »Sie kommen doch *wirklich* mit uns? Sie haben nicht vor hierzubleiben oder – oder irgendsowas Schreckliches?«

Miss Mussons Habichtsgesicht verzog sich zu einem strahlenden Lächeln, wie sie es selten zeigte.

»Nein, nein, Kind – hab keine Angst! Ich werde so bald wie möglich zu euch stoßen. Aber Rob Cameron soll sich für alle Fälle auf eine kleine Verspätung einstellen – ich muß hier noch auf eine wichtige Botschaft warten. Und jetzt fort mit dir – verschleiere dein Gesicht und sei so umsichtig wie möglich.«

Mit dieser reichlich unbefriedigenden Antwort mußte Scylla sich zufriedengeben. Sie lud sich das Bündel mit den Lebensmitteln auf den Rücken und schlüpfte aus dem Haus und durch die Straßen, von einem Schattenfleck zum nächsten. Diesmal hatte

Miss Musson ihre Vorschrift bezüglich europäischer Kleidung gelockert. Scylla trug die schwarze Kopfbedeckung der Frauen aus den Bergen, sie hatte einen gewaltigen weißen handgesponnenen Wollumhang ins Gesicht gezogen und an einer Seite befestigt, so daß nur ihre Augen zu sehen waren. Unter dem Umhang trug sie eine rote wollene Tunika, Pahari-Hosen und Bergschuhe aus Ziegenleder. Im Moment war ihr entsetzlich warm; sie war schweißgebadet, und das rasche Gehen fiel ihr schwer. Die Luft war schwül, und alle paar Minuten ließ sich ein fernes Donnergrollen vernehmen und erinnerte daran, daß die Regenzeit in Kürze ausbrach. Eine verrückte Zeit für den Antritt einer Reise, dachte Scylla gelassen, als sie wie eine einfache Frau vom Land unter ihrer Last gebückt zwischen den bewaffneten Wächtern durchschlüpfte, die rechts und links vom Stadtmauertor standen. Sie schenkten ihr weiter keine Beachtung. Gelangweilt kauten sie ihren Betel, während sie einen alten Wahrsager mit einer fetten schläfrigen Pythonschlange im Korb belehrten, daß er entweder hereinkommen oder über Nacht draußenbleiben müsse, was zur Folge haben würde, daß die Wölfe ihn zerfleischten. Er bat sie, das Tor nur noch eine halbe Stunde länger aufzulassen, da sein Schüler, der ihm nachfolgte, sich verspätet hatte, weil er in einen Dorn getreten war.

»Aber nicht mehr als eine halbe Stunde, Alter! Wir haben Befehl, das Tor zu schließen, wenn der Abendstern hell über diesem Peepulbaum leuchtet.«

»Aber wenn Wolken den Stern verdecken, Euer Ehren? Woher wissen Sie dann, wann Sie das Tor schließen müssen?«

Scylla wurde gewahr, daß tatsächlich hier und da große pilzförmige Wolken am grünlichen Dämmerhimmel auftauchten und sich über den entfernten Bergen zusammenballten, schwarz wie Tinte. Die Dunkelheit brach schnell herein. Sie entfernte sich beiläufig vom Tor und trat an die große rote Mauer, wo ein hervortretender Pfeiler sie vor den Blicken der Wächter verbarg.

Jenseits des Pfeilers wuchs ein großer Peepulbaum, und darunter pflegte ein Mahout seinen Elefanten. Eine sonderbare Zeit für so eine Tätigkeit, dachte Scylla, dann sah sie ein zweites Mal hin und erkannte überrascht in dem Mahout Camerons Diener Therbah. Er grüßte sie kurz und legte einen Finger auf die Lippen.

Eine Hand packte sie, Cal trat gelassen hinter dem Baum hervor.

»Ist das nicht großartig?« schnaufte er in Scyllas Ohr. »Ich habe mich wirklich nicht darum gerissen, Ziatur zu verlassen, aber Colonel Cameron weiß, wie man etwas stilvoll angeht! Er ist mit allen Wassern gewaschen! Was glaubst du, wo er ihn herhat? Ob er ihn aus den königlichen Ställen gestohlen hat?«

Um den Peepulbaum herum standen steinerne Ruhebänke, wo Reisende einen Moment verweilen und ihre Lasten ablegen konnten. Scylla ließ sich auf eine nieder und dachte: Ein Elefant! Wie meisterhaft! Colonel Camerons Fähigkeiten waren wirklich unbegrenzt.

Gleich wurde das Stadttor geschlossen. Sie hörten, wie Trommeln und ein Gong geschlagen wurden, und die Wächter ließen ihren Abendruf hören: »All ihr, die ihr draußen seid, beeilt euch, so ihr in die Stadt einzutreten wünscht! Hört, ihr Leute in der Stadt, ihr werdet jetzt für die Nacht eingeschlossen!«

»Wo bleibt bloß Miss Musson?« keuchte Scylla.

»Pscht!«

»Oh, oh! Mein armer Schüler!« jammerte der alte Mann mit der Python. »Wo bleibt er bloß? Wie soll er mich bloß finden? Ich muß draußenbleiben und auf ihn warten.«

»Dann bleibt draußen bei den Schakalen und den wilden Ebern! Was kümmert's uns?« erwiderten die Wächter, und die Tore schlugen zu. Im letzten Moment schlüpfte noch eine gebückte Gestalt in einem schwarzen Burqa hindurch. Scylla stieß einen abgrundtiefen Seufzer der Erleichterung aus. Sie eilte vor und ergriff den Arm der alten Frau, die murmelte: »Vorsichtig, meine Liebe. Er schläft, weck ihn nicht auf. Ein Schrei zur Unzeit, und wir sind verloren!«

»Ma'am? Was soll das heißen?«

Zu ihrer größten Verwunderung sah Scylla, daß Miss Musson zwei Bündel trug, eins auf dem Rücken und ein weiteres drückte sie unter den Falten ihres üppigen schwarzen Gewandes an sich – ein warmes kleines Bündel, das sich bewegte und atmete.

»Ein Säugling?«

»Pscht! Wenn wir weit genug von der Stadt weg sind, werde ich alles erzählen.«

»Aber – großer Gott, Ma'am! – gut – dann geben Sie mir Ihr Gepäck.«

Scylla führte Miss Musson zu dem Elefanten, der jetzt kniete, um seine Passagiere in Empfang zu nehmen. Sie kletterten in die Howdah, wo Cal sich schon niedergelassen hatte. Einen Moment später trat Cameron zu ihnen. Zu Scyllas Erstaunen stellte sich heraus, daß er hinter dem alten Wahrsager steckte. Sie hätte es nie für möglich gehalten, daß der große, kräftige Cameron so krumm und bucklig erscheinen könnte.

»Aber was haben Sie mit der Python gemacht?« flüsterte sie. »Ich hoffe, Sie haben sie nicht dabei?«

»Nein, Kind.« Er klang leicht belustigt. »Die Python genießt ihre unerwartete Freiheit. Ich habe sie unter einem Feigenbaum ausgesetzt. – Bist du fertig, Therbah?«

»Ja, Herr.«

»Dann brechen wir auf.«

Leise wie eine Wolke erhob sich der Elefant und schritt den Hügel hinab, die Stadt rasch hinter sich lassend. Sie zogen im Zickzack durch die Orangenhaine und an den Melonenäckern und Opiumfeldern entlang.

»Am besten folgen wir keiner Straße«, flüsterte Cameron.

»Wo führt die Reise hin?« fragte Cal. »Südwärts nach Surat? Wollen wir uns dort nach England einschiffen?«

»Was schlagen Sie vor, Ma'am? Sollen wir nach Surat, aufs Schiff?« wandte sich Cameron an Miss Musson.

»Nein, lieber nicht«, antwortete sie. »Wenn Mihal herausfindet, was geschehen ist, wird es ein großes Gezeter geben, und er wird zuerst auf dem Weg gen Süden, Richtung Surat, nach uns suchen. Wir sollten besser nach Westen ziehen, nach Peschaur und Jalalabad. Stimmen Sie mir zu, Rob? Wenn wir den Khaiberpaß überquert haben, wird Mihal uns kaum mehr verfolgen. Und bis dorthin sind es nur gute hundert Meilen, aber nach Surat sind es viele hundert Meilen, und seine Rächer könnten uns auf der ganzen Strecke nachsetzen.«

»Ich bin ganz Ihrer Meinung, Miss Amanda – wenn ich auch zugeben muß, daß es mich überrascht, daß Sie den Landweg bevorzugen!«

»Aber der Säugling!« entfuhr es Scylla, die ihre Neugier nicht länger bezähmen konnte. »Was für ein Kind ist das, Ma'am? Doch nicht der kleine Chet?«

»Säugling?« Colonel Cameron saß vorne in der Howdah und fuhr wild herum, als hätte ihn eine Hornisse gestochen. »In Gottes Namen, Ma'am, was für eine Torheit haben Sie nun wieder begangen?«

»Es ist der jüngste Sohn des Maharadschas«, antwortete Miss Musson gelassen und sah auf das geheimnisvolle Bündel in ihrem Schoß hinab. »Er wurde heute nachmittag zur Welt gebracht, von Khalzai, Bhupindras letzter Lieblingsfrau. Auf Sadas Befehl hat man das arme Geschöpf in das unterirdische Krokodilloch geworfen. Aber ich habe eine Dienerin mit einem Beutel Goldstaub bestochen, daß sie mir den Winzling bringt. Er ist noch nicht getauft, vielleicht sollten wir das unverzüglich tun. Führen Sie irgendwelchen Alkohol mit sich, Colonel Cameron?«

»Ja«, antwortete er mit gepreßter Stimme. »Ich verfüge erfreulicherweise über eine Flasche Weinbrand. Ich kann mir einen nützlicheren Gebrauch dafür vorstellen –«

Er übergab die Flasche Cal, der sich neben Miss Musson kniete und den Lederstopfen mit den Zähnen herauszog.

»Vielleicht sollten wir den kleinen Burschen auch Chet Singh taufen, wie seinen unglücklichen Bruder«, meinte Miss Musson und sprenkelte ein paar Tropfen des Alkohols auf die Stirn des schlafenden Kindes. Dazu murmelte sie hastig: »Im Namen des Vaters, des Sohnes und des Heiligen Geistes taufe ich dich Amirul-Umra Bhupindra Mohinder Yadu Chet Singh, Prinz von Ziatur.« Dann verschloß sie die Flasche wieder und gab sie dem verdatterten Colonel zurück. »So«, sagte sie in einem tröstenden Tonfall. »Jetzt können Sie und Scylla doch irgendwie das Gefühl haben, das Versprechen gegenüber dem Maharadscha eingelöst zu haben.«

Cameron war sprachlos, aber Scylla sagte warm: »*Vielen* Dank, liebe Miss Musson.«

Fast unmittelbar über ihren Köpfen krachte ein gewaltiger, ohrenbetäubender Donner, laut wie die Trompeten des jüngsten Gerichts, und ließ sie in ihrem Sitz zusammenfahren. Ein Blitzstrahl erleuchtete die kakteenbestandene Ebene, die sie durchquerten. Der Elefant trompetete nervös und beschleunigte seinen sanften, wiegenden Gang.

Vom Himmel fielen die ersten dicken Regentropfen.

7

Zu Fannys größter Verwunderung erfuhr Thomas nichts von ihrem Abenteuer im Petworth Park, und jeder Tadel blieb daher aus. Das hatte verschiedene Gründe.

Zum ersten kehrte Thomas zwei Tage lang nicht von Brighton zurück, und als er dann kam, war er in mißmutiger Stimmung. Das Unternehmen, bei dem die Fischer von Brighton gefangengenommen und gewaltsam zum Dienst in der Marine verpflichtet werden sollten, war gänzlich fehlgeschlagen. Die Regulating Officers und ihre Männer hatten mit vereinten Kräften die Stadt umstellt und in der Morgendämmerung zugeschlagen, in der Hoffnung, alle tauglichen Männer noch in den Betten vorzufinden. Aber jemand hatte sie vorgewarnt, und die Vögel waren ausgeflogen. Sie befanden sich samt und sonders bei Ebbe auf See und hatten ihre Boote weiter draußen festgemacht als gewöhnlich. Nur das Weibervolk war zurückgeblieben und verspottete die Rekrutierungsbeamten, die sich in den nächsten zwölf Stunden wütend gegenseitig die Schuld zuschoben und sich mit der Frage herumplagten, ob es sich lohnte, zu warten und ein zweites Mal zuzuschlagen.

Als Thomas verärgert nach Petworth zurückkam, war er daher nicht in der Stimmung, sich häuslichen Klatsch anzuhören. Seine Töchter, die er zornentbrannt vom Eßtisch verbannte, weil sie es gewagt hatten, nach dem Erfolg des Unternehmens zu fragen, hatten keine Lust, ihren Vater darüber aufzuklären, daß Fanny eine Nacht außer Haus im Pfarrhaus verbracht hatte, und von der Geschichte im Park hatten sie selbst nichts erfahren. Mrs. Socket hatte nur eine Nachricht in die Hermitage geschickt, die besagte, daß Mrs. Paget sich unwohl fühlte und auf Anordnung von Doktor Chilgrove bis zum nächsten Morgen im Pfarrhaus bleiben würde. Beim Gesinde war Thomas nicht beliebt, und keiner hatte das geringste Interesse daran, ihm gegenüber eine Angelegenheit zu erwähnen, die ihre sanfte Herrin in Schwierigkeiten bringen konnte. Recht überrascht wurde Fanny zunehmend gewahr, daß die Dienstboten zu ihr hielten – wann immer etwas Thomas' Mißfallen erregte, ergriffen sie ihre Partei. Und glücklicherweise hatte Schwester Lily Baggot, die die anderen nicht mochten, weil sie nicht mit ihnen zusammen aß, sondern erwartete, daß man ihr das Essen mit dem der alten Mrs. Paget nach oben brachte, nicht entdeckt, daß Fanny eine Nacht außer Haus verbracht hatte.

In den nächsten paar Wochen war Thomas noch mürrischer und schlechter gelaunt als sonst. Er verbrachte sehr viel Zeit in seinem Gartenhaus (in dem es bei dem wärmeren Wetter jetzt gemütlicher war) und ließ sich nur in den allerdringlichsten Fällen von Haushaltsfragen belästigen.

Fanny hielt es für notwendig, an ihn heranzutreten, da sie der Meinung war, daß seine Mutter jeden Tag im Garten frische Luft schnappen sollte.

»Dummes Zeug!« gab er ärgerlich zurück. »Dafür besteht nicht die geringste Veranlassung. Außerdem hat sie keine Kleidung für draußen. Und man bringt sie ohnehin niemals die Treppe hinab und hinauf.«

Aber als Fanny Thomas erläuterte, daß es das Leben der alten Dame gewiß verkürzen würde, wenn sie Tag und Nacht an diese stickige kleine Kammer gefesselt war und um frische Luft und Spaziergänge gebracht wurde, mußte er sich wohl oder übel darauf besinnen, daß es in seinem eigenen pekuniären Interesse lag, sie solange wie möglich am Leben zu erhalten, da ihre Rente mit ihr zusammen dahingehen würde. Folglich gab er widerwillig und verbissen seine Zustimmung, daß sie täglich an die Luft kam, und beschäftigte sich dann mit dem Gedanken, ob seine Cousine Juliana van Welcker, die Hausbesitzerin, zu überzeugen war, daß das Haus zu ebener Erde um ein, zwei Räume erweitert werden mußte. Es wäre erheblich einfacher, die alte Dame hinauszurollen, wenn sie im Erdgeschoß untergebracht war. Und wenn sie sich darauf einließ, konnte er eins der Zimmer als Arbeitsraum nutzen. Er sandte eine entsprechende Anfrage nach Demerara, mußte sich aber darauf einstellen, daß in den nächsten drei Monaten nicht mit einer Antwort zu rechnen war. Er war versucht, in der Zwischenzeit mit der Arbeit zu beginnen – da zu erwarten war, daß seine Cousine zustimmte, würde das Haus doch durch die zusätzlichen Räume nur gewinnen –, aber als er bedachte, daß *er* die Kosten zu tragen hätte, wenn er ohne ihre Zustimmung begann, sie aber andernfalls, wenn sie das Vorhaben billigte, großzügig wie sie war vielleicht selbst die Kosten übernehmen würde, beschloß er abzuwarten.

Inzwischen ordnete er an, daß seine Töchter in die Dachkammern zogen und seine Mutter mit der Pflegerin einen Stock tiefer in die Räume kam, die die Mädchen bislang bewohnt hatten. Dieser Beschluß wurde von Martha, Bet und Patty keineswegs mit Freude aufgenommen, da sie mit einem Mal nur noch weniger als halb soviel Platz hatten. Thomas selbst hatte sich jüngst ein Bett im Gartenhaus aufgeschlagen und schlief in diesen milden Frühlingsnächten oft dort draußen. Sein unvorhergesehenes Fernbleiben vom ehelichen Schlafgemach bescherte Fanny Zeiten gesegneter Ruhe, und in dem Bestreben, solches Glück auch zu verdienen, schenkte sie Thomas' alter Mutter soviel Aufmerksamkeit wie möglich.

Sie mußte sich aber insgeheim eingestehen, daß es schwerfiel, die alte Dame zu mögen. Nachdem sie sich eingelebt hatte, war sie zwar weniger verwirrt und gesprächiger, aber bei näherem Kennenlernen stellte sich heraus, daß sie einen unerfreulichen Charakter hatte. Sie erwies sich als dümmlich, boshaft und recht hinterhältig. Sie mochte ihren Sohn nicht, fürchtete ihn vielmehr, und gab sich daher in seiner Gegenwart ganz unterwürfig und wurde nicht müde zu betonen, wie unendlich dankbar sie sei, in der Hermitage wohnen zu dürfen. In seiner Abwesenheit scheute sie aber nicht davor zurück, ihn wegen seiner Knauserigkeit und seinem unfreundlichen, selbstsüchtigen Wesen zu verunglimpfen. Aber nur Fanny gegenüber, denn sie hatte schnell herausgefunden, daß Schwester Baggot Thomas' Vertraute war. Jede *ihr* gegenüber geäußerte Klage würde ihm umgehend zugetragen, und sie mußte mit einer Einschränkung ihres Wohlbefindens rechnen, da man sie auf die eine oder andere Art bestrafen würde. Aber die arme Fanny mußte sich ihr Gejammer anhören:

»Und wie er seinen armen Bruder behandelt hat, Liebchen – Edward, den Sohn meines zweiten Mannes – das ist geradezu unvorstellbar. Oh, der arme liebe Edward! Er war so ein herzensguter, umgänglicher Bursche! Aber Thomas war immer unfreundlich zu ihm – eifersüchtig, wie du dir denken kannst, weil Edwards Vater seinen eigenen Sohn bevorzugt hat – und Edward war so ein strahlender, liebenswürdiger kleiner Kerl – während Thomas schon in jüngsten Jahren dieses mürrische, selbstsüchtige Wesen hatte. Ich mußte den kleinen Edward beschützen – sonst hätte Thomas ihn immerzu gequält, er war ja fünf Jahre älter und stärker – hat ihm seine Spielsachen weggenommen und zerbrochen, ihm sein Essen weggeschnappt oder ihn gehauen und gekniffen – so daß mein zweiter Mann dann zu guter Letzt beschlossen hat, Thomas in eine Heimschule zu stecken. Und ich glaube, das hat er seinem Bruder nie verziehen.«

Fanny hatte zwar den Versuch längst aufgegeben, Thomas zu lieben oder zu achten, aber nun regten sich doch Mitleidsgefühle bei ihr angesichts dieser Kindheit. Sie erkannte, daß ein Wesen, das schon dünkelhaft, ich-bezogen und leicht reizbar war, durch so eine Behandlung noch verbitterter werden mußte.

»Thomas konnte die Autorität seines Stiefvaters nie anerkennen«, enthüllte die alte Dame. »Und mein zweiter Mann, der gelegentlich ganz freimütig sein konnte, verbat sich jede Unverschämtheit und Verstocktheit. Oh, wie habe ich mich doch oft geängstigt, mein Herzchen, bei diesen grauenhaften Szenen. ›Du hältst dich da raus, Maria‹, hat Mr. Wilshire (das war der Name meines zweiten Mannes) zu mir gesagt, und dann sah er sich genötigt, Thomas für irgendeine Untat gegenüber dem kleinen Edward zu verprügeln, bis das Blut floß.«

»Aber Ma'am! Haben Sie ihm denn nie Vorhaltungen gemacht? Hat er sich Thomas gegenüber immer gerecht verhalten?«

»Vorhaltungen? O nein, mein Liebchen. Ich habe mich bei solchen Gelegenheiten in mein Schlafzimmer eingeschlossen. Mr. Wilshire wußte schon, was er tat. Es war recht so. – Außerdem war er ein sehr jähzorniger Mann – er duldete keinerlei Einmischung. In diesem Punkt glich er meinem ersten Mann – Mr. Paget, Thomas' Vater, hatte die gleiche strenge Natur. Ich würde sagen, die meisten Männer sind so. Sie verfolgen ihren Weg, ob richtig oder falsch, und wir Frauen müssen uns fügen.«

Seufzend dachte Fanny an ihren eigenen Vater, der ein gelehrter, weltfremder Mensch gewesen war, aber der Inbegriff milder Unparteilichkeit und Güte im Umgang mit seinen Töchtern, obwohl sein Pfarramt ihn sehr beansprucht hatte; und auch Lord Egremont war ganz gewiß in allem, was er tat, durch und durch gerecht und wohlwollend. Aber es hatte keinen Zweck, der alten Dame zu widersprechen. Ihre beiden Ehemänner hatten ihr offenbar derart zugesetzt, daß sie dem männlichen Geschlecht nichts Gutes zutrauen konnte und ihr jeder Sinn für Gerechtigkeit ihren beiden Söhnen gegenüber abging.

»Was ist aus Ihrem jüngeren Sohn geworden, Ma'am?« wollte sie wissen. Thomas hatte ihr nie von seinem Bruder erzählt.

Zu ihrer Bestürzung brach die alte Dame in Tränen aus.

»Oh, bitte nicht weinen, Ma'am!« rief Fanny. »Es tut mir leid, daß ich Ihnen Kummer bereitet habe.«

Es war ein feuchter Aprilnachmittag. Die beiden älteren Mädchen waren außer Haus. Bet begleitete Martha zu ihrer Harfenstunde, die kleine Patty, die glücklicherweise Zuneigung zu Mrs. Strudwick gefaßt hatte, war unten in der Küche und lernte, wie man Pfefferkuchenmänner bäckt. Fanny und die alte Dame saßen am großen Erkerfenster im Salon, Fanny machte hin und wieder ein paar Stiche an einem Gewand für ihr Kind oder sah in den regenüberschwemmten Garten hinaus. Schwester Baggot war in persönlichen Geschäften in der Stadt unterwegs.

Behutsam beugte Fanny sich vor und wischte der alten Dame die Tränen ab.

»Schauen Sie, Ma'am, da zeigt sich ein Sonnenfleck, ganz hinten im Tal. In fünf Minuten können wir rausgehen. Quälen Sie sich nicht mit trüben Gedanken.«

»Nein, ich will es dir erzählen, Herzchen – weil es dir eine Vorstellung von Thomas' mißgünstiger, habgieriger Natur geben wird.« Fanny stieß einen Seufzer aus. »Mein erster Mann hat mir nämlich etwas Geld hinterlassen bei seinem Tode. Das hat dann natürlich mein zweiter Mann bekommen, und er hat damit eine Obstplantage erstanden. Nach dem Tod von Mr. Wilshire sollte der Gewinn vom Verkauf der Früchte zu gleichen Teilen an meine beiden Söhne gehen.«

»Das erscheint mir gerecht«, sagte Fanny vorsichtig.

»Natürlich war das gerecht, Herzchen. Mr. Wilshire hätte nie eine ungerechte Regelung getroffen. Aber mein Sohn Edward – ach, er war leider ein trauriger Wirrkopf, sein reizendes Wesen wurde ihm zum Verhängnis, denn ständig hat er seinen Freunden unter die Arme gegriffen, die um seine Freimütigkeit wußten und ihn daher um Geld angingen. Und er hat unablässig Geld für Erfindungen ausgegeben, mit denen er hoffte, in der Zukunft sein Glück zu machen. Er hat eine Rasenmähmaschine entworfen, mit rotierenden Schneidmessern. Thomas hat natürlich nichts von so einer Erfindung gehalten, und sicher hätte sie nicht funktioniert –«

Fanny blickte zum Fenster hinaus auf Henry Goble, den Gärtner, der mit einem Sack über dem Kopf als Regenschutz den saftigen Aprilrasen mähte, der den Hang bedeckte, der zur Eibenhecke hin abfiel. Eine Maschine, die Gras mäht! Was für ein absonderlicher, phantastischer Einfall.

»Und was ist dann geschehen, Ma'am?«

»Edward wollte, daß die Plantage verkauft wurde, damit er seinen Teil beanspruchen und das Geld für seine Pläne benutzen konnte. Aber dafür mußte Thomas' Zustimmung eingeholt werden, und Thomas war damals auf See, bei der Marine, weißt du, und vielleicht hat Edwards Brief ihn nicht erreicht, oder er hatte keine Zeit übrig für so etwas. Er hat jedenfalls nicht geantwortet, und mein armer Edward hat wohl leider in der Zwischenzeit Schulden gemacht und mußte zu Geldleihern Zuflucht nehmen. Er hat sich auch an *mich* gewandt, aber ich konnte wenig für ihn tun, ich besaß nicht viel... Und dann hat er, wie es scheint, zu spielen und zu wetten angefangen – in der Hoffnung, die Dinge wieder ins Lot zu bekommen, weißt du – und – und dann ist er leider im Gefängnis gelandet – und ist am Kerkerfieber erkrankt – und das war sein Ende!«

»Ruhig, ruhig, Ma'am – weinen Sie nicht mehr – das raubt Ihnen die Kräfte!«

Während Fanny die alte Dame tätschelte und beruhigte, dachte sie bei sich: Was für eine traurige, alltägliche Geschichte. Zweifellos hatte der arme junge Mann sich nichts wirklich Schlimmes zuschulden kommen lassen; wenn er aus seiner unglücklichen Lage befreit worden wäre und Hilfe bekommen hätte, hätte er seinen jugendlichen Übermut vielleicht überwunden und wäre ein rechtschaffener, hart arbeitender Bürger geworden. Er wäre seiner Mutter auf ihre alten Tage ein Trost gewesen, hätte sie nicht wie sein Halbbruder murrend bei sich aufgenommen und nur abweisende Blicke für sie übrig gehabt. Aber wenn sie wiederum Edward in seiner Kindheit nicht so töricht verwöhnt hätte, wäre er vielleicht nicht so ein Nichtsnutz und Luftikus geworden ...

»Schauen Sie, Ma'am«, sagte sie sich erhebend, »die Sonne kommt. Ich lasse nach Jem schicken. Er soll den Korbstuhl bringen, dann können wir draußen eine Runde spazierengehen.«

Sie trat auf den Plattenweg vor dem Haus hinaus und rief: »Goble! Schicken Sie bitte Jem zu mir.«

Der Gärtner richtete sich von seiner Arbeit auf und gab sich so wortkarg wie immer. Er schien ungehalten, daß man ihn aus seinen eigenen Gedanken gerissen hatte, wirkte ernst, finster, nahezu feindselig.

»Hä? Was wolln Sie von dem Buben, Missus?« fragte er nach. »Ich hab ihn zur Shimming Farm geschickt, er soll mir 'ne Ladung Erbsenstöcke holen.«

»Oh –« Das gefiel Fanny überhaupt nicht. »Ich wollte, daß er meine Schwiegermutter eine halbe Stunde im Rollstuhl umherschiebt, weil gerade die Sonne scheint. Doktor Chilgrove will nicht, daß ich es tue.«

»Un wo is die junge Frau, die wo sich selbst Pflegerin nennt?« wollte er brummig wissen.

»Sie hat frei.«

An Gobles Miene konnte man ablesen, was er von Schwester Baggot und ihrer reichlich bemessenen Freizeit hielt.

»Dann werd ich wohl die Arbeit hier liegenlassen und sie selber rumschieben«, murmelte er unhöflich.

»Würden Sie das tun, Goble? Da wäre ich Ihnen sehr dankbar.«

Fanny war zu dem Schluß gekommen, daß sie Gobles brummiger Art am besten mit gleichbleibender, ernster, förmlicher Höflichkeit begegnete. Bislang sah sie keinerlei Anzeichen dafür, daß sie auf diese Weise seine Freundschaft gewann, aber immerhin war er zu ihr nicht unfreundlicher als zu irgendeinem anderen Haushaltsmitglied, vielleicht sogar etwas freundlicher.

»Ich hol den Stuhl«, knurrte er und humpelte davon.

Während Mrs. Strudwick und Tess die alte Dame in verschiedene geborgte Umschlagtücher hüllten, schlüpfte Fanny in ein Paar Holzschuhe, schlenderte über den Rasen zum Eibenweg und lehnte sich über die Mauer, von der aus man das Tal überblickte, und sah in die grüne, windige Weite. Am Grunde des Tals glänzte der Bach und spiegelte den bewegten Himmel wider. Fanny ließ sich die Sonne wohlig auf Rücken und Schultern scheinen. Wie konnte Thomas nur den Wunsch haben, die Sonne auszusperren? dachte sie. Er hatte jüngst bemängelt, daß ihre Strahlen in sein Gartenhaus eindrangen und ihn blendeten und bei seiner Buchführung behinderten. Auf seine Veranlassung hin waren an allen Fenstern des Gartenhauses Jalousien angebracht worden.

Stimmen, die vom öffentlichen Fußweg unterhalb der Einfriedung kamen, fesselten ihre Aufmerksamkeit, und als sie in ihre Richtung sah, erblickte sie einen livrierten Lakaien vom Petworth House an der Seite einer molligen Dame in einem blaßrosa Gewand, die er sorgsam mit einem Sonnenschirm vor der Sonne schützte. Wegen des Schirms konnte Fanny zunächst das Gesicht der Frau nicht sehen, und von einer üblen Vorahnung befallen wollte sie von der Mauer zurücktreten, aber genau in dem Moment wurde sich die Dame Fannys Gegenwart bewußt. Sie hob den Blick, winkte ihr lachend zu und wies den Diener an, auf dem Pfad weiterzugehen.

»Hier sind Sie also, meine Liebe! Es ist mir also geglückt, Sie aufzuspüren, obwohl man Sie eingesperrt hat! Ist das nicht großartig! Sie kommen mir vor wie Rapunzel, eingesperrt im Turm von der bösen Hexe. Jetzt habe ich Ihr Versteck ausfindig gemacht, ich werde in Zukunft nicht mehr im Park herumspazieren, sondern täglich mit Pug hierherkommen«, rief Liz Wyndham aus und sah auf das winzige Hündchen hinab, das sie an einer Leine führte.

Auf ihrem runden Gesicht breitete sich ihr unwiderstehliches Lächeln aus. »Ich habe kaum zu hoffen gewagt, daß ich Sie treffen könnte! Ich habe Egremont erzählt, daß ich mich vergewissern will, ob der Bach im Talgrund ordentlich ausgeschlammt ist – unsere Heizkohle wird nämlich mit dem Boot herbeigeschafft – und ein paar andere Annehmlichkeiten, die ich nicht weiter erwähnen will! Jetzt werde ich ihm berichten, daß der Bach *sehr* viel Pflege braucht und daß ich ihn mit peinlicher Regelmäßigkeit begutachten muß. Stimmen Sie mir zu? – Wie geht es Ihnen, meine süße Freundin? Sie sehen blaß und abgezehrt aus – haben Sie den Korb mit Pfirsichen und Nektarinen bekommen, der Ihnen *vom Pfarrhaus* geschickt wurde? Wie wär's, wenn Sie mir einen Korb herunterlassen würden, damit ich Ihnen meine Schauergeschichten hinaufschicken kann: *Das Waisenkind vom Rhein, Der Geisterbeschwörer aus dem Schwarzwald* und *Schloß Wolfenbach.* Die Lektüre dieser wunderbaren Geschichten wäre Ihnen mit Sicherheit weit zuträglicher als alle Heilmittel und Patentrezepte von Doktor Chilgrove. Er hat mir aber versichert, daß Ihr Zustand nichts zu wünschen übrig läßt – abgesehen von *Sie wissen schon was* – und daß Ihr Kind in den nächsten Wochen zur Welt kommen wird. Fühlen Sie sich auch wirklich einigermaßen kräftig, meine Holde?«

Fanny mußte lachen, sah aber voller Furcht zu Thomas' Gartenhaus am Ende des Wegs hinüber. Mrs. Wyndhams verschwörerisches Gebahren war sehr erheiternd, aber wenn nun Thomas auftauchte? Mit gesenkter Stimme, aber aus tiefstem Herzen versicherte sie ihrer Freundin, daß es ihr gut ginge, daß sie die Nektarinen sehr dankbar empfangen hätte und daß Mrs. Wyndham ihr auf keinen Fall Bücher leihen dürfe, da das sicher entdeckt werden würde.

»Oh –! Das ist doch nicht zu fassen! Sie haben versprochen, mich Liz zu nennen, erinnern Sie sich? Warum schauen Sie unablässig zur Gartenlaube? Ist der Drache da drinnen?« Mit einem durchtriebenen Blick schüttelte sie ihre Faust Richtung Gartenhaus, senkte aber ihre Stimme. »Dann werde ich auf der Hut sein. Sind Sie wirklich bei guter Gesundheit? Ich freue mich, das zu hören. Jetzt will ich Sie nicht länger in Verlegenheit bringen! Adios! Aber ich warne Sie, ich schaffe es irgendwie, Sie wiederzusehen. Komm, Pug!«

Liz Wyndham warf ihrer Freundin Kußhändchen zu und ging über den Pfad davon. Fanny dachte, daß sie wie der Frühling selbst wirkte: ein Bausch rosaroter Apfelblüten, eine Wolke, die im Sonnenlicht schwebte. – Sie war gerade rechtzeitig gegangen. Die Tür von Thomas' Gartenhaus ging auf, er kam heraus und blickte mißtrauisch auf Fanny.

»Mit wem hast du gesprochen?«

Fanny, die eine ehrliche Natur war, hatte beschlossen, daß sie Thomas unter keinen Umständen belügen wollte, denn wenn sie einmal damit anfing, würde ihr Leben womöglich in kürzester Zeit zu einem unheilvollen Lügengespinst. Wenn sie Tatsachen verschwieg, wie sie es ja schon getan hatte, rief das schon genügend Schuldgefühle bei ihr hervor. In der gegenwärtigen Situation wäre es ihr schwer gefallen zu antworten, aber glücklicherweise kamen gerade zwei Kinder über den Pfad gerannt, die ihren verlorenen Ball suchten. Thomas schloß, daß sie mit denen gesprochen hatte und zog sich wieder zurück, mit den scharfen Worten:

»Ich dulde es nicht, daß mein Weib an der Mauer hängt wie eine Dienstmagd und mit jedermann redet, der vorbeiläuft. Zieh dich jetzt gefälligst in einen anderen Teil des Gartens zurück.«

»Ich habe nur auf Ihre Mutter gewartet«, ewiderte Fanny sanft. Und nun erschien auch Goble am Ende des Wegs, der die alte Dame in ihrem Stuhl schob.

Thomas machte ein mißmutiges Gesicht. »Halte Goble nicht länger als zwanzig Minuten von seinen Pflichten ab.«

Er ging zurück ins Gartenhaus und schlug die Tür zu.

Sie waren kaum mehr als sechsmal den Eibenweg auf und ab gegangen, als Bet und Martha von der Harfenstunde zurückkamen. Fanny fragte sich manchmal, worin der Reiz dieser Harfenstunden bestand. Heute kicherten die Mädchen mit geröteten Wangen, von irgendeiner geheimnisvollen Erregung erfüllt, die kaum durch ein paar Tonleitern oder Arpeggien hervorgerufen worden sein konnte. Beide Mädchen hatten sich mit neuen Borten an ihren Kleidern herausgeputzt und ihre Hauben mit neuen Bändern versehen. Das Geld dazu hatten sie von Thomas' Mutter, wie sie beteuerten. Die beiden Mädchen gingen vorbei, ohne Fanny und die alte Dame zu beachten. Sie kicherten und tuschelten miteinander. Fanny schnappte ein paar Worte auf.

»Und wenn er mich zu Tode quälen würde, ich würde es ihm um nichts in der Welt erzählen – sie sind beide ausnehmend keck – die sollen sich bloß nicht einbilden, daß ich mich für sie interessiere – *mich* können die nicht aus der Fassung bringen, das kannst du mir glauben!«

»Sie gingen ins Haus. Fanny sah ihnen leicht verdutzt hinterher. Wenn sie bloß nicht in Schwierigkeiten gerieten! Aber sie sah sich in einer heiklen Lage. Da sie jünger war als die beiden, wollte sie nicht zu neugierig erscheinen oder ihnen ihre eigenen Vorstellungen von Anstand aufzwingen – zumal sie angesichts ihrer eigenen geheimen Freundschaft mit Liz Wyndham das Gefühl hatte, selbst auf sehr unsicherem Boden zu stehen.

»Sind Sie jetzt genug hin und her gerollt, Mrs. Paget, Ma'am?« fragte Goble die alte Dame, die in ihrem Stuhl kauerte und ein nörgelndes Gemurmel von sich gegeben hatte, als die Sonne hinter einer Wolke verschwunden war. Sie fürchtete, von der feuchten Luft Gliederreißen zu bekommen, ihre Füße waren eiskalt und es kümmerte keinen, wenn sie an Grippe starb.

»Hä? Was haben Sie gesagt?« fragte sie, Goble gereizt fixierend.

»WOLLEN SIE REINGEHEN, MISSUS PAGET?« wiederholte Goble ungehalten, mit einer Stimme, die einst die ganze Schiffsmannschaft herbeigerufen hatte, als er noch ein Bootsmann war.

»Sie brauchen nicht so zu schreien! Ich bin nicht taub!« antwortete die alte Dame brummig. »Ja, allerdings will ich reingehen, und zwar schon seit zehn Minuten. Was hat man bitte sehr davon, unablässig einen Grasweg auf und ab zu fahren? Warum können wir nicht in die Stadt gehen? Und ich heiße nicht *Paget,* lassen Sie sich das gesagt sein! Ich heiße Wilshire, merken Sie sich das!«

Wortlos wandte Goble sich um und lenkte ihren Stuhl Richtung Gartentür. Fanny folgte in Gedanken versunken. Wie schnell sich doch ein Apriltag verwandeln konnte, gerade noch herrschte strahlender Sonnenschein und kurze Zeit darauf schon kalte, drohende Düsternis. Die Luft war eisig geworden, große schwarze Wolkenbänke zogen auf, und vor Einbruch der Dunkelheit mußte man mit einem weiteren Regenguß rechnen. Sie hoffte, daß Liz Wyndham trocken nach Hause kam...

Als sie ins Haus traten, fielen die ersten schweren Regentropfen auf den Plattenweg.

Fanny war im Begriff, aus ihren Holzschuhen zu schlüpfen, verharrte dann aber und legte mit einem unwillkürlichen, verdutzten Schnaufer eine Hand auf ihren Bauch. Einen Moment war sie von einem heftigen Schmerz gelähmt, sie biß die Zähne zusammen und verschränkte ihre Hände ineinander. Als der Schmerz dann langsam nachließ, ging sie bedächtig ins Haus und klingelte nach Tess.

»Tess? Ist Jem schon zurück? Nein? Gehst du dann bitte zu Doktor Chilgrove und bittest ihn, so schnell wie möglich zu kommen. Sag zuerst Mrs. Strudwick Bescheid, daß ich dich zu dem Botengang losgeschickt habe. Sag Doktor Chilgrove, daß ich glaube, daß die Wehen eingesetzt haben.«

Dann drehte sie sich auf dem Absatz um und schleppte sich

mühsam die Treppe zu ihrem eigenen Zimmer hinauf, wo sie langsam und stetig auf und ab ging.

Fanny mußte sich mehr als sechsunddreißig Stunden abplagen. Im Nachhinein blickte sie stets staunend und ungläubig auf die Zeit zurück, als hätte es sich um einen Alptraum gehandelt, der sich nicht in Wirklichkeit zugetragen haben konnte, oder als wäre alles einer anderen Person widerfahren, nicht ihr selbst. Es schien unmöglich, eine derartige Tortur zu überleben. Und man hatte auch in der Tat während und nach der Geburt mehrere Male die Hoffnung aufgegeben, daß sie die Strapazen überleben würde. Sie erinnerte sich im wesentlichen an zweierlei: Zuerst war sie auf Anweisung von Doktor Chilgrove unablässig auf und ab gelaufen, bis der Schmerz in ihrem Rücken so überwältigend wurde, daß sie das Gefühl hatte, in zwei Hälften zerrissen zu werden; dann lag sie auf dem Bett, stumm, schier wahnsinnig vor Schmerzen, zu nichts in der Lage, nicht einmal zum Schreien. Aber jeder, der in ihre Nähe kam, konnte ihr die Frage vom Gesicht ablesen, *warum* sie das alles durchmachen mußte und wann diese unverdienten Qualen ein Ende hätten. Sie nahm verschwommen wahr, wie die kleine Magd Tess, die irgendwann gerufen wurde, damit sie ihr den Rücken einrieb, jammernd ausrief:

»O jemine, Doktor, das halt ich nich aus, ich kann ihr nich in die Augen sehn! – Helfen Sie ihr doch! Die Arme – un wo sie doch die liebste und beste Herrin is, wo's gibt – nie pinzig un nörgelig – oh, helfen Sie ihr doch, Doktor, ich bitt Sie!«

»Ich tue mein Bestes, mein Mädchen«, brummte Doktor Chilgrove. »Hol Mrs. Strudwick und sag ihr, sie soll mehr heißes Wasser bringen und eine Tasse starken heißen Kamillentee. Und diese Schwester Bagshaw oder Baggot, wie immer dieses Weibsstück heißen mag, soll kommen – wo zum Teufel steckt *die* eigentlich?«

Es gab lange verworrene Momente, in denen der Schmerz sie vollständig übermannte: Schmerz auf zwei Ebenen, wie Fanny verschwommen wahrnahm. Ein stetiger, tiefsitzender, fesselnder, bohrender Schmerz, der immer schlimmer wurde, bis er schließlich seinen unerträglichen Höhepunkt erreichte; und ein stechender, periodisch auftretender Schmerz, dessen plötzliche Sturmangriffe so heftig waren, daß Fanny den stetigen Schmerz zunehmend schwerer ertragen konnte.

»Verzeiht – Oh! Verzeiht mir!« keuchte sie, wenn einer dieser akuten Krämpfe sie überwältigte und sie fühlte, wie ihr der Schweiß über die Wangen lief.

»Was denn verzeihen, Ma'am? Da gibt's nichts zu verzeihen –« Das war die Stimme von Mrs. Strudwick. Sie hatte das Gefühl, in einer Hängematte aus freundlichen Händen und Stimmen zu schweben, sie spürte ihre wohlmeinende Hilflosigkeit, denn ihr war nicht zu helfen.

Mitunter mischten sich fremde Stimmen in den besorgten Chor. Ein ängstliches Wispern an der Tür – das mußten ihre Stieftöchter sein. Sie wollte ihnen zurufen, daß sie sich nicht ängstigen sollten, aber ihre Stimme trug nicht so weit, fand kaum den Weg aus ihrer Kehle. Aber vielleicht bestand doch Anlaß, sich zu ängstigen, dachte sie verwirrt – war nicht die Mutter der Mädchen im Wochenbett gestorben? Ich kann mich nicht erinnern. Oder war es meine eigene? Sie – Thomas' erste Frau – hat das so viele Male durchgemacht, daß ihre Kinder wohl mehr davon verstehen als ich – was hat Martha an diesem ersten Abend gesagt, zwölf Kinder in dreizehn Jahren? Oh, du lieber Gott, so etwas zwölfmal durchmachen ... und ein überwältigender Schmerzanfall raubte ihr vorübergehend die Sinne, sie quälte sich durch einen dornigen Dämmerzustand der Pein und des Wahns. Als sie einmal daraus emportauchte, hörte sie Doktor Chilgroves Stimme, scharf vor Zorn und Widerwillen:

»Verlassen Sie den Raum, elendes Weibsstück, Sie stinken

nach Schnaps! Weiß der Himmel, woher Sie das Recht nehmen, sich *Schwester* zu nennen, aber ich sage Ihnen freiheraus, daß Sie in keinster Weise zu diesem Beruf taugen. Da könnte ich ebensogut eine Milchmagd oder einen Bergarbeiter verpflichten –« Dann Mrs. Baggots Stimme, laut, herrisch und ausfallend: »Ich habe ja wohl genauso das Recht, hier drinnen zu sein wie Sie, Sir! Und vergessen Sie nicht, ich bin von Captain Paget verpflichtet, nicht von *Ihnen* –«

»Oh, schickt sie hinaus, bitte, schickt sie hinaus«, murmelte Fanny matt zu irgend jemand, der in ihrer Hörweite stand. »Ihre Stimme ist so laut – und ich mag sie überhaupt nicht – und falls ich sterbe, will ich gerne unter Freunden sterben –« und schon schwanden ihr die Sinne wieder, kaum daß Doktor Chilgroves Ermahnungen an ihr Ohr drangen:

»Pscht, Ma'am, von *Sterben* will ich nichts hören – Sie werden in Kürze wieder frisch und munter sein, das verspreche ich Ihnen – und jetzt nehmen Sie was von dem Kognak zu sich –«

Weitere aufgebrachte Stimmen, diesmal sprach Thomas: »Was zum Henker soll das ganze Theater? Ein junges, gesundes Mädchen, noch nicht einmal achtzehn – Frances, *Frances,* laß dieses abgeschmackte, ohnmächtige Getue! Reiß dich gefälligst zusammen! Herrgott nochmal, Chilgrove, meine erste Frau hat das zwölfmal durchgemacht, man muß mir wirklich nicht erzählen, was bei einer Geburt vor sich geht, das kann ich Ihnen versichern! Holen Sie das Kind raus, mehr verlange ich nicht!«

»Eben darum bemühe ich mich, Captain Paget –«, sagte Doktor Chilgrove erschöpft und gereizt. »Ihre erste Frau muß eine bewundernswert zähe Natur besessen haben, wenn sie so etwas wirklich zwölfmal durchgestanden hat, da sie aber schließlich doch verschieden ist, war sie vielleicht doch nicht so zäh, wie sie vermutet haben. Die jetzige Mrs. Paget ist jung und zart gebaut – das Kind, von dem ich sie entbinden möchte, ist bemerkenswert groß, obwohl es etwas zu früh kommt –«

»Knabe oder Mädchen?« fuhr Thomas' Stimme neugierig dazwischen.

»Das, mein Herr, wird der Allmächtige zu gegebener Zeit enthüllen – und nun, bitte sehr, Captain Paget, es sind bereits genug Leute in diesem Raum – Mrs. Strudwick, reichen Sie mir bitte diese heißen Tücher, ich möchte die Beine der armen Frau damit bedecken, sie sind schon gefährlich kalt –«

Fanny hätte sie lieber auf ihrem Rücken gehabt, wo der Schmerz so rasend wurde, daß er sie schier zu sprengen schien, wie eine Erbsenschote.

»Falls ich sterbe, Doktor Chilgrove, sorgen Sie bitte dafür, daß meine Schwester Maria meine grünen Seidenpantoffeln bekommt, sie sind kaum getragen, und sie hat die gleiche Schuhgröße wie ich –«

»Na, na, Mrs. Paget, seien Sie guten Muts, Ma'am. Denken Sie jetzt nicht an die Schuhe! Hören Sie, die Hähne krähen. Lassen Sie sich von diesen wackeren Tönen aufmuntern!«

»Haben Sie's schon mal mit Schnupftabak versucht, Doktor?« ließ sich Mrs. Strudwicks müde Stimme zaghaft vernehmen. »Wie's meine Tochter bei ihrem vierten so schwer gehabt hat, hat 'ne Prise Schnupftabak es rausgebracht, glatt wie ein Hering –«

»Warum nicht, Mrs. Strudwick, die alten Bauernmittel sind oft einen Versuch wert – probieren wir mal, ob Schnupftabak hilft.« Trotz seiner verhaltenen Stimme, die Fanny nicht hören sollte, schnappte sie ein paar Worte auf: »Letzte Möglichkeit, fürchte ich – die Kräfte verlassen sie rapide –«

Fanny geriet nun wirklich in einen merkwürdigen Zustand: Wie im Traum entglitten ihr all ihre Sinne. Sehr angenehm, dachte sie verschwommen, wenn das der Tod ist, fürchte ich mich nicht im mindesten davor, außerdem werde ich die liebe Mama und den lieben Papa im Himmel wiedersehen, er hat es versprochen, und vielleicht auch Barnaby –

Mit einem Mal schoß ihr ein scharfer, stechender, brennender

Puder in die Nase, so daß sie wiederholt heftig nach Luft schnappen mußte, und in einem markerschütternden Niesanfall füllten sich ihre Lungen mit Luft, dann folgte ein Schmerz, der so gewaltig war, daß alle vorangegangenen Schmerzen nur noch wie ein leichtes Zwicken erschienen.

»Gott, helf!« schrie sie, und mit diesem Wort kam ihr Kind zur Welt.

»Bravo, Ma'am! Mrs. Strudwick – schnell, reichen Sie mir diese –«

»Oh, Ma'am! Gott sei Dank, Dank sei Gott!«

»Gut gemacht, Missus, so ist's recht –«

Jetzt kann ich mich zur Ruhe legen, dachte Fanny, jetzt muß ich nie wieder aufstehen. Erschöpft, platt wie ein Häufchen durchnäßter Gaze sank sie in ihre Kissen. Sie fühlte sich knochenlos, entleert, vergänglich.

»Schnell, Tess – das Riechsalz, Mädchen – sie wird ohnmächtig –«

»Nein«, sagte Fanny matt. »Das Kind – ich will wissen – ist es ein Knabe oder ein Mädchen?«

»Oh, Ma'am, es ist ein prächtiger Knabe! Blaue Augen und blond wie ein Engel!«

»Ein hübscher kleiner Kerl, Mrs. Paget, auf den können Sie stolz sein – acht Pfund und rund und gesund! Trinken Sie jetzt diesen Stärkungstrank, legen Sie sich zurück und ruhen Sie sich aus, Sie haben Ihre Arbeit geleistet –«

»Er sollte Gotthelf heißen«, flüsterte Fanny. »Ich will ihn sehen, darf ich ihn bitte in den Arm nehmen –«

»Einen Moment, meine liebe Ma'am, Mrs. Strudwick muß ihn noch herrichten. Dann bekommen Sie ihn.«

Als ihr Sohn fertig hergerichtet war, lag Fanny in tiefster Ohnmacht versunken, und in den nächsten zehn Tagen bekam sie ihn nicht zu Gesicht. Sie starb fast an Blutverlust, und der ehrliche Doktor Chilgrove schätzte ihre Überlebenschancen auf eins zu fünfzig. Thomas dachte insgeheim, daß es gar nicht so übel wäre, wenn sie tatsächlich sterben würde. Er hatte seinen Sohn, das allein zählte. Und eine neue Frau, eine, die nicht so verstockt und abweisend war und ein Verhalten an den Tag legte, das er nur als unausgesprochene Rebellion verstehen konnte, wäre nicht zu verachten und auch nicht schwer zu finden.

Inzwischen wurde eine Amme für den Säugling gefunden, Jemima King, und er wurde nicht Gotthelf getauft, ein gänzlich unpassender Name für einen kräftigen Knaben, sondern Thomas, nach seinem Vater.

Erst sechs Wochen nach der Geburt des zweiten Thomas gestattete Doktor Chilgrove Fanny, ihr Zimmer zu verlassen. Im Laufe dieser Zeit trugen sich verschiedene Dinge von beträchtlichem Belang zu.

Zunächst fand ein Gespräch zwischen Thomas und Doktor Chilgrove statt, in dem letzterer Captain Paget unverblümt zu verstehen gab, daß eine weitere Schwangerschaft und Geburt vor dem Ablauf von mindestens zwei Jahren Fanny aller Wahrscheinlichkeit nach das Leben kosten würde.

»Es ist nicht damit zu rechnen, daß ihre Gesundheit rasch wieder hergestellt sein wird. Wir müssen auf Anzeichen von Schwindsucht achten und können nur hoffen, daß nicht ihre gesamte Konstitution gefährlich angegriffen worden ist. Kurz gesagt, werter Herr, falls Fanny vor dem Ablauf von mindestens fünfzehn Monaten wieder guter Hoffnung wird, werde ich Sie moralisch verantwortlich machen für ihren Tod. Sie hat Ihnen einen hübschen Knaben geschenkt, auf den Sie stolz sein können, und im Moment müssen Sie sich damit begnügen.«

Thomas begnügte sich natürlich *keineswegs* damit, ganz im Gegenteil. Er hatte schon überlegt, daß es besser war, zwei Eisen im Feuer zu haben – da der Himmel wußte und er persönlich sich nur allzu bewußt war, welchen Leiden und Gefahren kleine

Kinder ständig ausgesetzt waren. Er bekam einen Tobsuchtsanfall angesichts dieser unstatthaften Einmischung in seine privaten Angelegenheiten. »Empörend!« »Unerträglich!« waren zwei Attribute, mit denen er Doktor Chilgrove bedachte. Aber dieser blieb ruhig und fest und willigte nur ein, Fanny nach sechs Monaten zu untersuchen und die Angelegenheit dann noch einmal zu bereden. Und Thomas, der sich wohl besann, daß es bezüglich des Todes der ersten Mrs. Paget einige offene Fragen gab, die er nicht gerne erneut erörtert haben wollte, fand sich schließlich schimpfend und tobend damit ab und gab sich überaus kurzangebunden und gereizt, wenn er Fanny in ihrem Zimmer aufsuchte. Unverfroren warf er ihr vor, daß sie sich nicht ausreichend bemühte, wieder zu Kräften und auf die Beine zu kommen, um ihre Haushaltspflichten zu versehen. In der Tat mußte Thomas zu seinem Verdruß feststellen, daß der Haushalt ohne sie, die ihn auf ihre stille Art regelte und führte, lange nicht so gut lief.

Das zweite einschneidende Ereignis war das plötzliche Verschwinden von Martha, die schlicht und einfach eines Sonntagmorgens, als es Zeit für den Kirchgang war, nicht aufzufinden war. Sie hinterließ nur eine knappe geheimnisvolle Nachricht auf dem Kopfkissen ihrer Schwester: »Liebe Bet, bin mit C. davon, du kannst dir denken, wohin. Wünsch mir Glück!«

Wenn Bet Zeit gehabt hätte, nachzudenken und sich zu sammeln, hätte sie die Botschaft sicher vor ihrem Vater verborgen, da ihr Inhalt enthüllte, daß sie zu einem beträchtlichen Grade eingeweiht und in die Sache verwickelt war. Aber sie war nicht weniger über die Flucht ihrer Schwester entrüstet und verwundert als Thomas, der allerdings nach dem ersten gewaltigen Wutausbruch zu dem Schluß kam, daß er nun von der lästigen Sorge um eine Tochter befreit war, die er nie besonders beachtet hatte und nicht weiter vermissen würde – und darüber hinaus sparte er auf diese Weise das Geld für ihre Mitgift.

»Sie wird mein Haus nie wieder betreten!« erklärte er. »Das steht fest! Da kann sie bitten und betteln soviel sie will; in Lumpen, krank oder hungernd, sie wird hier kein Mitleid finden.«

Stammelnd und sich in Widersprüche verstrickend schwor Bet, daß sie nichts wisse, nicht die geringste Ahnung habe, was da vor sich gegangen war; abgesehen davon, daß Martha hin und wieder auf dem Heimweg von der Harfenstunde verweilt hatte, um mit einem jungen Burschen zu plaudern, der manchmal die Arbeiten am Bachbett im Shimming Tal überwachte; ein sehr gut gekleideter, höhergestellter Mann, der seinem Benehmen nach kein einfacher Bürger war, vielleicht war er von der Bürgerwehr oder ein Steuereintreiber –

»Was zum Henker hat er dann am Bachbett zu suchen?« donnerte Thomas. »Und was zum Henker hat *dich* dazu veranlaßt, ihr zu erlauben, dort hinzugehen und mit ihm zu sprechen? Verlaß dich drauf, das war nur ein Verwalter oder Aufseher von Lord Egremont. Es würde mich nicht wundern, wenn *der* den beiden auf seinem Grund und Boden ein Haus zur Verfügung gestellt hätte – als ob mein Name in dieser Stadt nicht schon genügend geschändet wäre!«

Wer immer dieser junge Mann sein mochte, er tauchte nicht wieder auf, und auch Martha blieb verschwunden. Thomas war viel zu empfindlich und eifersüchtig um seinen Ruf besorgt, um irgendwelche Nachforschungen anzustellen. Aber er verhängte einen lähmenden Bann über Bet, die den Besitz nicht mehr verlassen durfte, nur noch angefahren wurde und der keine Freude mehr vergönnt war. Unter Tränen klagte sie Fanny, daß das Leben ihr nicht mehr lebenswert erschien und sie sich am liebsten an der Traueresche aufhängen würde.

Fanny empfand es insgeheim als einen Segen, daß Martha in der zweiten Woche nach der Geburt ihres Kindes ausgeflogen war, während ihr Leben noch in Gefahr war und sie daher weniger Teil hatte an dem Familienkrach und den nachfolgenden Strafmaßnahmen. Sicher war es kein Zufall, daß Martha sich genau zu diesem Zeitpunkt davongemacht hatte. Während sich die Aufmerksamkeit auf das Krankenzimmer konzentrierte und im Haushalt alles drunter und drüber ging, war die Gelegenheit zur Flucht günstig.

Die dritte wesentliche Veränderung entdeckte Fanny erst nach sechs Wochen, als sie schließlich mit Doktor Chilgroves Zustimmung ihr Zimmer für zwei, drei Stunden verlassen und im Salon am Fenster sitzen durfte, wo zu dieser Jahreszeit morgens die warme Sonne hereinschien. Es war jetzt Ende Mai. Für die Jahreszeit herrschte ein ungewöhnlich warmes, drückendes Wetter. Die Narzissen rund um die knorrigen Wurzeln der Traueresche verwelkten schon, und der Fingerhut wuchs empor, um ihren Platz einzunehmen. Der Säugling, der kleine Thomas, lag auf Doktor Chilgroves Rat hin in Flanelltücher gewickelt draußen in seinem Körbchen im Schatten der Esche. Fanny sah wehmütig zu ihm hinüber. Er befand sich in der Obhut seiner Amme Jemima King, die an seiner Seite saß. Sie, seine Mutter, durfte ihn nur einmal täglich für kurze Zeit bei sich haben. Sie hatte kaum das Gefühl, daß er zu ihr gehörte. Aber wenn es mir besser geht ... dachte sie. Da sie noch nicht ins Freie durfte, fragte sie Tess, ob die alte Dame, Mrs. Paget, nicht eine Weile in den Salon kommen könnte, um mit ihr zu plaudern.

»Ich habe sie nämlich nicht mehr gesehen seit der Geburt des Kindes.«

»Ich seh mal nach, Ma'am. Die is nämlich gar nich mehr aus ihrem Zimmer raus, seit daß Sie im Bett liegen«, berichtete Tess.

Während Fanny auf die alte Dame wartete, sah sie wieder zu ihrem Sohn hinaus. An den gefesselten, verkrüppelten Ästen der Esche, die mit den Lederriemen so vertäut waren, daß sie zur Erde zeigten statt zum Himmel, sproß üppiges grüngefiedertes Laub, als wollte der Baum auf diese Weise die unnatürliche

Einschränkung wettmachen. Er formte einen natürlichen Schirm aus dichtem Blattwerk, unter dem man gerade noch das Säuglingskörbchen und die weiße Haube der Amme sehen konnte, die dahinter mit gesenktem Kopf auf einem Stuhl saß. Müde, die arme Seele, dachte Fanny, die den Säugling des Nachts oft schreien hörte. Obwohl er trotz seiner verfrühten Geburt groß und stark war, litt er unter Koliken. Aber Doktor Chilgrove meinte, das sei kein Grund zur Beunruhigung, und er beschwichtigte den besorgten Thomas: »Der Knabe schreit in der Nacht, aber tagsüber schläft er prächtig. Er gedeiht sehr gut, Sir. Sie brauchen sich keine Sorgen zu machen.« Plötzlich ertönte lautes Protestgeschrei aus dem Körbchen, und dann hörte Fanny die scharfe Stimme von Jemima King: »Lassen Sie das wohl bleiben, Miss Patty! Pfui, schämen Sie sich! Böses, böses Mädchen! Ich werde Ihrer Mama sagen, was Sie angestellt haben!« Man hörte auch ein Klatschen, und die kleine Patty tauchte unter den hängenden gefiederten Ästen auf, zornig und mit rotem Gesicht.

Mit Mühe gelang es Fanny, das Fenster etwas hochzuschieben, und sie lehnte sich hinaus.

»Was ist geschehen, Jemima?« rief sie.

»Oh, Ma'am, ich hab Sie gar nicht gesehen.« Ziemlich verlegen und mit geröteten Wangen wie Patty, lief Jemima über den Rasen zum Fenster und knickste. »Dieser elende kleine Fratz ist unter den Säugling gekrochen, wie ich – wie ich nich aufgepaßt hab – und hat ihn mit einem Zweig gepiekst. Immerzu muß man die im Auge haben, sie is ungezogen und falsch wie ein Wiesel! Sie hätte ihm ein Auge ausstechen können!«

»Komm her, Patty«, sagte Fanny ruhig.

Patty schlurfte mißmutig herbei.

»Sag mir, warum du das getan hast. Hast du nicht gewußt, daß man das nicht darf? Das Kind ist doch noch ganz klein, und das tut ihm weh.«

»Sie versucht ständig, an ihn ranzukommen und ihn zu ärgern«, warf Jemima ein.

»Ich hab gewollt, daß er die Augen aufmacht«, brummte Patty.

»Sie trägt die Nase zu hoch, Ma'am, das is ihr Fehler«, sagte Jemima. »Sie kann's nich ertragen, daß sie nich die Nummer eins is. Aber Mädchen kommen nun mal an zweiter Stelle nach den Buben, das weiß sie ganz genau.«

Das traf in der Tat zu und daran gab es nichts zu rütteln. Trotzdem tat Fanny das Kind leid, obwohl es ihr schwerfiel, Zuneigung zu ihrer jüngsten Stieftochter zu fassen. Sie stahl Zucker und Gebäck und schob es dann Tess in die Schuhe und log nach Strich und Faden, zerbrach oder verschleppte unablässig Geschirr, das sie für ihre eigenen Zwecke gebrauchte, hinterließ überall Unordnung und war grob und unfreundlich zu ihrer Stiefmutter. Niemand im Haushalt konnte sie leiden, bis auf Mrs. Strudwick. Und in jüngster Zeit mußte sie sich einsam und vernachlässigt gefühlt haben, da Fanny seit der Geburt des Kindes zu schwach gewesen war, sie zu unterrichten. Sie beschloß nun, unverzüglich wieder damit zu beginnen, zumindest mit den Dingen, in denen Patty etwas Fortschritte gemacht hatte.

»Bet und Martha haben *dich* gewiß nicht so behandelt, als du klein warst«, mutmaßte Fanny.

»Haben sie doch! Die haben mich immerzu geärgert!«

»Nun, wenn ich sehe, daß Sie Master Tom nochmal quälen, geh ich auf der Stelle zu Ihrem Papa«, drohte Jemima.

»Jetzt lauf zu Mrs. Strudwick, Patty, und sag ihr, daß du lernen sollst, wie man eine heiße Würzmilch bereitet«, sagte Fanny rasch, und als Patty mit vorgeschobener Unterlippe abgezogen war, sagte Fanny zu Jemima: »Erzählen Sie Captain Paget diesmal nichts, Jemima. Er würde das Kind allzu hart ins Gebet nehmen, und ich fürchte, daß sie den Kleinen dann nur umsomehr hassen wird.«

»Gut, Missus, aber ich glaub, daß aus der nie was wird ohne 'ne ordentliche Tracht Prügel«, sagte Jemima, ein schlichtes Mädchen vom Lande, rundheraus. Sie hatte zu Hause zwei eigene Kinder und hatte gerade ihr drittes verloren, schien also das Recht zu so einer Aussage zu haben. Fanny seufzte.

»Danke, Jemima. Das wär's dann.«

Tess kam in den Salon, die alte Dame stützend, die langsam humpelte. Fanny verschlug es schier die Sprache angesichts der Wandlung, die Thomas' Mutter in den letzten sechs Wochen durchgemacht hatte.

»Guter Gott, Ma'am! Fühlen Sie sich nicht wohl?«

»Was meinst du, Schätzchen?« murmelte die alte Dame und sah mit trübem Blick ins Leere, während Tess ihr in einen Schaukelstuhl half und ein Umschlagtuch über ihre Knie legte. Sie schien um Jahre gealtert; ihr Gesicht war aufgedunsen, ihre Augen matt, ihr dünnes Haar war ungekämmt und fettig, ihr Mieder war nur halb geschnürt, ein schmutziger Dimitzunterrock war unter ihrem zerknitterten Musselingewand zu sehen, ihre grauen Strümpfe warfen Falten.

Sie machte den Eindruck, als hätte ihr niemand beim Ankleiden geholfen; ihr schien tagelang keiner beim Waschen oder Kämmen behilflich gewesen zu sein.

»So hab ich sie gefunden, Ma'am«, sagte Tess entschuldigend. »Mrs. Baggot macht irgendeine Besorgung – un ich bin mit meiner Arbeit bißchen hinterher –«

»Macht nichts Tess, danke. Ich werde mit Mrs. Baggot reden, wenn sie zurückkommt«, sagte Fanny. Allerdings war sie wenig zuversichtlich, da Mrs. Baggot sie in jüngster Zeit mit kaum verhüllter Unverschämtheit behandelte.

Fanny wurde schnell klar, daß die alte Dame abgesehen von ihrer körperlichen Vernachlässigung geistig gehörig heruntergekommen und durcheinander war. In Fanny regte sich der Verdacht, daß sie womöglich durch die regelmäßige Einnahme von

Beruhigungsmitteln abgestumpft war. Sie antwortete nur unzusammenhängend und wirr auf ihre Fragen, sie schien an nichts interessiert, und wenn man sie nicht direkt ansprach, verfiel sie in einen Dämmerzustand; das Kinn sank ihr auf die Brust und ein Speichelfaden rann ihr aus dem Mundwinkel. Als Fanny nach Jem und dem Korbstuhl rief, damit die alte Dame an die frische Luft konnte, erfuhr sie zu ihrem Schrecken, daß Thomas den Stuhl verkauft hatte, da er diese Spaziergänge nicht mehr für notwendig hielt.

»Ist Mrs. Baggot schon vom Einkaufen zurück?« wollte Fanny wissen.

»Nein, Ma'am, ich glaube nicht.«

Fanny fand den Zustand der alten Dame so besorgniserregend, daß sie trotz Thomas' striktem Verbot beschloß, ihn in seinem Gartenhaus aufzusuchen und unverzüglich mit ihm zu sprechen.

Sie hüllte sich in ein Umschlagtuch und trat auf den Plattenweg hinaus. In dem Moment lief der Postbote Will pfeifend vom Feldweg in den Garten.

»Morgen, Missus Paget! Schön, Sie wieder zu sehen! Hier is ein Brief, wo Sie 'ne ordentliche Stange Geld für zahlen müssen, weil er von ganz weit weg aus'm ausländischen Land kommt!«

Fanny nahm den Brief von ihm entgegen und sah voller Erstaunen, daß er an sie adressiert war, in einer gänzlich unbekannten Handschrift.

»Danke, Will. Gehen Sie zu Mrs. Strudwick hinein, sie wird Ihnen das Geld geben«, sagte sie zu ihm, weil sie keines bei sich hatte. Dann brach sie mit hastigen Fingern das Siegel.

Demerara, Januar 1798

»Liebe Cousine Fanny (so möchte ich Sie ganz unförmlich nennen)!

Ich schreibe, um Sie willkommen zu heißen, und hoffe, daß Sie in der Hermitage glücklich sind. Mit großer Freude habe ich vernommen, daß Sie und mein Cousin Thomas (den ich nie kennengelernt habe) geheiratet haben, und ich bin sicher, daß Sie seinen Töchtern eine gütige Mutter sein werden. Ich finde es sehr erfreulich, daß eine junge wachsende Familie in meinem Haus wohnt, während ich in Westindien weile. Gewiß werden Sie bald eigene Kinder haben, Spielkameraden für meine Zwillinge, Charley und Gussie, wenn wir einmal alle zusammenkommen. Wenn ich von Zwillingen rede, kommt mir in den Sinn, daß ich Sie und meinen Cousin Thomas gebeten habe, so gütig zu sein, unsere Cousine Priscilla und unseren Cousin Carloman in Ihrem Haushalt aufzunehmen, falls sie von Indien nach England kommen, und Sie werden wohl neben Ihrer eigenen Familie kaum genügend Raum haben, sie unterzubringen. Ich bevollmächtige meinen Cousin Thomas daher nur zu gern, das Haus zu erweitern (wenn er es für angezeigt hält), und habe meine Vermögensverwalter, Messrs Coutts in Leadenhall, angewiesen, die Mittel für den Ausbau zur Verfügung zu stellen. Ich zweifle nicht daran, daß Sie, liebe Cousine Fanny, die jungen Leute freundlich behandeln werden, wenn sie ankommen. Die armen Kinder haben, fürchte ich, in ihrem bisherigen Leben fast nur Vernachlässigung und rohe Behandlung erfahren, von ihrem Vater (meinem Großonkel Henry) verstoßen und nach dem Tode ihrer Mutter auf die Güte von Fremden angewiesen. Ihr genaues Alter kenne ich nicht.

Mein Mann schließt sich meinen innigen Grüßen an Sie und Cousin Thomas an:

Juliana van Welcker«

Fanny las den Brief langsam, während sie an der Hecke entlangging, und dachte bei sich, was für ein unglaublicher Unterschied doch zwischen dieser unbekannten Cousine und deren Cousin Thomas bestand. Ach, wenn sie bloß in England wäre, wünschte

Fanny, ohne zu bedenken, daß Thomas und seine Familie in dem Fall die Hermitage verlassen und sich anderswo in einer erheblich bescheideneren Behausung niederlassen müßten.

In den letzten Monaten hatte sich Fanny nicht viele Gedanken über die unbekannten Verwandten gemacht, die sich jetzt wohl auf dem Weg von Indien nach England befanden. Andere Ereignisse hatten den Gedanken an ihre womöglich kurz bevorstehende Ankunft verdrängt. Und doch mußte man damit rechnen, daß sie jeden Moment auftauchten. Als sie sich nun vor Augen führte, was die beiden hier erwartete, dachte sie: Arme Kinder, sie werden *nicht* in ein glückliches Hauswesen aufgenommen, ich wünschte, sie fänden einen freundlicheren Hafen, wenn ich für meinen Teil sie auch gerne willkommen heißen würde. Aber ich fürchte, Thomas wird ihnen mürrisch begegnen und Bet verdrießlich und die kleine Patty trotzig ... Es ist zu dumm, daß sie ihre ersten Eindrücke von England in so einer unerfreulichen Familie gewinnen müssen. Als sie zu diesem niederdrückenden Schluß gelangt war, holte sie tief Luft, straffte ihre Schultern und klopfte entschlossen an die Tür des Gartenhauses.

Nach einer beträchtlichen Weile rief Thomas mit scharfer Stimme: »Wer ist da?«

»Ich bin's, Fanny. Ich möchte mit Ihnen reden.«

»Frances?« Seine Stimme klang verwundert und zornig in einem. »Was um alles in der Welt hast *du* hier draußen zu suchen? Chilgrove hat dir noch nicht erlaubt, das Haus zu verlassen.«

Die Tür blieb verschlossen.

»Es ist heute sehr warm«, sagte Fanny. »Und ich habe ein dringendes Anliegen. Ich muß mit Ihnen sprechen.«

Eine weitere längere Pause entstand, dann flog die Tür auf. Thomas stand mit bitterböser Miene in der Tür. Er sagte:

»Ich bin sehr ungehalten, daß du hier herausgekommen bist entgegen der Anordnung des Doktors! Geh bitte auf der Stelle ins Haus zurück! Was immer du zu sagen hast, kann gut und gern bis zum Mittagessen warten.«

Dann fiel sein Blick auf den Brief in ihrer Hand.

»Was ist das für ein Brief?«

»Er ist von unserer Cousine Juliana van Welcker. Aber das ist nicht –«

Thomas zog die Augenbrauen zusammen. Er sagte: »Was fällt dir ein, ihn ohne meine Erlaubnis zu öffnen?« und riß ihn ihr aus der Hand.

»Aber er ist an mich adressiert!«

»An *dich*?« Er war verblüfft. »Was sollte sie dazu veranlassen, *dir* einen Brief zu schreiben?«

»Es ist nur ein sehr freundlicher, schicklicher Willkommensbrief«, erklärte Fanny. »Oh, und sie gestattet Ihnen, das Haus zu erweitern, wenn Sie es für angezeigt halten.«

»Ha!« Seine Miene hellte sich etwas auf. »Sehr gut – Ich werde meiner Cousine in dieser Angelegenheit antworten. Ich sehe allerdings keine Veranlassung, daß du wegen dieser unbedeutenden Angelegenheit hier herauskommst. Nun geh bitte sofort ins Haus zurück.«

»Aber ich bin nicht deswegen hergekommen«, beharrte Fanny. »Ich mache mir Sorgen wegen Ihrer Mutter, Thomas! Sie ist in einer sehr schlechten Verfassung. Ich fürchte, Schwester Baggot hat sie sträflich vernachlässigt.«

Zu Fannys Verwunderung verzerrte sich Thomas' Gesicht vor Wut. Er starrte sie an, als hätte sie ihn gebissen.

»Ist *das* alles? Wie kommst du dazu, eine derartige Beschuldigung auszusprechen? Schwester Baggot ist ja wohl eher in der Lage, den Zustand meiner Mutter zu beurteilen als *du*. Und sie ist übrigens im Moment hier, um mit mir darüber zu beraten.«

Er trat etwas zur Seite, so daß hinter ihm im Schatten des Raumes Schwester Baggot sichtbar wurde, die die Arme in die Hüften gestemmt hatte.

Obwohl Fanny sehr überrascht war, ließ sie sich nicht beirren. »Warum sieht die arme Dame so schmutzig und vernachlässigt aus? Ihr Haar ist nicht gekämmt, ihre Kleider müssen geflickt werden – und ich bin überzeugt, daß sie durch die Einnahme von Beruhigungsmitteln beeinträchtigt ist – sie wirkt so benommen und verwirrt.«

»Gewiß bekommt sie Beruhigungsmittel!« Schwester Baggot stellte sich neben Thomas. Sie lächelte Fanny verächtlich an. »Ma'am, Sie sollten sich lieber nicht in etwas einmischen, wovon Sie nichts verstehen und was Sie nichts angeht.«

»Es geht mich sehr wohl etwas an.« Fannys Stimme zitterte etwas, eine leichte Übelkeit befiel sie angesichts der vereinten Feindseligkeit ihres Mannes und der Schwester. Wie lange waren sie schon zusammen da drinnen? In aller Stille. Worüber konnten sie all die Zeit gesprochen haben?

So gefaßt wie möglich fuhr sie fort: »Es geht mich sehr wohl etwas an, wenn sie so vernachlässigt aussieht. Das ist nicht in Ordnung.«

»Meine liebe Frances«, sagte Thomas scharf, »Schwester Baggot hat ganz recht, daß es dich nichts angeht, aber wenn du so starrköpfig bist, kann ich dich auch gleich darüber in Kenntnis setzen, daß meine Mutter dabei ist, den Verstand zu verlieren und häufig Laudanum einnehmen muß, da sie andernfalls unerträglich lästig und aufsässig wird, sogar gewalttätig. Aus diesem Grunde, weil sie so schwierig und unnachgiebig ist, hält Mrs. Baggot es für angebracht, sie nur einmal täglich zu waschen und herzurichten statt zweimal. So, bist du jetzt zufrieden?«

»Weiß Doktor Chilgrove davon?«

Ein weißer Rand zeigte sich um Thomas' Lippen.

»Natürlich weiß er das – zweifelst du an meinen Worten?«

Seine Miene war so drohend, daß Fanny unwillkürlich einen Schritt von der Tür zurücktrat und sich gegen die ellbogenhohe Steinmauer lehnte, die den Besitz zum Tal hin begrenzte.

»Nein, gewiß nicht, Thomas – aber im Moment erscheint sie sehr ruhig –«

»Selbstverständlich. Ich habe dir erklärt, warum. Sie steht unter Beruhigungsmitteln. Jetzt verlaß uns bitte!«

In diesem Augenblick wurden sie beide darauf aufmerksam, daß ihre Unterhaltung von zwei Personen, die unterhalb der Mauer auf dem Fußweg vorübergingen, recht gut mitangehört werden konnte. Fanny erbleichte, denn es handelte sich um Mrs. Wyndham, die hinreißender denn je aussah in einem durchscheinenden Gewand aus hauchfeinem graurosa Mull, und Major Henriques, den Herrn, der Zeuge ihres Kutschenunfalls gewesen war. Als die geistesgegenwärtige Liz Wyndham Thomas' ansichtig wurde, senkte sie schnell den Kopf (den ein entzückender Strohhut zierte) und deutete nur ein Lächeln an; aber Major Henriques lüpfte seinen eleganten Hut und machte eine höfliche Verbeugung vor Fanny.

»Ihr Diener, Ma'am! Habe die Ehre, Sir!«

»Ich habe nicht die Ehre, Sie zu kennen, Sir«, sagte Thomas eisig und fuhr dann Fanny mit fürchterlicher Stimme an:

»Frances – zieh dich zurück!«

Fanny konnte nur gehorchen und kehrte mit zitternden Knien zum Haus zurück.

Als Thomas etliche Zeit später das Haus betrat, schickte er nach Fanny und sagte ohne Umschweife: »Frances, wie kommst du bitte sehr dazu, diese Leute zu kennen?«

»Ich habe sie bei Mrs. Socket kennengelernt, Sir.«

»Na schön. Dann wird es in Zukunft keine Besuche im Pfarrhaus mehr geben. Wenn ich das nur *geahnt* hätte – Aber es ist nicht anders zu erwarten, wenn man in so einer Stadt wie Petworth leben muß, wenn diejenigen, die dem gemeinen Volk ein Vorbild sein sollten, ein derart lasterhaftes und schändliches Betragen an den Tag legen!«

Fanny schloß daraus, daß er von Lord Egremont sprach.

Er sagte: »Geh auf dein Zimmer. Ich werde dich demnächst dort aufsuchen.«

Mit vor Furcht ausgetrocknetem Mund gehorchte Fanny, aber es vergingen einige Stunden, bis er endlich erschien. Sie fragte sich, ob er vorhatte, sie zu schlagen. Er hatte schon ein paarmal damit gedroht, aber ihre Schwangerschaft hatte ihn davon abgehalten. Sicher würde er es auch jetzt kaum wagen, solange sie noch von Doktor Chilgrove betreut wurde.

Schließlich kam er. Zu Fannys Mißfallen war er in Begleitung von Schwester Baggot, die ein Stoffbündel über dem Arm trug. Sie schloß die Tür hinter ihm.

»Zieh deine Kleider aus, Frances«, sagte Thomas.

Sie sah verstört von einem zum anderen. Die Szene erinnerte sie allzusehr an ihren ersten Tag in diesem Haus – aber so etwas wie damals konnte Thomas doch *keinesfalls* im Sinn haben – doch nicht in Gegenwart dieser Frau – und solange sie noch so geschwächt war. Doktor Chilgrove hatte ihr deutlich zu verstehen gegeben, daß sie nicht wieder schwanger werden dürfte –

Ihre Gedanken verhedderten sich in angstvoller Verwirrung.

»Mach schon und tu, was ich sage! Streif deine Kleider ab«, befahl Thomas erneut kurzangebunden, und als Fanny in sprachlosem Protest die Hände zusammenschlug, wandte er sich an die Schwester: »Lily – ziehen Sie ihr die Kleider vom Leib!«

Mrs. Baggot warf einen ziemlich mißmutigen Blick auf Thomas, machte sich aber flink daran, Fannys Kleid und Unterkleid aufzuschnüren.

Thomas sagte kalt: »Da ich mir seit geraumer Zeit dessen bewußt bin, Frances, daß ich dir in meiner Abwesenheit nicht trauen kann, habe ich dieses Korsett für dich ausgesucht. Eigentlich wollte ich noch eine Woche warten, bis du nicht mehr unter ärztlicher Aufsicht bist, aber da ich nun sehe, daß du derart eigensinnig und ungehorsam bist, bleibt mir nichts anderes übrig, als umgehend Gebrauch davon zu machen.«

Sprachlos, baß vor Entsetzen fand sich Fanny in ein steifes Kattunkorsett eingezwängt, das mit Mrs. Baggots kräftigen Fingern auf ihrem Rücken übermäßig fest zugeschnürt und zwischen ihren Schulterblättern verknotet wurde, wo sie nicht herankam. Ein Streifen dichtgewebter Leinwand wurde zwischen ihren Oberschenkeln durchgeschoben und an ihrem Rücken hinaufgezogen und schließlich mit einem Schnappverschluß an einem Ledergürtel befestigt. Fanny konnte den Verschluß nicht sehen, da er sich mitten auf ihrem Rücken befand.

»So!« sagte Thomas. »Du kannst deine Kleider und Unterkleider darüber tragen. Mrs. Baggot wird dich jeden Morgen einschnüren, ich werde dich aufschnüren, wenn ich abends ins Bett komme. – Auf diese Weise muß ich mir keine Sorgen mehr um dein Betragen machen. Dein Freund Doktor Chilgrove hat für die nächsten fünfzehn Monate eine Schwangerschaft untersagt, dieses Gewand wird gewiß sicherstellen, daß seinem Verbot nicht zuwidergehandelt wird. Deine feinen Bekannten vom Petworth House können sich weiterhin so unzüchtig betragen, wie es ihnen gefällt – die Weibsbilder, von *Damen* will ich nicht sprechen – können es mit verheirateten Männern treiben oder mit Stallburschen oder jedem männlichen Wesen, das ihnen zufällig über den Weg läuft – ich wünsche nicht, daß *mein Eheweib* sich gleichermaßen freimütig verhält.«

Fanny starrte ihn entgeistert an.

Er schickte sich an, den Raum zu verlassen, und Mrs. Baggot folgte ihm. Letztere hatte die ganze Zeit hindurch geschwiegen und warf jetzt einen kalten, triumphierenden Blick auf Fanny, die, als Thomas die Tür öffnete, nur keuchend hervorstoßen konnte: »Sir! Wie können Sie nur! Das ist unmenschlich! Wie soll ich nur in diesem Gewand in der Lage sein –« den Gesetzen der Natur zu gehorchen, wollte sie sagen, aber Feinfühligkeit und Scham hielten sie davon ab.

Thomas aber wandte sich in der Tür um und antwortete wohl

begreifend: »Daran hättest du denken sollen, bevor du mich durch dein anmaßendes Verhalten zu so einem Schritt gezwungen hast. Du mußt eben morgens beizeiten aufstehen. Ich schätze, das wird dich lehren, Frances, daß man sich mir nicht widersetzen darf. Wenn ich überzeugt davon bin, daß du das zur Genüge begriffen hast – und du in der Lage bist, mir glaubhaft zu machen, daß du die demütige, pflichtbewußte Absicht hast, ein ergebenes, vertrauenswürdiges Eheweib zu sein – dann werde ich dir vielleicht gestatten, dieses heilsame Gewand abzulegen, das dich solange stetig an deine begangenen Fehler gemahnen wird.«

Die Tür fiel hinter ihm ins Schloß, und Fanny sank zitternd aufs Bett. Der Leinenstreifen schnitt in ihre Beine ein, der Gürtel und die engen Bänder erdrosselten sie fast. Doktor Chilgrove wird das nie zulassen, war ihre erste fassungslose Reaktion, aber dann wurde ihr klar, daß der Doktor, so gütig und wohlwollend er auch sein mochte, in Wahrheit keinerlei Handhabe hatte, es zu unterbinden. Thomas hatte das gute Recht, seine Ehefrau in eine Zwangsjacke zu stecken, wenn es ihm gefiel; viele Ehemänner griffen zu weit härteren Maßnahmen, um ihre Frauen zu unterdrücken. Es war auch nicht die Härte, damit hatte sie sich inzwischen abgefunden, sondern die Erniedrigung, die ihr Tränen der Pein über die Wangen laufen ließ.

Es dauerte geraume Zeit, bis sie den Entschluß fassen konnte, mit steifen, unbeholfenen Schritten nach unten zu gehen. Die Leinwand schnitt bei jedem Schritt schmerzhaft in ihre Oberschenkel ein, und das Kattunkorsett drückte so fest gegen ihre immer noch vergrößerten, empfindlichen Brüste, daß sie gezwungen war, sich beim Gehen aufrecht wie ein Ladenstock zu halten. Tatsächlich verlieh ihr das Strafgewand, ohne daß sie sich dessen bewußt war, eine nie dagewesene gesetzte, ergreifende Würde.

Da es bis zum Essen nur noch wenige Minuten waren, ging

Fanny langsam in den Salon, um auf den Gong zu warten. Obwohl sie sehr bezweifelte, daß ihr Kummer und die beängstigend einschnürenden Bänder es zuließen, daß sie überhaupt einen Bissen hinunterbrachte, wollte sie Thomas nicht die Genugtuung bereiten, sie gänzlich gebrochen und vernichtet zu sehen. Im Salon, wo Thomas Zeitung las, während die kleine Patty die Katze quälte, herrschte eine abweisende Atmosphäre, und Fanny ließ sich ruhig in einem Schaukelstuhl nieder. Thomas schleuderte plötzlich mit einem unartikulierten Ausruf die Zeitung auf den Boden.

»Tsss! Das schlägt doch dem Faß den Boden aus!«

»Was denn, Papa?« wollte die kleine Patty wissen, der es seit neustem gestattet war, mit dem Rest der Familie zu speisen, da keiner der Dienstboten gewillt war, ihr das Essen zwei Treppen hinaufzutragen.

An niemand bestimmten gerichtet fuhr Thomas fort:

»Dieser *Mr. Pitt* – der Premierminister von England – ein Mann, den ich als Vorbild erster Güte geschätzt habe – soll in ein Duell verstrickt worden sein – das übersteigt mein Begriffsvermögen!«

»Ein Duell, Papa? Gegen wen ist er angetreten?« Sogar Bet, die sich fast nie für öffentliche Ereignisse interessierte, horchte auf.

»Wo hat sich die Sache zugetragen?« fragte Fanny sanft.

»Im Wimbledon Common! Ich wage wahrhaft nicht, mir auszudenken, was wir als nächstes zu gewärtigen haben! Pitt war gezwungen, gegen einen hergelaufenen irischen Schurken namens Tierney anzutreten, der die Unverschämtheit besessen hat, ihn ausgerechnet im House of Commons herauszufordern! Und zu allem Überfluß hat es auch noch einen abscheulichen Aufstand in Irland gegeben – an die dreißigtausend bewaffnete Banditen haben das Land um Wexford verwüstet. Wenn die Franzosen jetzt in England an Land gehen, wird ihnen das gerade zupaß kommen!« Er starrte sein Weibsvolk an, als wären sie an allem schuld. »Die Armee hat kaum mehr als dreißigtausend Soldaten alles in allem, und die meisten davon mußten nach Irland geschickt werden, um den Aufstand niederzuschlagen.«

Obwohl das unerfreuliche Nachrichten waren, war Fanny erleichtert, daß Thomas etwas anderes im Kopf hatte als ihre Verfehlungen.

»Glauben Sie wirklich, daß die Franzosen bei uns einfallen werden?« fragte Bet jetzt über ihrem gekochten Huhn, dem gerösteten Ochsenherz und der Apfel-Hammel-Pastete. »Mrs. Dawtry sagt, daß ein französischer Wissenschaftler namens Monsieur Monge ein sechshundert Meter langes, mit Waffen ausgerüstetes Floß entworfen hat, das eine ganze Armee übers Meer schaffen kann! Es wird von Windmühlen angetrieben und ist mit vielen hundert Kanonen ausgestattet. Boney kann schon nächste Woche mit all seinen Mannen hier sein!«

Ihr schien diese Vorstellung ganz gut zu gefallen.

»Papperlapapp, Mädchen«, sagte Thomas mißfällig. »Solche Ideen sind nichts als Hirngespinste. Ein Floß dieser Größe würde über fünfzigtausend Tonnen wiegen. Wie sollte man bitte sehr so etwas bauen? Wo gibt es einen Wald, der das Holz für so ein Gefährt liefern könnte? – Dennoch ist es keineswegs ausgeschlossen, daß die Franzosen bei uns einfallen«, fügte er düster hinzu.

»Oh!« rief Bet mit leuchtenden Augen aus. »Stellt euch nur vor, die Franzmänner marschieren mit ihren Tschakos in Petworth ein. Ich würde mich totlachen – Sie nicht, Stiefmama?«

Fanny schüttelte den Kopf und antwortete nicht. Thomas warf einen säuerlichen Blick auf sie und wies Bet an, den Mund zu halten, wenn sie nichts als Torheiten von sich gab, aber man sah deutlich, daß die Vorstellung einer französischen Invasion ihm ganz und gar nicht behagte.

Daß Thomas nicht der einzige war, der sich mit dergestalt üblen Vorahnungen herumschlug, wurde an einem Brief deutlich, der nach dem Essen eintraf; überbracht von einem Boten von Petworth House.

Thomas führte sich seinen Inhalt schweigend zu Gemüte:

»Lord Egremont sendet Captain Paget seine ehrerbietigen Grüße und ersucht selbigen, ihn mit seiner Anwesenheit bei einer

Versammlung zu erfreuen, bei der der Aufbau einer Freiwilligentruppe von Petworth erörtert werden soll, für die Lord Egremont die Geldmittel zur Verfügung stellen möchte. Lord Egremont nährt die Hoffnung, daß Captain Paget ihm die Ehre erweisen wird, die Truppe zu befehligen, und möchte ihn um seine Meinung fragen bezüglich Sold, Uniform, Ausrüstung, Gürtel, Kartuschenbüchsen, Zünder, Ranzen, Feldgeschirr, Pistolen, Schwerter und dergleichen. Die Versammlung ist für Mittwoch, den 30. Mai um zwölf Uhr anberaumt, wenn es Captain Paget genehm ist.«

»Puh«, entfuhr es Thomas, dem diese Botschaft des Grafen nicht direkt mißfiel. »Nun – das weist immerhin auf etwas Verstand hin! Ich kann den Mann nicht leiden – halte seine liberale Einstellung und seine sittenlosen Freunde für unerträglich – aber er zeigt immerhin ein gutes Gespür und eine angemessene Hochachtung, wenn er sich in so einer Notlage an mich wendet. – Ich habe zwar bereits alle Hände voll zu tun – das sollte er bedenken – aber dennoch bin *ich* fraglos am besten dafür geeignet, das Kommando über so eine Truppe zu übernehmen.« – Und es wird den hiesigen aufsässigen Schurken die eine oder andere Lehre erteilen, fügte er innerlich hinzu, da Thomas wenig Respekt fand in der Stadt, teils wegen seines unpopulären Gewerbes, teils wegen seines Geizes.

»Was hat Lord Egremont Ihnen geschrieben, Pa?« wollte Bet schier vor Neugier platzend wissen. Thomas weihte sie ein, und sein Stolz und seine Genugtuung angesichts der Einladung wuchsen, während er den Brief ein zweites Mal las. »›Ein kleiner Mittagsimbiß wird gereicht‹, steht hier – als ob ich daran Interesse hätte. Aber wahrscheinlich werden andere Gentlemen von weiter her anreisen. Ha! Hier ist eine Nachschrift.

> »Lady Mountague of Cowdray hält zur gleichen Zeit im Petworth House eine Zusammenkunft für die Damen des Ortes ab, bei der Verhaltensmaßregeln im Falle einer Invasion erörtert werden sollen – wie etwa die Einrichtung eines Feldlazaretts, die Evakuierung von Frauen und Kindern aus den Gefechtsgebieten etc. etc. Die Teilnahme Ihrer Frau und Ihrer erwachsenen Töchter ist zu diesem Zwecke respektvoll erbeten.«

Über den letzten Satz runzelte Thomas überaus zweifelnd die Stirn, aber Bet rief aus: »Was, *wir* sind also auch ins Petworth House eingeladen? Oh, fabelhaft – was sagen Sie dazu, Stiefmama? Die ganze Eleganz wird dort sein – Lady Mountague! Womöglich sogar die Herzogin von Richmond, Goodwood House ist gar nicht so weit entfernt.«

»Schweig, Miss!« sagte ihr Vater. »Ich habe noch nicht gesagt, daß ihr hingehen dürft.«

»Aber aus einem *derartigen* Anlaß, Pa? Es wäre patriotisch. Wollen Sie nicht hingehen, Stiefmama?«

Fanny meinte ruhig, daß sie nicht sicher sei, ob sie sich schon kräftig genug fühle. Dergestalt eingezwängt in ihren Kettenpanzer konnte sie dieses Ereignis wohl kaum genießen, geschweige denn auf irgendeine Art tätig werden. Sie war daher höchst erstaunt, als Thomas nach längerer Überlegung schließlich sagte:

»Nun, ich denke, du solltest hingehen, Frances. Ich weiß, daß Lady Mountague eine außergewöhnliche, sehr distinguierte Persönlichkeit ist – von *höchstem* Rang und Namen – falls sie

Gefallen an dir findet, könnte sie eine sehr nützliche Gönnerin und Nachbarin werden. Sie lebt in Cowdray Park, nur sieben bis acht Meilen von hier. Es kann nur zu deinem Nutzen sein, ihre Bekanntschaft zu machen. – Ja, du solltest hingehen. Bet muß dich begleiten.«

Und als Bet voll Staunen und Entzücken über diese unerwartete Gunst vor Freude in die Hände klatschte, fügte Thomas zügelnd hinzu:

»Zieht euch für diese Angelegenheit bloß nicht zu elegant an. Es ist weder ein Ball noch eine Gesellschaft. Kleidet euch gepflegt und anständig, das reicht.«

8

In den ersten paar Stunden nach der Flucht aus Ziatur machten sich Colonel Cameron und Miss Musson gegenseitig recht sinnlose Vorwürfe.

»Diesen Säugling zu rauben war wohl die größte Torheit, die Sie in Ihrem ganzen Leben begangen haben. Ich wage sogar zu behaupten, daß es geradezu selbstmörderisch war! Wir hatten beträchtliche Hoffnung, das Land ohne Verfolgung und Angst vor Vergeltung verlassen zu können, da kann *jetzt* keine Rede mehr davon sein. Wie konnten Sie nur so ein Schafskopf sein?«

»Mein lieber Rob –« Miss Musson betrachtete den aufgebrachten Colonel gelassen, als wäre er ein sechzehnjähriger Schuljunge, »– Sie brauchen mich doch wohl kaum über meine Christenpflicht zu belehren? Wenn ich ein Leben retten konnte, mußte ich das tun – besonders im Falle dieses unschuldigen Kindes.« Sie blickte stolz auf das dunkle, flaumige Köpfchen des schlafenden Säuglings. »Ich wage zu behaupten, daß es eine ebenso große Torheit *Ihrerseits* war, einen Elefanten aus dem königlichen Stall zu stehlen –«

»Da irren Sie«, erwiderte Cameron grimmig.

»Wie um alles in der Welt haben Sie es geschafft, das Tier ohne seinen Mahout zu entwenden?« warf Cal an dieser Stelle ein. »Normalerweise hängen diese Burschen doch an ihren Tieren, als wären es ihre Kinder.«

Der gestohlene Elefant wurde von Camerons Diener Therbah mit der ihm eigenen Ruhe und Geschicklichkeit geführt. Er saß ganz vorne und sah sich jetzt zu ihnen um und bemerkte:

»Ist besser morgen anhalten und Ziege kaufen, ja, Sahib?«

»Ich konnte den Elefanten entwenden, weil sein Mahout tot war«, gab Cameron Cal knapp zu verstehen, Therbahs Vorschlag übergehend. »Man hat ihn auf Mihals persönlichen Befehl erdrosselt.«

»Aber warum?« wollte Scylla erstaunt wissen. »Mihal ist ein Ungeheuer, das wissen wir alle – aber warum sollte er einen Mahout erdrosseln lassen?«

»Weil das das Tier ist – Parvati ist sein Name –, das seinen Vater getötet hat.«

»Du lieber Gott!« rief Miss Musson erschreckt aus. »Ist das Tier dann sicher? Wird es nicht Amok laufen mit uns?«

»Seien Sie unbesorgt, Ma'am, dieser Tod war kein Unfall. Der Elefant hatte einen Palmgrograusch, denke ich.«

»Oh, ich verstehe«, sagte Scylla. »Und deswegen mußte der Mahout sein Leben lassen.«

»So ist es. Um zu verhindern, daß er etwas verriet. Dieses Tier wurde von jedermann im Stall als Unglückswesen angesehen, es wäre ebenfalls umgebracht worden, wenn ich nicht mit einer ordentlichen Bestechungssumme aufgetaucht wäre. Ich konnte sicher sein, daß niemand ihn vermissen würde, meine liebe Miss Amanda, anders als in Ihrem Fall von Kindesraub.«

Miss Musson überging diese Spitze und erwiderte ungerührt: »Ihr Diener Therbah hat recht, Rob, wir müssen morgen irgendwo Station machen und eine Milchziege erstehen.«

»Eine Milchziege!« Der Colonel hob die Hände gen Himmel. »Und ich schätze, wir müssen auch Windeln besorgen – Kleidung – Arznei gegen Bauchkrämpfe – zweifellos Tücher und ein Binsenkörbchen – unsere Spur wird so gut zu verfolgen sein, als reisten wir mit dem königlichen Hofstaat! Unsere Aussichten haben sich grundlegend geändert, nachdem Sie uns mit dieser kleinen Last befrachtet haben, Ma'am. Wir können jetzt auf keinen Fall daran denken, den Khaiberpaß zu überqueren. Es wäre der reine Wahnsinn, das Land auf so einer bekannten Route zu verlassen. Mihals Rächer werden uns nun erheblich länger auf den Fersen bleiben, da können Sie Gift drauf nehmen.«

»Welchen Weg müssen wir dann einschlagen?« fragte Miss Musson ruhig. »Ich bin sicher, Sie wissen, was wir zu tun haben, mein lieber Rob.«

Er überlegte. »Am besten reisen wir über den Fluß nach Kafiristan. So können wir am ehesten unbemerkt entkommen. Nicht auf dem Kabul – der ist zu nah – weiter im Norden über den Kunar. Wir müssen den Lowacal-Paß nördlich von Arnawai überqueren, dann über den Weran und uns dann nach Süden wenden, durch Kafiristan Richtung Jalalabad.«

»Na bitte! Sehen Sie! Ich wußte doch, daß Sie einen prächtigen Plan für uns haben«, sagte Miss Musson.

»Es ist *kein* prächtiger Plan, Ma'am!« sagte er mit finsterer Miene. »Von Peschaur nach Jalalabad sind es nur neunzig Meilen. Wir hätten dafür nicht länger als drei, vier Tage gebraucht, auf Maultieren oder Kamelen; jetzt wird die Reise dreimal so lang und führt durch gefährliche Gegenden – wir müssen mindestens siebzig Meilen gen Norden ziehen, dann westwärts durchs Gebirge, dann wieder Richtung Süden. Ich wollte den Elefanten eigentlich in Peschaur loswerden und dort Kamele erstehen, aber nun bin ich mir nicht mehr sicher, ob das ratsam ist. Wir sollten tunlichst alle größeren Städte meiden, bis wir uns weit genug von Indien entfernt haben.«

»Ich bin sicher, Sie haben recht, mein lieber Rob.«

Scylla mußte insgeheim lachen. Miss Musson, die sich zu einem Schritt entschlossen hatte, mit dem sie ihre ganze frühere Arbeit, ihren ganzen Lebensstil aufgab und sich dem Colonel anvertraute, hatte das in der ihr eigenen gründlichen Art getan; sie schien voll sicherer Zuversicht, daß er fähig war, diese Aufgabe zu bewältigen.

»Sie werden einige himmelhohe Berge besteigen müssen!« sagte er gereizt.

»Oh, das wird mich an meine Kindheit in Neuengland erinnern«, erwiderte Miss Musson mit unerschütterlicher Ruhe.

»Da irren Sie sich aber gewaltig! Diese Berge, meine liebe Miss Amanda, sind nicht mit den Berkshires zu vergleichen! Der Weran-Paß ist fünftausend Meter hoch.«

»Ich bin überzeugt, daß wir das sehr gut schaffen werden.«

In diesem Augenblick erwachte der Säugling und begann zu weinen. Es klang wie ein dünnes Miauen, und Parvati, der Elefant, schnaubte und hob fragend seine großen Ohren.

»Keine Angst, Königliche Hoheit«, murmelte Therbah auf Puschtu. »Es ist nur die kleine Torheit der Memsahib.«

Miss Musson zauberte unter ihren schwarzen Tüchern eine große Kürbisflasche mit Milch hervor und fütterte den Säugling geschickt, der bald wieder einschlief.

Als die Sonne aufging und ihnen auf den Rücken und die rechte Schulter schien, wurden sie gewahr, daß sie bereits in eine hügeligere Gegend kamen. Vor ihnen ragten im Norden und Westen die großen gezackten Ausläufer des Hindukusch in den Himmel, die Schneegipfel leuchteten purpurrot und golden in den ersten Sonnenstrahlen. Im Moment durchquerte das Trüppchen ein weites, kultiviertes Tal, das von vielen Bächen und kleinen Flüssen durchzogen war. Durch einige watete Parvati, andere durchschwamm er, während seine Reiter wachsam nach Krokodilen Ausschau hielten. »Im Indus gibt es Unmengen von diesen Biestern«, sagte Cameron. »Und all diese kleinen Nebenflüsse münden nur fünfzig Meilen von hier in ihn. Wenn das Wasser niedrig ist wie in diesem Sommer, können Krokodile über große Entfernungen wandern.«

»Was für ein Glück, daß Sie sich in diesem Land so gut auskennen, Rob«, sagte Miss Musson ruhig.

»Es wäre das allerbeste, Ma'am, wenn wir Ihr Kind bei einem Kloster abgeben würden«, sagte Colonel Cameron brüsk, als der Säugling seine Mittagsmahlzeit beendet hatte. »Wie sollen wir den ganzen Weg bis Afghanistan Milch für ihn beschaffen – in dieser gebirgigen, zerklüfteten, unwirtlichen Gegend –«

»Warum sollen wir keine Ziege mitnehmen, wie Therbah es vorgeschlagen hat?«

»– während der Kleine in einem Kloster – ich kenne etliche ausgezeichnete, sehr geeignete – zu einem sorglosen Leben in nützlicher Frömmigkeit und fruchtbarer Tätigkeit heranwachsen könnte. *Warum* sind Sie bloß so versessen darauf, ihn den ganzen Weg bis nach *England* mitzuschleppen –«

»Damit er nach Eton gehen kann. Das war der letzte Wunsch seines Vaters.«

»Und wozu soll das Ganze gut sein?« wollte der aufgebrachte Colonel wissen. »Wenn er erwachsen ist, wird er nach Ziatur zurückkehren – einen Bürgerkrieg entfachen, falls nicht bereits einer herrscht – möglicherweise wird er umgebracht – und wozu dann das Ganze?«

»Sie wissen genausogut wie ich, Colonel Cameron, daß die Möglichkeit besteht, daß sich in Indien ein System der Demokratie und Gleichheit wie in Amerika durchsetzen könnte, wenn westlich erzogene Herrscher an die Macht kämen. Schauen wir uns doch die Zustände in diesem elenden Land an: im Süden treibt Tippoo Sahib sein falsches Spiel mit den Franzosen – sämtliche Maratha-Prinzen liegen sich in den Haaren – dreihundertzweiundsechzig unabhängige kriegerische Staaten allein im Pandschab – wo man hinsieht Bürgerkrieg und Chaos.«

»Und Sie glauben, daß wir nur einen wimmernden Winzling nach England mitschleppen müssen –«

»Wie schnell dieser Elefant vorankommt«, warf Scylla an dieser Stelle ruhig ein – sie hatte das Gefühl, daß dieser Streit zu nichts führte und besser beendet werden sollte. »Da haben Sie eine glückliche Wahl getroffen, Colonel Cameron. Was glauben Sie, wie schnell er vorankommt?«

Camerons Mund verzog sich unter seinem rotgoldenen Schnurrbart widerstrebend zu einem Grinsen.

»Ich schätze, er kann fünfzehn bis zwanzig Meilen pro Stunde zurücklegen, Miss Paget – ein Mensch kann nicht so schnell rennen – solange wir uns auf der flachen Ebene bewegen. Aber leider wird das in Kürze nicht mehr der Fall sein.«

Sie hatten jetzt das breite Tal verlassen und durchquerten auf ihrem Weg gen Norden etliche schmale Nebentäler. Die Obstplantagen mit Granatapfel-, Orangen- und Feigenbäumen machten Zedern und Rhododendronwäldern Platz, durch die sich Parvati krachend seinen Weg bahnte, große Duftschwaden auslösend, die die Reisenden, die an die üblen Gerüche ihrer eingeschlossenen Stadt gewohnt waren, herrlich erfrischten.

Die Sonne hatte sich nach ihrem verheißungsvollen Aufgang hinter eine Wolkenbank verzogen, aber die Regenzeit war noch nicht richtig ausgebrochen. Hier zwischen den Hügeln war die Luft feucht und etwas kühler, und gelegentlich grollte in der Ferne ein Donner. Miss Musson hatte klugerweise einen altertümlichen schwarzen, verrosteten Schirm mitgenommen, aber bis jetzt wurde er noch nicht benötigt.

In dieser Nacht lagerten sie in einem kleinen Rhododendronwald am Kopf eines engen Tals an einem tiefen, reißenden Bach, der in Gischtwolken über Felsstufen von den Bergen über ihnen herabstürzte. Am Wasser wuchsen fettes Gras und junge Baumschößlinge, so daß der Elefant seinen Hunger stillen konnte, und sie das Futter, das sie für ihn dabeihatten, noch nicht benötigten. Nachdem er sich gestärkt hatte, trank er genußvoll und besprühte sich mit Wasser aus dem Bach. Therbah entfachte ein kleines Feuer und kochte Hirsebrei und Chapatis für die Reisegesellschaft, aber Miss Musson hatte keine Milch mehr in der Kürbisflasche und verkündete, daß sie in das Dorf gehen werde, das sie durch die Bäume hindurch, etwa eine halbe Meile entfernt, im Tal erspäht hatte, um Milch oder eine Ziege zu besorgen.

Das führte erneut zu Spannungen zwischen ihr und dem Colonel.

»Oh, verflixt und zugenäht, Amanda! Kann das Wurm nicht Brei essen wie wir alle?«

»Nein, das kann es *nicht!*« erwiderte Miss Musson unwirsch. »In so ein winziges entlegenes Nest in den Bergen kommen höchstens ein- oder zweimal im Jahr Fremde. Die Neuigkeit wird sich wie ein Lauffeuer in der ganzen Gegend verbreiten.«

»Bis dahin sind wir längst wieder auf und davon. Beruhigen Sie sich, Rob, wir können den Säugling doch nicht hungern lassen.«

»Dann lassen Sie lieber mich gehen – oder Therbah«, erwiderte er rasch. »Eine Feringi-Lady wird ihnen *gewiß* im Gedächtnis bleiben.«

»Unsinn, Rob – Sie selbst sind genauso verdächtig mit Ihrem roten Schnurrbart – während ich, wenn ich Pahari spreche, auch als alte Bergfrau aus einer anderen Gegend durchgehen kann.«

Da war etwas Wahres dran, und schließlich ließ Cameron sie widerstrebend gehen. Aber es dauerte endlos, bis sie zurückkam, und er machte sich die größten Sorgen um sie, ja verzweifelte schier. »Wenn sie bloß nicht irgendeine Dummheit begeht!« murmelte er.

Seine Furcht schien berechtigt, als sie zu guter Letzt mit einem Schwanz neugieriger Beobachter zurückkam: Leute vom Dorf, die allesamt die Fremdlinge bestaunen wollten.

Letztendlich wurden aber die Besucher höflich weggescheucht, der Säugling war satt – »Ist er nicht ein kleiner Engel!« meinte Miss Musson stolz – »Wenn er nur ein kleiner Engel wäre!« erwiderte Colonel Cameron bitter – und das Trüppchen machte sich zum Schlafen bereit, unter dem Elefanten, der ihnen Schutz bot vor dem einsetzenden Nieselregen. Seine Beine waren an einer Baumgruppe angebunden, aber er zeigte keinerlei Drang, sich zu bewegen, und blieb weiterhin sanft und gutmütig.

Die Morgendämmerung kam spät in diesem tiefen Tal, aber sie waren schon lange vor der Sonne auf den Beinen, frühstückten eilig und machten sich auf den Weg, während die Krähen und Eichelhäher noch dabei waren, den Wald mit ihrem Morgengeschrei aufzuwecken. Von hier aus sah man die höheren Berge nicht, aber der Weg führte steil aufwärts durch den dichten grünen Wald, und dann erblickten sie von einer Senke zwischen zwei steilen Hängen aus die entfernten indigoblauen Gipfel.

Parvati kletterte langsam empor.

»Wir müssen ihn heute loswerden«, sagte Cameron. »In den Bergen hier ist er nicht mehr zu gebrauchen.«

Aber noch hatte er nicht ausgedient. Es waren noch etliche Täler zu durchqueren, die von seichten, kiesigen, rasch dahinfließenden Flüssen durchzogen waren. Parvati durchquerte sie tapfer, taumelte manchmal in tieferen Rinnen oder rutschte auf lockeren Steinen aus und trompetete ängstlich, während Therbah ihn beruhigte und mit Lobesworten ermutigte.

Ungefähr beim sechsten dieser Flüsse, einem Zusammenfluß zweier Bergbäche, die sich in einem flachen Tal mit steilen Hängen vereinten und über eine Viertelmeile dahinströmten – das Wasser war seicht und trübe und von Sandbänken durchsetzt – geschah es dann: Parvati hatte kaum den Strom betreten, als seine Reiter durch den Klang von stromabwärts abgefeuerten Gewehrschüssen aufgeschreckt wurden.

»O gütiger Himmel – seht doch!« rief Scylla aus.

Parvati trompetete aufgeregt, und im gleichen Moment rief Miss Musson aus: »Du liebe Güte, was ist bloß mit meinem Schirm los?« Verwundert starrte sie ihn an. Sie hatte nur noch den Griff in der Hand – der obere Teil war weggerissen.

Colonel Cameron kniff die Augen gegen das Licht zusammen, starrte kaum fünf Sekunden stromabwärts und verkündete:

»Ich erkenne die Uniformen von Mihals Leibwache. Die Schurken müssen uns die ganze Zeit dicht auf den Fersen gewesen sein. Therbah – treib den Elefanten an. Paget – ist Ihre Waffe geladen?«

»Ja, Sir.«

»Dann legen Sie an und feuern Sie ab. Nehmen Sie den Anführer aufs Korn – den Burschen auf dem Rappen.«

Scylla starrte stromabwärts und erblickte einen kleinen Trupp. Ihre Augen waren bei weitem nicht so scharf wie die von Colonel Cameron, der, wie sie festgestellt hatte, Augen wie ein Habicht hatte. Sie konnte gerade eben die Bewegung der Pferde erkennen, das weiße Aufblitzen der Turbane und die Rauchwölkchen, als sie erneut feuerten, nachdem sie nachgeladen hatten. Alle ihre Schüsse fielen diesmal zu weit oder zu kurz aus; sie sah das Wasser aufspritzen, als ihre Geschosse einschlugen, und die Furchen, die sie auf der flachen Sandbank hinterließen, die Parvati gerade erreichte.

Cameron feuerte seine Muskete ab, und einer der Verfolger stürzte von seinem Pferd.

»Ha!« knurrte der Colonel. »*Das* hat sie stutzig gemacht, und jetzt müssen sie nachladen; sie haben *immer noch* keine Ahnung von Staffelfeuer, trotz allem, was ich ihnen beigebracht habe. Treib das Tier an, Therbah! Wenn wir den Felsvorsprung am anderen Ufer erreichen, haben wir sie im Griff.«

Aber Therbah hatte Sorgen. »Parvati nix gut laufen, Sahib.«

»Warum? Was ist los? Ist er vielleicht verletzt? Er hat keinen Laut gegeben.«

Aber jetzt stieß der Elefant einen Schrei aus, einen seltsam schrillen Trompetenstoß voller Angst und Schrecken.

»Oh, was hat das zu bedeuten?« rief Scylla und fügte dann entsetzt hinzu: »Schauen Sie doch, Colonel Cameron – er versinkt im Sand!«

»Zum Teufel! Stimmt! Das arme Tier – kein Wunder, daß er nicht schneller vorankommt. Treibsand, du lieber Gott! Therbah! Kannst du ihn da nicht herauszwingen? Feuer dein Gewehr hinter seinem Ohr ab – vielleicht treibt ihn der Schrecken voran. Wenn nicht, fürchte ich, daß wir uns seiner umgehend entledigen müssen. Miss Musson – Miss Paget – machen sie sich zum Absprung bereit!«

»In den *Treibsand*?« rief Miss Musson aus. »Mein *lieber* Rob!«

»Was bleibt uns zum Teufel nochmal anderes übrig, Ma'am? Wo ein Elefant versinkt, kann ein Mensch mit einigem Glück sicher durchkommen – wenn er sich vorsieht und nicht unnötig stehenbleibt – springen Sie so weit wie möglich vor in den Sand, dann rennen Sie um Ihr Leben ins tiefere Wasser, wo Sie schwimmen können.«

Therbah feuerte sein Gewehr hinter Parvatis Ohr ab, aber ohne Erfolg. Das arme Vieh geriet vielmehr in derartige Panik, daß es nur noch tiefer in den Sand einsackte.

»Springen!« brüllte Cameron, und seine Reisegefährten schwangen sich aus der Howdah, während er hastig sein Gewehr nachlud und zwei weitere Schüsse auf die Verfolger abgab. Wieder ging ein Mann zu Boden und ein Pferd stolperte. Sie antworteten mit einem Feuerhagel, aber der Elefant bildete nun einen Schutzwall zwischen den Verfolgern und den Verfolgten. Viele Schüsse gingen ohnehin völlig fehl.

Scylla watete im seichten Wasser und fühlte den schrecklichen Sog des trügerischen Sands unter ihren Füßen. Sie stolperte hastig vorwärts, bis sie hüfttief im Wasser stand und schwimmen konnte. Dann blickte sie sich um, um zu sehen, wie es ihren Gefährten erging. Cal trug ein Bündel auf dem Rücken und half Miss Musson ins tiefere Wasser. Er hatte ihr den Säugling abgenommen. Therbah hielt mit einer Hand die Muskete über seinen Kopf und schwamm mit kräftigen Stößen in einer tiefen Rinne. Zwischen den Zähnen hielt er den Führstrick des Elefanten und bemühte sich mit aller Kraft, ihn vorwärts zu ziehen.

»Es hat keinen Zweck, Therbah!« rief Cameron von der Howdah. »Einer der Banditen hat ihn an der Schulter erwischt, das arme Vieh muß so oder so dran glauben. Hier – nimm mir die Sachen ab –«

Er schleuderte die paar kümmerlichen Bündel mit ihren Habseligkeiten aus der Howdah. Glücklicherweise lag die Sandbank, die sich als so trügerisch erwiesen hatte, ein gutes Stück jenseits der Flußmitte, und fast alles landete am anderen Ufer oder im seichten Wasser, aus dem man die Sachen leicht in Sicherheit bringen konnte.

»Rob! Was machen Sie bloß so lange, kommen Sie sofort her!« rief Miss Musson aufgeregt.

»Regen Sie sich nicht unnötig auf, Ma'am! Hier bin ich schon«, antwortete Cameron, hielt die Gewehrmündung nach unten und sprang von dem langsam sinkenden Elefanten ins Wasser, der immer noch angstvoll und verzweifelt trompetete. Mit ein paar raschen Stößen hatte er die anderen eingeholt.

»Jetzt – schnell, bevor sie nachgeladen haben – bringt euch rasch hinter diesen Felsen in Sicherheit und klettert auf die Felsklippe hinauf. Jeder für sich – wer hat den Säugling? Ah – sehr gut! *Auf gehts!*«

Scylla befand sich im seichten Wasser und wagte nicht, sich umzusehen. Wenigstens hatten sie keine Zeit, sich über Krokodile Sorgen zu machen, dachte sie. Sie erreichte das schilfige Ufer, kroch an Land und wandte sich um, um Miss Musson zu helfen, die dicht hinter ihr kam. Sie zog die alte Frau auf die Klippe aus rotem Fels hinauf, die zu ihrer Linken das Ufer bildete. Im Schutz des Felsvorsprungs sanken sie keuchend nieder. In diesem Augenblick brach ein gedehnter klagender Trompetenstoß des unglückseligen Elefanten jäh ab. Entweder war er erneut getroffen worden, oder er war schließlich ganz versunken. Scylla spähte um die Felsnase und sah, daß der Wasserspiegel leer war. Das arme Tier war vollständig untergegangen.

»Kopf runter, Miss Paget!« herrschte Colonel Cameron sie aufgebracht an. Ein Schuß schlug in den sandigen Boden ein, keine drei Meter von Scylla entfernt.

Der Colonel lag ganz in der Nähe auf dem Bauch und lud seine

Waffe. »Aha!« murmelte er. »Jetzt ist ihre Flanke völlig ungeschützt«, und er feuerte durch einen Felsspalt. »*Paget!* Warum *zum Teufel* schießen Sie nicht?«

»Gut gemacht, Sir!« rief Cal, die Frage übergehend. »Sie haben den Burschen auf dem Rappen erwischt.« Im nächsten Moment feuerte er seine eigene Waffe ab.

»Das wird die Gauner immerhin ganz schön aus dem Konzept bringen«, knurrte Cameron und senkte seine Muskete, um die Angreifer durch die Spalte zu beobachten. »Ja, genau das habe ich mir gedacht. Sie haben nicht die Courage, es ohne ihren Anführer mit dem Fluß aufzunehmen.«

Die Reiter berieten sich an der Stelle, an der Parvati ins Wasser gewatet war. Sie sahen unschlüssig am Flußufer auf und ab. Offenbar hatte das Schicksal des Elefanten sie entmutigt. Cameron feuerte erneut und holte einen weiteren Reiter von seinem Roß. Sofort machte der Rest der Truppe kehrt und eilte davon, in die Richtung, aus der sie gekommen waren.

»Klägliche Hundesöhne!« bemerkte Cameron. »An Mihals Stelle würde ich sie einen Kopf kürzer machen – was er wohl auch tun wird! Sie haben nicht einmal die Stellung gehalten, um uns am Einsammeln unseres Gepäcks zu hindern. Sie hätten mindestens bis zum Einbruch der Dunkelheit warten können.«

Unter den gegebenen Umständen konnten die dem Treibsand Entronnenen – nach der nötigen Verschnaufpause – zum Flußufer hinabsteigen und ihr verstreutes Gepäck einsammeln – naß natürlich, aber heil.

»Das ganze Mehl ist durchnäßt!« jammerte Miss Musson.

»Das soll Ihnen eine Lehre sein, Ma'am! Packen Sie Ihre Lebensmittel in Zukunft besser ein. Sie werden feststellen, daß alle Waffen kräftig eingefettet sind, und die gesamte Munition ist in viele Lagen geöltes Leder und Wachstuch gewickelt, so daß nicht einmal Neptun ihr etwas anhaben könnte.«

»Prahlen Sie nicht, Rob«, gab Miss Musson scharf zurück. »Sie kennen sich immerhin mit solchen Schreckenslagen aus – es ist Ihr Metier – aber wir sind es nicht gewohnt, Hals über Kopf in die Wildnis zu stürzen und beschossen zu werden.«

»Miss Musson ist sehr gütig«, warf Scylla nun kühl ein, »aber die Mehlaufbewahrung geht auf meine Kappe. *Ich* war für die Lebensmittel zuständig und werde nächstes Mal – falls es ein nächstes Mal gibt – tunlichst dafür sorgen, daß das Mehl in so viele Wachstuchschichten gewickelt wird, wie Sie es anordnen, Colonel Cameron.« Mit einem Mal war sie schrecklich böse auf den Colonel – wenn man sie gefragt hätte warum, hätte sie es kaum sagen können. Teilweise wohl, weil er sie so laut und grob angefahren hatte, daß sie den Kopf einziehen sollte, während sie immer noch vor Furcht und Anstrengung gezittert hatte. Zum Teil auch, weil er das Schicksal ihres armen Elefanten so gefühllos hinnahm. Und schließlich, weil sie einfach erschöpft war und sich nicht vorstellen konnte, wie es jetzt weitergehen sollte.

Als wollte er ihren Unmut noch verstärken, wandte sich Colonel Cameron nun an Cal.

»Paget, warum haben Sie um Himmels willen nicht schneller mit Ihrer Waffe Deckung gegeben? Himmeldonnerwetter! *Sie* sollten mal in einer meiner Truppen sein, Sie hätten ja wohl ein bißchen schneller runtergehen und feuern können!«

»Sir«, erwiderte Cal sehr gefaßt, »ich habe den Säugling getragen, den ich Miss Musson abgenommen habe, solange wir durchs Wasser mußten.«

»Den Säugling getragen! –– den Säugling! Warum haben Sie ihn nicht abgesetzt, Mann?«

»Schluß jetzt!« fuhr Miss Musson dazwischen. »Wir sind Ihnen alle dankbar, Colonel Cameron, aber im Moment ist es doch wohl unsere dringlichste Aufgabe, einen ordentlichen Abstand zwischen uns und diesem Unglücksort hier zu schaffen. Und dann sollten wir am besten ein Feuer entzünden und unsere Sachen trocknen.«

»Sie haben recht, Ma'am«, erwiderte der Colonel ziemlich kurz angebunden.

Zerzaust und naß und nicht eben in harmonischem Einvernehmen zog das Trüppchen den Hang hinauf in die heraufkommende Dämmerung hinein. Da das gerade überstandene Abenteuer ihnen noch in den Knochen saß, kamen sie nur langsam voran, aber Cameron, der sichtlich ungeduldig war, wartete, bis alle auf seiner Höhe waren und hielt ihnen dann eine Standpauke.

»Hört mir bitte zu!« sagte er. »Ich hatte weiß der Himmel kein besonders großes Verlangen, in diese Sache verwickelt zu werden, aber da ich nun einmal dabei bin und aufgrund meiner Erfahrungen am ehesten dazu geeignet, das Unternehmen anzuführen, muß ich verlangen, daß ihr alle meinen Anweisungen folgt, und mir besonders in gefährlichen Lagen unverzüglich gehorcht. He, Paget! Haben Sie mich verstanden, Sir?«

»Was haben Sie gesagt, Colonel?« erwiderte Cal, der mit seinen Gedanken offensichtlich weit weg war, abwesend – möglicherweise war er gerade dabei, eine Elegie auf den versunkenen Elefanten zu entwerfen, vermutete seine Schwester.

»O ja, unverzüglicher Gehorsam in gefährlichen Lagen –«

»Und fallt nicht zurück!« schimpfte der Colonel, der sie gereizt beobachtete. »In so einer Gegend wie hier müssen wir *unbedingt* zusammenbleiben. Bald kommen wir in einen Teil Kafiristans, wo die Kopfjägerei sehr verbreitet ist. Es ist ein Sport wie Polo, erfolgreiche Jäger werden mit Weizen überschüttet, wenn sie in ihre Dörfer zurückkehren. Ich erwarte von euch, daß ihr euch so verhaltet, daß eure Gefährten nicht in Gefahr geraten, indem sie gezwungen sind, haltzumachen oder zurückzugehen, um jemanden zu suchen. Ist das klar?«

»Natürlich ist das klar, Rob«, erwiderte Miss Musson ruhig. »Keiner von uns will seinen Kopf verlieren. Sie haben Erfahrung. Sie sind der Anführer, die Kinder begreifen das ausgezeichnet. Niemand zweifelt Ihre Autorität an.«

»Gut«, sagte Cameron. »Nun zu einem anderen Punkt. Wir ziehen zum Lowacalpaß, der nach meiner Schätzung etwa vierzig bis fünfzig Meilen von hier entfernt ist. Wir werden versuchen, uns Maultiere zu beschaffen, aber ich bezweifle, ob es uns gelingen wird. Ein Teil, und zwar der größte Teil unserer Reise, wird ohnehin zu Fuß zu bewältigen sein – und wir müssen *schnell* vorankommen, der Regen wird bald einsetzen, und wenn er diese tiefer gelegenen Täler erreicht, treten die Flüsse über ihre Ufer und können unpassierbar werden; und weiter oben in der Höhe wird aus dem Regen Schnee, und der Lowacal kann unpassierbar sein, wenn wir ihn nicht auf schnellstem Wege erreichen. Keine Muße zum Blumenpflücken und Bewundern der Aussicht – ist das ebenfalls klar?« wollte er wissen, den strengen Blick auf Scylla geheftet. Sie biß sich auf die Lippen und nickte. Als er sie aber immer weiter fixierte, erwiderte sie kühl: »Gewiß doch, Colonel Cameron, Sie haben es hinreichend erläutert.«

»Sehr gut!« Dann fügte er hinzu: »Es wird langsam dunkel, und wir sind jetzt ein gutes Stück vom Fluß entfernt. Ich denke, wir können es wagen, hier unser Nachtlager aufzuschlagen.«

Ihr Pfad führte an einer Felswand entlang, und an einer Stelle, wo er um die Ecke bog, war eine große Höhle in den Berg eingegraben, die offenbar schon Reisenden vor ihnen Schutz geboten hatte. Ein paar Kieselsteinhäufchen waren mit verwelkten Ringelblumen geziert, vermutlich zur Besänftigung irgendwelcher Berggötter.

Dankbar setzten sie ihre Lasten ab, die Männer sammelten Holz für ein Feuer, Scylla holte Wasser von einer Quelle für Linsensuppe, Miss Musson fütterte den Säugling. Cal kam triumphierend mit einem Beutel voller Walnüsse vom Holzsammeln zurück.

Sie waren alle erschöpft und legten sich gleich nach dem Essen nieder, eingehüllt in ihre noch feuchten Decken, die Frauen hinten in der flachen Höhle, die Männer vorn. Ein verschleierter

Mond warf die Schatten der Kiefern an die Felswände, in der Ferne hörte man Tiere heulen.

»Gibt es hier im Gebirge Wölfe, Rob?« fragte Miss Musson schläfrig, und er antwortete kurz:

»Wölfe, Tiger, Bären, Leoparden – Hyänen, Schakale, Affen –«

»Naja, sie werden uns schon in Ruhe lassen«, murmelte sie. Im nächsten Moment hörte Scylla, wie sie dem Kind mit sanfter Stimme ein Urdu-Schlafliedchen sang: »Roti, makan, chini, chota baba nini (Zucker, Brot und Wein, schlaf mein Kindelein).« Mit noch sanfterer Stimme stimmte sie dann ein Lied an, das wohl einst ihre Mutter für sie gesungen hatte: »Schlaf Kindlein schlaf, der Vater hüt' die Schaf.«

Draußen in den Kiefern rief eine Eule. Scylla fühlte, wie sie vom Schlaf übermannt wurde.

Im Höhleneingang sagte Cal zu dem Colonel: »Wie lange brauchen wir Ihrer Meinung nach bis zum Lowacalpaß, Sir?«

»Wir werden versuchen, in einem Bergdorf einen Führer aufzutreiben. Dann schaffen wir es mit etwas Glück vielleicht in drei Wochen.«

»Drei *Wochen*? Für fünfzig Meilen?«

Cameron knurrte nur: »Sie werden's bald begreifen«, und vergrub seinen Kopf in seiner Lammfelljacke und schlief ein.

Sie begriffen es bald genug. Sie verstanden, daß man sich in dieser Gegend manchmal beglückwünschen konnte, wenn man eine halbe Meile in einer Stunde schaffte. Es gelang ihnen, in einem Bergdorf einen Führer aufzutreiben, und Miss Musson besorgte eine Ziege. Aber Maultiere waren nicht zu bekommen. Die Ziege Ammomma war ihnen manchmal eine größere Hilfe als der Führer. Mit unfehlbarem Instinkt fand sie ihren Weg über einen trügerischen Pfad, der halb vom Regen ausgewaschen war. Der Führer Hazarah, ein trübsinniger kleiner Mann mit leicht irrem, unstetem Blick war offenbar ein Ausgestoßener in dem Dorf, wo sie ihn anheuerten, und in Scyllas Augen schien er nicht im mindesten dazu geeignet, die Gruppe durch diese verschlungene, steile Bergwelt zu dem entlegenen Gebirgspaß zu führen. Aber Cameron bekundete seine Zufriedenheit: »Der Mann ist ein Kafir, er kommt von Weran und hat diese Strecke schon viele Male zurückgelegt.«

Der Pfad war der reinste Alptraum. Manchmal führte er über Schieferhänge, die bei jedem Schritt abzurutschen drohten, was am ganzen Hang einen lawinenartigen Erdrutsch bewirken mußte. Manchmal mußten sie auf abenteuerlichen Auslegerbrücken aus Baumstämmen Schluchten überqueren; manchmal bestand eine Brücke nur aus einem einzigen Baumstamm mit Ästen oder aus einem halbierten Stamm. Manchmal war der Pfad, wenn sie am Rand einer steilen Schlucht entlanggingen, nichts weiter als ein wackeliges Gebilde ineinander verwobener Kiefernäste, die in Felsspalten verankert waren und in einer Höhe von einigen hundert Metern am Felsrand hingen, über weißschäumendem Wasser, das gewaltige Felsbrocken umtoste, oder über heimtückisch aussehenden schwarzen Bergseen, die nie ein Sonnenstrahl erreichte, da sie so tief eingebettet zwischen glitschigen Felsklippen lagen. Manchmal mußte die Gruppe nahezu senkrechte Hänge erklimmen, wo der Pfad aus einer Reihe von Tritten für die Fußspitzen bestand, und bei einem einzigen Fehltritt wäre man eine Meile tief abgestürzt. Manchmal wateten sie knietief durch Schnee, hoch oben über der Baumgrenze in einem zugigen Tal, oder waren schrecklichen Windstößen ausgesetzt, wenn sie einen gewaltigen Felskamm überwinden mußten. Dann wieder ging es hinab, hinab, hinab, bis sie es kaum mehr aushalten konnten, bis ihre Waden vor Schmerz zu zerreißen schienen und ihre Zehen fast die Stiefelspitzen durchbohrten, dann mußten sie tosende Gebirgsbäche überqueren, an deren Ufern sich schon Eisschollen bildeten.

Scylla konnte sich nicht vorstellen, wie Miss Musson das in ihrem vorgerückten Alter durchstehen sollte. Sie selbst war oft so schwach, ihr Herz klopfte wild und im Mund hatte sie den metallischen Geschmack von Blut, daß sie nur noch von dem Wunsch besessen war, sich neben den Weg fallen zu lassen, um dort zu sterben. Nur ihr Stolz hielt sie aufrecht. Aber die alte Dame stapfte unerschütterlich voran und schien stets gelassen und heiter und hatte sogar ein Auge für ihre Umgebung. Wenn Scylla vorwärtsstolperte und nur ihre Schritte über die schlammigen, glitschigen Steine zählte – »fünfhundertzwei, fünfhundertdrei –«, zupfte Miss Musson sie manchmal am Ärmel.

»Schau mal, meine Liebe, da sitzt ein Bär im Kirschbaum!«

»Ein Bär, Ma'am?« Scylla sah mit verschwommenem Blick in die Höhe, wo Miss Musson hinzeigte. »Wird er uns angreifen?«

»Der doch nicht! Der ist viel zu beschäftigt!«

Und der schwarze Bär – ›Mondbär‹ nannte Hazarah ihn – hatte wirklich zu tun. Er hing in den Ästen, zog die Zweige zu sich heran und verspeiste die wilden Kirschen, bog sich dann die abgeernteten Zweige so zurecht, daß er sich darauf niederlassen und von da aus an weiter entfernte Früchte herankommen konnte, die er mit seinen Tatzen abpflückte. Er verschwendete kaum einen Blick auf die Prozession, die sich an seinem Baum vorbeischlängelte.

Oder als sie unsicher über einen schlüpfrigen, steilen, kaum einen halben Meter breiten Pfad balancierten, der sich an einer senkrechten Felswand entlangwand, hörte Scylla, während sie versuchte, sich Camerons Belehrungen bezüglich des Gleichgewichts zu vergegenwärtigen, Miss Mussons ruhige Stimme über sich:

»Schau dir bloß den Adler an, meine Liebe, der so dicht um uns herumschwebt; mein lieber Bruder hätte ihn als Lämmergeier bezeichnet. Ist das nicht ein gewaltiges Geschöpf! Ich schätze, er hat eine Flügelspanne von mindestens drei Metern.«

Und als Scylla einen vorsichtigen Seitenblick auf den großen goldköpfigen Vogel warf, der so ruhig neben ihnen herglitt, ohne einen einzigen Schlag seiner Schwingen, hob sich ihr Herz unwillkürlich.

Von Cameron war in diesen harten Zeiten mit keinerlei Mitleid zu rechnen. Am Ende eines erschöpfenden Tagesmarsches erwartete er, daß jedes Gruppenmitglied sich angemessen am Holzsammeln und Wasserholen und Lageraufbauen beteiligte. Die Frauen wurden nicht bevorzugt behandelt, nicht einmal Miss Musson, wenn er sich auch grimmig damit abgefunden hatte, daß sich die alte Dame abends in erster Linie um den Säugling kümmern mußte. Manchmal nahm Scylla ihr diese Pflicht ab, aber Miss Musson schien eine natürliche Veranlagung zur Säuglingspflege zu haben. Sie konnte den kleinen Kerl mit solch einer Ruhe und Sanftheit und mit einem solchen Geschick füttern, wickeln und wiegen, daß er kaum von seinem fortwährenden Schlummer erwachte.

»Du bist das liebste Kindchen auf der ganzen Welt«, murmelte sie ihm manchmal ins Ohr, und sogar Cameron mußte zugeben, daß der Kleine für einen Säugling erstaunlich wenig Mühe machte.

Scylla machte sich mehr Sorgen um Cal. Er war schlank und schmal gebaut wie sie, und sein Körper war nicht besonders durchtrainiert, wenn er auch ein guter Reiter war. Und seit sie wußte, daß seine Launen, seine Schweigsamkeit, seine Neigung zu langem, tiefem Schlaf und seine gelegentliche seltsam leere Unnahbarkeit auf seine Veranlagung zur Fallsucht zurückzuführen waren, machte sie sich ständig unterschwellig Sorgen um ihn, die in ihrer derzeitigen gefahrvollen, harten Lage heftig anwuchsen. Nicht auszudenken, wenn er zum Beispiel einen Anfall bekam, während er eine dieser schwindelerregenden Kiefernstammbrücken überquerte! Aber als sie an einem regnerischen Morgen Miss Musson heimlich ihre Ängste gestand, während sie warten mußten, bis die Männer eine dieser Stammbrücken, die aus ihrer unsicheren Verankerung gerutscht war, wieder an ihren Platz zurückgestemmt hatten, beruhigte die alte Dame sie.

»Zerbrich dir den Kopf nicht so sehr darüber, meine Liebe. Ich glaube, daß unser Knabe, solange seine Aufmerksamkeit so sehr gefesselt ist, kaum einen Anfall kriegen wird. Ich konnte das bei anderen Fallsüchtigen beobachten, sogar bei solchen, die stärkere Symptome zeigten als Cal. Sie bekommen ihre Anfälle, wenn ihr Kopf leer ist oder Musik oder gleichmäßige Bewegung sie einlullt. Ich glaube, daß dieses bewegte Leben an der frischen Luft deinem Bruder nur guttun kann.«

Diese Aussage überzeugte Scylla, zumal ihr einfiel, daß Cal selbst betont hatte, daß seine Anfälle mit Nichtstun einhergingen. Trotzdem machte sich seine Schwester weiterhin Sorgen um ihn, da sie wußte, daß er schwindelnde Höhen genausowenig liebte wie sie. Da sie als Zwilling die Fähigkeit besaß, mit ihrem Bruder mitzuleiden, spürte sie manchmal ganz unmittelbar sein Unbehagen, wenn sie einen schmalen, schwindelerregenden Pfad entlanggingen, auf der einen Seite nasser Fels, auf der anderen gähnende Leere. Aber dann konnte sich die telepathische Anspannung mit einem Mal lösen, und ihr Blick fiel auf einen rotgoldenen, aus der nebligen Tiefe emporblitzenden Ahornbaum oder auf die weißschäumenden Bänder unzähliger Wasserfälle, die sich, eine halbe Meile entfernt, am gegenüberliegenden Hang unhörbar ihren Weg bahnten. Dann wurde sie sich dankbar bewußt, daß ein derartig erhebender Anblick die Kraft hatte, ihn von seinen eigenen Torturen abzulenken.

Eines Tages kamen sie an eine Brücke ganz anderer Art. Sie waren den ganzen Tag am Rande einer tiefen grünen Schlucht entlanggegangen und kamen mitten am Nachmittag zu einer nahezu senkrechten Wand, an der ihr Pfad jäh zu enden schien.

»Er muß irgendwo weitergehen«, bemerkte Miss Musson mit der ihr eigenen ruhigen Zuversicht.

Aber selbst Hazarah war vor den Kopf gestoßen; offenbar hatte ein Felsrutsch erst vor kurzem ihren Weg blockiert. Er kratzte sich am Schädel.

Dann wies Therbah, der außergewöhnlich schweigsam war, wortlos auf einen Baum, der am Wegrand stand, eine große knorrige Bergeiche. Als die Wanderer durch den Regendunst starrten, konnten sie etwas sehen, was nach einem Seil aussah, das von den Ästen des Baumes herabhing – in die Tiefe und zur anderen Seite der Schlucht hinüberführte. Das menschliche Auge konnte seinem Verlauf kaum folgen, aber es schien bei einer ähnlichen Eiche am jenseitigen Klippenrand zu enden.

Cameron richtete ein paar Fragen an Therbah in dessen eigener Sprache. Er antwortete mit einem einzigen Wort. Dann setzte er den Korb ab, in dem er seine Lasten beförderte, und kletterte flink und behende auf die Eiche hinauf, bis zu der Astgabel, an der das Seil befestigt war.

»Sollen wir etwa *da* hinüber?« fragte Scylla in ungläubigem Entsetzen.

Cameron bemerkte ungerührt: »Sehen Sie irgendeine andere Möglichkeit zur Überquerung der Schlucht, Miss Paget?«

Das war natürlich nicht der Fall. Unterhalb des Hanges, auf dem ihr Baum wuchs, fiel die Felswand, wie sie feststellte, an die hundert Meter zu dem Fluß in die Tiefe ab. Und der Weg vor ihnen war blockiert –. »Umkehren?« schlug sie unsicher vor.

»Durch die ganze Schlucht? Sind Sie von Sinnen? Bedenken Sie doch, wie lange wir gebraucht haben. Außerdem –« Schweigend zeigte er nach unten zu einer tiefer gelegenen, weit entfernten Stelle des Pfades, den sie gegangen waren. Verschwommen, ganz schwach erkannte Scylla das Blitzen von Metall, weiße Turbantupfer, die Bewegung von sechs, acht, zehn, zwölf kleinen Dingern, die um eine Biegung kamen.

»Was ist das?« schnaufte sie entsetzt. Und dann: »Verfolger?«

Er zuckte die Achseln. »Vielleicht. Vielleicht auch nicht. In den Bergen wartet man nicht ab, um sich Gewißheit zu verschaffen.«

Jetzt kletterte Therbah wieder von der Eiche herab und berichtete über den Zustand des Seils, das er überprüft hatte, indem er sich daranhängte. Das Seil selbst, das aus gedrehtem, geflochtenem Zuckerrohr bestand, schien in einem guten Zustand zu sein, aber seine Befestigung am Baum mußte erneuert werden.

»Aber wie sollen wir es denn anstellen? Wir können uns doch nicht an dem Seil hinüberhangeln?« raunte Scylla entsetzt Miss Musson zu, als die vier Männer das Unterholz bearbeiteten und junge Bäumchen in geeigneter Länge schlugen. »Und was ist mit dem Säugling? Und der Ziege?«

»Es müßte eine Art Hängesitz vorhanden sein – ich erinnere mich, daß Winthrop mir einmal von der Möglichkeit erzählt hat, auf diese Weise einen Fluß zu überqueren, von einem höheren zu einem niedriger gelegenen Ufer, aber ich habe so etwas noch nie gesehen«, erwiderte Miss Musson gefaßt. »Es müßten zwei Seile dasein, glaube ich. Mit dem einen kann man den Sitz zurückziehen, aber mir scheint, das zweite ist durchgewetzt. Sie müssen es erneuern und auch einen Sitz bauen, das wird einige Zeit in Anspruch nehmen. Während sie das erledigen, können wir eine Mahlzeit zubereiten. Mach bitte ein Feuer, meine Liebe.«

Und mit der größten Selbstverständlichkeit legte sie den kleinen Chet Singh zwischen zwei kräftigen Baumwurzeln ab und ging zu einer nahegelegenen Quelle, um ihren Wassertopf zu füllen.

Scylla erwähnte die bewaffneten Männer, die sie in der Ferne auf dem Weg gesehen hatte, nicht. Da Cameron es nicht für angebracht gehalten hatte, nahm sie an, daß er die Gruppe nicht unnötig beunruhigen wollte.

Eine Mahlzeit aus Hafergrütze und Chapatis war fertig, bevor die Verankerung in Stand gesetzt und das zweite Seil erneuert war. Inzwischen verkündete Therbah, dessen Augen noch schärfer waren als Camerons, daß er den vermißten Sitz auf der anderen Seite gesichtet hatte. Als er sein Essen eilig hinuntergeschlungen hatte, kletterte er gänzlich unbekümmert erneut auf den Baum, vertäute ein Ende des neuen Seils, band das andere um seine Hüften und wickelte es dann ganz ab, so daß es frei in der Luft schwang. Dann packte er das alte Seil, hängte sich mit seinen Knien ein und sauste mit einem munteren Ruf los.

Scylla verschlug es schier den Atem, als sie sah, wie sein kleiner muskulöser Körper in die Tiefe schoß und fast zur Größe einer Fliege zusammenschnurrte, als das durchhängende Seil ihn über das Wasser führte.

Würde das Seil halten? Unbewußt hatten alle den Atem angehalten. Miss Musson starrte kurzsichtig in die Ferne und stieß einen besorgten Seufzer aus.

»Für dieses Kunststück braucht man ordentliche Hornhaut an den Händen«, bemerkte Cameron trocken und ruhig. »Wenn einer von *uns* das versucht hätte, wären seine Hände zerfetzt worden.«

Miss Musson lächelte ihn an, als wäre sie ihm dankbar für den prosaischen Kommentar.

»Schaut! Er ist angekommen!« rief Cal aus.

Weit weg auf dem tiefer gelegenen Ufer winkte Therbahs winzige Gestalt ihnen triumphierend zu. Dann machte er sich an irgend etwas am Ufer zu schaffen und winkte ihnen dann erneut.

»Er hat den Sitz gefunden«, stellte Cameron fest. »Das erspart uns etliche Stunden Arbeit. Das ist sehr günstig.«

Sein Blick streifte den von Scylla und wanderte dann weiter. Sie wandte sich um, um zu verfolgen, wo er hinsah, aber am Rand der Schlucht war Nebel aufgestiegen, und sie konnte nichts sehen.

Dann kam ein drittes Zeichen von Therbah, das signalisierte, daß sie an dem zweiten Seil ziehen sollten. Cameron kletterte auf den Baum und zog, und bald darauf erschien eine dicke, zurechtgeschnitzte Wurzel, die die Form eines Wunschknochens hatte. Zwischen den beiden Armen, die nach unten zeigten, war eine Art Ledersattel befestigt. Er war in keinem sehr guten Zustand und es brauchte einige Zeit, bis er ausgebessert war, mit einem Stück Leder, das von dem Ziegenlederzelt abgeschnitten wurde, das Cameron für die Frauen besorgt hatte. Schließlich war alles bereit.

»Gut«, sagte Cameron. »Eine der Frauen macht am besten den Anfang. Miss Paget.«

Scylla holte tief Luft, sagte aber nichts, als sie dem kalten, starren Blick seiner unerbittlichen blauen Augen begegnete. Sie versuchte, das heftige Zittern, das unwillkürlich in ihre Arme und Beine gefahren war, zu bezwingen und biß die Zähne zusammen, preßte ihre feuchten Handflächen gegen ihre Oberschenkel und antwortete, wie sie hoffte, im gleichen unbeteiligten Ton wie Cameron:

»Gut. Soll ich den Säugling nehmen?«

»Nein, Miss Musson kommt besser mit ihm zurecht«, erwiderte Cameron unumwunden. »Sie nehmen am besten die Lebensmittel und die Medikamente.«

Scylla war schlecht vor Angst. Sie war dankbar, daß ihre dicken Gewänder das wilde Hämmern ihres Herzens verbargen, und kletterte auf die Eiche. Cameron half von oben, ihr Bruder von unten. Sie wäre Cals Blick lieber ausgewichen, begegnete ihm aber dennoch, und die gequälte Anspannung in seinen Augen trug nicht eben dazu bei, ihre eigene Furcht zu mildern – verstärkte sie vielmehr. Sie wand sich mühsam in den unsicheren, zerbrechlich wirkenden Hängesitz und ließ sich ergeben von Cameron die Bündel mit den Lebensmitteln und den Medikamenten auf Rücken und Schoß festbinden. Er erledigte diese Aufgabe rasch und geschickt und gänzlich unbeteiligt, als würde er einen Maulesel bepacken.

»Gut. Heben Sie jetzt die Hände über den Kopf und packen sie die hölzernen Arme der Astgabel. Sind Sie im Gleichgewicht? Los geht's!« sagte er und schickte sie ohne Verzögerung mit einem kräftigen Stoß gegen ihr Hinterteil in den Abgrund.

Scylla schloß die Augen und fühlte, wie die eiskalte Luft ihr über die Wangen fuhr. Ihre Hände, mit denen sie krampfhaft die hölzernen Arme des Wunschknochens umklammerte, wurden sofort taub. Sie spürte nichts als den Regen, der ihr ins Gesicht schlug, hörte nichts als das Heulen des Windes und ein seltsames Summen, das zu einem lauten Quietschen anschwoll, als ihr morscher Schleudersitz über das nasse Seil hinabsauste.

Ich *muß* die Augen öffnen, dachte sie. Ich muß wissen, was auf mich zukommt, ich muß bereit sein. Aber ihre Augen wollten sich nicht öffnen, ein beißender Kälteschmerz brannte in ihren Schläfen. Sie kämpfte mit ihren rebellischen Augenlidern, während die Reise immer weiter hinab und hinab ging. Die Abfahrt schien nie enden zu wollen. Zu guter Letzt riß sie ein Warnruf aus ihrem fast tranceartigen Angstzustand, ihre Augen öffneten sich von selbst, und sie sah, wie das baumbestandene Flußufer näherkam, in rasender Geschwindigkeit, in furchterregender Geschwindigkeit – »Achtung, Missy Sahib!« rief Therbah noch einmal, der aufgeregt am Ufer auf und ab tanzte, dann noch ein paar Worte, die sie nicht verstand, die mit »Springen, müssen springen!« endeten. Sie erfaßte, worum es ging, und ihr wurde klar, daß sie Gefahr lief, sich das Gehirn an den Ästen des Anlegebaums einzuschlagen, wenn sie sich nicht rechtzeitig aus dem Sitz schwang. Und als die Uferböschung unter ihr vorbeischoß, schluckte sie, ließ los und warf sich mit aller Kraft zur Seite, landete mit gekrümmten Knien und überschlug sich mehrmals auf dem nassen Boden.

»Oh, sehr gut machen, Missy Sahib – sehr gut machen!« schrie der herbeigeeilte Therbah überschwenglich in ihr Ohr, als er ihr aufhalf. »Kein Knochen zerbrochen und Medizinflaschen auch nicht – als würde Missy schon ganzes Leben lang jeden Tag Fluß überqueren!«

Stolz, daß sie es überstanden hatte, wenn auch noch heftig zitternd, stolperte Scylla auf die Füße, winkte und rief. Aber der Klang trug nicht so weit. »Sie haben sichere Landung gesehen, keine Sorge machen«, sagte Therbah, während er geschäftig den Wunschknochensitz wieder in die richtige Position brachte, so daß er über den Fluß zurückgezogen werden konnte.

»Jetzt kommen Miss Musson Sahib auch gut rüber.«

Es dauerte allerdings eine geraume Weile. Scyllas Furcht wuchs wieder. Was war mit dem Trupp weiter unten auf dem Pfad? Wo waren sie inzwischen? Eine Krümmung in der Schlucht schnitt ihr von hier die Sicht ab, sie konnte nur mutmaßen. Oder war mit dem Sitz etwas nicht in Ordnung? Waren sie und Therbah auf dieser Seite des Flusses abgeschnitten vom Rest der Gruppe, der nicht zu ihnen gelangen konnte? Konnte Miss Musson vor der Überquerung zurückgeschreckt sein? Therbah starrte stirnrunzelnd und verwirrt hinüber, beschirmte seine Augen mit der Hand und murmelte:

»Der Herr jetzt vielleicht Mem Sahib in Sitz festbinden? Sehr gefährlich, in Sitz festbinden. Schnell fertig machen zum Festhalten, ja, verstehen? *Sehr* schnell, Missy.«

Er zeigte Scylla, wo sie sich postieren sollte, damit sie den rasenden Sitz packen und bremsen konnte, sowie er in Reichweite kam. Es lag auf der Hand, daß dies überaus schwierig werden würde; als wollte man ein galoppierendes Pferd anhalten, das aus dem Himmel angeschossen kam.

»Ob es vielleicht wegen dem Säugling ist?« fragte sich Scylla verwirrt. Aber Miss Musson trug den Kleinen in einem Tragetuch auf dem Rücken, wie die Frauen in den Bergen, da war er völlig sicher. Es war sehr unwahrscheinlich, daß damit ein zusätzliches Problem entstand.

Als der Sitz schließlich herunterkam, in der gleichen halsbrecherischen Geschwindigkeit wie zuvor, sahen sie nicht Miss Mussons weißes Haupt zwischen den hölzernen Armen, sondern Cals dunklen Schopf. Er schien bewußtlos in dem Ledersitz zu hängen, seine Hände umklammerten die Astgabel nicht.

»Gott im Himmel! Mein Bruder muß ohnmächtig geworden sein!« rief Scylla entsetzt aus. »Kein Wunder, daß sie sich verspätet –«

»Schnell, Missy – bereitmachen – die Beine packen – zurückziehen – JETZT!«

Scylla und der muskulöse kleine Therbah arbeiteten zusammen wie Hirten, die ein flüchtendes Tier einfangen wollten. Gemeinsam packten sie den Hängesitz und Cals leblosen Körper, in dem Bemühen, ihn anzuhalten, bevor er gegen den Baum prallte. Sie wurden dabei mit ihm über den Boden geschleift und kamen allesamt in einem Astgewirr kurz vor dem Stamm zu einem Halt.

»Gut machen, Missy«, sagte Therbah wieder. »Kein Bein zerbrochen, Glück haben. Cal Sahib krank sein – nicht gut, jetzt krank sein.«

Scylla konnte ihm nur zustimmen, aber als sie sich anschickte, Cal loszubinden, der mit festen Knoten und Schlingen im Sitz verankert worden war, wahrscheinlich von Cameron, konnte sie sehr gut nachvollziehen, warum er gerade zu diesem Zeitpunkt einen Anfall bekommen hatte: Es war der schwindelerregende, schreckliche Anblick seiner Zwillingsschwester, die fast ein Teil seiner selbst war, und die in derartig alptraumhafter Geschwindigkeit in den Abgrund schoß. Was für ein Segen, daß der Anfall gekommen war, bevor er in dem Hängesitz saß und nicht auf dem Weg nach unten, denn dann hätten seine Hände den Griff gelockert, und er wäre in den Tod gestürzt.

Colonel Cameron war bestimmt sehr erzürnt, dachte Scylla ungnädig. Weiß der Himmel, wie sie ihn den Baum hinauf geschafft hatten.

Der leere Sitz wurde zurückgesandt, und als nächstes kam Miss Musson mit dem Säugling. Inzwischen hatten Scylla und Therbah schon ein gutes Gespür dafür, wie weit sie nachgeben oder Widerstand leisten mußten, wenn ein Körper in voller Fahrt auf sie zukam. Im Vergleich zu Scyllas Ankunft war die von Miss Musson und dem Säugling geradezu manierlich.

»Großartig!« rief die alte Dame aus und schälte sich aus dem Sitz. »*Das* war ein ganz neues, sehr kurzweiliges Erlebnis, es erinnert mich an die Spiele, die wir als Kinder in einem großen Ahornbaum gespielt haben! Aber wie geht's dem armen Cal – habt ihr ihn sicher an Land gebracht?«

»Ja, Ma'am, aber ich fürchte, er wird jetzt eine ganze Weile bewußtlos bleiben«, sagte Scylla besorgt. »Ich denke, der Anfall ist in einen der langen tiefen Schlafzustände übergegangen, in die er oft verfällt. Es war ein sehr unpassender Moment –«

»Unpassend schon, aber keineswegs überraschend – der arme Kerl ist richtig grün geworden, als er dich wie einen Falken durch die Luft schießen sah.«

»War Colonel Cameron sehr ungehalten?«

»Ungehalten? Aber nein, warum sollte er? Er weiß sehr gut Bescheid über Cals Leiden.«

Scylla kam zu dem Schluß, daß Cameron offenbar Cal gegenüber oft nachsichtiger war als ihr gegenüber. Cal mußte zwar die gleiche Arbeit leisten und dieselben Härten durchstehen – was er auch nicht anders erwartete –, aber der Colonel ging unbeschwerter und entspannter mit ihrem Bruder um – ein Lächeln hier und da, ein gelegentlicher Scherz, während er sich Scylla gegenüber in letzter Zeit kurz angebunden, fast abweisend verhalten hatte. Ihre recht nutzlosen Überlegungen wurden unterbrochen, weil Hazarah, ihr Führer, in Empfang genommen werden mußte. Er sauste jetzt als widerwilliger Reisegefährte der entsetzten Ziege über den Abgrund, und danach kam als letzter Cameron selbst.

Sie sahen, daß er aus einer flachen Wunde an der Stirn blutete.

»Was ist das, Rob?« wollte Miss Musson wissen.

»Ein paar Kerle sind aufgetaucht und haben auf mich geschossen, als ich losgefahren bin. Wir sollten besser das Seil kappen«, sagte er und schritt zur Tat. »Wie geht es dem Knaben?«

»Er wird sich erholen«, sagte Miss Musson. »Sein Anfall hat zu einem tiefen Schlaf geführt, und ich bin der festen Überzeugung, daß man ihn nicht aufwecken sollte. Schlaf ist das Heilmittel der Natur, der Ausgleich zu der heftigen Erschütterung, die er erlitten hat. Ich fürchte, Sie müssen sich damit abfinden, Rob, daß wir für die nächsten zwölf Stunden hier unser Lager aufschlagen müssen.«

»Genau das habe ich befürchtet«, sagte er kurzangebunden. »Aber wir sollten uns lieber außerhalb der Schußweite vom gegenüberliegenden Klippenrand begeben, obwohl kaum die Gefahr besteht, daß sie durch all dieses Laubwerk hindurch einen Treffer landen. Therbah! Hilf mir, Cal zu einem sicheren Rastplatz zu tragen.«

»Wie sollen Wanderer bloß in Zukunft die Schlucht überqueren?« grübelte Scylla, während sie und Miss Musson hin und her gingen und die Vorräte von der Uferböschung wegtrugen.

»Sie werden eine andere Stelle wählen müssen«, meinte Cameron trocken, der ihre besorgte Frage mitgehört hatte. »Das liegt ja wohl auf der Hand, Miss Paget.«

Sie errötete, kam sich töricht vor und entfernte sich, ohne etwas zu erwidern. Aber sie hörte Miss Musson sagen:

»Rob! Die Männer, die auf dich geschossen haben, waren das Räuber aus den Bergen?«

»Nein, Miss Amanda, ich denke, es waren Soldaten aus Ziatur. Ich fürchte, Mihal hat die Suche nach uns noch nicht aufgegeben. Sein Arm ist länger, als Sie gedacht haben.«

Cameron war sichtlich verärgert über die Verzögerung, aber der Rest der Gruppe war dankbar für die Stunden der Erholung, die Cals Anfall ihnen beschert hatte. Die Frauen nutzten die Gelegenheit, abgelaufenes Schuhwerk auszubessern und zerrissene Kleidung zu flicken. Miss Musson reinigte und verband Camerons Wunde. Cameron beriet sich ausführlich mit Hazarah darüber, welche Route sie am besten wählen sollten, wenn die Gruppe über den Lowacalpaß nach Kafiristan gelangt war. Das Ergebnis dieser Besprechung war ein vorsichtiger Optimismus.

»Hazarah denkt, wenn wir über den Lowacal kommen und dann den Weranpaß überqueren, der die Wasserscheide zwischen dem Kokcha und dem Kunar bildet, könnte bis dahin soviel Regen gefallen sein, daß wir auf einem Floß nach Jalalabad hinunterfahren können. Ich muß wohl kaum betonen, daß das eine große Erleichterung für uns wäre.«

»Mit dem Floß? O ja! Was für eine herrliche Aussicht!« rief Miss Musson aus. »Das wird mir ja wie Ferien vorkommen!«

»Aber davor liegen noch einige außergewöhnlich beschwerliche Wegstrecken, Ma'am, lassen Sie sich das gesagt sein.«

»Beschwerlich?« warf Scylla ein, obwohl sie nicht direkt angesprochen war. Sie hob die Brauen. »Beschwerlicher als die hinter uns liegenden, Colonel Cameron?«

Er warf ihr einen kurzen Blick zu. »Im Vergleich zu dem, was vor uns liegt, Miss Paget, wird uns unsere bisherige Reise wie ein Sonntagsausflug erscheinen.«

»Sagen Sie, Rob«, sagte Miss Musson, während Scylla diese Information verdaute, »wer regiert zur Zeit in Afghanistan? Herrschen in dem Land geordnete Zustände seit dem Tod von Amir Thaimur?«

»Nein, Ma'am, alles andere als das«, erwiderte er unverblümt. »Die Durchquerung Afghanistans kann lediglich als das geringere von zwei Übeln angesehen werden. Besser als in Surat von Mihals Männern ermordet zu werden, zweifellos, aber ich fürchte, daß nach dem Tod von Thaimur im ganzen Land Gesetzlosigkeit und Unfrieden herrschen – er hat, wie Sie wohl wissen, dreiundzwanzig Söhne hinterlassen –«

»Dreiundzwanzig? Du liebe Güte!«

»Dreiundzwanzig Söhne, von denen er keinen als Erben und Nachfolger eingesetzt hat.«

»Sie standen doch mal im Dienst von Thaimur«, sagte Miss Musson.

»Stimmt, Ma'am. Vor seinem Tod habe ich drei Jahre lang seine Armee angeführt. Diese wilden Pathanen sind verflucht gute Soldaten! Die reinsten Teufel, wenn sie sich erheben, versessen auf erbarmungslose Blutrache, aber mit größtem Ehrgefühl und höchster Disziplin ausgestattet.«

»Warum haben Sie dann Afghanistan verlassen?« fragte Scylla interessiert.

Cameron wandte sich weiterhin an Miss Musson. »Als Thaimur gestorben ist, hat sein Sohn Zaman Shah schnell die Macht über den Thron gewonnen und Peschaur zu seiner Hauptstadt erklärt. Er hat mich gebeten, unter seiner Führung weiterhin die Armee zu befehligen – aber ich – unsere Meinungen gingen auseinander. Zaman war verstiegen, wild, grausam – geradezu besessen! Er wollte in Indien einfallen, die Briten und Franzosen vertreiben. Er hat Lahore besetzt, wie Sie wissen. Aber dann haben die schlauen Briten ihn überlistet und sich mit Persien verbündet, das anfing, Zamans westliche Frontlinien anzuknabbern. Und ein Jahr später hat dann sein Bruder Mahmud, der Prinz von Herat, seine Streitkräfte gegen ihn antreten lassen. Mahmud war mein Freund, also habe ich mich auf seine Seite geschlagen, als sein Vater starb.«

»Warum sind Sie dann jetzt nicht mehr in Afghanistan?«

»Weil Mahmud in Kandahar gefangen ist. Ein dritter Bruder, Shuja'-ul-Mulk, hat inzwischen die Macht ergriffen und sich selbst auf den Thron gesetzt.«

»Daraus schließe ich«, sagte Miss Musson nachdenklich, »daß Sie mit Bruder Shuja' ebenfalls nicht gut stehen?«

»Ganz recht, Miss Amanda. Deswegen habe ich Kabul verlassen und bin nach England gereist.«

»Ist es dann nicht etwas gefährlich für Sie, durch Afghanistan zu ziehen?«

»Aber nein«, sagte er gleichgültig, »ich bin auf dem Weg nach Ziatur auch durchgezogen – verkleidet, versteht sich. Und wer weiß schon davon? Vielleicht konnte Mahmud sich inzwischen befreien. Fatah Khan, der Sohn des ersten Ministers seines Vaters, wollte ihm helfen, soweit ich gehört habe. Oder wahrscheinlich hat einer der anderen zwanzig Brüder inzwischen den Thron erobert. Zerbrechen Sie sich jetzt nicht den Kopf wegen möglicher Gefahren in Afghanistan, Miss Amanda, wir müssen mit genügend unmittelbar anstehenden Gefahren fertig werden!«

Scylla stand auf und ließ die beiden allein und lief über den Hang zu der Stelle hinüber, wo Cal schlief, in seine Reisedecke gehüllt, den Kopf auf einem Kissen aus aufgehäuftem Moos. Er sah seltsam jung aus, unschuldig und wehrlos. Keiner der Männer hatte sich rasieren können, seit sie unterwegs waren, aber während Camerons üppiger rotgoldener Bart nur etwas länger geworden war und sich sein Aussehen dadurch nicht wesentlich geändert hatte, hatte Cal, der davor glattrasiert war, jetzt einen zarten dunklen Flaumrand über der Oberlippe und am Kinn, was ihn noch jünger erscheinen ließ. Eine lose, weiche schwarze Haarlocke war ihm ins Gesicht gefallen, Scylla kniete sich neben ihn und strich sie ihm sanft aus der Stirn. Er regte sich nicht, als sie ihn berührte. Er schlief sehr tief, seine langen, langsamen Atemzüge waren kaum hörbar. Als sie nach einer Weile aufblickte, sah Scylla zu ihrem Erstaunen, daß Cameron neben ihr stand. Er hatte sich leise wie ein Waldgeist bewegt. Er legte einen Finger auf Cals Handgelenk, um den Puls zu fühlen.

»Er wird sich bald erholt haben. – Ein sonderbares Leiden, diese Fallsucht – sehr lästig – *teuflisch* lästig in unserer Lage«, bemerkte er abrupt und fügte dann hinzu: »Sie sehen sich nicht sehr ähnlich für Zwillinge!«

»Es tut mir leid, Sir« – es gelang ihr nicht, einen Hauch von Ärger aus ihrer Stimme zu verbannen – »Ich bedaure es zutiefst, daß die Unpäßlichkeit meines Bruders Ihnen so eine *Last* ist.«

»Ach, vergessen Sie es!« Er drehte sich auf dem Absatz herum und ging davon. Als er die Lichtung überquerte, hörte sie ihn das Wort ›Frauen‹ in seinen Bart murmeln.

Scylla blieb bei ihrem Bruder. Trotz der willkommenen Ruhepause und der beruhigenden Gegenwart von Miss Musson, deren Stimme sanft über die Lichtung herüberklang: ›Roti, makan, chini, chota‹, fühlte sie sich verzweifelt, schwach, einsam und niedergeschlagen.

9

Fanny sah der Zusammenkunft im Petworth House ziemlich ängstlich entgegen, nachdem sie so lange zurückgezogen und gewissermaßen eingesperrt in der Hermitage gelebt hatte. Sich in Gesellschaft zu begeben – mit Thomas und Bet durch die Straßen zu laufen wie eine ganz normale Familie – war schon für sich genommen außergewöhnlich und neu. In den neun Monaten, die sie nun hier lebte, hatte sie die Straßen von Petworth sozusagen nie betreten. Zu diesem besonderen Anlaß hatte Thomas sogar erwogen, von der Kutsche Gebrauch zu machen. In seiner Brust hatte sein Geiz mit dem Wunsch gerungen, einen würdigen Eindruck zu machen bei den anderen Leuten von Rang, die ins Petworth House geladen waren; aber der Geiz hatte gesiegt. Schließlich waren es nur fünf Minuten zu Fuß! Jede einzelne Minute davon war für Fanny ein Erlebnis: das hübsche Rathaus auf dem großen Platz im Zentrum, das erst vor fünf Jahren von Lord Egremont erbaut worden war – am Rathaustor prangte ein großes schwarzweißes Plakat, auf dem zur Abschreckung gräßlich gewalttätige Franzosen abgebildet waren, die englische Frauen und Kinder schändeten und verschlangen, während im Hintergrund die Häuser in Flammen standen – und dann all die Geschäfte – Tuchläden, Seidenhändler, Schuhgeschäfte. Sie sah die Bauern in ihren Lederbundhosen mit den Kniestrümpfen, den runden Hüten und prächtigen Halstüchern. Die Metzgerbuden waren mit brennenden Kerzen geschmückt. So viele Eindrücke strömten gleichzeitig auf Fanny ein, daß sie schon ganz benommen war, als sie beim großen Eingangstor von Petworth House ankamen.

»Mach schon, Frances!« sagte Thomas gereizt. »Laß das Gaffen! Es schickt sich nicht für uns, daß wir uns verspäten, da

Lord Egremont mich aufgefordert hat, die Führung der Truppe zu übernehmen.«

Fanny konnte nicht schneller gehen. In ihr Korsett eingezwängt konnte sie, selbst wenn sie langsam lief, kaum atmen, und das grobe Leinen schnitt ihr grausam in die Oberschenkel ein. Sie sagte sanft:

»Ich kann nicht schneller gehen, Thomas. Aber sehen Sie auf die Kirchturmuhr, es ist erst fünf Minuten vor zwölf.«

Auf dem Kiesplatz vor dem Haus wimmelte es von Laudauern, Zweispännern und Phaetons; Damen und Herren begrüßten sich lachend, als sie aus ihren Kutschen stiegen, und man stand herum und genoß die wärmende Sonne.

»Sagen Sie mal, James, stimmt das, was mir zu Ohren gekommen ist? Sie haben zehntausend Pfund für Pitts Verteidigungsfond locker gemacht – und ausgerechnet Sie als Whig? Schämen Sie sich!«

»Nun, wenn jeder hergelaufene Lancaster-Baumwollhändler zehntausend spenden kann, geziemt es sich für uns arme Bauern, auch mal tiefer in die Tasche zu greifen –«

»Werteste Lady Susan, wie geht es Ihnen denn da unten südlich der Downs? Fürchten Sie sich nicht, morgens die Fenster zu öffnen? Es könnte ja sein, daß die Franzosen gerade in Ihren Garten eindringen?«

»Aber nein, meine Liebe, ich muß meinen Blick nur gen Süden wenden, dann sehe ich den prächtigen Mastenwald an der Reede des Hafens von Portsmouth. Ich fühle mich gut beschützt.«

»Aber angeblich stehen die französischen Truppen schon dicht gedrängt und zur Einschiffung bereit in Rouen und Cambrai.«

»Ich bin überzeugt, daß Admiral Duncan sie nie und nimmer den Kanal überqueren lassen wird.«

»Und was halten Sie von der unglücklichen Landung Pophams in Ostende? Ein empörend verpfuschtes und fehlgeleitetes Unternehmen! Eintausendvierhundert Mann mußten sich den Franzmännern ergeben!«

»Die Truppe war einfach nicht stark genug – es hätten mindestens doppelt soviel Mann sein müssen –«

»Sie sollen es nur wagen, britischen Grund und Boden zu betreten – sogar die Schafe werden auf sie losgehen –«

»Da gebe ich Ihnen recht, Sir. Dank des neuen Sermaphor-Telegraphensystems wird die ganze Nation binnen einer Stunde kampfbereit sein. Was für eine phantastische Erfindung – die neusten Meldungen schwirren von allen Häfen zu den Dächern der Westminster Abbey, schneller als der Wind!«

»Ich für meinen Teil glaube nicht, daß Bonaparte vorhat, bei uns einzufallen. Mir sind Gerüchte zu Ohren gekommen, daß französische Maschinisten in Alexandria Erkundungen angestellt haben über die Routen nach Suez und die Durchschiffung des Roten Meeres. Ich bin der Meinung, daß Boney sich ostwärts nach Indien aufmachen wird, schließlich ist er mit Tippoo Sahib verbündet –«

»Das wäre aber eine verfluchte Schande, da wir uns doch so gut vorbereitet haben –«

Scheu und schweigsam standen Fanny und Bet inmitten dieses heiteren Geplauders in Thomas' Schatten, der, ebenfalls leicht eingeschüchtert angesichts so vieler gut gekleideter, laut parlierender, selbstsicherer Leute, angespannt und feindselig um sich blickte. Seine Kleidung erschien ihm mit einem Mal bäuerlich, sein Baumwollstoff schäbig, sein Halstuch kümmerlich und er selbst klein, blaß und unsicher.

Bet begutachtete begierig die Toiletten der Damen. Bis zu diesem Moment hatte sie gedacht, daß Fanny und sie selbst sehr passend gekleidet seien. Ungeachtet Thomas' Ermahnung hatten sie ihre besten Ausgehkleider angelegt – Fanny trug grauweißgestreiften Popelin, etwas altmodisch, aber sehr kleidsam mit den Rüschen am Hals, dazu einen schräg aufgesetzten Hut über einem Spitzenhäubchen; Bet trug gepunktete indische Baumwolle und einen Norwich-Schal über den Schultern, dessen lange wollene Enden vorne gekreuzt und mit einer rosa Schärpe umwunden waren. Der Schal war zu dick für so einen warmen Tag, aber er war bei weitem das Eleganteste, was sie besaß, daher hatte sie beschlossen, ihn anzulegen. Jetzt sah sie, daß sie und Fanny unter all diesen Damen wie zwei graue Mäuschen wirkten. Man trug überaus knappe Gewänder, tiefausgeschnittenen Musselin, vorne mit hauchzarten Fichus geziert, kein einziger Hut war zu sehen, nur Hauben, einige dem Helm der Athene nachgebildet (da die Pariser Mode trotz des Krieges über den Kanal kam), die über bestrickend hübschen Spitzenhäubchen getragen wurden, hinten mit Bändern verziert und oben mit Rosetten gekrönt. Und dieses entzückende Schuhwerk! Zartes Wildleder und Satin in allen Rot-, Blau- und Grüntönen. Verstohlen verbarg Bet ihre eigenen Füße unter ihrem Rock.

Glücklicherweise erschien in diesem Moment Lord Egremont selbst ungezwungen am Eingang des Hauses und schob den Butler und einige Dienstboten beiseite. Wie stets war er tadellos gekleidet, bis auf den etwas ramponierten Hut, der ihm leger auf dem Hinterkopf saß. »Na sowas!« rief er gutgelaunt aus. »Da versammeln sich alle im Garten, und ich bin nicht dabei. Treten Sie ein, treten Sie ein! Ich würde die Besprechung gerne im Freien abhalten – aber ich habe auf dem Tisch in der Bibliothek einige Landkarten ausgebreitet, die würden im Wind davonfliegen – und Liz hat reichlich Kuchen und Erdbeerdesserts und kaltes Geflügel für die Damen vorbereitet. Ich nehme daher an, daß auch die Herren ein erfrischendes Glas nicht verschmähen werden. Also, treten Sie ein, treten Sie ein! Meiner Treu, hier draußen ist es so heiß wie in Teufels Küche!«

Bei diesen gastfreundlichen Worten setzte eine allgemeine Bewegung in Richtung Eingangstür ein. Lord Egremont stand in der Tür und begrüßte seine Freunde ungezwungen.

»Ah! Milsom, Sie hier? Schön, daß Sie an so einem heißen Tag den langen Weg nicht gescheut haben. Lady Mountague, Liz wird Sie mit Freude begrüßen! Sie waren ihr stets eine gute Ratgeberin. Nun können Sie ein gemütliches Schwätzchen halten. Captain Holland, wie geht es Ihnen? Was macht Ihr Bein? Famos, famos. Mrs. Johnstone, treten Sie doch ein, entfliehen Sie der Glut, Liz wird ein kühles Plätzchen für Sie finden und Ihnen ein Glas Fruchtsaft oder Punsch servieren. Lady Susan – Mrs. Whitaker – Miss Louisa Whitaker – was höre ich von Ihrem Gatten, Ma'am? Er hat die Flotte von St. Vincent verlassen und segelt mit Nelson im Mittelmeer? Ja, ja, da sich der arme Bursche nun von seiner Verletzung erholt und sich wieder ins Getümmel gestürzt hat, werden wir wohl bald von seinem regen Treiben hören! Boney unten kitzeln, das ist *mein* Rat, dann wird er weniger dazu tendieren, uns in Sussex zu belästigen. Was nicht heißen soll, daß wir hier nicht darauf vorbereitet wären, ihm einen herzlichen Empfang zu bereiten, wenn er kommt!«

Als er dann Thomas erblickte, der immer noch zögernd mit seiner weiblichen Begleitung am Rande der Gruppe stand, ging er sehr freundlich auf ihn zu und sagte:

»Paget, Sie sind auch hier! Ich freue mich sehr, Sie begrüßen zu dürfen. Und Mrs. und Miss Paget desgleichen! Ich darf Sie wohl beglückwünschen, Mrs. Paget, zu einem frohen Ereignis! Liz wird nur zu gern erfahren wollen, wie es Ihnen geht. Aber« – er nahm sich schnell zusammen – »Paget, ich möchte Sie gerne mit Milsom bekanntmachen und mit Captain Holland und Sir Archibald King – Captain Paget soll unsere Truppe befehligen, Milsom – aber kommen Sie mit, hier entlang in die Bibliothek – nun, Paget, wie denken Sie über die Uniformen – Helme mit Federbusch oder Kokarden? Oder Bärenfell? Und wenn wir rote Röcke tragen – was ich angebracht finden würde – müssen die Revers dann in der gleichen Farbe sein?«

Unter diesen Worten schob er Thomas vor sich her in die

Bibliothek, während der Butler die Damen, deren weniger an der Zahl waren, mit größerem Abstand hereinkomplimentierte. Sie standen nun in einem kühlen Speisesaal mit gefälligen Gemälden an den Wänden und einer Tafel, gedeckt mit einer großen Auswahl an kaltem Braten, Kuchen und Süßspeisen sowie herrlichen Obstpyramiden. Viele der Gäste scharten sich sogleich um den langen Tisch. Fanny, die erhitzt und nervös war, sank auf einen unerhört unbequemen kleinen venezianischen Stuhl mit gerader Lehne. Hier wäre sie sitzengeblieben, trotz der ungehaltenen Blicke, die Bet ihr zuwarf, wenn Liz Wyndham sie nicht ausfindig gemacht hätte. Sie rauschte mit leuchtenden Augen auf sie zu, Spitzen und Tüll bebten vor unterdrücktem Lachen.

»Oh, meine Liebe – meine liebe Mrs. Paget! Und Miss Paget auch! Miss Paget, darf ich Sie mit Miss Sefton bekanntmachen, ihr beiden Mädchen werdet euch gewiß viel zu erzählen haben –« Und nachdem sie Bet auf diese Weise schnell losgeworden war, wandte sie sich wieder an Fanny und flüsterte ihr prustend vor Lachen zu:

»Ist das nicht famos? Ich mußte meine liebe Freundin *irgendwie* wiedersehen! Und ich wußte wie – ich habe es Egremont gesagt! ›Verlaß dich drauf‹, habe ich gesagt, ›Paget wird *so* einem Köder *niemals* widerstehen können! Als Befehlshaber der Stadttruppe vorgeschlagen – selbst *seine* verstockte Natur muß irgendwelche Schwachstellen haben, an denen er zu packen ist.‹ Und Sie sehen, ich hatte recht! – Aber wie geht es Ihnen, meine Liebe? Sind Sie wieder ganz auf dem Damm. Sie sind erschreckend mager! Ich muß Sie schnell füttern. Nein, nein, erheben Sie sich nicht. Bleiben Sie hier sitzen – Sie sehen schwach aus – ich bringe Ihnen ein paar Erdbeeren – oder wäre Ihnen ein Hühnerflügel lieber?«

Und ungeachtet Fannys Widerspruch holte sie ihr eigenhändig eine Menge Leckerbissen und baute sie neben ihr auf einem vergoldeten französischen Tischchen auf. »Ist das nicht reizend?

George hat es 1772 von Paris mitgebracht – zusammen mit Mademoiselle Duthé, seiner ersten Geliebten! Jetzt habe ich Sie schockiert – ich vergesse mich immer. Ich bin so froh, Sie wiederzusehen! Aber sagen Sie mir, wie geht es dem Kleinen? Chilgrove sagt, er ist sehr groß und schön wie ein Engel. Lieben Sie ihn sehr? Oder –«, sie senkte ihre Stimme zu einem Flüstern, »– oder ähnelt er seinem Vater zu sehr?«

Fanny mußte unwillkürlich lachen über Liz' übermütiges Gebaren, und ihre Wärme und Zuneigung taten ihr sehr gut. Sie wünschte, es wäre nicht nötig, sich inmitten einer öffentlichen Zusammenkunft zu treffen, da sie zwei Sorgen hatte, die sie diesem fröhlichen, praktischen und durch nichts zu erschütternden Wesen nur zu gerne anvertraut hätte. Da war einmal das Korsett. Sie hätte gerne Liz' Meinung dazu gehört, ihre Stellungnahme zu dieser Entwürdigung. Wenn sie nur ihrer verständnisvollen Freundin das eigene Entsetzen angesichts dieser Erniedrigung offenbaren könnte, wäre das schon eine unschätzbare Erleichterung. Aber *das* konnte sie in so einer Umgebung wahrlich nicht erwähnen. Und der andere Kummer war in gewisser Weise sogar noch größer, weil Fanny sich selbst wie ein herzloses, unnatürliches Ungeheuer vorkam. Diesen Kummer *mußte* sie offenbaren, selbst auf die Gefahr hin, daß jemand mithörte.

»Aber Liz, Sie haben doch ganz gewiß Lord Egremont nicht überredet, Thomas zum Anführer der Truppe zu ernennen – nur damit er dazu gebracht wird, zum Petworth House zu kommen?« hauchte sie entsetzt.

»*Gewiß* habe ich das!« sagte Liz lachend. »Egremont war nicht im mindesten davon überzeugt, daß er einen guten Anführer abgeben würde, aber ich habe alle seine Bedenken zerstreut! ›Das wird diesen Mann häufiger von zu Hause fernhalten‹, habe ich gesagt, ›so daß der arme heimgesuchte kleine Engel sich etwas von ihm erholen kann.‹ Und – wer weiß? – wenn man ihn dazu verlocken kann, mit ein paar Menschen von Anstand Kontakt zu pflegen, wird sich sein Benehmen vielleicht ein bißchen bessern, und er wird begreifen, daß man sich seiner Frau gegenüber nicht wie eine Dogge gebärdet, die ihren Knochen in der Tiefe ihres Zwingers anknurrt.«

Dieses Bild war so passend, daß Fanny unwillkürlich schauderte.

»Aber nun haben Sie ja einen Sohn und Erben zur Welt gebracht, darüber muß er doch immerhin erfreut sein. Sind *Sie* denn erfreut darüber?«

»Oh, Liz!« sagte Fanny kläglich. »Ich kann den Kleinen nicht so lieben, wie ich es sollte! Er ist groß und wunderschön, das stimmt, aber ich – ich mag Säuglinge gar nicht! Ich mag ihn in Wahrheit kein bißchen. Für mich ist er nichts als ein großes, feuchtes, nach Milch riechendes Bündel – ich habe nicht das Gefühl, daß er je ein Teil von mir war. Bin ich nicht schrecklich garstig?«

Tränen zitterten an ihren Wimpernspitzen, sie sah mitleiderregend zu Liz empor, die rundheraus antwortete:

»Nein, mein liebreizendes Geschöpf, Sie sind überhaupt nicht garstig. Wie könnte *irgend jemand* in ihrer Lage irgend etwas lieben, das von diesem Mann abstammt? Ich möchte behaupten, daß ich an Ihrer Stelle versucht wäre, das kleine Ungeheuer zu erdrosseln.«

»Liz, Liz, still, wie können Sie nur! Aber Sie *lieben* doch Ihre Kinder.«

»Aber gewiß«, sagte Liz, und ein ganz typischer Ausdruck legte sich auf ihr Gesicht – zärtlich, verschmitzt, stolz, ergeben, unparteiisch, nachdenklich, nachsichtig, schelmisch – als sie hinzufügte: »Aber ich habe das Glück, George zu lieben.«

»Dann – dann glauben Sie nicht, daß mein Empfinden herzlos und widernatürlich ist?«

»*Nein,* mein armes Kind, ich glaube, daß Ihr Herz von guten, treuen Gefühlen erfüllt ist, und es wartet nur auf die richtige

Gelegenheit – vielleicht den richtigen Menschen –, um sie zum Ausdruck bringen zu können. Geben sie einstweilen die Hoffnung nicht gänzlich auf, Ihren Balg einmal liebzugewinnen«, fügte Liz heiter hinzu. »Vielleicht macht er sich, wenn er heranwächst. Ich selbst muß gestehen, daß ich meine Kinder mehr geliebt habe, als sie anfingen zu laufen und zu reden und sich wie zivilisierte Wesen zu betragen. – Jetzt muß ich Sie aber wohl oder übel mal verlassen und meinen Pflichten als Gastgeberin nachkommen. Meine Besucherinnen werden alle eifersüchtig werden auf Sie. – Aber seien Sie unbesorgt«, meinte sie lächelnd, als sie Fannys erschreckten Blick sah, »ich lasse Sie nicht allein in diesem Gedränge, oder unbehütet. Kommen Sie mit, dann stelle ich Sie einer Person vor, die Ihnen hoffentlich eine ebenso gütige Freundin sein wird wie mir.«

Und mit einem etwas förmlicheren Benehmen, als sie es bislang an den Tag gelegt hatte, ergriff Liz Fannys Hand und führte sie durch den Raum zu einer älteren Dame in einem Samtlehnstuhl und sagte:

»Ma'am, erlauben Sie mir, Ihnen meine Freundin Mrs. Paget vorzustellen, deren Gatte, Captain Paget, von George zum Anführer unserer Freiwilligentruppe auserkoren wurde. Mrs. Paget ist meine liebe Nachbarin, die ich leider seltener sehe, als mir lieb ist«, und zu Fanny sagte sie: »Fanny, das ist Lady Mountague, die in Cowdray lebt und wohl jede Seele in dieser Gegend kennt, und es ist erschreckend, daß sie *Sie* bislang noch nicht kennengelernt hat!« Dann warf sie Fanny lächelnd eine Kußhand zu und wehte davon, um die Teller eines hungrig wirkenden Damentrios in der Ecke des Raumes zu füllen.

»Setzen Sie sich doch neben mich, meine Liebe«, sagte Lady Mountague und klopfte auf einen Samtsitz an ihrer Seite. Sie war eine freundlich dreinblickende Person mit einem gütigen Gesicht, sehr blaß, schwarz gekleidet, mit üppigen, weichen grauen Locken, die recht ungeordnet unter einer Witwenhaube steckten. »Ich habe Sie in den letzten zehn Minuten quer durch den Raum beobachtet und Ihr tadelloses Betragen bewundert! Ich wünschte, die Gouvernante meiner Töchter hätte es geschafft, ihnen so ein Benehmen beizubringen, als sie in Ihrem Alter waren. Aber – verzeihen Sie mir – Sie sind ja eine verheiratete Frau, wenn Sie dafür auch kaum alt genug erscheinen. Jetzt werde ich ganz neugierig sein und alles über Sie erfahren wollen.«

Lady Mountague hatte nicht übertrieben. In fünf Minuten wußte sie alles über die Geschichte der Familie Herriard und entdeckte eine eigene Cousine zweiten Grades, die mit dem Mann der ältesten Schwester ihrer Mutter verwandt war. Danach zeigte sie dasselbe neugierige Interesse an einem Überblick über die Verzweigungen der Paget-Familie. »Paget, Paget, war da nicht ein Zweig der Familie in Romsey? Über *General* Paget weiß ich natürlich Bescheid, desgleichen über seinen Bruder, den anderen General, Sir Henry (nicht besser als sein Ruf, würde ich sagen!), aber Ihr Gatte stammt doch aus dem Romsey-Zweig? Hat seine Mutter nicht nach dem Tod seines Vaters wieder geheiratet und einen zweiten Sohn von ihrem zweiten Ehemann bekommen?«

»Ja, Ma'am, aber er ist tot. Ich glaube, er ist unter ziemlich tragischen Umständen verschieden.«

»Ah, ja – das war es. Ich glaube, ich habe gehört, daß er unter recht schändlichen Umständen zu Tode gekommen ist – oder daß Ihr Mann seine brüderlichen Pflichten nicht erfüllt hat. Trifft das zu?«

Das war Fanny neu, wenn es sie auch nicht überraschte, aber sie sagte schlicht:

»Darüber weiß ich nichts, Ma'am.«

»Sehr anständig gesprochen, Kind. Meine indiskrete alte Zunge geht mir immer durch. Aber nun erzählen Sie mir von der wohlhabenden Cousine, die Ihnen das Haus überlassen hat – und sind da nicht noch weitere Cousinen in Indien, Kinder von diesem alten Tunichtgut General Sir Henry?«

»Ja, in der Tat, Ma'am, und sie werden vielleicht bald bei uns leben«, antwortete Fanny, sehr darauf bedacht, von Thomas' alten Übeltaten wegzukommen. Sie und Lady Mountague sprachen über das mögliche Alter und die Lebensumstände von Carloman und Sarah, wie die Zwillinge Lady Mountagues Meinung nach hießen. Sie hatte gehört, daß sie noch nicht ganz zwanzig waren, während Fanny sie sich immer als Kinder vorstellte.

»Ich frage mich, ob sie wirklich kommen. Es ist so ein weiter Weg von Indien bis hierher! Und wenn Bonaparte wirklich im Roten Meer ist – dann müssen sie um das Kap der Guten Hoffnung herum kommen –«

»Nun, sie sind jung, und wenn man jung ist, ist das Reisen ein Genuß und keine Anstrengung. Mein Gatte war sehr reiselustig, bis ins hohe Alter hinein. Unglücklicherweise ist er in den Rhein gefallen und ertrunken«, erzählte Lady Mountague sachlich. »Da ich demzufolge keinen Hausstand und keinen Ehemann habe, muß ich mich eben mit meinen Nachbarn beschäftigen«, fuhr sie fort, die tiefliegenden grauen Augen mit einem überraschend leuchtenden Lächeln auf Fanny gerichtet. »Ich lebe in einem kleinen Haus in Cowdray Park, wo ich es mir gut sein lasse, und ich hoffe, daß Sie mich dort so bald wie möglich besuchen werden, Mrs. Paget. Wird Ihr Gatte es gestatten, daß Sie mich besuchen?«

»O ja, Ma'am, ganz gewiß«, murmelte Fanny in dem Gedanken an Thomas' Bemerkung über Lady Mountague, die sich als ›sehr nützliche Gönnerin und Nachbarin‹ erweisen könnte.

Während der nächsten zwei Stunden zerrissen tatkräftige Besucherinnen oder solche mit Organisationstalent alte Leintücher und rollten sie zu Verbandsbinden auf, zur langfristigen Vorsorge im Hinblick auf eine mögliche Belagerung und blutige

Verteidigung von Petworth. Ein Plan wurde entwickelt, demzufolge alle Familien, die in entlegeneren Höfen wohnten, durch Boten benachrichtigt und in den Schutz von Petworth House gebracht werden sollten, falls die französische Armee sich den Downs näherte.

Lady Mountague stellte Fanny zahlreichen anderen Gästen vor – Mrs. Holland, Mrs. Milsom, Lady Sefton, Lady Susan Coates; und nun saß sie bequem neben der freundlichen Mrs. Socket und half ihr bei der Erstellung einer Liste der Vorräte, die in der Kirche gehortet werden sollten.

Lady Mountague verkündete, daß sie müde sei und rief nach ihrer Kutsche. Sie sagte Fanny Lebewohl und erklärte, daß sie sich selbst bald das Vergnügen bereiten wolle, ihre junge Nachbarin für einen Tag zu sich einzuladen. Fanny wäre auch gerne nach Hause gegangen, aber konnte das kaum ohne Thomas tun, der sich immer noch mit den meisten Herren in der Bibliothek befand. Sie sah sich nach Bet um, aber die hatte mit etlichen geselligen jungen Leuten Bekanntschaft geschlossen, sowohl Besucher als auch Verwandte des Hauses. Sie trieben allerlei Kurzweil, und Bet war ganz und gar nicht darauf aus, zu gehen.

»Du liebe Güte, Stiefmama, warum wollen Sie bloß schon nach Hause?« fragte sie ungehalten. »Wir wollen gleich einen Wettkampf im Bogenschießen machen!«

Die jüngeren Mitglieder der Gesellschaft waren tatsächlich gerade allesamt durch die Flügeltüren auf den Rasen hinausgezogen.

»Wo ist Mrs. Wyndham?« fragte Fanny, weil sie Liz fragen wollte, ob sie wohl Thomas eine Nachricht in die Bibliothek schicken könne. Vielleicht würde er ihr ja erlauben, in Ruhe allein nach Hause zu laufen.

»Mrs. Wyndham ist in den Garten gegangen, um dafür zu sorgen, daß die Zielscheiben aufgestellt werden«, sagte jemand. »Sie ist zum griechischen Pavillon gegangen.«

Müde machte Fanny sich auf die Suche nach Liz. Die kühlere Luft im Freien erfrischte sie und sie war froh, ein wenig für sich sein zu können. Sie wandte sich nach rechts, der Richtung folgend, die man ihr gewiesen hatte, und schlenderte bis ans Ende des Hauses, wo ein wilder Lustgarten mit Rhododendronbüschen, Flieder und größeren Bäumen war. Liz war nirgendwo zu sehen.

»Oh – darf ich meinen Augen trauen – das ist doch Georges liebliche Nachbarin – die bezaubernde Mrs. Paget! Was für ein unvergleichlich glücklicher Zufall, daß mich all diese Schlauköpfe in der Bibliothek ermüdet haben, und ich an die frische Luft geflüchtet bin! Liebste Mrs. Paget, Sie sind so bestrickend wie eine Waldnymphe – eine Dryade, einem Baumstamm entschlüpft, um unter Narzissen und Lilien zu wandeln – die *Sie* an Schönheit weit überstrahlen!«

Fanny fuhr bei diesen Worten völlig verwirrt herum. Vor ihr stand Major Henriques, der hinter einem großen rosablühenden Rhododendronbusch hervorgetreten war. Sie war ihm schon zweimal begegnet, einmal im Petworth House und einmal auf einem Spaziergang mit Liz Wyndham. ›Ein oberflächlicher Bursche – trauen Sie ihm nie‹, hatte Liz einst zu ihr gesagt. Fanny empfand selbst eine instinktive Abneigung gegen ihn – es lag etwas beunruhigend Höhnisches, allzu Wissendes in seinem dunklen Gesicht. In seinen Augen, die sie taxierten, lag eine unerfreuliche Belustigung, als hätte er sie bei einer unschicklichen Betätigung ertappt.

»Guten – guten Tag, Sir, wie geht es Ihnen?« stammelte sie. »Ich – ich suche Mrs. Wyndham.«

»Aber gewiß doch«, erwiderte er, obwohl das Lachen in seiner Stimme seine Worte Lügen strafte. »Sie suchen unsere liebe Gastgeberin unter den Bäumen und hoffen nicht im geringsten darauf, daß der eine oder andere Waldgott über die Lichtung galoppiert kommt zu einem reizenden kleinen Waldstelldichein!

Aber könnten Sie nicht mit *mir* vorliebnehmen? Ich brenne darauf, Ihnen zu Diensten zu sein, Mrs. Paget – in jeder Hinsicht – und das, glauben Sie mir, seit ich zum ersten Mal Ihre entzükkende Bekanntschaft gemacht habe!«

»Ich bitte Sie, Sir, was reden Sie da?« sagte Fanny aufs höchste beunruhigt. »So etwas bin ich nicht gewohnt, und es mißfällt mir – es – es – es ist überaus unschicklich! Ich, ich muß Sie daran erinnern, daß – daß ich eine verheiratete Frau bin – Sie sollten nicht so mit mir sprechen!«

Entrüstet entzog sie ihm ihre Hand, die er ergriffen hatte und gerade an seine Lippen führen wollte.

»Nicht doch, nicht doch, was soll das Theater?« sagte er neckend. »Eine verheiratete Frau? Aber *gewiß*! Genau aus diesem Grunde habe ich nicht mit so einem blaustrümpfigen Geziere gerechnet! Um Himmels willen, Sie liebreizendes Geschöpf – mein Engel – was ist schon dabei, wenn ich Ihre Hand ergreife und Ihnen gestehe, daß Sie mit Ihren Reizen ein so heftiges Feuer in mir entfacht haben, daß ich keine Ruhe finde, bis ich Ihnen eröffnet habe –«

Unter diesen Worten versuchte er, ihre Hand erneut zu ergreifen, aber Fanny riß sich mit einem unartikulierten Ausruf der Entrüstung von ihm los und lief zum Haus zurück. Sie konnte nicht rennen – nicht einmal schnell gehen, ihr Korsett behinderte und schmerzte sie zu sehr. Die Erinnerung an diese Entwürdigung und der Gedanke, daß Thomas, wenn er um ihre derzeitige Lage wüßte, nicht weiter überrascht wäre, sie in so einer peinlichen Situation zu sehen – so etwas sogar *vorhergesehen* hatte – stimmte sie noch verzweifelter. Sie war den Tränen nah, als Henriques sie mit zwei Schritten einholte und ihr den Weg versperrte.

»Aber nicht doch, meine Süße, so leicht entkommen Sie mir nicht!«

»Sir, bitte, *bitte* lassen Sie mich in Ruhe – ich suche *wirklich*

Mrs. Wyndham – jemand hat mir gesagt, daß sie hier entlanggegangen ist –«

»Sie suchen Mrs. Wyndham!« äffte er sie nach. »Begreifen Sie kleines Dummköpfchen denn nicht, daß die liebe Liz Sie nur um *meinetwillen* hierher eingeladen hat? Weil ich ihr gesagt habe, daß ich darauf brenne, Sie näher kennenzulernen. Liz und ich sind nämlich *sehr* gute Freunde!«

Völlig vor den Kopf gestoßen, entsetzt angesichts der Enthüllung eines derartigen Doppelspiels, starrte sie ihn stocksteif an, während das Blut aus ihren Wangen wich.

»Das – das glaube ich nicht!« stammelte sie treuherzig. Konnte die muntere, lachende Liz sie so hintergangen haben – ihren Charakter so falsch deutend? »Das *kann nicht* wahr sein.«

»Pscht, meine Liebe, Sie sind wahrlich zu unschuldig für diese Welt! Komm, komm du bezaubernde kleine Puritanerin, gib mir einen Kuß – *los* – was soll das Theater?«

Und erneut versuchte er, seinen Arm um ihre Hüfte zu legen. Fanny stieß einen kleinen Schrei aus – versuchte sich zu wehren, sich von Henriques loszureißen – und sah plötzlich in das Gesicht eines jungen Mannes in einer Gärtnerschürze, der rasch den Pfad entlanglief, die Arme voller Bogen, Pfeile und Zielscheiben.

»Was ist los, Ma'am? Kann ich Ihnen helfen?« rief dieser Mensch.

Major Henriques murmelte einen herzhaften Fluch vor sich hin. »Nichts von Bedeutung«, sagte er rasch. »Die Dame vermeinte, eine Schlange zu sehen – aber es war ein Irrtum! Sehen Sie, Ma'am – da gibt's nichts zu erschrecken, überhaupt nichts!« fügte er mit einem gereizten Lachen hinzu, und zu dem Gärtner sagte er: »Diese empfindsamen feinen Damen, die dazu neigen, hinter jedem Busch den Butzemann zu sehen!«

»Ja, Sir«, sagte der junge Mann ungerührt. Er wich nicht von der Stelle und wandte sich an Fanny. »Soll ich Sie zum Haus zurückbegleiten, Ma'am?«

»Vielen Dank, Talgarth – es ist wirklich alles in Ordnung – jedenfalls in Kürze – ich habe hier draußen nach Mrs. Wyndham gesucht –«

»Sie kommt gerade vom griechischen Pavillon, Ma'am; da können Sie ihr Kleid zwischen den Bäumen sehen.«

Und im nächsten Moment kam Liz wirklich über den Hügel herab, ebenfalls mit Pfeilen und Bogen beladen. Sie rief:

»Stellen Sie die Ziele vor den Fenstern des Wohnzimmers auf, Talgarth –« Und als ihr Blick auf die bleiche Fanny und die finstere Miene von Henriques fiel, fragte sie besorgt:

»Was ist geschehen, mein Engel? Fühlen Sie sich unwohl?«

»Nein – das heißt – ich habe Sie gesucht – um Ihnen zu sagen, daß ich nach Hause zurückkehren muß –«

Fanny konnte Liz Wyndham nicht in die Augen sehen. Der Gedanke an ihr Doppelspiel – sicher war die erstaunte Besorgnis in ihrer Stimme die reinste Ironie – die Situation war unerträglich! Mit größter Anstrengung riß Fanny sich zusammen und sagte mit lauter Stimme:

»Ich wäre Ihnen sehr verbunden, Ma'am, wenn ich einen Bediensteten zu meinem Gatten schicken könnte, um in Erfahrung zu bringen, ob er bereit ist aufzubrechen und – falls nicht, ihn zu benachrichtigen, daß ich sehr erschöpft bin und mich genötigt sehe, den Heimweg anzutreten.«

»Ich werde ihm selbst Bescheid sagen«, sagte Liz. Sie übergab dem Gärtner ihre Last, hakte sich bei Fanny unter und geleitete sie besorgt ins Haus. Major Henriques hatte sich bereits vom Schauplatz zurückgezogen. Talgarth warf noch einen teilnahmsvollen Blick auf Fanny und trug dann die Ausrüstung fürs Bogenschießen fort.

»Was ist los, meine liebe Freundin?« fragte Liz ruhig, als sie langsam nebeneinander her gingen. »Hat dieser Mann sich anstößig betragen?«

»Sie wußten es – Sie wußten, daß er das tun würde«, brach es aus Fanny hervor. Dann traten sie durch die Flügeltüren, und sie konnte nichts weiter sagen, da etliche Leute herumstanden. Sie befreite ruhig ihren Arm von Liz, trat zu einem Stuhl und setzte sich nieder. Ihr war übel und schwindlig. Liz starrte sie einen Moment lang mit zweifelnder, bekümmerter Miene an und sagte dann schlicht:

»Ich werde Ihre Botschaft überbringen«, und ging zur Bibliothek.

Kurz darauf kehrte sie zürück, fast noch ernster dreinblickend als zuvor und berichtete:

»Leider ist Captain Paget noch nicht zum Aufbruch bereit. Als ich gesagt habe, daß Sie in einer unserer Kutschen nach Hause fahren können, hat er seine Erlaubnis dazu gegeben.« Sie verschwieg Thomas' ärgerliche Bemerkung: *›Es ist doch zum Auswachsen, macht sie schon wieder solch ein Aufhebens um sich‹* und beauftragte einen Dienstboten, ein Fahrzeug zu besorgen. Fanny dankte ihr und entschuldigte sich für die Mühe, die sie machte.

»Das ist doch keine Mühe, mein liebes Kind. Aber ich wüßte gerne, was in Ihnen vorgeht – warum sehen Sie mich so seltsam an?« fügte sie mit leiser Stimme hinzu.

Fanny konnte nicht antworten. Es waren zu viele Leute in Hörweite. Sie schüttelte bekümmert den Kopf. Wie sollte sie auch erklären, daß sie sich betrogen und verhöhnt fühlte? Liz würde vielleicht gar nicht verstehen, was sie meinte. Im nächsten Moment erschien schon der Diener und meldete, daß die Kutsche bereitstand. Fanny sah, daß Bet sich draußen auf dem Rasen lachend und ausgelassen unter den anderen Bogenschützen tummelte. Sie murmelte erneut ihren Dank und verabschiedete sich mit den Worten, daß sie ihre Stieftochter nicht losreißen wolle, da diese später mit Thomas zurückkehren könne. Der letzte Eindruck, den sie mitnahm, war ein kurzer warmer Händedruck von Liz und ihr Flüstern an ihrem Ohr:

»Ich werde keine Ruhe geben, bis ich dahintergekommen bin. Gewiß hat dieses Ekel Henriques sich irgendwie danebenbenommen.«

Fanny genoß die kurze Fahrt sehr. Sie hatte eine besänftigende Wirkung auf ihr trauriges, bekümmertes Gemüt. Die offene Kutsche – der ruhige Trott der Pferde auf den Pflastersteinen – die kühle Luft um ihre brennenden Augen und ihre pochende Stirn – all das trug dazu bei, sie zu beruhigen. Als sie den Marktplatz überquerten und am Rathaus vorbeifuhren, sah sie um sich und versuchte, ihre trüben Gedanken zu vertreiben, indem sie ihre Aufmerksamkeit auf das richtete, was um sie herum geschah. Eine stattliche Menge war vor einer größeren Schankstube, dem ›Halbmond‹, versammelt, lachend, schwatzend und drängelnd.

Als die Kutsche sich der Gruppe näherte, hörte Fanny plötzlich einen entsetzlichen, wahrlich ohrenbetäubenden Schrei, der aus ihrer Mitte kam. Die Menge spaltete sich, und ein junger Mann stürmte hervor und rannte wie rasend über den offenen Platz. Im nächsten Moment setzten ihm alle Umstehenden nach. Fanny starrte ihm entsetzt entgegen, als er auf die Kutsche zustürmte. Er war totenbleich, mager, sein Oberkörper war nackt und sein Blick gehetzt. Sein Fluchtversuch war hoffnungslos, jemand streckte den Fuß aus und stellte ihm ein Bein. Im Nu hatten ihn zwei stramme Burschen in Lederjacken gepackt. Fanny sah voller Grausen, daß es zwei Mitglieder der Presspatrouille ihres Gatten waren – zwei herzlose Rüpel namens Noakes und Tanner, die Thomas von Gosport nach Petworth gefolgt waren.

Inzwischen sah sich der Kutscher gezwungen, die Pferde anzuhalten, da die Menge die Straße blockiert hatte. »Macht Platz, Platz da!« herrschte er sie an, und die Leute, die ihn und Lord Egremonts Kutsche erkannten, traten langsam zur Seite und tippten grüßend an Hut oder Stirn. Die Preßpatrouille scharte sich erneut um ihren Gefangenen. Fanny sah, wie ein Mann mit einer Kelle irgend etwas aus einem schweren Lederkübel schöpfte und den Inhalt dann über den Arm des Gefangenen auskippte; und das wiederholte sich, sie sah Dampf von der Schöpfkelle aufsteigen und zweimal mehr erscholl der entsetzliche Schrei.

«Oh! Was in Gottes Namen tun sie dem armen Mann an?« wollte sie von dem Lakaien wissen, der hinter ihr stand.

»Das is die Preßpatrouille, Ma'am«, erwiderte er schlicht und einfach.

»Ich weiß.« Fanny konnte nicht umhin, sich entsetzlich mitschuldig zu fühlen, da sie durch Thomas mit der Truppe verbunden war. Sie hatte das Gefühl, es sei ihr ins Gesicht geschrieben. »Aber *was* machen sie mit ihm?« wiederholte sie.

»Kann sein, er hat Fallsucht vorgetäuscht, Ma'am. Wer nämlich fallsüchtig is, darf nämlich nich geholt werden. Un da machen die Kerle das so, daß die den Arm von so 'nem Burschen in 'ne Flamme halten oder so wie hier kochenden Talg rüberkippen. Wenn der wirklich Krampfanfälle hat, dann kriegt er von sowas ein Anfall. Das weiß man nämlich. Wenn nich, dann is er ein gesunder Mann un kann in der Marine dienen.«

Und im selben Augenblick hörte Fanny tatsächlich die schallende Stimme von Noakes, die den offenbar in so einem Fall üblichen Spruch herausbrüllte: »Himmel und Hölle, er ist dran! Auf den Karren mit dem Mann!« Und der elende, zitternde und schreiende Gefangene wurde zu einem Karren gezerrt, der vor der Schankstube ›Zum Halbmond‹ stand.

Als die Kutsche an dem Karren vorbeizog, sah Fanny den Mann flehentlich am Boden knien, die gefolterten Hände ausstreckend, während ein halbes Dutzend andere Gefangene ihn mit träger Abneigung und Teilnahmslosigkeit anblickten. Sie hörte ihn ausrufen: »Wer soll bloß für meine arme Mutter sorgen, wenn ich verpflichtet werde?«

»Sie nehmen nämlich keine Deppen un Fallsüchtigen un sowas als Matrosen, Ma'am«, belehrte sie der Lakai, als die Kutsche weiterrollte, »weil die könnten ja vom Mast fallen oder das Schiff anzünden; un da deswegen versuchen's die Burschen mit allen Tricks, spielen verrückt, tun Krankheit vortäuschen, kratzen sich die Haut wund mit Kupfermünzen, reiben sich die Beine mit Schierling oder Brennessel ein, damit daß sie Ausschlag kriegen, oder verbrennen sich sogar mit Vitriol un sagen dann, sie haben die Pocken. Ich hab sogar von einem gehört, der wo sich sein eigenen Daumen un Zeigefinger abgehackt hat mit 'ner Axt, damit er nich dienen muß.«

»Aha«, sagte Fanny matt. Sie dachte an Thomas' fehlenden Daumen und Zeigefinger – und die wilde Idee durchzuckte sie, ob er sich vielleicht dergestalt selbst verstümmelt hatte; dann fiel ihr aber ein, daß er ja schon auf See gewesen und bei einem Seegefecht verletzt worden war. Kein Wunder, daß er und seine Mannen wenig Mitleid hatten mit Leuten, die irgendwelche Leiden vortäuschten, um sich vor dem Dienst am Vaterland zu drücken. – Sie mußte sich bemühen, die Dinge sachlich zu sehen. Selbstverständlich mußte es eine Seestreitmacht geben – Schiffe, Matrosen –, um das Land gegen Bonaparte zu verteidigen, Männer mußten zum Dienst auf See verpflichtet werden. Aber dennoch hatte sie unablässig das verzweifelte Gesicht des Mannes vor Augen, sein furchtbarer Schrei klang ihr noch in den Ohren.

Die Entfernung vom Petworth House zur Hermitage war gering, und drei Minuten später fuhr die Kutsche schon vor ihrer Haustür vor.

Als die kleine Patty den Klang der Räder hörte, kam sie neugierig herausgelaufen.

»He, Stiefmama! Warum kommen Sie in einer Kutsche nach Hause? Und wo sind Bet und Papa?«

Patty hatte drei Tage lang geschmollt, als man ihr klargemacht hatte, daß sie nicht an der Versammlung im Petworth House teilnehmen dürfte. Sie fühlte sich sehr schlecht behandelt, und als Fanny nun erklärte, warum sie vor den anderen zurückgekehrt war, brach ihr Unwille wieder durch.

»Das ist doch zu dumm! Warum hab ich bloß nicht mitgedurft? Da waren doch sicher andere Kinder in meinem Alter. Ich hätte so gerne die Kleider der hübschen Damen gesehen und das leckere Essen! Warum darf Bet mit Pfeil und Bogen spielen und ich nicht?«

Der Nachmittag war gewittrig schwül geworden. Nachdem Fanny sich umgezogen hatte, ging sie wieder ins Freie. Sie sehnte sich nach einem erfrischenden Lüftchen und lief den Eibenweg entlang. Patty wich nicht von ihrer Seite und wollte noch mehr Einzelheiten über die Zusammenkunft im Petworth House und über den geplanten Besuch in Cowdray erfahren. Fanny beantwortete ihre Fragen, so gut es ging, aber doch recht unzusammenhängend. Ihre Gedanken waren gefangengenommen von der Begegnung mit Major Henriques. War es denkbar, daß Liz den Besuch im Petworth House arrangiert hatte, um den Plänen so eines Mannes Vorschub zu leisten? Konnte das Verhältnis zwischen Liz und Henriques wirklich so geartet sein, wie er es angedeutet hatte? Was wußte sie überhaupt über Liz Wyndham, abgesehen davon, daß sie mit einem Mann zusammenlebte, mit dem sie nicht verheiratet war und dem sie drei Kinder geboren hatte? Wahrscheinlich sah sie in der Sache nichts weiter als eine harmlose Tändelei, einen neckischen Spaß. Aber früher hatte sie doch ihre Verachtung gegenüber Henriques zum Ausdruck gebracht, ihn als Schwerenöter bezeichnet – das ließ doch gewiß nicht auf enge Freundschaft schließen. Oder hatte sie diese abfälligen Äußerungen nur gemacht, um ihr eigenes Interesse an ihm zu verschleiern? Oder aus Groll, weil er sie gekränkt hatte?

Wie kann ich nur solche gehässigen, widerwärtigen Dinge über eine Person denken, die mit mir befreundet ist? dachte Fanny und preßte ihre Handflächen gegen ihre brennenden

Wangen. Aber wenn sie nicht mehr an Liz dachte, kam ihr sofort Major Henriques mit seinem spöttischen Lächeln in den Sinn, oder sie hörte wieder den entsetzlichen Schrei des jungen Mannes auf dem Marktplatz, als sie ihm den kochenden Talg über den Arm gossen. Wie kann Thomas nur solche Praktiken dulden? dachte sie. Es gab doch gewiß andere Wege herauszufinden, ob ein Mann fallsüchtig war oder nicht.

Fanny blickte über die Mauer hinweg auf die Wiesen im Tal. Ein Gewitter braute sich zusammen: Die hochaufgetürmten rötlichen Wolken spiegelten das Licht der untergehenden Sonne wider und warfen eine seltsame Glut ins Tal, so daß das Gras smaragdgrün leuchtete, und die frischbelaubten Hecken flossen wie leuchtende Bänder dahin. Die Vögel sangen mit größter Inbrunst, als wollten sie das schlechte Wetter zurückhalten. Dann drang ein anderer Klang an ihr Ohr – eine süße menschliche Stimme, beschwingt und unwiderstehlich. Noch nie hatte sie so etwas vernommen, doch erinnerte sie die heitere Weise an die Melodien, die sie zu ihrem eigenen Vergnügen erfand.

Patty zog an ihrer Hand.

»Komm, Stiefmama! Warum stehen Sie da rum und starren ins Tal hinab? Papa will nicht, daß Sie das tun!« Dann stellte sie sich auf die Zehenspitzen, um über die Mauer zu sehen. »Was ist das für ein Mann, der da unten am Bach geht? Warum sehen Sie ihm nach?«

»Es ist einer der Gärtner von Lord Egremont«, sagte Fanny abwesend.

»Oh, ein *Gärtner*.« Pattys Tonfall brachte ihre Verachtung für den ganzen Berufsstand zum Ausdruck. Trotzdem fragte sie: »Wohin geht er?«

»Er wird wohl zu seinem Vater unterwegs sein, der in einem kleinen Häuschen im Wald wohnt, auf der Höhe jenseits des Tals.«

»Woher wissen Sie das denn? Dort waren Sie doch noch gar

nicht. Das haben Sie sich doch alles nur ausgedacht. Wer hat Ihnen das erzählt?« fragte Patty mißtrauisch.

Fanny dachte, wie sonderbar es doch war, daß sie diese Wälder noch nie betreten hatte, die so nah schienen.

»Da kommt Tess aus dem Haus, wahrscheinlich sucht sie mich. Gehen wir zurück.«

Tess eilte ihnen mit verstörtem Blick entgegen.

»Mrs. Strudwick hat mich zu Ihnen geschickt, Ma'am, die alte Mrs. Paget is nämlich aus dem Bett gefallen un Mrs. Baggot is weg un jetzt haben wir Angst, weil jetzt geht's der armen alten Frau überhaupt nich gut. Wir haben sie wieder ins Bett reingelegt, aber sie is jetzt ganz schrecklich wirr, und Mrs. Strudwick weiß nich, ob wir nach den Doktor schicken solln; sie is mit ihrn Kopf ganz doll auf die Ecke von der Truhe aufgeschlagen.«

»Du lieber Gott im Himmel!« rief Fanny aus. »Was für ein Unglück, daß Schwester Baggot ausgerechnet jetzt nicht zur Stelle ist.«

Tess schien das nicht weiter verwunderlich. Tatsächlich verbrachte Schwester Baggot zunehmend weniger Zeit mit ihrer Patientin.

»Fühlst du dich gut, Tess?« fragte Fanny, der auffiel, daß die kleine Magd hinter ihrer Herrin zurückblieb und weit bekümmerter und besorgter schien, als die Nachricht über die alte Dame Anlaß dazu bot. Tränen standen in ihren Augen, und unter den Sommersprossen waren ihre Wangen noch bleicher als sonst.

«Oh, Ma'am!« schluchzte das Kind. »Es is wegen mein Cousin Tom Rapley, Ma'am – die Presspatrouille hat ihn heute geschnappt – der Metzgerbub hat's mir grade erzählt, wie er das Fleisch gebracht hat – un wie soll meine Tante Rapley denn jetzt nur zurechtkommen, weil die is doch Witwe un muß schon fünf Jahre das Bett hüten! Können Sie nich vielleicht ein Wörtchen reden mit den Herr, Ma'am, un ihm sagen, wie das alles is?

Vielleicht daß er den armen Tom dann wieder gehen läßt, wenn er alles wissen tut?«

Sie starrte Fanny flehentlich, aber ohne große Zuversicht an, und Fanny starrte hoffnungslos zurück.

»Mein Wort gilt nichts beim Herrn, mein Kind. Ich werde mein Bestes tun, aber ich fürchte, ich weiß schon jetzt, was er antworten wird.«

Tess nickte, einen Schluchzer unterdrückend. Sie hatte nichts anderes erwartet.

»Aber sag mir, wo deine Tante Rapley wohnt«, sagte Fanny.

»In Bywimbles, Ma'am, gleich bei der Kirche.«

»Ich werde Mrs. Socket benachrichtigen«, sagte Fanny. »Ich bin sicher, daß sie dafür sorgen wird, daß man sich um deine Tante kümmert – daß jemand zu ihr kommt, um sie zu versorgen und Botengänge für sie zu erledigen.«

»Danke, Ma'am«, sagte Tess schniefend. Sie sah immer noch sehr leidend aus. Fanny fragte sich voller Mitleid, ob sie dem gefangenen Burschen mehr als verwandtschaftliche Gefühle entgegenbrachte; sein Schrei kam ihr erneut ungebeten in den Sinn.

»Vielleicht findet deine Tante jemanden, der bei ihr wohnt und ihr den Haushalt führt, statt Miete zu bezahlen«, schlug Fanny vor.

»Ja, Ma'am«, stimmte Tess dumpf zu. »Das wär wohl am besten so.«

Als Fanny das Zimmer der alten Dame betrat, war ihr sofort klar, daß ihre Schwiegermutter auf dem besten Wege war, ernsthaft krank zu werden. Sie fieberte und blickte wild um sich und warf sich unablässig im Bett hin und her und murmelte wirres Zeug vor sich hin. Ihre Lippen waren trocken und aufgesprungen, und ihr Kopf war sehr heiß.

»Ich kann nichts weiter tun, als sie ins Bett stecken, Ma'am«, sagte Mrs. Strudwick. »Wo ich doch das Essen vorbereiten muß und alles. Ich weiß nicht, was der Herr sagen wird – und was diese *Schlampe* betrifft, die sich Schwester nennt–«

»Schicken Sie bitte umgehend Jem nach Doktor Chilgrove, Mrs. Strudwick«, wies Fanny sie an. »Ich setze mich zu Mrs. Paget, bis Schwester Baggot zurückkommt. Sie können wieder an ihre Arbeit gehen.«

Mrs. Strudwick entfernte sich eilig.

Als Fanny mit der alten Dame allein war, bemühte sie sich, sie zu beruhigen, indem sie ihr über die Schläfen strich und ihre Stirn und ihre Handgelenke mit Rosmarinwasser benetzte. Das hatte offenbar eine gewisse wohltuende Wirkung, und bald warf sich Mrs. Paget nicht mehr rastlos von einer Seite auf die andere. Sie lag jetzt still da und starrte Fanny aus riesigen leeren Augen an.

»Er ist im Gefängnis gestorben!« rief sie mit einem Mal aus. »Ich war nicht bei ihm!«

»Ich weiß«, sagte Fanny mitleidig, »und ich habe größtes Mitgefühl mit Ihnen.«

»Ich weiß nicht einmal, wo sein Grab ist. Thomas hat es mir nicht erzählt. Ich konnte keine Blumen auf das Grab meines Buben legen. Thomas ist böse – ein herzloser, schlechter Bruder.«

»Versuchen Sie, nicht daran zu denken«, sagte Fanny sanft.

Die alte Dame warf ihr einen durchtriebenen Blick zu.

»Sie erzählen ihm doch nicht, was ich gesagt habe? Das tun Sie doch nicht, Liebchen? Er ist so schon böse genug. Ich habe ihn doch noch hinters Licht geführt.«

»Das haben Sie gewiß nicht, Ma'am.«

»Er hat gedacht, daß ich mehr Geld habe«, sagte die alte Frau heimlich triumphierend. Ihr Blick streifte Fanny verschwörerisch. »Aber er wird sehr böse sein, wenn er die ganze Wahrheit erfährt. Wir müssen es vor ihm verbergen, solange es geht. *Die andere* könnte es ihm aber erzählen – ihr kann man nicht trauen.« Sie umklammerte Fannys Handgelenk mit ihrem Klauengriff und flüsterte rauh: »Sie stecken unter einer Decke! Unter einer Decke!«

»Ruhig, ruhig, Ma'am. Sie regen sich zu sehr auf.«

Zehn Minuten später kam Doktor Chilgrove. Er stellte sofort fest, daß die alte Dame an Faulfieber litt. Ähnliche Fälle hatte er bereits in der Stadt behandelt. Er schüttelte den Kopf über ihre Genesungschancen, meinte aber, daß sie bei fürsorglicher Pflege durchkommen könne.

»Sagen Sie mir nur, was sie braucht«, sagte Fanny.

Doktor Chilgrove sah sie zweifelnd an.

»Sie sind ja gerade erst selbst aus dem Bett heraus, Ma'am. Ich fürchte, das wird zuviel für Sie sein, meine Liebe.«

»Was ich nicht tun kann, kann sicher Schwester Baggot übernehmen«, sagte Fanny mit einem Vertrauen, das sie selbst nicht ganz empfand. Doktor Chilgrove schien noch weniger Vertrauen in diese Hilfe zu setzen, aber er verabreichte der alten Dame ein paar Tropfen, verordnete Schonkost und versprach, seinen Burschen mit weiterer Arznei vorbeizuschicken. Er wollte sich gerade verabschieden, als Stimmen vor dem Haus Thomas' und Bets Rückkehr anzeigten.

Fanny konnte an Thomas' erhobener Stimme sofort erkennen, daß er einen seiner entsetzlichen Zornesausbrüche hatte. Er brüllte Jem, den Jungknecht, an, ihm irgendeinen Befehl erteilend – »Und zwar *auf der Stelle!* In fünf Minuten muß das erledigt sein – na, los, wird's bald!« Dann hörte man den Klang seiner ärgerlichen Fußtritte auf der Treppe, und im nächsten Moment stand er im Zimmer der alten Dame.

»Was höre ich da–« setzte er wütend an, aber Doktor Chilgrove scheuchte ihn ohne Umschweife aus dem Krankenzimmer.

»Ruhig, Sir! Hier dürfen Sie Ihre Stimme nicht erheben.«

Fanny blieb gerne bei der Kranken und entzog sich auf diese Weise Thomas' erstem Mißfallensausbruch. Als Doktor Chilgrove dann mit ihm gesprochen und ihm alles erläutert hatte, sah er offenbar ein, daß es notwendig gewesen war, den Doktor zu rufen, und seine Wut hatte sich etwas gelegt. Außerdem hatte Jem wohl seinen Befehl zur Zufriedenheit seines Herrn ausgeführt, um was es sich auch gehandelt haben mochte.

Bald darauf kam auch Schwester Baggot von ihrem Nachmittagsausflug zurück – »Habe meine Cousine in Heath End besucht«, war ihre einzige Erklärung. Sie hatte eine neue Haube gekauft, üppig mit Mohnblüten bestickt, ihr Gesicht war gerötet, und ihr Atem roch nach Gin und Pfefferminz. Sie hörte ohne Kommentar, aber mit finsterer Miene zu, als Fanny ihr die Anweisungen des Arztes erläuterte. Fanny verließ sie mit sinkendem Mut und ging in ihr Zimmer, um sich fürs Essen umzukleiden. Sie erwartete und empfing auch tatsächlich eine Strafpredigt von Thomas bei dieser Mahlzeit; erstens, weil sie alleine vom Petworth House zurückgekehrt war, und zweitens, weil sie selbständig den Doktor für ihre Schwiegermutter gerufen hatte. Aber zu ihrer angenehmen Überraschung fiel der Angriff weit weniger heftig aus, als sie es erwartet hatte. Thomas' größter Zorn schien sich gegen eine oder mehrere unbekannte Personen zu richten, die ein paar verleumderische Sprüche gegen ihn auf das Tor der Hermitage am Ende des Fahrwegs, der in die Angel Street mündete, gemalt hatten. Thomas verriet nichts über den Inhalt der Hetzsprüche (Jem hatte sie bereits entfernt), aber Fanny nahm an, daß sie reichlich ehrenrührig gewesen waren.

Schaudernd fiel Fanny wieder die Szene auf dem Platz ein. Wenn man bedachte, wieviele Leute in der Stadt – Leute, die Söhne, Brüder, Väter, Ehemänner an die Presspatrouille verloren hatten – Grund haben mußten, ihren Gatten zu hassen.

Aber nun ging Thomas zu erbaulicheren Themen über und wurde zunehmend heiterer. Anscheinend war das Treffen des örtlichen Landadels überaus erfolgreich verlaufen, ein Schlachtplan für die Ortstruppe war entworfen worden, und eine lange Liste von Freiwilligen lag bereits vor. Man hatte sich über Uniform, Ausrüstung und Waffen geeinigt. Thomas und ein anderer Herr sollten in Kürze nach London reisen, möglichst in der kommenden Woche, um die notwendigen Käufe zu tätigen.

Fannys Herz hüpfte. Etliche Tage ohne Thomas! Aber dann fragte sie sich, ob er etwa erwartete, daß sie ihn begleitete wie bei der früheren, unglückseligen Gelegenheit. Sie wagte es nicht, die Frage aufzuwerfen, aus Angst davor, daß sie damit ihre stillen Hoffnungen verriet, und aus einigen verdrossenen, unschlüssigen Blicken, die Thomas ihr zuwarf, schloß sie, daß er selbst in der Sache noch zu keinem Schluß gekommen war.

Spät am Abend kehrte Fanny in das Zimmer der alten Dame zurück. Die Kranke wimmerte und stöhnte unruhig und hatte fast sämtliche Decken von sich geworfen. Da die Nacht schwül war – draußen braute sich grummelnd ein Gewitter zusammen – entfernte Fanny die Decken und ersetzte sie durch ein leichtes Federbett. Schwester Baggot schlummerte inzwischen friedlich in einem Korbsessel und ließ hin und wieder einen Schnarcher hören. Fanny mußte sie mehrmals heftig am Arm rütteln, ehe sie aus ihrem tiefen Schlaf erwachte.

»Ich setze mich jetzt zu Mrs. Paget«, sagte Fanny, als sie endlich wach war. »Sie können sich ins Bett legen.«

Schwester Baggot warf ihr einen mißtrauischen, bösartigen Blick zu, der kaum Dankbarkeit verriet.

»Was sagt der Herr?« wollte sie wissen.

»Ich habe ihm gesagt, daß ich bei seiner Mutter wachen werde«, antwortete Fanny ruhig.

Als Schwester Baggot weg war, setzte sie sich ans Bett und ergriff die haltsuchende, klauenartige Hand, die rastlos über die zerknitterten Laken fuhr.

»Wo ist es, wo ist es?« murmelte die alte Dame. »Wo kann es nur sein?«

»Machen Sie sich keine Sorgen, Ma'am«, murmelte Fanny. »Versuchen Sie zu schlafen!«

»Mein armer Bub! Als er klein war, habe ich ihm immer Schlaflieder gesungen. Aber Thomas war so gemein zu seinem armen kleinen Bruder. Oft hat er die Schlafzimmertür zugeschlagen, damit der Säugling wieder aufwacht, der gerade erst eingeschlafen war.«

Wie der Vater so die Tochter, dachte Fanny, unangenehm berührt durch diese Ähnlichkeit mit der kleinen Patty.

»Wie er dann älter war, war der kleine Edward so lieb zu mir. Er hat mir so schön vorgesungen. Oh, wenn ich seine Stimme doch jetzt hören könnte!«

Eine Träne rollte über die hagere, runzlige Wange, auf der sich unterm Auge scharlachrot leuchtende Fieberflecken zeigten.

»Ich singe Ihnen gerne etwas vor, wenn Sie wollen«, sagte Fanny sanft.

»Es wäre mir aber lieber, wenn *er* singen würde«, sagte die alte Dame nörgelig.

»Er ist aber nicht hier, Ma'am.«

»Ach, dann singen Sie eben. Dieses Gerumpel da draußen ist eine tödliche Qual für meine Ohren«, murrte die alte Dame.

Tatsächlich war der Donner jetzt laut zu hören, selbst wenn man schwerhörig war, und die vorgezogenen Vorhänge konnten das unablässige Aufleuchten der Blitze nicht abhalten.

Mit sanfter Stimme sang Fanny der alten Dame alle Balladen, Kirchen- und Schlaflieder vor, an die sie sich erinnern konnte, viele davon mit selbsterdachten Melodien. Und als sie alle durchhatte, erinnerte sie sich an die beschwingte, heimliche Melodie, die der junge Talgarth an jenem Nachmittag angestimmt hatte, auf seinem unbeschwerten Weg am Grunde des Tales. Sie summte sie vor sich hin und unterlegte ihr dann die Worte, die ihr aus einem Gedicht vom Earl of Surrey im Gedächtnis waren:

Wenn grüne Wogen brausen,
wenn die salzige Flut sich erhebt
im wütenden Sturmessausen,
meine rastlose Seele erbebt.
O weh! nun versinket mein süßer Feind,
der mein armes Herz mir geraubt.
Er verließ mich, nachdem er mit mir sich vereint –
Weh mir! Ich hab ihm geglaubt!

10

Etwa zwölf Wochen waren vergangen, seit Cal am Rande der Schlucht seinen unglückseligen Anfall hatte. In diesem Zeitraum war er Gott sei Dank von weiteren ernsten Attacken verschont geblieben, aber die Reisenden hatten viele andere Unannehmlichkeiten und Wechselfälle zu bestehen. Hazarah, ihr Führer, hatte entgegen Colonel Camerons Rat keinerlei Vorsichtsmaßnahmen getroffen und war schneeblind geworden. Er stöhnte den ganzen Tag vor Schmerzen und konnte seine Hauptaufgabe nur noch schwerlich erfüllen, da er so gut wie nichts sah und man ihm jede Formung der Landschaft beschreiben mußte, ehe er sagen konnte, welcher Weg einzuschlagen war. Miss Musson machte ihm Teeumschläge, bis Colonel Cameron diesen Mißbrauch ihres wertvollen, knapp bemessenen Vorrats untersagte, mit der Begründung, daß der Mann sein Leiden selbst verschuldet habe und nun auch die Folgen tragen müsse.

Seit vielen Wochen befanden sie sich jetzt oberhalb der Schneegrenze. Die Wälder hatten ausgebleichten Grashängen Platz gemacht, die ihrerseits einem ungebrochenen Weiß gewichen waren. Oft war der Schnee verharscht und glatt, und sie mußten sich mit größter Vorsicht vorwärtsbewegen, um nicht auszugleiten und Hunderte von Metern hinabzurutschen. Wenn sie über Pässe oder durch Schluchten zogen, war er dann wieder ganz weich, knie- oder hüfttief, und sie mußten sich mühsam hindurchquälen und kamen nur sehr langsam vom Fleck.

Und Colonel Camerons düstere Prophezeiung wurde wahr: Da sie langsamer als geplant vorangekommen waren, brach der Winter mit seiner ganzen Strenge herein, während sie sich zwischen dem Lowacal- und dem Weran-Paß befanden, so daß sie gezwungenermaßen sechs Wochen leicht verbittert in einem

Bergdorf festsaßen, bevor sie ihre Reise fortsetzen konnten. Miss Musson wußte sich allerdings die Zeit zu vertreiben, indem sie die Dörfler in Gesundheitsfragen beriet und ihrerseits lernte, wie man Ziegenhaar auf der dort gebräuchlichen Spindel spann. Cal vollendete seine Ballade über Alexanders Einmarsch in Indien. Da er keinerlei Schreibpapier mehr besaß, mußte er seine Verse zwischen die Zeilen der wenigen Bücher schreiben, die er mitgenommen hatte, und er entwickelte zu diesem Zweck eine winzige Schrift. Es erfüllte ihn mit größter Befriedigung, daß er diese Aufgabe bewältigt hatte, und er sann nun über sein nächstes Werk nach, unentschlossen, ob es ein Heldendrama über das Leben von Timur-i-Läng (oder Tamerlan) werden sollte oder eine Ballade über Dschingis-Khan oder eine romantische Elegie über das Schicksal der Kinder Israels, von denen laut Cameron einige – diejenigen, die von Nebukadnezar aus ihrer Heimat verschleppt worden waren – im Laufe der Zeit ostwärts gezogen waren und sich in Kafiristan niedergelassen hatten, was man an dem Eigennamen Israel ablesen konnte, den viele Einheimische trugen. Cal ging also vollständig in der Planung seiner dichterischen Vorhaben auf und war rundum zufrieden.

Ganz anders sah es mit Scylla und Cameron aus, die sich beide, aus unterschiedlichen Gründen, schrecklich über die erzwungene Tatenlosigkeit ärgerten und ungeduldig den Tag herbeisehnten, an dem die Reise weiterging.

Ihnen allen machte in dieser Zeit auch die große Höhe zu schaffen, in der sie sich inzwischen befanden. Immer wieder litten sie an lähmenden Kopfschmerzen, Übelkeit, Atemnot und Herzrasen. Den kleinen Chet Singh traf es sogar noch schwerer als die Erwachsenen, da ihm nicht nur die Höhe zusetzte, sondern auch eine Darmkolik, die womöglich darauf zurückzuführen war, daß Ammomma, die Ziege, die ihn mit Milch versorgte, so wenig zu fressen hatte. Folglich schrie der Säugling, der sich auf der ersten Reiseetappe so gut betragen hatte, jetzt oft stundenlang ununterbrochen, was Colonel Cameron immer wieder derartig aufregte, daß er sich veranlaßt sah, mehr oder weniger ernsthaft zu verlangen, daß das Kind einer ortsansässigen Frau überlassen werde.

»Wie können Sie nur *so* einen Vorschlag machen!« rief Scylla einmal aus. Ihre Augen funkelten und ihre Stimme bebte vor Erregung, als sie ihn in der engen, verschneiten Straße einer kleinen Bergstadt zur Rede stellte, wo sie ihre Reise unterbrochen hatten, um die dürftigen Lebensmittel einzukaufen, die man bekommen konnte. Rechts und links von ihnen erhoben sich kleine Steinhäuser, die dicht am Berghang kauerten und deren flache Dächer mit großen Felsbrocken beschwert waren. Ein paar in gestreifte Decken gehüllte Frauen, geschmückt mit großen Messingohrringen, blieben stehen und starrten verwundert auf die seltsamen, streitenden, hellhaarigen Fremdlinge. Aber Scylla ließ sich nicht von den neugierigen Blicken beirren.

»*Typisch* Mann, so eine Idee – nur weil das arme Kind krank ist und Schmerzen hat. Er schreit nicht, um Sie zu ärgern! Was verstehen Sie schon von solchen Sachen? Ich schätze, Sie haben sich in Ihrem ganzen Leben noch nie um ein Kind gekümmert!«

»Da irren Sie sich, Miss Paget«, erwiderte der Colonel. »Und Sie benehmen sich unhöflich und töricht. Aber das tut jetzt nichts zur Sache. Ich habe den Vorschlag zum Wohl des Kindes gemacht. Wenn man ihn nämlich einer dieser Frauen anvertraut, wird er sich bald akklimatisieren und sich prächtig entwickeln. Aber ich weiß sehr wohl, daß meine Ansicht in der Sache keinerlei Rolle spielt. Miss Musson ist fest entschlossen, ihn nach England zu bringen. Ich hoffe nur, daß ihre Sturheit nicht unser aller Leben in Gefahr bringt. – Entschuldigen Sie mich.«

Und er drehte sich auf dem Absatz um und ging davon. Scylla kochte noch eine Weile innerlich, dann besann sie sich, daß sie Getreide für Porridge kaufen sollte, und wandte sich an die Frauen, die die Auseinandersetzung beobachtet hatten.

Unter ihren erstaunten Blicken wurde sie sich ihrer eigenen unwürdigen Erscheinung bewußt: Auch sie war in eine gestreifte Decke gehüllt, um die bittere Kälte abzuhalten, ihre zerrissenen Schuhe waren mit Stroh ausgestopft, ein langer schmutziger gestrickter Schal war um ihren Hals geschlungen, und eine ebenso schmutzige Ziegenfellmütze saß auf ihrem Kopf. Miss Musson hatte zum Glück eine Schere in ihrer Arzneiausrüstung, mit der sie freundlicherweise Scyllas Locken stutzte. An Waschen war nicht zu denken. Durch das häufige Schneiden und den Sonnenschein, der Tag für Tag herniederbrannte, war ihr Haar jetzt dicht gelockt und silbrig ausgeblichen und bildete einen starken Kontrast zu ihrer gebräunten Haut. Auf ihrer Nase schälte sich der Sonnenbrand. Sie fühlte sich schmutzig, zerzaust und elend, war überall zerstochen und wundgescheuert. Der Colonel schien immer gesund und unbeeinträchtigt, in guter körperlicher Verfassung. Er hatte in einem der Dörfer eine Poshteen, eine Lammfelljacke, gekauft, bewegte sich ohne Kopfbedeckung und mit bloßen Händen in der größten Kälte und schien weniger als die anderen unter der Höhe zu leiden. Es war wirklich ungerecht!

Als sie mit ihren Einkäufen auf die Hauptstraße zurückkam, begegnete sie Cal, der ein halbes Schaf trug. Er sah nach den zwölf Wochen in der Wildnis wie ein Pirat aus mit dem lockigen schwarzen Bart (der ebenfalls von Miss Musson gestutzt wurde), und seine Haut war fast so braun wie die der Gebirgler. Er fiel weit weniger auf als Cameron und Scylla.

»Schau mal, was ich ergattert habe!« begrüßte er sie freudig. »Heute abend gibt es bei uns gegrillten Hammel!«

Als sie zu den andern eilten, dachte Scylla wohl zum hundertsten Mal, was für ein Segen es für sie war, so einen Bruder zu haben. Stets unverändert sanftmütig, nie klagend, immer zu einem Scherz bereit, wenn der Rest der Gruppe den Mut verlor angesichts der Unbilden der Reise, immer an seiner Umgebung interessiert. Wenn seine Veranlagung zur Fallsucht nicht gewesen wäre, wäre er wahrlich der Reisegefährte par excellence. Manchmal war er unterwegs für etliche Stunden in sich gekehrt, und Scylla wußte, daß er in diesen Zeiten sehr darunter litt, daß er sich nicht niedersetzen und die Verse zu Papier bringen konnte, die sich in seinem Kopf formten. Aber nicht einmal dann zeigte er Anzeichen von übler Laune oder Verdruß. Was für ein Gegensatz zu Colonel Cameron, der Tag um Tag kürzer angebunden und bissiger wurde!

Aber an diesem Tag schien der Colonel besser gestimmt als gewöhnlich, und er erwähnte seinen Wortwechsel mit Scylla bezüglich des kleinen Chets nicht, beglückte sie vielmehr mit der Neuigkeit, daß es von hier aus nur etwa eine Woche dauern würde bis zu der Stelle, von der an der Kunar mit einem Floß befahrbar war, sobald das Frühlingstauwetter ihn mit genügend Wasser versorgte.

»Das behauptet dieser Bursche jedenfalls –« Er zeigte auf einen runzligen, zahnlosen Alten mit einem zottigen weißen Bart und einem großen Kropf am Hals. Alle Gebirgler hatten mehr oder weniger große Kröpfe; Miss Musson sagte, daß das an ihrer salzarmen Ernährung lag. Salz war hier oben eine außergewöhnliche Kostbarkeit, mehr wert als Geld, mit dem man in vielen Dörfern tatsächlich gar nichts anfangen konnte.

Miss Musson erschien unter der Tür eines nahegelegenen Hauses. Gebräunt, mit ihren tiefliegenden Augen, der Hakennase und den weißen Haaren sah sie weit mehr als der Rest der Gruppe so aus, als wäre sie im Gebirge zu Hause, und obwohl sie ganz anders aussah als die stupsnasigen Mongolen hier in den Bergen, wurde sie von ihnen ohne weiteres mit instinktiver Ehrfurcht behandelt. Ein großer Stab, der ihr als Stütze diente, da sie stark humpelte (sie hatte bei einer Gletscherüberquerung ihr Kniegelenk überanstrengt), verlieh ihr das Aussehen einer Prophetin. Sie hatte sich mit einer ortsansässigen Kräuterkundigen über die Leiden des kleinen Chet unterhalten und brachte eine Handvoll verschrumpelter Wurzeln mit, die an Pastinak erinnerten.

»Die Hakima glaubt, daß er vielleicht schon seine ersten Zähne bekommt. Wenn das zutrifft, hilft das hier gegen die Entzündung und verringert gleichzeitig die erhöhte Magensäure. Der arme Kleine! Es ist wahrlich ein Kreuz, daß er neben dem Höhenkoller auch noch entzündetes Zahnfleisch hat. Hier, mein Lämmchen –«

Sie brach ein Stück Wurzel ab und gab es dem Säugling, der es sofort in den Mund steckte und gierig darauf herumkaute.

»Also wirklich, Miss Amanda!« rief der Colonel aufgebracht aus. »Woher wissen Sie, daß diese unappetitlich aussehende Wurzel das arme Kind nicht vergiften wird? – Obwohl sein frühzeitiges Ableben uns von einer schweren Last befreien würde«, fügte er verbittert hinzu. Scylla warf ihm einen vernichtenden Blick zu.

»Nein, nein, ich erinnere mich, daß mir diese Wurzel schon einmal in die Finger gekommen ist, oder etwas ganz Ähnliches«, erwiderte Miss Musson und übergab Scylla den Säugling, die ihn in eine Tragschlaufe auf ihrem Rücken steckte. »Die Huron-Indianer benutzen ein ähnliches Heilmittel, soweit ich mich erinnere. Es ist doch wunderbar, daß in allen Ecken der Welt häufig die gleichen Heilmittel angewendet werden. – Ich bin zum Aufbruch bereit, mein lieber Rob. Sollen wir weiterziehen?«

Ihre Gemüter waren bald wieder obenauf durch die Aussicht, daß sie diesen beschwerlichen Abschnitt ihrer Reise bald hinter sich hatten. Die Schneehänge machten nach und nach trockenen Berghängen Platz, die die Farbe gebleichter Knochen hatten und oft durch tiefe Schluchten gespalten waren. An sonnigen Tagen war hin und wieder ein Glitzern und Funkeln zu sehen, wenn ein gefrorener Wasserfall an einer Felswand zu tauen begann.

Überglücklich erreichten sie nach zehn Tagen in einer kleinen Stadt namens Kotka endlich den Fluß, der ihnen das Fortkommen erleichtern sollte. Hier oben war der Kunar noch ein felsiger Gebirgsbach, und sie mußten seinen Ufern noch gut fünfzig Meilen folgen, bis er schiffbar wurde, aber in Kotka konnten sie sich endlich Maultiere beschaffen und daher die nächste Wegstrecke schneller und vergleichsweise bequemer zurücklegen. Außerdem trennten sie sich hier auch ohne Bedauern von Hazarah und waren endlich in der angenehmen Lage, sich im Fluß waschen und ein paar Kleidungsstücke erstehen zu können. Sie konnten sich auch der Ziege entledigen, da es von nun an mehr Dörfer gab und sie Milch kaufen konnten, wenn es nötig war.

»Was werden wir tun, wenn uns das Geld ausgeht?« sagte Scylla vertraulich zu Miss Musson. Als sie die Flucht ergriffen hatten, hatten sie alles, was sie an Bargeld besaßen, mitgenommen, aber es war ganz offensichtlich, daß ihre Schätze nicht den ganzen Weg bis zum Mittelmeer reichen würden.

»Ich habe die Angelegenheit mit Colonel Cameron beredet«, erwiderte Miss Musson gelassen. »Er hat mir erzählt, daß in Kafiristan, nicht weit von der Wegstrecke entfernt, die wir nehmen werden, ein Bei namens Mir Murad Beg residiert, der Rob eine beträchtliche Summe schuldet. Rob hat Mir Murad nämlich bei der Planung und Durchführung eines kriegerischen Angriffs gegen ihn befehdende Nachbarn geholfen, die in sein Gebiet eingefallen waren. Rob hat deshalb vor, diesen Mann aufzusuchen und die Schulden einzutreiben, die so hoch sind, daß wir unsere Ausgaben bis Bagdad davon bestreiten können. Dort kann ich dann mit dem amerikanischen Konsul Kontakt aufnehmen und in die Wege leiten, daß mein Bruder Henry uns Geld schickt.«

Dieser Plan gefiel Scylla ganz und gar nicht. »Dann sind wir also bis Bagdad auf die Großzügigkeit Colonel Camerons angewiesen?«

»Da wir nun mal nicht ohne seine Begleitung und seinen Schutz auskommen, warum sollte er uns dann nicht auch mit Geld aushelfen – eine Sache, der weder er noch ich große Bedeutung beimessen?«

Das erschien zwar ausgesprochen sinnvoll – und Scylla selbst hatte Geld oder der Mangel desselben nie viel bedeutet – aber die Vorstellung, vollständig von dem Colonel abhängig zu sein, ging ihr gänzlich gegen den Strich. Der Gedanke war ihr schrecklich, daß sie sich an Cameron wenden mußte, wenn sie ein Umschlagtuch oder neue Schuhe kaufen wollte. – Miss Musson erhielt hin und wieder Geld von Leuten, die sie mit Heilmitteln versorgte, aber normalerweise wurde in Naturalien bezahlt: ein Klumpen Salz, eine Schale Quark, eine leuchtende Handvoll Maulbeeren. Und in den meisten Fällen waren ihre Patienten so bedürftig, daß sogar diese Gaben zurückgewiesen wurden, wenn es ohne Brüskierung möglich war.

»Beten Sie lieber für unser sicheres Fortkommen«, pflegte sie in solchen Fällen zu sagen. – Nun, es schien keinen Ausweg zu geben, sie waren auf die Freizügigkeit des Colonels angewiesen. Als Cal um seine Meinung befragt wurde, rief er aus:

»Ach, hol's der Kuckuck! Was schert es mich? Oder was schert es den Colonel? Er ist ein großer Held – ein ganz Hartgesottener. Sei kein Schafskopf, Scylla! Wir können es ihm hübsch und fein zurückzahlen, wenn wir erst in England sind – gewiß wird unsere großartige Cousine uns das Geld vorstrecken, bis wir selbst in der Lage sind, welches zu verdienen. Was sollen wir uns groß den Kopf darüber zerbrechen? Ich zerbreche mir jedenfalls nicht den Kopf darüber.«

»Wie können wir sicher sein, daß wir in England in der Lage sein werden, Geld zu verdienen?« erwiderte seine Schwester bedrückt und warf einen Kiesel in den Fluß – sie saßen auf einer Mauer in einem am Flußufer gelegenen Dorf namens Aq Qara, während Cameron wegen dem Bau eines Floßes verhandelte.

»Meine Dichtung wird mich berühmt machen. Sie wird uns viel Geld einbringen«, prophezeite Cal mit unerschütterlichem Selbstvertrauen. »Ich werde ein Haus in der besten Gegend Londons beziehen; *du* kannst dir einen Phaeton zulegen (oder was immer man gerade fährt, wenn wir dort sind), dich in den vornehmsten Kreisen bewegen, zu Almack's gehen, dich nach der neuesten Mode herausputzen, und ich wage zu behaupten, daß du sogar den Prince of Wales kennenlernen wirst.«

Scylla lächelte matt über Cals freudige Prophezeiungen. Tief im Innern glaubte auch sie an sein Talent und daran, daß ihm großer Erfolg bevorstand. Es war gut möglich, daß alle seine Erwartungen sich erfüllten, warum ließ sie sich dann nicht stärker von diesen Aussichten begeistern? Vor zwei oder drei Monaten war es noch der allergrößte Wunsch ihres Lebens gewesen, nach London zu kommen und einen Blick auf die kultivierte Modewelt zu erhaschen. Warum erschien ihr diese Zukunft nicht mehr so verlockend, wie das früher der Fall gewesen wäre?

Abwesend blickte sie über das strömende Wasser zu dem grauen, eisverkrusteten Kieselufer auf der anderen Seite des Flusses hinüber. Jenseits der Kiesel erhoben sich auf Pfählen die Kafirhäuser mit ihren flachen Dächern, eines neben dem anderen. Ein Straßenbazar am Fluß war von Ästen überdacht. Hinter den Häusern sah man einzelne Weiden und Aprikosenhaine, die mit goldenen Knospen übersät waren. Im Hintergrund ragten die weißen Gipfel des Laghman Konarha empor. Ein Eisvogel schoß blaublitzend über das Wasser. Kinder warfen flache Steine gegen einen Pfahl im Fluß. Rotblau gekleidete Frauen eilten an ihnen vorüber, dreieckige Körbe mit Feuerholz auf dem Kopf. Schafherden, die zu ihren Frühlingsweiden an den tiefergelegenen Hängen getrieben wurden, drängten sich blökend in den Straßen. Der Kuckuck rief. Ein großer brauner Lämmergeier segelte gelassen weit oben durch die Lüfte. Die Sonne wärmte endlich.

»Wie lange es wohl noch dauert, bis wir in London sind?« überlegte Scylla.

»Vielleicht einen Monat bis Kabul«, meinte Cal. »Von Kabul bis Herat sind es dann fünfundzwanzig Tage mit der Kamelkarawane, sagt Rob, oder zehn Tage zu Pferd. Dann weiter nach Yezd, nochmal fünfunddreißig Tage auf Kamelen.«

»Was kostet mehr, Kamele oder Pferde?« fragte seine Schwester umsichtig.

»Kamele sind natürlich teurer, mein Wollköpfchen, weil sie größer sind! Aber trotzdem kostet es mehr mit einer Pferdekarawane, weil sie schneller vorankommt. – Dann von Yezd nach Bagdad weitere fünfunddreißig Tage – von Bagdad bis zum Meer ist es dann nicht weit, vielleicht vierhundert Meilen. Das wird mit einer Kutsche in ein paar Tagen zu machen sein, glaube ich.«

Scylla rechnete an den Fingern nach. »Also brauchen wir von Kabul bis zum Mittelmeer vielleicht hundertzehn Tage.«

»Danach brauchen wir, schätze ich, noch einmal zwei Monate von der Ostküste des Mittelmeers bis zu einem britischen Hafen. Jetzt haben wir Ende Februar – dann könnten wir Mitte September in London sein. Wie seltsam es sein wird, dich nach der neusten Mode aufgeputzt zu sehen!« fügte er, seine Schwester betrachtend, hinzu, die im Moment ein schwarzes Faltengewand trug, das sie in dem Ort gekauft hatte, über blauen Pluderhosen, den Perjamas, die an den Knöcheln zugebunden waren, dazu Schnabelschuhe und eine schwarze Wollweste, eine weitärmelige Jacke und eine schwarze Kopfbedeckung. Für diese Kleidungsstücke hatte sie fast ihren ganzen zusammengeschrumpften Geldvorrat ausgegeben, was sie jetzt bereute.

»Du glänzt jetzt schon wie ein Goldstück!« neckte Cal sie. Er selbst hatte eine spitze Fellmütze, einen schwarzen Lammfellmantel, weite weiße Hosen und niedrige schwarze Schaftstiefel erstanden, da die Kleidung, die er während der Reise durchs Gebirge getragen hatte, genau wie Scyllas, geradezu in Stücke gefallen war. »Rob sagt«, fuhr er fort, »daß hellhaarige kirgisische Frauen hier in Kafiristan zu Unsummen als Sklavinnen gehandelt werden – bis zu zwanzigtausend Rupien. Wenn wir *dich* an einen reichen Edelmann verkaufen könnten, würden wir genug Geld für die Reise bekommen.«

»Vielen Dank! Und ich soll mich dann in seinem Zelt niederlassen, während ihr nach England reist?«

«Oh, du kannst doch leicht entfliehen und wieder zu uns stoßen!«

»Das hört sich an wie eine deiner romantischen Sagas«, sagte sie und sprang von der Mauer. »Horch! Miss Musson ruft uns.«

Die Verhandlungen wegen des Floßes waren abgeschlossen. Eine ganze Anzahl geblähter Häute, sogenannter Massaks, waren besorgt worden, und sie wurden nun mit Seilen zusammengebunden und mit Reisig verstärkt.

»Wird das wirklich fünf Leute und einen Säugling tragen?« fragte Miss Musson mißtrauisch, als sie das Gefährt am Flußufer schaukeln sah.

»Aber gewiß, Ma'am! – Ich hoffe, Sie sind ein fähiger Bootsmann, mein Junge«, sagte Cameron an Cal gewandt. »Wenn nicht, müssen Sie einer werden.«

»Cal und ich können rudern«, sagte Scylla gelassen. »Erinnerst du dich, Cal, wir sind doch früher auf einem See bei Umballa Boot gefahren, als Mama noch am Leben war.«

»Das hier hat nicht viel Ähnlichkeit mit einer fröhlichen Kahnpartie, Miss Paget«, belehrte Cameron sie trocken. »Die Ruder sind etwa dreimal so groß und schwer. Und wir werden unablässig Stromschnellen zu passieren haben.«

»Was für ein glücklicher Umstand, daß Sie an den Ufern des Lake Superior geboren sind, Rob«, sagte Miss Musson ruhig. »Sie werden in der Lage sein, uns alle anzulernen.«

Scylla fragte sich unwillkürlich, ob diese Bemerkung ihrer

Pflegemutter als freundliche Neckerei zu verstehen war, angesichts des leicht schulmeisterlichen Gebarens des Colonels. Aber wenn das der Fall war, bemerkte er es nicht, da ihn das Verladen und Vertäuen der Vorräte voll und ganz in Anspruch nahm. Das Floß war robust, aber ziemlich leicht gebaut, etwa drei bis vier Quadratmeter groß und von einer Art Schandeck eingerahmt.

Bevor sie sich einschifften, stärkten sie sich für die Reise mit einem Mahl, das sie in einem Speisehaus im Zentrum des Ortes zu sich nahmen. Im Vergleich zu ihren vielen kargen Mahlzeiten im Gebirge war es das reinste Festessen: gekochtes Huhn mit wilden Zwiebeln und Aprikosen, Reis und dazu herber Wein aus Kafiristan, alles auf Tabletts serviert, um die herum die Reisenden mit gekreuzten Beinen auf dem Boden saßen. Der unerwartete Komfort und Luxus bewirkte, daß sich die Spannung löste, die in jüngster Zeit einige Mitglieder der Reisegruppe befallen hatte.

»Was für eine Religion haben die Leute in Kafiristan?« fragte Miss Musson den Colonel, während sie säuberlich das Fleisch von einem Hühnchenknochen abnagte.

»Nun, Ma'am, da Kafiristan wiederholt von den Mohammedanern besetzt worden ist, sind inzwischen viele Einheimische Mohammedaner geworden. Aber in den Bergen hat sich die alte Kafir-Religion gehalten, hier verehren die Leute Moni, den Propheten, Imra, den Urahn, Gesh, den Erdgott und sein Weib, die Schöpferin aller Dinge – diesem Paar entsprechen bei den Hindus Shiva und seine Gefährtin Parvati. Die Kafirer beten auch Sonne, Mond, Feuer und Wasser an. Sie haben Heilige, die sogenannten Pirs, die wie Eremiten in Höhlen leben. Und wenn ein Kafir stirbt, wird sein Leichnam nicht begraben, er wird vielmehr auf irgendeinem Berggipfel den Vögeln zum Fraß überlassen.«

»Oh, wie herzlos!« rief Scylla aus. »Wenn einer meiner Lieben – mein Mann, meine Eltern oder mein Kind – sterben würde, fände ich es *entsetzlich*, wenn er dergestalt ausgesetzt würde. Das erscheint mir schrecklich gefühllos. Geht es Ihnen nicht auch so, Colonel Cameron?«

Er sah sie nach ihrem Empfinden recht befremdlich an. Aber nach einer Weile erwiderte er:

»Man muß die Sitten und Gebräuche des Landes, in dem man lebt, wohl oder übel achten, gleichgültig wie man selbst empfindet. Wer gegen die landläufige Moral verstößt, muß mit schrecklichen Anfeindungen rechnen. Man muß seine eigenen Neigungen unterdrücken. – Und wenn alles zu Ende ist, wenn die Seele entflogen ist, ist es dann nicht gleichgültig, was mit den irdischen Überresten geschieht?«

Sie war zum Schweigen gebracht. Der ungewohnte Tonfall seiner Stimme machte sie betroffen, gab er sich ihr gegenüber doch normalerweise kurz angebunden und sachlich. Sie besann sich eine Weile und meinte dann recht verhalten:

»Ich – ich glaube, Sie haben recht.«

Nach dem Mahl schiffte sich die Reisegesellschaft heiter unter den guten Wünschen der Schaulustigen ein, die am Flußufer standen, und der Frauen, die auf ihren weit vorspringenden Dächern die Sonne genossen. »Bleiben Sie gesund!« riefen sie. »Bleiben Sie stark! Vertragen Sie sich immer gut miteinander!«

Als Antwort auf diese guten Wünsche verneigte sich Miss Musson würdevoll, als die drei Männer Stangen und Paddel schwingend das Floß losbanden und in seine Bahn brachten.

Etliche Tage lang blieben sie von Sorgen verschont. Tagsüber fuhren sie stromabwärts, manchmal geschwinde über Stromschnellen durch dunkelrote Schluchten, manchmal unbeschwerter und gemächlicher durch breite, gewundene Täler, wo sich auf den Feldern die ersten grünen Spitzen von Gerste und Mais zeigten und das Ufer mit Pappeln gesäumt war oder mit Apfel- und Nußbaumhainen, die mit rosigen Knospen übersät waren.

Nachts schlugen sie ihre Lederzelte auf und schliefen am Rande des Stroms, unbehelligt von wilden Tieren.

Cal vertrieb sich die Zeit mit Angeln und brachte es bald zu einem ordentlichen Geschick, oder er machte sich Notizen zu seinem Gedicht über Dschingis-Khan. Er hatte in Aq Qara kein Papier auftreiben können, hatte aber in einem der Teehäuser ein altes Buch entdeckt, das er erstehen konnte. Daß es auf Russisch geschrieben war, spielte keine Rolle für ihn; er schrieb auf den Rand und zwischen die Zeilen. »Ich schätze, in Jalalabad werde ich Papier auftreiben können«, sagte er. Inzwischen versorgte er sie mit Forellen, und Cameron schoß, wenn er wach war, jede Menge Enten, um ihre Fischkost aufzulockern. Allerdings schlief er sehr viel. Nur wenn die zunehmende Geschwindigkeit des Floßes ihm anzeigte, daß sie sich Stromschnellen näherten, erwachte er instinktiv und ergriff eine Stange oder ein Ruder.

»Der arme Mann ist gänzlich erschöpft«, sagte Miss Musson eines Tages sanft, als er ausgestreckt im milden Sonnenschein lag, in tiefem Schlaf versunken. »Ich fürchte, er hatte große Angst, daß er uns nicht heil durch das Gebirge bringt. Schau nur, wie abgemagert er ist.«

Scylla mußte das bestätigen. Als sie in das schutzlose, schlafende Gesicht sah, fiel ihr Blick auf die eingefallenen Wangen unter den heraustretenden Backenknochen, um die Augen herum zeigten sich frische Sorgenfalten und in seiner Löwenmähne war ein Anflug von Grau zu sehen. Sogar im Schlaf waren seine Lippen zu einer entschlossenen Linie zusammengepreßt, tief eingezogen in den Mundwinkeln, als wollte er seine Gefühle verbergen und nichts herauslassen.

»Nun, er wird uns bald lossein. Er kann uns bei einer Karawane abladen, die nach Bagdad zieht, und erleichtert aufatmen.«

»O nein«, widersprach Miss Musson. »Er will uns mindestens bis Bagdad begleiten, und falls er es für notwendig hält sogar bis zum Mittelmeer.«

»Wirklich?« fragte Scylla mit gehobenen Brauen. »Glaubt er, wir sind nicht in der Lage, ohne ihn zu reisen?«

»Sei nicht töricht, Kind«, erwiderte Miss Musson gelassen. »Am Wege lauern viele Gefahren – Beluchi-Banditen – turkmenische Räuber, die die Pässe unsicher machen und von Zeit zu Zeit Karawanen überfallen. Zudem gibt es mancherorts unehrenhafte Beamte, die von nichtsahnenden Reisenden Wegzölle fordern – aber Rob hat die Strecke oft genug zurückgelegt und kennt die Gefahren. Schmälere also seine Nützlichkeit und seine Großzügigkeit nicht.«

»Seht doch! Seht!« flüsterte Cal aufgeregt und grub seine Finger in Scyllas Arm. »Eine große Wildgans! Soll ich Rob wecken, damit er sie schießen kann?«

Mit ausgestrecktem Hals flog der Vogel langsam über das Tal mit seinen Bohnen- und Kleeäckern dahin.

»Weck den armen Mann nicht auf – schieß sie selbst«, flüsterte Scylla zurück. »Eil dich – oder sie ist weg.«

»Ich schieße sicher daneben – und der Schuß wird ihn aufwekken – dann ist es zu spät, und er regt sich auf.«

»Ach –!« Unwillig schnappte sie sich Cals Gewehr, das neben ihr lag, legte an, wie sie es die Männer oft hatte tun sehen, und feuerte. Da sie instinktiv vor den Kopf des Vogels gezielt hatte, traf der Schuß ins Schwarze, und die Gans platschte schwer vor ihnen in den Fluß. »Missy Paget sehr gut schießen!« rief Therbah mit einem beifälligen Nicken aus.

Cal sperrte den Mund auf, Miss Musson rief: »Du liebe Güte!« und Cameron erwachte und erblickte Scylla, die mit vor Stolz geröteten Wangen Cals Gewehr neben ihn auf das Floß legte.

»Miss Paget!« Obwohl er vor einer Sekunde noch geschlafen hatte, schallte seine Stimme so laut wie der Schuß. »Haben Sie das Gewehr abgefeuert?«

»Aber gewiß, Colonel!« rief Cal vergnügt. »Und sehen Sie doch, was sie uns geschossen hat!«

In dem Moment überholte das Floß die schwimmende Gans, und es gelang Cal, sie mit einer Stange aus dem Wasser zu fischen. »Was für eine Scharfschützin ist doch meine Schwester!« sagte er, den schweren Vogel hochhaltend. »Sie hätte uns in den vergangenen drei Monaten immer unser Essen schießen sollen!«

Cameron warf Scylla einen derart finsteren Blick zu, daß es sie Mühe kostete, nicht zurückzuzucken. »Sie hätten einen von uns treffen können!« sagte er barsch. Scylla biß sich auf die Lippen. Cal sah aufmüpfig drein, Miss Musson schien nachdenklich. Eine schreckliche Stille breitete sich aus. Dann brach der Colonel plötzlich in Gelächter aus.

»Ich sollte Ihnen den Hals umdrehen oder eine Ohrfeige verpassen, Miss Paget, aber ich will großmütig sein und zugeben, daß es ein sehr ordentlicher Schuß war – oder ein Glückstreffer! Aber in Zukunft lassen Sie bitte solche spontanen Schießereien. Ich habe uns nicht den ganzen Weg durchs Gebirge gebracht, nur damit einer von uns auf der letzten Etappe unserer Reise durch ein Mißgeschick ums Leben kommt.«

»Es tut mir leid«, murmelte Scylla, die Miss Mussons Blick auffing, der auf sie geheftet war.

»Wirklich, Sir, ich glaube, meine Schwester ist ein Naturtalent im Schießen«, sagte Cal eifrig. »Können Sie ihr nicht beibringen, wie man mit einem Gewehr umgeht, so wie Sie es mir gezeigt haben? Ich glaube, sie wird sich als eine weit gelehrigere Schülerin erweisen!«

»Wollen Sie das?« fragte Cameron Scylla. Sie nickte mit leuchtenden Augen. »Sehr gut! Abgemacht.« Er streckte seine Hand aus und ergriff die ihre einen Moment lang und ließ sie wieder los. »Aber ich bin ein sehr strenger Lehrer, ich warne Sie.«

»Gänsefedern!« sagte Cal und streichelte den großen Vogel zärtlich. »Jetzt kann ich mir endlich ordentliche Federkiele machen.«

Nach weiteren eineinhalb Tagen kamen sie in eine Gegend, die Cameron sehr gut bekannt war.

»Über diese Gegend herrscht Mir Murad Beg«, sagte er. »An diesen Berghängen habe ich so viele Kämpfe ausgefochten, daß ich sie untrüglich wiedererkenne.«

Es war ein gebirgiger Landstrich mit trockenen, zackigen Gipfeln. Und an den steilen Abhängen thronten aus getrocknetem Lehm gebaute Wachtürme. Alsbald wurde Cameron dann auch in einem Dorf am Fluß von zwei turbantragenden Männern in weißen Hosen begrüßt, die sich tief verneigten und ihn mit ›Arb Shah‹ anredeten.

»So wurde ich in dieser Gegend genannt«, erklärte er seinen Gefährten. »Sie hielten mich für einen Araber, weil ich erzählt habe, daß ich aus dem Westen komme.«

»Der Bei, unser Herr und Gebieter, wird erfreut sein zu hören, daß Sie in sein Land zurückgekehrt sind«, sagte einer der Männer auf Puschtu. »Wir werden ihm melden, daß Sie sich auf dem Weg zu seiner Festung befinden, und gewiß wird er Boten zu ihrer Begrüßung aussenden«, und beide Männer verneigten sich erneut ehrfürchtig.

Trotz der Wärme und der eindeutig herzlichen Begrüßung wirkte Cameron seltsam angespannt. Er schien sich unbehaglich zu fühlen und redete wenig, nachdem sie ihr Floß wieder losgemacht hatten, saß vielmehr schweigsam mit gerunzelter Stirn da und betrachtete mit verschwommenem Blick einen Berggipfel nach dem anderen, als sie langsam die felsigen Windungen eines Tales entlangglitten, wo schwarzweiße Buckelrinder nahe am Wasser grasten und zottige Schafe über die höhergelegenen Hänge zogen.

Scylla fragte sich, ob die Rückkehr an einen Ort, an dem er schon einmal war, ihn irgendwie bedrückte; Freude schien er jedenfalls keineswegs zu empfinden.

»Was für ein Mensch ist Mir Murad Beg?« wagte sie zu fragen.

Cameron wandte sich ihr zu, seine Miene hellte sich auf.

»Der Bei! Er ist ein großer Autokrat, Miss Paget – ein Feudalherr, etwa im Stil der alten Normannen. Er lebt in einer wehrhaften Festung – hat volle Gewalt über seine Vasallen – und ist von seiner Abstammung her halb Kafir, halb Tatar. Aber er regiert gerecht – er kümmert sich um sein Volk und ist auf seine Art ein hervorragender Oberherr. Dazu ist er ein gutaussehender alter Knabe – ich denke, er wird Ihnen gefallen. Seine Frauen scheinen ihm sehr ergeben zu sein.«

»Wieviele Frauen hat er?« wollte Miss Musson wissen.

»Vier, als ich ihn zum letzten Mal gesehen habe – aber dazu kommen noch einige nicht offizielle Verhältnisse.« Cameron fing an zu lachen. »Ich erinnere mich, daß alle seine Frauen ihn einmal nach seiner Rückkehr von einer Reise nach Kalat mit ihren Pantoffeln verprügelt haben, als er ihnen gestand, daß er sie in der Stadt betrogen hatte. Sie haben ordentlich zugeschlagen, aber er hat nur gelacht. Er hat mir erzählt, daß er seine erste Frau aufgrund ihrer Eleganz und ihrer gehobenen Abstammung ausgewählt hat, die zweite wegen ihrer Schönheit, die dritte als Dienstmagd und die vierte zum Verhätscheln.«

»Die dritte tut mir leid«, bemerkte Scylla. Aber Cameron war schon wieder in Schweigen versunken und starrte erneut in die Ferne.

Gegen Mittag sahen sie ein paar Reiter auf ihren Pferden über die Hügel galoppieren.

»Ob das eine Jagd ist?« überlegte Miss Musson. »Oder sind das vielleicht Ihre Freunde, die zu unsrer Begrüßung anrücken, Rob?«

Cameron beobachtete die Reiter eine Weile mit seinen scharfen Augen, bevor er antwortete.

»Nein, weder das eine noch das andere. Es handelt sich um eine Brauthatz.«

»Eine Brauthatz? Was um alles in der Welt ist das denn?«

»Sehen Sie das Mädchen an der Spitze? Die rote Gestalt auf dem herrlichen schwarzen Pferd, mit dem erhobenen Bogen?«

»Den Bogen kann ich nicht sehen, aber ich weiß, wen Sie meinen. Sie reitet allen voran.«

»All die jungen Männer hinter ihr sind ihre Freier. Sie muß die Tochter eines reichen Mannes sein – oder sehr schön – da so viele hinter ihr her sind. Wenn sie um den Berg herum und zurück zu ihrem Dorf reiten kann, ohne den Bogen zu verlieren, darf sie sich den Freier auswählen, der ihr am besten gefällt. Aber wenn einer der Jäger sie erwischt und ihr den Bogen entwendet – dann bekommt er das Mädchen!«

»Und wenn zwei sie erwischen?« gab Cal zu bedenken.

»Dann tragen sie einen Zweikampf aus mit kurzen Schwertern, den sogenannten Katars.«

»Ich hoffe, ihr Vater hat sie mit einem guten Pferd ausgerüstet«, meinte Scylla.

Bald konnten sie sehen, daß das Mädchen wahrhaft glänzend ausgerüstet war; sie war gewiß eine sehr gute Partie. Ihr zottiger, drahtiger schwarzer Hengst donnerte zum Fluß hinunter und überquerte ihn in einer Furt, wo das Wasser nur knietief war. Das Mädchen selbst war ebenso anmutig – von aufrechter Gestalt, stolz und hellhaarig. Sie trug rote Kniehosen und eine rote Tunika, einen Ledergürtel und eine hohe Pelzmütze mit einer Reiherfeder. Scylla beneidete sie unwillkürlich um ihre wilde Freiheit, als sie den Reisenden einen raschen, gleichgültigen Blick zuwarf, bevor sie mit ihrem Roß das jenseitige Ufer erreichte. Sie erklomm es und galoppierte um den Hügel davon, den Bogen locker in einer Hand haltend, während sie mit der anderen die Zügel hielt.

»Oh, ich hoffe inständig, daß sie es schafft, mit ihrem Bogen nach Hause zurückzukehren«, rief Scylla ungestüm aus.

»Wir werden es nie erfahren«, bemerkte der Colonel recht ernüchternd in einem uninteressierten Tonfall.

Aber er irrte sich. Als die Reisenden später am Nachmittag ihr Floß bei einem Dorf am Flußufer festmachten, um Milch für den Säugling zu besorgen und für die anderen Eier und Gemüse und getrocknete Aprikosen, hatten sie Gelegenheit, den Ausgang der Jagd mitzuerleben.

In einer wirbelnden Staubwolke stürmten fast alle Freier den Berg hinab und ins Dorf hinein, lachend, scherzend und ihre Gewehre in die Luft abfeuernd. Zwar hatten sie verloren, doch trugen sie ihre Niederlage offenbar gefaßt und mit Sportsgeist. Nach ihrer Ankunft verging ungefähr eine halbe Stunde, in der sämtliche Bewohner des Dorfs Zeit hatten, sich aufgeregt am Ende der staubigen Straße im Schatten eines großen Nußbaums zu versammeln. Man blickte zu dem Berghang hinauf, über den die abgeschlagenen Brautwerber zurückgekehrt waren. Scherze flogen hin und her, und die Neugier erreichte ihren Höhepunkt. Schließlich wurde ein Ruf ausgestoßen, als man von weitem zwei Reiter langsam den Hügel herabkommen sah. Musikanten stimmten einen ohrenbetäubenden Lärm an, stießen in ihre Hörner und schlugen große Kesselpauken. Kinder tanzten ausgelassen um den Nußbaum herum. Als die Reiter näherkamen, konnte man sehen, daß das Mädchen seinen Bogen nicht mehr trug; die Reiherfeder auf ihrer Mütze war geknickt; ihre Kleidung war staubig und verdreckt und ihre Miene leicht beschämt. Aber ihr Freier überstrahlte in seiner Begeisterung und seinem Triumph ihre bedrückte Erscheinung. Mädchen liefen los, um Blütenblätter über das Paar zu streuen; mehr und mehr Schüsse wurden in die Luft abgefeuert. Das Mädchen ritt züchtig zu seinen Eltern, während der glückliche Freier plötzlich einen gewaltigen Triumphschrei ausstieß und sein erschöpftes Pferd noch einmal zu einem Galopp antrieb und in einer großen Acht über das offene Feld vor dem Dorf jagte, den Bogen des Mädchens über seinem Haupte schwingend.

»Ein hübscher Bursche«, bemerkte Miss Musson wohlwollend, als er wieder im Dorf ankam. »Ich schätze, sie wird es gut haben bei ihm.«

Und als der Bräutigam zu den Eltern des Mädchens trabte, um ihnen seine Aufwartung zu machen, wurde deutlich, daß er wohl gar die eigene Wahl des Mädchens war, da die Blicke, die sie austauschten, sehr offen und vertraut waren. Er war ein großer, braungebrannter Bursche mit rotbraunem Haupt- und Barthaar. Die Familie des Mädchens begrüßte ihn freundlich, und kleine Hornkelche mit einem gegorenen Trunk machten die Runde; den Fremdlingen wurde selbstverständlich auch von dem Getränk angeboten.

»Kumiss«, raunte Cameron Scylla ins Ohr. »Aus gegorener Milch. Sie müssen aus Höflichkeit etwas davon trinken, aber halten Sie sich zurück, es ist sehr stark.«

»Seien Sie versichert, daß ich nicht das geringste Bedürfnis verspüre, viel davon zu trinken«, flüsterte sie zurück, nachdem sie das Gesicht verziehend davon gekostet hatte.

Nun wurde ein großer Kuchen aus gestoßenen Maulbeeren gebracht und außerhalb des Dorfs wurde ein Freudenfeuer entfacht, über dem zwei Schafe geröstet wurden. Man war eindeutig dabei, eine Festnacht vorzubereiten, und Miss Musson meinte umsichtig, daß es an der Zeit sei für die Fremden, sich zurückzuziehen.

»Das würde Anstoß erregen«, gab Cameron ihr zu bedenken.

In diesem Moment wurden sie unterbrochen. Während sie den wilden Ritt des Bräutigams verfolgt hatten, war die Dämmerung hereingebrochen, und in dem Zwielicht war eine weitere Reitergruppe ins Dorf hereingeritten, fast unbemerkt in dem allgemeinen Festtrubel. Nun ritten zwei Männer in langen Wollumhängen und Pelzmützen auf Cameron zu und begrüßten ihn mit höflicher Förmlichkeit und erklärten, sie seien von Bei Mir Murad Beg ausgesandt, um ihn und seine Gefährten gefälligst zur Festung ihres Herrn zu geleiten.

»Der Bei sieht Ihrer Ankunft ungeduldig entgegen, Arb Shah. Er brennt darauf, seinen alten Freund wieder in die Arme zu schließen.«

»Es ist uns eine Ehre, Ihr Geleit anzunehmen, und wir werden Sie unverzüglich begleiten«, erwiderte Cameron schnell. Sie verständigten sich in der Sprache der Kafirer, aber Scylla, die das eine oder andere Wort aufgeschnappt hatte, erfaßte den Sinn der kurzen Unterredung.

»Oh, können wir nicht bleiben und bei dem Fest zusehen?« sagte sie ziemlich enttäuscht.

»Lieber nicht, meine Liebe. Ich fürchte, sie könnten etwas grob werden«, murmelte Miss Musson. »Und die Leute vom Dorf werden gut verstehen, warum wir gehen müssen. Der Bei ist wohl ihr Oberherr. Rob wird die angebotene Gastfreundschaft unverzüglich annehmen wollen, um ihn nicht zu kränken.«

Zum Bedauern von Cal und Scylla bestiegen sie also die zottigen Kazak-Ponys, die ihr Gastgeber ihnen zur Verfügung gestellt hatte. Das Floß ließen sie in der Obhut des Brautvaters zurück, der, wie sich herausstellte, der Khan, der Dorfälteste, war. Sie überquerten den Fluß durch eine Furt und ritten in einem zügigen Trab den jenseitigen Berghang empor.

Scylla kam der Ritt endlos vor. Sie wurde schrecklich müde, hatte sie doch in letzter Zeit wenig geschlafen. Vielleicht, weil sie nur noch im Sitzen reisten. Sie lag oft wach in ihrem Lederzelt und lauschte Miss Mussons friedlichem Atem, manchmal streckte sie auch den Kopf nach draußen, um die großen funkelnden Sterne Asiens zu betrachten. Die ganze Zeit quälte sie sich mit Zweifeln und unbeantworteten Fragen: Was sollten sie und Cal tun, wenn sie in England ankamen? Was würde Miss Musson tun, würde sie sie zum Haus ihrer Cousine begleiten, oder wollte sie zu ihrem Bruder nach Boston zurückkehren? Und – ein noch unbekannterer Punkt – was für Pläne hatte Cameron? Hatte er vor, nach Ziatur zurückzukehren? Oder nach Kafiristan? Oder würde er sich zu ihm unbekannten Erdteilen aufmachen?

Ihr verstörtes Gemüt war, wie sie sich eingestand, angesichts der Dorfhochzeit noch mehr durcheinandergeraten. Der Anblick des triumphierenden Werbers und seiner Braut, die sich aus Hornkelchen zutranken, hatte in Scylla heftige, widersprüchliche Gefühle geweckt: Zum einen empfand sie eine Art neidische Hochstimmung, so daß sie gerne geblieben wäre und mitgefeiert hätte; sie wollte mit ihnen reden und womöglich ihre Freundin, Schwester und Vertraute werden. Aber unter dieser hellen Stimmung lag eine zweite, dunklere. Sie fühlte eine Bedrückung, die so tief ging, daß sie sich in einen dunklen Winkel vergraben und dort liegenbleiben und sterben wollte.

Ihr Pony stolperte, und sie klammerte sich an die Zügel, da sie fast eingeschlafen war.

»Aufrecht bleiben, Sohn des Shaitan!«

»Miss Paget müde sein«, bemerkte Therbah, der in der Reihe den Platz mit Cameron getauscht hatte und nun freundlicherweise ihre Zügel ergriff und ihr Pony den Rest des Weges führte.

Es war so dunkel, als sie ankamen, daß sie nicht viel von der Festung des Bei sehen konnten – abgesehen davon, daß sie in schwindelerregender Höhe zu thronen schien, da sie lange Zeit steil bergan geritten waren. Sie kamen durch ein Tor in einen mit Mauern umgebenen Hof. Hier glitten sie dankbar von ihren Rössern, die davongeführt wurden.

Dann wurde die Reisegesellschaft geteilt. Die Frauen wurden höflich zu einem Zimmer geleitet, das von flackernden Windlichtern erleuchtet war. Dort forderten etliche Dienerinnen sie auf, ihre Kleider abzulegen und ein Bad zu nehmen. Eine große irdene Wanne mit heißem Wasser stand dampfend vor einem Feuer aus Yaksdung, und die Aussicht, sich in heißem Wasser gründlich waschen zu können, war so verlockend, daß sie der Aufforderung ohne zu zögern nachkamen. Sie massierten sich gegenseitig den Rücken, der ihnen vom langen Reiten steif geworden war, während die Dienerinnen bewundernd den kleinen Chet umsorgten.

Gemessen am Ziatur-Palast war die Ausstattung der Festung allem Anschein nach sehr bescheiden – in ihrem Zimmer dienten Schaffelle als Teppiche, und ein paar Stühle und Kissen waren die einzigen Einrichtungsgegenstände – aber im Vergleich zu ihren Unterkünften der letzten Zeit war es unvorstellbar behaglich. Die Frauen, die geflochtenes Haar hatten, das ihnen bis zur Hüfte reichte, und lockere wollene Hosen und Wollwesten trugen, brachten für ihre Gäste ebensolche Kleidung, allerdings von etwas eleganterem Zuschnitt.

Scyllas Gewand war besonders hübsch – dunkelbraune Hosen aus Rohseide, eine Samtweste bestickt mit kleinen Türkissteinchen über einem lockeren Seidenhemd, dazu ein Paar goldbesetzte Sandalen. Die Frauen gackerten mißfällig über ihre kurzen Locken und bürsteten sie, bis sie ihren Kopf wie ein Heiligenschein umgaben.

»Du siehst wie ein Engel aus, meine Liebe«, sagte Miss Musson lachend, als sie in ihre elegante Wollweste schlüpfte, die mit Silberfäden bestickt war, und darüber trug sie den Chadar, weil sie die Leute durch die Augenschlitze unauffälliger beobachten konnte, ohne Anstoß zu erregen.

Dann forderte eine der Frauen sie auf, ihr zu folgen. Keine der Dienerinnen sprach Urdu oder Pandschabi; ihre Sprache schien eine Mischung aus Kafirisch und einem Bergdialekt. Scylla konnte nichts damit anfangen, und sogar Miss Musson war gezwungen, sich durch Lächeln und Gestikulieren zu verständigen.

»Ich frage mich, ob es in dieser Festung Frauengemächer gibt?« murmelte sie, als sie hinter ihrer Führerin herliefen. »Ich glaube, Rob hat gesagt, daß es keine gibt. Die Frauen bewegen sich angeblich frei unter den Männern.«

Das traf tatsächlich zu. Als sie über einen zugigen Steingang und eine abgetretene Steintreppe gegangen waren, kamen sie in den Hauptsaal der Festung, in dem sich viele Menschen aufhielten, am Boden sitzend oder umhergehend, Männer wie Frauen.

Die Wände waren rauh, unverkleideter Stein, aber der Steinboden war mit zahllosen Teppichen bedeckt, und in Kohlenbekken brannten Dungfeuer und verströmten rauchiges Licht. Auf einem teppichbedeckten Podest am Ende des Raumes sahen sie Cameron und Cal schmuck gekleidet mit gekreuzten Beinen neben einem Mann sitzen, den Scylla für Bei Mir Murad hielt. Dorthin wurden die beiden Damen geleitet. Von interessierten und bewundernden Blicken verfolgt, bahnten sie sich einen Weg durch die Leute, die am Boden lagerten.

Der Bei bemerkte sie und sah auf. In seine Augen trat ein Leuchten, und er erhob sich mit einer Bemerkung zu Cameron und trat von dem Podest herab, um sie zu begrüßen. Scylla hatte noch Zeit zu sehen, daß Cameron auf die Worte des Bei mit einer völlig entgeisterten Miene reagierte. Als Mir Murad sie erreichte und ihre Hand ergriff, bemerkte sie dann, daß er ein ziemlich kleiner Mann war, nur einen Kopf größer als sie, mit durchdringenden, tiefliegenden Tatarenaugen und schweren Lidern und einer schmalen Hakennase über einem üppigen grauen Bart. Er sieht wie ein wilder kleiner alter Adler aus, dachte sie. Scylla wollte gerade einen Knicks machen, wie sie es in der Gegenwart des Maharadschas zu tun pflegte, als er sie gänzlich aus der Fassung brachte, indem er die Arme um sie schlang und sie heftig an sich drückte. Unter den versammelten Gästen oder Familienangehörigen brach ein dröhnendes Gelächter aus. Scylla wußte nicht, wie ihr geschah – sie nahm in erster Linie einen überwältigenden Geruch nach Knoblauch und Schnupftabak wahr und das Kratzen seines Bartes an ihrer Wange – dann hörte sie einen empörten Ausruf von Cal und das Klirren von Stahl. Instinktiv und ziemlich entrüstet befreite sie sich aus der Umarmung des

Beis und sah, daß Cal aufgesprungen war und vorwärtsdrängte, aber von zwei getreuen Dienern mit spitzen Mützen zurückgehalten wurde, die ihre Schwerter vor ihm gekreuzt hatten. Aber nun war auch Cameron aufgesprungen und hatte Cal eine kurze herrische Anweisung gegeben, woraufhin dieser wie angewurzelt stehenblieb, und er selbst redete jetzt hastig, beflissen und mit gebührendem Respekt auf den Bei ein. Während Cameron sprach, spiegelte Mir Murads Adlergesicht in rascher Folge die unterschiedlichsten Gefühlsregungen wider: Erstaunen, Zorn, der schnell zu Ärger und Ungläubigkeit gezügelt wurde, und zuletzt eine Art reuevolle, ergebene Enttäuschung, ein recht anrührendes kindliches Bedauern.

Cameron machte sechs Schritte auf Scylla zu und flüsterte ihr rasch ins Ohr:

»Es war ein Mißverständnis – ein überaus *unglückseliges* Mißverständnis, daß ich zutiefst bedauere. Der Bei hat – hat angenommen, Sie wären eine – eine Sklavin, ein Geschenk, das ich ihm als Zeichen meiner Ergebenheit mitgebracht hätte.«

Der Bei legte seine Hand auf Camerons Schulter und machte eine kurze Bemerkung zu ihm. Cameron übersetzte:

»Er bittet Sie für den Vorfall um Entschuldigung – Und um *Himmels willen*, Miss Paget«, fuhr er eilig fort, »unterlassen Sie jedes Geziere, machen Sie nicht viel Aufhebens darum, nehmen Sie *bitte* keinerlei Anstoß! Oder wir kommen in eine schreckliche Lage – wir würden allesamt in Ungnade fallen.« Und an den zornig dreinblickenden Cal gewandt fügte er hinzu: »Hol's der Teufel, Bursche, *setz dich!* Machen Sie kein Theater, Paget, oder Sie werden zu verantworten haben, daß wir alle in Stücke gerissen werden. Murats Anhänger handeln erst und stellen die Fragen später.«

Widerstrebend setzte Cal sich nieder, und Scylla sagte so heiter wie möglich zu ihm:

»Kein Grund zur Sorge, mein Lieber! Es war nur ein törichter

Irrtum.« Lachend knickste sie vor dem Bei und sagte auf Pandschabi zu ihm:

»Euer Exzellenz, niemand könnte das Mißverständnis mehr bedauern als ich! – Und es ist mir in der Tat eine große Ehre, daß Sie auch nur daran *denken* konnten, ich könnte – mir könnte das Glück zuteil werden, ein Mitglied Ihres Hausstandes zu werden. Aber ach! Mein Schicksal liegt anderswo. Ich muß nach Ingrezi reisen und zur Familie meines Vaters stoßen.«

Der Bei hörte mit zusammengekniffenen Augen zu. Wie Scylla gehofft hatte, konnte er augenscheinlich genügend Pandschabi, um zu verstehen, was sie gesagt hatte, außerdem übersetzte Cameron es auch kurz in die Kafir-Sprache, und er nickte nachdenklich. Der gemischte Ausdruck aus überheblichem Mißfallen und kindlicher Enttäuschung wich aus seinem Gesicht, und er lächelte plötzlich – ein Lächeln, das Scylla begreiflich machte, warum seine Frauen ihm so verfallen waren, denn es war unerhört charmant. Die Augen unter den schweren Lidern blitzten, der harte Mund entspannte sich, die gebogene Nase senkte sich, und er überraschte Scylla mit dem in bestem Englisch vorgebrachten Ausruf:

»So ein Jammer! So ein Jammer!«

Sie erwiderte sein Lächeln auf eine warnende Geste Camerons hin und begab sich dann zu Miss Musson, die unter einigen Damen neben dem Podest saß. Diese begrüßten die beiden Fremden mit Lächeln und sanftem Händeklatschen. Offensichtlich waren es die Frauen des Beis und deren Gefährtinnen.

»Was für ein unglückseliges Mißgeschick!« flüsterte Miss Musson. »Aber mach dir nichts draus, meine Liebe, du kannst ja nichts dafür. Ich schätze, Rob hat Mir Murad früher manchmal Sklavinnen mitgebracht! Zu dumm, daß wir kein hübsches Geschenk für ihn hatten. Ich weiß, daß Rob ein paar Steinbockhörner mitgebracht hat, aber sicher ist der Bei es gewohnt, von seinen Besuchern mit Goldstaub und Persischen Windhunden und Löwenfellen beschenkt zu werden. Sei's drum! Vielleicht können wir ihn von einer Mandelentzündung heilen oder irgend sowas. Zunächst einmal erwartet uns hier offenbar ein köstliches Mahl.«

Das folgende Festmahl, das auf Tabletts serviert wurde, war wirklich üppig, verglichen mit ihrer jüngsten Kost: Kebab und Pilav, süßsauer gewürzt, frischer Quarkkäse und fetter, schneekonservierter wilder Hammel mit Zwiebeln und Walnüssen. All das aß man mit Hornlöffeln von riesigen Kupfertabletts, und hinterher gab es sauren Wein aus Chitral in winzigen Hornkelchen.

Nach dem Festmahl zogen sich die Damen zurück, und Scylla und Miss Musson hielten es für angebracht, ihrem Beispiel zu folgen.

Cal kam herbei, um mit Scylla zu reden, als er sah, daß sie sich erhob.

»Schläfst du mit Miss Musson zusammen?« wollte er wissen, und als sie nickte, meinte er warnend: »Verriegele deine Tür! Ich trau dem alten Potentaten nicht.«

»Oh, Cal, sei kein Dummkopf! Sicher ist er eine ehrenhafte Seele! Und ich schätze, Cameron hat ihm gesagt, daß ich adligen englischen Geblüts bin und auf dem Weg nach England, um mich mit dem Herzog von Cumberland zu vermählen. Du brauchst dir gewiß keinerlei Sorgen zu machen. – Außerdem bezweifle ich, daß man hier in der Festung überhaupt Türen verriegeln kann.«

»Ich gebe dir meine Pistole«, sagte er und ließ sich nicht auf ihre Einwände ein. »Nein, nein, ich werde nicht ruhig schlafen, wenn du sie nicht hast. Versteck sie in deinem Ärmel.«

»Ich bin *ganz* sicher, daß du dich nicht zu beunruhigen brauchst«, sagte sie, aber er schob die Waffe unter ihre Jacke, und sie mußte sie annehmen.

»Falls du von ihr Gebrauch machen mußt – vergiß nicht, daß

es ein Linkslader ist! – Ich hoffe, wir müssen hier nicht lange verweilen«, murmelte Cal. »Es gefällt mir hier nicht. Immerhin ist es aber doch ganz gut, daß wir hierhergekommen sind, weil Mir Murad einen Cousin in Jalalabad hat, und der hat gehört, daß dort Spione aus Ziatur sind, die nach vier Angrezis und einem Säugling Ausschau halten – Mihal hat uns seine Rächer vorausgeschickt, und unser ganzer langer Weg wäre nutzlos gewesen – wenn wir dorthin gezogen wären, wären wir entdeckt und ermordet worden.«

»Und was machen wir nun?« sagte sie bestürzt. »Können wir Jalalabad umgehen?«

«O ja, Rob denkt, daß wir von hier aus querfeldein nach Kabul gelangen können. Es wird länger dauern als über die Karawanenstraße, aber es geht. Und Mihals Männer werden wohl kaum bis Kabul reisen. – Ich habe übrigens etwas über Rob herausgefunden, was dich überraschen wird – als er früher hier war, hatte er Weib und Kind!«

»Was?«

»Hab ich mir gedacht, daß dich das wundert! Gleich zu Anfang hat der Bei zu ihm gesagt – ›O weh, Arb Shah, ich fürchte, dieser Ort erweckt leidvolle Erinnerungen an Weib und Kind bei Ihnen!‹ Offenbar war Rob so vor zehn Jahren mit einer Kafir-Prinzessin verheiratet – eine Nichte oder Cousine von Mir Murad.«

»Guter Gott«, murmelte Scylla. Diese Neuigkeiten waren bei weitem erschreckender für sie als die Kunde von Mihals mörderischen Plänen.

»Was mag ihr wohl zugestoßen sein?«

»Irgend etwas Trauriges. Soweit ich das den Worten des alten Burschen entnehmen konnte, sind Frau und Kind vorzeitig zu Tode gekommen, während Cameron hier in der Gegend als Anführer der Armee des Beis einen Kampf ausgefochten hat.«

»Der arme Mann! Oh, der arme Mann! Kein Wunder, daß er

in letzter Zeit so verhärmt ausgesehen hat. Und ich habe gesagt – oh, was für eine gefühllose *Xanthippe* ich doch war!«

»Ich würde mich an deiner Stelle nicht so aufregen. Ich habe das Gefühl, daß er deinen Worten nicht eben viel Beachtung schenkt. – Aber hör du auf meine Worte, Scylla! Sieh dich vor! Ich glaube, der Bei hat immer noch ein Auge auf dich. Der scheint mir ein rechter alter Tatar zu sein, ein großes Schlitzohr.«

»Cal! Sei still!«

Aber es stimmte, daß der Bei sie immer noch beobachtete, stellte Scylla fest, als sie ihrem Bruder einen Gutenachtkuß gab und sich zum Gehen wandte. Sie traf ein plötzlicher durchdringender Blitz aus seinen tiefliegenden, schwerlidrigen Augen.

Das und die Erinnerung an das wilde Mädchen mit ihrem geschwungenen Bogen und ihrer Reiherfeder waren die letzten Bilder, die ihr durch den Kopf schwirrten, bevor sie einschlief.

11

Thomas' Mutter starb in der Nacht, in der sie erkrankt war. Fanny saß bei ihr, als der Tod eintrat, aber die alte Dame war schon Stunden zuvor in einen benommenen Zustand verfallen und erlangte ihr Bewußtsein nicht wieder. Der genaue Eintritt des Todes war nur daran zu erkennen, daß ihr sanfter, schwacher Atem stillstand. Fanny faltete ihre knochigen, fleckigen Hände und kniete sich zu einem stillen Gebet nieder und empfahl die arme Seele ihrem Schöpfer.

Draußen stimmten gerade ein paar Vögel zaghaft ihren Morgengesang an. Es war noch sehr früh, vor fünf Uhr. Die Sonne war noch hinter den Bergen im Osten verborgen. Nach dem heftigen Regen, der in der Nacht gefallen war, war das Tal von Nebel erfüllt.

Fanny überlegte sich, ob sie Schwester Baggot rufen sollte; da jedoch alles vorüber war, schien es nicht viel Sinn und Zweck zu haben, die Ruhe der Frau zu stören. Sie war bis Mitternacht aufgewesen und konnte ihren Schlaf gebrauchen. Aber es widerstrebte Fanny, in dem stickigen, übelriechenden Krankenzimmer zu bleiben, und sie öffnete sachte die Tür und schlüpfte die Treppe hinab. Sie warf sich ihren alten Umhang um die Schultern, ging zur Hintertür, legte die Kette so leise wie möglich zurück, trat auf die Schwelle und atmete in tiefen Zügen die feuchte, kühle Frische ein, die mit Gartendüften geschwängert war. Sie konnte den Duft von Gartennelken, Goldlack, frühen Rosen, Narzissen und der Fülle der Obstbaumblüten ausmachen. Nachdem sie sich dergestalt köstlich erfrischt hatte, schien es schier unmöglich, in das dunkle, verrammelte Haus zurückzukehren. Fanny trug ihre Hauspantoffeln und hatte keine Lust, ihre Holzpantinen zu suchen, aus Angst, sie könnte jemanden aufwecken; über den regengetränkten Rasen konnte sie daher nicht gehen. Statt dessen betrat sie den Kiesweg, der hinreichend trocken war, da er am Hang verlief, und ging langsam am Obstgarten entlang und bewunderte die üppigen Girlanden der weißumflorten Äste, die sich bezaubernd vom graublauen Himmel abhoben. Sie war sich reumütig bewußt, daß sie über den Tod der alten Dame trauern sollte, aber sie war beim besten Willen nicht dazu in der Lage. Sie hatte sich bemüht, Mrs. Paget zu lieben, aber es war nicht viel Liebenswertes an dieser nörgelnden, selbstsüchtigen, jammernden Person gewesen. Es schoß Fanny wie ein Freudenblitz durch den Kopf, daß nun kein Grund mehr bestand, Schwester Baggot im Hause zu behalten, und ohne ihre ziemlich unerfreuliche Gegenwart würde sich alles erheblich einfacher gestalten.

Aber ich will nicht an sie denken, beschloß Fanny, es wäre schade um den schönen Morgen. Sie hatte nun das Tor am Ende des Kieswegs erreicht und blickte sehnsüchtig auf die stille Straße hinaus und fragte sich, ob sie es wagen sollte, eine Runde durch die Stadt zu machen. Keine Seele rührte sich, und es erschien gänzlich unwahrscheinlich, daß irgend jemand sie sah oder daß diese Eskapade Thomas zu Ohren kam.

Kühn wagte Fanny sich hinaus, lief fast auf Zehenspitzen über die taufeuchten Pflastersteine. Die Stadt schien ihr allein zu gehören, sie schien die Besitzerin der Ziegel-, Stroh- und Holzdachhäuser mit den kleinen, leuchtenden Vorgärten voller Schlüsselblümchen, Goldlack und Vergißmeinnicht zu sein und nicht die Leute, die nichtsahnend in ihren Häusern schliefen. Nur auf dem Marktplatz regte sich etwas: Zwei Fuhrleute in ihren Kitteln entluden verschlafen einen Karren, der mit Rüben, Gemüse, hölzernen Milchkannen und Molkereiprodukten beladen war.

Fanny ging durch die enge Straße, genannt Bywimbles, die hinter der Kirche entlangführte. Dabei fiel ihr ein, daß sie Mrs.

Socket schreiben und ihr Mrs. Rapley ans Herz legen mußte, die bettlägrige Mutter von Tess' Cousin Tom, den die Presspatrouille eingefangen hatte. Sie fragte sich, in welchem der kleinen, windschiefen Häuschen Mrs. Rapley wohl wohnen mochte. Sie standen zusammengedrängt in einer Reihe zwischen der Kirche und dem Petworth House, eng an dessen große Einfriedungsmauer gedrückt, als suchten sie Wärme und Schutz.

Fanny trat in die Kirche ein, in der es ruhig und dunkel war und wo sich die Wärme der Nacht noch ein wenig gehalten hatte. Hier kniete sie nieder, betete um Ruhe und Frieden für Thomas' Mutter und dann für Thomas selbst und erbat sich schließlich Hilfe für ihre eigenen Sorgen, vor allem in bezug auf das Verhältnis zu ihrem Gatten. »Laß mich danach trachten, das Rechte zu tun«, betete sie bescheiden, »mehr erbitte ich nicht.«

Nach dieser kurzen, beruhigenden und erquickenden Unterbrechung ihres Spaziergangs trat sie wieder hinaus und schritt über den von Rosmarinbüschen gesäumten Friedhofsweg zur Straße zurück. Am Kirchhofeingang erblickte sie zu ihrer Überraschung eine Frau, die etwa Mitte dreißig sein mochte, aber so mager und abgearbeitet war, daß sie älter wirkte. Sie war schlicht gekleidet wie eine Magd. Sie trug ein braunes Kammgarngewand, ein weißes Taschentuch, wollene Strümpfe und ausgetretene Schuhe, aber seltsamerweise einen eleganten Damenhut. Zumindest war er einmal elegant gewesen, jetzt war er traurig eingedrückt und abgetragen, und seine Federn waren verschmutzt. Unter dem ausgefransten Rand sah ein bleiches, wirres Gesicht hervor. Sie warf Fanny einen nervösen, abschätzenden Blick zu, als würde sie überlegen, ob sie mit einem Almosen rechnen konnte.

»Kann ich Ihnen irgendwie behilflich sein?« fragte Fanny sanft, da die Frau ihr den Weg versperrte. »Ich habe leider kein Geld bei mir, aber –«

»Nein, nein, ich brauche kein Geld, Geld brauche ich nicht.

Ich *habe* etwas Geld, ich habe genug, *darüber* mache ich mir keine Sorgen«, erwiderte die Frau so überstürzt und leise, daß Fanny einige Zeit brauchte, bis sie sie verstand. Ihrer Stimme nach schien sie keine Magd zu sein, sie klang irgendwie vornehm. »Nein – nein – ich suche eine Bleibe, nichts gar zu Feines, nur ein Zimmer, ein ruhiges Zimmer, und es muß billig sein, sehr billig. Ich bin die ganze Nacht durch die Stadt gelaufen, weil ich nicht wußte, wohin ich mich wenden sollte, wen fragen. Wissen Sie vielleicht ein Haus, wo ich so ein Zimmer finden könnte? Am besten bei einer alleinstehenden Dame; mit Männern will ich nichts zu schaffen haben, nein, nein, Gott bewahre!«

Fanny fragte sich, was das arme Geschöpf wohl durchgemacht haben mußte, daß Männer ihr so zuwider waren. Dann fiel ihr das schreckliche Ereignis des Vortages wieder ein, und sie hatte eine plötzliche Eingebung.

»In dem kleinen Haus dicht bei der Kirche wohnt eine gewisse Mrs. Rapley. Sie ist ans Bett gefesselt, und ihr Sohn ist gerade erst – gerade erst zur See gegangen. Ich könnte mir denken, daß sie sich über eine stille, respektable Mitbewohnerin freuen würde, wenn diese ein paar Gänge für sie erledigen könnte. Ich schätze, sie würde nicht viel Miete verlangen.«

»Gleich bei der Kirche? Das würde mir gefallen. Ja, das wäre genau das Richtige«, erwiderte die magere Frau immer noch in dem weichen, leicht angespannten Murmeln.

»Aber Sie sollten noch ein wenig warten, bevor Sie sie stören«, sagte Fanny. »Es ist noch sehr früh. Und – und ich nehme an, sie können Referenzen vorlegen – wegen Ihrer Vertrauenswürdigkeit, meine ich?«

»O ja, Referenzen kann ich vorweisen.« Die Frau stieß ein weiches, hustendes Lachen aus. »Referenzen, ja, ja, zahlreiche Referenzen. Ich habe Freunde in der Stadt!«

»Dann würde ich an Ihrer Stelle etwas warten –«

»Etwas warten – ja, ich werde warten. Ich werde einen kleinen

Spaziergang über die Felder machen, bis die Leute sich rühren – sind die Felder nicht wunderschön zu dieser Jahreszeit? Mit dem Wiesenschaumkraut und den Sternhyazinthen, den Schlüsselblümchen und Sumpfdotterblumen und dem Hahnenfuß am Bach. Ja, ja, im Sommer sind die Felder auch herrlich!« Und sie schwang sich unbeholfen auf dem Absatz herum und ging davon. Fanny starrte ihr nach und fragte sich, ob sie recht daran getan hatte, diese arme, verwirrte Wandersfrau an Mrs. Rapley zu verweisen.

Aber ich werde es Tess sagen, dachte sie. Ich werde Tess frei geben, damit sie nachsehen kann, ob die Frau bei ihrer Tante Logis bezogen hat, und wenn es Grund zu Beanstandungen gibt, werde ich es Mr. Socket erzählen. Er wird wissen, wie man ihr helfen kann.

Die Kirchturmuhr schlug sechs und gemahnte Fanny daran, nicht länger herumzutrödeln, sonst würden die Dienstboten erwachen und sich wundern, daß sie so früh unterwegs war. Sie schritt daher eiligst die East Street hinab, von der der Weg zur Hermitage abzweigte, der an den Obstgärten entlang führte.

Als sie sich dem Tor näherte, sah sie verblüfft und voller Entsetzen, daß jemand mit weißer Farbe in zwanzig Zentimeter hohen Buchstaben zwei Worte auf die Holzplatten geschrieben hatte: HINTERHÄLTIGER MÖRDER! lautete die unbeholfen gemalte Anklage. Das letzte R war ausgelaufen, und auf dem Kies war eine kleine weiße Pfütze. Sollte ich *das* etwa übersehen haben, als ich hinausging? fragte sich Fanny bestürzt und bemerkte dann, daß die Farbe noch naß war und das Weiß immer noch tropfte. Jemand mußte herbeigeeilt sein und die Worte aufgemalt haben, während Fanny in der Stadt umherlief oder in der Kirche saß. Thomas wird rasend werden vor Zorn, dachte sie, und dann fiel ihr ein, daß sich am gestrigen Abend der gleiche Vorfall ereignet hatte. Er hatte Jem beauftragt, die anklagenden Worte wegzuwischen. Nun, sie mußte das auch veranlassen; wenn sie Glück hatte, erfuhr Thomas vielleicht gar nichts davon, daß sich die unerfreuliche Tat wiederholt hatte. Jem war inzwischen sicher bereits bei der Arbeit, putzte Messer und Stiefel und holte Wasser vom Brunnen. Oder Goble war im Garten. *Wer* konnte das nur getan haben? Vielleicht hatte ein Verwandter des zwangsverpflichteten Tom Rapley auf dem Weg zur Arbeit wütend die Wörter ans Tor geklatscht. – Aber daß ein Verwandter von der Presspatrouille geschnappt worden war, schien kein ausreichender Grund für so eine niederträchtige Tat.

Am Ende des Wegs erblickte Fanny zu ihrer Erleichterung die gebeugte Gestalt von Goble in seiner sackleinenen Schürze und den Ledergamaschen, der ein Büschel Stroh zu einem Erdbeerbeet trug.

»Goble!« rief sie sanft. »Kommen Sie bitte mal her!«

»Ma'am?«

»Goble, irgendein Bösewicht hat entsetzliche Worte ans Tor geschrieben – könnten Sie die bitte abwaschen, bevor Captain Paget hier vorbeikommt?«

»Worte, Ma'am?« Er sah verstört drein, als habe sie ihn in einer fremden Sprache angeredet.

»Unerfreuliche – Verleumdungen.« Fanny brachte es nicht über sich, die Inschrift wiederzugeben. »Waschen Sie sie bitte so bald wie möglich ab, Goble.« Sie ging aufs Haus zu, besann sich dann aber und wandte sich noch einmal um und sagte: »Oh, Goble, ich muß Ihnen leider mitteilen, daß Mrs. Paget krank war und letzte Nacht verschieden ist. Ich weiß, daß Sie – sie gern hatten.« Sie war sich nicht ganz sicher, ob das zutraf, aber irgend etwas hatte die alte Dame und Goble auf jeden Fall verbunden. Wenn er sie in ihrem Rollstuhl durch den Garten geschoben hatte, pflegten sie unzusammenhängende, weitschweifige Bemerkungen auszutauschen. Fanny fuhr fort: »Wenn Sie das Tor gesäubert haben, würden Sie dann freundlicherweise ein paar Blumen pflücken, mit denen ich ihr Zimmer schmücken kann.«

Goble sah sie abwesend an. In letzter Zeit hatte sich Fanny öfter gefragt, ob er dabei war, den Verstand zu verlieren, sein Betragen schien so sonderbar, unstet und sprunghaft.

»Verschieden?« wiederholte er. »Äh – verschieden? Wer is verschieden?«

»Die alte Dame – meine – Captain Pagets Mutter. Die alte Mrs. Paget, die Sie im Korbstuhl im Garten umhergeschoben haben.«

Ein Funke von Verständnis kam in seinen Blick. »Oh! Ah! Die Alte. Aber das war keine Missus Paget nich. Das war Missus Wilshire.«

»Ja, entschuldigen Sie, Sie haben recht«, sagte Fanny sanft. »Wir haben immer Mrs. Paget zu ihr gesagt, weil mein Gatte das wünschte. Pflücken Sie bitte ein paar Blumen für sie, Goble.«

Und sie ging ins Haus.

Aber hinter sich hörte sie, wie Goble wieder und wieder vor sich hinmurmelte: »Missus Paget war das nich, das war Missus *Wilshire,* war das nämlich.«

Die Vorbereitungen für die Beerdigung der alten Mrs. Paget beanspruchten eine Woche, und es war erforderlich, daß Thomas seine Reise nach London, wo er Einkäufe für die Truppe von Petworth machen sollte, verschob. Das versetzte ihn in schlechte Stimmung, ebenso wie die Entdeckung, die ihm von ihren Anwälten auf der Isle of Wight übermittelt wurde, daß die alte Dame nichts weiter besessen hatte als ihre Rente, die nun auch ausbleiben würde. Thomas mußte zu seinem größten Verdruß feststellen, daß er in der Sache draufgezahlt hatte und das Begräbnis aus eigener Tasche bezahlen mußte. Seine so erzeugte finstere Laune hätte Fanny davon abhalten müssen, ein gefährliches Thema anzuschneiden, aber ihr lag so viel daran, die Sache vor seiner Londonreise zu klären, daß sie es riskierte, sein Mißfallen zu erregen.

»Thomas«, sagte sie zaghaft zu ihm, als er sich am Morgen

seiner Abreise rasierte, »da Ihre Mutter nun – nun nicht mehr unter uns weilt, sollten wir da nicht Mrs. Baggot aus unseren Diensten entlassen?« Er fuhr mit dem Rasiermesser in der Hand herum und starrte sie so durchbohrend an, daß ihr ganz weich in den Knien wurde, doch ließ sie sich nicht beirren. »Es gibt jetzt kaum etwas zu tun für sie – ich weiß eigentlich gar nicht, was sie den ganzen Tag treibt – und – und ihr Lohn macht einen ordentlichen Teil der Haushaltsauslagen aus, die Sie doch stets gerne gering halten –«

Sie stockte unter seinem wilden Blick. Er sagte scharf:

»Nur weil *du* die arme Frau nicht leiden kannst, besteht keinerlei Grund, die Bedürfnisse des übrigen Haushalts zu vernachlässigen. Aber das ist wieder einmal typisch für dich! Selbstsüchtig, verstockt – nie an die Belange der anderen denken, nur an die eigenen! Du weißt sehr wohl, warum ich dir nicht gestatte, mich nach London zu begleiten. Weil ich dir nicht trauen kann, wenn ich dich aus den Augen lasse, nach all dem, was beim letzten Mal geschehen ist. – Bist du *jetzt* bereit, mir zu erzählen, was du in der Zeit getan hast, als du verschwunden warst?« drängte er plötzlich und packte Fannys Arm so heftig, daß die blauen Flecken und die Abdrücke der Fingernägel noch mehrere Tage lang zu sehen waren.

»Na, wird's bald?«

»Nein, Thomas, das kann ich nicht«, sagte sie ruhig und biß sich auf die Lippe, um nicht vor Schmerz aufzuschreien.

»Raus damit, verflucht nochmal!«

»Ich kann nicht«, wiederholte sie.

»Dann zum Teufel mit dir, du hinterhältige, falsche Hexe! – Und du erwartest, daß ich Mrs. Baggot entlasse – wo *sie* die einzige ist, der ich in diesem Hause vertrauen kann! Wer soll Mrs. Strudwick Anweisungen geben? Wer soll mit der kleinen Patty spazierengehen, wenn Mrs. Baggot geht? Wer unterweist dann Bet in Krankenpflege? Wer soll mir den Rücken massieren, der mich in letzter Zeit derartig plagt, daß ich ohne ihre Hilfe manchmal nicht wüßte, wie ich den Tag überstehen soll?«

Fanny sackte der Kiefer herunter angesichts dieser ungerechtfertigten Vorhaltungen. Sie sagte lieber nicht, daß Mrs. Baggot ihres Wissens niemals mit der kleinen Patty spazierengegangen war oder Bet unterwiesen hatte, sie murmelte:

»Ich wußte nicht, daß Ihr Rücken Sie plagt, mein Gatte, *ich* kann Sie gewiß massieren, wenn Sie mir sagen, wo der Schmerz sitzt – Ihre Mutter hat sich gern von mir den Rücken massieren lassen –«

»*Du?* Zu was sollst du schon taugen?« sagte er brutal. »Du taugst allenfalls zum –« und er schleuderte ihr eine Kette zotiger Ausdrücke entgegen, die sie sich in fassungslosem Schweigen mit kreidebleichem Gesicht anhörte, erstarrt vor Empörung, so daß sie nicht einmal in der Lage war, sich die Ohren zuzuhalten. »Mrs. Baggot bleibt in diesem Haushalt!« sagte er zum Abschluß. »Ich will nichts mehr von dieser Sache hören!«

Als dann bald nach dem Frühstück der einbeinige Captain Holland erschien, der Thomas auf seinem Botengang begleiten sollte, hob sich seine Stimmung wieder und er verabschiedete sich munter, ja geradezu leutselig von seiner Familie. Er ermahnte seine Töchter, in seiner Abwesenheit nicht dem Müßiggang zu verfallen, sondern ordentlich ihren Pflichten nachzukommen, dann würde er ihnen vielleicht ein paar Bänder aus London mitbringen. »Aber wohlgemerkt, nur wenn ihr brav seid«, fügte er hinzu.

Fanny machte sich seine gemäßigte Laune und die Anwesenheit der anderen zunutze und zog einen Brief hervor, der gerade von einem Boten überbracht worden war. Als Thomas sich ihr zuwandte, um sich kühl von ihr zu verabschieden, sagte sie zu ihm:

»Thomas, hier ist gerade eine Einladung von Lady Mountague eingetroffen. Sie bittet mich, am kommenden Freitag einen Tag bei ihr in Cowdray Park zu verbringen. Ist es – ist es schicklich, die Einladung anzunehmen?«

Thomas' Miene offenbarte seine widersprüchlichen Gefühle. Auf der einen Seite wollte er diese vielversprechende, begehrte Verbindung nicht gefährden, andererseits mißgönnte er Fanny jedes Vergnügen. Nach einem kurzen inneren Kampf antwortete er barsch:

»Nun gut, ich gestatte dir anzunehmen. Du mußt die Mädchen mitnehmen, Patty und Bet. Es wird ihnen zustatten kommen, wenn sie Gelegenheit haben, Sitten und Gebräuche der gehobenen Gesellschaft zu studieren und zu sehen, wie es in den Kreisen des Adels zugeht.«

Er kletterte in Captain Hollands Kutsche, die die beiden Männer nach London bringen sollte. Seine Töchter schwenkten ihre Taschentücher, der Kutscher knallte mit der Peitsche, und weg waren sie. Fanny ging mit wundervoll erleichtertem Gemüt ins Haus zurück und setzte sich nieder, um die Zusage auf Lady Mountagues Einladung zu schreiben.

Die nächsten paar Tage vergingen in ungewöhnlich guter Stimmung und herrlicher Ruhe. Ohne Thomas und ohne den mürrischen, trübsinnigen Geist der alten Mrs. Paget lebte es sich so angenehm, als würde ein glücklicher Zauber über der Hermitage liegen. Es wurde bald klar, daß Thomas Mrs. Baggot beauftragt hatte, sein Weib schärfstens zu beobachten, und in den ersten beiden Tagen seiner Abwesenheit beobachtete Fanny halb beschämt, halb belustigt die Hartnäckigkeit, mit der Mrs. Baggot ihr auf Schritt und Tritt folgte. Nach und nach lockerte sich aber diese Überwachung. Offenbar war die Schwester für diese Sonderaufgabe im voraus bezahlt worden und hatte einen Teil des Geldes in Alkohol umgesetzt. Am dritten Tag war sie nicht zu sehen, und ihrem Zimmer entströmte ein starker Geruch nach Gin und Pfefferminz. Fanny war froh, daß das unerfreuliche Nachspionieren ein Ende hatte und verbrachte soviel

Zeit wie möglich mit Gartenarbeit. Ihre Hilfe wurde von Goble mit mißmutiger Ergebung geduldet. Hin und wieder wurden sogar ihre Vorschläge aufgenommen, wenn auch nie ohne Einschränkung, Auseinandersetzung und Verzögerung. – »Glauben Sie nicht, daß eine Rabatte aus wilden Stiefmütterchen und Vergißmeinnicht um den Brunnen herum, an der Innenseite des Backsteinwegs, hübsch aussehen würde?« »Sapperlot, Missus, was wolln Sie bloß immerzu den Garten mit so spinnerten Ideen zupflanzen? Wozu solln bloß solche Zierblümchen am Brunnenrand gutsein?«

»Sie und Jem könnten sich daran erfreuen, Goble, wenn Sie Wasser holen.« Auf diese unsinnige Vorstellung hin schnaubte er nur verächtlich und fügte, als wäre die Sache damit erledigt, hinzu: »Un ich kann die wilden Stiefmütterchen sowieso nich setzen, bevor daß es nich ordentlich regnen tut. Der Boden is nämlich brottrocken.« Aber ein paar Tage später wurden Stiefmütterchen und Vergißmeinnicht um den Brunnen herum gepflanzt, genau wie sie es sich vorgestellt hatte. Sie lernte bald, ihm nicht zu rasch und zu aufdringlich zu danken, sonst erntete sie nur ein griesgrämiges, höhnisches Schnauben und einen gemurmelten Kommentar wie »Spinniger Schnickschnack«. Es empfahl sich, einige Tage verstreichen zu lassen und dann beiläufig zu bemerken: »Die Stiefmütterchen sehen gut aus nach dem Regen, Goble.« »Sag ich ja, Missus.« Ein Schnauben. »Wenn se nich verschimmeln, werdn se vielleicht was.«

Es ließ sich wohlsein im Garten in diesen Tagen. Goble murmelte unter den Rosenbüschen in den Zierbeeten Bibelsprüche vor sich hin, die kleine Patty warf ihren Ball gegen die Stallwand, Bet saß mit ihrem Strickzeug unter einem Apfelbaum, Jem pfiff falsch beim Grasschneiden, und kein Thomas war im Gartenhaus, der Fanny ermahnte, wenn sie ihre Arbeit unterbrach und den Eibenweg entlangschlenderte und über die Mauer in die grüne Talsenke hinabsah, wo den ganzen Tag der Kuckuck rief.

Am Freitag wurde die Idylle getrübt. Die kleine Patty erschien mit einem dicken roten Ausschlag auf dem Gesicht beim Frühstück, der sich, wie festgestellt wurde, über ihren ganzen Körper ausbreitete. Sie war gereizt, nörgelig und weinerlich. Und als Doktor Chilgrove kam und einen schweren Fall von Nesselfieber diagnostizierte und Bettruhe und karge Kost verordnete, erhob sie ein wildes Geschrei und brach in Tränen aus.

»Aber ich will mit der Kutsche mitfahren!« kreischte sie. »Papa hat's erlaubt! Das ist ungerecht! Das ist gemein! Ich will Lady Mountagues Haus sehen!«

»Sei kein dummes Gänschen!« rief ihre Schwester aus. »Du glaubst doch wohl nicht, daß Lady Mountague dich *so* zu sehen wünscht!«

»Nein, mein Herzchen, ich fürchte, du mußt dich bis zum nächsten Mal gedulden«, bekräftigte Fanny. »Doktor Chilgrove sagt, daß du im Moment nicht ausgehen darfst. Du hättest nichts davon. Du mußt im Bett bleiben.«

Fanny machte sich große Gedanken, ob Thomas ihr bei seiner Rückkehr nicht die Vernachlässigung ihrer häuslichen Pflichten vorwerfen würde, wenn sie Patty allein ließ, um ihre Verabredung mit Lady Mountague einzuhalten. Sollte sie bei dem Kind zu Hause bleiben? Da aber Thomas ausdrücklich gewünscht hatte, daß sie den Besuch machte, befand sie sich in einer Zwickmühle. Aber Doktor Chilgrove bestärkte sie zu gehen, als er unverblümt sagte:

»Das Kind ist nicht in Gefahr, Ma'am. Du liebe Güte! Was ist schon Nesselfieber? Sie ziehen los und machen sich einen schönen Tag – Sie kommen weiß Gott selten genug aus dem Haus – Susan Strudwick und die kleine Tess und die Kinderschwester des Kleinen und dieses andere Weibsstück – wie-war-doch-ihr-Name? – Wenn die nicht auf ein verwöhntes Gör aufpassen können, dann sollten Sie die ganze Bande rausschmeißen und andere einstellen!«

Auf diese Weise kam ein unangenehmer Mißton in die Abfahrt von Fanny und Bet. Als sie losfuhren, stimmte Patty, die von Tess und Mrs. Strudwick mit Gewalt in ihrem Zimmer zurückgehalten wurde, ein entsetzliches Geschrei an.

»Ihr seid die größten Ungeheuer der Welt, und ich verzeihe euch *niemals*«, brüllte sie aus dem Fenster, aus dem sie sich in ihrem Nachthemd herausbeugte.

»Wenn sie so schreien kann, geht es ihr nicht allzu schlecht«, bemerkte Doktor Chilgrove herzlos und schwang sich auf sein Pferd. Trotz dieses unangenehmen Beginns sollte es ein sehr vergnüglicher Tag werden.

Die Fahrt nach Cowdray Park war ein Genuß. Sie nahmen die Straße nach Midhurst, die die ganze Strecke über an einem sanft ansteigenden Hang entlangführte und einen Blick gen Süden auf das breite Flußtal des Rother bot, zu den welligen, grasbedeckten Downs hinüber, die gute fünf Meilen entfernt waren.

»Jem sagt, daß über den Fluß Schmuggler kommen«, sagte Bet, auf den leuchtenden Strom zeigend.

»Genau, das stimmt«, sagte Jem, der sie kutschierte.

Fanny war recht erstaunt.

»Aber sie betreiben doch nicht etwa weiter ihren Schmuggel, da doch die Franzosen jederzeit bei uns einfallen können?«

»Liebe Güte, Ma'am, was ein freier Handelsmann is, der hängt doch sein Beruf nich an den Nagel un läßt sich sein Gewinn durch die Lappen gehn, nur weil die Regierung sagt, wir haben Krieg mit die Franzosen«, erläuterte Jem nachsichtig. »Un außerdem sin das nämlich grade die Schwarzarbeiter, die wo die neusten Neuigkeiten wissen von den Franzmännern, was die dort drüben vorhaben. Was glauben Sie wohl, was die *Sea Fencibles* sin, die unser Premierminister Pitt landauf landab lobt? Das sin nämlich keine andern als wie genau die Herren, mit 'nem neuen Namen! Wenn die mit 'ner Ladung Tee oder dem ein oder anderen Fäßchen Schnaps von Rouen oder Lille rüberhuschen, bringen die nämlich auch ihr Päckchen Neuigkeiten mit über die Stellung vom französischen Heer. – Achtung, Mam, jetzt fahrn wir durch Cowdray Park.«

Da sich das Land im Kriegszustand befand, hatte man einige der ausgedehnten grünen Hügel von Cowdray Park umgepflügt und Weizen angepflanzt, der in diesem heißen Sommer bereits hoch stand und unter dem wolkenlosen Himmel leuchtete. Aber nun kamen sie durch ein schattiges Waldgebiet mit Eichen und Buchen, gewaltige Bäume, unter denen Damwild graste, anmutig von Licht zu Schatten wechselnd.

»Oh, Stiefmama, sind sie nicht schön!« rief Bet aus, aber Fanny seufzte in Erinnerung an das Wild im Petworth Park, das zu ihrem ersten Zusammentreffen mit Liz Wyndham geführt hatte.

Als sie wieder aus dem Wald herausfuhren, erwartete sie ein trauriger Anblick: Zu ihrer Linken stand in einiger Entfernung ein großes, herrschaftliches Steingebäude, fast ein Schloß, das völlig vom Feuer zerstört war. Nur ein Teil des Hauptgebäudes, einige Flügelfenster und Kamine sowie ein paar geschwärzte Steinpfeiler waren übriggeblieben. Fanny war ganz betroffen, und Bet beteuerte aufgeregt und lautstark, daß die Schloßruine sie an den Schauplatz eines Romans erinnere, den sie einmal von Mrs. Dawtry, der Harfenlehrerin, ausgeliehen hatte.

Jem, der offenbar bestens Bescheid wußte, wo Lady Mountague seit der Zerstörung von Cowdray Castle residierte, lenkte die Kutsche einen Karrenweg hinab, der in ein Wäldchen links von der Straße führte, und hielt alsbald vor einem kleinen, strohgedeckten Haus an. »*Das* ist es?« rief Bet empört aus. »Das ist ja lachhaft. Du willst doch nicht etwa behaupten, daß Lady Mountague *hier* residiert?«

Aber Jem war bereits abgesprungen, um den Kutschenschlag zu öffnen, und eine knicksende Magd stand bereit, um sie ins Haus zu führen.

Lady Mountague lebte wahrhaft ganz anders, als Fanny es erwartet hatte, und die Vermutung drängte sich ihr auf, daß Thomas' Erwartungen von einem aristokratischen Hauswesen, das, anders als Petworth House, mit Anstand und Würde geführt würde, aufs ärgste enttäuscht würden. An Anstand mangelte es nicht, aber in was für einem bescheidenen Rahmen! Fanny war entzückt, aber Bet war außer sich. Lady Mountague lebte mit ihrer Köchin und einem Diener in einem Haus, das nicht halb so groß war wie die Hermitage, und sie wurden in einen winzigen Raum gebeten, der zur Hälfte mit Pflanzen und Vogelkäfigen vollgestellt war. Da man etliche große Fenster in die Südwand des Hauses eingelassen hatte, wurden sie vom Sonnenlicht geblendet, und es dauerte eine Weile, bis sich ihre Augen darauf eingestellt hatten und sie erkennen konnten, wer sich in dem Zimmer befand. Einmal war da Lady Mountague, genau wie Fanny sie im Petworth House erlebt hatte; lächelnd, gesetzt und würdevoll saß sie in einem Ohrensessel, dann – zu Fannys allergrößter Verwunderung – ihre Stieftochter Martha und schließlich ein fremder junger Mann.

»Meine liebe Mrs. Paget!« sagte Lady Mountague, als Fanny vor ihr knickste. »Ich bin so froh, daß Sie sich die Zeit nehmen, eine alte Einsiedlerin wie mich zu besuchen. Zur Vergeltung Ihrer Güte habe ich eine kleine Überraschung für Sie vorbereitet – eine angenehme, hoffe ich!« fügte sie lachend hinzu. »Man weiß nie genau, was für Folgen es hat, wenn enge Verwandte sich begegnen.« Aber es war offensichtlich, daß alle Beteiligten froh waren über das Wiedersehen. Fanny war mit ihrer mittleren Stieftochter immer am besten ausgekommen – allerdings hatte sich Bets Charakter in jüngster Zeit gebessert, weil sie nicht länger mit ihrer hübscheren Schwester konkurrieren mußte.

Martha eilte nun auf Fanny zu und küßte sie überschwenglich.

»Stiefmama! Endlich kann ich Sie mit meinem Mann bekanntmachen! Oh, ich bin so glücklich, daß Lady Mountague so freundlich war, dieses Treffen zu arrangieren. Das ist Charley! Ist er nicht ein prächtiger Bursche? Er ist wirklich einzigartig! Du bist auch hier, Bet! Als wir uns das letzte Mal gesehen haben, hast du wohl kaum gedacht, daß ich dich bei unserer nächsten Begegnung ausstechen könnte! Ich bin jetzt eine gediegene verheiratete Frau – Mrs. Penfold, wenn ich bitten darf! – und du mußt mir auf der Treppe den Vortritt lassen!«

»Gegenwärtig sind aber keine Treppen vorhanden«, sagte Lady Mountague lächelnd. »Martha, meine Liebe, wollen Sie nicht mit Ihrer Schwester und Ihrem Mann hinausgehen und meine Pfauen füttern? Da auf dem Fenstersims ist ein Korb mit alten Brotrinden.«

Nachdem Fanny ihren neuen Schwiegersohn begrüßt hatte – er schien tatsächlich ein angenehmer, wohlerzogener junger Mann zu sein, der sich ihr gegenüber höchst anständig und respektvoll betrug, dabei aber ein untergründiges Lächeln in den Augen hatte, das vermuten ließ, daß er jederzeit zu einem Schabernack aufgelegt war, wenn er sich nicht zusammennehmen mußte – zogen die drei jungen Leute durch die Flügeltüren davon und ließen Fanny alleine bei Lady Mountague zurück.

»Ma'am, ich weiß nicht, wie ich Ihnen danken soll!« rief Fanny aus, sobald ihre Stieftöchter außer Hörweite waren. »Mein Gatte hat es strikt unterbunden, daß irgendwelche Nachforschungen über Martha angestellt wurden – man darf nicht einmal ihren Namen aussprechen!–, aber ich habe mir größte Sorgen um sie gemacht. Ich bin so froh, daß sie in einem angenehmen, sicheren Hafen gelandet ist. Wie ist es dazu gekommen?«

»Oh, ich bin Charley Penfold sehr zugetan«, sagte die alte Dame lächelnd. »Er ist der Sohn vom Gutsverwalter meines verstorbenen Gatten, hat sich aber hochgearbeitet – mein Mann hat ihn auf die Grammar School in Midhurst geschickt und ihn für die Kirchenlaufbahn ausersehen. Aber dann hat er etwas über die Stränge geschlagen, wir haben herausgefunden, daß er in Schmugglergeschäfte der hiesigen Freihändler verwickelt war, und damit war es mit der kirchlichen Laufbahn vorbei. Vor ein paar Monaten ist Charley dann mit den besten Vorsätzen zu mir gekommen. Er hat erklärt, daß er seinem Leben eine Wende gegeben habe und nun Captain der hiesigen *Sea Fencibles* sei. Er hat mir auch erzählt, daß er geheiratet hat und wollte wissen, ob er eins meiner Häuser auf den Cowdray-Ländereien mieten könne. Ich erklärte mich gerne einverstanden, besonders als ich erfuhr, daß er Captain Pagets Tochter geheiratet hatte. Er würde sich nur zu gern wieder mit der Familie seiner Frau aussöhnen, wenn das möglich wäre.«

Fanny dachte, daß Thomas' Vorbehalte vielleicht nicht unüberwindlich waren, wenn er erfuhr, daß der junge Mann in Lady Mountagues Gunst stand, doch konnte sie nicht für ihren Gatten sprechen und brachte dies auch zum Ausdruck. Dann fragte sie vorsichtig:

»Kann der junge Mann eine Frau ernähren?« Ihr kam nämlich in den Sinn, was Jem über die *Sea Fencibles* gesagt hatte, daß es sich in Wahrheit um Schmuggler handelte, die man nur mit einem respektabel klingenden Namen aufgewertet hatte.

»Ich sehe, Sie werden eine prächtige Schwiegermutter abgeben, meine Liebe! Ja, Charley verrichtet die unterschiedlichsten Arbeiten auf meinem Gut, neben seiner Tätigkeit bei den *Fencibles* – und zwar ganz vortrefflich. Ich zahle ihm den Lohn eines Jungverwalters, und sie haben ein ganz entzückendes Häuschen unten beim Eastbourne Tor. Anfangs hat es mir widerstrebt, Ihre Stieftochter aufzunehmen, da ich sie für ein flatterhaftes junges Gör hielt, um die Wahrheit zu sagen; aber durch die Heirat ist sie ein anderer Mensch geworden, und auch bei Charley hat sie Wunder bewirkt. Sie scheinen sich hervorragend zu vertragen und sind sehr gesetzt und vernünftig geworden.«

Während Lady Mountague sprach, konnte Fanny zu ihrer

großen Verblüffung beobachten, wie eine Maus über den Fußboden huschte, an dem geschwungenen Tischbein eines Jakobinischen Tischchens emporkletterte und eifrig an ein paar Körnern zu nagen begann, die aus einem der Vogelkäfige am Kopfende des Tisches herausgefallen waren. Lady Mountague schenkte dem keinerlei Beachtung, raffte nicht einmal ihren grauen Brokatrock.

»Ma'am, ist das nicht eine Maus?«

»Doch«, erwiderte die alte Dame ruhig. »Sie sind hinter den Körnern der Vögel her. Deshalb stelle ich meine Teller mit Naschwerk auch immer auf Vasen.«

Fanny hatte sich schon gefragt, warum drei oder vier Teller mit Törtchen und Waffeln recht wackelig auf langhalsigen Krügen und Kerzenhaltern balancierten.

»Die Mäuse sind sehr schlau«, sagte Lady Mountague und sah mit zärtlichem Lächeln auf ein Tierchen, das keine zehn Zentimeter von ihrem Arm entfernt an Krümeln herumknabberte, »aber ich bin noch schlauer! Wollen wir hinausgehen und uns zu den jungen Leuten gesellen? Ich dachte, wir nehmen unser Mittagessen in der Weinlaube ein. – Ich sage *junge Leute*, aber Sie sind ja ebenso jung wie sie, meine Liebe«, fügte sie hinzu und hakte sich bei Fanny ein, während sie leicht hinkend mit ihr den Garten betrat. »Wie geht es Ihrem Kleinen? Wann kann ich ihn mir einmal ansehen? Und das andere kleine Mädchen? Haben Sie nicht noch eine dritte Stieftochter?«

Während sie sich mit Fanny über deren Hauswesen unterhielt, gingen sie einen Grasweg entlang, der zum Rother hinabführte. Es war ein stattlicher Strom, breit und tief genug, daß ein Kohle- oder Holzschleppkahn ihn befahren konnte. Fanny verstand gut, daß er für die Schmuggler ideal war. Und Lady Mountague berichtete ihr dann tatsächlich mit einem gewissen Stolz, daß in Midhurst, das man von ihrem Standort aus sehen konnte, von den Kellern fast aller Häuser lange unterirdische Gänge zum

Flußufer führten, damit die Schmuggelware leichter zu befördern war.

»Befürworten Sie etwa das Schmuggeln, Ma'am?« fragte Fanny verdutzt, während sie Lady Mountague über eine Brücke folgte.

»Aber gewiß doch! Ich bezweifle, daß für den Tee, den Sie demnächst trinken werden, Zoll bezahlt wurde. Dumme Gesetze bringen zwangsläufig Gesetzesübertretungen mit sich.«

Am anderen Flußufer lagen die Ziergärten der Schloßruine von Cowdray. Dort fütterten Martha, Bet und Charley drei Pfauen und etliche Schwäne, die ans Flußufer geschwommen waren. Ein samtiger Rasen führte zu einer Weinlaube, in der ein Tisch und Stühle aufgestellt waren. Zu diesem kühlen, friedlichen Hafen brachten Charley und ein Diener Körbe mit einer leichten Stärkung – Kuchen, Obst und Wein. An Ort und Stelle wurde ein sahniges Dessert zubereitet, indem eine Kuh von einem nahen Feld herbeigeführt und ihre Milch direkt in eine Weißweinspeise gemolken wurde (das erledigte Charley). Fanny meinte, noch nie etwas auch nur annähernd so Köstliches verspeist zu haben.

Während Lady Mountague nach dem kleinen Mahl ihrem Gärtner einige Anweisungen gab und die beiden Mädchen schwesterlichen Klatsch austauschten, was ihnen eindeutig zwei Monate gefehlt hatte, wandte sich Charley mit gesenkter Stimme an Fanny.

»Ich war mir nicht sicher, ob ich Sie damit beunruhigen sollte oder nicht, Ma'am«, sagte er. »Ich habe es mit Marthie besprochen, und sie war der Meinung, es wäre nicht nötig. *Sie* sagt, daß es ihr nichts ausmacht, wenn sie ihren Vater nie wiedersieht – und es ist ihr gleichgültig, was mit ihm geschieht. Aber ich bin jemand, der immer reinen Tisch haben will. Wenn auch nur die geringste Aussicht bestanden hätte, daß der alte Herr der Partie zustimmt, hätte ich ihn offen und ehrlich gefragt. Aber Marthie hat gesagt, daß er seine Zustimmung nicht mal am Sankt Nimmerleinstag geben würde – und andere Leute in Petworth waren auch der Meinung – also ist uns nichts anderes übriggeblieben, als durchzubrennen.«

Fanny, die es etwas befremdete, daß er Thomas als ›alten Herrn‹ bezeichnete, konnte Martha nur darin beipflichten, daß er nie seine Zustimmung gegeben hätte, sagte aber, daß sie für ihren Teil froh sei, daß Martha so einen netten Ehemann gefunden hatte. Sie könne aber leider nicht versprechen, daß der Vater bereit sei, ihnen zu vergeben.

»Nein, nein, darum geht es mir gar nicht, Ma'am, verstehen Sie mich nicht falsch«, sagte Charley rasch. »Falls Captain Paget Marthie vergibt, ist das schön und gut, falls nicht, werde *ich* keine Krokodilstränen vergießen. Wir kommen so sehr gut zurecht. Deswegen habe ich Sie nicht angesprochen, nein, ich wollte Sie warnen. Ich habe viele Freunde in Petworth, und es ist mir zu Ohren gekommen, daß man dem Captain übel will, und ich denke, er sollte auf der Hut sein.«

»Jemand will ihm übel? Wer kann das sein? Haben Sie eine Ahnung?«

»Es ist nicht nur eine Person, Ma'am, wird gemunkelt. Eine Frau steckt dahinter – aber sie ist ein armes, verrücktes Geschöpf, ich bezweifle, daß *sie* ihm viel anhaben kann. Aber sie könnte andere anstacheln, die dazu in der Lage sind. Ich habe Marthie von ihr erzählt, und sie hat sofort gesagt: ›Oh, das hört sich nach unserer alten Gouvernante an, die Pa rausgeworfen hat; Miss Fox war ihr Name!‹«

»Miss Fox – ach herrje!« sagte Fanny entgeistert. »Ich glaube, der bin ich schon begegnet – ich selbst habe vorgeschlagen –«

Sie verstummte in der Erinnerung an ihre Begegnung mit der seltsamen Frau an dem Morgen nach Mrs. Pagets Tod. »Aber kann die arme verwirrte Frau meinem Mann auch wirklich nichts anhaben?« sagte sie dann.

»Da ist noch eine andere Person im Spiel, soweit ich verstanden habe, Ma'am. Ich weiß aber nicht, wer es ist, aber man hat gehört, wie Miss Fox undeutlich gemurmelte Drohungen ausgestoßen hat: ›Jetzt hab ich eine Verbündete‹, sagt sie, ›jetzt werd ich mich an ihm rächen, und er wird den Tag bereuen, an dem er Maria Fox vor die Tür gesetzt hat. Wo ich jetzt eine Verbündete habe, hab ich ihn in meiner Gewalt.‹«

»Großer Gott, wie entsetzlich! Wen kann sie bloß damit meinen?«

»Mehr weiß ich nicht darüber, Ma'am«, sagte Charley Penfold nüchtern.

Er fühlte sich jetzt offensichtlich besser, da er sein Gewissen erleichtert hatte, und wandte sich ab, um die Eßkörbe zu ergreifen und zu Lady Mountagues Waldhaus zurückzutragen.

Martha drängte, daß ihre Schwester und ihre Stiefmutter *ihrem* Haus einen Besuch abstatten sollten, damit sie sahen, wie hübsch es ausgestattet war. »Es ist so fein und behaglich! Es ist das beste Häuschen der Welt! Und wir haben sogar ein Bett für dich Bet, falls Papa dir je erlaubt, uns zu besuchen.«

Fanny jedoch befand, daß diese Besichtigung auf eine spätere Gelegenheit verschoben werden mußte. Zwei Gründe bewogen sie zu diesem Entschluß: Erstens mußte sie feststellen, daß Bet wieder in ihre alte Gewohnheit verfiel, ihre Schwester um ihr günstigeres Schicksal zu beneiden. Die überraschende Begegnung hatte diese bösen Gefühle zunächst in den Hintergrund gedrängt, aber nun hatte sie wieder ihr altvertrautes, griesgrämiges, eifersüchtiges Gesicht aufgesetzt, und in ihrer Stimme lag wieder der unwirsche, übellaunige Unterton. Fanny fürchtete, daß der Anblick des Hauses der Tropfen sein könnte, der das Faß zum Überlaufen bringen und das bessere Verhältnis zerstören könnte, das sich gerade anzubahnen schien. Und was sie selbst betraf, hatte Charleys Warnung eine unbestimmte, aber heftige Beunruhigung in ihr ausgelöst. Sie wollte so schnell wie möglich nach Hause, um sich zu vergewissern, ob dort alles in Ordnung war.

Also sagte sie ohne Umschweife zu Lady Mountague:

»Ma'am, dieser Tag bei Ihnen war mein glücklichster seit – seit ich mein Vaterhaus verlassen habe. Aber Marthas Mann hat mir etwas erzählt, das mich nach Hause treibt. Ich muß sehen, ob dort alles in Ordnung ist. Außerdem bin ich sicher, daß wir Ihnen lange genug zur Last gefallen sind! Ich weiß gar nicht, wie ich Ihnen für Ihre Güte danken soll.«

»Meine Liebe, die Freude ist ganz meinerseits. Kommen Sie, geben Sie mir einen Kuß! Und ich hoffe, wir werden uns bald wiedersehen. – Ihr Gatte wird es doch gewiß gestatten?«

»Aber sicher, Ma'am!«

»Dann werde ich an einem dieser schönen Tage gerne einmal ganz zwanglos bei Ihnen vorbeischauen.«

Fanny bestärkte sie nach Kräften, gab Martha einen Abschiedskuß, schüttelte Charley Penfold herzlich die Hand und kletterte hinter Bet in die wartende Kutsche.

Bet war auffällig schweigsam auf der Rückfahrt. Sie wickelte sich unzufrieden in ihr Umschlagtuch. Der Abend war kühl und wolkig, eine schwere, dunkelgraue Wolkenbank am westlichen Himmel kündigte ein Gewitter an, und ein leichter Regen setzte ein.

Die Straßen von Petworth waren leer, als sie durch die Stadt fuhren. Aus Angst vor dem Gewitter hatten sich die Bürger zweifellos frühzeitig zurückgezogen. Der Ort wirkte unnatürlich still. Aber als sie den Weg zur Hermitage hinabfuhren, waren seltsamerweise vor ihnen Stimmen zu hören – ziemlich viele Stimmen, wie es den Anschein hatte.

»Wie sonderbar!« rief Bet lauschend aus. »Man könnte annehmen, daß im Garten eine Menschenmenge versammelt ist! Glauben Sie, daß Papa vielleicht heute schon zurückgekommen ist? Versammeln sie vielleicht die Truppe – oder sowas?«

»Wir werden es gleich sehen«, sagte Fanny, die selbst unerklärlicherweise zitterte.

Als sie um die Wegbiegung fuhren und das Haus erblickten, konnten sie sehen, daß im Garten tatsächlich eine große Menschengruppe versammelt war – alle Mitglieder des Haushalts, Tess, Jemima, Mrs. Baggot, Goble – sowie einige andere Personen, die Fanny nicht kannte. Sie drängten sich alle um den Brunnen.

Tess flog ihnen über das Gras entgegen, sobald die Kutsche auftauchte.

»Oh, Ma'am! Wir wollten eben grade einen Boten ausschicken nach Ihnen! Oh, was für ein Unheil–!«

Mrs. Strudwick folgte ihr und erreichte Fanny genau in dem Moment, als sie aus der Kutsche stieg.

»Ma'am, Gott sei Dank, daß Sie kommen – wenn ich auch nicht weiß, wie ich es Ihnen sagen soll–«

Hinter Mrs. Strudwick kam Jemima, die Kinderschwester, das Gesicht tränenüberströmt.

»Ich hab ihn nur zwei Minuten alleingelassen!« schluchzte sie. »Gott ist mein Zeuge, länger war es bestimmt nicht!«

»Was ist geschehen, Mrs. Strudwick?«

Fanny sprach so ruhig sie konnte, aber sie fühlte einen Messerstich im Herzen.

»Es geht um Master Thomas, Ma'am! Oh, Ma'am, er ist in den Brunnen gefallen!«

12

Nachdem sie drei Tage in der Festung von Bei Mir Murad Beg verbracht hatten, wurde Scylla ausgesprochen unruhig und ungehalten. Sie wollte die Reise fortsetzen und brachte das Cal gegenüber zum Ausdruck bei einer der seltenen Gelegenheiten, da sie ihn unter vier Augen sprechen konnte.

Die männlichen Gäste wurden aufs vielfältigste unterhalten – es gab Jagdgesellschaften, bei denen Moschushirsche und Reros gejagt wurden, Falkenjagden, Schießwettkämpfe und abends festliche Gelage, von denen sich die Frauen wohlweislich fernhielten.

»Für *dich* ist es sehr unterhaltsam«, sagte Scylla zu ihrem Bruder. »Aber wir müssen endlos mit den Frauen des Beis zusammenhocken und lernen, wie man Decken webt und Ziegenkäse herstellt. Etwas anderes schickt sich nicht für uns.«

»*Ich* würde mir das gefallen lassen«, sagte Cal. »Das ewige Zielschießen ist todlangweilig! Seit wir hier angekommen sind, hatte ich noch keinen Augenblick Zeit, an meinem Gedicht zu arbeiten. Ich würde gern bei den Frauen des Beis zu Hause sitzen – eine von ihnen ist ungewöhnlich schön.«

Scylla blickte ihn leicht beunruhigt an. In seiner Stimme schwang ein gewisser Ernst, und es war ihr nicht entgangen, daß sein Blick beim letzten Festmahl häufig auf der jüngsten Frau des Beis geruht hatte, einem wunderschönen, kokett lachenden Geschöpf namens Sripana, kaum älter als vierzehn Jahre. Sie wurde von der ganzen Sippschaft verhätschelt. Es war Cal schon das ein oder andere Mal gelungen, kurz mit ihr zu reden, hauptsächlich in stummer Zeichensprache, da sie nur einen Kafirdialekt sprach. Mit ziemlichem Entsetzen hatte Scylla beobachtet, wie er ihr ›Spatzeck‹ beibrachte, ein Spiel, das sie unter viel Gelächter und

Neckerei lernte. Es war den Frauen hier in der Festung nicht untersagt, sich mit den Männern zu unterhalten, aber Scylla hatte bemerkt, daß der Bei dieses Treiben mit sehr mißfälligem Blick betrachtete. Jetzt sagte sie:

»Wenn der Bei doch bloß Colonel Cameron seine Schulden bezahlen würde, damit wir hier loskommen. Ich habe genug vom Wollewaschen und Gerstemahlen für die Grütze!«

Die Frauen führten in diesem Hauswesen tatsächlich ein überaus tätiges Leben. Sie mußten hart arbeiten. Obwohl der Bei ein reicher Mann war und Land besaß, das er großzügig verwaltete, duldete er keinen Müßiggang. Er lebte wie ein reicher Bauer. In dem großen Hof wurden Hennen gehalten, deren Eier eingesammelt wurden; Schafe und Ziegen wurden geschoren, oder die Wolle wurde sorgsam von dem niedrigen Gestrüpp auf den Berghängen abgezupft, gewaschen, gekämmt, versponnen und verwoben. Die Frauen des Beis mußten zwar keine schwere Arbeit verrichten, aber sie verbrachten ihre Tage mit Spinnen, Weben und Sticken und mit der Herstellung komplizierter Speisen; sie rührten Milch zu Käse, Rahm zu Butter, verkneteten getrocknete Maulbeeren, Aprikosen und Honig zu unvorstellbar süßem Gebäck. Zwei, drei Tage lang war es sehr interessant, an diesem Leben teilzuhaben. Miss Musson genoß diese Mußezeit sehr und beschäftigte sich damit herauszufinden, mit welchen Farbstoffen die Kafirer ihre leuchtenden Decken und Tuniken färbten. Aber Scylla erschien dieses Frauendasein herzlich langweilig nach den Abenteuern ihrer Reise und dem gleichberechtigten Leben neben ihren männlichen Gefährten.

»Du mußt einsehen, daß Cameron nicht einfach hier auftauchen und nach seinem Geld fragen kann!« hielt Cal ihr vor. »Ich bin sicher, das würde gegen alle Regeln von Sitte und Anstand verstoßen. Die Angelegenheit muß in angemessener Form abgewickelt werden. Ich schätze, daß er die Sache in zwei, drei Tagen zur Sprache bringen wird.«

»*Ich* glaube, daß der Bei ihm das Geld gar nicht geben wird«, sagte Scylla. »Ich mag den Blick in seinen Augen nicht.«

Damit tat sie dem Bei unrecht. Mir Murad war ein sehr ehrenhafter Mann, der nicht im Traum daran gedacht hätte, eine Schuld nicht zu begleichen, aber im Moment verfügte er über wenig Geld, da er kürzlich gezwungen gewesen war, die Tochter seiner mittleren Frau mit einer Mitgift auszustatten. Er machte Cameron daher den schlauen Vorschlag, ihn bei einem weiteren Feldzug gegen einen benachbarten Stammesführer zu begleiten, den er im Verdacht hatte, Vieh von ihm gestohlen zu haben.

»Mit dem Diebesgut des Banditen kann die Hälfte meiner Schulden gedeckt werden, Arb Shah, und die andere Hälfte kann ich selbst auftreiben. So kann der Ehre Genüge getan werden.«

Cameron lehnte ab; seine Reisegruppe durfte keine Zeit verlieren, die Angrezi-Ladys wollten ihre Reise möglichst schnell hinter sich bringen und strebten ihrem fernen Ziel entgegen.

Der Bei war ausgesprochen ungehalten. »Hat der Yagistani-Anführer den Spaß am Kämpfen verloren?« bemerkte er mit einem leichten Mißton in der Stimme. »Ich hatte gehofft, noch einmal mit meinem alten Kameraden in die Schlacht zu reiten.«

Cameron ließ sich nicht locken. »Wir sind inzwischen älter geworden, Mir Murad, und ich habe Frauen zu beschützen. Wenn ich nun in der Schlacht getötet würde, wie sollten sie sich dann je nach Europa durchschlagen?«

Der Bei blickte Cameron unter seinen buschigen grauen Augenbrauen von der Seite her an.

»Wenn Sie, ihr Beschützer, getötet würden, würden sie bei mir Zuflucht finden und könnten hier in Ehren bis ans Ende ihrer Tage leben – oder«, fügte er widerstrebend hinzu, »ich würde ihnen, falls sie es wünschen, einen Begleitschutz bis Bagdad stellen.«

Cameron musterte ihn eingehend. Es war nicht zu übersehen, daß der Bei die Enttäuschung, die das Mißverständnis bezüglich

Scylla bei ihm hervorgerufen hatte, noch nicht überwunden hatte. Es war wirklich zu dumm, daß er sie für eine hübsche Kirgisensklavin gehalten hatte, die sein Freund Arb Shah ihm freundlicherweise mitgebracht hatte. Anscheinend hatte er sich seit eh und je eine Kirgisin in seiner Frauensammlung gewünscht und kam daher nur schwer über diesen Irrtum hinweg. Etliche Male hatte er wehmütig zu Cameron gesagt:

»Sind Sie ganz sicher, Arb Shah, daß sie eine Angrezi ist und die Schwester des jungen Mannes? Sie gleichen sich so wenig!« Dabei betrachtete er Scylla mit einem Blick, der Cameron ziemlich beunruhigte. Mir Murad war ein Ehrenmann, das wußte er, nach *seinem* Kodex, aber nach diesem Kodex war vieles möglich. Scylla ahnte nicht, daß Cameron genausosehr wie sie darauf aus war, das gastliche Haus des Beis so bald wie möglich zu verlassen. Er hatte nämlich genau wie Scylla beobachtet, daß Cal sich bedenklich von Mir Murads jüngster Frau angezogen fühlte. Es war natürlich nur eine jugendliche Schwärmerei; der Knabe wollte keinem Menschen auf der Welt zu nahe treten, war sich seines Zustands vielleicht nicht einmal recht bewußt, aber sein Blick folgte Sripana unablässig. Er ergriff jede Gelegenheit, sich ihr zu nähern, und das war der scharfen Aufmerksamkeit ihres Gatten nicht entgangen. Jeden Moment konnten sich peinliche Situationen ergeben, und Cameron verfluchte sich selbst, daß er die Gruppe überhaupt in die Festung geführt hatte.

Nun hatte der Bei, der immer noch sehnsüchtig darauf aus war, seinen Harem mit dem einen oder anderen fremdartigen Geschöpf zu bereichern, eine andere, noch bessere Idee, wie er zu dem noch fehlenden Geld gelangen könnte, das er Cameron schuldete.

»Ich habe gehört«, erklärte er, »daß die Hauptfrau des Amir von Kandahar, Shuja'-ul-Mulk, sich sehnlichst einen Erben wünscht. Ich weiß aus zuverlässiger Quelle, daß der Shahzada sich am ersten Tag des afghanischen Neujahrs mit allen Frauen seines Harems auf eine Pilgerreise zum großen Schrein in Hazrat Imam begeben wird, mit einem Begleitschutz von fünfzig Reitern und einem großen Schatz aus Gold und Rubinen, um dort um einen Erben zu beten. Und sie können wahrlich einen gebrauchen! Ist doch Amir Thaimur gestorben, ohne einen seiner dreiundzwanzig Söhne zu seinem Nachfolger zu bestimmen. Seit seinem Tod befehden sich die Prinzen und die Städte des Landes unablässig. – *Ich* bleibe in meiner Festung auf meinen Bergen und halte mich da heraus. – Aber um Ihretwillen, Arb Shah, mein alter Freund und Kamerad, werde ich mich wie in alten Tagen auf mein Roß schwingen und diese Königinnenprozession überfallen. Was sind schon fünfzig berittene Leibwächter für Sie und mich und meine tapferen Söhne? Wir können sie an einem Vormittag schlagen. Und dann können Sie einen Griff in den Schatz der Königin tun, und wir können Lösegeld für sie verlangen«, fuhr er mit leuchtenden Augen fort. »So etwa dreitausend Goldtillals würde ich sagen!«

»Was!« Cameron war empört. »Einen Pilgerzug auf dem Weg zu einem heiligen Schrein überfallen? Und dann auch noch *Königinnen*? Nein, nein, Mir Murad Beg, ich bin ein Kämpfer, aber ich kämpfe nicht gegen Pilger oder Frauen – ich kann mich auch nicht erinnern, daß Sie in alten Tagen so etwas getan hätten! Außerdem ist sie die Frau Ihres eigenen Amirs!«

»Persische Hundesöhne!« Der Bei spuckte angewidert aus. »Was bedeuten uns schon die Perser? Wir Kafirer sind aus Scythien. Man kann ja wohl eine Herde Schafe scheren, Arb Shah. Im Moment müßten sie über den Kunderapaß ziehen, wir könnten sie wie ein Donnerschlag überfallen.«

Aber Cameron sagte, daß daran nicht zu denken sei.

Nach dieser abschlägigen Reaktion auf seine gute Idee wurde der Bei sehr schweigsam und mürrisch.

»Ich bitte Sie, mein lieber Freund«, sagte Cameron, »vergessen Sie die Schulden! Was bedeutet schon so eine Nichtigkeit unter

Brüdern? Ich werde zu Ihnen zurückkommen, wenn ich die Angrezi-Ladys nach Bagdad gebracht habe – oder vielleicht nach Damaskus oder Akkon – wenn ich mir Gewißheit verschafft habe, daß sie sich sicher nach England eingeschifft haben – dann komme ich zu Ihrer Festung zurück, und wir veranstalten ein großes Festmahl und gehen zur Jagd und, wenn Gott will, führen wir die eine oder andere Schlacht gegen Ihre Feinde und plaudern über die glücklichen alten Zeiten. Und wenn die Vorsehung Ihnen günstig gesinnt war, geben Sie mir das bißchen Geld zurück, das Sie mir noch schulden.«

»Aber Sie brauchen doch das Geld *jetzt*«, sagte Mir Murad und zwirbelte sich niedergeschlagen seinen grauen Schnurrbart. Dann hellte sich seine Miene plötzlich auf. »Es ist doch Neujahr! Ich werde meinem Volk verkünden, daß die Frühlingsabgaben fällig sind, bevor die Heckenrosen blühen. Ich werde unverzüglich meinen Killadar aussenden.«

Cameron war zutiefst erleichtert. Ihm entging nicht, daß der Bei diesen Weg der Geldbeschaffung für armselig hielt im Vergleich zu einem Raubüberfall auf seine Feinde, aber es schien ein zufriedenstellender Kompromiß zu sein. Sogar die heikle Miss Musson brauchte keinerlei Skrupel zu haben, Geld anzunehmen, das durch Abgaben eingetrieben worden war (sie wäre mit Sicherheit entsetzt gewesen, wenn sie gehört hätte, daß der Bei vorhatte, die Frauen des Amirs gefangenzunehmen und Lösegeld für sie zu verlangen). Nach den Maßstäben seines Landes war Mir Murad ein hervorragender Oberherr, der sein Volk vor Banditen beschützte und keine übermäßigen Abgaben verlangte.

Dergestalt erleichtert nahm Cameron gern die Einladung von zwei Söhnen des Beis an, einen Bergleoparden zu jagen, der jüngst die Herden ihres Vaters bedroht hatte. Er hoffte von Herzen, daß am Ende des Tages genug Geld und Gut beisammen war, daß der größte Teil der Schulden beglichen werden konnte und das empfindliche Gewissen des Beis somit beruhigt war.

Dann konnten sie am nächsten Morgen aufbrechen, oder vielleicht einen Tag später, ohne daß jemand das Gesicht verlor.

Scylla und Miss Musson hatten inzwischen die Bekanntschaft einer alten Dame namens Khalzada gemacht, die Kraft ihres hohen Alters und ihrer Weisheit im Haushalt des Beis hochangesehen war. Sie stammte aus dem kirgisischen Norden – möglicherweise aus Samarkand oder Taschkent, dachte Miss Musson. Sie war eine Sklavin des Großvaters des Beis gewesen und hatte sich, weil sie sich auf Kräuter verstand und die Zukunft vorhersagen konnte, Achtung verschafft und war von der Sklavin zum Eheweib aufgestiegen. Inzwischen hatte sie ein knorriges, ehrenhaft hohes Alter erreicht.

Außer im heißen Sommer hielt sich Khalzada hauptsächlich in ihrem eigenen Gemach auf, das man über eine schmale Steintreppe erreichte. Hier thronte sie auf zahllosen Lagen unterschiedlich gefärbter Felle. Khalzada sprach weder Urdu noch Pandschabi, aber Habiba, die zweite Frau des Beis, die aus Kabul stammte und sie ehrfurchtsvoll zu der alten Dame geleitet hatte, blieb als Übersetzerin bei ihnen.

Der Raum war stickig warm, in einem Kohlenbecken brannte ein Dungfeuer, und einige Mädchen standen hinter Khalzada und wedelten mit gefärbten Yakschwänzen die Fliegen weg. Den Gästen wurde Tee in kleinen Kupferschalen angeboten und eine Speise aus Quark und Butter, dazu eine Prise Schnupftabak und hutzelige kleine schwarze Dinger, bei denen es sich, wie Miss Musson Scylla zuraunte, wohl um getrocknete Schneepilze handelte. Miss Musson nahm sowohl den Schnupftabak als auch die Pilze tapfer an. Scylla lehnte höflich ab, woraufhin die alte Dame sie sofort einer scharfen Musterung unterzog und etliche Fragen an sie richtete, die Habiba übersetzte:

»Sie fragt, ob die Angrezi-Lady den Schnupftabak ablehnt, weil sie guter Hoffnung ist?«

»Nein, nein«, sagte Scylla. »Sagen Sie ihr, daß ich nicht verheiratet bin.«

»Nicht verheiratet, und dennoch sind Sie mit Männern unterwegs? Das ist aber sehr eigenartig!«

»Einer von ihnen ist mein Bruder, Sahiba«, erwiderte Scylla, »und diese Dame« – sie legte ihre Hand auf Miss Mussons Arm – »ist meine Pflegemutter.«

»Der jüngere Mann ist also Ihr Bruder? Den anderen, Arb Shah, kenne ich schon seit vielen Jahren.« Offenbar hatte die alte Dame die Besucher insgeheim beobachtet.

»Der junge Mann – wie heißt er?«

»Cal Bahadur«, sagte Miss Musson.

»Er hat etwas Seltsames an sich – ich glaube, er ist von einem Dschinn besessen.«

»Wie kommen Sie darauf, Sahiba?« fragte Scylla verblüfft.

»Mir sind schon andere begegnet, die es ebenso getroffen hat. Es liegt etwas in seinem Blick, seine Haut, die Hände, sein ganzes Gebaren – werden seine Augen nicht hin und wieder rot? Erhebt er nicht manchmal in fremder Zunge seine Stimme?«

»Doch, das ist schon geschehen, gewiß, Sahiba – oder so etwas Ähnliches«, stimmte Miss Musson zu. Tatsächlich waren Cals Augen nach einem Fallsuchtanfall oft blutunterlaufen.

»Ich wußte es. Er hat einen Dschinn«, wiederholte die alte Dame nickend. »Ist es ein böser oder ein guter?«

»Oh, ein guter«, versicherte Miss Musson. »Er gibt ihm wunderschöne Worte ein, die er zu Papier bringt.«

»Das habe ich mir gedacht«, sagte Khalzada. »Mein Enkel, der Bei, macht sich große Sorgen wegen dem jungen Mann, weil er zu häufig seine Blicke auf Sripana ruhen läßt, aber ich habe Mir Murad gesagt, daß es falsch wäre, sogar gefährlich, sich mit einer Person anzulegen, in der ein so mächtiger Geist wohnt.«

»Ja, das wäre in der Tat schlecht«, rief Miss Musson verblüfft und beunruhigt aus.

»Außerdem glaube ich nicht, daß uns von Seiten des jungen Mannes Unheil droht«, fuhr die alte Dame fort. »Ich habe in die Salzschale geblickt und keine Gefahr von ihm ausgehen sehen. – Und dennoch verspüre ich Gefahr – ich spüre Unheil. Es scheint von einem Mitglied Ihrer Gruppe auszugehen. Geben Sie mir Ihre Hand, Angrezi-Lady.«

Miss Musson streckte ihre Hand aus. Khalzada unterzog sie einer gründlichen Prüfung.

»Nein, da liegt kein Unheil, nur große Weisheit und Güte.« Sie sah genauer hin, wollte etwas sagen, beherrschte sich dann und blickte durchdringend in Miss Mussons Augen. Die amerikanische Dame hielt ihrer Musterung ruhig stand, aber seufzte ein wenig. Scylla kam es so vor, als hätten die beiden Frauen eine unausgesprochene Botschaft ausgetauscht, als hätte Khalzada ihr etwas mitgeteilt, was sie bereits wußte; etwas, das man ihr schon unzählige Male erzählt hatte.

»Imra, Moni und Gish wachen über Sie. Wir werden immer Freunde bleiben und viele Geheimnisse austauschen«, sagte Khalzada zu Miss Musson. »Nun, Kind, gib mir *deine* Hand.«

Sie grübelte etliche Minuten über Scyllas Handfläche, als wäre sie verwundert, kniff die Augen zusammen, murmelte vor sich hin. »Diese Linien sind so schwach, ich werde nicht daraus schlau. – Bring mir die Salzschale, Mädchen«, sagte sie zu einer der Sklavinnen, und diese brachte ein flaches, geschwungenes schwarzes Tongefäß mit einem Henkel an jeder Seite, auf dessen Grund sich ein recht dreckiges Salzhäufchen befand.

»Rühren Sie das mit Ihrem Finger um«, sagte Khalzada. Scylla rührte, dann schüttelte die alte Dame die Schale behutsam und betrachtete die Muster, die sich geformt hatten. »Sehr ungewöhnlich«, murmelte sie vor sich hin. »Ich sehe hier viel Kummer – einen toten Mann, ein totes Kind –«

»O nein.« Scylla war entsetzt, ihre Gedanken flogen zum kleinen Chet, der im Moment fröhlich mit einem Beißring spielte, der aus dem Zahn einer Wildziege gefertigt war und den ihm eine andere Frau des Beis geschenkt hatte.

»Unterbrechen Sie mich nicht, Angrezi! Ich sehe auch Kummer für meinen Enkel – Schmerz – er ist verletzt und leidet. Ich denke, Sie wollen ihm kein Leid zufügen, Lady, aber dennoch geschieht es und zwar durch Ihre Vermittlung.«

Ziemlich beklommen fragte sich Scylla, ob diese Schmerzen sich auf den unverhohlenen Wunsch des Beis bezogen, sie für seinen Harem zu bekommen. Sie versuchte, ihre Hand zurückzuziehen, aber die alte Dame hielt sie immer noch fest umklammert mit ihrer kräftigen Klaue und starrte dabei in das Salz in dem Gefäß. »Sie sollten lieber nicht mehr lange in der Festung meines Enkels bleiben, Angrezi-Mädchen. Ich glaube, von Ihnen könnte das Unheil ausgehen, das uns droht.«

»Das tut mir leid, Sahiba«, sagte Scylla schlicht.

»Aber das hier ist sonderbar!« Khalzada schüttelte das Gefäß und starrte erneut hinein. »Ich schüttle es weg, aber es formt sich immer neu. Ich sehe einen großen Baum, einen großen, gewundenen Baum – es ist kein Baum, der hier bei uns wächst. Es ist ein heiliger Baum, aber er ist weit weg, weit im Norden. Es ist ein Baum voll Zorn und Kraft, in seinen Windungen ist ein Mann verstrickt, wie ein Tier in der Umschlingung einer Schlange. Sie haben einen dunklen, sorgenvollen Weg vor sich, Angrezi-Mädchen! Ach und Weh! Ich kann nicht alles entziffern, aber der Kopf schmerzt mir davon!« Sie starrte in Scyllas Gesicht empor und sagte: »Dennoch ist *hier* kein Unheil zu erkennen. Es ist ein Schicksal, das Ihnen von den Göttern auferlegt wurde. Sie sind so jung und zart und müssen doch so eine dunkle Strecke zurücklegen. Warten Sie, ich werde Ihnen zwei Dinge geben, die Ihnen von Nutzen sein werden. – Oder nein, kommen Sie mit mir.«

Sie erhob sich überraschend behende und humpelte, immer noch Scyllas Finger umklammernd, in eine fensterlose Kammer, wo sie unter staubigen, hauchfeinen Tüchern herumhantierte, um eine massive Holztruhe zu öffnen. Aus ihrem Innern strahlte der erstaunten Scylla ein farbiger Glanz entgegen. Die Truhe war bis zum Rand mit seidig glänzenden Stoffen in leuchtendem Scharlachrot, Blau und Grün gefüllt, juwelenbestickt, voller Lamé und Quasten, nicht zu vergleichen mit dem abgetragenen, groben graubraunen Gewand der alten Dame. Khalzada versenkte ihre Hand in dieser unerwarteten Pracht und kramte ganz vorsichtig und sachte darin herum und zog dann einen kleinen Gegenstand hervor. »Habiba!« rief sie, und Habiba, die im anderen Zimmer geblieben war, weil sie nicht genau wußte, ob die alte Dame wollte, daß sie folgte, eilte mit besänftigendem Lächeln herbei.

»Erklär dem Angrezi-Mädchen, was es mit dieser Gabe auf sich hat, Habiba!« und die alte Dame gab ihr hastig eine Reihe von Erklärungen.

»Das hier ist ein goldener Ring mit Kamelhaar umwickelt«, sagte Habiba und steckte ihn Scylla an den Finger. »Die Großmutter meines Gatten wünscht, daß Sie ihn tragen, auf daß Sie ihren Enkel nicht verletzen, den sie liebt. Es ist der Siegelring des Stammes weit im Norden, von dem sie abstammt. Denn sie war einst Königin in der großen Flußebene, wo der Kafir Niham in den Kunduz mündet. Dieser Ring kann jede Handlung zum Guten oder Bösen wenden, kann geben oder nehmen, Gesetze machen oder aufheben –«

»Ich bin der Sahiba zutiefst dankbar für diese Ehre«, meinte Scylla, »aber ich habe nicht vor, ihrem Enkel Schmerz zuzufügen, um nichts in der Welt – warum sollte die Dame mir also ihren kostbaren Ring geben?«

Darauf stieß die alte Dame eine ungehaltene Antwort hervor, die Habiba übersetzte: »Sie sagt, daß Sie nicht unterbrechen sollen und daß der Ring für Sie bestimmt ist. Sie müssen ihn stets tragen bis – bis Sie ihn einem Mann geben können, den Sie bis an ihr Lebensende lieben werden.«

Der Ring war angelaufen und schwer, mit kräftigem schwarzem Haar umwickelt, aber dennoch saß er sehr locker an Scyllas Mittelfinger. Als Habiba das sah, zog sie eine Handvoll schwarze Schafswolle aus einem Yakledersack und umwickelte den Ring dick mit Wolle, bis er besser paßte.

Inzwischen hatte Khalzada erneut in der Truhe herumgekramt und brachte etwas zum Vorschein, das wie ein vertrockneter Dornenzweig aussah, den man angemalt oder in roten Saft getaucht hatte, dazu einen kleinen Musselinbeutel mit rotem Puder. Beides überreichte sie Scylla mit einer knappen gemurmelten Bemerkung zu Habiba – offenbar die Erklärung, wozu diese Dinge dienten –, dann humpelte sie zu Miss Musson in das andere Zimmer zurück.

»Wozu ist das?« fragte Scylla, den Zweig mißtrauisch betrachtend – ähnlich merkwürdige Utensilien hatte sie die Zauberer in Ziatur benutzen sehen.

Sorgsam erklärte Habiba, wozu Zweig und Puder gut waren. »Sie bekommen die Dinge, weil unsere verehrte Großmutter Ihnen zugetan ist, meine Dame. Sie wünscht, daß Sie die Festung in Frieden verlassen und keinen Groll gegen uns hegen und sicher ans Ziel Ihrer Reise gelangen.«

»Bitte sagen Sie der hochverehrten Dame, daß ich ihr von ganzem Herzen danke«, sagte Scylla. »Versichern Sie ihr, daß ich keinem in dieser Festung übel will, am allerwenigsten ihrem Enkel – und als Zeichen meiner guten Absichten gebe ich ihr –«

Was für eine Gabe wäre angemessen und statthaft und eindrucksvoll genug, um der alten Dame zu verdeutlichen, daß sie freundliche Gefühle hegte? Mit Bedauern, aber in dem Bewußtsein, daß es das einzig mögliche Geschenk war, streifte Scylla das Band über ihren Kopf, an dem ihre Uhr hing. Die silberne Uhr war alt und hatte einst ihrer Mutter gehört. Auf der Unterseite war sie hübsch mit Blumen graviert und auf dem Deckel hatte Miss Mussons Bruder ihren eigenen Namen, Scylla, eingravieren lassen. Sie war allerdings nie ganz richtig gegangen, und seit ihrem Abenteuer im Treibsand ging sie gar nicht mehr, ein für allemal. Danach hatte sie noch soviel auszuhalten gehabt: Tauchbäder in Flüssen, Stöße gegen Baumstämme, Kratzen an Felswänden, sogar die völlige Überkrustung mit Eis in Schneestürmen, daß Scylla nicht im geringsten damit rechnete, daß sie je wieder die Zeit anzeigen könnte. – Trotzdem trennte sie sich nur schweren Herzens von ihr.

»Geben Sie Khalzada dieses Amulett«, sagte sie und überreichte Habiba die Uhr an ihrem abgeschabten Band.

Sie hatte erwartet, daß Khalzada sich gebührend dankbar zeigen würde beim Empfang dieses hübschen, interessanten Geschenks, aber zu ihrem Verdruß blickte die alte Frau nur in den Deckel, den Habiba für sie aufschnappen ließ, nickte dann, als habe sie so etwas Ähnliches erwartet, und setzte ihr Gespräch mit Miss Musson fort, das die beiden in einer Art Zeichensprache zu führen schienen.

Scylla fühlte sich etwas vor den Kopf gestoßen, knickste und verließ den Raum, als Khalzada sie nicht weiter beachtete, und ging die staubigen Stufen wieder hinab, dorthin, wo sie den kleinen Chet in der Obhut von Sripana und der dritten Frau des Beis zurückgelassen hatte, die selbst etliche kleine Kinder hatte. Die zwei Frauen begrüßten sie freundlich mit dem gewohnten strahlenden Lächeln. Sie wurden nicht müde, ihr silbriges, lockiges Haar zu bewundern, und immer wenn sie den Raum betrat, kamen einige der Frauen zu ihr und streichelten und glätteten es mit Ausrufen des Staunens. Scylla war aber nicht nach Weiberklatsch zumute. Sie fühlte sich niedergeschlagen, verwirrt und verzagt nach dem seltsamen Gespräch mit Khalzada. Sie nahm den Säugling auf, schüttelte höflich den Kopf, als die Frauen des Beis einladend auf ein Kissen klopften, und schlenderte in den Hof der Festung, damit Chet etwas frische Luft bekam. Sie hätte die Festung zu gerne verlassen, um in den Bergen herumzustreifen, aber während Cal und Cameron mit den Söhnen des Beis frei über die mit Heckenrosen und Wacholderbüschen übersäten Hügel galoppieren konnten, hatte man ihr und Miss Musson unmißverständlich zu verstehen gegeben, daß Frauen hinter den Festungsmauern zu bleiben hatten – es sei denn, ein wohlbewachter Kräuter- oder Wollsammelausflug wurde veranstaltet. Jedes weibliche Wesen, das sich draußen herumtrieb, wurde eingefangen und sanft zurückgebracht.

Heute allerdings war im Hof der Festung viel geboten. Offenbar war der Bei nicht mit seinen Gästen auf die Leopardenjagd gezogen, sondern zu Hause geblieben, um die Abgaben entgegenzunehmen. Er hatte sein Staatsgewand angelegt: einen Umhang aus Leopardenfell und eine fünfzig Zentimeter hohe Leopardenkappe, und saß auf einem Thron aus behauenem Fels, über den ein Schaffell gebreitet war. Seit dem frühen Morgen zogen die Leute altem Brauch folgend in einer langen Reihe feierlich an ihm vorbei. Ein Dorfbewohner nach dem anderen trat vor, nannte dem Verwalter, dem Killadar, der rechts vom Bei stand, seinen Namen und überreichte seine Abgabe, die mit einer längeren wortreichen Begutachtung entgegengenommen wurde. Die Abgaben wurden in jeder nur erdenklichen Form geleistet: mit Butter gefüllte Häute, langbeinige Ziegen, gerupftes Geflügel, sorgfältig gebündeltes Brennholz oder Säcke mit Kohle, das eine oder andere zottige Pony, fette Schafsschwänze, die man im Schnee konserviert hatte, Pakete mit getrocknetem Pfeffer, Asant, ganz vereinzelt einige Kupfermünzen, sogenannte Zerubs, und das eine oder andere Klümpchen Türkis. All diese Dinge wurden vom Killadar und seinem Helfer, dem Naib, abgeschätzt, ihr Wert wurde auf einem Art Abakus mit braunen Tonperlen, die auf Drähten aufgezogen waren, berechnet, auf einer Schafshaut wurde ein Vermerk gemacht und den Pächtern wurde mitgeteilt, ob ihre Abgabe ausreichte oder ob sie noch mehr zu zahlen hatten.

Am Ende der Schlange kam ein bärtiger Mann mit einer Pelzkappe, dessen Gesicht Scylla irgendwie bekannt vorkam. Sie zermarterte sich den Kopf, wo sie ihn schon gesehen hatte, als sie mit Entsetzen sah, daß hinter ihm zwei Soldaten das kecke Mädchen herbeischleppten, das auf seinem zottigen schwarzen Roß über den Fluß geritten war und so stolz seine Reiherfeder getragen hatte. Es war die Braut aus dem Dorf – ihre Hände waren gebunden, und sie war staubig und zerzaust und tränenüberströmt. Der zornige bärtige Mann war ihr Vater, der jetzt eine lange, heftige Bittrede an den Bei richtete. Der Bei schien ungeduldig zuzuhören, schüttelte dann den Kopf und machte eine wegwerfende, abschlägige Geste mit der rechten Hand.

Scylla bemerkte, daß Therbah, Camerons Diener, leise neben sie getreten war, der Beweis dafür, daß die Jäger auf dem Heimweg waren, da Therbah sich nie weit von der Seite seines Herrn entfernte. Allerdings war er auch Scylla sehr zugetan und begegnete ihr mit Achtung.

»Was sagen sie, Therbah?« flüsterte sie ihm zu. »Verstehen Sie, was da vor sich geht?«

Der Vater der Braut fiel nun auf die Knie. Er schien zutiefst verzweifelt. Das Mädchen stand immer noch von den Wachen festgehalten hinter ihm. Sie schien in einer Art Trancezustand zu sein, bewegte sich wie eine Schlafwandlerin, nahm ihre Umgebung kaum wahr.

Therbah erklärte:

»Bei nix Erlaubnis geben für Hochzeit. Nix Brautpreis bekommen. Frau kostet zwei Pferde, fünf Kühe, vierzig Schafe, Festmahl für dreihundert Leute sieben Tage lang. Bei bekommt Hälfte davon.«

»Und er hat sie nicht bekommen? Aber es ist doch sicher« – Scylla war verwirrt – »es ist doch sicher die Pflicht des Gatten, den Brautpreis zu zahlen. Wo ist er?«

Sie sah sich nach dem hübschen jungen Mann um, der die

triumphale Acht geritten war und sein Gewehr in den Himmel abgefeuert hatte.

»Bei böse sein. Ehemann nicht von hier sein. Mann sagt, muß nicht Brautpreis zahlen an Mir Murad. Und Mir Murad sagt, kein Brautpreis, kein Heiraten.«

Der Bei machte eine weitere abweisende Handbewegung, und der bärtige Vater wurde aus dem Hof gescheucht, während seine Tochter zum Eingang der Festung geführt wurde. Bis er durch das Tor verschwand, schimpfte und bettelte der Vater. Aber die Tochter schien gleichgültig, fast ruhig, bis plötzlich am Eingangstor eine Art Handgemenge entstand, bei dem einer der zwei Wächter ihr ein kurzes gerades Messer entwand und dem Helfer des Killadar zuwarf, unter dem Kopfschütteln, Schulterzucken und den mißfälligen Blicken des Gefolge des Beis. Als man ihr das Messer entriß, ließ die junge Braut ihre gleichgültige Maske fallen. Sie stieß einen verzweifelten Schrei aus und setzte sich wild gegen ihre Häscher zur Wehr, die sie allerdings leicht überwältigten und durchs Tor zerrten.

Scylla war entsetzt und fragte sich, ob es wohl Sinn hatte, dem Bei Vorhaltungen zu machen, aber in dem Moment sprangen die Tore wieder auf, um die wiederkehrende Jagdgesellschaft einzulassen. Ein über eineinhalb Meter großer Schneeleopard hing schlaff über den Sattelknopf eines Sohns des Beis. Sein wunderschönes silbergraues Fell war mit schwarzen Rosetten gesprenkelt, das Maul in grinsender Totenstarre geöffnet. Als er ihn erblickte, klatschte Mir Murad sogleich in die Hände und entließ die letzte Gruppe seiner abgabenbringenden Vasallen und eilte herbei, um seine Söhne und Gäste zu begrüßen und zu ihrem großen Fang zu beglückwünschen, dann schickte er nach Kumiss, damit sie ihren Triumph festlich begießen konnten.

Als Cal seine Schwester sah, überquerte er den Hof, um mit ihr zu reden – sie hatten kaum Gelegenheit, täglich mehr als ein paar Worte auszutauschen –, und Cameron folgte ihm bald darauf.

Scylla berichtete ihnen sofort aufgeregt, was mit der Braut geschehen war und fragte Cameron, ob er nichts dagegen unternehmen könne.

»Es ist so schrecklich! Das arme Mädchen! Sie hat doch nichts getan! Es war nicht ihre Schuld! Was wird mit ihr geschehen, Colonol Cameron?«

»Ich fürchte, Miss Paget«, sagte er unwillig, »daß in so einem Fall – wenn das Mädchen einen Mann aus einer anderen Region heiratet oder wenn der Vater seinem Feudalherrn nicht den angemessenen Brautpreis bezahlt – und hier scheinen beide Verstöße vorzuliegen – die Strafe darin besteht, daß das Mädchen in den Besitz des Beis übergeht.«

»O nein! Aber was geschieht mit dem Mann? Was wird *er* tun?«

Die beiden Männer tauschten einen finsteren Blick aus.

»Jetzt wissen wir, wessen Kopf es war«, murmelte Cal.

»Was soll das heißen?« wollte Scylla wissen.

»Das war ja wohl nicht nötig, daß Sie das sagen, Sie Schafskopf!« sagte Cameron mit einem scharfen Unterton.

Aber Scylla hatte gesehen, in welche Richtung sie geblickt hatten und eilte zum Tor. Auf dem ebenen Vorplatz, an dessen Rand der Berghang steil abfiel, schulten die Krieger des Beis täglich ihre Ponys bei einem wilden, ungeordneten Polospiel ohne Regeln mit beliebig vielen Teilnehmern, wobei ihnen ein Schafsschädel oder eine aufgeblasene Yaksblase als Ball diente. Heute aber schlugen sie einen Menschenkopf über den steinigen Boden; in dem Staub und Dreck konnte Scylla mit einiger Mühe die Züge des jungen Bräutigams ausmachen.

Ihr wurde übel, sie lehnte sich gegen den steinernen Torpfosten und verlor einen Moment das Bewußtsein.

Dumpf ließ sie sich dann von Cal in die Festung führen. Er wollte ihr den kleinen Chet abnehmen, aber sie hielt den Säugling fest umschlungen und murmelte: »Nein – nein, ich will ihn tragen. Die würden doch alle lachen – diese Männer –, wenn du einen Säugling tragen würdest.« Ihre Zähne klapperten. Sie fröstelte plötzlich bis tief in die Knochen.

»Nein, ich glaube kaum, daß sie über mich lachen würden», sagte Cal mit einer gewissen Befriedigung in der Stimme, die seine Schwester trotz ihrer Seelenqualen aufhorchen ließ.

»Was soll das heißen, Cal? Warum nicht?«

»Weil der Leopard durch meinen Speer getötet wurde!«

Sie starrte ihn verwundert an und dachte, wieviel jünger als sie er doch manchmal wirkte trotz seiner geistigen und poetischen Schöpferkraft – oder vielleicht gerade deswegen. Er war dermaßen vom Stolz auf seine Heldentat erfüllt, daß er selbst in einem so grauenhaften Moment an nichts anderes denken konnte. – Gewiß, es war eine erstaunliche Tat für Cal, den Leoparden zu töten – normalerweise hatte er nicht das geringste Interesse daran, sich sportlich zu betätigen, schon gar nicht, wenn es dabei ums Töten ging.

»Glaubst du, Sripana wird etwas davon erfahren?« fuhr er aufgeregt fort, und da ging seiner Schwester ein Licht auf. Der arme Knabe, er kam ihr vor wie ein fahrender Ritter, der größte Heldentaten vollbrachte, um seine Angebetete zu beeindrucken.

»Ganz bestimmt. Der Bei wird ihr vielleicht das Fell schenken für einen Umhang – er ist ihr überaus zugetan, er beschenkt sie unablässig.« Cal machte bei diesen Worten ein langes Gesicht. Scylla fuhr fort: »Cal – wenn *du* den Leoparden getötet hast, wirst du hoch in der Achtung des Beis stehen – er ist dir zu Dank verpflichtet! Könntest du ihn dann vielleicht fragen, ob das arme Mädchen nicht wenigstens in ihr Vaterhaus zurückkehren darf? Ich – ich kann den Gedanken nicht ertragen, daß sie hier als Gefangene gehalten werden soll. Bitte, Cal! Versuch es!«

Cals Gesicht wurde noch länger. Er sagte zweifelnd: »Ich weiß nicht, ob Rob das gutheißen würde. Er sagt, daß der Bei als Oberherr das Recht hatte, so zu handeln. – Und den Ehemann hat sie *unwiederbringlich* verloren.« Dann meinte er wenig einfühlsam: »Vielleicht gefällt es ihr hier sogar besser als zu Hause. Der Bei scheint mir gar kein so übler Bursche zu sein. Oder einer seiner Söhne bekommt sie. Sie könnte hier ein ganz erträgliches Leben führen.«

Scylla funkelte ihn entrüstet, fast haßerfüllt an.

»Wie kannst du nur so etwas sagen? *Du* hast nichts daran auszusetzen.« Als sie dann seinen verletzten Blick bemerkte, faßte sie sich und murmelte: »Tut mir leid! Aber bitte, Cal, frag Colonel Cameron, ob wirklich nichts zu machen ist. Ich halte es nicht aus – der Blick des Mädchens verfolgt mich.«

»Na gut«, sagte er. »Ich werde Rob fragen. Aber mach *du* bloß keine Dummheiten, Scylla! Sieh dich vor! Du hast gesehen, was geschieht, wenn der Bei aufgebracht ist.«

Er verließ sie, um in den Hof zurückzukehren, und Scylla ging schweren Herzens zu dem Zimmer hinauf, das sie mit Miss Musson teilte. Mechanisch machte sie sich daran, den kleinen Chet zu waschen und zu füttern, erst als sie damit fertig war, kehrten ihre Gedanken zu dem merkwürdigen Treffen mit Khalzada zurück. Nun fielen ihr die Worte der alten Frau wieder ein: »Ich sehe Kummer für meinen Enkel, den Bei – er ist verletzt und leidet.« Rachsüchtig dachte sie, ich wünschte, ich *könnte* ihn verletzen. Was gibt ihm das Recht, dieses arme Mädchen zu entführen und ihren Mann zu töten?

Als Miss Musson wiederkam, überfiel Scylla sie mit der ganzen Geschichte. Die alte Frau war gleichfalls betroffen, meinte aber genau wie Cal, daß da kaum etwas zu machen war. »Du mußt bedenken, meine Liebe, daß in diesem Land nun mal solche Sitten und Gebräuche herrschen. Das Mädchen muß sich des Risikos bewußt gewesen sein, als sie sich mit einem Fremdling zusammentat. Und sie findet sich gewiß besser in die Umstände, als du es ihr zutraust.«

Scylla bezweifelte das. Sie erinnerte sich an den verzweifelten

Schrei – an den Kampf um das Messer am Eingangstor der Festung.

»Wenn wir doch bloß diesen abscheulichen Ort verlassen könnten«, murmelte sie.

»Nun, der Bei hat seine Abgaben ja jetzt erhalten und wird seine Schulden bei Rob begleichen können, und wir können aufbrechen«, sagte Miss Musson, aber das vergrößerte nur Scyllas Schmerz.

»Wir sind schuld am Leiden des armen Mädchens! Der Bei hat seine Vasallen zu sich gerufen, weil er für *uns* Geld eintreiben wollte. Es ist *Blutgeld*!«

»Beruhige dich, Kind!« sagte Miss Musson fast streng. »Es führt zu nichts, wenn du dich wegen dieser Sache ereiferst. Erstens kann man nichts daran ändern, und zweitens hätte er früher oder später ohnehin von der Heirat erfahren. – Ich will nicht, daß du Colonel Cameron damit belästigst. Versprich mir das! Es ist schon schwer genug für ihn, uns von hier wegzubringen, ohne das Ehrgefühl des Beis zu verletzen. Außerdem birgt die Festung hier unglückliche Erinnerungen für ihn, vergiß das nicht. Also zeig bitte beim Abendessen ein heiteres Gesicht!«

Das waren harte Worte von Miss Musson, die es kaum je für nötig befand, ihre Mündel zu tadeln, und Scylla nahm sie sich zu Herzen. Sie riefen auch Camerons leidvolle Geschichte in ihre Erinnerung zurück, über die sie immer wieder nachgesonnen hatte, seit Cal ihr am ersten Abend ihres hiesigen Aufenthalts davon erzählt hatte. Es war so sonderbar – sich vorzustellen, daß er hier verheiratet gewesen war, daß er vor zehn Jahren mit Frau und Kind an diesem Ort gelebt hatte. Und sie waren unter tragischen Umständen ums Leben gekommen. Könnte das bewirken, daß er Mitgefühl für das arme leidende Mädchen empfand? Nein. Scylla glaubte, daß es eher genau das Gegenteil bewirken würde; sie hörte ihn herzlos sagen: »Was gehen mich ihre Probleme an? Sie sind auch nicht größer als andere.« Vor dem heutigen Nachmittag hatte Scylla tiefes Mitgefühl für den Colonel empfunden und sich gefragt, ob nicht jeder Winkel der Festung, jede Bergzacke schmerzliche Erinnerungen in ihm weckte. Sie hatte aus seinem Gesicht einen von Sorgen gezeichneten, vergrämten Ausdruck abgelesen, der ihr sehr ans Herz ging. Aber jetzt war dieses Mitleid erstickt. Sie dachte: Unter diesen rohen Kumpanen ist er selbst verroht. Womöglich ist er genauso rücksichtslos wie der Bei.

Mit diesen feindseligen Gefühlen gewappnet wusch sie sich und machte sich fürs Abendessen fertig, ein weiteres Festmahl zur Feier der erfolgreichen Jagd und der nicht minder erfolgreichen Eintreibung der Abgaben. Die Frauen des Beis putzten sich aufs Feinste heraus: lange Faltenröcke aus glänzendem seidigem Stoff, dazu ärmellose Jacken, reichbestickt mit Rubinen und Türkisen und mit üppigen goldsilbernen Borten. Miss Musson und Scylla bekamen ähnliche Gewänder. Dann wurde zu Scyllas Entsetzen die gefangene Braut hereingeführt. Man zog ihr die Kleider aus, sie wurde gewaschen, gesalbt und sorgfältig in einen faltenreichen Seidenrock, eine langärmelige Tunika und eine bestickte grüne Samtweste gekleidet. Sie ließ alles teilnahmslos über sich ergehen, wirkte wie betäubt. Die Frauen waren nicht unfreundlich mit ihr, sie tätschelten sie sanft, wie sie es auch bei Scylla und Miss Musson zu tun pflegten, flochten ihr langes, wundervolles schwarzes Haar in zwei große Zöpfe, die sie ihr im Nacken zu einem Knoten schlangen, einige Kringellocken ließen sie frei in die Stirn hängen, zur Einrahmung ihres Gesichts, auf dem ein unbeweglicher Ausdruck lag, die Ruhe der Verzweiflung. Sie starrte vor sich hin, ohne ihre Umgebung wahrzunehmen.

»Was haben sie bloß mit ihr angestellt?« murmelte Scylla entsetzt.

Miss Musson stellte Habiba, die behutsam einige Gold- und Bernsteinketten um den Hals des Mädchens legte, ein paar Fragen. Als sie sprach, hob das Mädchen den Blick und sah Miss Musson und Scylla kurz und unbeteiligt an, dann senkte sie den Kopf erneut über die prächtigen Ketten, die auf ihrer Brust baumelten. Man brachte einen gefüllten Hornbecher für sie, den sie willenlos entgegennahm und an die Lippen führte.

»Sie heißt Dizane«, sagte Miss Musson. »Und sie ist sechzehn Jahre alt.«

»Aber warum ist sie so ruhig und benommen?«

»Ich nehme an, das ist auf das Getränk zurückzuführen, das sie ihr verabreicht haben. Es ist Charas, aus Hanfsamen gebrauter Wein. Er bewirkt diese träumerische Benommenheit. Armes Mädchen, es ist sehr grausam«, sagte Miss Musson von Mitleid zerrissen, obwohl sie selbst Scylla zurechtgewiesen hatte. Sie fügte aber hinzu: »Es ist wohl das Beste für sie. Das Betäubungsmittel wird ihren Kummer besänftigen und ihr helfen zu vergessen, was geschehen ist.«

Scylla war sich da nicht so sicher. Als die Frauen, die sich um Dizane bemühten, für kurze Zeit nicht in ihrer Nähe waren, sah sie, wie das Mädchen rasch den Blick schweifen ließ und dann den Inhalt des Hornbechers auf den dicken Lammfellteppich entleerte, auf dem sie saß. Dann verfiel sie wieder in den schlaffen Dämmerzustand, ließ den Kopf hängen und die Hände locker im Schoß liegen.

Dann eilten alle Frauen plötzlich schwatzend davon, um eine andere Schatztruhe mit Samt- und Seidengewändern zu plündern, weil irgend etwas an Dizanes Gewand sie noch nicht befriedigte. Miss Musson war bereits nach unten gegangen. Scylla kniete neben dem geöffneten Bündel mit ihren Habseligkeiten beim kleinen Chet und wickelte ihn fester in sein wollenes Nachtgewand, weil die Luft, sobald die Sonne sank, bitterkalt wurde. Plötzlich bemerkte sie, daß Dizane sich geregt hatte, aufgesprungen war und den Raum mit zwei geschmeidigen, lautlosen Schritten überquert hatte. Sie kniete nun neben ihr und stieß einen Strom flehender Worte hervor. Ihre Worte waren unverständlich, aber ihre Bedeutung war klar. Sie heftete ihre großen schwarzen Augen auf Scylla und machte eine Geste mit der Hand – die Geste eines Menschen, der sich ein Messer ins eigene Herz stößt –, schlug dann die Hände zusammen und wiederholte die Geste und die Worte, die offenbar besagten: »Ich flehe Sie an, ich flehe Sie an!«

Dann machte sie sich an Scyllas Bündel zu schaffen, nicht ungehörig, aber in größter Hast, sie wühlte darin herum, suchte, suchte fieberhaft – wandte sich enttäuscht ab und wiederholte ihre Geste – »Im Namen der Götter, bei allem, was Ihnen heilig ist, geben Sie mir ein Messer – wenn Sie eins haben!« Voller Pein und Mitleid schüttelte Scylla den Kopf, öffnete hilflos die Hände, um anzuzeigen, daß sie kein Messer besaß. Daraufhin runzelte Dizane verblüfft die Stirn, wohl weil sie nicht glauben konnte, daß ein vernünftiger Mensch nicht im Besitz eines derart lebensnotwendigen Gegenstands war. Dann blitzten ihre Augen plötzlich auf und erstarrten. Sie hatten den Griff der Pistole, die Cal Scylla zugesteckt hatte, erblickt, die halb in eine Wollmütze eingewickelt war. Still und behende wie ein Panther stürzte Dizane sich auf sie und zog sie hervor. Mit einem flehenden Blick auf Scylla – »Sie müssen es zulassen – Sie *müssen*! – ich brauche sie dringender als Sie!« verbarg sie die Waffe unter ihrer Weste. Kniend preßte sie Scyllas Hand gegen ihre Stirn und küßte sie rasch. Zwei Sekunden später saß sie wieder an ihrem Platz, mit hängenden Schultern und baumelndem Kopf inmitten der aufgetürmten Kostbarkeiten. Im nächsten Moment kamen auch schon die Frauen zurück, mit einem großen goldbestickten Schal, den sie Dizane unter beifälligen Ausrufen umlegten. Dann halfen sie ihr sanft auf und führten sie davon.

Das folgende Festmahl war ein einziger Alptraum für Scylla. Fast mechanisch aß sie, so gut sie konnte, von dem mit Knoblauch und Koreander gewürzten Lamm, dem scharfen geräucherten Hammel, dem Reis mit Rosinen und Pistazien und dem Zuckerwerk aus geronnener Milch und dem Kuchen aus gestoßenen Maulbeeren, dazu trank sie Tee und später Kaffee aus winzigen Täßchen. Sie hielt unter den Frauen vergeblich nach Dizane Ausschau; das Mädchen schien nicht da zu sein. Vielleicht hatte man die Waffe bereits entdeckt? Vielleicht hatte man sie in irgendein Verließ geworfen? Oder vielleicht täuschte sie Schlaf oder Übelkeit vor, um nicht am Festmahl teilnehmen zu müssen, oder sie war schon den Betäubungsmitteln erlegen.

Wieder und wieder fragte Scylla sich, was sie hätte tun sollen oder was sie nun tun sollte. Sollte sie Miss Musson einweihen? Cameron einweihen? Damit er den Bei warnte? Sie wußte nicht einmal, ob die Pistole geladen war. Aber das war mit ziemlicher Sicherheit der Fall, sie erinnerte sich an Cals halb geschmunzelte Warnung: »Denk daran, es ist ein Linkslader.«

Wenn nun Dizane, statt auf sich anzulegen, was eindeutig ihre erste Absicht gewesen war – wenn sie nun beschloß, sich statt dessen an dem Verursacher all ihres Leidens zu rächen und den Bei erschoß? Gelähmt vor Entsetzen sah Scylla die Prophezeiung von Khalzada noch am selben Tag, an dem sie ausgesprochen worden war, Wirklichkeit werden. Und wenn der Bei getötet wurde, was sollte dann aus Cameron und seinen Begleitern werden? Ihr Leben war nicht einen Pappenstiel mehr wert. Es wäre nur zu offensichtlich, wo Dizane ihre Waffe herhatte.

Und hatte der Bei überhaupt den Tod verdient? Er hatte nur seine Rechte als Feudalherr wahrgenommen.

Oh, wie konnte ich nur so dumm sein; Scylla stöhnte innerlich und preßte in ihrem Schoß die Hände zusammen, während sie mit gekreuzten Beinen inmitten der Frauen des Beis saß. Schweißtropfen rannen ihr über Stirn und Nase, es war stickig heiß in dem Saal zwischen den dicht gedrängt sitzenden Menschen und den glühenden Kohlenbecken. Mit einem losgelösten Teil ihres Verstandes nahm sie ihre Umgebung wahr: den sich kringelnden Rauch der Dungfeuer, das unaufhörliche Getöse der Kesselpauken, Hörner und Blechblasinstrumente, die Knaben, die vor dem Bei tanzten, die Belästigung durch die stets gegenwärtigen Flöhe in den Wolldecken, die durch die Wärme zum Hüpfen und Beißen angeregt wurden. Scylla fühlte sich krank vor Furcht und ungewohnter Unentschlossenheit. Ich kann Dizane nicht verraten, dachte sie. In dem Dorf dort, bei der Verlobungsfeier, kam sie mir wie meine Schwester vor, und dieses Gefühl habe ich auch jetzt noch.

Der größte Teil des Mahls war bereits vorüber. Die Männer waren fertig mit Essen und tranken immer mehr Kumiss und Wein aus Kafiristan und Chitral. Sie lachten und sangen und lärmten. Miss Musson, die nicht weit von Scylla entfernt saß, fing ihren Blick auf und deutete mit einem Nicken an, daß sie es für angezeigt hielt, sich zurückzuziehen. Scylla erhob sich halb und wurde dann von einem dumpfen Schmerz im Kopf überfallen; in ihren Ohren schienen Gongschläge zu dröhnen. Der Schmerz ging sofort wieder vorüber, aber im selben Moment bemerkte sie, daß es Cals Stimme war, die ihr in den Ohren geklungen hatte. Er hatte einen durchdringenden Klagelaut ausgestoßen, in dem aller Jammer und Schrecken der Welt zusammengefaßt schien. Sie sah Cal neben Cameron stehen, die Arme zitternd gen Himmel erhoben; dann krachte er wie vom Blitz getroffen zu Boden. Die Männer in seiner Nähe schnappten nach Luft und sprangen voller Entsetzen auf.

»O du liebe Güte! Der arme Knabe!« rief Miss Musson mit einer Nüchternheit aus, die gänzlich unangebracht schien anläßlich des Vorfalls. »Ich hatte schon befürchtet, daß all die seelische Aufregung einen seiner Anfälle hervorrufen könnte! Als ich gehört habe, daß er den Schneeleoparden getötet hat, habe ich damit gerechnet, daß ihn das aus der Fassung bringen könnte – So ein Ereignis, eine Mischung aus Triumph und Reue – weil ich weiß, daß Töten ihm *zuwider* ist – mußte ihn einfach aus der

Bahn werfen. Und das auch noch in seiner gegenwärtigen Verfassung«, fügte sie mit einem Blick auf Sripana hinzu, die zu Tode geängstigt schien angesichts dieses mysteriösen Anfalls des jungen Angrezi – und vielen anderen ging es ebenso. Der Bei selbst sprang entgeistert auf, augenscheinlich vermutete er Gift oder eine schreckliche Krankheit, bis Cameron ihn beruhigte, indem er ihm ein paar Worte zumurmelte. Dann scharten sich alle Männer um Cal – Scylla konnte hören, wie sie zueinander sagten:

»Es ist ein Dschinn! Er ist von einem Dschinn besessen!«

»Erhitzt etwas Yakbutter in einer Pfanne und haltet sie ihm unter die Nase«, sagte der Bei gebieterisch. »Das ist ein sicherer Weg, einen Dschinn auszutreiben.«

Die Butter wurde erhitzt, und ein paar Söhne des Beis packten Cals Beine und Arme und hielten sie fest umklammert, während sie den Dschinn aufforderten, beim Pantoffel von Moni, dem Propheten, zu schwören, daß er auf immer entweichen würde.

»Wickelt ihn in ein Ziegenfell«, schlug jemand vor.

Eine große Schar Neugieriger drängte sich herbei, und Miss Musson rief aus:

»Das ist sehr ungut! Der Knabe wird unter solchen Umständen nie und nimmer zu sich kommen.« Und sie rief über die Köpfe der Menge hinweg: »Rob, können Sie nicht Mir Murad bitten, daß er Cal in Ihr Zimmer bringen läßt oder wenigsten an irgendeinen kühlen, ruhigen Ort?«

»Gedulden Sie sich noch einen Moment«, rief Cameron beschwichtigend zurück. »Wir müssen sie zuerst ihre eigenen Heilmittel ausprobieren lassen.«

Zu dem Gestank angebrannter Butter kam nun noch der von angesengtem Stoff hinzu, als man Baumwolltücher mit Zauberformeln beschriftete und dann dicht neben Cals Kopf verbrannte. Scylla fühlte sich immer elender. Zu der heftigen Übelkeit kam noch ein Gefühl, als hätte man ihr einen heißen Draht dicht um die Schläfen gewickelt. Mit dem klaren Teil ihres Verstandes, der in der Lage schien, Abstand zu wahren und diese Symptome zu beobachten, fragte sie sich kühl, ob ihr Essen womöglich vergiftet gewesen war. Oder – eine wahrscheinlichere Erklärung – hing ihr Zustand irgendwie mit Cals Leiden zusammen? Gelegentlich verband sie eine Art telepathisches Mitleid. Wenn einer von ihnen seelische oder körperliche Qualen zu erleiden hatte, konnte der andere dieselben Gefühle empfinden. Aber in welcher Richtung war es diesmal vor sich gegangen, fragte sie sich. Hatte Cal ihre heftige Furcht gespürt und daher seinen Anfall bekommen, oder übertrugen sich seine Leiden nun auf sie?

»Ma'am«, raunte sie Miss Musson zu, »ich muß Ihnen dringend etwas mitteilen – kommen Sie einen Moment zur Seite. Dieses Mädchen –« Sie sprach den Namen Dizane nicht laut aus, weil sich so viele Menschen um sie drängten.

»Was ist los, Kind! Du bist weiß wie Leinwand! Kommen Sie schnell her, Colonel Cameron, sie wird ohnmächtig –«

Scylla spürte deutlich, daß sie sich nicht länger auf den Beinen halten konnte. Das Licht schien sich zu verfinstern, ihr wurde schwarz vor Augen. Sie griff taumelnd nach Miss Mussons Arm, ihre Beine gaben nach, und sie wäre gefallen, fühlte aber, wie viele Arme sie auffingen und abstützten.

»Die Pistole – sag ihm, daß sie sie hat. Ich konnte sie wirklich nicht daran hindern.« War es ihr gelungen, die Worte laut auszusprechen? Ihre Stimme klang heiser und fremd. Taubheit und Schwärze brach über sie herein. Verschwommen fühlte sie, daß sie weggetragen wurde, dann schwanden ihre Sinne.

Als sie wieder zu sich kam – nach nicht allzu langer Zeit – befand sie sich in frischerer, kühlerer Luft und vernahm Miss Mussons Stimme. »Ihre Lider zucken – da! Ich glaube, sie kommt zu sich. Trink das hier, Kind –« und ein Becher mit einer warmen Flüssigkeit wurde ihr an die Lippen gehalten.

»Keine Milch!« brummte sie. »Bitte keine Milch!« In ihrer Nase hatte sie noch den üblen Geruch der angebrannten Butter.

»Nein, nein, das ist Kräutertee. Was für ein Pärchen seid ihr doch, du und Cal – wirklich ein herrliches Gespann für eine Reise durch die Wildnis!« schimpfte Miss Musson zärtlich. »Trink den Tee, solange er heiß ist. Rob und ich hatten alle Hände voll zu tun, von einem zum anderen eilend, nicht wissend, wen wir zuerst verarzten sollten!«

»Es tut mir *so* leid, Ma'am!« Scylla stützte sich auf ihren Ellbogen und nahm den Hornbecher. »Wie – wie geht es Cal? Geht es ihm besser?«

Sie blickte um sich, um herauszufinden, wo sie sich befand. Offenbar hate man sie und ihren Bruder in einen Raum in der Nähe des Speisesaals gebracht. Sie sah Cal, der auf etliche Nakkenrollen gebettet war. Colonel Cameron beaufsichtigte Therbah, der Cals Schläfen mit aromatischem Alkohol kühlte.

»Geht es ihm besser, Ma'am?« wiederholte Scylla ängstlich. Irgend etwas beunruhigte sie – etwas in ihrem Unterbewußtsein – was war es? Es würde ihr gleich einfallen.

»Es wird ihm nach und nach besser gehen«, sagte Miss Musson ermutigend. »Du kennst ihn doch. Es braucht seine Zeit, bis er sich von diesen Anfällen erholt – und diesmal war es ein sehr heftiger.«

Cameron kam herbei und blickte auf Scylla hinab.

»Wie fühlen Sie sich jetzt, Miss Paget? Sie und Ihr Bruder haben uns einen gehörigen Schrecken eingejagt! Mir Murad hat zuerst befürchtet, man hätte Sie vergiftet – Ich hatte meine liebe Not, ihn davon abzuhalten, den Koch zu köpfen.«

Sein Tonfall war sehr freundlich, aber Scylla vermeinte, einen ungehaltenen Unterton mitschwingen zu hören.

»Es tut mir wirklich schrecklich leid, Sir – ich hoffe, Ihnen nie wieder solche Schande zu bereiten.«

»Oh, es gehört sich für junge Damen, hin und wieder in

Ohnmacht zu fallen«, sagte er leichthin. »Das habe ich wenigstens gehört.«

»Nein, aber ich war sehr besorgt – ich wollte Ihnen ganz dringend etwas mitteilen – wirklich, ich war geradezu krank vor Furcht –« Was war es bloß? Sie forschte in ihrem Gedächtnis.

»Quälen Sie sich nicht. Das hat wohl Zeit, bis es Ihnen besser geht.«

»Nein, nein. Es war wichtig. Es hatte etwas mit diesem Mädchen zu tun –«

»Ich vermute, sie meint die Braut aus dem Dorf, Rob«, sagte Miss Musson mit gesenkter Stimme. »Scylla hat die Sache schrecklich zugesetzt.«

»Oh!« Jetzt klang er sehr verärgert. »Ja, das ist mir bekannt – Cal hat es erwähnt – aber was soll ich tun? Ich bin kein Wunderheiler, ich kann den unseligen jungen Mann nicht wieder zum Leben erwecken.«

»Nein, nein, das war es nicht! Jetzt ist es mir wieder eingefallen!« Scylla setzte sich auf. »Es ist schlimmer – viel schlimmer! Sie hat meine Pistole –« Und als Cameron sie ungläubig ansah, zweifellos in dem Glauben, sie sei immer noch verwirrt, erklärte sie: »Die Pistole, die Cal mir gegeben hat.«

»Was?« Er starrte sie immer noch an, aufgebracht und ungläubig zugleich, als Fußtritte zu hören waren und eine sanfte Stimme fragte:

»Darf man eintreten? Khalzada schickt mich. Sie möchte wissen, ob es den geplagten Geschöpfen besser geht.«

Es war Habiba.

»Kein Wort über die Waffe!« sagte Cameron nachdrücklich und verließ hastig den Raum, während Miss Musson zurückblieb, um die Frau des Beis zu beruhigen und ihr Bedauern zum Ausdruck zu bringen, daß ihre Begleiter durch ihren plötzlichen Anfall so einen Aufruhr verursacht hatten. Aber Habiba fegte ihre Entschuldigung mit einer Handbewegung beiseite.

»Es war ein Dschinn. Niemand kann sein Kommen und Gehen beeinflussen. Zweifellos war es eine Warnung vor einem bevorstehenden Übel – ein Krieg oder eine Seuche. Morgen will der Bei Opfergaben zum Heiligen Pir in Chaghlar senden – vielleicht kann er das Unheil abwenden. Einstweilen möchte Lady Khalzada wissen, ob Sie irgendwelche Arzneien oder Amulette benötigen. Wenn das der Fall ist, steht sie Ihnen mit ihren Fähigkeiten zur Verfügung – obwohl sie sicher ist, daß *Ihre* Künste den ihrigen gleichkommen –«

Sie stockte und erbleichte, denn in diesem Moment wurde irgendwo in der Festung ein entsetzlicher Schrei ausgestoßen, dann hörte man Fußgetrappel, Rufe und draußen im Hof das Wiehern von Pferden.

»O weh! Was kann das sein?« rief Habiba aus. »Imra möge es schicken, daß das angekündigte Unheil nicht bereits hereinbricht –«

Sie wollte den Raum verlassen und stieß auf den zurückkehrenden Cameron.

»Der Bei ist verletzt worden, Lady«, erklärte er kurz. »Es ist glücklicherweise glimpflich abgegangen. Sie sollten aber lieber zu ihm gehen.«

Mit einem Schrei eilte Habiba davon, während Cameron durch den Raum schritt und auf Scylla hinabblickte. Er sah so wutentbrannt drein, daß Scylla sich, obwohl ihr immer noch leicht schwindlig war, mühsam erhob, um sich ihm zu stellen.

»Sie kleine *Närrin*«, stieß er zwischen den Zähnen hervor. »Wie konnten Sie nur etwas so Verrücktes tun? Ich wußte ja, daß Sie leichtsinnig und starrköpfig sind – aber ich hätte doch angenommen, daß *Sie* die Folgen einer derart rasenden Torheit hätten voraussehen müssen –«

»Rob, Rob!« warnte Miss Musson.

»Still, Miss Amanda! – Können Sie sich denn nicht in andere hineinversetzen?« fuhr er Scylla an. »Diese verzweifelte Frau mit einer Waffe auszustatten – und auch noch mit so einer Waffe! Haben Sie gänzlich den Verstand verloren? Was dachten Sie denn, was sie damit vorhatte?«

»Es war ganz anders!« setzte Scylla sich nach Kräften zur Wehr, obwohl ihr Gesicht bebte und ihre Knie zitterten und sie sich schwach fühlte unter diesem heftigen Wutausbruch.

»Rob, das dürfen Sie nicht tun!« murrte Miss Musson. »Das Kind ist noch geschwächt – sie kann sich kaum auf den Beinen halten.«

»Sie kann sich aber sehr wohl anhören, was ich ihr zu sagen habe! Wir haben es Ihnen zu verdanken, Miss Paget, daß wir alle hoffnungslos in Gefahr sind.«

»Was ist geschehen?« flüsterte Scylla.

»Da das Festmahl durch den überaus bedauerlichen Anfall Ihres Bruders gestört wurde, hat sich der Bei zu dem Mädchen begeben, das in irgendeinem Raum eingeschlossen war.«

Obwohl Scylla sich schuldig fühlte, versetzte es ihr einen Stich, als Cameron so trocken auf ihren Bruder anspielte. Der arme Cal konnte ja wohl nichts für sein Leiden. Aber da sie unbedingt wissen wollte, was geschehen war, schwieg sie.

»Sie hat eine Pistole hervorgezogen – die Pistole, die *ich* Cal gegeben habe – und auf den Bei gefeuert. Glücklicherweise hat sie ihr Ziel knapp verfehlt –« Scylla erinnerte sich mit leicht hysterischer Belustigung der Besonderheit der Pistole – was für ein Glück, daß es ihr nicht möglich gewesen war, Dizane darauf aufmerksam zu machen.

»Der Bei wurde verwundet, aber nur am Arm«, fuhr Cameron fort. »Er hat eine Menge Blut verloren, aber die Verletzung ist nicht gefährlich. Er und seine Söhne haben die Verfolgung des Mädchens aufgenommen.«

»*Was*? Sie ist *geflohen*?« Trotz ihrer schmachvollen Lage tat Scyllas Herz einen unwillkürlichen Sprung.

»Während er noch bewußtlos war durch die Verletzung –

bevor er um Hilfe rufen konnte – hat sie es irgendwie geschafft, zu den Ställen vorzudringen und eins der besten Pferde des Beis zu entwenden. Offenbar waren aufgrund des Festmahls und wegen der verschiedenen Aufregungen des Abends keine ordentlichen Wachen aufgestellt.«

»Sie ist geflüchtet? Oh, da bin ich aber *froh*!«

»Wie können Sie nur so *töricht* sein! Wie weit kann sie schon kommen, wenn die Krieger des Beis sie verfolgen?« Cameron sah Scylla fast gehässig an. »Sie haben nicht mehr Verstand als ein Säugling – als der kleine Chet! Sie werden sie *mit Sicherheit* fassen – sie zurückbringen – sie befragen – sie werden herausfinden, daß Sie ihr die Waffe gegeben haben – was glauben Sie, was *dann* geschehen wird?«

Miss Musson fragte mit besorgter Stimme: »Was sollen wir jetzt am besten tun, Rob?«

»Das einzig mögliche. Aufbrechen, bevor der Bei zurückkehrt.« Als sie ihn verwundert anstarrte, fügte er hinzu: »Glauben Sie, *mir* gefällt der Gedanke? Mich vom Haus meines alten Freundes davonzustehlen wie ein Dieb? Das paßt mir gar nicht! Aber andernfalls wird uns der Bauch aufgeschlitzt, oder wir werden in Stücke geschnitten oder beides – mir bleibt keine Wahl. Therbah, pack unsere Sachen – und zwar schnell!«

»Ja, Herr.«

»Aber das Geld, das er Ihnen schuldet – Sie müssen ohne es aufbrechen?«

Er lachte rauh.

»Ich kann ja wohl Mir Murad kaum um Geld bitten, nachdem einer meiner Begleiter gerade seine potentielle Mörderin mit einer Waffe ausgestattet hat! Wir müssen ohne es auskommen.«

»Aber Cal – er ist bewußtlos. Wie sollen wir das schaffen?«

»Darüber habe ich mir schon Gedanken gemacht. Wir werden Kamele aus dem Stall nehmen – wir können sagen, daß wir bei der Suche nach dem Mädchen helfen wollen.«

»*Kamele*! Aber die sind wertvoll – zwei oder drei sind soviel wert wie die ganze Schuldsumme.«

»Sie glauben doch wohl nicht, daß ich Mir Murads Kamele stehlen werde?« sagte Cameron scharf. »Ich werde dafür sorgen, daß er sie wiederbekommt. Das ist doch Ehrensache.«

Scylla war nur zu froh, kein Mann zu sein. Der Ehrenkodex der Männer schien eine Situation, die schon übel genug war, nur noch bis ins Unmögliche zu verkomplizieren.

»Cal muß in einer der Satteltaschen reisen, die sind ziemlich geräumig«, fuhr Cameron fort. »Und nun beeilt euch, wenn euch euer Leben lieb ist! Nehmt mit, soviel ihr könnt, sagt keinem ein Sterbenswörtchen, wir treffen uns in zehn Minuten im Hof – nicht später.« Er fügte herzlos hinzu: »Wir können nur hoffen, daß das verfluchte Mädchen genügend Vorsprung hat, damit die Verfolger einige Zeit brauchen, bis sie sie eingeholt haben.« In Erinnerung an Dizanes kühne Reitkünste war Scylla diesbezüglich zuversichtlich. Sie hoffte immer noch inbrünstig, daß dem Mädchen die Flucht gelang – wenn ihr auch ihr Verstand eingab, daß das schier unmöglich war. Dizane war in der Gegend sicher gut bekannt – bei ihrem Vater konnte sie nicht Zuflucht suchen – wer sollte sie beschützen?

Therbah kehrte zurück, um Bescheid zu sagen, daß er die Sachen der Männer gepackt hatte. Er und Cameron hoben Cal auf und trugen ihn hinaus.

»Bist du kräftig genug, um in unser Zimmer zurückzukehren, Kind?« fragte Miss Musson besorgt.

»Ja, ja –« In Wahrheit fühlte sich Scylla furchtbar schwach, als würde sie sich von einer langen Krankheit erholen, und die Aussicht, auf einem Kamel reiten zu müssen, erfüllte sie mit Schrecken. Aber sie sah ein, daß es unumgänglich war. Sie hatte die ganze Situation zu verantworten und das mindeste, was sie tun konnte, war, so wenig Probleme wie möglich zu machen. Zitternd eilte sie hinter Miss Musson in ihr Zimmer zurück, wo der kleine Chet friedlich schlief und das Bündel mit ihren Habseligkeiten unverändert geöffnet dalag, seit Dizane sich die Pistole geschnappt hatte. Es schien eine Ewigkeit her zu sein! Eilig band sie ihre Sachen zusammen, legte die feinen Gewänder ab, die man ihr für das Festmahl geliehen hatte, und zog ihre eigenen Kleider an.

»Ich bin fertig«, sagte sie zu Miss Musson, die den Säugling im Arm hielt und sich umsah, ob sie auch nichts vergessen hatten.

»Gut. Dann gehen wir.« Es war günstig, daß in der Festung so ein Aufruhr herrschte. Frauen eilten hin und her und unterhielten sich aufgeregt über die knappe Rettung des Beis; Räucherwerk wurde verbrannt, und vor den Statuen von Moni und Imra wurden Gebete verrichtet; draußen im Hof bestiegen weitere Männer ihre Pferde, um dem Bei nachzueilen. In diesem ganzen Durcheinander war es nicht schwer, unbemerkt davonzuschlüpfen. Und sobald sie den Hof betreten hatte, trat Cameron rasch und leise zu Miss Musson, legte eine Hand auf ihren Arm und wies mit dem Kopf auf eine schattige Ecke, wo sich ein Seitentor befand, das selten geöffnet war.

Scylla sah, daß daneben zwei bereits gesattelte Kamele auf dem Boden knieten. Rechts und links der gepolsterten Holzsättel baumelten Satteltaschen, die an deren Rahmen befestigt waren. Sie waren ziemlich groß, und in einer davon, auf dem größeren Kamel, war Cal bereits in einer kauernden Stellung untergebracht, zusammengerollt, den Kopf auf den Knien. Er war immer noch in tiefen Schlaf versunken oder bewußtlos.

»Steigen Sie da hinein«, sagte Cameron kurz angebunden zu Scylla und wies auf die linke Satteltasche des kleineren Kamels. In der rechten war das Gepäck der Männer verstaut. Halb erleichtert, halb beschämt, daß sie nicht auf dem Kamel zu reiten hatte, kletterte sie in die geräumige Tasche, die aus geflochtenen Weidenruten gefertigt war.

»Ein Glück, daß keiner von uns allzu schwer ist«, sagte Miss

Musson leise. Jedes Kamel konnte gut drei Personen tragen – die zusammen mehrere hundert Pfund wogen. Therbah packte schnell die Bündel der Frauen zu den Sachen der Männer und sprang dann auf den Sattel des kleineren Kamels.

»Harh, harh!« sagte er und zog an dem Kopfseil, das an einer Kette befestigt war, die das Maul des Kamels umschloß.

Cameron hatte bereits das größere Kamel bestiegen, nachdem er Miss Musson mit dem Säugling in seine leere Satteltasche geholfen hatte. Beide Tiere erhoben sich vor- und rückwärtsschaukelnd, grunzend und knurrend.

»Wohin wenden wir uns?« fragte Miss Musson Cameron leise, als sie durch das Seitentor hinausritten.

»Wir werden beim Heiligen Pir in Chaghlar Zuflucht suchen.«

Es war eine lange, qualvolle Reise. Zuerst hatte Scylla Angst, daß sie auf den Bei und seine Krieger treffen könnten – entweder noch bei der Verfolgung Dizanes oder auf der Rückkehr mit ihrer Gefangenen, was am allerschlimmsten gewesen wäre. Aber nichts dergleichen geschah. Es war anzunehmen, daß Cameron eine Route gewählt hatte, die in eine andere Richtung führte als die Hetzjagd.

Es war eine bitterkalte, windige Nacht. Wolken jagten über den Himmel und schoben sich vor den Mond, der sich aber immer wieder zeigte und soviel Licht gab, daß zu erkennen war, daß sie über eine steinige Hochebene ritten, die von hohen kahlen Gipfeln eingeschlossen war. Es war die reinste Mondlandschaft. Die Kamele kamen trotz ihrer schweren Last sehr schnell voran. Scylla hatte keine Vorstellung davon, wie viele Stunden sie unterwegs waren, es kam ihr endlos vor. In ihrer verkrampften Stellung wurde sie bald fast vollständig gefühllos, die Füße schliefen ihr ein, und ihre Hände, mit denen sie sich rechts und links an das Korbgeflecht der Satteltasche klammerte, erstarrten.

Die Bewegung der Kamele – ein seitliches Schaukeln und Schlingern – war besonders unangenehm, wenn man in der Satteltasche saß. Ihr Rücken schmerzte zunehmend, weil sie sich ständig gegen den Vorwärtsschwung abstützen mußte, dann tat ihr der ganze Körper weh und es bereitete ihr Qualen, sich aufrecht zu halten. Schuldgefühle plagten sie, als sie daran dachte, daß Miss Musson zusätzlich die Last des kleinen Chet zu tragen hatte, aber die alte Frau hatte sich energisch dagegen gesträubt, ihn an Scylla abzugeben, mit den Worten:

»Es geht dir noch nicht gut genug, Kind.«

Es stimmte, daß Scylla sich sehr unwohl fühlte. Bevor sie ihr Ziel erreichten, wäre sie am liebsten gestorben und dachte, der Tod wäre dieser Kälte, diesem Elend, dieser qualvollen Schaukelei vorzuziehen.

Gegen Ende der Reise verfiel Scylla in einen abwesenden Zustand: Es kam ihr so vor, als hätte eine andere Person mit Kälte, Schmerz, Elend und Ohnmacht zu kämpfen. Als sie ihr Ziel erreichten, nahm sie die Tatsache, daß die Kamele niederknieten und sie aus dem Korb gezogen wurde, nur verschwommen wahr. Auf das herrlich erleichternde Gefühl, endlich die Glieder ausstrecken zu können, folgten bald entsetzliche Krämpfe, aber selbst die konnten sie nicht lange wachhalten. Sie glitt in einen Zustand der Bewußtlosigkeit, halb Ohnmacht, halb Schlaf.

Als Scylla wieder erwachte, brauchte sie eine ganze Weile, bis sie wußte, wo sie sich befand. Sie fühlte sich immer noch äußerst schwach. Hände, Füße, ja sogar jeder einzelne Finger schienen schwer wie Blei, wenn sie versuchte, sie anzuheben. Aber die quälenden Krämpfe und die Übelkeit waren vorbei. – Wo war sie bloß? Das Licht war so schwach, daß sie sich zunächst fragte, ob sie sich vielleicht wieder in der Festung des Beis befand, in einem Verlies vielleicht, aber die Luft war frisch und kühl und roch nach Wasser und Fels, als läge sie draußen im Gebirge. In ihre Nase drang keine Spur des allesdurchdringenden Gestanks nach moderndem Stroh, brennendem Dung, ranziger Butter und alten Schaffellen, der in der Festung des Beis geherrscht hatte.

Waren sie wirklich im Gebirge? Mit der größten Anstrengung stützte Scylla sich schließlich auf die Ellbogen und sah sich um.

»Aha, es geht dir wieder besser. Das ist großartig!« ließ sich Miss Mussons Stimme vernehmen. »Hättest du gerne etwas Tee, meine Liebe? Bleib liegen, ich hole dir welchen.«

»Danke, Ma'am ...« Geschwächt sank Scylla zurück. Sie schien auf einem großen, dick aufgeschichteten Federhaufen zu liegen. Drüber war eine Kamelhaardecke gebreitet, aber hier und da piekten die Federkiele durch das grobe Gewebe. Sie war mit einer weiteren flauschigen Decke zugedeckt. Als sie nun mit geschärftem Blick emporsah, konnte sie hoch über sich ein graubraunes, unebenes Gewölbe sehen. Als sie zur Seite sah, verschlug es ihr schier den Atem, denn die Felswand neben ihr war mit leuchtenden Gemälden in Rot, Grün und Blau bemalt. Darauf sah man Götter, Teufel, lächelnde Göttinnen, zerhackte und vielfältig verstümmelte Menschen, betende, opfernde und tanzende Gläubige, Drachen, Schlangen und große Vögel und weitere Götter mit Tierköpfen, Vogelköpfen, sechsarmig, lächelnd, mit gekreuzten Beinen meditierend.

»Wo um alles in der Welt sind wir, Ma'am?« fragte Scylla, als Miss Musson mit einem Kupferkessel voll Tee zurückkam.

»Wir sind in der Höhle des Heiligen Pir von Chaghlar.«

»Ach ja, nun erinnere ich mich. Das ist also die Höhle.«

»Eine gewaltige Höhle mit wer weiß wie vielen Kammern. Sie reicht tief in den Berg hinein, vielleicht sogar bis zur anderen Seite«, sagte Miss Musson und trank selbst vergnügt etwas Tee. »So – und das beste ist, daß wir solange hier bleiben können, wie es Rob für notwendig erachtet, ohne befürchten zu müssen, daß wir unserem wunderbaren Gastgeber, dem Pir, zur Last fallen.«

»Haben Sie ihn kennengelernt, Ma'am?«

»Aber gewiß, er ist ein ganz reizender Mann. Wenn mein lieber Bruder Winthrop ihn bloß kennengelernt hätte!«

»Werde ich ihn auch zu Gesicht bekommen?«

»Sicher wirst du das, sowie du dich gut genug fühlst. Im Moment betet er. Er betet eigentlich fast immer. Und ich möchte meinen, es würde weit besser zugehen auf der Welt, wenn jeder seinem Beispiel folgen würde«, fügte Miss Musson rundweg hinzu.

»Wie steht's mit Cal, Ma'am? Geht es ihm besser?«

Der Tee hatte Scylla belebt. Nun fielen ihr die zwei Quellen ihres Kummers wieder ein: Cals erschreckendes Mißbefinden und die Tatsache, daß Cameron entsetzlich böse auf sie war.

»Ja, meine Liebe, Cal erholt sich in dem Maße, wie man es erwarten kann.« Die Stimme der alten Dame klang etwas verhalten. Ängstlich durchforschte Scylla die faltigen, hageren Gesichtszüge ihrer Pflegemutter, um herauszufinden, ob ihre Sorge berechtigt war.

»Ist er aufgewacht, Ma'am? Ist er bei Sinnen?«

»O ja. Voll und ganz bei Sinnen. Er und Rob sind losgezogen, um wilden Salbei und Rosmarin zu sammeln. Rob hat heute morgen eine Bergziege geschossen, und ich mag den Geschmack von Ziegenfleisch lieber, wenn er etwas gemildert ist.«

»Aber Sie machen sich Sorgen wegen Cal, Miss Musson?«

»Ja, mein Kind, ein wenig. Er wird sich mit der Zeit erholen, daran zweifle ich nicht. Aber ich fürchte, seine Zuneigung zu der reizenden aber hohlköpfigen kleinen Sripana ist doch tiefer gegangen, als es klug war unter den gegebenen Umständen. Er leidet sehr.«

»Oh, der *arme* Cal.« Cals Schwester fühlte tiefes Mitleid – angereichert durch einen Stich Eifersucht. Es war das erste Mal, daß ihr Bruder so stark für eine Frau empfand – und was für eine hoffnungslose Situation!

»Es ist ein Segen, daß wir die Festung des Beis zu diesem Zeitpunkt verlassen haben«, folgerte Scylla. »Sonst hätte er am Ende etwas wirklich Törichtes angestellt – vielleicht hätte er versucht, mit ihr durchzubrennen, oder er hätte sie dazu gebracht, sich mit ihm einzulassen, und das wäre entdeckt worden –«

Miss Musson stimmte zu. »Ja – was Cal betrifft, sind wir keinen Moment zu früh fortgegangen. Wenn ich auch nicht glaube, daß sie Cals Gefühle im mindesten erwidert hat – zu seinem Glück. Er hätte sie nicht mit gebrochenem Herzen zurücklassen wollen.«

»Nein … armer Cal. Er hat also nur einen Traum geliebt.«

»Wie es den meisten Liebenden geht.« Miss Mussons Miene blieb unbewegt, aber in ihrer Stimme lag ein verhaltenes Lächeln.

»Ist er niedergeschlagen?«

»Sehr. Rob erzählt, daß er ständig im Schlaf spricht – sogar schlafgewandelt ist. Rob ist ihm schon ein paarmal begegnet, wie er im Traum umherlief, ohne zu wissen, wo er sich befand.«

»Oh, der arme Cal! Nach dem Tod unserer Mutter hat er das monatelang getan. Ein Glück, daß wir hier sind und nicht in der Festung des Beis! Wenn er dort schlafgewandelt wäre, hätte das unabsehbar schlimme Folgen haben können!«

»Er wird froh sein, daß du ihm wieder Gesellschaft leisten kannst, meine Liebe«, sagte Miss Musson. »Und Rob ist ein guter Umgang für ihn – Rob übt einen wunderbar stärkenden Einfluß auf jeden aus, der wegen unerwiderter Liebe in Melancholie verfällt!«

Das will ich meinen, dachte Scylla bitter, und sie fragte:

»Ma'am, ist der Colonel immer noch *sehr* böse auf mich?«

»Tja, ich fürchte schon, mein Kind, es hat keinen Sinn, es zu leugnen. Ich habe mich zwar nach Kräften bemüht, vernünftig mit ihm zu reden, aber ich kann ihm sein Empfinden auch nicht verargen. Seine Beziehung zum Bei scheint ihm sehr viel bedeutet zu haben – und sie ist nun sehr beeinträchtigt, wenn nicht gar endgültig zerstört. Nach dem Ehrenkodex der Kafirer trifft Rob die Rache des Beis, selbst wenn dieser wüßte, daß Rob nichts damit zu tun hatte, daß das Mädchen in den Besitz der Pistole gelangt ist, weil ein Mitglied seiner Gruppe die Tat begangen hat. Und natürlich fesseln ihn alte Bande an diese Gegend. Wenn die durchtrennt werden, muß das sehr schmerzlich sein für ihn.«

»Ja, ich verstehe«, sagte Scylla bekümmert. »Wußten Sie Genaueres über seine Frau und sein Kind, Ma'am?«

»Nein, bevor wir hierhergekommen sind, nicht. Aber inzwischen haben wir darüber gesprochen, wir hatten ja ausreichend Muße dazu –« In Miss Mussons Stimme schwang wieder ein heiterer Ton.

»Wie lange sind wir denn schon hier?«

»Fast drei Tage. Du hast zweimal rund um die Uhr geschlafen – nach dem Genuß eines Tranks, der wohl Opium enthalten hat. Der Heilige Pir hat ihn dir verordnet, als du das erste Mal erwacht bist.«

Scylla konnte sich an nichts erinnern. Mit Mühe stellte sie die Frage:

»Können Sie mir etwas über Colonel Camerons Frau erzählen, Ma'am? Ich – ich habe ein schrecklich schlechtes Gewissen, weil ich einmal – vor vielen Wochen – etwas gesagt habe – etwas Unfreundliches – zu ihm wegen dem kleinen Chet, was ich keinesfalls gesagt hätte, wenn ich geahnt hätte, daß er einmal ein Kind gehabt hat – ich – ich will auf keinen Fall noch einmal so einen Fehler machen und ihm sinnlos Schmerz zufügen.«

Miss Musson sah sie nachdenklich an und sagte: »Nun, meine Liebe, es ist eine kurze, traurige Geschichte. Als Rob früher hier weilte, als Anführer der erlesenen Reitertruppe des Beis – das war, bevor er in die Dienste von Amir Thaimur trat – hat er, soweit ich gehört habe, eine bedeutende Schlacht für den Bei gewonnen, gegen einen vordringenden benachbarten Stamm, und der Bei wollte ihn mit einer großen Geldsumme belohnen. Aber Rob hat – wie im Märchen der Prinz – gesagt, er wolle lieber seine Tochter zur Frau haben. Nur daß es nicht die Tochter des Beis war, sondern eine Cousine oder Nichte. Die Tochter eines männlichen Verwandten des Beis, die zu dieser Zeit in seiner Festung lebte, weil ihr eigener Vater getötet und sein Land erobert worden war. Und der Bei hat seine Zustimmung gegeben, und sie haben geheiratet.«

»Wie war ihr Name?« fragte Scylla nach einer Weile.

»Jindan. Und bald brachte sie eine kleine Tochter zur Welt; ich weiß nicht, wie das Kind geheißen hat... Dann hat Rob anscheinend Jindans Vasallen und Gefolgsmänner um sich versammelt, und sie haben mit Hilfe einiger Krieger des Beis die Festung ihres Vaters wieder erobert, und sie ist dorthin zurückgekehrt. Aber während Rob mit seiner Truppe eine letzte Schlacht mit dem fast besiegten Feind ausgefochten hat, ist Jindans Onkel bei der Festung aufgetaucht – nicht der Bei, ein anderer Onkel. Sie hieß ihn, nichts Böses ahnend, willkommen, aber er ließ sie und ihr Kind, weil sie einen Fremdling geheiratet hatte, in Stücke hacken, Glied für Glied, in Anwesenheit ihrer Gefährtinnen. Ihre Knochen wurden über den Berghang verstreut, und dann nahm er ihre Festung und ihr Land in Besitz.«

Scylla überlief es eiskalt, und sie wünschte, sie hätte nicht nach der Geschichte gefragt. Aber dann fragte sie heiser:

»Was hat Cameron getan, als er es entdeckt hat?«

»Er hat eine weitere Schlacht geführt, gegen den Onkel, hat ihn getötet und die Festung dem Erdboden gleichgemacht. Ihm schien ein Fluch auf dem Boden zu lasten, niemand sollte mehr dort leben. Das Land hat er Mir Murad Beg überlassen oder verkauft. Ich glaube, daher stammen die Schulden, die der Bei noch nicht ganz bezahlt hat.«

»Ich verstehe...«

»Armer Rob. Er hat Entsetzliches durchgemacht. Und dennoch glaube ich, daß die Verbindung mit Jindan ihm im Laufe der Jahre zahllose Schwierigkeiten bereitet hätte«, fuhr Miss Musson nachdenklich fort. »Wenn sie auch nicht direkt als *Wilde* zu bezeichnen sind, muß man doch sagen, daß die Sitten und Gebräuche der Kafirer alles andere als zivilisiert sind nach unseren Vorstellungen. Selbst Rob, der mit der Wildnis vertraut ist, hätte vielleicht mit der Zeit manches an ihr auszusetzen gehabt, denn er ist wahrlich kein nachsichtiger Mann. Oder er wäre gerne nach Amerika zurückgekehrt, hätte Sehnsucht nach seinem Vaterland gehabt, was hätte er dann tun sollen? Er hätte Jindan mitnehmen müssen, denn er hätte sie und ihr Land nicht ohne Schutz zurücklassen können, und ich glaube nicht, daß man eine Kafirfrau leicht an einen anderen Ort verpflanzen kann. Sie wäre an den Ufern des Lake Superior vor Heimweh vergangen! Nein, alles hat seinen Sinn. Ich denke, so wie es ist, ist es am besten.«

Scylla dachte, daß Miss Musson fast immer zu diesem Schluß kam.

»Wie kann ich nur mit Colonel Cameron ins reine kommen?« fragte sie demütig.

»Ich glaube, du solltest ihn am besten schlicht und einfach um Verzeihung bitten, mein Kind. Versuch auf keinen Fall, irgendwelche Erklärungen anzuführen oder Begründungen zu nennen, warum du getan hast, was du getan hast; das ist immer verhängnisvoll. *Ich* verstehe sehr gut, warum du Dizane die Pistole überlassen hast – ich könnte nicht einmal schwören, daß ich anders gehandelt hätte – aber über so einen Punkt läßt sich mit einem Mann nicht streiten! Reue ist die einzig mögliche Antwort, wenn wir uns alle wieder wohlfühlen wollen.«

»Gibt es irgendwelche Neuigkeiten vom – weiß man, was nach unserem Weggang von der Festung des Beis geschehen ist?«

»Nein, Kind. Seit wir hier angekommen sind, ist keine Seele vorbeigekommen.«

Dann mußte der Bei sich erholt haben, dachte Scylla, der einfiel, daß Habiba gesagt hatte, man wolle Opfergaben zum Heiligen Pir senden, um den Zorn der Götter abzuwenden. Das war wohl nicht notwendig gewesen.

»Wie lange müssen wir hierbleiben?« fragte sie.

»Nun«, sagte Miss Musson, »wir mußten natürlich in erster Linie abwarten, bis Cal sich von seinem Anfall erholt hatte und du dich von deinen Ohnmachtsanfällen –«

»Er muß uns als verdammt lästig empfinden«, brach es aus Scylla hervor.

»Fluche nicht, Kind«, sagte Miss Musson gelassen. »Wir wären ohnehin nicht weitergezogen, bevor Rob nicht ganz sicher ist, daß wir nicht mehr Gefahr laufen, verfolgt zu werden.«

»Und wie soll es dann weitergehen?«

»Oh, hier kommen Pilgerkarawanen vorbei auf dem Weg zum oder vom Heiligen Schrein Hazrat Imam, der nördlich von hier liegt. Für viele Menschen ist der Heilige Pir von Chaghlar eine ebenso bedeutende Pilgerstätte. Die Pilgersaison hat noch kaum begonnen, aber wir können darauf bauen, daß wir uns früher oder später einer Reisegruppe anschließen können, die nach Kabul zieht.«

»Ich verstehe. Wie einfach sich das anhört.«

Obwohl sie zwei Tage geruht hatte, fühlte sich Scylla erschöpft bis auf die Knochen, in Gedanken an die monatelange Reise, die noch vor ihnen lag, die großen Entfernungen, die zurückgelegt werden mußten, über das Gebirge nach Kabul, durch die Wüste nach Bagdad und weiter bis zum Mittelmeer. Sie sagte schwach: »Colonel Cameron könnte uns doch einfach einer Karawane anvertrauen und dann zurückkehren, um die Angelegenheiten mit dem Bei zu regeln.«

»Nein, das würde er nicht tun.«

»Ma'am«, sagte Scylla nach einer beträchtlichen Weile, eine Sorge ansprechend, die sie seit ihrem Erwachen bedrückte,

»glauben Sie, daß ich vom gleichen Leiden befallen bin wie Cal? Läßt mein Ohnmachtsanfall darauf schließen?«

»Nein, mein Kind«, erwiderte Miss Musson prompt und mit fester Überzeugung. »Ich habe mir schon gedacht, daß du das befürchten könntest! Und das ist auch nicht weiter überraschend. Aber du hast keinerlei Anzeichen einer Fallsuchterkrankung gezeigt. Ich glaube, daß sich dein entsetzlicher Angstzustand auf Cal übertragen hat, weil zwischen euch beiden zweifellos eine starke telepathische Verbindung besteht – erinnerst du dich nicht mehr daran, wie er damals in Umballa den Unterricht geschwänzt und sich in einer Sänfte eingeschlossen hat, und du hast schier den Verstand verloren vor Qualen? – Und ich erinnere mich an viele andere ähnliche Situationen – deine Aufregung hat also den Anfall bei dem armen Knaben ausgelöst – und das ist kein Wunder, da er bereits Sripanas wegen höchst erregt war – und das hat sich dann wiederum auf *dich* übertragen.«

»Ja, ich verstehe. Danke, Ma'am. Sie haben sicher recht.« Scylla seufzte. »Was für ein lästiges Pärchen wir doch sind.« Aber sie war unerhört erleichtert, daß ihr bestätigt worden war, was sie selbst verschwommen vermutet hatte.

»Ihr seid nicht lästig.« Miss Musson schmunzelte. »Du solltest jetzt etwas Ziegenfleischbrühe trinken und dann wieder schlafen.«

»Aber – der kleine Chet – Sie haben so viel Mühe, Ma'am –«

»Pscht. Therbah kümmert sich sehr gut um den kleinen Chet. Er ist der bravste Säugling der Welt – fällt niemandem zur Last – Ah, da kommt Cal mit deiner Brühe. Sicher wollt ihr einen gemütlichen Plausch halten, ich werde euch einen Moment allein lassen.«

Scylla, die sich inzwischen an das Dämmerlicht in der Höhle gewöhnt hatte, sah sofort, daß ihr Bruder mager und bleich war. Sein markantes, faunartiges Gesicht war noch markanter als gewöhnlich, denn seine Wangen waren unter den Backenknochen tief eingefallen, und seine weit auseinanderliegenden Augen unter den geschwungenen Brauen blickten müde und traurig. Seine angespannte Miene erhellte sich aber, als er sah, daß seine Schwester sich erholt hatte. Er lächelte sie zärtlich an und hockte sich zu ihr und überreichte ihr eine dampfende Schale mit den Worten:

»Trink dieses widerwärtige Gesöff! Ich habe mein Möglichstes getan, indem ich wilde Kräuter hineingestreut habe, aber ich finde, es schmeckt immer noch nach altem Seil, wenn nicht noch schlimmer.«

Gehorsam schluckte Scylla die Brühe und schloß sich seinem Urteil an.

»Wie geht es dir, mein lieber Cal?« fragte sie und forschte ängstlich in seinem Gesicht.

Er ergriff ihre Hand und umschloß sie mit seinen Händen.

»Oh, ich werde darüber hinwegkommen!« Sein lockerer Tonfall konnte nicht über seine wahren Empfindungen hinwegtäuschen. Nach einer Weile fügte er hinzu: »Nein, es ist sehr schlimm. Ehrlich gesagt habe ich das Gefühl, ständig auf eine Folterbank gespannt zu sein! Ich habe so viele Liebesgedichte geschrieben, so überaus gewandt, aber Schwester, du machst dir keine Vorstellung, *ich* hatte keine Vorstellung davon, nicht die geringste Vorstellung! Es ist eine furchtbare Gewalt, ein *Fieber*. Es brennt wahrhaftig. Und zu wissen, daß ich sie nie wiedersehen werde, nie – nie – *nie*. Oh, es ist nicht auszuhalten!« schrie er verzweifelt und barg sein Gesicht in den Händen.

»Ich weiß«, sagte Scylla sanft. »Es ist sehr schlimm. Armer Manny –« so hatte sie ihn in ihrer Kindheit genannt. Sie kniete sich auf den Federhaufen und legte die Arme um ihn. Nach einer Weile wandte er wortlos den Kopf und rieb seine Wange an ihrer Hand.

Als Scylla zum zweiten Mal erwachte, ging es ihr wieder so gut, daß sie ihrem Gastgeber, dem Heiligen Pir, vorgestellt werden konnte. Ihr Erwachen fiel glücklicherweise in eine der wenigen kurzen Zeitspannen, da er nicht ins Gebet vertieft war.

Miss Musson begleitete Scylla zu der Felskammer, in der sich der Pir gewöhnlich aufhielt, und auf dem Weg dorthin bekam sie zum ersten Mal eine Vorstellung von dem wahren Ausmaß und der gewaltigen Größe des Höhlensystems, in dem sie untergebracht waren.

Ein ganzer Berg schien mit großen natürlichen Gewölben unterhöhlt, die im Laufe der Jahrhunderte vergrößert, erweitert, mit Gängen verbunden und von Generationen von Menschen zu Behausungen hergerichtet worden waren. Luftlöcher und Eingänge ließen auf allen Ebenen mehr oder weniger Licht eindringen. Wie Miss Musson gesagt hatte, führten die Gänge tief in den Berg hinein, aber die Kammern nahe der Erdoberfläche waren offenbar am häufigsten genutzt worden. Irgendwann mußten sehr viele Menschen hier gelebt haben, eine ganze Stadt in einem Berg. Nun waren der Heilige Pir und seine Jünger die einzigen Bewohner dieses großen Bergbienenstocks, und sie hatten weit oben unter dem Bergkamm Quartier bezogen. Um diesen Ort zu erreichen, mußten die Besucher Hunderte von abgetretenen Felsstufen erklimmen, meist im Innern der Höhle, aber manchmal führten sie auch um Felsnasen herum oder an unerfreulich senkrechten Felswänden entlang. Schließlich erreichten sie eine kleine kühle Kammer, die ihr Licht durch drei runde Felslöcher empfing, die nach Norden führten und durch die viel Licht und Kälte, aber keine störende Sonne eindringen konnte. Hier stand der Pir den ganzen Tag hinter einem aus dem Fels gehauenen Tisch, der ihn halbkreisförmig einschloß. Mit der einen Hand läutete er eine kleine goldene Glocke, mit der anderen ließ er geschickt altertümlich geschnitzte Elfenbeinperlen über eine Schnur flitzen, und dazu sang er unaufhörlich seine Litaneien und rezitierte Gebetsformeln mit einer unglaublichen Geschwindigkeit, die auf langjährige Übung schließen ließ. Cal befand sich bereits in dem Raum. Er saß mit gekreuzten Beinen auf dem Boden und schien in Gedanken vertieft. Die fromme Atmosphäre und das friedliche Gemurmel des heiligen Eremiten übten offenbar einen besänftigenden, beruhigenden Einfluß auf ihn aus. Der kleine Chet saß auf Cals Schoß und kaute still auf dem Beißring herum, den die Frauen des Beis ihm geschenkt hatten. Seine runden schwarzen Augen folgten aufmerksam der hin und her schwingenden Glocke. Miss Musson ließ sich selbstverständlich auf dem Boden nieder und Scylla folgte ihrem Beispiel, dankbar, sich nach der recht mühseligen Kletterei ausruhen zu können.

Etwa zehn Minuten später verstummte der Gesang des Pir. Er wandte seine Augen von der unsichtbaren Ferne, in die er geblickt hatte, ab und legte seine Glocke nieder. Er nahm ein Weihrauchgefäß voller Räucherwerk auf, das auf seinem Tisch gestanden hatte, und schwenkte es an seiner Kette, bis duftende blaue Rauchkringel durch den Raum und zu den Fensterlöchern hinauszogen. Dann stellte er das Räucherfaß ab, ergriff seine Perlenschnur und rief Cal mit einem Kopfnicken zu sich. Cal erhob sich gehorsam mit dem Säugling auf dem Arm und ging auf den Tisch zu. Der Pir schwang seinen Rosenkranz, bis die Perlen Cals Stirn berührten, während er einen Segenswunsch murmelte. Dann segnete er den kleinen Chet. Schließlich winkte er Miss Musson und Scylla herbei, die zu ihm traten und ebenfalls seinen Segen empfingen.

Als die Zeremonie beendet war, zeigte sich ein Lächeln auf dem Gesicht des Pir. Er sah sehr eindrucksvoll aus. Gut ein Meter achtzig groß, dachte Scylla. Durch die Bergluft war seine Haut wettergegerbt und hatte fast die Farbe von altem Eichenholz. Er trug ein dunkelrotes Wollgewand, das mit einem um die Hüfte geschlungenen Gürtel aus geflochtenem Haar zusammengehalten war, und auf dem Kopf einen Pirpank, einen spitz zulaufenden, aus schwarzer Wolle gefertigten Hut. Sein Gesicht erinnerte Scylla an die alten Gemälde, die im Studierzimmer von Miss Mussons Bruder Winthrop gehangen hatten. Darauf waren Indianer abgebildet, nordamerikanische Komantschen. Er hatte eine große Hakennase und hohe, stark hervortretende Backenknochen und strahlte Stolz und Ruhe aus. Als er lächelte, fielen Scylla seine großen, edlen weißen Zähne auf. Sie fragte sich, wie alt er wohl sein mochte. Sein Gesicht schien bartlos aufgrund seines hohen Alters, aber unter seinem Hut kam ein langer schwarzer Zopf hervor, der ihm über den Rücken hing. Sie glaubte, daß er weit älter war, als es den Anschein hatte.

»Guten Abend, meine Damen«, sagte der Pir zu Scyllas allergrößter Verblüffung. »Wie geht es Ihnen, Miss Musson? Ich freue mich, daß Sie Ihre junge Begleiterin mitgebracht haben.« Sein Lächeln wurde breiter, als er Scyllas Verwunderung bemerkte. »Sie sind überrascht, Miss, daß ich Ihre Sprache spreche.«

Scylla errötete in dem Gefühl, bei einer Unhöflichkeit ertappt worden zu sein, und stammelte eine Entschuldigung.

»Seine Heiligkeit hat viele Länder bereist und spricht viele Sprachen«, erklärte Miss Musson liebenswürdig. Der Glanz in ihren Augen verriet Scylla, daß sie diese Tatsache bewußt verschwiegen hatte, um sich an der Überraschung ihrer jungen Freundin weiden zu können.

»Wie ist Ihr Befinden, Sir – Euer Heiligkeit?« Scylla knickste höflich. »Es ist sehr gütig von Ihnen, daß – daß Sie uns beherbergen.«

»Ich freue mich über jeden Besuch.«

Der Blick des Pir verweilte auf dem kleinen Chet. »Besonders über den von jungen Leuten und Kindern.« Er betrachtete den Säugling ein paar Minuten mit großem Ernst und bemerkte dann:

»Hätten Sie etwas dagegen einzuwenden, Miss Musson, wenn ich einen kleinen Versuch mit dem Säugling anstellen würde?«

Das schien sogar Miss Musson etwas zu verwirren. »Einen *Versuch*, Euer Heiligkeit? Nein. Warum sollte ich etwas dagegen einzuwenden haben. – Was für einen Versuch?«

Der Pir trat zu einer Nische in der Felswand und kramte darin herum. Scylla sah sich in seinem Allerheiligsten um und stellte fest, daß überall die vielfältigsten heiligen Kostbarkeiten herumstanden, auf Felsregalen und in Ecken und Winkeln – Messingkelche gefüllt mit vermoderten Körnern, Kuchen in leuchtenden Farben, Kupferkannen mit Öl, Heiligenbilder, an den Wänden befestigte Stoffmalereien, Glocken, Antilopenhörner, Gongs, Schriftrollen, Lampen und kleine Töpfe mit Yakbutter.

Nun wandte der Pir Kopf und Schultern von der Nische ab und entnahm ihr einen flachen Korb, in dem sich ein merkwürdiges Sammelsurium von Gegenständen befand: drei oder vier Hornbecher, etwas, was wie ein alter, mürber Lendenschurz aussah, drei oder vier Rosenkränze, ein halbes Dutzend kleine Elfenbeinbildchen, ein paar Schriftrollen, zwei Schnupftabakdosen.

»Eigentlich müßten dem etliche vorgeschriebene Rituale und einige Wochen im Gebet vorausgehen«, bemerkte er, während er den Korb durch den Raum trug und ihn vor dem Säugling abstellte. »Aber da ich nicht weiß, wie lange ich das Vergnügen haben werde, Sie hier auf meinem Berg zu Gast zu haben, ist es wohl besser, den Versuch ohne all diese Vorbereitungen durchzuführen. Er ist in jedem Fall gültig!«

Er beobachtete aufmerksam, wie der kleine Chet den Inhalt des Korbs versunken betrachtete. Er war begeistert, als er so viele neue, interessante und unbekannte Dinge in seiner Reichweite sah.

Scylla wollte schon fragen, worum es in dem Versuch ging; als sie aber an der Miene des Pir sah, was für eine große Bedeutung er seinem Ergebnis beimaß, schloß sie ihren Mund wieder und konzentrierte ihre Aufmerksamkeit genau wie die anderen drei auf den Säugling.

Mit einem Juchzer streckte der kleine Chet jetzt eine Hand aus und griff nach einem der Rosenkränze. Dann packte er den Henkel einer Tasse und klopfte sachte mit ihr gegen den Korb. Dann fand er eine Glocke, die lieblich bimmelte, wenn er sie schüttelte, und er schwenkte sie lebhaft hin und her und lachte vor Freude.

Der Heilige Pir seufzte und löste sanft die kleinen Finger vom Griff der Glocke. »Nein, mein Freund«, sagte er und tätschelte den Kopf des Knäbleins, während er den Korb aufhob, »du bist ein liebes, kluges Kerlchen, aber du bist nicht der Knabe, nach dem ich Ausschau halte«, und er trug den Korb durch den Raum und verstaute ihn wieder in der Felsnische.

»Darf man fragen, was es zur Folge gehabt hätte, wenn Chet der Knabe gewesen wäre, nach dem Sie suchen, Euer Heiligkeit?« fragte Miss Musson, als er zurückkam und sich mit gekreuzten Beinen niedersetzte.

»Er wäre mein Nachfolger als Hüter dieses Schreins geworden«, erklärte der Pir. »Sie wissen vielleicht, daß dieser Schrein seit Jahrhunderten – oder gar Jahrtausenden – gehütet wird. Wenn ein Hüter stirbt, tritt sein Geist in einen anderen Körper ein und kehrt dann, wenn die Zeit gekommen ist, wieder an seinen Platz zurück.«

»Wie kann man sicher sein, daß es der wahre Geist ist?« fragte Cal mit größtem Interesse.

»Nun, Sie haben es gerade gesehen! Ein Kind, das dazu berufen ist, der neue Heilige Pir zu werden, wird ohne zu zögern in der Lage sein, alle Dinge, die seinem Vorgänger gehört haben, auszuwählen.«

»Ich verstehe, das ist ja äußerst praktisch! Aber ich sehe hier eine Schwierigkeit, Sir«, betonte Cal. »Sie sind doch noch gar nicht tot! Wie könnte also Ihr Geist in dem kleinen Chet hier wohnen?«

Der Pir seufzte erneut. »Da haben Sie leider recht, mein Sohn. Es kommt aber so selten vor, daß ein so kleiner Säugling mich in meinem Berg besucht, daß ich dachte, daß vielleicht irgendeine glückliche Fügung es zuließ, daß mein Nachfolger *vor* meinem Tode ankam, und es mir vergönnt wäre, ihn einzuweisen.«

»Aber das würde bedeuten, daß eine Seele in zwei Körpern wohnen würde«, gab Cal zu bedenken.

»In den Heiligen Schriften finden sich verschiedene Hinweise darauf, daß so etwas durchaus möglich sein könnte«, versicherte ihm der Pir. »Ich weiß nicht, ob es schon geschehen ist, aber unmöglich wäre es nicht. Es sollte jedoch nicht sein!«

»Ich muß gestehen, daß ich sehr erleichtert bin darüber!« gab Miss Musson zu. »Ich zweifle nicht daran, daß Colonel Cameron erfreut wäre, diese Last auf so ehrenhafte Art und Weise loszuwerden, indem entdeckt würde, daß der kleine Chet der wiedergeborene Hüter eines Bergschreins in Zentralasien ist, aber da ich mich verpflichtet habe, dafür Sorge zu tragen, daß der Knabe in Eton zu einem englischen Gentleman erzogen wird, wären *meine* Pläne für ihn vereitelt worden.«

Der Heilige Pir lachte freundlich.

»Lassen Sie sich nicht beirren, Ma'am! Ich werde Ihnen Ihre Last nicht abnehmen. Und jetzt« – er prüfte das Himmelslicht – »muß ich wieder zu meinen Gebeten zurückkehren, aber ich freue mich schon darauf, wieder mit Ihnen allen oder mit einem von Ihnen plaudern zu können, wenn ich Muße dazu habe.«

Er kehrte zu seinem Tisch zurück, ergriff die Glocke und den Rosenkranz, hob den Blick zum nördlichen Firmament und setzte seine Litaneien fort, als hätte er sie nie unterbrochen.

Scylla wurde von einer ehrfurchtsvollen Scheu gepackt angesichts dieses gespaltenen, entrückten Wesens, und sie verließ auf Zehenspitzen hinter Miss Musson die Höhle. Draußen bemerkte sie auf einem ziemlich schmalen Vorsprung über dem Abgrund einen Opferaltar, der mit Yakbutter bestrichen und mit Opfergaben überladen war: Ziegenschädel, grüne Buchweizenfladen, silberne Perlenschnüre und Amulette, Bergziegenhörner. Eindeutig hatten sich einige Pilger nur bis hierher gewagt, vielleicht aus Furcht, den Heiligen Pir bei seinen Gebeten zu stören.

Cal folgte seinen Gefährtinnen nicht.

»Er wird schon nachkommen«, sagte Miss Musson ruhig. »Ich hoffe, er lernt Gleichmut von dem alten Mann.«

Sie folgten ihrem Weg über die gewundenen Felstreppen hinab, und als sie unten ankamen, sagte Miss Musson:

»Wenn du dich wirklich wieder gut fühlst, meine Liebe, könntest du mir dann helfen, Kamelfutter zu suchen? Rob wagt es nicht, die Kamele draußen grasen zu lassen, weil sie natürlich sofort erkannt würden, wenn der Bei Verfolger in diese Richtung ausgesandt hat. Und es scheint mir zu hart, wenn die Männer die Arbeit der Futtersuche alleine übernehmen müssen.«

»Natürlich helfe ich Ihnen«, sagte Scylla sofort. »Ich bin froh, wenn ich sehen kann, wie die Umgebung der Höhle aussieht.«

Von einem Fensterloch in der Felskammer des Pir war der Blick auf allmählich sich abflachende Vorberge gefallen, die nach Norden in eine große endlose Wüstenebene ausliefen. Aber als sie die Höhle nach Osten hin verließen, wurde Scylla klar, daß sie sich an der Nordspitze einer Bergkette befinden mußten, die sich mitten durch Kafiristan wand. Gewaltige Gipfel, einige noch schneebedeckt, umgaben die Hochebene, die hinter dem Berg des Heiligen Pir lag. Hier wuchsen wilder Salbei und Rosmarin, riesige Disteln, blasses Büschelgras, wilde Malven und die Ranken von wildem Rhabarber. Die zwei Frauen hatten in ziemlich kurzer Zeit ein großes Bündel Gras gesammelt, aber Miss Musson sagte: »Kamele fressen eine Unmenge, wir sollten jede mindestens ein Dutzend solcher Bündel hineinschaffen.« Scylla hatte nichts dagegen. Es war schön, sich hier in der Bergwelt zu bewegen. An dem Hang, wo man von dem unablässig wehenden heftigen Wind geschützt war, wärmte die Sonne kräftig.

»Sag mir bitte, Kind, wenn du jemanden kommen siehst«, sagte Miss Musson. »Meine Augen sind nicht so gut wie deine.« Und alsbald konnte Scylla ihrer Pflegemutter mitteilen, daß sie in der Ferne in der Ebene die große schlanke Gestalt von Cameron und die kleinere, rundliche von Therbah ausmachen konnte. Die beiden trugen ein riesiges Tier zwischen sich. Als sie näher kamen, zeigte sich, daß es ein zottiges, hirschähnliches Tier war.

»Cameron Sahib hat ein *Foo* geschossen!« rief Therbah freudig aus.

Cameron, der weniger begeistert schien über seinen Fang, kam mit vorwurfsvoller Miene auf die Frauen zu.

»Ich habe Sie doch ausdrücklich gebeten, sich nicht zu weit von der Höhle zu entfernen, Ma'am«, bemerkte er gereizt, sobald er in Hörweite war. »Wenn nun die Krieger des Beis hier entlangkommen? Sie können Sie in diesem offenen Gelände von weither sehen.«

Scylla war versucht zu erwidern: »War es dann nicht reichlich töricht von Ihnen, Colonel Cameron, so weit von der Höhle entfernt zu jagen?«, aber sie beherrschte sich mit aller Kraft.

»Tut mir leid, das habe ich nicht bedacht«, gab Miss Musson zu. Sie schien aber nicht allzu verstört und fügte in aller Ruhe hinzu: »Gut, daß Scylla und ich reichlich Futter gesammelt haben. Mindestens zwei Tage lang muß nun keiner hinausgehen, da, wie ich sehe, auch reichlich für unseren Kochtopf gesorgt ist. Und bis dahin werden Sie vielleicht zu dem Schluß gekommen sein, daß die Gefahr einer Verfolgung vorüber ist.«

»Wie sollte ich?« erwiderte er düster und wollte sich gerade abwenden, um zum Höhleneingang emporzuklettern (einer großen Felsspalte, zu der man über eine Art Felstreppe gelangte), als Scylla zu ihm trat.

»Colonel Cameron«, sagte sie nachdrücklich, »ich möchte

mich zutiefst entschuldigen für die Unannehmlichkeiten und Sorgen, die mein – mein Verhalten in der Festung des Beis hervorgerufen hat. Der Himmel weiß, wie unschätzbar dankbar wir Ihnen sein müssen. Sicher haben Sie schon oft den dringenden Wunsch verspürt, die schreckliche Belastung, als die wir uns schon oft erwiesen haben, loszuwerden, und doch haben Sie jede ausweglose Lage, in die wir Sie gebracht haben, immer wieder mit uns ertragen und uns daraus errettet. Ich kann nur um Verzeihung bitten und hoffen, daß Sie mir vergeben können.«

Sie hatte sich diese Ansprache sorgfältig zurechtgelegt und brachte sie langsam mit klopfendem Herzen hervor. Abschließend sah sie zu seinem Gesicht empor und streckte ihm die Hand hin. Aber zu ihrem Mißfallen mußte sie feststellen, daß seine Miene versteinert war wie Granit, und ohne die Hand zu ergreifen, erwiderte er:

»Begeben wir uns doch, bitte sehr, in die Höhle, bevor wir uns über Ihr Verhalten in der Festung des Beis unterhalten, Miss Paget.«

Zutiefst beschämt durch diese Abfuhr drehte sich Scylla auf dem Absatz um und kletterte zum Höhleneingang empor. Sie biß sich auf die Lippen, um nicht in Tränen auszubrechen. Als sie im Innern waren, und sie ihre Stimme wieder in der Gewalt hatte, sagte sie:

»Ich habe nicht die geringste Absicht, mich mit Ihnen über mein Verhalten in der Festung des Beis zu unterhalten, Colonel Cameron.« Dann eilte sie zwischen den Kamelfutterbündeln hindurch zu der Kammer, in der Miss Musson ihr Krankenlager aufgeschlagen hatte.

Miss Musson folgte ihr, während die zwei Männer mit Hilfe von Cal, der in diesem Moment von der Kammer des Pir herabgekommen war, das Futter in einen weiter entfernt liegenden Bereich schafften, wo die Kamele untergebracht waren.

»Die Kamele müssen tief im Innern gehalten werden, die

armen Dinger«, erklärte Miss Musson in ihrer sachlichen Art, während sie Scylla mit dem kleinen Chet auf der Hüfte folgte. »Falls nämlich ein Reitertrupp des Beis hier auftauchen würde, bei dem sich Kamele befinden, würden sie sich mit diesen verständigen. Kamele sind anscheinend sehr gesellige Tiere.«

»Ich verstehe«, erwiderte Scylla mechanisch und nahm ihrer Pflegemutter den kleinen Chet ab. Seine freundliche Wärme hatte eine wohltuende Wirkung auf sie. Sie setzte sich auf den Federhaufen und küßte ihn. Als Miss Musson ihren abwesenden Ton bemerkte, sagte sie freundlich:

»Bitte, mein liebes Kind, gräme dich nicht wegen Rob! Er ist halsstarrig wie fast alle Männer – besonders die schottischer Abstammung – er wird sich nach und nach beruhigen. Du hast deinen Teil beigetragen, indem du dich entschuldigt hast – du hast das sehr gut gemacht –, nun mußt du ihm nur, so gut es geht, aus dem Weg gehen, bis wir unsere Reise fortsetzen, damit sich keine Gelegenheit zu einer Auseinandersetzung ergibt.«

Scylla nahm diesen entmutigenden Rat wortlos entgegen.

Nach zwei weiteren Tagen Höhlenleben war es Scylla herzlich leid, so eingeschlossen zu sein, und sie konnte es kaum mehr abwarten, daß sie endlich weiterzogen. Da wäre ihr sogar die Festung des Beis lieber gewesen! Gemäß Miss Mussons Rat bekam sie Cameron kaum zu Gesicht – abgesehen von den Mahlzeiten –, aber von Cal hörte sie, daß er es immer noch für besser hielt, noch nicht weiterzuziehen.

Inzwischen besserten die zwei Frauen ihre eigene und die Kleidung der Männer aus. Therbah pflegte gewissenhaft die Kamele und fertigte eine neue Tragevorrichtung für den kleinen Chet an. Cal verbrachte soviel Zeit, wie ihm gestattet wurde, beim Heiligen Pir im theologischen Gespräch, in der übrigen Zeit schrieb er viele Stunden oder unterhielt sich ausführlich mit Scylla.

Früher oder später kamen sie dabei immer auf Sripana und seine Gefühle für sie zu sprechen. Scylla ermunterte ihn dazu, da sie sicher war, daß er schneller darüber hinwegkommen würde, wenn er über seine hoffnungslose Leidenschaft reden konnte; allerdings empfand sie diese Gespräche zunehmend als unaussprechlich qualvoll.

Wie Colonel Cameron seine Zeit verbrachte, wußte Scylla nicht, und sie fragte auch nicht danach. Aber am Ende des dritten Tages erwies sich, daß seine Vorsicht gerechtfertigt gewesen war, da ein Trupp bewaffneter Männer, die im Dienst von Mir Murad Beg standen, am Berghang des Pir emporstiegen.

Glücklicherweise gab es draußen keinerlei Hinweis auf die Gegenwart der Flüchtigen. Der unaufhörliche Wind (Therbah zufolge nannte man ihn ›Wind, der hundertzwanzig Tage bläst‹) verwischte alle Fußspuren von dem felsigen, staubigen Grund, und der Kameldung war sorgsam aufgeschaufelt worden, um ihn als Brennstoff zu verwenden. Als das erste winzige Staubwölkchen, das einen Reitertrupp ankündigte, am Horizont sichtbar geworden war, hatte Therbah den entrüsteten Kamelen die Mäuler zugebunden, damit sie nicht brüllen oder knurren oder schreien konnten, dann hatte er sie in die tiefste Höhle geführt, die er für sie finden konnte.

Die Menschen suchten ebenfalls tief im Innern des Berges Zuflucht, wo sie sich ohne Licht und Feuer aufhalten mußten, denn der Rauchgeruch, der durch die Höhlengänge zog, hätte ihre Gegenwart verraten können. Selbst der kleine Chet war etwas ungehalten angesichts der Kälte und Finsternis. Anfangs wimmerte er kläglich, aber Scylla beruhigte ihn, indem sie ihn fest an sich drückte und ihm mit kaum hörbarer Stimme alle Schlaflieder sang, die ihr einfielen, bis er schließlich einschlief.

Dieses unerfreuliche Kerkerleben schien eine Ewigkeit zu dauern. Cameron hatte Buyantu, den Jünger des Heiligen Pir, einen kleinen, untersetzten, schweigsamen Mönch mit stark mongolischen Zügen, gebeten, sie zu benachrichtigen, wenn die Verfolger abgezogen waren. Aber Stunden vergingen, bis endlich sein schlurfender Schritt in dem Felsgang zu hören war und der Schein seiner Kerze ihren gruftartigen Unterschlupf schwach erleuchtete.

Buyantu erklärte Therbah (nur er verstand seinen Dialekt), daß die Männer des Beis etliche Stunden hatten bleiben müssen – den Gefangenen waren sie wie Tage erschienen –, weil der Heilige Pir sich gerade im Gebet befunden hatte und nicht gestört werden durfte. So lange hatte Buyantu alle ihre Fragen abgeschnitten mit der Antwort: »Ich weiß gar nichts; ich weiß gar nichts.«

Die Anführer der Truppe – zwei Söhne des Beis – wurden schließlich zum Heiligen Pir vorgelassen.

»Der alte Knabe sei gesegnet, er war ihnen gewachsen«, sagte Cal heiter, als er später seiner Schwester von dem Gespräch berichtete. »Sie haben anscheinend zu ihm gesagt: ›Haben Sie hier europäische Diebe und Mörder gesehen?‹ oder so etwas Ähnliches, und er hat geantwortet: ›Ich habe nur Gott gesehen.‹ Er hat nicht gelogen. Etwas anderes sieht er nicht. Und sie mußten sich natürlich mit seinen Worten zufriedengeben, weil er der Heilige Pir ist.«

»Hat er erfahren, was mit Dizane geschehen ist?« fragte Scylla besorgt.

»Ja, sie haben ihm die ganze Geschichte erzählt – wie der Bei verwundet und seines rechtmäßigen Besitzes beraubt wurde – damit war Dizane gemeint.«

»Wo ist sie?«

»Sie ist tot.«

Damit hatte Scylla gerechnet, dennoch empfand sie bei dieser Nachricht einen betäubenden Schmerz. Sie erinnerte sich noch zu gut, wie das Mädchen neben ihr gekniet und sich die Pistole geschnappt hatte, an ihre drängenden Worte, die Berührung ihrer Hand – nun war es ein für allemal vorbei mit der stolzen Kraft.

»Was ist geschehen?«

»Sie sind ihr zu Pferd gefolgt, haben sich ihr genähert, und sie ist etwas langsamer geworden, hat sich umgedreht und ihnen zugerufen: ›Ihr werdet mich nie bekommen, niemals!‹ Und dann ist sie mit ihrem Pferd in den Abgrund gesprungen.«

»Oh, da bin ich aber froh!« sagte Scylla inbrünstig. »– Weiß Cameron es?«

»Ja, er war dabei, als der Heilige Pir es uns erzählt hat.«

»Hat er etwas gesagt?«

»Nein, er hat nur nach dem Bei gefragt.«

»Wurde der Bei schlimm verletzt?«

»Nein, er hat sich bereits wieder erholt.«

»Zum Glück... Dann können wir doch jetzt unsere Reise fortsetzen?«

»Wenn eine Pilgerkarawane vorbeikommt.«

Das geschah aber nicht in den nächsten zehn Tagen, und die Gruppe wurde des Höhlenlebens und der eintönigen Ernährung aus Bergziegenfleisch gründlich überdrüssig.

Aber am fünften Tag verkündete der Pir, der zufällig von Cal erfahren hatte, daß sie sehr wenig Geldmittel besaßen, daß er sie zu einem Ort führen werde, wo sie sich mit so viel Schätzen versorgen könnten, daß sie sich für den Rest der Reise keine Sorgen mehr um ihr Essen und ihre Ausrüstung machen müßten.

»Das ist ja nicht zu glauben!« rief Scylla aus, als Cal ihr die Neuigkeit überbrachte. »Schätze, hier in der Wildnis? Wo soll das sein?«

»Anscheinend in einem Tempel, der von König Ogotai zerstört wurde, als er aus dem Norden einfiel.«

»Ogotai?«

»Das war ein Sohn oder Neffe von Dschingis-Khan«, erwiderte der gut unterrichtete Cal.

»Wenn es dort Schätze gibt«, gab Scylla in Erinnerung an das große Königsgrab von Ziatur zu bedenken, »warum sind sie nicht schon längst von Räubern geplündert worden?«

»Es heißt, daß der Tempel von einem mächtigen Dschinn bewacht wird.«

Sie brauchten einen halben Tag bis zum Tempel von Koh-i-Ruwan. Der Pir war aufgrund seines seßhaften Lebens nicht gewohnt, sich schnell zu bewegen. Er ritt auf einem weißen Esel, alle anderen gingen zu Fuß, und das Unternehmen hatte etwas von einem heiteren Picknickausflug an sich, da der Pir sich wie ein Knabe daran freute, einmal einen Tag seiner Höhle und den ewigen Litaneien zu entkommen.

»Ich werde einundzwanzig Tage ununterbrochen beten müssen, um das wieder gutzumachen«, gestand er Miss Musson. »Aber das ist die Sache wert! Ich weiß, daß die Welt um uns herum nur Schein ist, ein leeres Spektakel, ein Nebelfetzen, nicht mehr als ein Traum – aber dennoch ist sie sehr hübsch anzusehen!«

Miss Musson bewunderte den weißen Esel, und er erzählte ihr, daß das Tier ihn einmal bis nach Mekka getragen hatte. »Ich war an allen heiligen Stätten Asiens. – Aber Mekka ist nichts Besonderes«, sagte er traurig. »Es ist ein Ort wie jeder andere. Wer nach wahrer Heiligkeit sucht, muß den Blick nach innen kehren.«

Scylla fand zu ihrem Erstaunen heraus, daß der Pir auch in Jerusalem, Konstantinopel und sogar in Rom gewesen war, wo er sein hervorragendes Englisch herhatte.

»Aber dieses hin- und herhasten in der Welt hat keinen Sinn! Reisen, selbst zu den größten Lehrstätten und Heiligtümern, wiegt nichts – nein, nein, weniger als ein Sandkorn – im Vergleich zum Verharren an einem Fleck, jede Versuchung meidend, jede Tat unterlassend, selbst die tugendhafte, vollständig losgelöst von allem Leiblichen und Vergänglichen.«

Miss Musson seufzte.

»Ich möchte meinen, Sie haben recht, Euer Heiligkeit. Je älter ich werde, umso erstrebenswerter erscheint mir so ein Leben. Aber *irgendwer* muß ja wohl die Gesetze machen und die Kinder erziehen und sich um die Kranken kümmern und die Schweine füttern!«

»Dafür sehe ich keine Veranlassung. Wenn der Mensch nicht schon so viele Torheiten und Niederträchtigkeiten begangen hätte, wäre all das nicht nötig«, erwiderte der Pir erhaben.

Scylla wollte diesen Standpunkt nicht gelten lassen.

»Weil jeder in seiner eigenen kleinen Zelle meditieren würde? Aber – wenn das der Fall wäre – Euer Heiligkeit, wie sollte die menschliche Rasse dann fortbestehen? Sie würde mit Sicherheit sehr bald aussterben, weil – weil keine Familien für ihr Fortbestehen sorgen würden.«

Der Heilige Pir lächelte. »Aha, mein Kind! Ich sehe, Sie leiden wie ihr Bruder an großer Wißbegierde und sind von streitbarer Natur, das steht der heiligen Entrückung und Meditation genauso im Wege wie jede andere Form weltlichen Treibens. Ich streite jedoch beileibe nicht ab, daß es zuweilen Vergnügen bereitet«, gab er zu, als hielte er es für notwendig, sich für sein Interesse an ihren Gedanken zu entschuldigen.

»Ich hoffe, unsere Gespräche stören Sie nicht in Ihrer Meditation, Sir«, warf Cal ein, der auf der anderen Seite des weißen Esels lief.

»Nein, mein Sohn. Ich kann dankbar sagen, daß ich dafür schon zu weit auf dem Weg der Wahrheit fortgeschritten bin. Wenn Sie wieder weg sind, wird es mir erscheinen, als wären zwei Vögel vorbeigeflogen, die für eine Weile ihren Schatten auf meine Wand geworfen haben und dann für immer verschwunden sind.«

Scylla fröstelte bei dieser Vorstellung, aber der Heilige Pir fuhr überraschend fort: »Anders sieht die Sache jedoch bei Ihrer wunderbaren Pflegemutter Miss Musson aus. Sie hat ein besinnliches Wesen. Wenn sie bei mir in der Wildnis bleiben würde, könnte sie ganz gewiß bald ebenfalls den Weg der Wahrheit beschreiten.«

Miss Musson schwieg lange nach dieser Bemerkung, so daß Scylla sich erstaunt und leicht ängstlich fragte, ob sie etwa die Absicht hatte, auf sein unerwartetes Angebot hin die Eremitenlaufbahn einzuschlagen. Aber schließlich sagte sie seufzend:

»Der Aussicht, ein ruhiges, der Meditation hingegebenes Alter in dieser angenehmen Wildnis zu verbringen, kann ich nur schwer widerstehen, Euer Heiligkeit. Aber leider ist man manchmal gezwungen, das größere Gut um des Geringeren willen zurückzuweisen. Ich muß meinen Weg gehen – Knoten lösen, Versprechen einhalten.«

Scylla war seltsam ergriffen, aber auch ein wenig erschrocken.

»*Liebste* Miss Musson!« rief sie aus. »Wenn Sie wirklich lieber hierbleiben möchten – glauben Sie bitte nicht, daß irgendeine Verpflichtung *uns* gegenüber Sie weiter treiben müßte, als Sie gehen wollen! Ich will damit nicht sagen« – sie schluckte – »ich will nicht behaupten, daß wir Sie nicht *vermissen* würden! Aber wir sind keine Kinder mehr! Ich bin sicher, daß wir gut zurechtkommen würden. Cal und ich könnten – könnten den kleinen Chet dem Dekan von Eton anvertrauen –«

»Sicher können wir das«, stimmte Cal zu, aber Miss Musson sagte ruhig:

»Nein, meine lieben Kinder, es steht außer Frage, daß ihr wunderbar ohne mich zurechtkommen würdet – aber ich habe meinem älteren Bruder Henry versprochen, zurückzukehren und ihm Gesellschaft zu leisten, bevor es zu spät ist. Er ist – er ist nämlich blind –«

Sie seufzte und verfiel erneut in Schweigen.

Colonel Cameron ging ein Stück vor ihnen und hatte sich nicht an dem Gespräch beteiligt. Das war nicht verwunderlich, da die Strecke traurige Erinnerungen für ihn bergen mußte. Sie bewegten sich am Berghang oberhalb der Baumgrenze. Unterhalb von ihnen fiel jäh eine dunkle, dicht bewaldete Schlucht ab – so tief, so dunkel, so dicht mit Bäumen bestanden, daß sie wie ein schwarzer Riß in der Landschaft wirkte.

»Da unten Sonne niemals scheinen«, sagte Therbah traurig.

Und auf der anderen Seite, auf einem Felsen über den Bäumen, war eine Ruine zu sehen. Miss Musson raunte Scylla zu, daß dies die Festung sei, die Camerons verlorener Prinzessin gehört hatte. In wortloser Übereinkunft beschleunigten sie ihren Schritt, solange die traurige Stätte zu sehen war, und waren erleichtert, als sie außer Sichtweite geriet.

Die tiefe Schlucht wurde nach und nach flacher, und im Berghang hatte sich eine Reihe von tassenförmigen Senken gebildet, die durch Wasserfälle verbunden waren. Als sie um eine Felsnase traten, wurden sie gewahr, daß sie sich auf gleicher Höhe mit der obersten Senke befanden, die ein großes natürliches Amphitheater formte, herrlich am Kopf des Tals gelegen. In der Mitte des großen Runds waren die Überreste eines Bauwerks zu sehen – Säulen, Rundbogen, Mauerstücke –, und der Heilige Pir lockerte die Zügel und sagte:

»Das ist der Tempel von Koh-i-Ruwan, der einst eine blühende Ordensgemeinschaft beherbergte.«

»Wie lange ist das her?« fragte Miss Musson.

Scylla erwartete, daß der Pir vierzig oder fünfzig Jahre sagen würde, aber er besann sich und sagte dann: »Es muß jetzt wohl gute sechshundert Jahre her sein, seit die ganze Priesterschaft hingemetzelt wurde. In einem früheren Leben war ich selbst hier Priester, aber das war noch viel früher, zu Zeiten von Alexander dem Großen. Er hat den Tempel einst auf dem Weg nach Norden zu seiner Stadt Cyropolis besucht.«

Scylla war etwas verblüfft, als der Pir so selbstverständlich auf seine früheren Inkarnationen verwies, aber Cal und Miss Musson nahmen es ganz ruhig auf und hegten keinerlei Zweifel daran, daß er fähig war, sich an Ereignisse aus seinen früheren Leben zu erinnern.

»Daher wissen Euer Heiligkeit also, wo der Schatz versteckt ist?« sagte Cal. »Waren Sie vielleicht zugegen, als er versteckt wurde? Glauben Sie nicht, daß er inzwischen gehoben worden ist?«

»Das glaube ich kaum. In jenen Tagen wurde in den Bächen und Flüssen dieser Gegend viel Gold gefunden. Die Menschen mußten nur mit Steinen beschwerte flauschige Schaffelle im Fluß auslegen und sie dort liegen lassen – etwa zwanzig Tage, wenn ich mich recht erinnere. Dann wurde der Flausch in der Sonne getrocknet und behutsam über einem weißen Tuch ausgeschüttelt, und schon hatte man viele Goldkörnchen. Außerdem gab es Rubinminen, weiter nördlich in den sandigen Vorbergen, tiefe, in den weichen Fels gegrabene Tunnel, wie wilde Tiere sie anlegen. Man fand viele große Rubine ... Ich weiß noch, daß Alexander einen Korb voll mitgenommen hat, sie waren so groß wie Trauben. Im Tempel gab es große Schätze«, sagte der Heilige Pir schlicht und einfach. »Ich glaube nicht, daß alles weg ist.«

Als sie sich der Tempelruine näherten, begriff Scylla sehr gut, warum es hieß, er sei verwunschen. Die Lage des Bauwerks war ehrfurchtgebietend. Es thronte auf einem natürlichen Felsüberhang über dem Tal. Und es war nur über einen einzigen Pfad zu erreichen, der auf einer Strecke von etwa dreißig Metern über einen schmalen, von Menschenhand gebauten Sims an der Felswand entlang führte, die über hundert Meter senkrecht in die Schlucht abfiel. Am anderen Ende des Simses führte der Weg zwischen den wuchtigen, säulenartigen Beinen eines gewaltigen Reiterstandbilds hindurch. Es war zerstört wie der Tempel, nur die Beine standen noch aufrecht und trugen einen Teil des Pferdekörpers. Als die Gruppe hindurchgegangen war, blieben alle stehen, um ihr Erstaunen zum Ausdruck zu bringen. Die Beine, die gut fünf Meter hoch waren, waren aus schwarzem, von dunkelroten und grünen Adern durchzogenem Porphyr gehauen.

»Es wurde aus einem einzigen Felsblock gefertigt«, erklärte der Pir. »Ich weiß noch, wann das war – das war in meinem sechsundneunzigsten Leben.«

»Wo ist der Reiter?« fragte Cal und sah sich um. Kopf und Hals des Pferdes, wunderbar lebensecht gestaltet, lagen in der Nähe auf dem bleichen Gras. Der Kopf schien über das Tal hinwegzustarren. Und ein Teil des Hinterleibs mit Schweif lag nicht weit entfernt. Aber von dem Reiter sah man keine Spur.

»Man erzählt sich hier in der Gegend eine Geschichte über dieses Pferd«, sagte der Pir. »Unser Freund hier« – er wies mit einem Kopfnicken auf Cameron – »hat vielleicht davon gehört. Wie bei all diesen Geschichten steckt etwas Aberglauben und etwas Wahrheit darin. Wer immer sie hört, muß die Wahrheit allein herausfinden, so gut er kann.«

»Erzählen Sie uns bitte die Geschichte, Sir«, sagte Cal, und Scylla wiederholte seinen Wunsch.

»Bitte, Euer Heiligkeit, seien Sie so gütig.«

»Gut«, sagte der Pir mit einem nachsichtigen Lächeln und hub an:

»Dieses Pferd heißt Asp-i-Dheha. Es hatte einst Flügel und konnte fliegen. Sein Herr, ein Riese, lebte viele tausend Meilen von hier im hohen Norden jenseits des Hiungu-nu-Berges. Jede Nacht flog er gen Süden, durch Winde und Sturm und Hagelunwetter, Tausende von Meilen, um die wunderschöne Königin dieses Landstrichs zu besuchen. Eines Tages aber starb sie, und als ihr Liebster des Nachts ankam, mußte er feststellen, daß man sie in einer Gruft auf diesem Berg beigesetzt hatte. Der Riese war so außer sich vor Kummer, daß er dem Roß die Flügel abschnitt und sich selbst tief im Berg neben die Königin bettete. Das Pferd verharrte an diesem Ort, Jahr um Jahr um seinen Herrn trauernd, bis es schließlich zu Stein wurde. Aber selbst heute noch spricht es hin und wieder, schreit laut auf, seinen Herrn anflehend, er möge zu ihm zurückkehren. Sie sehen, daß der Kopf gen Norden blickt, da es glaubt, sein Herr sei in diese Richtung davongegangen.«

»Armes Pferd«, sagte Scylla sanft, und Cal meinte:

»Spricht es wirklich, Euer Heiligkeit?«

Der Pir klopfte mit einem Flintstein gegen eines der wuchtigen Beine, und ein klarer Ton erklang, wie von einer Metallglocke.

»Wenn der Wind durch die vier Beine bläst, schwingen sie wie ein großes Saiteninstrument; man kann den Klang über viele Meilen hin hören. Deshalb trauen sich die Räuber nicht, den Tempel zu plündern. Aber nun kommen Sie, wir wollen sehen...«

Der Pir ließ seinen Esel zurück, auf und schritt über einen großen gepflasterten Platz, der wahrscheinlich einstmals der Hauptvorhof des Tempels gewesen war. Über eine Zickzackrampe kletterte er auf eine höhere Ebene und trat zu einem ehemaligen kleinen Schrein, der sich an der Rückwand des Amphitheaters befand. Er hatte auf beiden Seiten eine doppelte Säulenreihe, einige Säulen standen noch aufrecht, andere lagen in dem bleichen Gras zwischen den Disteln. Ganz hinten im Schrein stand ein verwitterter Block, offenbar ein Altar. Der Pir trat an ihn heran und klopfte die Bodenplatten an seiner Seite mit seinem Flintstein ab, bis sein Ohr den Klang vernahm, den er hören wollte. Er rief Cal zu sich und sagte:

»Mein Sohn, schieb diese Steintafel zur Seite, indem du die linke Ecke nach unten drückst und die rechte anhebst. Nach ein paar Jahrhunderten geht es vielleicht etwas schwer.«

Das war eindeutig untertrieben, und es bedurfte zu guter Letzt der vereinigten Kräfte von Cal, Cameron und Therbah, um die Steintafel zu verrücken. Aber sie ließ sich wirklich bewegen. Offenbar drehte sie sich auf einer steinernen Achse, und eine darunterliegende Höhlung kam zum Vorschein, die ungefähr die Größe einer Kleidertruhe hatte. Sie schien mit Vogelknochen angefüllt zu sein.

Scylla war zu höflich, um ihre Enttäuschung zum Ausdruck zu bringen, aber Cal sagte empört:

»Sind Sie sicher, daß dies das richtige Versteck ist, Euer Heiligkeit? Ich sehe nichts als einen Haufen Trommelschlägel!«

»Sehen ohne Weisheit ist nicht viel mehr denn Blindheit«, erwiderte der Pir ruhig. »Brich einen dieser Schaftknochen entzwei, mein Kind, und sage mir, was du erblickst.«

Der alte brüchige Knochen knackte wie ein trockener Zweig unter Cals Griff, und er stieß einen Ruf des Staunens aus.

»Er ist mit Gold gefüllt! Diese alten Priester haben ihr Handwerk besser verstanden als Wharton, der reisende Wundarzt und Zahndoktor!«

Der Pir lächelte gütig. »Nehmt, soviel ihr braucht, meine Freunde. Aber laßt etwas für andere bedürftige Reisende übrig.«

»Aber gewiß, Sir, wir benötigen nicht ein Fünfzigstel davon.«

»Wenn ich mich recht erinnere, müßte sich unter den Knochen ein schwarzes Basaltgefäß befinden. Es ist voller Rubine.«

Das kunstvoll gefertigte Gefäß war da, es hatte die Form einer zusammengerollten Kobra mit erhobenem Kopf und Brillenzeichen – wohl um mögliche Diebe abzuschrecken. Der Kopf ließ sich abnehmen, und Cal tippte den Behälter vorsichtig an, und schon ergoß sich daraus ein Strom kleiner roter Steinchen, einige geschliffen und poliert und tausendfach funkelnd, andere roh. »Nehmt, was ihr braucht«, sagte der Pir erneut.

Die Männer besprachen sich kurz und nahmen dann ein Dutzend Knochen und eine Handvoll Rubine.

»Wartet einen Moment«, sagte der Pir, als sie sich anschickten, den Schatz wieder zu bedecken. »Reicht mir das Gefäß.«

Cal gab es ihm, und er stocherte sachte in seiner Tiefe herum. »Ich erinnere mich an einen ganz bestimmten Stein«, murmelte er. »Ich würde ihn gerne wiedersehen.« Zunächst schien es so, als würde er enttäuscht, aber dann rief er befriedigt aus:

»Ah, hier ist er!«

Er zog einen auffällig großen, quadratischen Rubin hervor, der zu funkelnder Pracht geschliffen und poliert war. Er wog bestimmt an die zweihundert Karat und hatte die Form eines winzigen Altars. Auf allen vier Seiten waren Buchstaben und Zeichen eingraviert.

»Was für ein Juwel!« flüsterte Cal. »Aber der ist zu edel für uns, Sir. Wir haben nur ein paar kleinere genommen, damit wir für unsere Reise versorgt sind —«

Der Pir lächelte ihn an, und er verstummte beschämt. »Gewiß, mein Sohn«, bestätigte er gütig. »Das ist kein Stein für bedürftige Reisende, den sie gegen ein Kamel oder etwas Hirsebrei eintauschen. Mit so einem Stein beschenkt ein Freund einen Freund, und« – er streckte seine Hand aus – »als einstiger Abt dieses Klosters möchte ich ihn meiner Freundin Miss Musson schenken, als Pfand unserer Freundschaft in früheren Leben und unserer allzeit fortdauernden Freundschaft.«

Cal und Scylla unterdrückten höflich einen Ausruf der Verwunderung, aber Miss Musson nahm den Stein gefaßt entgegen.

»Ich danke Ihnen, Euer Heiligkeit«, erwiderte sie. »Wann immer ich ihn ansehen werde – was täglich viele, viele Male geschehen wird –, wird mir Ihre Güte und diese denkwürdige Stätte hier in Erinnerung kommen. Zwar ist es mir im Gegensatz zu Ihnen nicht vergönnt, mich an unsere frühere Bekanntschaft zu erinnern, aber Ihre Feststellung überrascht mich nicht. Tief in meinem Herzen spüre ich, daß Sie recht haben mögen.«

»Vielleicht waren sie in einem früheren Leben ein Liebespaar!« flüsterte Scylla Cal hoffnungsvoll zu, der erhaben erwiderte: »Pah!« Vielleicht war unsere Pflegemutter in ihrem früheren Leben ein Mann. Das Geschlecht kann sich bei der Wiedergeburt ändern; das hat mir der Pir erzählt.«

Da das Ziel ihres Ausflugs erreicht war, verkündete Miss Musson, als die Steinplatte wieder sorgsam über den Schatz geschoben war, daß sie jetzt gern ihren Mittagsimbiß einnehmen würde. Sie hatte ihn vorsorglich in den Satteltaschen des Esels verstaut. Also setzten sich alle auf umgestürzte Säulen und verzehrten kalten Ziegenbraten, ausgenommen der Heilige Pir, der sich mit einer Handvoll Hülsenfrüchte begnügte.

Auf dem Heimweg war keinem nach Unterhaltung zumute. Das lange, ungewohnte Zusammensein mit anderen Menschen, das Geplauder und die Fragen hatten den Pir offensichtlich stärker ermüdet, als er zugeben wollte. Er ritt schweigend, mit gesenktem Kopf meditierend. Auch Miss Musson schien sehr nachdenklich. Cameron war den ganzen Tag schweigsam und mißmutig gewesen und blieb es auch weiterhin. Und Cal war, wie seiner Schwester auffiel, nachhaltig bewegt und beeindruckt von der Atmosphäre der Tempelruine und von der Legende von dem versteinerten Pferd, dem Asp-i-Dheha – und ihr selbst ging es ebenso. Sie nahm an, daß sein schöpferischer Dämon ihn gepackt hatte und ihn nicht wieder loslassen würde, bis er die Legende in Verse gebannt hatte.

Als sie kurz vor Sonnenuntergang den Berg des Heiligen Pir erreichten, waren alle erschöpft. Buyantu stand bereit, um den Esel in den Stall zu bringen, und führte ihn weg, unter mißfälligem Knurren und mit strafenden Blicken auf die Reisenden, die so lange mit seinem Herrn unterwegs gewesen waren. Der Pir kehrte geschwächt zu seiner Höhle zurück, Cal machte sich eilig zu einer entlegenen zellenartigen Felsspalte davon, die er zum Arbeiten und Nachdenken ausgewählt hatte, Therbah entfernte sich rasch, um die Kamele zu versorgen. Cameron blieb mit Scylla in der offenen Eingangshöhle zurück, in der Buyantu Brennholz gestapelt hatte und Vorräte von Getreide, Salz, getrockneten Schneepilzen und Kräuterbüscheln.

Cameron warf Scylla einen unentschlossenen Blick zu, tat

dann ein paar Schritte, als wolle er zu der Höhle gehen, die er als Schlafraum benutzte, kam dann aber wieder zurück.

»Miss Paget –« begann er unvermittelt. »Ich habe über das nachgedacht, was in der Festung des Beis geschehen ist –«

Scylla war todmüde. Der Tagesausflug in der sengenden Bergsonne und dem beißenden Wind war sehr lang gewesen. Der Anblick der niedergebrannten Festung jenseits des Tales hatte sie unsagbar traurig gestimmt, und die Legende vom Pferd des Riesen hatte sie keineswegs aufgemuntert. Sie unterbrach ihn rasch:

»Spielen Sie bitte nicht darauf an, Colonel Cameron. Ich bin sicher, daß es auf beiden Seiten Fehler gab – es führt zu nichts, wenn wir darüber reden. Es könnte eher verhängnisvoll sein.«

»Aber ich –«

»Entschuldigen Sie mich bitte. Die Einsicht ist schlimm genug, daß wir Ihren Freund, den Bei – von dem ich am liebsten nie wieder etwas hören würde – nie hätten aufsuchen müssen, wenn wir *vorher* vom Schatz des Heiligen Pir und von seiner großzügigen Natur gewußt hätten.«

»Na schön«, erwiderte er überheblich, aber offensichtlich tief verletzt, und Scylla machte sich, so schnell sie konnte, zu ihrer Höhle davon, bevor er andere Wege fand, das Thema wieder aufzugreifen. Eine weitere Auseinandersetzung mit Colonel Cameron konnte sie im Moment am allerwenigsten gebrauchen! – Schon dieser kurze Wortwechsel stürzte sie in eine solche Verzweiflung, daß sie sich auf ihr Federlager warf und zu ihrer eigenen Beschämung in Tränen ausbrach. Der kleine Chet, der den ganzen Tag in einem Kasten mit süß duftendem Gras geschlafen hatte, wachte auf und starrte sie verwundert an, bis sie die Arme um ihn schlang und ihr Gesicht in seinen nach Heu duftenden Wickeltüchern verbarg. – Sie wußte nicht, was über sie gekommen war, sagte sie sich. Es war einfach auf ihre Erschöpfung und Dummheit zurückzuführen, daß sie so durcheinander war! Aber sie war froh, daß Miss Musson im Moment nicht da war, um ihr auf den Zahn zu fühlen. Miss Musson verbrachte seit neustem viel Zeit mit Meditieren. Sie saß dazu mit gekreuzten Beinen in einer hochgelegenen luftigen Höhle, die nach Norden lag. Manchmal verbrachte sie dort die ganze Nacht.

Als sich die Reisenden zum Abendessen trafen, waren alle sehr schweigsam. Niemand hatte so recht Appetit auf die Brühe, die Miss Musson früher vorbereitet hatte und die Therbah nun warmmachte. Scylla erkannte besorgt, daß Cal von schöpferischem Fieber ergriffen war und kaum wahrnahm, was um ihn herum geschah. Seine Hände zitterten, seine Augen glänzten und waren blutunterlaufen, er machte sich ständig Notizen auf getrocknete Blätter und Pergamentfetzen. Scylla hoffte inständig, daß diese Besessenheit keinen neuen Anfall bei ihm hervorrief. Sie war froh über alles, was ihn von seiner verlorenen Liebe ablenkte, aber dieses Thema hatte zu viel Ähnlichkeit mit seinem eigenen Kummer, um ihn wirklich ablenken zu können. Nachdem er ein paar Löffel Brühe geschluckt hatte, entschuldigte er sich und kehrte zu seiner Arbeitshöhle zurück. Scylla folgte bald seinem Beispiel, sagte ihrer Pflegemutter und Cameron gute Nacht, unter dem Vorwand, sie sei erschöpft und wolle schlafen. In Wahrheit war sie viel zu aufgewühlt zum Schlafen, und sie saß ruhelos da, das Kinn auf die Fäuste gestützt, oder ging auf und ab und beobachtete die Sterne am Nordhimmel, die hinter dem Fensterspalt ihrer Höhle funkelten. Sie hätte gerne mit Cal gesprochen – aber er schrieb sicher oder schlief bereits. Es war ungerecht! *Er* schüttete ihr sein Herz aus, wann immer er das Bedürfnis hatte.

Schließlich hielt sie es vor Unruhe nicht mehr aus, wickelte sich in einen schwarzen Schal und machte sich auf den Weg zu Cals Klause. Auf dem Weg dorthin mußte sie an der Gemeinschaftshöhle vorbei, wo das Feuer brannte (wenn Cameron befand, daß es ungefährlich war, eines zu entzünden). Scylla wunderte sich sehr, als sie feststellte, daß immer noch ein schwacher Lichtschein von dieser Höhlenkammer ausging, und sie vernahm die Stimme ihrer Pflegemutter, die sie längst im Schlaf oder in Meditation versunken gewähnt hatte.

»Nein, nein, mein lieber Rob! Sie sind zu besorgt, wie immer – die Güte selbst! Aber was dieses Kapitel betrifft, habe ich mich bereits entschieden. Ich habe Seiner Heiligkeit bereits erläutert, daß ich meine Gründe habe. Ich habe andere Verpflichtungen. Man kann nicht immer tun, was man will.«

Camerons Stimme klang ungewohnt zaghaft – Scylla gegenüber hatte er noch nie diesen Tonfall angeschlagen.

»Miss Amanda – Sie werden nicht auf Anhieb mit dem einverstanden sein, was ich gleich vorschlagen werde – aber bitte ziehen Sie keine voreiligen Schlüsse, hören Sie mich bitte ganz an.«

Ein Murmeln von Miss Musson schien ihre Zustimmung anzudeuten, und er fuhr fort: »Dieses Mädchen – dieses Kind *muß* eine ständige Quelle der Sorge für Sie sein – für uns beide –, bis wir Scylla bei ihren Freunden in England abgeliefert haben. Bei ihrem Aussehen – ihrem außergewöhnlichen Charme – ihrem ungestümen, dickköpfigen, *eigensinnigen* Wesen – werden sich Vorfälle wie der jüngst erlebte noch häufig ereignen auf dem Weg bis ans Mittelmeer. Ich wage sogar zu behaupten, daß es an ein Wunder grenzen würde, wenn wir sie sicher bis zur Küste des Mittelmeers bringen könnten. Bislang sind wir in der Wildnis gereist – aber wir werden nun durch Städte ziehen, Kabul, Girishk, Herat –«

»Ach kommen Sie, lieber Rob –«

»Ich spaße nicht, Miss Amanda. Ich habe die Blicke gesehen, mit denen Mir Murad sie bedacht hat. Wenn wir die Festung des Beis nicht zu dem Zeitpunkt verlassen hätten –«

»Wenn dem so ist, waren Sie aber ungerechtfertigt hart zu ihr«, bemerkte Miss Musson trocken.

»*Hart* zu ihr! Wenn das verflixte Mädchen nur eine Ahnung

hätte, wie besorgt ich um sie war – was für verzweifelte Sorgen ich mir um ihr Wohlergehen gemacht habe –«

An diesem Punkt war Scylla, die wie gelähmt lauschte, drauf und dran, dazwischenzufahren und den Colonel eisig zu bitten, er möge sich nicht solche Sorgen um sie machen, aber es verschlug ihr den Atem, als er fortfuhr:

»Ma'am, ich habe es mir reiflich überlegt – viele, *viele* Male – und ich kann Sie nur dringend ersuchen, mir zu erlauben, mit ihr zu schlafen – *hier und jetzt!* – denn mit größter Wahrscheinlichkeit wird sie irgendwo unterwegs gefangen und verführt werden – und auf diese Weise können wir wenigstens sichergehen, daß sie ein weißes Kind empfangen wird – mit europäischem Blut – und sie wird darauf vorbereitet sein – wird ein bißchen besser begreifen, wozu so ein aufreizendes Verhalten führt – wird gewappnet sein für die Zukunft, um es kurz zu sagen! Außerdem wäre meine – meine Stellung zu ihr dann eindeutiger!«

Es folgte ein tiefes Schweigen, während Scylla zitternd in der Dunkelheit geradeaus starrte. Nach einer beträchtlichen Weile ergriff Miss Musson wieder das Wort.

»Ich bin sicher, daß Sie zu schwarz sehen, Rob. Ich sehe keine Veranlassung für das doch recht drastische Heilmittel, das Sie vorschlagen. Und bedenken Sie doch die Folgen – wenn das arme Mädchen ihr Herz an Sie verlieren würde – was dann?«

»Nun«, sagte er gedehnt, »dann könnte ich sie ja heiraten!«

Sein Tonfall war noch trockener als der von Miss Musson. Sie sagte schnell:

»Nein, nein – das wäre eine wahnwitzige Tollheit. Ihr paßt überhaupt nicht zusammen – im Alter, im Wesen, in euren Gewohnheiten – in allem! Nein, nein, schlagen Sie sich die Flausen aus dem Kopf, mein lieber Rob! Es bedarf keines derart verzweifelten Mittels! Wir müssen der Vorsehung vertrauen. Sie ist ein gutes Kind – und wenn es an der Zeit ist, wird sie sich als vernünftig erweisen. Wenn ihr so ein Mißgeschick widerfährt, wie Sie es befürchten, wird sie in der Lage sein, es gelassen zu tragen.«

»O – Sie haben zuviel von der Lehre des Heiligen Pir verinnerlicht!« rief er verzweifelt aus. »Tue nichts! Verharre in Untätigkeit! Krümme keinen Finger, um Unheil zu verhindern! Ich habe mein Angebot gemacht, und da es abgelehnt wurde, werde ich mich jetzt zur Ruhe begeben.«

»Gute Nacht, Rob. Ich bin Ihnen dankbar für Ihren praktischen Vorschlag, glauben Sie mir!« Scylla konnte den heiteren Unterton in Miss Mussons Stimme hören. »Ich glaube, Sie können ganz froh sein, daß ich Sie nicht beim Wort nehme und auf die Probe stelle!«

Scylla wartete nicht länger. Still wie die Nacht drehte sie sich um und floh in rasender Eile in die Kammer zurück, die sie gerade verlassen hatte. Als sie dort in Sicherheit war, ließ sie ihrem Zorn freien Lauf. Mit fuchtelnden Armen schritt sie auf und ab, schüttelte die Fäuste und wetterte lautlos gegen ihn. Was für eine Anmaßung! Was für eine herzlose, überhebliche Selbstgefälligkeit!

›Ich könnte sie heiraten!‹ »Was Sie nicht sagen, mein liebster Colonel!« stieß sie zwischen den Zähnen hervor. »Wie überaus aufopferungsvoll und gütig! Was für ein entgegenkommender Gedanke! Und Sie könnten sogar Ihren Widerwillen überwinden und mit mir schlafen, damit mein Kind angelsächsisches Blut hat. Wirklich sehr aufmerksam! Das zeugt von wahrer Hochachtung! Wie über die Maßen fürsorglich es doch war, daß Sie mich vor den schauerlichen Umarmungen des Beis bewahrt haben – auf Kosten des ein oder anderen kleinen Mißverständnisses! Ihre Sorge war ganz unbegründet, das kann ich Ihnen versichern! Ich hätte mich viel lieber vom Bei umarmen lassen!«

Dann gab sie jede Verstellung auf, auch sich selbst gegenüber, und sank auf ihr zerwühltes Lager und brach in Tränen der Verzweiflung aus. Oh, es ist nicht wahr! Es ist nicht wahr! Ich liebe ihn, ich liebe ihn! Es zerreißt mir das Herz! Und für ihn bin ich nichts als eine schreckliche Sorge, eine Belastung, die er begatten will, damit – damit ich für die Zukunft gewappnet bin, falls irgendein Amir mich entführt!

Liebe ist ein Fieber, hat Cal gesagt. Ich habe das Gefühl, auf eine Folterbank gespannt zu sein. Schwester, du machst dir keine Vorstellung! O doch, mein lieber Cal, hatte seine Schwester ihm unhörbar versichert. Ich weiß nur zu gut, was du meinst. – In Wahrheit war ihr durch seine Schilderung seines Elends ihre eigene Lage erst richtig bewußt geworden. Wann hatte es angefangen? Sie konnte es nicht sagen. Wie sollte es enden? Sie konnte nicht hoffen, daß Cameron ihre Gefühle erwiderte – es war aussichtslos. »Ihr paßt überhaupt nicht zusammen«, hatte Miss Musson gesagt, und sie hatte recht. Auf die Idee würde er nicht im Traume kommen. Für ihn war sie eine lästige Verantwortung. Er hatte einmal geliebt und würde sich nicht ein zweites Mal in dieser qualvolle Falle einfangen lassen – und das konnte man ihm kaum verübeln. Außerdem war er ein Vagabund – vielleicht würde er niemals seßhaft werden. Er würde enden wie seine Frau und sein Kind – nackte Knochen über einen Berghang verstreut.

Scylla wand sich vor Elend, Scham und Pein und dachte, daß sie niemals im Schlaf Vergessen finden würde. Aber wunderbarerweise wurde sie dann doch vom Schlaf übermannt. Die Anstrengung des Tages machte sich plötzlich bemerkbar und sie versank in gnädige Leere und lag reglos da, schwer wie ein Schaffell, das im Wasser eines Bergbachs verankert war.

Sie wußte nicht, wie lange sie geschlafen hatte, als sie mit einem Mal wach wurde, weil sich jemand neben ihr befand. Sie hörte kein Geräusch – aber sie verspürte Wärme, Atem, Vertrautheit – dann tastete eine Hand verstohlen nach ihrer Hand, zwei Arme umschlangen sie, zwei Lippen legten sich auf ihren Mund. Verwirrt, matt und benommen nach diesem jähen Erwachen aus ihrem kurzen, tiefen Schlaf, vermeinte sie zunächst zu träumen.

Schon manches Mal hatte sie so etwas geträumt. Aber diesmal schien es *Wirklichkeit* zu sein, dachte sie verwundert. Diese Arme, diese Lippen, dieses Bartkratzen. War das alles Einbildung? Oder die Kraft, das Gewicht des Körpers, der sich an sie drückte, das drängend zärtliche Streicheln, die verlangenden Küsse, die wilde, immer wilder werdende Erregung? Konnte das alles Einbildung sein? Er ist gekommen, dachte sie, ungeachtet der Worte meiner Pflegemutter, er ist gekommen – nicht weil er es für angebracht oder klug hielt, sondern weil es sein Wunsch war. Er hat sich danach gesehnt, er hat es sich genausosehr gewünscht wie ich – oh, mein liebster, liebster Rob! Kein Wunder, daß er so schweigsam ist – ich werde ebenfalls schweigen – sie hält es für unnötig – eine *Tollheit* – dann soll sie es zunächst einmal lieber nicht erfahren. Oh, aber etwas so Wunderbares kann keine Tollheit sein! Ihr ganzer Körper vibrierte wie – wie das große Pferd auf dem Berg, Asp-i-Dheha – und als er in sie eindrang, mit einem schnaubenden Schauder der Freude und des Triumphes, hätte auch sie am liebsten triumphierend und staunend aufgeschrien. *Davor* also wolltest du mich warnen! Da hättest du dir aber keine solchen Sorgen zu machen brauchen. So schön wäre es mit keinem anderen gewesen. Ich bin jetzt auf immer gefeit, gewappnet durch Wissen, geschützt durch Liebe.

Er murmelte etwas, sehnsüchtig und sanft, grub seinen Kopf in ihren Hals. »Ruhig, mein Liebster!« flüsterte sie, aber er wiederholte das Wort, und diesmal verstand sie es.

»Sripana!«

Eiskalt vor Entsetzen stützte Scylla sich jäh auf ihre Ellbogen. Die Nacht verblaßte langsam, noch war die Morgendämmerung nicht angebrochen, aber sie kündigte sich schon an, undeutlich konnte Scylla etwas erkennen.

Und sie erkannte ihren Bruder Cal.

13

»In den *Brunnen?*« wiederholte Fanny ungläubig. Sie rang nach Luft und konnte nur mit Mühe sprechen. »Mein Kleiner liegt *im Brunnen?* Aber das ist doch unmöglich!«

»Oh, Ma'am! Es is ja uns allen hier ein Rätsel!«

Mrs. Strudwicks Worte drangen jedoch nicht mehr an Fannys Ohr. Sie eilte durch das Gras zum Brunnenrand, und mit einer gewissen ehrfürchtigen Scheu – in die sich durchaus auch eine gewisse Neugier mischte – teilte sich die Menge, um ihr den Weg freizumachen.

Ihre kleine Blumenrabatte war von vielen Füßen niedergetrampelt worden. Sie kniete sich zitternd in den Matsch, ohne Rücksicht auf ihr bestes besticktes Musselingewand, und sah in den engen Backsteinschacht hinab, der in einen bodenlosen dunklen Abgrund zu führen schien. Ein schwaches, ein sehr schwaches Weinen drang aus der Tiefe empor.

»Ist er schwer verletzt?« flüsterte sie. »Wie kann man zu ihm gelangen? Was hat sich zugetragen?«

Was um alles in der Welt hatte sich zugetragen? Der kleine Thomas konnte noch nicht einmal krabbeln. Selbst wenn er aus seiner Wiege gefallen wäre, die fünfzehn Meter entfernt unter der Traueresche stand, hätte er sich nie und nimmer so weit fortbewegen oder gar den niedrigen Brunnenrand überwinden können. Und warum war der Deckel offen gewesen? Die Dienstboten hatten strikte Anweisung, ihn immer geschlossen zu halten, wenn nicht gerade Wasser geholt wurde.

Wieder war ein Weinen zu hören.

»Liegt er nicht im Wasser – ist er nicht ertrunken?«

»Nein, der liegt nich im Wasser drin, Missus«, sagte ein grauhaariger Mann – Fanny kannte ihn von irgendwoher; es war

Daintrey, einer der Maurer, die in Thomas' Auftrag den Erweiterungsbau des Hauses vornahmen. »Da hat er Glück, weil nämlich das Wasser in dem alten Schacht ganz niedrig steht, wo's heuer so trocken war, un da deswegen is der Knirps nämlich nich ertrunken. Der is sicher auf nem Fels gelandet, wo da unten aus'm Wasser rausragt; verdammt nich leicht, den Eimer da gut dran vorbeizukriegen. Aber fürs erste liegt er da ganz gut.«

»Wenn er man bloß nich abrutschen tut«, sagte jemand düster.

»Un wenn's jetzt anfängt zu gießen un so richtig runterprasselt«, gab ein anderer zu bedenken, »dann steigt das Wasser da drin nämlich, un das Schätzchen säuft ab.«

»Aber kann er denn nicht gerettet werden?« sagte Fanny voller Panik. »Warum steigt niemand zu ihm hinab?«

Sie blickte verzweifelt in den Kreis der Gesichter. »Jem? Goble? Könnt ihr nicht –?«

Aber Goble hatte es offenbar gepackt: tief ins Gebet versunken kniete er auf seiner Lederschürze im Matsch und leierte: »Sie werden unterwärts in die Grube fahren, denn unsre Ruhe finden wir im Staub.«

Diese Worte schienen sich auf Jem zu beziehen, der jetzt eine Kerze herbeibrachte und sie an den Brunnenrand hielt, in dem Bemühen, Fanny zu zeigen, worin das Problem bestand.

»Seh'n Sie, Missus, hier oben ist der ganz schön groß, aber weiter tiefer unten wird der alte Schacht nämlich immer enger. Da is der grad mal so groß, daß der Eimer durchkommt. So is das nämlich. Ich tät mich ja gern an 'nem Seil runterlassen un den Wicht raufholen, aber ich bin zu breit gebaut.«

Jem war wirklich ein großer, breitschultriger Bursche, aber dennoch – »Bist du *ganz* sicher, Jem?« fragte Fanny.

»Ganz völlig sicher, Missus. Daintrey un die andern, die haben mich nämlich schon runtergelassen, aber ich bin steckengeblieben, un da haben sie mich wieder raufgezogen.«

»Aber was sollen wir dann bloß tun?«

»Ein Hirt suchen un sein Stab ausleihen. Den Kleinen hochangeln«, schlug jemand vor.

Gewiß gab es ein geeigneteres, leichter zu bekommendes Hilfsmittel als einen Schäferstab, dachte Fanny.

»Wir können auch 'ne Unkrautharke oder irgend 'ne Hacke nehmen – oder 'ne Canterbury-Hacke?«

Jem rannte zum Schuppen und kam mit einer Canterbury-Hacke zurück, die an ein langes Seil gebunden und hinabgelassen wurde.

»Seid bitte vorsichtig!« rief Fanny flehentlich.

Es regnete inzwischen kräftiger.

»Ich hol ein Umhang für Sie, Ma'am«, sagte Mrs. Strudwick besorgt und legte Fanny, die ihre Fürsorge kaum bemerkte, gleich darauf einen Umhang über die Schultern.

»Kommen Sie nicht an ihn heran?« meinte sie ungeduldig, als der dritte Versuch mit der Canterbury-Hacke scheiterte.

»Das isses nich, Missus, aber sieht so aus, als wie wenn die Hacke aus der Verankerung rutscht, un wir wollen nich mit rumfuchteln, weil wir haben nämlich Angst, daß wir den kleinen Kerl vom Felsen schubsen. Is 'ne vertrackte Sache das!«

»Du lieber Gott! Was können wir nur machen?«

»Leben tut er ja jedenfalls noch«, sagte jemand ermutigend. »Hört ihr, wie der schreit!«

Tatsächlich schrie der Säugling jetzt lauter, vielleicht wegen des Regens oder weil die Hacke ihn verletzt hatte.

»Es wird bald dunkel. Was machen wir dann bloß?« sagte Bet mit einer gewissen düsteren Genüßlichkeit.

Fanny hatte eine Eingebung. »Jem! Lauf bitte zum Petworth House und hol Lord Egremont!«

»Ah – mach ich gleich sofort! Das ist 'ne verflixt gute Idee!« sagte Jem und rannte davon.

»Ich bin sicher, *er* weiß, was zu tun ist«, sagte Fanny hoffnungsvoll zu Bet.

Denn obwohl der Kreis der Männer, die um den Brunnen herumstanden, ihr wohlgesonnen schien, hatte sie den Eindruck, daß es mit ihrer Intelligenz nicht allzuweit her war. Für sie schien der Unfall nichts weiter als ein spannendes Ereignis zu sein, eine Art Zeitvertreib, dessen Dramatik es zu genießen galt, und sie sahen darin keine Herausforderung, die *sie* zu bewältigen hätten.

Einige allerdings murmelten, es sei Sein Wille und man solle sich da nicht einmischen.

»Ich hab immer schon gesagt, da geht's nich mit rechten Dingen zu! Die alten Mönche sollen nämlich hier immer noch rumspuken, die von dem Kloster, was zu Queen Marys Zeiten hier gestanden hat.«

»Sapperment! Meine Alte hat genau hier 'ne schwarze Erscheinung gesehen in der Andreasnacht. Un die hat ihr zugewinkt, aber sie is auf un davon.«

»Wenn die Fledermäuse fliegen, um die Zeit is das hier alles andre als geheuer. Da hörst du manchmal immer wie die alte Esche da stöhnt und das Haus schreit un jammert. Ich wollt hier nich leben, nie und nimmer, nich für 'nen ganzen Korb voll Goldguineen.«

Um das Gespräch von diesem entmutigenden und nutzlosen Thema abzubringen, fragte Fanny:

»Kann mir denn niemand sagen, wie es dazu gekommen ist, daß der Säugling in den Brunnen gefallen ist?«

Allgemeines Kopfschütteln. Niemand wußte es. Die Männer versicherten samt und sonders, daß sie stets sorgfältig darauf geachtet hatten, daß der Brunnendeckel geschlossen war. Goble, den man in seinem Gebet unterbrach, bekräftigte ihre Aussage.

»Ja, der war schön ordentlich zu, wie ich mein Gemüse und meine Blumen gegossen hab.«

Jemima schwor zum hundertsten Mal, daß sie den Säugling nur für einen kurzen Augenblick alleingelassen hatte, weil sie ins Haus gelaufen war, um einen Regenschirm zu holen, den sie über ihm aufspannen wollte, als die ersten Tropfen fielen. Aber warum hatte sie den Säugling nicht mit hineingenommen, als es zu regnen anfing? wollte Fanny wissen. »Ach, es hat nich so ausgesehen, als ob da viel runterkommen würde, Ma'am. Und übrigens, wenn Sie *mich* fragen«, sagte Jemima mit einem finsteren Blick in die Runde, »war das die kleine Miss Patty, die hat's getan! Sie kennen sie ja – immerzu quält und ärgert sie Master Tom, wenn ich nich wie'n Luchs aufpassen tu.«

»Was?« rief Fanny aus. »Sie denken, daß Patty – aber niemals, ausgeschlossen!«

Insgeheim jedoch traute Fanny ihrer jüngsten Stieftochter so eine Tat durchaus zu – insbesondere, da sie an diesem Tag so eine bittere Enttäuschung erlitten hatte. Es war jedoch sehr fraglich, ob Patty rein körperlich dazu in der Lage gewesen wäre. Thomas war ein großer, schwerer Kerl. Da er so träge war und nur ganz langsam lernte, sich vom Rücken auf den Bauch zu rollen, war er ungewöhnlich dick für sein Alter.

»Ich glaube nicht, daß Patty ihn so weit tragen könnte. Und Sie sagen doch, daß Sie nur ein paar Minuten weg waren«, gab Fanny zu bedenken.

»'s kann vielleicht auch'n kleines bißchen länger gewesen sein – weil nämlich Missus Strudwick mich gebittet hat, ich soll sie mit der Wäsche helfen, damit daß die nich naß wird«, verteidigte sich Jemima.

»Du hast 'ne Tasse Tee bei mir in der Küche getrunken!« widersprach Mrs. Strudwick.

»Wo befindet sich Patty eigentlich im Moment?« fragte Fanny in dem Bewußtsein, daß es wohl aussichtslos war, aus diesen Schilderungen den wahren Hergang herauszufiltern.

»Ich hab sie in ihr Zimmer eingeschlossen«, sagte Jemima selbstgerecht. »Sie is hier allen ständig vor die Füße rumgelaufen, da hab ich sie eingeschlossen.«

Fanny verzichtete auf die Bemerkung, daß sich Patty doch

ohnehin in ihrem Zimmer aufhalten sollte. Glücklicherweise kam in diesem Augenblick Jem herbeigerannt mit der Nachricht, daß Lord Egremont ihm bald folgen würde.

»Er kommt auch gleich sofort, Missus, er geht nur noch schnell beim städtischen Brummstall vorbei.«

»Beim Gefängnis? Aber warum?« fragte Fanny verwirrt.

»Ja, das is so!« sagte Jem mit vor Stolz geschwellter Brust. »Ich hab nach unserm guten alten Herr gefragt, Missus, wie daß Sie's mir gesagt haben, un ich hab ihm auch gesagt, wie verflixt eng's da unten is. ›Dann brauchen wir einen spindeldürren Kerl, der den Säugling von da unten raufholen kann‹, sagt der Herr. ›Und den findet man am besten im Gefängnis, wo die Gefangenen gerade das Nötigste zum Leben kriegen und mehr nicht. Sag deiner Herrin, ich komme sogleich mit dem allerdünnsten Wilderer oder Taschendieb, den sie da haben.‹«

Und kaum drei Minuten später kam Lord Egremont selbst den Fahrweg herab, heiter und gutmütig dreinblickend wie immer, den Hut auf den Hinterkopf geschoben, in Begleitung des größten, dünnsten, bleichsten Mannes, den Fanny je zu Gesicht bekommen hatte. Er trug seine Sträflingskleidung: dunkles Wams, dunkle Hose und ein grobes Hemd mit verschiedenfarbigen Ärmeln.

»Heiliger Strohsack«, murmelte Jem, »so'n Skelett hab ich mein Lebtag noch nich gesehen! Wenn *der*'s nich schafft, schafft's keiner nich.«

Lord Egremont trat rasch zu Fanny und rief: »Mein armes Kind, was für eine elende Geschichte! Es hat mir den größten Schock meines Lebens versetzt, als Ihr Gärtnerjunge mir erzählt hat, was geschehen ist –«

»Oh, mein Herr, verzeihen Sie meine Dreistigkeit, aber ich wußte nicht, an wen sonst ich mich wenden sollte – ich bin Ihnen so unaussprechlich dankbar –«, stammelte sie.

»Beruhigen Sie sich! Keine Tränen bitte! Es wird alles nur halb so schlimm sein«, fügte er beschwichtigend hinzu. »Diese braven Burschen verlieren gern bei jedem kleinsten Mißerfolg den Mut, müssen Sie wissen!«

Zwei Dienstboten vom Petworth House waren Lord Egremont gefolgt, sie brachten Binsenfackeln herbei, die sie jetzt entzündeten, damit Lord Egremont genügend Licht hatte, um sich ein Bild von der Lage im Brunnen zu verschaffen.

»Hm, ja – ich sehe, um was es geht«, bemerkte er. »Ich hatte tatsächlich keine Ahnung, daß der Brunnen derart schmal gebaut ist. Ich schätze, das Erdreich ist abgerutscht und hat die Wände nach innen gedrückt. Aber laßt uns jetzt überlegen! Ich glaube, wir benötigen eine Feuerzange. Haben Sie so etwas im Hause, Ma'am – eine mit einem ordentlich langen Griff?«

»Ich glaube schon, Sir«, sagte Fanny und beauftragte Tess, eine Feuerzange mit einem langen Griff aus dem Salon zu holen. Inzwischen führte Lord Egremont den Sträfling, der anscheinend Tom Callow hieß, herbei, damit er einen Blick in den Brunnen werfen konnte. Er spähte mit leicht trübem Blick hinab und nickte, als Lord Egremont ihm seine Anweisungen gab.

Tess kam mit der Zange zurück.

»Großartig! Großartig! So, die müssen wir an Ihren Handgelenken festbinden, Tom, mein Freund – wär doch zu dumm, wenn Sie sie auf den Säugling fallen lassen würden, haha! – und die anderen Seile kommen um Ihre Knöchel – so –«

»Ah, es geht doch nichts über unsern alten Herrn, der weiß doch immer Rat«, murmelte jemand bewundernd.

»Muß der Mann denn *kopfüber* da runter?« fragte Fanny entsetzt, als Callow über den Brunnenrand hinabgelassen wurde.

»Aber gewiß doch«, versicherte ihr Lord Egremont. »Sogar er, dünn wie er ist, könnte, wenn er richtig herum runterkäme, nicht tief genug baumeln, um den Kleinen zu erreichen. Wir bräuchten jemand von der Statur eines Kindes – aber die Reichweite und Kraft eines Kindes würden nicht ausreichen. Aber ich hoffe, daß

Callow es mit dieser Feuerzange schaffen wird – wenn nicht, müssen wir ein längeres Hilfsmittel suchen.«

Eine geraume Weile herrschte nun gespanntes Schweigen. Schier unerträglich langsam wurde der schweigsame Callow sachte hinabgelassen. Die beiden Seile, die an seinen Knöcheln befestigt waren, wurden jeweils von mehreren Männern gehalten. Fanny preßte die Hände zusammen, weil sie sich erstens vorstellen mußte, wie schrecklich es wohl war, kopfüber in einem Brunnen zu hängen, und zweitens – ein Gedanke, den sie zu verdrängen suchte –, wie hoffnungslos die Sache aussehen würde, falls Callow den Säugling *nicht* erreichen konnte.

»Ich hoffe, der Bursche wird begnadigt, was immer er auch verbrochen haben mag«, raunte sie Lord Egremont mit verhaltener Stimme zu. »Es ist sehr tapfer von ihm, daß er diesen Rettungsversuch unternimmt.«

»Begnadigt? Nein, mein Kind, das wäre nicht recht«, sagte Lord Egremont freundlich, aber nachdrücklich. »Was er getan hat, hat er getan. Als Friedensrichter und Oberherr kann ich allerdings veranlassen, daß er eine möglichst leichte Strafe bekommt. Er hat einen Brotlaib aus einer Bäckerei gestohlen; Bäcker müssen leben wie andere Menschen auch. Aber Sie können Callow einen Korb mit Obst ins Gefängnis schicken, wenn Sie Ihre Dankbarkeit zum Ausdruck bringen wollen – die Gefangenen bekommen täglich ihre Ration Fleisch, Kartoffeln, Brot und Buttermilch – ich schätze, sie haben großes Verlangen nach Grünzeug.«

Callow gab unten im Brunnen einen gedämpften, kehligen Laut von sich, der von den Männern, die die Seile hielten, als Freudenzeichen gedeutet wurde. »Er hat zweimal geruckt, das heißt, wir sollen ihn noch 'n paar Fuß tiefer runterlassen«, sagte Daintrey.

»Nein, er hat einmal geruckt, weil er wieder 'n Stück zurück rauf will«, widersprach ein anderer Mann.

Daintrey setzte sich gegen ihn durch, und es wurde noch mehr Seil herabgelassen.

»Liz läßt Sie übrigens herzlich grüßen«, sagte Lord Egremont freundlich in dem Bestreben, Fanny in diesem aufregenden Moment abzulenken. »Sie hätte mich gerne begleitet, aber sie liegt auf der Nase – schon seit zehn Tagen – mit einer fürchterlichen Halsentzündung und kann ihr Zimmer nicht verlassen. Sie hätte Sie gerne um einen Besuch gebeten, fürchtete aber, Sie anzustekken – Aha!«

Ein weiteres, vielversprechenderes Zeichen von Callow hatte die Männer veranlaßt, die Seile vorsichtig wieder hochzuziehen. Egremont trat rasch zum Brunnenrand.

»Sachte jetzt, meine Burschen! – Nicht zu schnell, oder ihr lockert seinen Griff – denkt daran, er packt das Kind nur mit einer Feuerzange – es kann leicht rausrutschen – und dann war die ganze Arbeit umsonst! Sachte – stellt euch vor, ihr habt den dicksten Karpfen aller Zeiten an der Angel! Jeder von euch bekommt eine halbe Guinee, wenn er ihn sicher an Land bringt!«

Schwitzend und schweigend zogen die Männer weiter. Schließlich erschienen Callows Füße über dem Brunnenrand, und alle, die ihn erreichen konnten, packten zu und zogen ihn rücklings heraus. Er keuchte, sein Gesicht war dunkelrot angelaufen vor Anstrengung und weil er so lange kopfüber gehangen hatte, seine Schläfen hämmerten, seine Augen waren blutunterlaufen – aber er umklammerte immer noch verbissen den Griff der Feuerzange und förderte nun voller Triumph das feuchte Wickelpaket zutage, das sich wand und schrie. Der kleine Thomas war entsetzlich schmutzig und schlammbeschmiert, aber zweifellos lebendig und gerettet. Fanny eilte herbei und nahm das schreiende Kind auf den Arm, während Lord Egremont ausrief: »Gut gemacht! Fabelhaft gemacht, mein Guter!« Und die anderen Männer klopften Callow anerkennend auf die Schultern und beglückwünschten ihn, während sie ihn von den Seilen befreiten. Er stand töricht lächelnd da, und Fanny gab Thomas an Jemima weiter, nachdem sie sich überzeugt hatte, daß das Kind, von ein paar Kratzern und blauen Flecken abgesehen, unverletzt war, und trat dann vor, um Callow die Hand zu schütteln und ihm wieder und wieder zu danken.

»Und Ihnen danke ich auch, Lord Egremont – oh, das werde ich bis an mein Lebensende nicht vergessen! Ich kann gar nicht ausdrücken –«

»Na, na, meine Liebe«, sagte er mit einem gutmütigen Lachen. »Die Bälger kommen ständig in derart mißliche Lagen, das ist mir nicht neu! Früher ist kein Tag vergangen, an dem meine Kleinen nicht im Stall eingeschlossen waren oder aus einem Teich gefischt werden mußten – und heute ist es wahrhaftig auch nicht viel anders! Ist der kleine Kerl unverletzt, Ma'am?«

»Ja, ich glaube schon – aber es ist doch *sehr* merkwürdig«, sagte Fanny stirnrunzelnd und verwundert über den ganzen Hergang der Geschichte. »Offenbar hat er sich nichts getan, weil er so fest in seine Wickeltücher eingepackt war – und daher konnte Callow ihn auch hochziehen, denke ich – aber das bedeutet, daß er *gewiß nicht* aus seiner Wiege gefallen ist. Jemand muß ihn herausgenommen und hierhergetragen haben.«

Schweigen breitete sich aus, während Lord Egremont diesen denkwürdigen Umstand bedachte. Nachdem die Aufregung vorüber war, löste sich die Gruppe langsam auf. Jem brachte schweigsam die Seile und Werkzeuge in den Schuppen. Goble war zu seinen eigenen Geschäften zurückgekehrt. Bet, Jemima und Mrs. Strudwick brachten den kleinen Thomas ins Haus, um ihn zu waschen und zu umsorgen. Tess lief auf Fannys Geheiß los, um Doktor Chilgrove zu holen. Die Diener vom Petworth House führten den unglückseligen Callow zu seinem Kerker zurück. Aber Lord Egremont kratzte sich noch immer am Kopf und hielt den Blick auf den schweren Brunnendeckel geheftet, der jetzt wieder an seinem Platz war.

»Gibt es Ihres Wissens jemanden, der Ihrem Gatten übel will, Ma'am?« fragte er nach einer Weile unvermittelt.

»Nun«, meinte Fanny zögernd, »Ihnen ist ja bekannt, mein Herr, daß sein Gewerbe ihn recht unbeliebt –«

»Ja, aber doch wohl kaum bis zu *diesem* Grade!«

Dann fiel Fanny ein, was sie am heutigen Nachmittag bei ihrem erbaulichen Besuch bei Lady Mountague erfahren hatte, den sie aufgrund des Unfalls ganz vergessen hatte.

»Es ist schon sehr sonderbar«, sagte sie nachdenklich, »ich wurde vorgewarnt – ausgerechnet heute –, daß Thomas einen Feind in der Stadt hat – zwei Feinde. Einmal ist da – glaube ich – die frühere Gouvernante seiner Kinder – eine gewisse Miss Fox – aber das ist nur ein Gerücht.«

An Lord Egremonts Miene konnte man ablesen, daß er stark bezweifelte, daß eine ehemalige Gouvernante dazu fähig war, einen Säugling in einen Brunnen zu werfen.

»Die letzte Verzweiflungstat einer alten Jungfer! Nein, nein, ich glaube nicht, daß eine Miss Fox so etwas tun würde. Wer ist die andere Person, Ma'am?«

»Das wußte mein Informant nicht«, erklärte Fanny.

»Captain Paget ist immer noch in London, wie ich gehört habe?«

»Ja, Sir – Gott sei Dank! Ich bitte Sie inständig – ihm nicht zu ausführlich über diesen Vorfall zu berichten, Sir, wenn Sie ihn sprechen. Er wird so – so schrecklich wütend sein –« Fannys Stimme zitterte, als sie sich Thomas' mögliche Reaktion ausmalte. Sein Erbe, sein Schatz dergestalt in Gefahr! Wer immer die Tat begangen hatte, wußte genau, wo er Thomas empfindlich verletzen konnte.

»Nun – ich werde über die Sache nachdenken«, sagte Lord Egremont nach einer Weile, »und ich werde mit Ihrem Gatten reden, wenn er zurück ist. Erregen Sie sich nicht zu sehr, meine Liebe – ich werde ihn nicht unnötig aufreizen! Ich weiß, daß die

Pferde gern mit ihm durchgehen. Aber jetzt – sollten Sie nicht länger im Regen herumstehen, sonst liegen Sie demnächst auch auf der Nase wie meine Liz.«

Fanny hatte das Gefühl, sie müßte ihn ins Haus bitten und ihm ein Glas Wein anbieten, aber er nickte ihr nur zu und entfernte sich mit einem freundlichen Lächeln.

»Oh, überbringen Sie bitte Liz meine herzlichsten Grüße – meine allerherzlichsten Grüße!« rief sie impulsiv hinter ihm her. Er schwenkte zur Antwort seinen Hut und verschwand um die Wegbiegung.

Fanny ging langsam auf das Haus zu. Die Abenddämmerung senkte sich über das Tal; einer der seltenen regnerischen Abende in diesem herrlichen Sommer brach herein, naß und windig. Fröstelnd wickelte sie sich in ihren Umhang, als ihr einige Bemerkungen über die Hermitage in den Sinn kamen, die sie vorhin aufgeschnappt hatte.

»Ich hab immer schon gesagt, da geht's nich mit rechten Dingen zu...« »Nich für 'nen ganzen Korb voll Goldguineen wollt ich da leben.« Lächerlich, hatte sie gedacht, dummes Geschwätz der Dörfler, die sich gerne gegenseitig mit Schauergeschichten Angst machten. Die Hermitage war ihr immer als ein warmes, einladendes Haus erschienen. Sie liebte es trotz ihrer widrigen Lage, und es schien ihre Liebe zu erwidern. Aber als sie nun an den windgepeitschten Ästen der Traueresche vorbei durch die Gartentür ins Haus ging, verspürte sie mit einem Mal eine andere Atmosphäre – das Haus wirkte zwar nicht direkt feindselig, aber beklommen und traurig, es schien auf ein *drohendes Ereignis* zu warten. Das bilde ich mir alles nur ein, dachte Fanny matt und strich sich das feuchte Haar aus der Stirn. Der Schreck sitzt mir noch in den Knochen, und ich leide an törichten, kindischen Wahnvorstellungen. Ich werde ein warmes Gewand anlegen und mich frisch machen, damit ich Doktor Chilgrove empfangen kann, dann werde ich mich besser fühlen.

Genau in diesem Moment hörte Fanny das Haus zum ersten Mal aufschreien. Sie hatte sich vorhin gefragt, was der Mann meinen mochte, als er sagte: »Manchmal schreit und jammert das Haus«, jetzt hatte sie es mit eigenen Ohren gehört: ein unbeschreiblich trauriger, schauerlicher, durch Mark und Bein gehender Klagelaut. War das wirklich das Haus, oder war es vielleicht die Esche draußen, die im Wind heulte? Zweimal wiederholte sich der Aufschrei, dann nicht mehr. Ich darf mir nicht immer solche Sachen einbilden, sagte sich Fanny erneut und ging in ihr Zimmer hinauf.

Am nächsten Tag kam Thomas nach Petworth zurück. Es fügte sich, daß er und Captain Holland zuerst im Petworth House Station machten, um Lord Egremont über den Erfolg ihrer Reise Bericht zu erstatten und ihre Ladung in der Tennishalle zu deponieren, die kurzerhand zur Exerzierhalle gemacht worden war. Thomas erfuhr also die Geschichte von der Rettung seines Sohnes aus dem Brunnen von Lord Egremont, und es blieb Fanny erspart, ihm davon zu berichten. Wie zu erwarten war, kam er in finsterster Laune zu Hause an, bereit, sämtliche Weibsbilder des Haushalts zu züchtigen, weil sie nicht besser auf den Säugling aufgepaßt hatten. Selbst Mrs. Baggot bekam ihren Teil ab, setzte sich aber heftig zur Wehr, da es nicht zu ihren Pflichten gehöre, auf den Säugling aufzupassen, was Captain Paget sich bitte sehr vergegenwärtigen möge. Fanny, die den letzten Teil dieses Gesprächs mitbekam, als sie mit Doktor Chilgrove, der gerufen worden war, um das Befinden des Säuglings zu überprüfen, die Treppe hinunterging, machte sich Hoffnungen, daß Thomas nun vielleicht bedachte, was für eine nutzlose Rolle Mrs. Baggot in diesem Haushalt spielte, und folglich seine Entscheidung, sie zu behalten, rückgängig machen könnte. Aber die Schwester entfernte sich überaus gefaßt, nur ihr gerötetes Gesicht verriet ihren Ärger, und Thomas, der ebenfalls rot angelaufen war, kam herbei, um den Doktor nachdrücklich über das Befinden seines Sohnes zu befragen.

Doktor Chilgrove beruhigte ihn. Nein, dank der dichten Wikkeltücher war dem Säugling offenbar so gut wie nichts geschehen. An einem Fäustchen war ein kleiner Kratzer – ein, zwei blaue Flecken – und ein bißchen Dreck im Auge, den der Doktor bereits gestern abend entfernt hatte. Das war alles. Keine Gehirnerschütterung, nichts gebrochen und, soweit man das sagen konnte, kein seelischer Schaden.

»Sind Sie *ganz* sicher, Doktor?« fragte Thomas drohend. »Wenn es sich später als Irrtum erweisen sollte – wenn es bereits zu spät ist, einen Fachmann herbeizuziehen –«

»Unsinn, mein Lieber! Ich kann Ihnen eidesstattlich versichern, daß das Kind kaum gemerkt hat, daß es nicht in seiner Wiege war! Kinder in dem Alter bleiben nämlich erstaunlich unberührt von solchen Mißgeschicken; und Ihr Knabe ist der robusteste, den ich je gesehen habe – dank der hervorragenden Pflege und Fürsorge, die man ihm angedeihen läßt«, fügte er mit einer Verneigung zu Fanny hinzu, die zutreffend erkannte, daß er sie mit dieser Bemerkung vor Thomas' Unwillen schützen wollte.

»Schon möglich«, brauste Thomas dennoch auf, »aber wenn *du* ihn zu deinem Besuch bei Lady Mountague mitgenommen hättest«, wandte er sich an Fanny, »statt nur an dein eigenes Vergnügen zu denken, wäre das Unglück nicht geschehen.«

»Nein – nein – mein lieber Captain Paget«, sagte der Doktor rasch, »so einen Ausflug hätte ich niemals befürworten können – ich habe mich tatsächlich entsprechend geäußert. Stimmt's, Ma'am? So eine lange Kutschfahrt – an einem heißen Tag – verrückt, verrückt! Kleine Kinder brauchen Ruhe, sie dürfen nicht in Kutschen durch die Gegend geschaukelt werden.« Mit diesen Worten zog sich der Doktor zurück, bevor er weiter in häusliche Querelen verstrickt wurde.

»Ich werde der Sache auf den Grund gehen – und wenn ich die Büttel aus der Bow Street bemühen muß!« erklärte Thomas drohend, und er versammelte alle Mitglieder des Haushalts im Eßzimmer zu einem Verhör, bei dem fast alle Weibspersonen alsbald in hysterisches Geheul ausbrachen. Aber weder sein Donnerwetter noch seine Entlassungsdrohungen führten zu einer Klärung des Vorfalls.

»Vielleicht daß ein Drückeberger oder ein Bettler oder ein Landstreicher hergekommen is un es getan hat«, schlug einer der Maurer hoffnungsfroh vor.

»Papperlapapp, Mann! Warum sollte ein hergelaufener Zigeuner einen Groll gegen mich hegen?« sagte Thomas ungehalten.

»Eher möglich, daß das kleine Mädchen es war, Ihre eigene Tochter nämlich«, knurrte Daintrey. Das rief einen Chor der Zustimmung hervor. »Wohl wahr! Die hab ich tausendmal gesehn, wie die den Kleinen gequält hat, wenn die Kinderschwester mal grade nich da war, um ihr eins auf die Pfoten zu geben.«

»Was? Sie wagen zu behaupten, daß mein eigenes Kind zu so etwas fähig wäre?«

Thomas' Zorn war entsetzlich, aber das änderte nichts an dem allgemeinen Urteil, und schließlich entließ er die Dienstboten und Handwerker zu ihren Pflichten und wandte sich an Fanny:

»Was hat das zu bedeuten, Frances? Du läßt es zu, daß meine eigene Tochter vor meinen Augen beschuldigt wird, ohne ein Wort zu ihrer Verteidigung vorzubringen?«

Wie immer bereitete sein Zorn Fanny körperliches Unbehagen, aber sie preßte die Hände zusammen, grub sich die Nägel in die Handgelenke und antwortete, so ruhig sie es vermochte:

»Es stimmt, Thomas, daß Patty sehr eifersüchtig ist auf den Kleinen und ihn ständig ärgert, und ich mußte sie schon viele Male aufs schärfste tadeln, weil sie ihn belästigt hat, aber im gegenwärtigen Fall ist die Anschuldigung wohl nicht gerechtfertigt. Ich glaube nicht, daß sie es war.«

»Ach *wirklich*? Du siehst dich gnädigerweise in der erfreulichen Lage zu glauben, daß sie es nicht war? Und worauf gründest du diese Behauptung, wenn man fragen darf?« fuhr Thomas sie wütend an.

»Kommen Sie mit nach oben«, erwiderte Fanny, »und wir stellen einen einfachen Versuch an.«

»Wenn ich herausfinde, daß das Kind *tatsächlich* schuldig ist«, murmelte Thomas, als er ihr folgte, »werde ich sie nach Strich und Faden verprügeln, bis sie – falls sie schuldig ist, dann Gnade ihr Gott – und du wirst Gottes Beistand auch brauchen, wenn du es zu verantworten hast, daß es soweit kommen konnte!«

Heute lag der Säugling von Jemima bewacht in seiner Wiege. Patty, deren Nesselfieber noch nicht vorbei war, wenn es auch im Abklingen war, hütete im angrenzenden Zimmer das Bett und zerschnitt lustlos bunten Seidenstoff, den sie aus Fannys Handarbeitsbeutel entwendet hatte. Fanny hatte dem Kind in weiser Voraussicht mit Bedacht keine Fragen gestellt über den Unfall des kleinen Thomas und hatte auch Jemima verboten, sie zu befragen. Nun rief sie ihre Stieftochter:

»Patty, komm einen Moment hierher zu deinem Vater und zu mir, wir wollen sehen, wie stark du bist.«

»Warum?« wollte Patty mißtrauisch wissen. Aber sie konnte der Gelegenheit, ihre Fähigkeiten vorzeigen zu können, nicht widerstehen und kam daher bald in ihrem Nachthemd durch die Tür gelaufen. Mit einem eingebildeten Grinsen auf dem Gesicht fragte sie: »Was soll ich tun?«

»Dein Vater«, kam Fanny Thomas zuvor, der gerade die Stimme erheben wollte, »glaubt nicht, daß du stark genug bist, den kleinen Thomas aus seiner Wiege zu heben, während ich sicher bin, daß du es kannst.«

»Natürlich kann ich das!« sagte Patty stolz, und sie eilte zu dem Bettchen und versuchte, den Kleinen herauszuheben. Aber weil die Wiege so hoch war und Thomas recht schwer, stellte sich heraus, daß es über ihre Kräfte ging. Sie konnte ihn nicht einmal aus dem Kissen heben. Nach einigen Minuten mußte sie klein beigeben, und Thomas befahl ihr, sich nicht weiter zu bemühen und sagte kurz angebunden:

»Das reicht, Kind, laß den Säugling jetzt in Ruhe. Geh zurück ins Bett. Und Patty«, fügte er grimmig hinzu: »wenn mir je zu Ohren kommt, daß du den kleinen Thomas anrührst oder quälst, werde ich dich so gehörig versohlen – mit meinem Gürtel! –, daß du eine Woche lang nicht sitzen kannst. Hast du verstanden?« Geknickt und verängstigt floh sie in ihr Bett und vergrub sich unter der Decke.

Thomas sagte kühl zu Fanny: »Das war eine gute Idee von dir, Frances, und das wird jeden hinreichend Lügen strafen, der sie in Zukunft mit so einem Verdacht verunglimpft. Aber damit bleibt die Frage noch ungelöst, wer die Untat begangen hat. Ich muß wohl die Polizei einschalten.«

An diesem Punkt stieß Bet, die ihnen neugierig nach oben gefolgt war, hervor:

»Aber, werter Papa, halten Sie es nicht für möglich, daß Miss Fox es getan hat? Sie war so ein weinerliches, hinterlistiges, naseweises Geschöpf – *sie* wäre ganz gewiß zu so etwas fähig, will ich meinen!«

»*Miss Fox?*« Thomas wich sämtliche Farbe aus dem Gesicht; er wurde käsebleich. »Bist du gänzlich toll geworden, Mädchen? Was soll denn Miss Fox mit der Sache zu tun haben? – Von wem sprichst du überhaupt? Was für eine Miss Fox?«

»Ach, Sie wissen schon, wen ich meine, Papa, Miss Fox, unsere frühere Gouvernante. Sie hat sich in der Stadt einlogiert – das haben wir gestern bei Lady Mountague gehört – stimmt's, Stiefmama?« enthüllte Bet unschuldig, ohne allerdings zu erwähnen, daß der Ehemann ihrer eigenen Schwester diese Tatsache erwähnt hatte. »Glauben Sie also nicht auch, Papa, daß –«

Aber Thomas hatte sich mit einem unartikulierten Ausruf

umgedreht und stürzte aus dem Zimmer, und die Frauen blieben verdattert zurück.

An diesem Tag zeigte sich Thomas nicht mehr in seinem Haus. Das Wetter blieb grau und regnerisch, der Garten war wenig einladend, und Goble legte ein so sonderbares, verdrehtes Wesen an den Tag, daß Fanny sich kaum in seine Nähe wagte. Als sie hinausging, um ihn zu fragen, ob genügend Erdbeeren für das Abendessen da seien, hörte sie ihn murmeln:

»Wer 'n Säugling unter die alte Esche stellt, brauch sich wohl nich wundern, wenn die Eschenmaid sich an dem vergreifen tut. Würd mich wirklich un wahrhaftig nich wundern, wenn *die* ihn runtergeschmissen hat, die is nämlich mächtig böse, is die, un verdenken kann man's ihr auch nich, so wie die gefesselt und gedrosselt is. Unterm Apfelbaum steht er besser, weil nämlich in Apfelbäumen sitzt nie kein Fluch nich.«

Fanny fröstelte unter seinem wilden, verstörten Blick und kehrte zum Haus zurück. Wen hatte er mit *Eschenmaid* gemeint? Den Geist des Baumes?

Später am Tag begab sich Fanny, Thomas' Unwillen riskierend, in die Stadt, um zwei Dinge zu erledigen. Zunächst ging sie zum Gefängnis.

Das Gefängnis von Petworth war ein stattliches Steingebäude. In eine Platte über dem Portal war eine Inschrift gemeißelt, die die Vorübergehenden darüber belehrte, daß dieses Bauwerk im Jahr 1788 an dieser Stelle errichtet wurde, auf Kosten des dritten Grafen von Egremont und nach einem Entwurf von J. Wyatt Esquire.

Boxall, der alte Gefängniswärter – der an einen Nibelungen aus grauer Vorzeit erinnerte, der aus seiner Felsspalte trat – hätte Fanny gerne das ganze Gebäude vorgeführt.

»Ein ganz wunderbar schönes Gefängnis is das, Ma'am – ein besseres finden Sie nie nirgendwo anders nich. Unser alter guter Lord hat das gebaut, weil nämlich das, wo wir davor gehabt haben, ganz schrecklich feucht gewesen is, un viele Gefangene sin da nämlich am Kerkerfieber gestorben, ohne daß die überhaupt noch vor Gericht gekommen sin.« Fanny schauderte. »Aber heut, da is das ganz anders, Missus! Heut kriegen die nämlich trockene Zellen un zwei Laib Brot jeden Tag un schöne warme Kleider, un da kommt immer gleich der Doktor, wenn da mal einer nur bißchen über Gliederreißen klagen tut.«

Dennoch verlangte Fanny nicht danach, die Stätte zu besichtigen. Sie nahm die Lebensmittel für Callow aus dem Korb und versprach, jeden Tag etwas zu bringen, solange er hier war. Boxall aber wollte sie nur ungern gehen lassen, solch feinen Damenbesuch hatte er so gut wie nie in seiner Hochburg.

»Das sieht hier heute ganz völlig anders aus, Missus, als wie damals, wo Euer alter Gärtner Goble hier das Gespenst gesehen hat. Das war nämlich in dem alten Gefängnis, bevor daß unser Lord das abgerissen hat.«

»*Goble*? Er war hier? Im Gefängnis?« sagte Fanny verblüfft. Abgesehen von seinem sonderbaren Betragen in jüngster Zeit schien Goble ein durch und durch rechtschaffener Mensch zu sein, und es war schwer vorstellbar, daß er einmal im Gefängnis gesessen haben sollte.

»Wegen Schulden war das. Er hat nämlich für ein andern Mann Schulden auf sich genommen, der Trottel«, sagte Boxall leicht verächtlich. »Un dann hat die Presspatrouille ihn geschnappt un er hat zur See fahren müssen. Aber wo er im Gefängnis gewesen is, is ihm ein Geist erschienen.«

»Ein Geist? Sie meinen – er hatte eine Geistererscheinung?«

»Ein Geist«, bekräftigte Boxall und nickte mit seinem alten Kopf. »Der hat mit seinen armen Händen rumgefuchtelt un hat rumgejammert un rumgepoltert, bis der alte Goble ganz närrisch geworden is; der hat nämlich kein Auge nich zutun können bei dem sein Gedöns, wo gar nich mehr aufgehört hat. ›Vergiß den armen Ned Wilshire nich‹, hat der Geist gesagt. ›Wo in dem

Gefängnis hier gestorben is. Vergiß mich nicht!‹« Das war Boxalls Paradegeschichte, aufpoliert durch das häufige Wiedererzählen in den letzten dreiundzwanzig Jahren, und er gab die Worte des Gespensts höchst dramatisch wieder, während er Fanny unverwandt mit seinen blassen alten Augen fixierte.

So eine dankbare Zuhörerin hatte er noch nie gehabt.

»*Wilshire*?« flüsterte sie bleich vor Entsetzen und starrte ihn aus aufgerissenen Augen an. »Heißt das, daß hier in diesem Gefängnis ein Gefangener namens Wilshire gestorben ist?«

»Nich in *dem* hier, Missus«, wiederholte Boxall nachsichtig, »Das war in dem alten Gefängnis, das wo unser Lord abgerissen hat.«

»Wann war das?«

»Zwanzig Jahre is das jetzt wohl her. Wie ich noch ein junger Mann war um die vierzig rum.«

»Wenn Wilshire also hier gestorben ist«, fuhr Fanny fort, »wo liegt er dann wohl begraben?«

»Der wird wohl unten im neuen Friedhof am Park liegen, weil nämlich im Barton Friedhof, der wo gleich bei Ihnen nebenan is, da wolln die keine Galgenvögel. Denk mir, dort liegt er.«

Fanny nickte ihm dankend zu und verließ den enttäuschten Boxall, der gerade dazu ansetzen wollte, seine Geistergeschichte noch einmal von vorne zu erzählen. Sie ging mit dem leeren Korb am Arm davon und reimte sich in ihrem Kopf alles zusammen.

Thomas war fünf Jahre älter als sein Halbbruder Edward Wilshire – Thomas war jetzt achtundvierzig, also wäre sein Bruder jetzt dreiundvierzig – er war vor zwanzig Jahren gestorben – also war er damals einundzwanzig oder zweiundzwanzig – ja, es war möglich, daß es sich bei dem Ned Wilshire, der im Gefängnis von Petworth gestorben war, um Thomas' unglückseligen Halbbruder handelte. Dann war *das* also der Grund – ja, jetzt fiel ihr wieder ein, daß Bet an ihrem ersten Abend in der Hermitage gesagt hatte, daß ihr Vater eine Abneigung gegen

Petworth hatte und nicht gerne hier leben wollte. Kein Wunder, wenn sein Bruder hier in Schande gestorben war! So wie sie Thomas kannte, mußte er Furcht davor haben, daß sein Verhältnis zu dem Gefangenen an den Tag kam, was allerdings wenig wahrscheinlich erschien, da sie nicht den gleichen Namen trugen.

In diese Gedanken versunken schritt Fanny zügig durch das große Tor von Petworth House und ohne sich Zeit zu lassen, nervös zu werden oder ihren Entschluß umzustoßen, zog sie die Glocke am Haupteingang, der wie üblich offenstand. Ein Diener fragte nach ihrem Anliegen, und sie verkündete entschlossen, daß sie sich nach dem Befinden von Mrs. Wyndham erkundigen und ihr, wenn möglich, einen Besuch abstatten wolle.

»Aber gern, Ma'am, sie is in der Bibliothek und wird sich sicher über Ihren Besuch freuen«, sagte der freundliche, wenn auch etwas ungehobelte Lakai und wies Fanny nach links, mit den Worten: »Die Missus hat heute zum ersten Mal wieder ihr Zimmer verlassen, sie hat ganze drei Wochen das Bett gehütet, sie war nämlich fürchterlich krank, seit dem großen Treffen.«

»Das ist mir zu Ohren gekommen, und es tut mir sehr leid«, sagte Fanny.

Eine Stimme aus der Bibliothek rief: »Ist das Mrs. Paget?« und Fanny trat um einen Wandschirm herum und sah Liz auf einem Kanapee ruhen. Ihr Gesicht leuchtete in freudiger Erwartung.

»Oh, meine liebe Freundin, ich habe so sehr danach verlangt, Sie zu sehen! Aber Chilgrove hat gemeint, mein Leiden sei möglicherweise ansteckend, und ich konnte es nicht mit meinem Gewissen vereinbaren, nach Ihnen zu schicken oder Ihnen auch nur mitzuteilen, wie es um mich stand, aus Furcht, Sie möchten kommen und ebenfalls erkranken. Aber ich bin außer mir vor Freude, daß Sie gekommen sind! Besonders da George mir von dem entsetzlichen Unfall Ihres Kleinen erzählt hat! Was für einen Schrecken müssen Sie bekommen haben! Ist er wirklich gänzlich unverletzt?«

Fanny war ergriffen, daß Liz nach dem Säugling fragte, da sie doch selbst ganz und gar noch nicht wieder hergestellt war. Sie sah sehr bleich und wächsern aus und war erheblich dünner als bei ihrer letzten Begegnung. Obwohl sie sorgfältig zurechtgemacht war, hatte ihr lockiges goldbraunes Haar seinen Glanz verloren, und ihre Augen funkelten nicht wie früher. Fanny wurde von Gewissensbissen geplagt, weil sie so vernichtend schlecht von ihrer Freundin gedacht hatte. Bei Liz' Anblick schmolz ihr Verdacht vollständig dahin. Sie berichtete eilends über das Mißgeschick des kleinen Thomas und wollte dann wissen, wie es nun wirklich um Liz' Befinden stand.

»Denn Sie sehen wahrhaft angegriffen aus.«

»Ach, es war schrecklich lästig, aber jetzt geht's mir besser«, seufzte Liz. »Und es hat uns den Vorwand geliefert, alle Gäste aus dem Haus zu scheuchen, auch dieses Ekel Henriques, der sich Ihnen gegenüber augenscheinlich höchst despektierlich betragen hat. Das tut mir aufrichtig leid, dieser Mann ist die reinste Plage, er hat keinerlei Sitte und Anstand, aber leider wird man ihn einfach nicht los. Er war in alten Zeiten mit George befreundet, als George sich im Four-in-Hand Club und in der Entourage des Prince of Wales herumgetrieben hat, und wenn er sich heutzutage bei uns einlädt, bringt George es nicht übers Herz, ihn abzuweisen. Gott sei Dank hatte er Angst, sich anzustecken und hat sich daher verabschiedet, um andere Gastgeber zu beglücken. – Aber erzählen Sie mir, wie es Ihnen geht, meine liebe Freundin. Und wie steht's um Ihren Geizkragen von Gatten?«

Fanny wußte nicht, wie ihr geschah, aber sie ertappte sich dabei, wie sie die ganze Geschichte von ihrem Gefängnisbesuch und Boxalls erstaunlichen Enthüllungen erzählte.

»Ist das nicht seltsam, Liz? Mein armer Schwager ist ausgerechnet in *dem* Gefängnis gestorben und *Goble* hat dort den Geist gesehen. Glauben Sie an Geister, Liz?«

»Ich selbst habe noch nie ein Gespenst gesehen«, gab Liz zu.

»Aber ich erinnere mich, daß George von diesem Vorfall erzählt hat – früher war die Geschichte sogar in der ganzen Stadt bekannt. George hatte nämlich eine sehr hohe Meinung von Goble – er war hier als Gärtner beschäftigt, bevor er zwangsverpflichtet wurde – und George hätte ihn wieder eingestellt, als er von seinem Marinedienst zurückkam, aber Goble wollte nicht. Er meinte, er sei entehrt. Aber warum sollte er sich den Geist eingebildet haben? Sicher hat er Wilshire gar nicht gekannt, er stammte ja nicht aus der Stadt. Es *muß* eine echte Geistererscheinung gewesen sein!«

»Goble ist in jüngster Zeit so sonderbar«, gestand Fanny. »Ich fürchte mich fast vor ihm. Heute hat er irgendwas von einer *Eschenmaid* gemurmelt – ich glaube, er hat gesagt, daß sie Thomas in den Brunnen geworfen hat.«

»Die Eschenmaid? Er hat Theokrit gelesen!« sagte Liz lachend. »Wenn es sich um Talgarth handeln würde, fände ich das nicht weiter verwunderlich. Sind die Eschenmaiden nicht Baumnymphen, die aus hohlen Bäumen hervorsteigen, um Wanderer ins Verderben zu locken? – Aber glauben Sie nicht, Fanny«, fuhr sie in einem ernsteren Tonfall fort, »daß *Goble* Ihren Kleinen in den Brunnen geworfen hat? Als eine Art Rache an Thomas, vielleicht für den Tod von Ned Wilshire?«

»Aber warum gerade jetzt? Und woher sollte er denn wissen, daß Thomas Ned Wilshires Bruder ist?« setzte Fanny an. Dann aber fiel ihr ein, daß Goble immer die alte Mrs. Wilshire in ihrem Rollstuhl durch den Garten geschoben hatte. Möglicherweise hatte er von der alten Dame erfahren – ja, das war möglich –

»Gott steh mir bei!« rief sie aus. »Liz, was soll ich denn bloß tun?«

»Nun, es ist nur eine Vermutung«, sagte Liz rasch. »Am besten tun Sie gar nichts, rate ich Ihnen. Ihr Gatte ist so ein Hitzkopf! Abwarten und Tee trinken. Den Kleinen nie unbeaufsichtigt lassen.«

»*Darauf* achte ich gewiß.«

Der Gedanke trieb Fanny um, und kurz darauf verabschiedete sie sich mit der Begründung, sie habe Liz lange genug belästigt. Als sie im Begriff war zu gehen, kam Lord Egremont herein, begrüßte sie auf seine freundliche Art, erkundigte sich nach dem Säugling und bot ihr eine Kutsche für die Heimfahrt an. Sie lehnte sein Angebot lachend ab, aber Liz fiel ihr ins Wort.

»Ja, George – Fanny möchte gerne zu dem neuen Friedhof gefahren werden. Sie möchte ein paar Blumen auf das Grab ihrer Schwiegermutter legen.«

»Oh, aber ich habe gar keine Blumen bei mir –« setzte Fanny an, aber Lord Egremont hatte bereits Anweisungen gegeben, und gleichzeitig wies er einen Diener an, ein paar Blumen aus dem Gewächshaus zu holen. Ein wundervoller Strauß mit Rosen und Lilien wurde herbeigebracht, ehe Fanny Zeit fand, Protest zu erheben, und Lord Egremont half ihr in die Kutsche.

Der Friedhof lag eine Viertelmeile außerhalb der Stadt an der Straße nach Billingshurst auf einem gen Osten liegenden Grashang. Bislang befanden sich darauf nur wenige Grabstätten, und die gepflanzten Bäume waren noch jung, kaum mehr als Schößlinge. Noch wurden hier hauptsächlich Personen begraben, die von außerhalb kamen und keine Familiengrabstätte im Barton Friedhof neben der Kirche hatten.

Nachdem Fanny einen ihrer Sträuße auf die neu angelegte letzte Ruhestätte von Thomas' Mutter niedergelegt hatte, auf der immer noch kein Grabstein lag, lenkte sie ihre Schritte weiter, um die übrigen Steine genau zu betrachten. Es waren keine zwanzig. Der von Ned Wilshire mußte einer der ältesten sein, dachte sie, da er vor gut zwanzig Jahren gestorben war.

Die Suche war nicht schwierig. Ein Stein in der Ecke bei der Hecke, der etwas älter schien als die anderen, zog ihre Aufmerksamkeit auf sich. Sie ging zu ihm hinüber und las die kurze Inschrift: »Edwrd. Wilshire Esq. Ein Fremdling. ›Viele, die im

Staub der Erde ruhen, werden auferstehen!‹ Anno 1773 zur letzten Ruhe gebettet.«

Siebzehnhundertdreiundsiebzig. Damals war Thomas dreiundzwanzig und sein Bruder etwa achtzehn.

Der arme Mann, dachte Fanny. Zweifellos war er töricht und zügellos gewesen, aber das waren viele Männer in seinem Alter. Sein Verhalten hätte sich im Laufe der Jahre bessern können. In dem Moment kam Fanny nicht in den Sinn, daß sie selbst erst siebzehn war. So viele Sorgen lasteten auf ihren Schultern, daß sie sich oft älter fühlte als die Sphinx. Sie legte ihre Blumen auf das Grab und wollte gerade zur Kutsche zurückkehren, als sie mit einem Mal eine sonderbare Entdeckung machte: Unter den Gräbern der Fremdlinge, von denen viele vernachlässigt waren und mit Gras und Brennesseln überwachsen, stach das von Ned Wilshire deutlich hervor, da es beschnitten und gepflegt war. Sie sah noch einmal hin, um sich zu vergewissern. Ja, das Gras war sorgfältig gemäht, sogar der Stein schien frisch gesäubert. War es möglich, daß Thomas sich um das Grab seines Bruders kümmerte? Oder jemanden mit der Pflege beauftragt hatte? Während sie darüber nachsann, trat sie ein paar Schritte zurück und wurde plötzlich auf eine Bewegung aufmerksam: Jemand, der bei einem entfernt liegenden Grab gekniet hatte, erhob sich. Sie war leicht verwirrt, als sie den jungen Gärtner Andrew Talgarth erkannte. Aber ihr Gang zu dem Friedhof war ja durchaus gerechtfertigt. Sie trat vor, um ihn zu begrüßen. Er hatte, wie sie sah, einen wunderschönen Wald- und Wiesenblumenstrauß mit Lichtnelken, Schlüsselblumen, Storchschnabel und wilder Klematis niedergelegt, auf das Grab von Jennifer Talgarth, gütige, geliebte Frau von Robert Talgarth und Mutter von Andrew, geboren 1740 in Llandovery, gestorben 1790 in Petworth.

»Meine Mutter hat wilde Blumen immer besonders geliebt«, erklärte Andrew und schenkte Fanny sein langsames, breites Lächeln. »Im Sommer bringe ich ihr, wenn möglich, alle zwei, drei Tage einen frischen Strauß. Mein Vater kommt immer sonntags her, aber er ist nicht mehr der Jüngste, und es ist eine ordentliche Strecke von seinem Haus in den Dillywoods bis hierher. Lord Egremont würde ihm gern seine Kutsche zur Verfügung stellen, aber davon will er nichts wissen.«

»Lord Egremont hat mir seine Kutsche überlassen«, sagte Fanny, gleichfalls lächelnd. »Und die Blumen! Seine Güte ist grenzenlos.«

Ihr ging durch den Kopf, daß Andrew Talgarth, wenn er ein neugieriger Mensch gewesen wäre, sofort die beiden sich gleichenden Blumensträuße auf dem neuen Grab von Mrs. Wilshire und auf dem alten des armen Ed aufgefallen wären. Es wäre ihm ein leichtes, die Verbindung herzustellen und seine eigenen Schlüsse zu ziehen. Aber es lag ihr fern, ihm etwas vorzumachen, dafür mochte sie ihn viel zu sehr. Also fuhr sie fort:

»Ich habe gerade entdeckt, daß der Bruder meines Gatten, der vor langer Zeit gestorben ist, auch auf diesem Friedhof begraben liegt. Es hat mich überrascht, daß das Grab so gut gepflegt ist.«

Talgarths leuchtende dunkelblaue Augen folgten ihrem Blick, und er sagte:

»Ah, das Grab ist so gut gepflegt, seit der alte Goble von der See zurück ist.«

»Goble? Er hält es in Ordnung? Was veranlaßt –«

»Er hat den Geist gesehen!« sagte Andrew lächelnd. »Es hat dem alten Goble weiß Gott ordentlich zugesetzt, dieses Gespenst! Und ich möchte nicht behaupten, daß es mir anders gehen würde. Wenn *mir* ein Geist erscheinen würde, würde *ich* gewiß auch dafür sorgen, daß seine Ruhestätte gepflegt ist.«

»Du lieber Gott«, hauchte Fanny.

Nun fiel ihr ein, daß Lord Egremonts Kutsche die ganze Zeit am Tor wartete, und sie lief los, wandte sich aber dann noch einmal um und sagte impulsiv zu Andrew Talgarth:

»Ich war bislang nicht in der Lage, Ihnen für Ihren Beistand im

Garten von Petworth House zu danken, als mir dieser abscheuliche, widerwärtige Mann nachgestellt hat! Ich kann Ihnen kaum sagen, *wie* dankbar ich Ihnen war – wie *zutiefst* erleichtert ich war, als Sie den Pfad herabkamen –«

Wieder breitete sich das strahlende Lächeln auf seinem Gesicht aus. »Ach, nicht der Rede wert, Ma'am! Es war mir schrecklich, Sie so geängstigt zu sehen. Am liebsten hätte ich den Kerl in ein Stechpalmengebüsch geschleudert. – Aber ich glaube, es war schon Strafe genug für ihn, daß ich überhaupt in dem Moment aufgetaucht bin – dieser arme, vernarrte Tor!« Er sah zur Seite, schien etwas zu murmeln – sagte er etwa »Wer könnte es ihm verdenken?« – dann wandte er sich Fanny wieder ganz zu und sagte ernst: »Ich stehe Ihnen immer gern zu Diensten, Ma'am, mit dem größten Vergnügen. Sie können immer auf Andrew Talgarth zählen. Ich hoffe, Sie wissen das.« Die blauen Augen begegneten wieder ihrem Blick, er verneigte sich leicht, recht würdevoll, drehte sich dann um und schlenderte über den Hang auf ein Tor zu, das zur North Chapel Road hinausführte.

Seltsam friedlich gestimmt fuhr Fanny in Lord Egremonts Kutsche nach Hause. Diese innere Ruhe konnte sie sich den ganzen Tag bewahren und auch den folgenden Tag, und dergestalt gewappnet konnte sie die schreckliche Atmosphäre im Haus besser ertragen, die geprägt war durch die unruhige Feindseligkeit des Gesindes angesichts Thomas' Drohungen, durch seine finstere Rachsucht, die sich gegen die ganze Welt richtete, durch die schmollende Patty und Bets Unruhe und ihren Neid, da ihre Schwester nun verheiratet war. Nur der kleine Thomas, dem die ganze Aufregung zu verdanken war, schien unverändert. Er schlummerte fast ununterbrochen, erwachte nur zur Essenszeit und schlief dann wieder ein.

Thomas verbrachte zu Fannys größter Erleichterung etliche Nächte in seinem Gartenhaus. Weil Fanny kein Verlangen nach der unangenehmen Gegenwart von Mrs. Baggot in ihrem Schlafzimmer hatte, rief sie nicht nach der Schwester, sondern bat Tess, genau wie zu der Zeit, da Thomas in London weilte, ihr beim An- und Ablegen des Korsetts behilflich zu sein (in der zutreffenden Annahme, daß Thomas es sofort bemerken würde, wenn sie das abstoßende Kleidungsstück nicht tragen würde). Sie hatte sich vorher zurechtgelegt, wie sie es Tess erklären wollte, hatte aber schließlich schlicht und einfach gesagt, daß es ihr verordnet worden war, um ihre Haltung zu verbessern, und es damit Tess überlassen, ihre eigenen Schlußfolgerungen zu ziehen. Tess hatte nur bemerkt: »Herrjemineh, Ma'am, ich hätte nie nich gedacht, daß Sie so'n Apparat brauchen, wo Sie sich doch immer so grade halten wie 'ne Elle. Ja bei Miss Bet, da wär das was ganz anderes!«

Am dritten Morgen nach Thomas' Unfall erschien Tess in einem Zustand kaum verhüllter Aufregung, die durchbrach, als sie mit dem Schnüren begann:

»Oh, Ma'am, so ein Unglück! Die arme Frau, die wo Sie zu meine Tante Rapley geschickt haben – Missus Fox –«

»Ja? Was ist mit ihr?« fragte Fanny unwillkürlich schaudernd und beklommen.

»Die is gefunden worden, Missus! Ertränkt! Im Teich unten bei der Mühle von Haslingbourne!«

»Was? Oh, wie entsetzlich! Wer hat sie gefunden?«

»Ein Cousin von mir, Charley Heather. Der tut unten in der Mühle arbeiten, der is nämlich ein Müllersbursche, un wie der das Schleusentor aufmachen will, da sieht er ein Stück Feder un denkt: *Das* ist man aber kein Wasservogel, un dann sieht er genauer hin und sieht die arme Frau da rumschwimmen, ertrunken zwischen Wasserpflanzen un Grasbüscheln.«

»O mein Gott!« Fanny fühlte sich so elend und durcheinander, daß sie sich aufs Bett setzen mußte.

»Kippen Sie mir nich um, Ma'am! Ich hätte Ihnen das nich so plötzlich erzählen sollen. Ich bring Ihnen 'ne Tasse Wasser.«

»Danke, Tess. Laß mich nur einen Augenblick in Ruhe, ich – ich werde mich gleich wieder besser fühlen.«

»Glauben Sie, daß sie es vielleicht gewesen is, Ma'am, vielleicht hat sie den armen kleinen Master Thomas ertränken wollen, un jetzt tut ihr's leid un sie tut's bereuen, was sie gemacht hat, un springt da deswegen in Mühlenteich?«

»Ich weiß es nicht, Tess«, sagte Fanny matt. »Möglich.« Aber innerlich fügte sie hinzu: Möglich, daß es so aussehen soll.

Ob es nun die Wahrheit war oder nicht, es war jedenfalls die Erklärung, die man in der Stadt allgemein für Miss Fox' frühzeitiges Hinscheiden heranzog. Im neuen Rathaus wurde ein offizielles Verhör durchgeführt – zu Thomas' größtem Mißfallen. Er beklagte sich bitter und nahm es sehr übel, daß die ganze Geschichte in aller Öffentlichkeit abgehandelt wurde. Man kam zu dem Schluß, daß sie den Anschlag auf den kleinen Thomas verwirrten Geistes verübt und sich dann in einem Anfall von Reue ertränkt hatte. Viele Bürger der Stadt traten vor, um zu berichten, daß sie gesehen hatten, wie die wunderliche Dame händeringend und vor sich hin schimpfend durch die Gegend lief: »Stolpernd und stammelnd, als wie wenn sie nich recht bei Sinnen wär«, wie der städtische Wachtmeister sich ausdrückte. Somit hatte man eine glaubwürdige Erklärung für beide Vorfälle. Goble war bei der Befragung nicht anwesend. Er lag in der Kammer über dem Schuppen und kämpfte gegen das Faulfieber, das in diesem Sommer in der Stadt so verbreitet war. Und Mrs. Strudwick berichtete, daß er fieberte und phantasierte und ungereimtes Zeug daherredete. Fanny hätte ihn gerne besucht, aber Thomas untersagte es ihr zornig und rief aus:

»Bist du toll, Frances? Willst du vielleicht die ganze Familie anstecken?«

Zwei Tage nach Miss Fox' stiller Beisetzung – sie wurde auch auf dem Friedhof an der Billingshurst Road begraben, und eine erstaunlich große Schar Neugieriger wohnte der Beerdigung bei, aber die Paget-Familie blieb ihr fern – brachte Tess Fanny ein zusammengefaltetes Blatt Papier.

»Die Wachtmeister sin gekommen un haben die ganzen Sachen von Miss Fox weggeholt. Ma'am – viel hat die ja gar nich gehabt – aber das da haben die wohl übersehen. Das hab ich unter der Matratze gefunden, wo ich dort war, das Zimmer aufräumen. Un da hab ich nämlich gesehen, daß da Paget daraufstehn tut, und da hab ich das dann genommen und geb Ihnen das jetzt. Das is nämlich auf ausländisch, glaub ich, mehr als wie der Name hab ich nich lesen gekonnt.«

Die kurze Notiz war tatsächlich in französisch verfaßt: »Si quelqu'un me trouvera morte, je veux ...«

> »Falls man mich tot auffindet, möchte ich kundtun, daß Thomas Paget für mein trauriges Ende verantwortlich ist; mein böser Geist, der mich herzlos und bösartig ausgenutzt, mir vorsätzlich viele falsche Versprechungen gemacht, mich unhöflich rausgeworfen und mich zu guter Letzt ums Leben gebracht hat, wie einst auch seine Ehefrau Emma.
>
> Maria Fox«

Die Buchstaben verschwammen vor Fannys Augen.

»Danke, Tess«, brachte sie nach einer Weile mühsam hervor. »Ich muß – ich muß überlegen, was ich damit anfangen soll. Gut, daß du mir das gebracht hast.«

Ob sie es Liz zeigen sollte? war ihr erster Gedanke. Oder Lord Egremont? Oder Lady Mountague?

Aber wenn er so direkt beschuldigt wurde, mußte da Thomas nicht das Recht zugestanden werden, sich zu verteidigen? Er hatte gewiß das Recht, es zuerst zu sehen.

Vater würde das sicher befürworten.

Fanny eilte in den Garten hinaus und zu Thomas' Heiligtum

hinüber. Sie wußte, daß er dort war. Sie hatte gesehen, wie er nach dem Frühstück durch den Garten ging, obwohl er am heutigen Tag seiner Gewohnheit folgend eigentlich zur Mühle hätte gehen müssen.

Das Wetter war schwül, wolkig und ungemütlich, ein wechselhafter Wind seufzte in den Ästen der Esche und trieb in blauen Schwaden Schornsteinrauch über den Garten.

Fanny klopfte an Thomas' Tür, zügelte ihre innere Angst, so gut es ging, und schritt entschlossen in den kahlen kleinen Raum.

Er war allein, saß gebeugt und schlecht gelaunt vor einem kleinen Holzfeuer. Das nach Norden liegende Gartenzimmer mit seinen vier Außenwänden war, wenn die Sonne nicht schien, immer feucht und kalt.

»Was gibt's, Frances?« sagte er grob und fixierte Fanny mit einem abweisenden Blick. Sie bemerkte, daß seine Augen blutunterlaufen waren.

»Thomas ... ich denke, Sie sollten sich das ansehen. Es wurde im Zimmer von Miss Fox gefunden.«

Er las den Zettel, mühte sich mit dem Französisch ab. Fanny wußte, daß er diese Sprache einst bei der Marine gelernt hatte; so gut, daß er einer Unterhaltung folgen und vermutlich auch den Inhalt dieses Briefs erfassen konnte. Er verstand ihn in der Tat. Als er am Ende angelangt war, stieß er ein wütendes Knurren aus, knüllte das Papier zusammen und warf es, bevor Fanny ihn daran hindern konnte, ins Feuer.

»Oh!« rief sie aus. »Ich wollte nicht – Glauben Sie, es war recht, das zu tun?«

»Ja, allerdings! Warum auch nicht?« Er wandte sich wutentbrannt an Fanny. »Wenn dieses tolle Weib mich dergestalt beschuldigt – *Warum nicht?* Hältst du es etwa für möglich, daß ich – daß dein Gatte –?«

Seinem Blick ausweichend murmelte sie etwas vom Verhör durch den Coroner.

Thomas packte ihr Handgelenk mit einem eisernen Griff.

»Hör mir gut zu, Frances. Du wirst vergessen, daß du diese verrückte, verleumderische Notiz je gesehen hast. Verstehst du mich? Wenn du sie jemals wieder erwähnst – wenn mir zu Ohren kommt, daß etwas darüber bekannt geworden ist – dann weiß ich, wer dahintersteckt. Ich weiß dann, daß *du* verrückt bist – wenn du solchen Geschichten über deinen Gatten Glauben schenkst. Verstehst du mich? Du wirst darunter zu leiden haben.«

Er packte ihren Arm noch fester, bis ihr der kalte Schweiß von der Stirn tropfte und sie einen erstickten Schrei von sich gab.

»Ich muß tun, was ich für richtig halte, Thomas«, sagte sie nach Luft ringend.

»Wenn du diesen Zettel erwähnst«, drohte er, »werde ich sagen, daß du den Verstand verloren hast. Daß *du* den kleinen Thomas in den Brunnen geworfen hast. Ich werde dafür sorgen, daß du nach Bedlam in die Irrenanstalt geschafft wirst. Geh jetzt!«

Fanny stolperte hinaus. Der Haß und die Weißglut in seiner Stimme lähmten sie so sehr, daß es ihr keinerlei Trost bereitete, daß seine Drohung gänzlich abwegig war. Selbstverständlich konnte er sie nicht beschuldigen, ihr eigenes Kind in den Brunnen geworfen zu haben – sie war zu der fraglichen Zeit in Cowdray Park –, aber sie zweifelte nicht daran, daß ihm leicht etwas anderes, genauso Schreckliches einfallen würde. Und nichts würde ihn bremsen.

14

Kabul war eine schöne, blühende, freundliche Stadt. Sie wurde von einem großen Palast überragt, den Kaiser Thaimur einst auf einer Hügelkuppe nach Norden hin mit Blick auf den Hindukusch errichten ließ. Die Stadt lag am Westrand einer ausgedehnten Ebene eingebettet im Winkel zwischen zwei Gebirgszügen. Sie war fast vollständig aus gebranntem Lehm gebaut. Die goldgelben Häuser mit ihren flachen Dächern kletterten Stufe um Stufe den Hügel hinan. Auf den Bazaren und bei den Karawansereien erfreuten wunderschöne Brunnen und bemalte Arkaden das Auge. Riesige rotblühende Bäume spendeten Schatten an den Straßenecken, Nuß- und Ahornbäume zierten die öffentlichen Parks. Obwohl die politische Lage seit Thaimurs Tod unsicher war, da seine mindestens zwanzig Söhne um die Vorherrschaft im Land kämpften, herrschte in Kabul eine Atmosphäre des Luxus, der Bequemlichkeit und Zügellosigkeit. Tänzerinnen tanzten auf öffentlichen Plätzen zu den Klängen von Lyra und Tambourin. An unzähligen Ständen bekam man Wein und Speisen, jede nur erdenkliche Delikatesse – vor allem kandierte Früchte, für die die Stadt berühmt war – eingemachte Maulbeeren und Rhabarber in einer köstlichen Marinade aus Limonen- und Traubensaft, kandierte Äpfel, Birnen, Pfirsiche, Quitten sowie Süßholz und Wassermelonen. Himbeeren mit Rosenwasser wurden in Eis frisch gehalten, das man im Winter in großen Blöcken aus dem Gebirge holte, in strohgedeckten Gruben aufbewahrte, und das daher sogar im heißesten Sommer auch für den ärmsten Bürger erschwinglich war.

Die Frauen erfuhren von diesen Genüssen allerdings nur aus zweiter Hand (einmal abgesehen von den kandierten Früchten, mit denen Cal sie jeden Abend erfreute). Cameron war durch einen Freund, einen Kamelhändler der Kaschmir-Karawanserei, gewarnt worden, daß sogar hier Abgesandte von Prinz Mihal nach einer Gruppe von Kitabis, also Christen, Ausschau hielten, die einen Säugling dabei hatten. Außerdem konnte Cameron, falls man ihn erkannte, als bekannter Anhänger des eingekerkerten Mahmud, des Bruders von Shah Shuja, leicht festgenommen werden. Folglich hielt er es für angebracht, sich so wenig wie möglich in den Straßen zu zeigen, und wenn, dann nur als arabischer Pferdehändler verkleidet. Er hatte daher für seine Gruppe ein Haus gemietet, wo sie sich, vor der Öffentlichkeit verborgen, aufhalten mußten, bis sich eine westwärts ziehende Karawane fand, der sie sich anschließen konnten.

Das Haus bestand aus zwei Räumen, einem Eßzimmer und einem Schlafzimmer. Im Hauptraum befand sich ein Sandali – ein Steintisch, der über einer Vertiefung im Boden stand, in der den ganzen Winter über ein Feuer brannte. Afghanische Familien saßen in den Wintermonaten mit gekreuzten Beinen darum herum – häufig waren die Beine von älteren Leuten oder Frauen bei Frühlingsbeginn dann gänzlich taub, erzählte Cameron Miss Musson, was diese zu der Bemerkung veranlaßte, daß die Afghanen wohl ganz schöne Faulenzer seien.

Miss Musson war in diesen Tagen sehr still. Wenn sie nicht direkt angesprochen wurde, redete sie fast gar nicht. Nur sehr selten gab sie einen trockenen, pfiffigen Kommentar ab oder erfreute ihre Gefährten mit ihren witzigen, treffenden, spöttischen und dennoch wohlwollenden Bemerkungen. Seit sie den Berg des Heiligen Pir verlassen hatten, wirkte sie entrückt. Weil sie entgegen ihrer Gewohnheit so in sich gekehrt und unachtsam war, war ihr offenbar auch entgangen, daß ihre jungen Begleiter ebenfalls sehr wortkarg waren. Wenn Cal von der Muse geküßt war, war es für ihn nicht weiter ungewöhnlich, daß er ruhig und verträumt und in Gedanken versunken war. Sein Verhalten folgte im Moment dem üblichen Muster: Er saß reglos da und starrte in die Ferne oder bedeckte den Steintisch fiebrig mit vollgekritzelten Manuskriptseiten. Sein langes Epos über das große versteinerte Pferd, das Asp-i-Dheha, machte gute Fortschritte, und er hatte nichts dagegen einzuwenden, daß Cameron ihm verbot, in Kabul umherzustreifen und er nur in der Abenddämmerung als aschebeschmierter Fakir oder Schalverkäufer aus Kaschmir verkleidet an die Luft konnte.

Aber für Cals Schwester war es alles andere als normal, sich über so eine lange Zeitspanne hinweg so schweigsam, so grüblerisch und verschlossen zu geben, und Cameron bedachte sie von Zeit zu Zeit, wenn sie oder ein anderes Mitglied der Gruppe es nicht bemerkte, mit einem nachdenklichen, bekümmerten Blick. Sie wirkte nicht krank oder irgendwie körperlich leidend, das konnte er feststellen, sie schien nur von einer seltsamen Trägheit und Mutlosigkeit befallen, so heftig, daß man sie manchmal drei- bis viermal ansprechen mußte, ehe sie hörte, was man zu ihr sagte. Sie hatte auch merkwürdige Wutanfälle, die sich allerdings nie gegen Miss Musson richteten. Aber den anderen beiden gegenüber verlor sie oft die Geduld auf eine ziemlich ungehörige Art und Weise. »Scylla ist in letzter Zeit brummig wie ein Bär. Ich verstehe nicht, was in sie gefahren ist«, vertraute Cal dem Colonel an. »Sie ist sonst immer so umgänglich, durch nichts zu erschüttern. Haben Sie eine Ahnung, was sie wohl plagen mag? Wenn ich sie frage, schneidet sie mir entweder das Wort ab oder schnauzt mich an. Ob sie sich vielleicht in der Festung des Beis in einen der Krieger verguckt hat?«

»Junge Damen können sehr launisch sein«, gab Cameron vorsichtig zurück. »Allerdings hat sich Ihre Schwester bislang bei weitem nicht so launenhaft gegeben wie viele ihrer Geschlechtsgenossinnen. Ich schätze, sie wird wieder zu sich kommen, wenn wir sie in Ruhe lassen.«

Scylla war daher meist ihren eigenen Gedanken überlassen, und die waren beileibe nicht heiter. Oft saß sie stundenlang an dem kleinen Fenster, manchmal mit schmerzerfülltem Blick, und starrte über die absteigenden flachen Dächer von Kabul hinweg zu den weit entfernten schneebedeckten Gipfeln, und ihr Gesicht wirkte fast so eisig und erstarrt wie die Berge in der Ferne.

In der Nacht, als die hereinbrechende Morgendämmerung ihr offenbart hatte, daß es Cal war und nicht der Colonel, der das Lager mit ihr teilte, war sie zu Tode erschrocken gewesen und hatte, ohne nachzudenken, stillschweigend die Flucht ergriffen. In verzweifelter, bebender Hast hatte sie sich mit ihren wenigen Habseligkeiten aus der Höhle entfernt. Cal war in einen ohnmachtsähnlichen Schlaf verfallen und vom Federsack auf den sandigen Boden der Höhle gerollt, so daß sie das Bett mitnehmen konnte. Sie zog sich mit dem kleinen Chet, der wie ein Siebenschläfer in seinem Heukasten schlief, in eine andere Kammer zurück und verbrachte dort den Rest der Nacht in einem Zustand am Rande der Verzweiflung. Zunächst machte sie sich nur Sorgen wegen Cal. Ihr war sehr wohl bewußt, daß er schlafgewandelt war; aber wenn er nun so weit erwacht war, daß er bemerkt hatte, was er getan hatte? Seine Schwester konnte nur beten, daß dem nicht so war. Dann wurde ihr mit Grausen bewußt, daß seine Zuneigung zu Sripana offensichtlich erheblich weiter gegangen war, als alle vermutet hatten. Bei der Vorstellung, in welche Gefahr sie alle geraten wären, wenn der Bei es entdeckt hätte, wurde ihr übel vor Entsetzen, desgleichen bei dem Gedanken an die Reaktion des Colonel, wenn er davon erfahren hätte. Ihre eigene Schuld verblaßte in diesem Zusammenhang.

Warum habe ich es nicht gewußt – es nicht erraten –, daß es Cal war? fragte sie sich wieder und wieder. Sonst teilten sie doch so oft ihre Gedanken und Gefühle, warum hatte diese geistige Verbindung versagt? Und ein ums andere Mal kam sie zu dem Schluß, daß sie in diesem Fall beide taub gewesen waren für die Gedankengänge des anderen – Cal war von seiner hoffnungslosen Leidenschaft besessen und sie von ihren eigenen verzweifelten, leidenschaftlichen Gefühlen –, das hatte sie der Realität entrückt – oder, dachte sie schaudernd, sie waren viel tiefer, viel unmittelbarer von den unstillbaren Sehnsüchten des anderen durchdrungen.

Aber bekümmert war sie nicht nur wegen Cal; ihre eigene hoffnungslose, mißliche Lage kam ihr jetzt erst richtig zu Bewußtsein. Sie liebte Cameron, abgrundtief und verzweifelt. Jetzt erst begriff sie, *wie* tief ihre Zuneigung war, und gleichzeitig war ihr klar, daß nicht zu erwarten war, daß er ihre Gefühle erwiderte. Seine kühle Antwort auf Miss Mussons Worte machte das nur zu deutlich:

»Und wenn das arme Mädchen nun ihr Herz an Sie verlieren würde?«

»Nun« – Pause – »dann könnte ich sie ja heiraten.«

Jeder Ton, jede Nuance dieser Unterhaltung hatte sich auf immer unauslöschlich in ihr Gedächtnis eingegraben, dachte Scylla. Es wäre auch nicht weiter schlimm, wenn irgendein Amir mich entführen würde und ich den Rest meines Lebens in seinem Harem verbringen müßte, dachte sie verzweifelt. Alle anderen Zukunftsaussichten sind auch nicht weniger schrecklich.

Am folgenden Tag wurde ihr Elend allerdings in einem Punkt gemildert. Cal schlief lange, wie er es nach seinen Fallsuchtanfällen oder wenn er von heftiger Schreibwut gepackt war, zu tun pflegte. Als er dann erwachte und sich zu den anderen gesellte, konnte seine Schwester in seinem Gesicht keinerlei Spuren des Wissens oder der Schuld entdecken, obwohl sie mit scharfer, ängstlicher, leidenschaftlicher Aufmerksamkeit darin forschte. Er verhielt sich ihr gegenüber so munter und unbeschwert wie eh und je. Offenbar war ihm der Vorfall als phantastischer, fiebriger Traum erschienen, geboren aus seiner Sehnsucht nach seiner verlorenen Liebe. Gott sei Dank, dachte Scylla von tiefstem Herzen, oh, Gott sei Dank! So blieb er von Schuld und Entsetzen verschont, die ihn sonst sein Leben lang verfolgt hätten. Diese Erkenntnis bewirkte, daß sich ihre eigenen Seelenqualen ein wenig verringerten. Nun mußte sie nur mit sich selbst zurechtkommen. Nach dieser Erleichterung fand sie nun Zeit, darüber nachzudenken, daß sie mit ernsten körperlichen Folgen rechnen mußte. Mädchen in ihrer Lage – verführte Mädchen – mit trockenem Mund fiel ihr eine andere Äußerung des Colonel ein, die er Miss Musson gegenüber gemacht hatte – solche Mädchen werden guter Hoffnung, solche Umarmungen führten zur Zeugung von Kindern. Durch ihre Arbeit in Miss Mussons Krankenhaus wußte sie theoretisch über diese Dinge Bescheid. Nun – auch damit konnte sie fertig werden. Mit einem ironischen Schulterzucken rief sie sich das bizarre Gespräch mit der alten Khalzada und Habiba in der Festung des Beis in Erinnerung. Vielleicht wollte Khalzada sie vor dem Bei schützen! Auf jeden Fall war sie dazu in der Lage, die Situation zu bewältigen, wenn sie tatsächlich guter Hoffnung war. Gott sei Dank! Wenn Colonel Cameron *das* gewußt hätte, dachte sie mit einem gequälten Kichern, hätte er es wohl nicht für notwendig erachtet, Miss Musson diesen aufopferungsvollen Vorschlag zu machen.

Da Scylla die andauernde Untätigkeit in der Höhle des Heiligen Pir schier unerträglich gefunden hatte, war sie zutiefst erleichtert gewesen, als drei Tage nach diesem Vorfall eine südwärts ziehende Pilgerkarawane am Berg vorüberzog. Es handelte sich ausgerechnet um die Königinnenprozession, die der Bei Cameron gegenüber erwähnt hatte und die er mit ihm zusammen hatte überfallen wollen, um die königlichen Damen dann gegen ein Lösegeld zurückzugeben. Eine betagte Prinzessin, die Mutter einer der Königinnen, war unglückseligerweise auf dem Rückweg vom Schrein des Hazrat Imam den Strapazen der Reise erlegen, und die Karawane hatte den Umweg über den Berg des Heiligen Pir gemacht, um zu fragen, ob sie den Leichnam auf diesem heiligen Fleck zurücklassen könnten. Die Bitte wurde ihnen gewährt, und die Bestattungszeremonien dauerten zwei Tage. Danach war es ein Leichtes für Cameron, zu fragen, ob er und seine Gefährten sich zu der Karawane gesellen dürften. Da es in dem Gebirge bekanntermaßen von Wegelagerern wimmelte, war der Begleitschutz von drei weiteren Männern sehr willkommen, und die Frauen durften in der Sänfte der verschiedenen Prinzessinnen reisen. Scylla wäre weit lieber geritten, um etwas von der Landschaft zu sehen, durch die sie zogen; Cameron machte ihr jedoch klar, daß das in ihrer gegenwärtigen Gesellschaft überhaupt nicht in Frage komme und sie das beste daraus machen müsse. Sie mußte sich fügen, aber die langen Reisestunden in dem stickigen Halbdunkel waren alles andere als aufmunternd. Miss Musson sprach sehr wenig während der Reise, ihre Gedanken schienen weit weg, und Scylla erschien die Woche auf dem Weg nach Kabul als der bislang schrecklichste Teil der Reise.

Ihre männlichen Gefährten, die nachts bei der bewaffneten, fünfzig Mann starken Reitereskorte schliefen, bekamen sie während dieser Zeit kaum zu Gesicht. Cameron hatte verbreitet, daß seine Damen zwei Nonnen vom Debuje im Himalaja seien, auf Pilgerreise zu verschiedenen Schreinen im Mittleren Orient, einschließlich Mekka, und das wurde ohne weiteres akzeptiert.

Zunächst war Scylla erleichtert, als sie sich bei ihrer Ankunft in Kabul von der Karawane trennten, die weiter gen Süden nach Kandahar zog. Aber die Tatenlosigkeit in dem kleinen Haus war fast noch schwerer zu ertragen als das Eingeschlossensein in der Sänfte. Wie Cameron gehofft hatte, war sie daher außer sich vor Freude, als er eines Abends mit der Nachricht zurückkam, daß er ihnen Plätze in einer westwärtsziehenden Karawane gesichert hatte, die in zwei Tagen aufbrach.

»Sie nimmt die längere südliche Route am Helmand entlang, um das Gebiet von Koh-i-Baba und Koh Siah zu streifen, aber wir haben Glück, weil es eine Pferdekarawane ist. Wir werden nicht länger als zehn bis zwölf Tage bis Herat brauchen. Leider zieht sie dann nicht in unsere Richtung weiter, aber wir finden dort sicher eine andere Karawane.«

»Was wird es kosten?« wollte Miss Musson wissen.

»Sechs Sequine pro Person, und wir müssen natürlich selbst für unsere Verpflegung sorgen.«

Durch seine Beziehungen auf dem Bazar hatte Cameron etwas von ihrem Gold umsetzen können, und er machte sich nun auf, um Reiseverpflegung zu besorgen und um die Rücksendung ihrer Kamele zu Mir Murad Beg in die Wege zu leiten.

Angesichts dieser Neuigkeiten erwachte Scylla aus ihren Grübeleien und stellte fest, daß Cameron ungewöhnlich bedrückt und schweigsam schien. Später erfuhr sie von Cal, daß er eine entmutigende Nachricht über seinen früheren Freund und Herren, den einstigen Amir Mahmud, erhalten hatte.

»Er wird immer noch von seinem Bruder Shah Shuja gefangengehalten. Eine Zeitlang war er in seiner eigenen Stadt Herat, aber Shuja hat ihn jetzt nach Kandahar schaffen lassen, und es geht das Gerücht, daß er infolge der langen Einkerkerung krank geworden ist. Ich glaube, Rob hat Angst, daß er sterben könnte, wenn er nicht bald auf freien Fuß kommt.«

Diese Nachricht weckte in Scylla mitfühlendere und freundlichere Gefühle gegenüber dem Colonel, als sie sie in jüngster Zeit gehegt hatte.

»Der arme Colonel Cameron, kein Wunder, daß er so besorgt wirkt.« Ein Gedanke schoß ihr durch den Kopf. »Ich frage mich, warum er uns nicht verläßt, da er doch jetzt eine Karawane für uns gefunden hat. Es muß ihm doch daran gelegen sein, seinen Freund zu retten. Sicher wünscht er uns alle über den Jordan.«

»Genau das habe ich auch zu Rob gesagt«, meinte Cal bestätigend. »Und ich könnte mir denken, daß er uns vielleicht verlassen hätte, wenn die Karawane bis Bagdad ziehen würde. Aber da das nicht der Fall ist, sieht er es als seine Pflicht an, uns zu begleiten.«

Wenn Scylla ein Mann gewesen wäre, hätte sie ausrufen können: »Dieser verfluchte Colonel Cameron mit seinem großartigen Pflichtgefühl!« Aber unter den gegebenen Umständen zuckte sie die Achseln und bemerkte: »Nun, er muß tun, was er für richtig hält. *Wir* können seine Entscheidungen gewiß nicht beeinflussen, da könnte man ebensogut das versteinerte Pferd des Heiligen Pir auffordern, loszugaloppieren. – Wie kommst du übrigens mit deinem Gedicht voran?«

»Es ist fast fertig – ich werde es dir bald vorlesen, darf ich? Und ich bin froh, daß es fast vollendet ist, weil ich eine großartige neue Idee habe – dieses bewegte Reiseleben ist in dieser Hinsicht ausgesprochen famos – die Ideen scheinen am Wegesrand hervorzusprießen, und ich habe das Gefühl, mit jedem Tag besser zu schreiben. Sogar der Verlust Sripanas« – seine Stimme zitterte ein wenig – »sogar der hat offenbar eine Tür in mir geöffnet – hat meinem Geist neue Wege gewiesen.«

Scylla verfiel in ein minutenlanges Schweigen, dann riß sie sich zusammen und sagte zärtlich:

»Lieber Cal! Das freut mich sehr für dich. Was für eine neue Idee hast du?«

»Es geht um einen Baum – einen großen Baum. Aus irgendeinem seltsamen Grunde – ich weiß nicht, wie mir geschieht – vielleicht weil wir durch so viele dunkle, waldige, mit Reben überwucherte Täler nach Kabul hinabgezogen sind – aber seit wir die Höhle des Heiligen Pir verlassen haben, träume ich Nacht für Nacht von einem Baum, einem großen, gewundenen Baum.«

Scylla starrte ihn zutiefst betroffen an.

»Cal, das ist aber wirklich seltsam! Mir geht es ebenso!«

»Erinnerst du dich noch, wie wir als Kinder häufig dieselben Träume hatten? Du hast mich oft beim Frühstück an unsern

Traum erinnert, und Mama hat uns immer gescholten und gesagt, das sei Unsinn.«

»Stimmt«, sagte Scylla gedehnt. »Das hatte ich ganz vergessen. Ich denke –« Sie hielt inne und sagte dann: »Wahrscheinlich haben all die Abenteuer, die wir in jüngster Zeit gemeinsam durchgestanden haben, uns wieder so eng verbunden wie in unserer Kindheit, wo wir zwei nur uns hatten. Aber erzähl mir von dem Baum. Wie sieht er aus?«

»Es ist eine Esche, der Baum Odins, du weißt schon, der vom Blitz getroffen wurde.«

»Yggdrasil! Ich erinnere mich, daß Onkel Winthrop uns erzählt hat, daß seine Wurzeln durch das Zentrum der Welt gehen.«

»Sowohl die Griechen als auch die Wikinger haben den Baum verehrt«, sagte der belesene Cal. »Hesiod berichtet von einem Mythos über einen Mann, der aus einem Eschenast geformt wurde. Zeus wurde von einer Eschennymphe genährt, eine der Melien, und die Göttin Nemesis wird manchmal als Esche dargestellt.«

»Nemesis: Schicksal...« Scylla schauderte in Erinnerung an Khalzadas Worte über der Salzschale: »Ich sehe einen großen Baum, einen großen, gewundenen Baum – Es ist ein heiliger Baum, aber er ist weit weg, weit im Norden – ein Baum voll Zorn und Kraft –« Die Übereinstimmung war höchst seltsam. War der Baum aus ihrem Kopf in den ihres Bruders gelangt? Sollte sie ihm von Khalzadas Prophezeiungen erzählen? Aber sie fühlte sich sehr unbehaglich, es lag etwas Düsteres, Bedrohliches darin, und sie beschloß zu warten, bis sie in einer etwas besseren Verfassung war. Cal war ohnehin zu einem anderen Thema übergegangen und erzählte ihr von der Gruft des Kaisers Babur, die er besichtigt hatte, und von einer anderen Grabstätte, die ihn sehr überrascht hatte.

»Stell dir vor, Scylla, die Inschrift war auf Englisch und lautete: ›Hier ruht der Leib des Joseph Hicks, Sohn von Thomas Hicks und Edith, der am elften Oktober 1666 aus dem Leben schied.‹ Ist das nicht sonderbar, so etwas in Kabul zu finden?«

»Er ist wahrlich sehr fern von seiner Heimat gestorben«, sagte Scylla, und ein kalter Schauer überlief sie.

Die Karawane nach Herat brach etliche Stunden vor Einbruch der Morgendämmerung auf, und das tat sie dann jeden Tag während ihrer Reise. Man nutzte die kühleren Stunden der Dunkelheit aus. Die lange Kette der beladenen Pferde und Maultiere kam in den Stunden zwischen vier Uhr morgens und zwölf Uhr mittags besonders gut voran. Während der heißesten Stunden des Tages wurde dann gerastet, und wenn der Abend hereinbrach, ging es weiter bis Mitternacht. Scylla und Miss Musson ritten tief verschleiert auf ihren Maultieren, sie galten immer noch als heilige Nonnen vom Himalaja, was sich schon auf ihrem letzten Reiseabschnitt bewährt hatte. Cal, Cameron und Therbah hatten kleine, zottige, aber kräftige, aus dem Flachland des Nordens stammende Pferde. Die Reise verlief ereignislos. Sie ritten etliche Tage am Fuß des Gebirges entlang, das das Zentralmassiv Afghanistans bildete: steinige, mit Sträuchern bewachsene Berghänge, wilde Pistazien, Rhabarber und Stachelbeeren. Gelegentlich sahen sie in der Ferne eine Gruppe wilder Nomaden mit ihren Schaf- oder Ziegenherden und ihren schwarzen Zelten, aber sie wurden nicht von Räubern belästigt. Der Verlauf des holprigen, steinigen Pfads war mit Lehmtürmen gekennzeichnet. Dann und wann mußten sie einen Paß überwinden oder durch eine kiesige Furt einen Fluß überqueren, aber die Berge waren harmlos und wenig beeindruckend im Vergleich zu denen, die hinter ihnen lagen. Das Hauptproblem war der Wassermangel. Mit dem vorrückenden Frühling wurde die Hitze immer größer, die Flüsse schrumpften zu Rinnsalen zusammen, und manch ein Tag verging, ohne daß sie trinkbares Wasser fanden. Cameron erklärte ihnen, daß diese Route daher in der größten Hitzeperiode nicht passierbar war.

Am zwölften Tag erreichten sie Herat.

»Warum müssen wir eigentlich so weit nach Norden hinauf?« wollte Scylla ungehalten von Cameron wissen. »Persien liegt doch westlich von uns. Warum können wir nicht auf direktem Wege nach Ispahan ziehen?« Und er antwortete schlicht: »Weil es da keine Straße gibt, mein Kind. Westlich von hier liegt eins der schlimmsten Wüstengebiete der Welt, die Dasht-i-Lut. Niemand ist bislang lebend aus ihr zurückgekehrt.«

»Oh«, sagte sie recht verhalten.

Herat (das griechische Aria, wie Cal seine Schwester belehrte) war eine blühende Stadt, in einem herrlichen, fruchtbaren Tal gelegen, das eine erfreuliche Abwechslung zu der kahlen Landschaft darstellte, die sie gerade durchquert hatten. Die Stadt war von einer hohen Lehmmauer mit vielen großen Türmen umgeben (von Tamerlan erbaut), und als zusätzlicher Schutz diente ein breiter Wassergraben, der aus dem Hari gespeist wurde. Herat war ein wichtiger Knotenpunkt auf der Ost-West-Route und hatte mehr als zwanzig Karawansereien, wo Seide, Wolle und Manufakturwaren aller Art feilgeboten wurden. Die vielen Dome, Minarette und Moscheen formten eine eindrucksvolle Silhouette. An diesem geschäftigen Ort gelang es Cameron ohne große Mühe, eine andere Karawane für seine Gruppe zu finden, diesmal eine Kamel-Cafila, die in vier Tagen nach Bagdad aufbrechen sollte.

Jetzt wird er uns gewiß verlassen und umkehren, um seinem Freund Prinz Mahmud beizustehen, dachte Scylla.

Aber zu ihrer Verwunderung – und gewiß waren auch Cal und Miss Musson erstaunt – tat er das nicht. Scheinbar lebte ein weiterer Freund von ihm, ein geflohener Anhänger Mahmuds, jetzt in Bagdad, und Cameron wollte ihn aufsuchen und um Hilfe bitten. Er war ein wohlhabender Kaufmann, der, wenn er wollte, vielleicht mehr erreichen konnte als viele getreue, aber bedürftige Burschen in Herat. Daher würde Cameron sie bis Bagdad begleiten. – Scylla bedauerte das fast. Da er sie ohnehin früher oder später verlassen würde, sehnte sie sich in einer Art fiebriger Ungeduld danach, die Trennung hinter sich zu bringen.

Cameron aber machte sich ruhig und fachkundig daran, sie für ihre längste Wüstenreise auszustatten. Die Strecke von Herat nach Bagdad, quer durch ganz Persien, war etwa sechzehntausend Meilen lang, das hieß achtzig Tage auf Kamelen. Es war ein unproblematischer Weg, der fast nur über offene Ebenen führte. In den kühleren Monaten konnte er sogar mit Karren befahren werden, aber sowohl Scylla als auch Miss Musson zogen das Reiten erklärtermaßen vor.

»Es geht selbstverständlich nur mit Kamelen«, warnte Cameron sie. »Für Pferde ist es jetzt zu heiß, nur Kamele können die lange trockene Strecke durchstehen.«

»Dann nehmen wir eben Kamele«, sagte Miss Musson.

Also erstand Cameron sieben Kamele (seinen Worten zufolge war das billiger, da man sie in Bagdad wieder verkaufen konnte), fünf Reittiere und zwei Lasttiere. Sie waren außerdem teuer, weil Kamele knapp waren: sechzig Rupien die Reittiere und vierzig die Lasttiere. Im letzten Moment verkündete Camerons Diener Therbah überraschend, daß er nicht mitkommen würde; er wolle sein Dorf nördlich von Herat besuchen. Er verabschiedete sich kurz und so unförmlich wie möglich, bestieg sein neuerstandenes Kamel und ritt davon. Alle waren traurig, daß er sie verließ, da er ein so überaus freundlicher, heiterer, kleiner Mann war, der durch nichts aus der Ruhe zu bringen war. Scylla fragte sich, wie Cameron ohne ihn zurechtkommen wollte, aber die beiden Männer schienen sich in gutem Einvernehmen zu befinden und hatten eindeutig vor, wieder zusammenzutreffen, wenn Cameron nach Herat zurückkehrte.

Wie bei ihrem vorigen Reiseabschnitt brachen sie auch jetzt

wieder vor Einbruch der Morgendämmerung auf. Die Kamelsättel waren anders als die des Beis. Sie bestanden aus einem Rahmen aus vier aufrechten Stangen, die durch Querverstrebungen verbunden waren und von einer Art Matratze aufragten, die mit Kamelhaar ausgestopft war. Der Reiter saß auf der Matratze und konnte, wenn die Sonne zu heftig herniederbrannte, ein Tuch über seinem Kopf aufspannen, dessen Ecken an den vier Stangen befestigt wurden, und dergestalt unter einem schattenspendenden Reisezelt reiten. Morgens ging es in einem zügigen Trott los, und sie schienen sehr rasch voranzukommen, aber sobald die Sonne aufging, verlangsamte sich die Geschwindigkeit zu einer gemächlichen Gangart, und dieses Tempo wurde dann den ganzen Tag beibehalten, um die Kamele nicht zu überanstrengen. Sie hatten eine so große Strecke zurückzulegen, daß es unmöglich war, genügend Kamelfutter mitzuführen, und die Tiere mußten daher unterwegs grasen. Scylla mißfielen diese Aufenthalte sehr. Was für eine lahme Art der Fortbewegung war das doch! Und die Gangart eines Kamels war eine Qual für den Reiter. Am Ende der ersten zwei, drei Tage waren sie und Miss Musson, wenn sie abstiegen, so steif, daß sie sich erst wieder richtig bewegen konnten, nachdem sie sich gegenseitig den schmerzenden Rücken und die Oberschenkel massiert hatten.

Vereinzelt standen Bäume am Weg – Palmen, Tamarinden und mimosenähnliche Bäume mit gelben Blüten –, aber meist zogen sie durch nackte Wüste. Der Verlauf der Karawanenstraße war durch Kegelpyramiden gekennzeichnet, die Shah Abbas zur Orientierung der Reisenden hatte errichten lassen. Bei jeder Station stießen sie auf Karawansereien, die aus getrockneten Lehmziegeln erbaut waren. Sie bestanden fast immer aus einem Hof, der von einer Mauer umschlossen wurde, die oft bis zu sieben Meter hoch war und in die Kammern oder Zellen eingelassen waren, die man durch Torbögen betrat. Sie waren von verschiedenen reichen, frommen Menschen für die Reisenden errichtet worden – unterschieden sich aber erheblich voneinander. Einige waren halb zerfallen, kaum mehr als bröckelndes Gemäuer, während andere recht gut in Stand gehalten waren. Manchmal gab es einen Brunnen, und Palmen spendeten Schatten im Zentrum des Hofs. Häufig jedoch mußte die ganze Karawane, wenn sie nur langsam vorangekommen war, die Nacht in der nackten Wüste verbringen. Die Kamele formten einen Ring, in dessen Innern die Menschen ihr Lager aufschlugen. Die Männer rieben ihre Schwerter an Flintsteinen, um ein Feuer aus Kameldornen zu entfachen. Manchmal gelang es Cameron oder Cal, eine Gazelle oder einen Wüstenhasen zu schießen, die die Frauen zu Suppe verarbeiten konnten, im übrigen ernährte sich die Gruppe von Hülsenfrüchten und Trockenobst.

In den Karawansereien war man nachts mehr unter sich in den kleinen Zellen, die jedoch häufig von Ungeziefer verseucht waren. Hunderte von Flöhen hüpften in den trockenen Dornen und dem Stroh herum, das frühere Reisende zurückgelassen hatten. Scylla zog es insgesamt vor, im Freien zu übernachten, wenn es auch manchmal aufregend war, zitternd unter funkelnden Sternen in der Kälte der Wüstennacht zu liegen und in nächster Nähe zwischen Felsen oder schutzbietenden Dünen einen Leoparden maunzen zu hören. Bei diesem Geräusch begannen die Kamele zu brüllen und zu gurgeln und machten Anstalten, sich zu erheben. Die Treiber verfluchten sie und gaben ein paar Schüsse ab, um den Leoparden einzuschüchtern. Solche Nächte im Freien verbrachte man oft unruhig und schlaflos. Und auf dem ganzen Weg träumte Scylla fast jede Nacht von einem großen Baum, und als sie Cal befragte, erfuhr sie, daß es ihm ebenso ging.

Cal behagte die Wüstentour ganz und gar nicht. Zwar hatte er sich in Herat mit verschiedenen Notizbüchern und einem chinesischen Tintentäfelchen versorgt, das er nur befeuchten mußte, wenn es erforderlich war, aber er fand kaum Gelegenheit zum

Schreiben. Folglich staute sich sein Gedicht zum größten Teil in seinem Kopf an, und in ihm brodelte die ständige Furcht, er könne Teile seiner erstklassigen Verse vergessen.

»Hör zu, Scylla!« rief er manchmal und brachte sein Kamel auf ihre Höhe. »Was findest du besser?

> Durchbohrt hängt der Gott im Trauerbaum
> neun Gluttage lang, neun Frostnächte schwer,
> tief unten in Ginnungas Schattenraum
> zu ergründen den Urkern wünschet er.
> Aus der Tiefe kommt unser Schicksal her.

Findest du ›tief unten in Ginnungas Schattenraum‹ gut? Oder wäre besser ›tief in Ginnungas abgründigem Raum‹?«

»Das fände ich nicht so gut, weil direkt danach ›ergründen‹ kommt, das wäre eine Art Wiederholung.«

»Aber die Wiederholung könnte eine verstärkende Wirkung haben.«

»Trotzdem finde ich die erste Fassung besser. Aber sag bloß, wer ist denn dieser durchbohrte Gott? Odin?«

»Gewiß doch!« sagte er ungehalten. »Odin hat sich selbst neun Tage an Yggdrasil aufgehängt, um zu Weisheit zu gelangen. Jetzt hör dir das an:

> Neun lange Tage durchlitt er den Schmerz,
> gehalten von Gungnir dem heil'gen Speer,
> den er nur beherrscht, er durchbohrt sein Herz,
> Odin schwebt über dem flüsternden Meer,
> Mimirs dunkle Fluten ziehn tief unter ihm her ...

Was hältst du davon, Scylla?«

»Die letzte Zeile hat zwölf Silben, alle anderen zehn.«

»Aber natürlich, du Schafskopf! Es ist eine Spenser-Stanze.«

Scylla überlegte. »Wenn es eine Spenser-Stanze ist, sollten es dann nicht neun Zeilen sein? Ich glaube, es sind zehn.«

»Verflixt, Scylla«, sagte Cal lachend, »du hast recht!«

»Wie geht es weiter?« wollte Scylla wissen.

»Odin fleht den Baum an, ihm Weisheit zu verleihen, und dann erschafft er einen Mann und eine Frau aus zwei Holzblöken. Hör zu:

Der Baum gibt nun preis seiner Weisheit Gut,
und der Gott fühlt erneuert sich; sodann
geht er mit Loki am Rande der Flut
und rühret alsbald zwei Holzblöcke an:
Oh, Eschenholz lebe! Ask, werde Mann!
Er atmet, fällt auf die Knie und weinet.
Embla, sei Frau! Zu dem Ulmenholz dann –
weibliche Anmut sogleich erscheinet.
Es leben die beiden in Midgard vereinet.

Oh, hoppla, schau – da ist ein Hase. Ob ich den wohl mit einem Schuß erwische, bevor er es mit der Angst zu tun bekommt? – Oder willst *du* ihn vielleicht schießen, Scylla?«

Aber seit sie die Festung des Beis verlassen hatten, hatte Scylla die Lust am Schießen verloren. Sie beobachtete verwundert, wie Cal für den Moment seine Dichtung gänzlich vergaß und sich fröhlich daran machte, den Hasen zu jagen. Manchmal hatte sie das Gefühl, daß ihr Bruder Seiten hatte, die ihr völlig rätselhaft waren, obwohl sie seit ihrer Geburt ständig in engstem Kontakt gestanden hatten – hatte er doch zum Beispiel keine Ahnung davon, was in der Höhle des Pir geschehen war. Sie kannte ihn nicht besser als diese Wüstenkreatur, die er jagte; sie war genauso sprunghaft, unbändig und schwer zu fassen wie er. Woher bekam er nur seine seltsamen Geistesblitze?

»Ihr Bruder schreibt ein Gedicht über eine Esche, stimmt

das?« Sie hatte nicht bemerkt, daß Cameron auf seinem langbeinigen grauen Kamel von seinem Platz weiter vorne neben sie zurückgefallen war.

Die Frage überraschte sie, da Cameron normalerweise wenig Interesse an Cals Schreibkunst zeigte, und sie erwiderte kühl:

»Es stimmt, Colonel. Er hat eine Idee für ein Gedicht über Yggdrasil, Odins Esche. Wie er ausgerechnet hier in der Wüste darauf kommt, weiß der Himmel.«

»Seltsam, sehr seltsam«, murmelte Cameron.

Sie hob die Brauen. »Warum denn, Colonel Cameron?«

»Nun –« setzte er an, besonn sich kurz und sagte dann impulsiv und weit jünger und weniger selbstsicher wirkend als je zuvor:

»Ach, Sie werden es für ein Ammenmärchen halten. In meiner Kindheit hatte meine Mutter das Zweite Gesicht – sie konnte im Traum in die Zukunft sehen – sie war eine Hochländerin aus Shieldaig –« Er hielt inne und fuhr dann fort: »Nun trifft es sich, daß bei einer der ersten Gelegenheiten, bei der ich mit Ihrem Bruder zusammen war, eine Prophezeiung für ihn ausgesprochen wurde. Dabei ging es um einen Baum.«

»Einen Baum?«

In ihrer Verwunderung ruckte Scylla am Kopfseil ihres Kamels, und während sie sich bemühte, das ungnädige Tier zu bändigen, stieß sie die Worte ungewöhnlich hoch und kurzatmig hervor. Cameron wertete ihre Reaktion offenbar als verächtlichen Unglauben, zuckte die Schultern und fuhr in einem kühleren, unbeteiligteren Ton fort:

»Ich erwarte gar nicht, daß Sie mir Glauben schenken. Warum sollten Sie auch? Sicher meinen Sie, ich spinne Altweibergarn, um Sie zu beeindrucken. Habe ich recht? Aber gleichgültig.«

»Wie käme ich dazu anzunehmen, Sie wollten mich beeindrucken? Normalerweise zeigen Sie keinerlei Bestrebungen in dieser Richtung! Ich war nur überrascht, weil – aber das hat nichts zu bedeuten. Was wurde meinem Bruder prophezeit, Colonel Cameron, und wo haben Sie die Prophezeiung gehört? Ich bin sehr neugierig!«

Er erzählte ihr die Geschichte von seinem Besuch bei dem Seher in Ziatur. »Gewiß war der Mann dafür bezahlt worden, mich zu warnen und Prinz Mihal genau das zu sagen, was er sagte. Aber seine Bemerkungen zu Cal schienen in keinem Zusammenhang zu seinem übrigen Hokuspokus zu stehen. Sie schienen ganz impulsiv zu kommen.«

»Ein trauernder Baum, das ist wirklich sehr seltsam«, grübelte Scylla. »Was hat das nur zu bedeuten?«

Als sie am selben Abend unter einer dürren Tamarinde im Hof einer Karawanserei saßen, sagte Cal:

»Haben Sie je von Shambala gehört, Rob?«

»Vom Königreich Shambala? Als Legende, gewiß. Aber es existiert nicht in Wirklichkeit.«

»Ich meine auch die Legende.«

»Shambala?« Miss Musson erwachte aus ihrer Schweigsamkeit und beugte sich vor. Der Feuerschein machte aus ihren tiefen Augenhöhlen dreieckige Löcher. »Ist das nicht eine Legende vom Garten Eden?«

»Es ist das Königreich im Zentrum der Welt – irgendwo da oben –« Cal wedelte mit der Hand nach Norden zum Oxus und den Bokharabergen hin. »Der Heilige Pir hat mir davon erzählt. Es ist der Ort, wo alle heiligen Wahrheiten und die großen heiligen Geheimnisse ihren Ursprung haben. Der Gott Dyans-Pita – der Zeus der Griechen, oder Jupiter – kommt von dort. Es heißt auch Urgyan, Udyala –«

»Du willst wissen, ob in Shambala Eschen wachsen?« erriet Scylla zutreffend. »Weil es Midgard zu gleichen scheint – aus dem skandinavischen Mythos. Warum hast du den Heiligen Pir nicht gefragt?«

»Wenn ich das bloß getan hätte. Aber zu der Zeit hatte ich diese Träume noch nicht –«

Er hielt inne, weil Scylla plötzlich einen unterdrückten Schrei ausgestoßen hatte. Sie hatte ihre Stellung verändert und dabei eine Hand auf den flachen Fels aufgestützt. Im selben Moment hatte sie in der Handfläche und am Handgelenk zwei scharfe Stiche verspürt. Bei ihrem Aufschrei sprang Cameron in die Höhe und versetzte dem Kameldornfeuer einen Tritt. Im auflodernden Schein der Flammen sahen sie eine kleine Schlange in einen Felsspalt schlüpfen.

»Eine Hornviper, verflucht nochmal! So ein verdammtes Pech auch! Wo hat sie Sie erwischt?«

»An der Hand –«

»Schnell – zeigen Sie her –«

Während Cal die Schlange verfolgte und sie mit einem Stein totschlug – »Suchen Sie auch nach ihrer Gefährtin«, sagte Cameron warnend, »sie treten meist paarweise auf« –, untersuchte Cameron im Lichtschein des Feuers rasch, aber gründlich Scyllas Hand. Dann saugte er kräftig an zwei punktförmigen Wunden und spuckte in die zischende Glut. Als er das ein halbes dutzendmal getan hatte, sagte Miss Musson: »Das sollte genügen, Rob. Das Gift dringt sehr schnell ein, und das, was an der Oberfläche war, haben Sie jetzt herausgesaugt. Ritzen Sie jetzt die Wunden ein, während ich eins meiner Gegengifte vorbereite.«

»Genau das hatte ich vor«, sagte Cameron. Ohne Umschweife zog er sein Messer hervor, hielt die Klinge kurz in die Flammen, sagte dann zu Scylla: »Schließen Sie die Augen, wenn Sie es nicht sehen wollen« und ritzte die beiden kleinen Wunden kreuzweise ein. »Zu dumm, daß ich keinen Whisky bei mir habe«, murmelte er. »Nichts reinigt Schlangenbisse besser als Whisky. Aber Weinbrand geht auch.« Er spritzte etwas aus seiner silbernen Flasche auf die Wunden. Scylla zog die Luft ein unter dem plötzlichen brennenden Schmerz.

»Tapferes Mädchen«. Sachlich verkorkte er die Flasche wieder.

»Werde ich sterben?« fragte sie ruhig.

»Nein, mein armes Kind. Wenn es eine Kobra gewesen wäre, schon. Aber vielleicht werden Sie sich den Tod herbeiwünschen. Ich fürchte, es wird Ihnen etliche Tage sehr schlecht gehen.«

»Hier – trink das – es hilft, das Gift zu bekämpfen –«

Miss Musson hatte in einem Metalltopf Wasser erhitzt und eins ihrer Kräuterpulver darin aufgelöst. Scylla schluckte den bitteren Trank gehorsam.

»Vielleicht ist es gar nicht so schlimm«, sagte sie hoffnungsvoll, als sie sich zur Ruhe begaben.

Ihr Optimismus wurde enttäuscht. In der Nacht schwoll ihr Arm entsetzlich an und schmerzte derart, daß sie bei der geringsten Berührung das Gefühl hatte, ihr würden glühende Nägel in die Hand gehämmert. Dennoch spielte sie die Sache am nächsten Morgen herunter und erklärte, sie sei bestens in der Lage zu reiten, wenn jemand die Güte habe, ihr aufs Kamel zu helfen.

Dieser Tag und die vielen, die darauf folgten, wurden zu einem höllischen Alptraum für Scylla. Ihr war sehr wohl bewußt, daß es für Camerons Gruppe sehr gefährlich wäre, die Karawane zu verlassen – das stand außer Frage. Ihre Nahrungsvorräte reichten nur für die Zeit, die sie benötigten, um nach Yezd zu gelangen, dem ersten größeren Ort auf dem Weg. Wenn sie alleine in einer der Karawansereien zurückblieben, bestand außerdem die Gefahr, daß sie von turkmenischen Räubern oder umherziehenden wilden Stämmen aus Belutschistan überfallen wurden. Es war lebensnotwendig, mit der Cafila zusammenzubleiben. Es bereitete ihr solch qualvolle Mühe, ihr Kamel zu besteigen und sich all die endlosen Tage über dort oben zu halten, daß jeder andere Schmerz oder jedes Problem ihres bisherigen Lebens im Vergleich dazu zu einer Nichtigkeit verblaßte. Ihr Kopf dröhnte, ihr war sterbensübel, oft war sie halb ohnmächtig, und ihr ganzer Körper brannte wie Feuer; ständig litt sie an großem Durst, aber jedes Essen war ihr zuwider. Stunde für Stunde kämpfte sie gegen den wahnwitzigen Drang an, sich vom Sattel in den Wüstensand zu stürzen. Der Gang des Kamels, Schwung – Ruck – Pause und dann zur anderen Seite Schwung – Ruck – Pause, bereitete ihr Höllenqualen. Schritt um Schritt wurde ihr ohnehin schon schmerzgeplagter Körper so heftig durchgeschüttelt, daß es sie die größte Anstrengung kostete, nicht jedesmal laut aufzuschreien, wenn ihr Reittier sein Gewicht vom einen Beinpaar auf das andere verlagerte. Am Ende des Tages konnte sie nur noch von ihrem Sattel rollen, wenn das Kamel niederkniete, und liegenbleiben, wo sie hinfiel, während ihr das Blut im Kopf hämmerte wie Kanonendonner. Ihre Gefährten umsorgten sie gütig und liebevoll. Ihr war bewußt, daß in den abendlichen Ruhepausen stets einer bei ihr war, sie zum Trinken ermunterte oder ihren entsetzlich geschwollenen entzündeten Arm wusch und pflegte.

»Muß er abgenommen werden?« fragte sie Cameron einmal mit Mühe. »Habe ich Wundbrand?« Ihre Zunge fühlte sich so riesig an wie ein arabisches Fladenbrot. »Nein, so schlimm ist es noch nicht«, erwiderte er ruhig.

Gegen Ende der Reise fühlte Scylla nur noch Schmerz. Nacht und Tag waren in ihrem Bewußtsein verschmolzen. Der Ritt am Tag und das Delirium in der Nacht waren ihr eins. Sie war nicht in der Lage, Fragen zu stellen, murmelte nur von Zeit zu Zeit: »Vergebt – Mühe – Vergebt!« Aber die Fieberwellen übermannten sie, noch ehe sie eine Antwort hören konnte. Sie träumte ununterbrochen: von Bergen, Flüssen, von Dizane, die auf ihrem drahtigen schwarzen Roß davongaloppierte und sich mit höhnischem Gesicht umwandte und rief: »Fangt mich doch, wenn ihr könnt!«; von Rani Sada, die einen Teller mit Obst und Zuckerwerk überreichte, das sich bei näherem Hinsehen als eine Masse sich windender Schlangen entpuppte; von Prinz Mihal, mit einem glänzenden Speer, drauf und dran, Cals Herz zu durchbohren; vom Bei, der ärgerlich ausrief: »Wo ist mein Weib? Wo ist sie? Sie haben sie versteckt!«; vom Heiligen Pir, der auf einem steinernen Pferd saß, hinter sich im Damensitz Miss Musson, die mit blinden Augen an Scylla vorbeisah, die hilflos schrie: »Komm zurück! Komm zurück!« Und wieder und wieder unter all diesen ineinander verschlungenen Bildern, ein ums andere Mal fühlte sie, mehr als ihn zu sehen, den gewundenen Baum, der durch alles hindurchwuchs, alles überragte, seine Blätter abwarf und alles überschattete.

Im letzten Stadium ihrer Krankheit erschienen ihr nur noch unzusammenhängende Bilder: ein großer schummriger Raum voll Rauch, der vielleicht von Räucherwerk herrührte und in grauen Schwaden und Kringeln träge waberte; ein weißbärtiger Mann mit Turban berührte ihren Arm mit einer Feder, die jedoch stach wie ein Messer; kühlendes Eis legte sich auf ihre Zunge; und dann der betäubende, aber heilsam bittere Geschmack eines Beruhigungsmittels, das sie von ihren Visionen befreite und in tiefe Bewußtlosigkeit stürzte. Sehr viel später dann der Geschmack von Kaffee, herrlich deutlich und anregend, nachdem sich ihre Zunge ihrem Empfinden nach wochenlang bleiern und pelzig angefühlt hatte und sogar Obst ein schleimiger Schrecken für ihren Gaumen gewesen war. »Es geht mir besser! Ganz gewiß!« brachte sie flüsternd hervor, und daraufhin ertönte Miss Mussons erschöpfte, aber freudige Stimme: »Ja, Kind! In der Tat!« Ihr wurde bewußt, daß sie wohlig bequem auf daunengefüllte Kissen gebettet war und nicht mehr auf dem klumpigen, hin- und herschwingenden Sattel saß, und schon versank sie wieder in Dunkelheit.

Als nächstes nahm sie Bewegung wahr, aber nicht die eines Kamels, sondern eine gänzlich andere Bewegung, eine rasche, gleichmäßige, aber dennoch einschläfernde schaukelnde Bewegung. »Roti, makan, chini, Chota baba nini«, murmelte sie in

Erinnerung an Miss Mussons Urdu-Schlafliedchen und hörte Cameron irgendwo in der Nähe lachen.

»Das ist ja großartig. Sie wird wieder auf dem Damm sein, ehe die Seewinde eine Chance haben, sie zu beleben«, sagte jemand.

Seewinde?

Und dann kam sie, nicht schlagartig, sondern mit einer langsamen, angenehmen Trägheit, wieder richtig zu sich. Nach und nach wurde ihr bewußt, daß sie auf einer strohgefüllten Matratze lag, unter einer Baumwolldecke, in einem kleinen Raum mit Lehmwänden, der vom Licht der untergehenden Sonne erfüllt war. In einer Ecke wusch Miss Musson den kleinen Chet an einem steinernen Waschbecken. Der schrille, klare Schrei eines unbekannten Vogels drang durch das unverglaste Fenster.

»Ich habe von einem Baum geträumt«, murmelte Scylla.

Miss Musson stieß einen Schrei aus, legte den Säugling auf eine wattierte Decke und überquerte mit hastigen Schritten den Raum, um Scylla prüfend zu betrachten.

»Mein liebes Kind! *Endlich* bist du wieder bei dir!«

»Ja, Ma'am. Hier bin ich.« Scylla lächelte verschwommen.

»Warte, ich bringe dir einen Zitronensaft.«

Der wunderbar kalte, saure Saft aus dem großen irdenen Krug mundete wie Nektar. Scylla vermeinte, noch nie etwas so Köstliches getrunken zu haben. Während sie trank, schob Miss Musson ihr ein paar Kissen in den Rücken, daß sie gegen die Wand gelehnt sitzen konnte.

»Willst du dich wieder hinlegen?« fragte sie, als der Krug fast leer war.

»Nein, ich möchte ein bißchen aufstehen, Ma'am. Ich muß euch allen große Sorgen bereitet haben.«

»Wir waren alle sehr besorgt um dich, Kind, aber du kannst nichts dafür, daß du gebissen worden bist.«

»Ich war verflixt unvorsichtig.« Als Scylla ihre Pflegemutter jetzt, von Gewissensbissen geplagt, ansah, fiel ihr auf, daß Miss

Mussons Haar deutlich weißer und dünner geworden war, ihr waches braunes Gesicht schmaler und faltiger, zwischen den Brauen, um die Augen herum und von den Mundwinkeln zur Nase hin hatten sich neue tiefe Falten eingegraben.

»Von jetzt an wird es rasch aufwärtsgehen mit mir«, meinte Scylla entschlossen. »Wie lange war ich krank, Ma'am?«

»Also«, setzte Miss Musson an, »ehrlich gesagt, habe ich jedes Zeitgefühl verloren –« In diesem Moment wurden draußen Schritte hörbar, die über Steinstufen hasteten, und Cal platzte in den Raum.

»Ma'am! Miss Musson! Stellen Sie sich vor, am Kai liegt ein amerikanisches Schiff!«

»*Was?*« rief Miss Musson, aber ihr Ausruf wurde von Cals Freudenschrei übertönt, als er sah, daß seine Schwester aufrecht saß.

»*Scylla!* Das ist ja nicht zu fassen! Sitzt und trinkt Zitronensaft wie ein ordentlicher Christenmensch!«

»Wie ein Mohammedaner, solltest du sagen!« Das Sprechen bereitete Scylla immer noch Mühe. Dann stutzte sie mit einem Mal. Was hatte Cal gesagt?

»Sind wir in Bagdad?« fragte sie. »Wo befinden wir uns hier?«

Cal hockte sich neben ihr Lager, unterzog sie einer sorgfältigen Prüfung und rief aus: »Deine Augen sind klar, dein Blick ist wach – es geht dir wirklich besser!«

Dann besann er sich auf ihre Frage und antwortete:

»Bagdad? Aber nein, dort sind wir vor zwei Wochen abgereist! Erinnerst du dich nicht an die Kutschfahrt? Rob hat die erstaunlichste Kutsche gemietet, die man je gesehen hat. Ich könnte schwören, der Schah von Persien persönlich hat sie bauen lassen. Federn wie Schweineschwänze –«

Camerons rascher Schritt war zu hören, und er trat in den Raum.

»Ich hielt es für das beste, gleich zu Ihnen zu eilen, Miss

Musson. Es ist wahr und wahrhaftig ein amerikanischer Kaufmann draußen vor Anker gegangen – mit der *Lucy Allerton* von New Bedford –«

»New Bedford!« hauchte Miss Musson. Ihre Hände zitterten. »Wo liegt es? Welches Schiff ist es? Zeigen Sie es mir!«

»Das genau in der Mitte – dort drüben.« Cameron legte ungezwungen einen Arm um ihre Schultern und führte sie zum Fenster, mit dem anderen Arm wies er ihr die Richtung.

»Nein, es hat keinen Sinn, ich kann es nicht sehen«, sagte Miss Musson nach einer Weile. »Aber es fährt wirklich nach New Bedford?«

»Ja, Ma'am, in zwei Tagen.«

»In zwei Tagen? Aber wie soll ich bloß –«

»Cal!« sagte Scylla drängend. »Was liegt vor dem Fenster? Wo sind wir?«

»Komm – ich zeig's dir.« Er sah sich um, ergriff einen gewebten Schal, der am Fußende des Lagers lag und wickelte ihn um sie. »Aufstehen!« Halb trug er sie, halb führte er sie zum Fenster, wo Cameron und Miss Musson jetzt in ein eifriges Gespräch vertieft waren. Cameron wandte sich mit einem Ausruf um, als er Scylla auf den Beinen sah und sagte zu Miss Musson:

»Da sehen Sie's, Ma'am! Kaum hat das Fieber sie verlassen, ist sie wieder ganz die alte. Jetzt fehlt ihr zu ihrer völligen Genesung nur noch eine Seereise –«

»Eine Seereise?«

Scylla blickte zum Fenster hinaus und wollte ihren Augen nicht trauen. Unter sich, an einem steilabfallenden Hang, sah sie flache weiße Dächer, von Palmwipfeln überragt und mit leuchtenden Kletterpflanzen überwuchert. Jenseits der Dächer weitere grüne gefächerte Palmen, und jenseits der Palmen ein glitzender Hintergrund von einem Blau, das fast grün, einem Grün, das fast blau war und sich bis zum Horizont erstreckte –

»Ist das das Meer?« flüsterte sie, und Cameron lachte nachsichtig. »Arme kleine Landratte! Haben Sie etwa noch nie das Meer gesehen?«

»Wie sollte ich?« Unerklärlicherweise wurde Scylla schwach in den Knien und Tränen stauten sich hinter ihren Lidern. Der Schock war zu groß. Sie hatte das Ende ihrer endlosen Reisen über alles in der Welt herbeigesehnt, und nun, da das Ende da war, war sie nicht darauf gefaßt. Und Cameron hatte ihre Genesung so nüchtern aufgenommen, ihr nicht einmal gratuliert.

»Hilf mir zum Bett zurück«, flüsterte sie Cal zu. »Ich muß mich wieder hinlegen.«

»So ist's recht, du wirst die ersten paar Tage langsam treten müssen –«

Cal bettete sie auf ihre Kissen und gab ihr den kleinen Chet in den Arm.

»Ich bin euch allen so zur Last gefallen«, murmelte sie.

»Nun ja, wir haben uns gefragt, ob du sterben wirst«, sagte Cal heiter. »Aber Rob hat dich in Bagdad zu einem alten Knaben gebracht, der dir eine ordentliche Dosis Haschisch oder irgend so ein Zeugs verabreicht hat, und danach ging's dir dann langsam besser. Und in gewisser Weise hat deine Krankheit unser Fortkommen beschleunigt, weil die Leute mancherorts glaubten, du hättest die Pest, und es daher nicht allzu genau nahmen an den Grenzübergängen.«

»Miss Amanda, es ist *sehr viel* Geld übrig«, sagte Cameron gerade ernst am Fenster. »Genug, um Ihre ganze Passage zu bezahlen – Sie nach der neusten Mode auszustaffieren –«

»Ich kann mich nicht so schnell entscheiden. Ich brauche Zeit zum Nachdenken.«

Miss Musson schien mit einem Mal ihre Entschlußfreudigkeit verloren zu haben.

Scylla raunte Cal zu: »Wie sehen unsere Pläne aus? Wollen wir nach New Bedford? Liegt das nicht in Amerika? Ich dachte, Miss Musson wollte mit uns nach England kommen.«

Cameron sagte ungehalten zu Miss Musson: »Ma'am, ich habe dem Kapitän mitgeteilt, daß ich ihm heute abend Bescheid gebe, wie Sie sich entschieden haben. Er muß es umgehend wissen. Er hat ein halbes Dutzend Anwärter auf Schiffsplätze. Seit das Mittelmeer wieder passierbar ist, will jedermann eine Passage buchen...«

»Was ist geschehen?« wollte Scylla von Cal wissen.

»Offenbar hat eine große Seeschlacht vor Ägypten stattgefunden. Admiral Nelson hat die Franzosen in der Bucht von Abukir besiegt.«

»Aber dann – oh, ich verstehe überhaupt nichts mehr!«

Die überstürzte Entwicklung der Dinge war zuviel für Scylla, zwei Tränen der Schwäche rollten über ihre Wangen. Sie neigte ihren Kopf über den kleinen Chet.

Cameron sah sie an und sagte ruhig:

»Das Kind sollte sich wieder ausruhen. Kommen Sie, Cal, wir haben in dem Zimmer hier nichts zu suchen. – Miss Amanda, ich warte auf der Terrasse auf Ihre Entscheidung.«

Als sie gegangen waren, sagte Scylla, die sich ihrer Schwäche schämte: »Ma'am, sagen Sie mir doch bitte, wo wir sind.«

»Wir sind im Hafen von Akkon, Kind. Rob meint, daß wir hier nicht zu lange verweilen sollten, weil er gehört hat, daß die Franzosen auf dem Weg hierher sind und planen, den Hafen zu besetzen – Oh, wenn ich doch bloß wüßte, was ich tun soll! Die Entscheidung ist so schwer!«

»Und ist da wirklich ein Schiff, das nach Amerika fährt?«

»Ja, nach New Bedford. Das bedeutet, daß ich in gut vier Monaten bei meinem Bruder Henry in Boston sein könnte. Und eure Reise nach England wird genauso einfach in die Wege zu leiten sein, sagt Rob. Cal und du braucht nur eine Passage auf einem Küstenschiff nach Alexandria zu buchen, wo weiß der Himmel wie viele französische Schiffe liegen, die Admiral Nelson in dieser Schlacht am Nildelta erbeutet hat. Wenn sie wieder seetüchtig gemacht worden sind, werden etliche davon zu britischen Häfen ausgesandt werden.«

»Ich verstehe. Wie einfach das alles ist!«

Und wie erleichtert Miss Musson und der Colonel sind, uns loszuwerden, dachte Scylla. Sie war sich sehr wohl bewußt, daß es ziemlich fehl am Platze war, Schmerz zu empfinden angesichts dieser raschen Regelung ihrer Angelegenheiten, aber dennoch schmerzte es sie. Nun konnte Miss Musson zu ihrem Bruder fahren, und Cameron konnte umkehren, um seinem Freund Mahmud in Afghanistan zu helfen, und weder sie noch er mußte länger einen sorgenvollen Gedanken an die Paget-Zwillinge verschwenden.

»Aber *selbstverständlich* müssen Sie auf diesem Schiff nach New Bedford reisen, Ma'am«, sagte sie fest und bemühte sich dabei, jede Trauer aus ihrer Stimme zu verbannen. »So eine Gelegenheit dürfen Sie nicht ungenutzt lassen. Es – es scheint eine Fügung des Schicksals zu sein.«

»Nun – vielleicht.« Die alte Frau ging ruhelos hin und her und setzte sich dann endlich auf einen Stuhl bei ihrem Bett. Abwesend nahm sie den kleinen Chet hoch und drückte seine zarte Wange gegen ihre Backe. Ihre tiefliegenden grauen Augen blickten an Scylla vorbei in die Ferne. Sie sagte:

»Ich will dich nicht in so einem geschwächten Zustand verlassen, mein liebes Kind. Glaubst du wirklich, daß du zurechtkommen wirst?«

»Ganz gewiß«, log Scylla tapfer. »Cal wird mir beistehen – Sie wissen doch, wie gut er ist –« Vor ihr tat sich eine erschreckende Welt der Trostlosigkeit und Leere auf. Sie schluckte und fuhr fort: »Sicher reisen auf einigen dieser Schiffe Engländerinnen. Ich kann einer englischen Lady meine Dienste als Gesellschafterin oder Pflegerin anbieten. Und wenn wir in London ankommen, werden wir den kleinen Chet zum Cousin des Maharadschas bringen –«

Ihr Tonfall war fast ironisch, aber Miss Musson pflichtete ihr abwesend bei.

»Du bist ein gutes Kind. Ich wußte doch, daß du dein Leben meistern wirst. Ich muß dir sagen, daß ich mir aus gutem Grund wünsche, Amerika so schnell wie möglich zu erreichen, und wenn du zuversichtlich bist, daß ihr beide allein zurechtkommen werdet –« Miss Musson erhob sich, beugte sich dann hinab und küßte Scylla auf die Stirn und gab ihr den kleinen Chet zurück. »Sei tapfer, Kind, stell dich jeder Aufgabe, die auf dich zukommt; das hier ist die erste...« Dann verließ sie den Raum, und man konnte sie nicht weit weg zu Cameron sagen hören:

»Rob, ich habe mich entschieden. Sagen Sie Kapitän Coffin, daß ich eine Koje auf seinem Schiff belegen möchte.«

Scylla konnte dem Tonfall seiner Stimme entnehmen, daß er ihren Entschluß begrüßte, verstand aber seine Worte nicht. Sie hatte den Kopf auf dem Kissen zur Seite gedreht und konnte nur mit Mühe die aufsteigende Tränenflut zurückdämmen, die sich in ihr anstaute. Sie wagte nicht, ihren Tränen freien Lauf zu lassen, da sie fürchtete, Miss Musson könne zurückkommen, statt dessen drückte sie den kleinen Chet bebend an sich.

Zwei Tage später stand sie auf der weißgetünchten Terrasse ihres gemieteten Hauses und beobachtete durch einen Tränenschleier, wie das braune Topsegel der *Lucy Allerton* immer kleiner wurde und schließlich am Horizont verschwand. Cameron hatte ihr verboten, zum Kai zu gehen, da sie noch nicht kräftig genug sei.

Scylla durchfuhr ein Schauer, ihre ganze Kindheit schien davonzugleiten, und sie wandte sich dem kleinen Chet zu, um ihn mit ein paar Keramiktierchen zu erheitern, die Cal ihm mitgebracht hatte. Nach etwa einer Stunde kam Cal zurück, um zu berichten, daß Cameron auf einem libanesischen Küstenschiff

Kojen für sie bekommen hatte, das am morgigen Tag mit einer Ladung Holz nach Alexandria in See stechen würde.

»Admiral Nelson will offenbar alles Holz aus dem Mittleren Orient haben, um seine Schiffe wieder flott machen zu können. Wir werden die halbe britische Marine sehen, das wird ein phantastischer Anblick sein! Du fühlst dich doch gut genug für die Schiffsreise?«

»O ja, ich denke schon«, erwiderte Scylla lustlos. »Und Colonel Cameron wird gewiß froh sein, uns endlich loszuwerden.«

»Er hatte eine großartige Idee«, sagte Cal. »Er ist offenbar mit einem gewissen Kapitän Capel befreundet, dessen Schiff sich angeblich im Moment in Alexandria befindet. Es ist eine Schlup, ein schnelles Schiff, mit dem normalerweise Depeschen befördert werden. Rob hat mir einen Empfehlungsbrief an Kapitän Capel gegeben – er hat wohl mal sein Leben gerettet oder sowas ähnliches –«

»Damit wir auf seiner Schlup nach England reisen können?«

»Nein, nein, du Schafskopf!« rief Cal ungeduldig aus. »Auf einer Schlup werden keine Passagiere befördert! Oder nur ganz bedeutende. Aber Rob ist sich sicher, daß Kapitän Capel einen Brief für uns befördern wird, der unserer Cousine Dingsda Paget ankündigt, daß sie uns in wenigen Monaten erwarten kann. Und ich habe einen großartigen Plan gefaßt. Ich war nämlich nicht müßig, während du deine Fieberphantasien hattest. Ich habe von allen meinen Gedichten ordentliche Abschriften gemacht und habe vor, sie diesem Kapitän anzuvertrauen – Rob sagt, er sei ein sehr gutmütiger, entgegenkommender Bursche – und möchte ihn bitten, sie dem Verlag John Murray's zuzustellen, wenn er nach London kommt – das sind die Burschen, mit denen Onkel Winthrop in Briefwechsel gestanden hat, erinnerst du dich? Sie geben eine Monatszeitschrift heraus und viele Gedichtbände. Und wenn wir Glück haben, wird mein Werk schon in Druck gegangen sein, wenn wir selbst England erreichen, und ich bin dann bereits auf dem besten Wege, berühmt zu werden.«

»Du liebe Güte«, sagte Scylla matt. Ihr kamen Hunderte von Möglichkeiten in den Sinn, wie Cals Erwartungen enttäuscht werden könnten, aber sie hatte nicht die Kraft, auch nur eine davon zur Sprache zu bringen. Cal fuhr eifrig fort: »Ist das nicht ein grandioser Plan?« »Ja, gewiß wird alles wunderbar klappen«, erwiderte sie in einem derart lustlosen Tonfall, daß Cal sie durchdringend musterte und ausrief:

»Ich verstehe! Du bist verstimmt, weil du dich so lange um den kleinen Chet kümmern mußtest! Ich nehme ihn jetzt mal und zeige ihm die Schiffe. Komm, Kleiner!«

Und er nahm den erfreuten Chet auf die Schultern und schritt pfeifend die Treppenstufen hinab. Scylla sah ihm neidisch hinterher. Er schien seine ungestillte Liebe zu Sripana ganz vergessen zu haben, oder er hatte sie irgendwie in Poesie umgewandelt. Wenn sie doch auch nur so ein Ventil hätte!

Eine halbe Stunde später hörte sie Schritte die Steintreppe heraufkommen und sah über die Brüstung in der Erwartung, Cal käme zurück, stellte aber fest, daß es Colonel Cameron war, der da langsam heraufstieg. Er wirkte überhitzt und unzufrieden (es war inzwischen August und sengend heiß) und ließ sich in einen Korbsessel fallen, nachdem er sich kurz umgesehen hatte.

»Wo ist Ihr Bruder?«

»Er zeigt dem Kleinen die Schiffe.«

»Oh.« Nach einer Weile brummte er: »Sehr nett von ihm.« Dann breitete sich eine längere Stille aus. Scylla fühlte sich so elend, daß sie nicht den Versuch unternahm, mit irgendeiner Bemerkung Camerons Interesse zu wecken. Ihr ging durch den Kopf, daß das nach vielen Wochen – womöglich sogar seit der unglückseligen Szene in der Höhle des Heiligen Pir – wohl das erste Mal war, daß sie mit ihm allein war. Und wann, fragte sie sich, würde sie je wieder mit ihm allein sein? Vielleicht nie wieder.

»Geht es Ihnen wirklich wieder so gut, daß Sie morgen reisen können?« fragte er unvermittelt.

Sie bemühte sich um einen unbekümmerten Tonfall. »O danke, ja! Was ist schon eine Seereise im Vergleich zu einem Kamelritt? Wir haben nichts weiter zu tun, als uns faul an Deck herumzulümmeln.« Dann nahm sie ihre ganze Entschlußkraft zusammen und fuhr fort: »Colonel Cameron, ich wollte Ihnen schon lange etwas sagen – ich fürchte, ich bin für Sie von Anfang bis Ende nichts als eine schreckliche Last gewesen ... gleich bei unserer allerersten Begegnung mußten Sie mir das Leben retten –«

In der Erinnerung daran verzog sich sein roter Schnurrbart zu einem verstohlenen Lächeln.

»Sie sagen es! Und damals hatte ich noch nicht die leiseste Ahnung –« murmelte er nachdenklich, beendete aber den Satz nicht.

Scylla fuhr mit Mühe fort: »Sie sollen nicht denken, daß ich und mein Bruder nicht wissen, wie hoch wir in Ihrer Schuld stehen. Es tut mir überaus leid, daß Sie aufgrund meines törichten Leichtsinns gezwungen waren, so weit von Ihrem Weg abzukommen –«

Er unterbrach sie mit leicht ungehaltener, verärgerter Stimme. »Von meinem *Weg*? Wo ist mein Weg? Ich habe keinen. Mein Leben ist – im Vergleich zu Ihrem – planlos, wie das eines Wüstennomaden. Miss Musson reist, um ihren Bruder aufzusuchen – oder hat irgendwelche andere Pflichten oder Ziele im Sinn. Ihr Bruder geht in seinen Versen auf – ob sie gut sind oder nicht, kann ich nicht beurteilen, ich verstehe nichts von solchen Dingen, aber er ist seiner Sache offenbar ernsthaft ergeben. Ich schätze, er wird sich einen Namen machen. Und Sie – Sie haben die gleiche vorwärtstreibende Energie – Sie werden Ihr Ziel erreichen, werden nach London kommen und die Großen unserer Zeit kennenlernen und in die gehobenen Kreise eintreten –«

Er klang so verbittert, daß Sie den Drang verspürte, sich zu verteidigen. »Ich sehe sehr wohl, daß Sie von so einem Ziel gering denken, Colonel. Aber was bleibt einer Frau anderes übrig? *Wir* können keine Armeen befehligen oder Prinzen retten – wir können uns nicht in öffentliche Angelegenheiten einmischen. Wir haben einzig und allein die Möglichkeit, uns an Orte zu begeben, wo über solche Dinge gesprochen wird. Während Sie Ihren Freund Mahmud retten, werde ich vielleicht in irgendeinem Londoner Salon sitzen und mir den neusten Klatsch über Bonaparte anhören. – Stimmt es eigentlich, daß er drauf und dran ist, nach Indien zu ziehen, um dort die Briten zu überwältigen?«

»Das sagt man. Man sagt auch, daß ein französischer Kampftrupp in Irland gelandet ist und demnächst in England einfallen wird.«

Cameron sah sie unschlüssig an und fügte dann hinzu: »Ich habe Miss Musson nichts von diesen Gerüchten erzählt, es hätte sie veranlassen können, ihre Reise nach Amerika zu verschieben. Aber ich frage mich, ob ich recht daran tue, Sie und Ihren Bruder zu ermutigen, ausgerechnet jetzt nach England aufzubrechen. Vielleicht ist es sicherer für Sie, hierzubleiben.«

Sie rang sich ein Lachen ab. »Du lieber Gott, Colonel Cameron, für was für ein ängstliches Pärchen müssen Sie uns halten. Was sollen wir bitte sehr hier tun?«

»Und wie wollen Sie dort Ihr Leben fristen?«

Eine Zuversicht vortäuschend, die sie nicht empfand, sagte sie: »Ach, auf die verschiedenste Weise. Ich kann der East India Company meine Dienste als Lehrerin für Urdu und Pandschabi anbieten. Außerdem wird Cal mit seinen Versen sein Glück machen. Und darüber hinaus haben wir auch noch unsere Cousine Juliana, deren Brief Sie mir überbracht haben. Sie scheint uns sehr wohl gesonnen.«

»Der Brief ist inzwischen über ein Jahr alt. In der Zwischenzeit kann viel geschehen sein. Ich würde nicht auf ihre Freigiebigkeit bauen.«

»Nun, auf jeden Fall kann sie uns einführen – uns Wege weisen, die uns in die Lage versetzen, allein für uns zu sorgen.«

»Damit Sie eine gute Partie machen können?« sagte er scharf. »Haben Sie im Sinn, einen reichen Edelmann zu heiraten, um auf diesem Wege Ihren Bruder unterstützen zu können?«

»Wie käme ich dazu!« erwiderte sie aufgebracht. »Und Sie sollten sich nicht die Freiheit herausnehmen, solche Vermutungen anzustellen, Colonel Cameron!«

Er erwiderte beiläufig und scheinbar gegen einen inneren Widerstand: »Ihr Bruder kann ja das Kultur- und Geistesleben in London auskosten, wenn er will. Aber ich denke, für Sie, Miss Paget, wäre es das beste, hierzubleiben und mich zu heiraten. Sie wären dort ein Schaf unter Wölfen. *Er* wird nicht viel Schaden nehmen, würde ich sagen, aber Sie werden dem ersten Unhold zum Opfer fallen, dem Sie über den Weg laufen.«

»Colonel Cameron, ich bin Ihnen sehr dankbar für Ihre wohltätige Regung, aber seien Sie versichert, eine derartige Selbstaufopferung verlangt keiner von Ihnen. Glücklicherweise! Sie meinen es gewiß sehr gut, aber bitte begreifen Sie, daß mein Bruder und ich ausgezeichnet zurechtkommen werden. Es ist keineswegs erforderlich, daß Sie sich zu einer Verbindung mit mir herablassen, die Ihnen zutiefst zuwider sein muß.«

Er errötete.

»Es wäre mir nicht zuwider. Da irren Sie sich! Wenn meine mitunter ungestüme Art Ihnen den Eindruck vermittelt hat –«

»Aber *mir* wäre es zuwider!« erklärte Scylla ungestüm. »Ich wäre Ihnen auf alle Zeiten zu größtem Dank verpflichtet, Colonel Cameron, da Sie so weit von Ihrem Weg abgewichen sind – soviel getan haben, aber – aber – aber«, sie stammelte vor Empörung und angesichts der Schwierigkeit, sich gesetzt auszudrükken – »aber ich habe *keinesfalls* die Absicht, mich mit jemandem zu vereinen, der sich nur von einer gewissen widerwilligen Menschenfreundlichkeit getrieben sieht! Sie brauchen mich nicht zu ehelichen, um mich vor der Entführung durch irgendeinen Amir oder vor irgendeiner anderen Verbindung zu bewahren, Colonel Cameron – ich kann mich sehr gut selbst um meine Angelegenheiten kümmern! Vielen Dank! Und eines will ich Ihnen sagen – selbst wenn Sie der letzte Mann auf Erden wären, würde ich Sie nicht aus so einem Grunde heiraten –«

Ihre Stimme bebte gefährlich.

»Hören Sie auf, Ma'am!« Er war bleich vor Demütigung. »Es tut mir sehr leid, daß ich Sie mit meinem Angebot beleidigt habe, das – das Sie so gänzlich widerwärtig finden. Ich versichere Ihnen dennoch, daß es in der besten Absicht ausgesprochen wurde.«

Scylla konnte nicht sprechen, ihre Kehle war wie zugeschnürt.

Er sagte: »Da jede weitere Begegnung uns nur in Verlegenheit bringen würde, werde ich ohne weitere Verzögerung meinen Aufbruch in die Wege leiten. Ich habe noch einiges mit meinen Freunden in Bagdad zu regeln.«

»Brechen Sie bitte auf, wann es Ihnen beliebt, Colonel«, brachte sie hervor. »Gewiß wären Sie gerne schon seit Tagen aufgebrochen.«

»Dann verabschiede ich mich also jetzt von Ihnen. – Ich habe unsere Geldmittel bereits zwischen Ihrem Bruder, Miss Musson und mir aufgeteilt«, fügte er dann noch hinzu. »Ich denke, Ihr Anteil wird für Ihre Reise nach England ausreichen. Die Miete für das Haus ist bis Ende dieser Woche bezahlt.«

»Wir sind Ihnen für Ihre Großzügigkeit zu Dank verpflichtet, Colonel. Wenn – wenn wir in England sind, werden wir Ihnen gerne alles zurückzahlen. Können Sie uns irgendeine Anschrift geben –«

»Oh«, sagte er rasch, »zu Händen von Babu Mustapha in der Straße der Sandalenmacher in Bagdad, dann erreicht es mich früher oder später. Aber seien Sie versichert, es bedarf keiner Zurückzahlung. Das Geld gehörte uns gemeinsam und ist gerecht verteilt worden. – Leben Sie wohl, Miss Paget.«

Langsam legte sie ihre Hand in seine ausgestreckte Rechte. Ihr Arm, der von der Entzündung so schrecklich geschwollen gewesen war, war jetzt dünn und schwach und blau geädert; der Kamelhaarring von Khalzada rutschte ihr trotz der Wollumwicklung ständig vom Finger. Sie dachte, er würde auf den Ring blicken, aber seine Augen ruhten auf den zwei Kreuzschnitten, die er mit der Spitze seines Messers an ihrem Handgelenk und auf ihrer Handfläche eingeritzt hatte und die immer noch wund und böse aussahen.

»Die Narben werden mit Sicherheit nicht allzu lange sichtbar sein«, sagte er knapp, drückte ihre Hand kurz und fest, drehte sich auf dem Absatz herum und begab sich ins Haus. Einen Moment später hörte sie eine Tür zuschlagen. Dann herrschte Stille.

Gott sei Dank, *das* ist überstanden, sagte Scylla zu sich selbst.

Erleichtert lehnte sie sich gegen die Terrassenmauer, legte den Kopf auf die Arme und schluchzte, als wäre ihr Herz gebrochen.

15

Kapitän Capel von der Korvette *Mutine* war ein freundlicher kleiner Mann, kugelrund und braun wie eine Nuß. Er war gern bereit, einen Brief für die Paget-Zwillinge nach England zu befördern, und desgleichen das Paket mit Cals Versen, das an den Verlag John Murray's in der Albemarle Street in London adressiert war.

»Ich bitte Sie, das macht nicht die geringsten Umstände«, sagte er.

Während Cal den Blick über das geschäftige Deck der *Mutine* schweifen ließ, die in einer Stunde in See stechen sollte, fragte er Kapitän Capel mit ergebener Höflichkeit, ob er ihnen ein Schiff im Hafen von Alexandria nennen könne, auf dem Bruder und Schwester sich nach England einschiffen könnten.

»Aber gewiß, mein Lieber! Ich weiß mit Sicherheit, daß Kapitän Phillimore von der *Tintagel* dringend Besatzungsmitglieder sucht. Es handelt sich nämlich um ein französisches Linienschiff, die *Timoléon*, das vor zwei Wochen vor Abukir erbeutet wurde. Es ist auf eine Sandbank aufgelaufen, haha! Und diese feigen, ehrlosen Franzmänner sind samt und sonders über Bord gesprungen und haben ihr Schiff aufgegeben. Jetzt wird es wieder zusammengeflickt, damit es zurückkehren und in der Kanalflotte der Downs eingesetzt werden kann. Aber Phillimore ist schrecklich knapp an Männern. Er hat nur eine Prisenmannschaft zusätzlich zu dem Gesindel, das er im Hafen von Alexandria zusammenkratzen konnte. Ich bin sicher, daß er Ihrer Schwester mit Vergnügen eine Koje überlassen wird, wenn Sie, Sir, sich für die Fahrt als Bootsmann anheuern lassen und sich auf diese Weise Ihre Passage verdienen.«

Cal war ziemlich verwirrt. »Ich habe keine Ahnung von der

Seefahrt, Sir! Ich fürchte, ich wäre eher eine Last denn eine Hilfe für Kapitän Phillimore.«

»Ach woher denn, mein Guter! Jeder kann sehen, daß Sie ein strammer, junger Bursche sind, der ein Leben in freier Natur gewöhnt ist und in Schwierigkeiten und Gefahren seinen Mann stehen kann – wie mein Freund Cameron in seinem Brief betont. Er spricht in den höchsten Tönen von Ihnen. Sie werden schnell den Bug vom Heck unterscheiden lernen, haha! Wichtig ist, daß Sie mit Männern umzugehen wissen – wenn Sie *das* können, sind Sie willkommen, selbst wenn Sie von Navigation nicht mehr verstehen als diese Seemannskiste hier. Warten Sie mal zwei Minuten – ich schreibe Ihnen ein paar Worte für Phillimore.«

»Das ist sehr freundlich von Ihnen, Sir.«

Scylla warf Ihrem Bruder einen leicht überraschten Blick zu, als Kapitän Capel sich ohne weitere Umschweife auf die Kiste niederließ und ein paar Zeilen auf einen Notizblock kritzelte. Es traf wirklich zu, dachte sie nachdenklich, daß Cal, den sie stets als verträumten, wenig tatenfreudigen Menschen gesehen hatte, der lieber mit Prinz Mihal Pachisi spielte als irgendeiner Beschäftigung im Freien nachzugehen, jetzt, flüchtig betrachtet, einen ganz anderen Eindruck machte. Sonnengebräunt, drahtig und selbstsicher stand er ruhig auf dem Deck und ließ den Blick schweifen. Seine flinken dunklen Augen unter den weichen, geschwungenen Brauen erfaßten jede Bewegung der Männer, die emsig damit beschäftigt waren, die Korvette startklar zu machen. Er zog die Brauen konzentriert zusammen, als er die Matrosen beobachtete, offenbar bemühte er sich bereits, den Sinn ihres Treibens zu erfassen.

»So, bitte sehr!« sagte Kapitän Capel und gab Cal den zusammengefalteten Zettel. »Und ich wünsche Ihnen glückliche Reise! Ich muß mich jetzt verabschieden – Ihr Diener, Ma'am! Bitte entschuldigen Sie mich, ich habe noch tausend Dinge zu erledigen, bevor wir die Segel setzen.«

Und er eilte geschäftig über sein vollgestopftes Deck davon, wandte sich dann aber noch einmal um und rief warnend:

»Sehen Sie sich vor! Kapitän Phillimore ist ein seltsamer, mürrischer Querkopf – er hat jahrelang vergebens auf seine Beförderung gewartet! Hat ihn ganz schön verbittert – hat ihn sehr verbittert; o ja, er ist ein ganz schöner Tyrann. Aber jetzt hat er ja endlich seine Beförderung – vor der Schlacht vor Abukir war er nämlich Oberleutnant auf der *Leander* – als Kapitän ist er vielleicht umgänglicher. Ich wünsche es Ihnen jedenfalls. Mr. Smiley! Sachte mit den Tonnen da, bitte sehr!«

Die *Tintagel* war ein ganz anderes Schiff als die schmucke kleine *Mutine*, stellten sie fest, als sie sie in dem Durcheinander von Schiffen im Hafen von Alexandria endlich ausfindig gemacht hatten. Und Kapitän Phillimore war ein ganz anderer Mensch als der lächelnde, rundgesichtige kleine Kapitän Capel. Scyllas Herz sank beim Anblick von Kapitän Phillimore. Sie war drauf und dran, Cal zu drängen, ihn nicht anzusprechen. Es mußte doch gewiß in diesem riesigen, mit Schiffen vollgestopften Hafen ein anderes Boot geben, das in nächster Zeit nach England segelte. Aber dann, dachte sie, müssen wir vielleicht eine Woche, zehn Tage oder zwei Wochen hier warten und Däumchen drehen, und in ihrer gegenwärtigen elenden Gemütsverfassung erschien ihr diese Aussicht unerträglich. Also stand sie ruhig an der Reling, während Cal, der seinen Zettel dem wachhabenden Leutnant übergeben hatte, auf das Achterdeck zum Kapitän geführt wurde.

Kapitän Phillimore war erheblich älter, als Scylla es erwartet hatte, nachdem sie erfahren hatte, daß er gerade erst vom Oberleutnant in einen höheren Rang befördert worden war. Kein Wunder also, daß er verbittert und enttäuscht gewesen war! Sicher war er mindestens Mitte fünfzig. Er war ein großer, stämmiger Mann mit einem roten, wettergegerbten, pockennarbigen, fast kreisrunden Gesicht, das von einem rötlichen Bart eingerahmt war, der an das Büschel einer Kokosnuß erinnerte. Seine etwas eingedrückte riesige Knollennase bildete einen starken Kontrast zu seinen ungewöhnlich kleinen Schlitzäuglein, die auffällig weit auseinander lagen. Insgesamt machte er alles andere als einen einnehmenden Eindruck.

Sie sah, wie seine Schlitzaugen in ihre Richtung spähten, und eine unangenehme Welle der Befangenheit überströmte sie. Bislang hatte es ihr nichts ausgemacht, daß sie, teils aus Trägheit und Schwäche, teils aus Zeitmangel, nicht in der Lage gewesen war, europäische Kleidung zu erstehen, wie es sich für eine junge Dame geziemte, die sich anschickte, nach England zu reisen. Sie trug immer noch ein Faltenkleid und eine Tunika aus Afghanistan über bestickten Perjamas und dazu lederne Schnabelschuhe. Sie bemerkte, wie Kapitän Phillimores Blick mißfällig auf ihrer sonnengebräunten Haut und ihrem Haar ruhte, das Miss Musson während ihrer Krankheit hatte scheren müssen. Es war inzwischen wieder etwas nachgewachsen, und die kurzen silbrigen Locken bedeckten ihren Kopf wie ein Lammfell. Sie hatte sich redlich bemüht, dieses unschicklich kurze Haar unter einem Kaschmirschal zu verbergen, aber sie trug den kleinen Chet, der sich, in dem Drang, alles um sich herum in Augenschein zu nehmen, hin- und herwandte, so daß sich der Schal gelockert hatte und ihr auf die Schultern geglitten war.

Der kleine Chet selbst wurde ebenfalls mit einem vernichtenden Blick bedacht. Kapitän Phillimore schien ihn sogar mit einer gewissen ungläubigen Abscheu zu betrachten. Cal rief Scylla mit einem Kopfnicken herbei, und sie überquerte das Deck und bemühte sich, den Säugling fest im Arm, höflich zu knicksen.

Phillimore sagte: »Das hätte ich mir zum Teufel nicht träumen lassen, daß ich einmal so tief sinken würde, daß ich ein Mischlingsbalg von einem Mohren an Bord nehmen muß – aber Not kennt kein Gebot!«

»Es ist kein Mischling, Sir«, sagte Cal höflich. »Es ist ein Sohn vom Maharadscha Bhupindra Mansur-i-Zaman Amirul Umra Mohinder Singh von Ziatur, und wir bringen ihn zum Cousin des Maharadschas Gobind Tegh Bahadur in London, damit der kleine Prinz, wenn er alt genug ist, nach Eton gehen kann.«

»Aha, verstehe«, bemerkte Kapitän Phillimore in einem Tonfall, der deutlich machte, daß er kein Wort glaubte. »Eton! Potztausend! Kann von Glück sagen, wenn die ihn aufnehmen! Und sie beide sind also *Bruder und Schwester*«, fuhr er im gleichen ungläubigen Tonfall fort, während er von Cals schwarzem Schopf zum silbrigen Kopf seiner Schwester blickte.

»Zwillinge, Sir«, sagte Cal recht steif. »Wir haben unsere Papiere hier –«

»Ach, Papiere, Papiere«, rief Phillimore barsch aus – er hatte eine außergewöhnliche Stimme, rauchig und krächzend, als wäre sie vom jahrelangen Branntweingenuß verkrustet. »Solche Papiere kann man, mit Verlaub, auf jedem Bazar bekommen. Aber Capel hat recht – ich bin wirklich verdammt knapp an Leuten. Wenn Sie auf meinem Schiff reisen, Sir, müssen Sie bereit sein, für Ihre Passage zu arbeiten.«

»Ich tue gern alles, was man von mir verlangt, Sir –«

»Sehr gut! Sehr gut! Aber ich sag Ihnen gleich, Sie müssen zupacken, nicht mit den Händen in den Taschen herumstehen und Befehle verteilen. Ich werde Sie als Bootsmann anheuern, fünfter Mann unter Gough, da – er bringt Sie zu Ihrer Unterkunft und weist Sie ein, und ich werde irgendwann Ihre Papiere ausstellen.«

»Und meine Schwester, Sir?«

»Ihre *Schwester*«, wieder sprach Phillimore das Wort mit ungläubiger Betonung aus. »Ich hoffe, Sie verstehen mich, junger Mann, das ist ein anständiges Schiff! Die Hilfsmatrosen haben vielleicht ihre Schlampen auf dem Unterdeck, diese Tiere brauchen ihre Dirnen an Bord (die Frauen reinigen übrigens die

Magazine vom Pulver), aber von meinen *Offizieren* verlange ich, daß sie ihre Liebeshändel an Land erledigen. Solange Sie unter meinem Kommando segeln, werden Sie nicht Ihrer Lust frönen, haben Sie das *begriffen*?«

»Sir«, setzte Cal steif vor Wut an, aber Scylla fiel ihm hastig ins Wort.

»Da es Kapitän Phillimore offenbar schwerfällt zu glauben, daß wir Bruder und Schwester sind«, sagte sie mit einer Stimme so sauer und frostig wie eisgekühlter Zitronensaft, »ist es wohl am besten und auch ganz im Sinne von Sitte und Anstand, wenn ich und mein Schützling auf einem anderen Schiff reisen – was ich persönlich vorziehen würde! Es gefällt mir nicht, wenn meine Papiere angezweifelt werden.«

Kapitän Phillimores struppige graue Brauen schossen in die Höhe, als er ihre Stimme vernahm, und er gab sich etwas entgegenkommender.

»Beruhigen Sie sich, meine Liebe – es besteht keinerlei Anlaß, aus der Haut zu fahren! Ich werde sogar auch noch eine andere Dame nach England zurückbefördern – Mrs. Whiteforest, die Witwe von Kapitän Whiteforest, der auf der *Majestic* getötet wurde. Mrs. Whiteforest hat keine Zofe mehr, das schwarze Flittchen ist mit einem Ägypter auf und davon. Wenn Sie nichts dagegen haben, mit der Dame eine Kabine zu teilen und ihr ein wenig zur Hand zu gehen – sie ist im Moment recht niedergeschlagen, da sie ihren Gatten verloren hat –«

»Gewiß werde ich mich gerne um Mrs. Whiteforest kümmern«, sagte Scylla ruhig, nachdem sie Cals ängstlichen Blick aufgefangen hatte. Sie lächelte ihn an und warf einen kühlen, abweisenden Blick auf Kapitän Phillimore und fügte hinzu: »Vielleicht könnten Sie Leutnant Gough freundlicherweise gestatten, mich zu der Kabine der Dame zu geleiten, damit ich mich vorstellen kann? Und gewiß geben Sie meinem Bruder die Erlaubnis, irgendwann unser Gepäck an Bord zu bringen.«

Von Beginn an war Scylla klar, daß ihre Schiffsreise auf der *Tintagel* kein Vergnügen werden würde, Kapitän Phillimores Veranlagung war die Garantie dafür. Und auch in Mrs. Whiteforest fand sie keine freundschaftliche oder unterhaltsame Gefährtin. Die arme Dame war bereits mager, blaß und gramgebeugt und fiel nun auch noch der Seekrankheit zum Opfer und wagte sich während der siebenwöchigen Überfahrt kaum zweimal an Deck. Sie blieb in ihrer Kabine, und Scylla mußte sie von vorne bis hinten bedienen. Mit einer gewissen Ironie tröstete sich Scylla, daß sie auf diese Weise zu beschäftigt war, um ihr eigenes Unglück zu beklagen.

Dennoch war sie todunglücklich.

Cal hatte sich heftig aber nur kurz gegrämt, als er erfahren hatte, daß Cameron gegangen war, ohne sich von ihm zu verabschieden.

Er hatte Scylla über ihr letztes Gespräch ausgefragt.

»Er hat dir also angeboten, dich zu *heiraten*? Und du hast abgelehnt? Nun, das war ganz recht so, man kann ja wohl kaum erwarten, daß du so ein unstetes Leben mit ihm teilen würdest, und soviel Verstand muß er ja wohl haben, das zu begreifen. Ich möchte annehmen, daß er das nur aus einem gewissen Verantwortungsgefühl dir gegenüber getan hat. Er war sicher sehr erleichtert, als du nein gesagt hast. Aber ich begreife nicht, warum er es für nötig gehalten hat, sich so schnell aus dem Staub zu machen. Was soll denn da peinlich daran gewesen sein? Schließlich waren wir doch so lange auf engstem Raum beisammen! Das ist wirklich zu dumm! Ich hätte ihm noch tausend Dinge zu sagen gehabt, bevor er ging. Und es ist mehr als wahrscheinlich, daß wir ihn nie mehr wiedersehen.« Dem hatte Scylla betrübt zugestimmt.

»Ich denke, ihr hättet nicht zusammengepaßt«, fuhr Cal nachdenklich fort. (Das war auf dem Küstenschiff nach Alexandria gewesen.) »Ihr hattet euch ja nie besonders viel zu sagen. Aber ich bedaure es trotzdem etwas, daß du nicht zugestimmt hast! Mit Cameron als Schwager hätte man gut Staat machen können. Er ist ein ganz famoser Bursche – der beste Helfer in der Not. Du kannst von Glück sagen, wenn du in London einen findest, der ihm das Wasser reichen kann.« Scylla sagte nichts dazu. »Aber dennoch glaube ich, es ist besser so«, befand Cal abschließend.

Auf der *Tintagel* war dann keine Zeit für solche Unterhaltungen. Cal, der von Gough und Howard, seinen zwei unmittelbaren Vorgesetzten, in seine Pflichten eingewiesen wurde, schien jede Minute beschäftigt. Als ausgewachsenes Kriegsschiff war die *Tintagel* immer noch ernstlich unterbemannt.

Darüber hinaus war sie auch noch in einem sehr schlechten Zustand. Das erfuhr Scylla von Mr. Fishbourne, dem Zahlmeister, einem kleinen freundlichen Mann, der zu Mrs. Whiteforests Kabine kam, um die Damen zu fragen, ob es ihnen an nichts mangele. Im Zivilleben war Mr. Fishbourne Barbier gewesen, bevor man ihn für die Marine zwangsverpflichtet hatte, und seiner Zunft gemäß war er sehr gesprächig.

»Oh, das Schiff war in einem entsetzlichen Zustand!« sagte er düster zu Scylla. »Und ist es heute noch, Ma'am, das sag ich Ihnen. Die blutrünstigen französischen Rebellen verstehen ja vielleicht was davon, wie man den Leuten mit der Guillotine die Köpfe abschneidet, Miss, aber ein Schiff in einem guten Zustand halten, ist was ganz anderes. Der Schiffsboden war angefault, Ma'am, da ist im ganzen Jahr kaum mal eine Muschel abgekratzt worden, und dann die Vorräte! Da war nicht mal genug da, daß die Mäuse satt werden konnten. Das einzige, was im Überfluß vorhanden war, war Grog. Die Franzmänner rühren nämlich kein Segel an, ohne ihr oh-de-wie, wie sie sagen. Das war das einzige, was nach Kapitän Phillimores Geschmack war, weil er selbst dem Grog sehr zugetan ist. Aber alles andere hat er geändert, tuts witt, wie die Franzmänner sagen.«

Scylla war nicht entgangen, daß Phillimore ein gestrenger

Zuchtmeister war. Häufig wurden Besatzungsmitglieder ausgepeitscht. Sie wurden vom Rahnock aus ein dutzendmal untergetaucht, bis sie nach Luft rangen und halb ertrunken waren, oder an den Handgelenken in den Wanten aufgehängt, mit Gewichten an den Füßen. Wer einen Befehl nicht schnell genug ausführte, wurde gezwungen, eine Gallone Salzwasser zu trinken. Für andere Vergehen gab es Essens-, Getränke- oder Tabakentzug. Und wenn er sie beim Fluchen erwischte, wurden ihre Zungen mit Bandeisen geschabt, obwohl er bei Gelegenheit selbst zotige Reden führte.

Manchmal fragte sich Scylla, ob Phillimores Strafwut darauf zurückzuführen war, daß er, seiner Meinung nach zu Unrecht, jahrelang keinerlei Machtbefugnis gehabt hatte und nun die verlorene Zeit wieder wettmachen wollte. Sie selbst ging ihm, Kapitän Capels Rat folgend, wohlweislich aus dem Weg. Obwohl es ihr gar nicht gefiel, an die Kabine gefesselt zu sein, und sie sich viel lieber auf Deck aufgehalten hätte, schränkte sie den Zeitraum, den sie mit dem kleinen Chet an der frischen Luft zubrachte, auf eine Stunde täglich ein; zu dem Zeitpunkt, wenn der Kapitän sein Mittagessen einnahm. Diese Einschränkung war für sie nicht allzu schwer zu ertragen, da sie fast immer, wenn sie an Deck ging, gezwungenermaßen eine erschütternde Züchtigung mitansehen und die Schreie der Opfer anhören mußte, die von den Bootsmännern ausgepeitscht oder getaucht wurden.

»Es ist eine verdammte Schande«, murmelte Cal, als sie ihn einmal zufällig auf dem Achterdeck traf. »Die Hälfte dieser armen Burschen hat die Verfehlungen gar nicht begangen, deren sie angeklagt werden. Aber was soll man machen? Wenn man dem Kapitän gegenüber ihre Partei ergreift, ist das Meuterei, und dafür kann man gehängt werden. Der Kapitän ist Gott an Bord des Schiffes.«

»Mach um Himmels willen keine Dummheiten, Cal«, warnte seine Schwester ihn nachdrücklich. »Es ist ja nur für kurze Zeit.«

»Schon, aber dennoch macht es einen rasend!«

Wenn man einmal seine Gefühle dem Kapitän gegenüber außer acht ließ, schien Cal sich mühelos an den Schiffsalltag gewöhnt zu haben. Er hatte seine Aufgaben bemerkenswert rasch begriffen, verstand sich gut mit den anderen Leutnants Gough, Howard, MacBride, Forsyth und Goodwillie, die Matrosen schienen ihn zu respektieren, und die Mittschiffbesatzung, die zum großen Teil aus vierzehn- bis achtzehnjährigen Knaben bestand, verehrte ihn fast wie einen Helden, nachdem sich herumgesprochen hatte, daß Cal über Land von Indien durch Kafiristan, Afghanistan, Persien und die Türkei gezogen war, Berge bezwungen und einen Leoparden erlegt hatte und bei fremdländischen Herrschern eingekehrt war. Auch Scylla wurde von den jüngeren Offizieren mit dem einen oder anderen bewundernden, freundlichen Lächeln bedacht. Aber eingedenk Kapitän Phillimores Ermahnungen und seiner eindeutig niedrigen Meinung von ihr hielt sie es für das beste, sich ihnen gegenüber sehr zurückhaltend zu geben. Stets wählte sie den kürzesten Weg von oder zu ihrer Kabine (die der Erste Leutnant Mrs. Whiteforest überlassen hatte), und wenn sie frische Luft schöpfte, blieb sie strikt an dem Fleck auf Deck, den man ihr zugewiesen hatte. Falls Kapitän Phillimore zufällig herauskam, ging sie sofort nach unten, selbst wenn ihre Stunde noch nicht um war.

Doch in der zweiten Woche drängte sich ihr zunehmend der unerfreuliche Schluß auf, daß Kapitän Phillimore, obwohl sie ihm mit Bedacht auswich, ein ungebührliches Interesse an ihr hatte, so daß ihr Seelenfrieden empfindlich gestört war. Gar zu oft fühlte sie sein Auge auf sich ruhen. Hin und wieder versperrte er ihr den Weg, wenn sie zur Niedergangstreppe eilte, und stellte ihr mit lauter, herrischer Stimme und einem gemeinen Unterton irgendeine Frage.

»Ihr Bruder – *Miss Paget* – erzählt, daß Sie über den Lowacal-Paß gezogen sind und durch das Flußtal des Kunar in Kafiristan.

Hä? Ist das wahr? Wie haben Ihnen die Eingeborenen dort gefallen? Waren sie freundlich?«

Die Ironie und die Ungläubigkeit in seinem Tonfall waren nicht zu überhören, aber Scylla bemühte sich nach Kräften, schlicht und natürlich zu antworten.

»Die Einheimischen waren sehr unterschiedlich in den verschiedenen Regionen, Sir, wie nicht anders zu erwarten. Einige waren feindselig, aber die meisten waren sehr freundlich.«

»Einige waren vielleicht ein wenig *zu* freundlich und entgegenkommend, hä?« meinte Phillimore mit einem anzüglichen Grinsen zum kleinen Chet hin. »*Einer* von ihnen hat Ihnen wohl dieses kleine Andenken verehrt?«

»Ich habe keine Ahnung, wovon Sie reden, Sir«, sagte Scylla kühl. »Und nun muß ich, bitte sehr, nach unten gehen, Mrs. Whiteforest könnte meine Hilfe benötigen.«

Langsam trat der Kapitän zur Seite, um sie vorbeizulassen. Er hatte offenbar seine Mahlzeit früher beendet, um an Deck zu kommen, solange sie sich noch dort aufhielt. Sein Gesicht war gerötet und sein Atem roch nach Branntwein.

Scylla hatte den Eindruck, daß die Zechereien des Kapitäns im Laufe der Reise immer wilder wurden. Nach dem Essen kroch er häufig an Deck wie eine fette Fliege und schlurfte torkelnd einher. Sein lauter Schluckauf und seine Rülpser waren auf dem ganzen Achterdeck zu hören. Dennoch war er nie volltrunken. Offenbar konnte er viel vertragen, und selbst wenn er randvoll schien, bekam er beim kleinsten Zwischenfall einen vollständig klaren Kopf und tat, was getan werden mußte.

Vor der Küste Spaniens stieß die *Tintagel* auf einen französischen Freibeuter. Scylla und der Säugling wurden sofort unter Deck beordert, aber nicht in ihre Kabine, sondern in den Laderaum des Schiffes. »Befehl des Kapitäns, tut mir leid, Ma'am«, sagte Howard, der Erste Leutnant, der ihnen den Weg wies. »Er sagt, daß Frauen sich nicht in der Nähe des Kampfdecks aufhalten dürfen, solange die Auseinandersetzung mit dem Feind andauert.« Mrs. Whiteforest erhob schwachen Protest, denn der Laderaum war ein entsetzlicher Ort unter dem Wasserspiegel, stockfinster und voller Ratten. Aber jeder Widerspruch war zwecklos. Die Frauen tasteten sich nach unten, setzten sich zwischen Fässern und Wassertonnen nieder und hörten das Wasser draußen erschreckend dicht vorbeirauschen und in der Höhe das Donnern der Kanonen. Der kleine Chet begann ängstlich zu jammern. Scylla versuchte, ihn zu beruhigen, indem sie alle Pushtu-Liedchen sang, die ihr in den Sinn kamen.

Glücklicherweise dauerte der Kampf nicht lange. Das französische Schiff konnte es beileibe nicht mit einem Kriegsschiff aufnehmen, und es hätte die Flucht ergriffen, wenn das möglich gewesen wäre, aber die *Tintagel* war schneller und bei weitem besser gerüstet. Nach ein paar Stunden mußte das feindliche Schiff kapitulieren. Der französische Kapitän und seine Offiziere wurden gefangengenommen, und Howard, der Oberleutnant zur See, wurde dazu bestimmt, das Kommando auf dem erbeuteten Schiff zu übernehmen. Etliche Zeit später fiel Kapitän Phillimore ein, daß seine weiblichen Passagiere immer noch im Laderaum saßen, und er ließ ihnen sagen, daß sie wieder hinaufkommen konnten.

Diesmal überbrachte ein Fähnrich die Botschaft, ein magerer Bursche namens Owen, der Scylla sehr zugetan war, da sie ihm einen Zahnfleischabszeß aufgeschnitten hatte, der ihn geplagt hatte und mit dem er nicht zum Schiffsarzt gehen wollte, da dieser sich für so geringe Leiden nicht zuständig fühlte.

»Mr. Howard hat das Kommando von dem französischen Schiff übernommen, Ma'am. Wir rücken jetzt also alle einen Posten rauf«, erzählte Owen freudig. »Ich bin jetzt Bootsmann und Ihr Bruder is Oberbootsmann. Is natürlich nur vorläufig, die Beförderung. Bevor wir nich in Portsmouth sin, isses noch nich offiziell.«

»Oh, das freut mich für Sie«, sagte Scylla und half Mrs. Whiteforest erleichtert, über die steile Leiter ans Tageslicht emporzuklettern.

»Käp'ten Phillimore fährt den reinsten Zickzackkurs, Ma'am«, vertraute Owen ihr an. »Er ist kreuzfidel. Denkt sicher schon ans Preisgeld! Ihr Bruder is'n Pfundskerl, Miss! War der erste im Kapertrupp, ich hab gesehen, wie er 'nen Schrank von 'nem Franzosen mit seinem Gewehrkolben niedergestreckt hat! Der hat Format!«

Während sie in ihre Kabine zurückkehrten – die nach den Schrecken des Laderaums unglaublich hell und luftig erschien – fragte sich Scylla verwundert, wie Cal sich nur so bereitwillig an das Marineleben anpassen konnte. Sie sehnte sich nach einer ruhigen Stunde, in der sie sich mit ihm darüber unterhalten konnte. Wünschte er sich nicht etwas Zeit – oder Einsamkeit –, um seine Verse niederschreiben zu können? Sie wußte, daß er eine Kabine mit Gough teilte, der überaus gesprächig war. Wann konnte er auch nur Ruhe und Frieden zum Nachdenken finden? Und was war mit seiner Fallsucht? War er von Anfällen geplagt worden? Sie erinnerte sich daran, daß er gesagt hatte, er sei weniger gefährdet, wenn er beschäftigt war. Vielleicht tat ihm das derzeitige Leben gut, in dem er fast ununterbrochen im Einsatz war. Nachdem sie jahrelang, wann immer sie wollten, ungehindert ihre Gedanken austauschen konnten, war es sehr sonderbar – und niederdrückend –, Cal so nahe zu sein, ihn so oft tätig an Deck zu sehen, Befehle erteilend oder im Gespräch mit seinen Kumpanen, und doch daran gehindert zu sein, auch nur die geringste Belanglosigkeit auszutauschen.

Nun konnte man Gesang und festliches Treiben auf dem Schiff vernehmen, und Mrs. Whiteforest wurde sehr unruhig.

»Verriegeln Sie lieber die Tür, meine Liebe«, sagte sie zu Scylla. »Ich weiß, wie es auf See zugeht, wenn ein Sieg errungen worden ist! – Und die Mannschaft auf dem Schiff hier ist so bunt zusammengewürfelt; ziemlich unerfahren und roh. Die Burschen könnten außer Kontrolle geraten. Kapitän Phillimore ist zwar ein gestrenger Zuchtmeister, aber bedauerlicherweise ist er selbst der Flasche so zugetan, daß es ihm recht gleichgültig sein wird, wenn sie sich betrinken und sich danebenbenehmen. Verriegeln Sie die Tür, und wir werden uns so ruhig wie möglich verhalten.«

»Ja, Ma'am.« Scylla pflichtete Mrs. Whiteforest zwar bei, daß es klug war, sich so zu verhalten, aber sie war schrecklich hungrig, da die Damen ihre Hauptmahlzeit verpaßt hatten. Sie war daher sehr erleichtert, als nach etwa einer Stunde ein höfliches Klopfen die Ankunft von Bagby, dem Diener des Kapitäns, anzeigte, der ihnen ihr Essen brachte. Bagby war ein genauso leidenschaftliches Klatschmaul wie Fishbourne, und er überbrachte ihnen beunruhigende Neuigkeiten.

»Ihr Bruder hat sich leider mit dem Kapitän angelegt, Miss«, sagte er, während er Scylla das Tablett mit gekochtem Fleisch, Sauerkraut und Schiffszwieback überreichte, woraus ihre fast ständig gleichbleibende Kost bestand.

»O nein, Bagby! Wie das?« Ihr Herz hämmerte vor Furcht, ihre Hände zitterten so sehr, daß sie das Tablett schnell auf den Boden abstellen mußte.

»Also, den Anfang hab ich nich mitgekriegt, Miss, aber's hat sich wohl zugetragen, wie sie alle beim Siegesfestmahl in der Kabine vom Kapitän zusammengesessen sin. Ich bin durch die Tür gekommen mit dem Portwein, den will der Kapitän immer, wenn's was zu feiern gibt. Un da seh ich Ihr'n Bruder aufrecht stehn, weiß wie'n Segel, sag ich Ihnen, Miss. ›Kapitän Phillimore, das ist eine ungehörige Bemerkung über meine Schwester, Sir‹, sagte er, ›Und ich fordere Sie, bitte sehr, auf, sie zurückzunehmen.‹ Aber der alte Philligrog schaut ihn nur auf seine zynische Art von unten bis oben an un sagt: ›Nein, mein junger Freund, ich nehm das *nicht* zurück‹, sagt er. ›Ich schätze, Sie halten sich fürn Pfundskerl nach dem Tag heute, aber lassen Sie sich gesagt sein, ein Einsatz macht noch kein Seemann, un Sie haben noch 'ne Menge über die Seefahrt zu lernen. Un eins davon is, was der Kapitän sagt, gilt! Un außerdem‹, sagt er, ›haben Sie sich grade 'ne Frechheit gegenüber Ihren Kapitän rausgenommen. Sie können von Glück sagen, daß ich so großzügig bin, es als Frechheit durchgehn zu lassen, Mr. Paget, un nich als Meuterei. Sie melden sich jede Stunde beim wachhabenden Offizier, bis auf weiteres.‹«

»Großer Gott!« rief Scylla aus. »Heißt das, daß mein Bruder die ganze Nacht jede Stunde aufstehen muß, selbst wenn er keinen Wachdienst hat? Wie niederträchtig! Dieser Mann ist ein Scheusal!«

»Ja, Miss. Stimmt«, sagte Bagby mitfühlend und ging hinaus und schloß die Tür.

Scylla tigerte in der engen Kabine auf und ab. Der Appetit war ihr vergangen. Mrs. Whiteforest war eingeschlafen. (Das war vielleicht gut so.) Scyllas Gedanken überschlugen sich. Ihr Gesicht brannte vor Wut und Scham. Sie konnte sich vorstellen, was Kapitän Phillimore über sie gesagt hatte, aufgekratzt und vom Alkohol benebelt wie er war. Und sie konnte sich vorstellen, wie angewidert und entrüstet Cal gewesen war, angesichts dieser Verleumdung seiner Schwester – und auch noch vor den anderen Offizieren!

Die Nacht verging langsam. Scylla fand keinen Schlaf. Sie stellte sich vor, wie Cal jede Stunde aufstehen und sich beim wachhabenden Offizier melden mußte. Was für ein gemeiner, fauler Scherz!

Als sie am nächsten Tag zur gewohnten Zeit an Deck ging, um frische Luft zu schnappen, sah sie sich nach Cal um, konnte ihn aber nirgendwo erblicken. Vielleicht machte er ein Nickerchen – oder Kapitän Phillimore hatte sich eine neue Strafe für ihn ausgedacht.

Der Kapitän kam herauf, obwohl sie wie gewöhnlich die

Stunde gewählt hatte, zu der er sein Mittagessen einzunehmen pflegte. Sein Gesicht war noch röter als sonst, als er herbeitrat und sich ihr trotzig in den Weg stellte, als sie zum Niedergang schritt.

»Einen schönen guten Tag, *Miss Paget*. Zu meinem Bedauern muß ich Ihnen mitteilen, daß Ihr – *Bruder* – im Moment eine Schiffsstrafe zu absolvieren hat. Junge Herren, die zur See fahren und glauben, sie hätten die Weisheit mit Löffeln gefressen, müssen mitunter mit Nachdruck belehrt werden, daß sie noch einiges zu lernen haben!«

Scylla setzte seinem gemeinen Grinsen eine steinerne, ungerührte Miene entgegen.

»Würden Sie mich bitte vorbeilassen, Kapitän Phillimore? Ich möchte nach unten gehen.«

Falls er bezweckt hatte, ihren Zorn zu erregen oder sie in einen Streit zu verwickeln oder sie veranlassen wollte, für ihren Bruder zu bitten, wurde er enttäuscht. Er versuchte es anders.

»Junge Damen, die mit ihren *Brüdern* um die Welt reisen, können nicht immer erwarten, wie königliche Hoheiten behandelt zu werden.«

Scylla erwiderte nichts darauf und blieb einfach schweigend mit zusammengepreßten Lippen stehen, bis er schließlich widerstrebend den Niedergang freigab, so daß sie hinabsteigen konnte. Sie bemerkte die heimlich mitfühlenden Blicke zweier Offiziere, die in Hörweite standen, MacBride und Forsyth, aber ihr Mitleid verärgerte sie nur noch mehr. Wenn Cal doch nur diesem Schwein von einem Mann nicht auf Gedeih und Verderb ausgeliefert wäre, mit welcher Genugtuung würde sie ihm die Antwort geben, die er verdiente!

Spät an diesem Abend, als Mrs. Whiteforest und der Kleine bereits schliefen, erhielt Scylla eine Botschaft. Sie wurde von einem schüchternen Kerlchen gebracht, von Gasgoyne, dem jüngsten Fähnrich, der kaum zwölf Jahre alt war. Er war ein winziges, zitterndes Bürschlein, voller Angst vor Kapitän Phillimore, dem es großen Genuß zu bereiten schien, ihn zu quälen. Wohl wissend, daß Gasgoyne davor graute, in die Takelung hinaufzuklettern, schickte er ihn zwanzigmal am Tage in das Tauwerk, »um ihn abzuhärten«, wie er erklärte. Nun klopfte Gasgoyne verängstigt an die Tür und flüsterte:

»Bitte, Miss, Kapitän Phillimore läßt grüßen, und er sagt, ich soll Ihnen ausrichten, daß Leutnant Paget in der Kapitänskabine ist, zu einer Befragung wegen seinem Betragen gegenüber dem Kapitän, und er fragt, ob Sie, Miss, nicht p-persönlich erscheinen wollen, weil er einige Dinge klären will.« Bei seinen letzten Worten hatte Scylla den Eindruck, daß der Knabe entweder vergessen hatte, was er genau sagen wollte, oder seine Nerven waren mit ihm durchgegangen; er stammelte und klang über die Maßen verängstigt.

Scylla selbst verblüffte die Nachricht außerordentlich. Sie hatte nicht die geringste Ahnung, welche Regeln auf einem Schiff herrschten, fand den Zeitpunkt aber sehr unpassend für ein Verhör und konnte sich nicht vorstellen, wozu *ihre* Gegenwart dienlich sein sollte. Sie war geneigt abzulehnen, da sie einen weiteren grausamen Scherz des Kapitäns befürchtete. Wenn andererseits Cal dort war, wenn Cal sie brauchte –

Wenn der Kapitän eine andere grausige, ungerechtfertigte Strafe ausheckte –

»Ich glaube, ich werde lieber nicht hingehen, Gasgoyne«, sagte sie mit gesenkter Stimme.

»*Bitte*, Miss! Um Himmels willen! Der Kapitän wird mich mit dem Gewehrlauf vertrimmen, wenn Sie nicht kommen!« schniefte er. »Ich hab schon jetzt blaue Flecken von Kopf bis Fuß – sehen Sie!« Er streckte seine mageren kleinen Hände aus, die tatsächlich mit blauen Striemen und Schnitten bedeckt waren. »Und Sie sollen gleich mit mir mitkommen. – Er sagt, er spaltet mir die Zunge, wenn ich Sie nicht gleich mitbringe!«

»Die Zunge spalten? *Das* kann er nicht tun!«

»Miss, er meint es ernst! Der ist zu allem fähig!«

»Oh – na schön.« Mit einem hilflosen Seufzer der Wut und Verzweiflung schlang sie sich einen Schal um die Schultern und folgte Gasgoyne über die Flure und Aufgänge zur Tür der großen Kapitänskabine. Scylla hatte sie noch nie betreten, wußte aber, wo sie lag. Gasgoyne klopfte an die Tür und trat dann zur Seite, um sie vorbeizulassen.

Trotz des bitteren Endes, das von Anfang an abzusehen war, war Scylla später froh, daß sie sich mit aller Kraft zur Wehr gesetzt hatte und in der Lage gewesen war, ihm etliche Verletzungen zuzufügen, bevor Kapitän Phillimore sie schließlich überwältigte. Sie trat, kratzte, sie biß ihm in den Daumen, bis ihre Zähne auf Knochen stießen, sie riß ihm fast die Ohren ab, sie zerrte an seinen Haaren und an seinem Bart. Sie kämpfte keuchend und unterdrückte jeden Laut, da sie zu stolz war, um Hilfe zu rufen und damit zu enthüllen, wie töricht, wie leichtgläubig sie in diese Falle gegangen war. *Das* war es also, wovor Colonel Cameron mich bewahren wollte, dachte sie in einem finsteren Moment; was für eine Ironie des Schicksals, daß es nicht da geschehen ist, wo er es befürchtet hat, sondern ausgerechnet auf der Schiffsreise, die er so sorgfältig für sie in die Wege geleitet hatte.

Phillimore war natürlich betrunken, aber durchaus noch der Worte mächtig. »Ich zweifle nicht daran, daß Sie es genauso mit *Ihrem Bruder* zu treiben pflegen, Miss Paget«, keuchte er. »Nun, jetzt kommen Sie in den Genuß, es mit einem englischen Gentleman treiben zu dürfen.« Als Antwort schlug Scylla ihm die Zähne in den Arm, und er verpaßte ihr einen klatschenden Hieb, der sich, wie sie dachte, in einem blauen Auge verewigen würde.

Schließlich wälzte er sich von ihr herab, fast gefühllos vom Alkohol und der körperlichen Anstrengung. Sie zwang sich, aufzustehen und sah sich im Raum um, der in einem wüsten

Zustand war: Stühle waren umgeworfen, quer über den hübschen Mahagonitisch lief ein großer Kratzer, etliche Gläser waren zerbrochen, und Scylla hatte sich am Arm ziemlich tief an einer Scherbe geschnitten. Der ganze Boden war blutverschmiert.

Er hatte die Tür verschlossen und den Schlüssel in seine Hosentasche gesteckt. Sie zog ihn heraus und schloß auf, ging hinaus und ließ die Tür hinter sich offenstehen. Sollte, wer auch immer vorbeikam, denken was er wollte, im Moment war ihr alles gleichgültig. Ihr war schlecht vor Zorn und Ekel, sie stolperte zu ihrer eigenen Kabine zurück, warf sich in ihre Koje und starrte mit weit aufgerissenen Augen in die Dunkelheit.

In gewisser Weise war es ein Glück, daß die *Tintagel* am nächsten Tag in den Golf von Biskaya kam. In der Morgendämmerung setzte unruhiger Seegang ein. Mrs. Whiteforest war so schlecht, daß sie kaum vom Kissen aufblicken konnte. Da das Schiff schwankte und schlingerte, daß die Toilettenartikel über den Boden rollten, beglückwünschte Scylla sich, daß sie einen guten Grund hatte, nicht wie üblich an die frische Luft zu gehen, und auch ihr blaues Auge ließ sich plausibel erklären. Sie konnte sagen, daß sie sich an der Koje oder an der Kabinentür gestoßen hatte.

Trotz dieses kümmerlichen Trosts war es ein langer, elender Tag. Der Himmel hinter dem Bullauge war schwarz, das Schiff schaukelte entsetzlich, und sie hatte alle Hände voll mit Mrs. Whiteforest und dem kleinen Chet zu tun, der zwar nicht seekrank war, aber ganz verstört, da alles um ihn herum so sonderbar auf und ab und hin und her glitt.

Und zunehmend beschlich Scylla das Gefühl, daß eine seltsame, ungewöhnliche Atmosphäre über dem Schiff lag. Vor ihrer Tür konnte sie eine beträchtliche Unruhe vernehmen – Fußgetrappel, aufgeregte Stimmen, Fragen, Rufe. Vielleicht war ein weiteres französisches Schiff gesichtet worden? Vielleicht brannte die *Tintagel* und sank? Der Gedanke, unter den gegebenen Umständen in den Laderaum zu müssen, war schauerlich, und voller Bangen wartete Scylla auf einen entsprechenden Befehl. Mit sinkendem Herzen öffnete sie die Tür, als es klopfte.

Vor ihr stand Cal.

Er starrte sie einen Moment schweigend an, besah sich die blauen Flecken, die geprellte Wange, den rohen Verband, den Scylla sich selbst an ihrem Arm angelegt hatte, die schwarzen Ringe unter ihren Augen.

Er hielt einen kleinen Gegenstand in der Hand.

»Ich habe das hier gefunden«, sagte er. »Ich habe es aufgehoben.«

Es war ihr Kamelhaarring.

Nach einer Weile murmelte sie: »Reg dich nicht auf, bitte, Cal, bitte reg dich nicht auf. Ich werde drüber wegkommen, das schwöre ich dir!«

Im nächsten Augenblick lagen sie sich in den Armen, in dem Bemühen, sich gegenseitig zu beruhigen, weinend, Koseworte aus ihrer Kindheit murmelnd.

»Wir können hier nicht reden«, sagte Cal schließlich. »Komm in meine Kabine.«

»Aber – Gough –«

»Er und die anderen haben sich in der Offiziersmesse versammelt. Komm!«

Scylla hob den kleinen Chet hoch und nahm ihn mit. Mrs. Whiteforest hatte sich zu guter Letzt bereit erklärt, etwas Laudanum zu sich zu nehmen, und war in einen gnädigen Schlaf versunken.

Als sie in Goughs Kabine waren, blickten sie einander wieder ins Gesicht. »Hör zu«, sagte Cal drängend. Er war bleich und sah düster drein, hatte sich aber wieder gefaßt.

»Kapitän Phillimore ist verschwunden.«

»*Was*? Aber er –«

Er legte einen Finger an die Lippen.

»Reg dich nicht darüber auf! Hör nur gut zu, Scylla. *Er ist verschwunden.* Das ganze Schiff wurde nach ihm durchsucht. Er ist nirgendwo zu finden. Man kann daraus nur folgern, daß er über Bord gegangen ist. Jeder weiß, daß er letzte Nacht ordentlich gebechert hat – sternkanonenvoll war der. Er hat Unmengen von Brandy getrunken – alle Offiziere haben ihn gesehen. Er muß an Deck gegangen sein, ohne daß jemand es bemerkt hat. Genauso muß es gewesen sein.«

Sie konnte nicht sprechen. Sie starrte Cal aus riesigen Augen an.

»Es wird ein Verhör geben, wenn wir den Hafen erreichen«, fuhr Cal fort. »Solange man nicht sagen kann, daß jemand einen bestimmten Grund hatte, dem Kapitän übel zu wollen, wird man davon ausgehen, daß es ein Unfall war. Das sagen Forsyth und MacBride. Offenbar kann die halbe Besatzung bestätigen, daß er ein Säufer war. Aber *falls* der Verdacht besteht, daß jemand einen Groll gegen ihn hegte – dann ist diese Person in größter Gefahr. Verstehst du?«

Sie verstand. Sie murmelte: »Er war so ein gemeiner Schuft – sicher sind hier an Bord zwanzig – dreißig – fünfzig Leute froh, daß er weg ist.« Plötzlich erschien der fette, abscheuliche Kerl vor ihrem inneren Auge, sie packte Cals Arm. »Bist du auch ganz sicher, daß er weg ist? Nicht – nicht nur in irgendeiner Ecke seinen Rausch ausschläft?« Sie stellte sich vor, wie Phillimore durch den Korridor stapfte und grölend nach ihrem Bruder rief. Lebendig, in Fleisch und Blut konnte er sie nicht einschüchtern, abwesend, vielleicht in einem Versteck lauernd, konnte er sie in Angst und Schrecken versetzen.

Cal stellte sich ihrem Blick. »Nein, er ist weg. Du kannst dich darauf verlassen.«

Er bettete ihr Gesicht sanft zwischen seine Hände.

»Scylla, es ist mir eine Qual, dich bitten zu müssen, aber es ist unglaublich wichtig, daß du dich so verhältst, *als wäre nichts geschehen.* Schaffst du das?«

Sie nickte und schluckte die Tränen, die seine Zärtlichkeit in ihr aufsteigen ließ.

In seinem Gesicht arbeitete es kurz, als er sie ansah, die schwarzen, geschwungenen Brauen berührten sich fast über der Nase. Er murmelte: »Dieses *Ungeheuer*! Er hat weit Schlimmeres verdient – « Dann, drängend: »Scylla! Ist alles in Ordnung? Bist du – hat er – ?«

Sie holte tief Luft und schüttelte sich, als wollte sie die gräßliche Vorstellung abwerfen, und sagte fest: »Ich werde ihn vergessen. Mir fehlt nichts. Quäl dich nicht – ich bitte dich! Ich werde schnell darüber hinwegkommen. Und – und ich werde deine Warnung beherzigen.« Sie bemühte sich um einen normalen Tonfall und fügte hinzu: »Was geschieht jetzt mit dem Schiff ohne Kapitän, und der Erste Leutnant ist ja an Bord des erbeuteten französischen Schiffs?«

»Forsyth hat Howard geflaggt, daß er zurückkommen und das Kommando übernehmen soll. Ich schätze, Howard wird Forsyth an seiner Stelle zu den Franzosen schicken. Forsyth ist wahrlich ein prächtiger Bursche – der ist wirklich *allem* gewachsen.« Bei diesen letzten Worten lag ein bedeutungsvoller Ausdruck in seinen Augen. Scylla hätte zu gerne die Frage gestellt, die ihr auf der Zunge lag: »Woher *weißt* du, was geschehen ist? Und wer weiß es sonst noch?« Aber sie wußte, daß sie nicht fragen durfte. Sie holte noch einmal tief und bebend Luft und sagte:

»Ich gehe jetzt lieber in meine Kabine zurück. Man sollte uns – nicht zu vertraut miteinander sprechen sehen.«

»Ganz recht.« Er öffnete die Tür und spähte hinaus. »Die Luft ist rein – du kannst jetzt gehen. Es schadet nichts, wenn du in deiner Kabine bleibst, solange wir uns im Golf befinden – jede Frau könnte das tun! Sei guten Muts, meine Liebe – «

Seine Lippen streiften ihre Wange, und als sie dann ihre Schritte zu ihrer Kabine lenkte, lief er rasch in die andere Richtung davon.

Heftiger Gegenwind hielt sie sechs Tage im Golf von Biskaya fest, und in dieser Zeit schaukelte die *Tintagel* so heftig, daß ihr Deck nur noch in einem Winkel von fünfundvierzig Grad zu stehen schien. Das Meerwasser spritzte durch ihr Bullauge, der Wind heulte in der Takelage, und es war entsetzlich kalt. Scylla wurde sich dessen bewußt, daß ihre Garderobe für nördliche Breiten nicht eben geeignet war.

Vor Ushant stießen sie auf einen weiteren französischen Freibeuter, den sie ebenfalls überwältigten. Bei diesem Unternehmen wurde Cal am Oberschenkel verletzt.

Als Scylla ihn danach sah, blieb ihr vor Entsetzen die Luft weg. Sein Bein war eine einzige Masse blutgetränkter Bandagen, aber er meinte heiter, es sei halb so schlimm.

»Es hat sogar sein Gutes, weil der Schiffsarzt mich angewiesen hat, ein paar Tage meine Kabine zu hüten, so daß ich ein Gedicht über die Römer und Gallier beenden kann, das mir heftig im Kopf herumspukt.«

Wieder einmal staunte Scylla über seine Fähigkeit, erlittene Not zu vergessen und die Gedanken auf neue Gefilde zu richten. Das war eine Fähigkeit, an der es ihr gänzlich gebrach, und trotz des ungestümen Wetters und der fortwährenden Notwendigkeit, sich um den kleinen Chet und um Mrs. Whiteforest zu kümmern, verbrachte sie eine scheußliche Woche: Trotz aller Bemühungen wurde sie die fixe Idee nicht los, daß Kapitän Phillimore noch am Leben war und sich irgendwo auf dem Schiff verbarg und sich eines Nachts in der Finsternis gewaltsam Eintritt in ihre Kabine verschaffen würde. Der Schlaf wurde ihr zur Qual, weil sie ständig von ihm träumte und mit ausgetrocknetem Mund, zusammengepreßten Händen und hämmerndem

Herzen erwachte, fest davon überzeugt, daß sie geschrien hatte. Aber glücklicherweise waren ihre Schreie lautlos und unhörbar für ihre zwei Gefährten.

Als sie Ushant schließlich umschifft hatten, kamen sie in den Kanal, und schlagartig herrschte gutes Wetter. Scylla konnte wieder an Deck gehen, und da ihr blaues Auge verblaßt und ihre Prellungen so gut wie verheilt waren, sah sie sich in der Lage, den freundlichen Blicken der Offiziere ruhig und gefaßt zu begegnen. Sie redete sich ein, daß es keine große Rolle spielte, wer von ihnen wußte, was ihr zugestoßen war. Wichtig war, daß sie ihre Würde behielt, als wäre nichts geschehen. – Aber in Zukunft würde sie tunlichst darauf achten, daß kein Mann näher als auf Armeslänge an sie herankam. Inzwischen lebte es sich auf der *Tintagel* weit angenehmer ohne den aufdringlichen Kapitän Phillimore mit seinen gemeinen Anspielungen. Sie konnte sich nun stundenlang mit dem kleinen Chet an Deck aufhalten und die Küste beobachten, während The Lizard, Start Point und Portland Bill vorüberglitten. Wer zufällig gerade an Deck war, erklärte ihr die Landschaft.

»Schauen Sie, Ma'am, es ist so klar, daß Sie die Stoppelfelder oben auf den Klippen erkennen können!«

Der Anblick der englischen Küste, nach dem sie sich so lange gesehnt, von dem sie geträumt und den sie sich ausgemalt hatte, versetzte sie natürlich in größte Aufregung. Sie machte sich Gedanken über ihre Verwandten und fragte sich, wie sie wohl sein mochten und wie sie wohl lebten.

Cal humpelte an Deck und gesellte sich gerade rechtzeitig zu ihr, um den Leuchtturm von Needles zu erblicken, mit den weißen Klippen im Hintergrund.

»Es ist verflucht lästig«, sagte er, »Howard glaubt, daß die Offiziere das Schiff nicht verlassen können, bevor das Verhör stattgefunden hat. Aber je schneller du vom Schauplatz verschwindest, um so besser! Ich habe Gough gefragt, er stammt aus

Portsmouth und sagt, daß es bis Petworth mit der Kutsche nur ein paar Stunden dauert. Ich glaube, du solltest umgehend mit dem kleinen Chet zu unserer Cousine reisen.«

Sie war bekümmert. »Und *dich* verlassen? Aber angenommen –«

»Nichts angenommen. Mach dir keine unnötigen Sorgen! Ich werde so bald wie möglich zu dir kommen, dann reisen wir nach London und geben den kleinen Chet bei seinem Onkel ab und schauen uns die Stadt an. Mit größter Wahrscheinlichkeit hat unsere Cousine Juliana neben ihrem Haus in Petworth auch eins in London – schließlich hat Rob erzählt, daß er sie bei Almack's kennengelernt hat.«

»Das stimmt.« Scylla empfand ein verschwommenes Wohlbehagen bei dieser Erinnerung; sie schien eine Verbindung zwischen Cameron und diesen unbekannten Verwandten herzustellen. »Aber was ist mit deinem Bein, Cal? Schmerzt es dich sehr? Ich kann mir nicht vorstellen, wie du London genießen willst, wenn du kaum laufen kannst.«

»Ach, dummes Zeug! Das ist halb so wild. Stell dir bloß vor, dieser Schwachkopf von Knochensäger wollte es abnehmen – wahrscheinlich nur, weil er eine Spezialrundsäge erfunden hat, mit der man zertrümmerte Oberschenkelknochen durchschneiden kann! Aber ich habe ihm gesagt, daß ich nichts davon wissen will.«

»Da hast du ganz recht!«

Ein Schauer durchzuckte sie bei dem Gedanken.

16

Nachdem eine frühe, üppige Ernte eingebracht worden war, fand sich in den August- und Septemberwochen ausreichend Zeit für die Ausbreitung wilder Gerüchte über eine bevorstehende Invasion der Franzosen.

Thomas und seine Freiwilligentruppe exerzierten ohne Unterlaß. In kleineren Orten wurden andere Truppen aufgestellt. In jedem Dorf wurden alle männlichen Personen zwischen fünfzehn und dreiundsechzig erfaßt. Pläne, das Land zu verwüsten, falls die Franzosen einfielen, wurden ausgearbeitet: Neben jedem süßduftenden goldenen Heuschober, bei jeder Scheune, die bis zur Traufe mit Getreide vollgestopft war, waren Stöcke und Zündholz aufgeschichtet, damit die Wintervorräte jederzeit verbrannt werden konnten, ehe sie in die Hände der Franzosen gelangten.

Bei all dieser nationalen Aufregung war es nicht überraschend, daß geringere private Angelegenheiten, wie das frühzeitige Hinscheiden der armen verwirrten Miss Fox und der mysteriöse Unfall des kleinen Paget-Knaben, in der Öffentlichkeit schnell bedeutungslos wurden und in Vergessenheit gerieten. Thomas konnte von Glück sagen, dachte Fanny hin und wieder traurig und gequält. Wer sollte auch in einer Zeit, da das ganze Land in Alarmbereitschaft war, innehalten, um über eine arme ertrunkene, halb verrückte Jungfer nachzugrübeln? Oder sich zu fragen, wie ein Säugling in einen Brunnen fallen konnte? Auch das Wetter begünstigte Thomas und seine verschiedenen Vorhaben. In den trockenen, sonnigen Wochen konnte der neue Flügel des Hauses schnell fertiggestellt und die Handwerker ausbezahlt werden.

Einige Wochen lang standen die neuen Räume leer.

»Wir werden sie wohl nie brauchen«, bemerkte Fanny eines Tages Anfang Oktober zu Thomas, als er dabei war, sein Pferd zu besteigen, um zu einer Versammlung der *Fencibles* und der Freiwilligentruppen nach Midhurst aufzubrechen. »Da wir nun gar nichts mehr von unseren Verwandten in Indien gehört haben. Vielleicht haben sie beschlossen, in diesen unsicheren Kriegszeiten erst einmal nicht in dieses Land zu reisen.«

Thomas bemerkte: »Ich brauche ein besseres Arbeitszimmer. Sobald es kälter wird, werde ich meine Unterlagen aus dem Gartenhaus in einen dieser Räume schaffen.« Möge das warme Wetter noch lange anhalten! war Fannys erster Gedanke.

Vor dem Gasthof ›Engel‹ in Midhurst begegnete Thomas nach der Versammlung der bizarren, aber eindrucksvollen Erscheinung von Lady Mountague. Sie trug ein erstaunliches Tüllgebilde über ihrer altmodisch hochgetürmten Haartracht, dazu einen märchenhaft kostbaren Norwich-Schal mit losen Troddeln über Röcken, die wie die einer Bauersfrau geschürzt waren und ein paar derbe Bauernstiefel enthüllten.

»Sieh da, Captain Paget!« begrüßte sie ihn munter. »Wann gedenken Sie, mich zu einer Tasse Tee zu sich nach Hause einzuladen, damit ich sehen kann, wie es Ihrem hübschen kleinen Frauchen geht?«

Thomas verhaspelte sich in Beteuerungen seiner Gastfreundschaft: »Habe nicht gewagt, mir die Freiheit zu nehmen – wie überaus gütig und gnädig von Lady Mountague – mein bescheidenes Haus steht Ihnen immer offen –«

»Nun, mein Freund, da wir kaum damit rechnen können, daß das schöne Wetter noch lange anhält – und da die Franzosen täglich landen können und Sie dann alle Hände voll zu tun hätten – wie wäre es dann mit morgen?«

Thomas versicherte Lady Mountague, daß Ihre Ladyschaft über die Maßen willkommen sei, wann immer es ihr beliebte, in der Hermitage zu erscheinen.

»Ausgezeichnet, mein Freund! Sie können mich gegen halb elf erwarten, da ich ein Frühaufsteher bin. Aber sagen Sie bitte Ihrer Frau, sie soll sich keinerlei Umstände mit der Vorbereitung eines Mittagessens machen – ich nehme nur zu gern mit dem vorlieb, was sie gerade im Haus hat – eine Scheibe Brot und Käse, ein paar Äpfel – irgend etwas dieser Art.«

Thomas erging sich erneut in Versicherungen, daß es seiner Familie nicht die geringste Mühe bereite, nicht die allergeringste, für das Wohl Ihrer Ladyschaft zu sorgen, auf daß sie sich wie zu Hause fühlen möge. Dann kehrte er in rasendem Galopp nach Petworth zurück, mit der Absicht, Fanny zu beauftragen, unverzüglich einen Truthahn beim Geflügelhändler zu bestellen und einen Hammelrücken beim Metzger, ferner Mrs. Strudwick anzuweisen, einen Plumpudding, einen Mandelpudding, einen Aprikosenkuchen, etliches Käsegebäck und so viele Cremes und Gelees wie möglich zuzubereiten.

Als er Fanny nicht im Haus vorfand, suchte er im Garten nach ihr und entdeckte sie zu seinem großen Mißfallen im Eibenweg, wo sie über die Mauer hinweg ins Shimming Tal blickte. Er sagte ärgerlich: »Wie oft soll ich dir noch sagen, daß du deine Zeit nicht dergestalt vertrödeln sollst, Frances! Was hängst du hier faul an der Mauer und starrst auf die Felder?«

Fanny erwiderte gefaßt: »Ich habe mir die vielen Brombeeren an den Hecken zum Bach hinunter angesehen. Ich habe schon alle Beeren von unseren eigenen Hecken gepflückt und auch die am Glebe Weg bis zum Zauntritt.« Nun erst fiel Thomas auf, daß sie eine Kittelschürze trug, einen gebogenen Stock in der Hand hatte und am Arm einen mit schwarzen, glänzenden Beeren gefüllten Korb. »Wenn Sie nichts dagegen haben, werter Gatte, schicke ich Tess und Bet zum Beerenpflücken ins Tal. Mrs. Strudwick und ich haben mit der Zubereitung von Apfel-Brombeergelee zu tun, weil wir das Fallobst verwenden wollen, ehe es verdirbt.«

In diesen Tagen hatte Fanny oft das Gefühl, ein seltsames Doppelleben zu führen. Mit einem Teil ihrer Person – dem Alltagsteil – regelte sie ihren Haushalt, hielt so gut es ging eine gleichbleibende Beziehung zu Thomas aufrecht und zeigte der Welt ein gelassenes Gesicht; der andere Teil schien sie selbst aus der Entfernung zu beobachten und lebte in ständiger Anspannung, wenn nicht gar in hellem Entsetzen und bemühte sich mit aller Kraft, den Verdacht, die Furcht zu unterdrücken, die Tag um Tag in ihr wuchs. Was steckte in diesem Mann, ihrem Gatten, der im allgemeinen ganz und gar von seinen unbedeutenden Sparmaßnahmen, seinen sozialen Ängsten und nichtigen Verhaltensfragen in Anspruch genommen schien? Konnten diese ärgerlichen kleinen Schwächen wirklich eine ganze Person ausmachen? Verdrängten – oder verbargen – sie größere, weit schrecklichere Schwächen – *Laster*?

Wenn ein Mann überheblich oder knauserig war, hinderte ihn das daran, ein Mörder zu sein? Oder seine Frau zu verleumden?

»Oh – nun denn! Es wäre gewiß sehr töricht, solch eine Menge Brombeeren verkommen zu lassen –«

Wie Fanny vermutet hatte, war es für Thomas besonders verlockend, wenn es etwas umsonst gab. »Aber bevor die Mädchen Beeren pflücken gehen, Frances, muß das Haus gründlich geputzt und aufgeräumt werden –« und Thomas berichtete Fanny von Lady Mountagues bevorstehendem Besuch und seinen Anweisungen an Mrs. Strudwick. »Nun muß ich meinen Geschäften nachgehen, da ich mich um sehr viele Dinge zu kümmern habe.«

Fanny wollte gerade ins Haus zurückkehren, als sie zu ihrem Schrecken die fesche Gestalt von Major Henriques erblickte. Überaus adrett in eine Reitjacke gekleidet, die etwas zu knapp tailliert war und an den Schultern zu stark ausgepolstert, saß er auf dem Rücken eines Jagdpferdes von Lord Egremont, das vorsichtig über den trockenen, glatten Talweg schritt.

»Potztausend, meine Zauberfee!« rief Henriques aus und bedachte Fanny mit einem widerwärtigen verliebten Lächeln. »Haben Sie hier Ausschau nach mir gehalten? Ich hätte darauf wetten können! Was für ein glücklicher Umstand, daß ich zufällig hier entlangkomme! Was mag mich bloß dazu getrieben haben? Soll ich wie Romeo über die Mauer klettern?«

Mit frostiger Verachtung im Blick wandte Fanny sich auf der Stelle um und ging zum Haus zurück. Es gefiel ihr ganz und gar nicht, daß Henriques in die Stadt zurückgekehrt war, und sie konnte von Glück sagen, daß Thomas sie verlassen hatte, bevor der Reiter aufgetaucht war. Ihre Stimmung hob sich keineswegs, als sie nun Mrs. Baggots ansichtig wurde, die gänzlich unschicklich in einen Musselinmorgenrock und eine Boudoirhaube gekleidet war. Keine respektable Person zeigte sich in so einem Aufzug außerhalb des Hauses. Sie schlenderte den Eibenweg entlang und pflückte sich gähnend ein paar Rosmarinzweiglein für ihr Haarwasser, mit dem sie häufig ihre glänzenden Ringellocken benetzte. Falls sie zufällig Major Henriques erblickt oder seine Stimme vernommen hatte, konnte Fanny, zu ihrer Verärgerung, sicher sein, daß Thomas umgehend davon erfuhr.

Einstweilen gab es im Haus reichlich zu tun. Ohne Thomas' Anweisungen gänzlich rückgängig zu machen, gelang es Fanny, die Vorbereitungen für einen gastfreundlichen Empfang Lady Mountagues am nächsten Tag auf ein etwas weniger übertriebenes Maß zurückzuschrauben. Sie sorgte dafür, daß das Haus in einem hinreichend ordentlichen Zustand war. Dann beauftragte sie Tess, die kleine Patty und sogar die widerwillige Bet, sich am Obsteinkochen zu beteiligen. Das ganze Haus war vom heißen Geruch kochender Früchte erfüllt und jedermanns Finger waren dunkelrot gefärbt vom Brombeersaft. Mit einem Mal herrschte in der Hermitage ein heiteres, fast festliches Treiben.

Fannys sorgfältige Vorbereitungen für den nächsten Tag wurden von Lady Mountague persönlich über den Haufen geworfen, da sie noch am selben Tag kurz nach zwei Uhr auftauchte. Fanny blieb schier die Luft weg, als sie den Phaeton durchs Küchenfenster erspähte. Sie riß sich die Schürze vom Leib, rieb erfolglos an ihren blauverfärbten Fingern herum und rannte hinaus, um Ihre Ladyschaft willkommen zu heißen.

»Als ich nach Hause zurückgekommen bin, nachdem ich Ihren Gatten getroffen hatte, ist mir eingefallen, daß ich den morgigen Tag dazu ausersehen hatte, das Erntemahl vorzubereiten, das ich in der nächsten Woche mit meinem Gutsverwalter einnehmen werde«, erklärte Lady Mountague.

Sie pflanzte ihren Stock fest in den Kies und ließ sich dann von Fanny vorsichtig aus der Kutsche helfen und begrüßte sie mit einem herzlichen Kuß. »So – da Ihr Gatte nachdrücklich betont hat, daß ein überraschender Besuch Sie nicht im mindesten stören würde – habe ich die Röcke gerafft und bin gleich herüberkutschiert.«

»Ma'am, Sie wissen, daß Sie von Herzen willkommen sind, wann immer Sie zu kommen belieben«, sagte Fanny. Lachend zeigte sie ihre schwärzlichen Finger. »Sie haben sicher Verständnis für unsern Aufzug – wir sind gerade dabei, Brombeeren einzukochen.«

»Sie machen Brombeergelee!« rief Ihre Ladyschaft aus. »Meine Lieblingsbeschäftigung! Führen Sie mich in Ihre Küche – ich werde das Umrühren des Kessels übernehmen, damit der Sirup nicht anbrennt – oder Äpfel schälen – oder tun, womit Sie mich beauftragen!«

Sie hatte nicht zuviel versprochen, und sogar die entrüstete Mrs. Strudwick war bald bereit, ihre Anwesenheit mit Gleichmut hinzunehmen. »Ah, Ihre Ladyschaft ist von wahrem Adel«, gestand sie Fanny in der Speisekammer. »Die kann sich überall sehen lassen.«

Bei seiner Rückkehr bot sich Thomas der folgende Anblick: Lady Mountague, in eine von Mrs. Strudwicks Schürzen gehüllt, ein Handtuch über ihren Baumwollrock gebreitet, schöpfte mit einem Holzlöffel purpurroten Schaum von der Oberfläche des kochenden Gelees und goß ihn in einen kleinen Topf, während die restlichen Haushaltsmitglieder weitere Früchte schnitten und einen neuen Zuckerhut in kleine Klümpchen schlugen.

»Fanny, ich glaube, dieser Topf ist soweit, daß man die Gläser füllen kann; es fließt wie geronnener Käse, wenn ich's abschöpfe«, sagte Ihre Ladyschaft. »Du liebe Güte – hier ist Ihr Gatte – er wird sicher nach seinem Abendessen verlangen. Aber lassen Sie sich gesagt sein, mein lieber Mann, Marmeladekochen geht allen anderen Haushaltspflichten vor. Sie müssen wohl oder übel heute einmal auf Ihr Essen verzichten und mit einer Scheibe kaltem Hammelbraten oder etwas Käse vorlieb nehmen. Wir sind zu beschäftigt, um Ihren Wünschen nachkommen zu können.«

Thomas traf schier der Schlag. Sein frostiger Blick hätte Fanny vernichtet, wenn Lady Mountague ihr nicht zur Seite gestanden hätte. Trotz all seiner Bemühungen gelang es ihm nicht, Lady Mountague aus der Küche in den Salon zu komplimentieren oder sie dazu zu bringen abzuwarten, bis ein Truthahn oder zumindest etwas gebratener Hammel für sie zubereitet war. Er verbreitete eine derart finstere, bedrohliche Stimmung in der Küche, daß seine Kinder und die Dienstboten ganz unruhig wurden. Fanny machte daher den diplomatischen Vorschlag, gemeinsam in den Garten zu ziehen, um dort in der heißen Oktobersonne unter dem goldenen Laub der Kirschbäume Brot mit Gelee und Käse und Früchte zu verspeisen.

»Sie haben ja auch den kleinen Thomas noch gar nicht gesehen, und ich habe unzählige Fragen an Sie, meine Blumen betreffend, Ma'am.«

Es war offenkundig, daß Thomas sehr ungehalten war, als er hörte, daß sein Sohn und Erbe Lady Mountague noch nicht vorgeführt worden war. Aber Fanny erklärte, daß er so friedlich unter dem wachsamen Auge Jemimas geschlummert hatte, daß es ein Jammer gewesen wäre, ihn zu wecken. Inzwischen aber war er gefüttert und wurde draußen auf eine Decke gelegt, wo er inmitten der kleinen Gesellschaft mit den Beinchen in der Luft strampeln konnte.

Lady Mountague sah ihn durch ihr Lorgnette an.

»Hm! In der Tat ein bemerkenswert großes Kind.« Thomas fühlte sich geschmeichelt. »Ich muß betonen«, fuhr Lady Mountague fort, »daß der Anblick von Kindern im Sabber- und Krabbelalter mir nie einen besonderen Genuß bereitet hat – aber Ihr Kleiner hier scheint ein prächtiges, kräftiges Kerlchen zu sein. Wie alt ist er nochmal?« Als sie sein Alter erfuhr, bemerkte sie: »Du liebe Güte, sollte er dann nicht schon etwas weiter entwikkelt sein? Sie sagen, er unternimmt keinerlei Anstrengung, sich *umzudrehen*? Du lieber Gott!«

Fanny warf rasch ein, daß Doktor Chilgrove recht zufrieden schien mit den Fortschritten des Kleinen, aber der Schaden war angerichtet. Thomas' Stirn umwölkte sich düster. Als sie das bemerkte, ging Lady Mountague ruhig zu einem anderen Thema über:

»Sind das nicht hervorragende Neuigkeiten, die in London verbreitet werden! Ich meine Nelsons Sieg über die Franzosen vor Abukir! Wenn unsere Landstreitkräfte genauso gut in Form sind wie unsere Seemacht, haben wir nichts zu befürchten.«

Da Thomas diese Äußerung offenbar kaum besser gefiel, beachtete Lady Mountague ihn nicht weiter und erzählte Fanny, daß sie von bemerkenswerten Gedichten eines neuen unbekannten Dichters gehört hatte, die in Kürze in der Hauptstadt im Druck erscheinen sollten. »Meine Cousine Chevenix-Beauchamp hat mir geschrieben, es sei das Werk eines Genies, man habe seit Dryden nichts Vergleichbares gesehen! Sie hat versprochen, mir ein Exemplar zu schicken, sobald eins zu bekommen ist.«

Da Fanny der Dichtkunst sehr ergeben war, fragte sie neugierig nach dem Namen des Dichters, aber den hatte Lady Mountagues Verwandte leider nicht erwähnt. Sie wußte allerdings, daß das Buch im John Murray Verlag erscheinen sollte und daß eins der Gedichte ein langes Heldenepos über die Taten Alexanders des Großen war. Thomas' Lippen formten lautlos die Worte »Dummes Zeug!«, aber genau wie seine Tochter Patty empfand er solchen Respekt vor Ihrer Ladyschaft, daß er keinen Mucks tat.

Lady Mountague wandte sich nun freundlicherweise an Thomas:

»Captain Paget, das ist aber ein hübscher kleiner Pavillon am Ende dieses Grasweges–« Sie wies auf das Gartenhaus. »Sie werden doch gewiß die Neugier einer alten aufdringlichen Dame befriedigen und ihn mir von innen zeigen. Gewiß hat man von dort eine wunderbare Aussicht über das Tal.«

»Ja, gewiß, Ma'am. In der Tat!« beteuerte Thomas, der nun wieder lächelte. »Können Sie so weit gehen? Darf ich Ihnen meinen Arm bieten?«

»Danke sehr, danke sehr, mein Freund – aber ich bin noch kein Krüppel, sage ich Ihnen!« Aber da sie wirklich sehr schlecht zu Fuß war, ließ Lady Mountague sich von Thomas über das Gras und den Eibenweg entlang führen.

Fanny fragte sich, ob dies ein geschickter Schachzug war, weil sie Thomas unter vier Augen sprechen wollte, um ihm von seiner anderen Tochter und deren Wunsch auf Versöhnung zu erzählen. Sie schloß sich dem Grüppchen, das über den Eibenweg loszog, nicht sofort an, sondern blieb zurück, um ihren Sohn von der Decke aufzunehmen, wo er friedlich vor sich hintrülend lag und in die goldenen Blätter hinaufsah. »Armer Kerl!« sagte sie sanft zu ihm. »Armes zurückgebliebenes Dickerchen! Ich fürchte, du bist genauso närrisch wie deine Mama!« Der Säugling lächelte sie freundlich an, und eine Welle der Zuneigung durchflutete sie – in dem Moment kam er ihr wie ein eigenständiges Wesen vor und nicht nur wie ein Ableger von Thomas.

Dann hörte Fanny zu ihrer Beunruhigung erhobene, ärgerliche Stimmen vom Gartenhaus her. »Schnell, Jemima, nehmen Sie den Kleinen«, sagte sie hastig. »Bringen Sie ihn am besten gleich ins Haus, die Sonne verliert ihre Wärme.« Und sie eilte durch den Garten über den Eibenweg zu dem kleinen Gebäude.

Hier vermochte sie kaum ihren Augen zu trauen.

An der Eingangstür des Gartenhauses standen Lady Mountague, Bet und Patty (mit kugelrunden Augen und aufgerissenem Mund) und die höchst spärlich bekleidete Mrs. Baggot. Thomas, der nahezu toll war vor Zorn, beugte sich über die Gartenmauer und richtete einen Schwall von Beschimpfungen, Flüchen und Unflätigkeiten an jemanden in der Tiefe. »Wer ist das? Was ist geschehen?« wollte Fanny angstvoll wissen, und die kleine Patty rief: »O Mama, in Papas Gartenhaus war ein *Mann*, und der hat was ganz Schlimmes mit Mrs. Baggot gemacht –«

»Schweig, Miss!« sagte Lady Mountague scharf. »Das ist nichts für dich. Entferne dich mit deiner Schwester!«

Mit knallroten Gesichtern gehorchten Patty und Bet, letztere warf allerdings zuvor noch einen Blick von Fanny zu der Krankenschwester, der Bände sprach.

»Kommen Sie, Sir«, fuhr Lady Mountague im gleichen respektgebietenden Tonfall an Thomas gewandt fort, »lassen Sie bitte sehr das Gezeter und Geschrei! Bedenken Sie bitte, daß hier Damen anwesend sind! Sie täten klüger daran, ein paar Bedienstete damit zu beauftragen, diesen unglückseligen Mann fortzuschaffen – der sich offenbar ein Bein gebrochen hat. Sagen Sie ihnen, sie sollen ihn ins Petworth House bringen. Es ist Major Henriques, ein häufiger Gast von Egremont.«

Dergestalt gezügelt ging Thomas zögernd zum Haus, wandte sich aber nach ein paar Schritten noch einmal um, bedachte Mrs. Baggot mit einem niederschmetternden Blick und zischte sie an:

»*Flittchen*! Schlampe! Verlassen Sie mein Haus – ich will Sie nie wieder sehen.«

»Großartig!« meinte die Dame ärgerlich und strich sich eine lose schwarze Locke zurück. »Das ist ja reizend! Wo Sie mir einen ganzen Monatslohn schulden!«

»Ich lasse Ihnen das Geld aufs Zimmer bringen«, sagte Fanny geschwind. »Aber tun Sie jetzt bitte, was mein Gatte sagt.«

Mrs. Baggot entfernte sich und warf dabei entrüstete Blicke auf Thomas, der nach Jem rief. Sie schimpfte hinter ihm her:

»Mit ihm macht's mehr Spaß als mit *Ihnen*, lassen Sie sich das gesagt sein!« Dann machte sie eine derart unanständige Bemerkung, daß Fanny ihren Ohren nicht traute und froh war, daß Patty und Bet den Schauplatz bereits verlassen hatten.

Nun drang lautes Stöhnen vom Fuß der Mauer herauf, und Fanny wagte einen vorsichtigen Blick hinüber und sah Major Henriques unterhalb des offenen Fensters auf dem Bauch liegen. Eine abgerissene Efeuranke hing von der Wand herab und ließ einige Rückschlüsse auf die Ursache seines Mißgeschicks zu. Er mußte ins Gartenhaus hinaufgeklettert sein – und dort Mrs. Baggot vorgefunden haben – geplant oder zufällig? War es ein Stelldichein? Die Schwester hatte gewußt, daß Thomas heute außer Haus zu tun hatte und nicht so bald zurückzuerwarten war – »Meine Liebe«, sagte Lady Mountague ruhig, »wenn Sie so freundlich wären, mich zu stützen, würde ich gerne einmal diesen herrlichen Weg auf und ab gehen, und dann werde ich mich wohl besser verabschieden. Sie werden erschöpft sein von der Einweckarbeit und mich dünkt, ich habe Ihren Haushalt für heute genügend durcheinandergebracht!« fügte sie mit einem schelmischen Seitenblick hinzu. »Kind, ich bin eine offenherzige, aufdringliche alte Frau, und ich möchte Ihnen jetzt einen Rat geben, den Sie nach Belieben befolgen oder mißachten können. – Mir scheint, Ihr Gatte ist so außer sich, weil er seine Geliebte bei einem Doppelspiel ertappt hat.«

Fanny stockte der Atem, als so kurz und bündig ans Tageslicht gebracht wurde, was sie so lange mit aller Kraft nicht hatte wahrhaben wollen, aber es hatte auch etwas Erfrischendes, wie der Schlag einer kühlen, salzigen Woge.

»Ja, Ma'am, das trifft wohl leider zu.«

»Nun, mein Kind, Sie tun sehr gut daran, diese Harpyie auszubezahlen, so eine Schlampe will man ja nun *wirklich* nicht im Haus haben – ein wahrer Unheilsdämon! Aber wenn das erledigt ist, sollten Sie die Angelegenheit mit keinem Wort mehr erwähnen! Eine kluge Ehefrau drückt bei solchen Dummheiten ein Auge zu. – Wenn *ich* das nicht getan hätte«, sagte Lady Mountague heiter, »würde ich jetzt ertrunken im Rhein liegen, neben meinem Gatten – anstelle des Schiffchens seiner Schwäche, mit dem er damals unterwegs war –, und ich bin weit lieber hier, um Ihnen Ratschläge zu erteilen!«

»Ich bin Ihnen ausgesprochen dankbar für Ihren Rat und werde mich bemühen, mir nicht zuviele Gedanken über den Vorfall zu machen«, seufzte Fanny. Dann rief sie ungestüm aus: »Manchmal habe ich Angst, daß Thomas mich *haßt* – und jetzt wird alles nur noch schlimmer werden.«

»Sie *haßt*? – Was sollte ihn denn dazu veranlassen? Sie führen diesen Haushalt bewundernswert – Sie haben ihm einen Erben beschert –«

»Oh, Lady Mountague – glauben Sie wirklich, daß der Kleine in seiner Entwicklung zurückgeblieben ist? Glauben Sie – glauben Sie, daß er womöglich *nicht normal* ist? Ich habe solche Furcht, daß Thomas behaupten wird –« Sie riß sich zusammen und fügte dann mit bebender Stimme hinzu: »Sicher macht er *mich* dafür verantwortlich.«

»Eher ist meine lose Zunge dafür verantwortlich zu machen«, sagte Ihre Ladyschaft. »Es tut mir sehr leid, daß ich ihm diese Idee in den Kopf gesetzt habe. Und wahrscheinlich ist alles Unsinn – Kinder unterscheiden sich gewaltig voneinander.«

Fanny verspürte den großen Drang, dieser respektgebietenden Ratgeberin die Geschichte von Miss Fox und dem Brief anzuvertrauen – aber sie konnte es nicht, sie *konnte* so einen Verdacht nicht offenbaren, der so gewagt, so grausig und so phantastisch anmutete. Lady Mountague würde sie für eine überspannte Torin halten, die zuviele Schauerromane gelesen hatte.

»Wir können nur hoffen«, sagte Lady Mountague munter, während sie sich dem Haus zuwandte, »daß entweder die Franzosen bald hier an Land gehen, was Ihren Gatten in Atem halten und von Dummheiten abhalten würde – oder daß er bald eine neue reizende Geliebte findet, die ihn wieder in gute Laune versetzt. – Holla«, meinte sie dann, ihre Lorgnette zückend, »erwarten Sie weiteren Besuch? Wen haben wir denn da?«

Eine staubige Mietskutsche war am Haus vorgefahren. Nun entstieg ihr eine schlanke junge Dame, hinreißend schlicht in ein blaugraues Musselinreisegewand mit weißen und dunkelblauen Rüschen und Bändern gekleidet. Auf ihrem blonden Lockenkopf saß ein ganz entzückender kleiner, passender Hut, der, obwohl keß in die Stirn geschoben, nicht verhüllen konnte, daß ihr Teint kräftig gebräunt war. Sie hatte große, vertrauensvoll blickende graue Augen, eine kleine Stupsnase und einen weichen geschwungenen Mund, und Fanny meinte, nie zuvor in ihrem Leben ein so hübsches Mädchen gesehen zu haben. Trotz ihrer bezaubernden Erscheinung wirkte die Fremde außergewöhnlich zurückhaltend, wenn nicht gar zaghaft. Während sie über den Rasen auf sie zulief, blickte sie von der jungen Dame zur älteren und heftete dann ihre Augen wieder auf Fanny und fragte sie mit ängstlicher Höflichkeit:

»Verzeihen Sie diesen überraschenden Überfall, Ma'am – aber – aber – aber sind Sie meine Cousine Juliana Paget? Ich hoffe es sehr! Ich bin Ihre Cousine aus Indien – ich bin Scylla Paget.«

17

Thomas bekam seine Cousine Scylla Paget erst am späten Abend zu Gesicht. Nach dem unerfreulichen Zwischenfall mit Mrs. Baggot und Henriques war er nicht wieder in Erscheinung getreten, um Lady Mountague zu verabschieden – soll die Alte doch ohne diese Höflichkeit heimkehren, was schert's mich, dachte er wütend – wenn sie nicht unangemeldet so Hals über Kopf auf diese ungehobelte, rücksichtslose Art hereingeplatzt wäre, wäre uns der ganze Ärger erspart geblieben.

Er hatte sich zu seiner Mühle aufgemacht, um dort nach dem Rechten zu sehen, und wieder einmal, wie so häufig bei seinen Kontrollvisiten, ging dort alles drunter und drüber.

Daher war die Dunkelheit bereits hereingebrochen, als Thomas in die Hermitage zurückkehrte. Entgegen seiner Gewohnheit war er in Byworth im Wirtshaus ›Zum Schwarzen Pferd‹ eingekehrt und hatte dort ein Stück Pastete verspeist und ein Glas Dünnbier getrunken. Dergestalt gestärkt wollte er abwarten, bis sein Weibsvolk im Bett lag und dann erst das Haus betreten, damit er sie erst am nächsten Morgen wiedersah.

Aber zu seinem größten Mißfallen sah er, als Jem herausrannte, um sein Pferd zu versorgen, daß im Haus noch Licht brannte.

Voll böser Vorahnungen riß er die Eingangstür auf und trat ins Haus. Als er Licht im Salon sah und überaus munteres Geplauder vernahm, trat er in den Raum und blieb vor Verwunderung wie angewurzelt stehen.

Er hörte Fannys sanfte Worte: »Hier ist Thomas ja endlich!«, hatte aber nur Augen für das Mädchen, das sich von seinem Stuhl am Kaminfeuer erhob und ihm zur Begrüßung entgegenging, mit natürlicher Freundlichkeit zu ihm aufblickend.

»Guten Abend, Cousin Thomas! Bitte verzeihen Sie, daß ich unangemeldet bei Ihnen hereingeplatzt bin – um so mehr, da ich offenbar heute bereits der zweite ungebetene Gast bin, der in Ihr Haus einfällt! Ich bin Scylla Paget – und gerade erst aus Indien in diesem Lande angekommen –«

»Großer Gott, Ma'am – Miss Scylla« – die Verblüffung riß Thomas aus seiner üblichen kalten Gleichgültigkeit – »wir haben angenommen, Sie seien etwa zwölf Jahre alt – und nun sind Sie eine bezaubernde junge Dame –«

Die Frauen im Raum stimmten ein perlendes Gelächter an – selbst Bet, die längst im Bett liegen sollte, war anwesend. Thomas bemerkte mißbilligend die unverhüllt bewundernden Blicke, die Fanny Scylla zuwarf, und das freundliche Lächeln, das die beiden austauschten. Es war nur allzu deutlich, daß sie bereits herzlich miteinander vertraut waren, und das weckte Thomas' Mißtrauen. Es paßte ihm gar nicht, wenn die Mitglieder seines Haushalts sich zusammentaten. Allerdings wirkte seine Cousine Scylla so liebenswert und brachte von sich aus ihren neuen Verwandten so viel Zuneigung entgegen, daß er mit aller Kraft versuchte, sich zu entspannen, und Fanny wunderte sich sehr über seine lebendigen Fragen und über den unübersehbaren Eifer, mit dem er sie willkommen hieß.

»Und wo ist Ihr Bruder?« fragte er nun in der Hoffnung, daß er im Meer ertrunken sein möge, aber Scylla erklärte, daß Cal in Portsmouth bleiben mußte, um bei einem Marineverhör auszusagen.

»Er wird hier so bald wie möglich seine Aufwartung machen und sich dann, wenn das geht, unter Ihrem Dach ein paar Wochen erholen, da er eine schwere Verletzung am Bein hat. Dann wollen wir nach London reisen – vielleicht können wir unsere Verwandten dazu überreden, uns zu begleiten? Und wenn sein Bein wieder ganz in Ordnung ist, wird Cal wohl wieder zur See fahren wollen. Das Matrosenleben war ganz nach seinem Geschmack – was *mich*, wie ich gestehen muß, sehr überrascht, da er früher das trägste Geschöpf war, das man sich vorstellen kann!«

Thomas hörte diese Pläne mit großer Erleichterung, da er nicht im mindesten den Wunsch hatte, seinen Cousin Cal bei sich einzuquartieren. Seine Cousine Scylla allerdings schon eher.

»Ich hoffe, Sie werden sich hier zu Hause fühlen, Cousine, solange es Ihnen beliebt. Sicher können Sie uns mit der Schilderung Ihrer Abenteuer in fernen Ländern aufs trefflichste unterhalten.«

»Oh, da sollten Sie lieber auf Cal warten. Er kann viel besser erzählen. Ich habe unterwegs nur Halt gemacht, um ein paar Kleider zu erstehen, damit ich mich mit Anstand unter Ihren Bekannten sehen lassen kann und Sie sich nicht für Ihre abgerissene Verwandte aus Übersee schämen müssen.«

»Auf diese Idee käme gewiß keiner«, bemerkte Thomas, während er ihr schlichtes aber elegantes Abendkleid aus blaßgelbem Krepp musterte.

»Nun, andernfalls wäre das vielleicht der Fall gewesen«, enthüllte Scylla, »ich bin nämlich den ganzen Weg von Bagdad in der Kleidung gereist, die die afghanischen Frauen in den Bergen tragen. Und wenn mein Bruder nicht etwas Preisgeld bekommen hätte, weil wir auf dem Weg vom Mittelmeer hierher zwei französische Kaufmannsschiffe erbeutet haben, hätte ich jetzt noch nichts anderes am Leibe. Aber ich fürchte, ich halte Sie alle vom Schlafengehen ab – außerdem schreit, glaube ich, mein Kleiner. Das arme Engelchen hat sich noch nicht an die englische Kost gewöhnt. Ich selbst bin ebenfalls recht müde und möchte mich daher entschuldigen und mein Lager aufsuchen.«

Sie verließ mit einem freundlichen Nicken in die Runde so geschwind den Raum, daß sie Thomas' fassungslose Miene bei ihren letzten Worten nicht mehr bemerkte.

»*Kleiner*?« stieß Thomas so schockiert und empört hervor, daß Fanny sich kaum ein Lächeln verkneifen konnte, während sie, ganz die sparsame Hausfrau, ein halbverbranntes Holzscheit aus dem Feuer nahm und dann überprüfte, ob alle Läden geschlossen waren. Als sie die Kerzen ausblies, sagte sie ruhig:

»Ganz recht. Allem Anschein nach haben unsere Verwandten dem Maharadscha des Staats, in dem sie gelebt haben, einen Dienst erwiesen, indem sie das jüngste Kind dieses Herrschers nach England gebracht haben. Er ist dazu ausersehen, eine Ausbildung in Eton zu bekommen und soll ein Rechtsgelehrter werden. Ein lieber kleiner Kerl, aber noch etwas zu jung für Eton!«

Sie ergriff einen Kerzenleuchter und ging zur Tür.

»Und was soll solange mit ihm geschehen?« fragte Thomas mißtrauisch, während er hinter seiner Frau die Treppe hinaufging. »Ich hoffe, man erwartet nicht, daß wir ihn *hier* beherbergen!«

»Nein, nein. Cousine Scylla will ihn nach London mitnehmen, zu seinem Onkel.«

»*Das* beruhigt mich sehr.«

Fanny wurde leicht unruhig, als Thomas mit ihr das Schlafzimmer betrat, was er lange nicht mehr getan hatte. Stillschweigend schickte sie Tess weg, die gewartet hatte, um ihr aus dem Korsett zu helfen, und ließ sich statt dessen von Thomas helfen. Er erledigte diese Aufgabe automatisch, als sei inzwischen nichts geschehen, und Fanny bemühte sich daher gleichfalls nach Kräften, so zu tun, als geschähe nichts Außergewöhnliches, und zwang sich, nicht zu heftig zusammenzuzucken, als seine Hände ihre Schultern und Hüften berührten. Um ihre Verlegenheit zu überdecken, redete sie unablässig über Cousine Scylla und über Scyllas Bruder, der auf dem erbeuteten französischen Kriegsschiff als Offizier gedient hatte, dessen wahres Interesse aber der *Dichtkunst* galt.

»Dichtkunst!« knurrte Thomas, während er sein Nachthemd anzog. »Du lieber Gott, was mag das wohl für ein Luftikus sein?

Ich hoffe, er bleibt nicht viel länger als eine Woche hier im Haus.«

Fanny brachte nicht zum Ausdruck, daß sie diese Hoffnung ganz und gar nicht teilte, vielmehr darauf brannte, Scyllas Bruder kennenzulernen. Sie versuchte, sich an etwas anderes zu erinnern, das am heutigen Tag über Gedichte gesagt worden war – was war es bloß? Nein, es fiel ihr nicht ein, zuviel war geschehen. Gott sei Dank war diese gräßliche Frau endlich weg; Gott sei Dank war dieser Unheilsdämon ausgeflogen, bevor dieser strahlende neue Wandervogel sich unter ihnen niedergelassen hatte.

»Ähm – Frances –« sagte Thomas und rollte sich in die Mitte des Bettes und wickelte sich die Laken um die Schultern. Er sah nicht in Fannys Richtung. »Frances – dieser unglückselige Vorfall heute – diese gemeine, verlogene Schlampe – sie ist doch inzwischen weg?«

»Ja, Gatte.«

»Natürlich war kein Wort ihrer Beschuldigungen wahr – es war nur der niederträchtige Versuch, sich zu –«

»Aber gewiß.«

Fanny erwartete, daß er eine Bemerkung über die bestrickende Schönheit und den Charme ihrer neuen Cousine machen würde. Aber er schwieg zu diesem Thema und sagte nachdenklich:

»Ich frage mich, was für ein Vermögen sie besitzen. Ich glaube, meine Cousine Juliana hat für sie vorgesorgt, Throgmorton hat so etwas erwähnt. Unnötig großzügig von ihr! Es ist anzunehmen, daß sie schon von ihrer Mutter ein Vermögen geerbt haben. Unsere Cousine scheint eine vollendete Lady mit bester Erziehung zu sein. Sie ist offenbar nicht unter niedrigen oder ärmlichen Bedingungen aufgewachsen.«

»Beileibe nicht!«

Fanny schlüpfte ruhig ins Bett und legte sich so nah wie möglich an den Rand der Matratze, daß sie gerade nicht herausfiel. Sie wartete gespannt, daß Thomas sich ihr zuwenden würde.

Die ersten sechs Monate der von Doktor Chilgrove verordneten ehelichen Enthaltsamkeit waren, von Thomas unbeachtet, vorübergegangen, aber sie konnte nun, da Mrs. Baggot weg war, kaum erwarten, daß er weiterhin auf seine ehelichen Rechte verzichtete.

Heute jedoch verfiel er sogleich in Schlaf.

Am andern Ende des Hauses konnte Scylla nicht so leicht Schlaf finden. Der kleine Chet wimmerte unglücklich in seinen Träumen, und sie war versucht, ihn zu sich ins Bett zu holen, bedachte dann aber, daß er nun allzubald ganz von ihr getrennt werden würde. Sie mußte daher, auch wenn es hart schien, nach und nach die Bande lösen und somit beide auf die Trennung vorbereiten. Mein Leben besteht nur aus Trennungen, dachte sie bekümmert. Bald müßte sie sich auch von Cal trennen. Und was – wer – sollte seinen Platz einnehmen?

Sie grübelte über ihre Verwandten nach. Es hatte sie gehörig durcheinandergebracht, als sie erfahren hatte, daß Cousine Juliana, nachdem sie ihre wohltätige Vorsorge getroffen hatte, mir nichts dir nichts an die Küste Südamerikas gezogen war. Scylla konnte nicht umhin, ein Gefühl der Enttäuschung und der Entrüstung zu empfinden. – Dabei hatte Fanny ihr einen so warmherzigen Empfang bereitet, wie ein Fremdling ohne Freunde es sich nur wünschen konnte. Fanny war ganz reizend, und es war gewiß kein Problem, schwesterlich mit ihr zusammenzuleben, aber was war mit ihren Stieftöchtern? Was mit ihrem Gatten? Es war nicht zu übersehen, daß sie bei weitem nicht so einnehmend waren. Patty war ein vorlautes, gehässig dreinblickendes kleines Biest; Bet war ungehobelt, tüchtig eingebildet und, wie Scylla dachte, von Eifersucht auf ihre hübsche Stiefmutter erfüllt. Und Thomas? Scylla mußte sich eingestehen, daß sie bereits in den ersten fünf Minuten ihrer Begegnung eine heftige Abneigung gegen ihn gefaßt hatte. Da er ihr Gastgeber war, gehörte es sich für Scylla, ihm mit Höflichkeit und Freundlichkeit zu begegnen, und das hatte sie einige Mühe gekostet. Aber er hatte etwas an sich – eine Griesgrämigkeit, eine mangelnde Offenheit, hinter einer dünnen Fassade schienen böse, verbitterte Gefühle zu lauern, was Scylla ganz und gar nicht gefiel. Schlimmer noch – aber sie hoffte, sich hierin getäuscht zu haben –, in seinem Blick vermeinte sie etwas entdeckt zu haben, was sie bedrohlich an Kapitän Phillimore erinnerte – einen Ausdruck der Lüsternheit, gepaart mit Widerwillen, Gier und Geilheit, gepaart mit Berechnung. Er sah aus wie ein Mann, der eine Frucht in Reichweite sah, die ihn verlockte und gleichzeitig anwiderte, deren Genuß köstlich und gleichzeitig entehrend war. Gewiß irre ich mich, dachte Scylla und wälzte sich rastlos in dem kalten, schmalen Bett. Ich muß mir diesen berechnenden, gierigen Blick eingebildet haben. Oder gingen etwa alle Männer wie Kapitän Phillimore – ihr schauderte bei der Erinnerung – unumgänglich davon aus, daß Reisen eine Frau schändet? Demnach hätte ich mir, weil ich Asien durchquert und auf einem Kamel geritten bin, jedes Recht verwirkt, respektiert zu werden, und man betrachtet mich als unkeusch, die natürliche Beute eines jeden Mannes? Waren die Spuren ihrer zwei Erlebnisse, beide unerwünscht, aber auch so unterschiedlich – waren sie ihr denn so *sichtbar* ins Gesicht geschrieben und ihrem Gebaren zu entnehmen, wie Thomas' Blick es vermuten ließ?

Ich bin erniedrigt, dachte sie elend, entsetzlich besudelt, und er weiß es. Wenn ich versuche, in die Londoner Gesellschaft einzutreten, wird es mir dann ebenso ergehen? Werde ich dem gleichen Verhalten begegnen? Ach, wenn doch bloß Cal hier wäre!

Sie machte sich auch Cals wegen Sorgen. Nicht bezüglich des Ausgangs des Verhörs, da Gough und die anderen Offiziere dem völlig gelassen entgegengesehen hatten. War doch Phillimores Trunksucht nur zu gut bekannt in der Flotte, und es war nur eine

Frage der Zeit gewesen, bis ihm so ein schreckliches Unheil zustieß. Aber Cals Bein heilte nicht so, wie es sollte. Obwohl er es herunterspielte, konnte sie doch sehen, daß es ihn arg schmerzte und immer noch entzündet war.

Angenommen – angenommen –

Zum zwanzigsten Mal versuchte sie einzuschlafen, aber der Wind heulte in den Bäumen und störte sie, und sie hörte ein sonderbares, durchdringendes Jaulen – konnte das ein wildes Tier sein? Aber sicher gab es in England keine wilden Tiere. Sie wurde an das Jaulen der Leoparden in den Wüstenhügeln erinnert. Himmel, wie glücklich ich damals war, als ich in irgendeiner flohverseuchten Karawanserei schlief, gleich neben Miss Musson, Cal und Cameron ganz in der Nähe. Warum wissen wir nie um unser Glück, wenn es in unserer Reichweite ist?

Scylla lag noch viele Stunden wach.

Als Scylla am nächsten Morgen mit schweren Lidern und sich entschuldigend auftauchte, hatte Fanny bereits alle ihre Haushaltspflichten erledigt und daher viel Zeit für ihren Gast. Bet war murrend zu ihrer Harfenstunde losgezogen, und Patty mußte, unter noch heftigerem Murren, eine Reihe an ihrem Stickmustertuch ausarbeiten. Der kleine Chet wurde Jemima anvertraut und zeigte großes Interesse, als er zum ersten Mal einen anderen Säugling sah. Er wackelte durchs Zimmer (er hatte vor kurzem an Bord Laufen gelernt) und berührte neugierig Hände und Füße des Fremdlings. Aber Thomas lag nur staunend da angesichts dieser unerwünschten Kontaktaufnahme und zeigte keinerlei Reaktion.

Fanny seufzte niedergeschlagen und sagte: »Ich fürchte, Thomas ist bedauerlich zurückgeblieben. Wie alt ist ihr kleiner Prinz?«

»Oh, er ist jetzt etwas über ein Jahr, gute sechs Monate älter als Ihr Kleiner, machen Sie sich also keine Sorgen, Cousine! Ich weiß, daß Säuglinge sich gewaltig voneinander unterscheiden, weil ich so viele im Krankenhaus meiner Pflegemutter gesehen habe.«

»Ich habe nur Angst, daß der große Unterschied zwischen den beiden meinen Gatten verstören wird. Aber kommen Sie, Cousine – wenn Sie wirklich genug gefrühstückt haben –, ich will Ihnen die Umgebung zeigen, solange das Wetter schön ist.«

Scylla wollte nur zu gern alles sehen, und in Fannys Begleitung entzückte sie alles. Die späten Rosen, die scharlachroten Holzäpfel, das matte Gold der Eichen im Tal, der hier und da am Talgrund himmelblau aufblitzende Bach. – »Genauso habe ich mir England vorgestellt!« rief sie überschwenglich aus. Als sie sich dann zum Haus umwandten, stutzte sie:

»Gütiger Gott! Was ist das für ein Baum?«

Sie hatte ihn bislang noch nicht bemerkt, seit sie aus der Hintertür getreten waren.

»Oh, das ist eine Esche, eine Traueresche. Thomas hat sie so gefesselt, weil er sie nicht fällen durfte, was eigentlich seine Absicht war, da sie soviel Licht wegnimmt, wie er meint.« Fanny hatte plötzlich ganz lebendig Andrew Talgarth vor Augen, der mit einem entschiedenen Blick in seinen blauen Augen sagte: »Miss Juliana hat die Esche hier ganz besonders gern gehabt, Sir; die würde ich nicht um alles in der Welt anrühren.«

»Es ist mir ein Greuel, ihn dergestalt gefesselt und behindert zu sehen«, fuhr Fanny fort, »aber Thomas hat darauf bestanden. Sind Sie erschöpft, Cousine? Sie sehen blaß aus. Wollen Sie ins Haus zurückkehren? Oder wollen Sie in die Stadt spazieren?«

Scylla erklärte, daß sie kein bißchen erschöpft sei, vor allem andern habe sie sich nach Bewegung gesehnt, als sie an Bord der *Tintagel* war. Also schlenderten sie unter munterem Geplauder den Fahrweg entlang.

»Es kommt mir so vor, als würde ich Sie schon ewig kennen!« rief Fanny einmal mitten in einem Satz lachend aus.

»Vielleicht sind wir uns schon in unsern Träumen begegnet«, sagte Scylla gleichfalls lachend.

Aber unter dem Gelächter saß ihr noch der Schock in den Gliedern, der sie beim Anblick der Traueresche getroffen hatte: gebeugt, gebogen, gefesselt, die goldenen Blätter auf den Boden abwerfend, glich sie einem Bittsteller, der nah am Haus stand, halb bettelnd, halb drohend, wie ein Bettler, den keiner beachtete, weil er so demütig und immer gegenwärtig war. Was um alles in der Welt würde Cal sagen, wenn er die Esche sah? Was um alles in der Welt hatte das zu bedeuten?

Sie verspürte den Drang, Fanny von Cals Gedicht zu erzählen – von den Prophezeiungen – aber nicht gerade jetzt. Es gab ja auch soviel anderes zu erzählen!

Als sie durch den Park spazierten, trafen sie Liz Wyndham und Lord Egremont, die, tief in ein Gespräch mit Andrew Talgarth vertieft, beim Zaunwall standen.

»Guten Morgen!« rief Liz. »Was für eine Freude, Sie hier zu sehen, liebe Fanny! Sie können mich gleich unterstützen! Ich möchte eine Zierbrücke über den See bauen lassen und Talgarth und George sind ganz und gar dagegen.«

»Was Capability Brown nicht für nötig gehalten hat, als er den Park vor fünfundvierzig Jahren für meinen Vater angelegt hat, halte *ich* auch nicht für erforderlich! Aber machen Sie uns doch bitte mit Ihrer neuen Freundin bekannt, Ma'am!«

Fanny stellte Thomas' Cousine vor, und Scylla beteiligte sich freundlich an dem Disput über die Brücke.

»George schickt Talgarth demnächst auf eine Rundreise zu den bedeutendsten Schöpfungen von Capability Brown«, erzählte Liz Fanny. »Er wird nach Longleat gehen, nach Stowe, Blenheim, Hampton Court, Croome, Milton Abbas – wir werden ihn entsetzlich vermissen, wenn er weg ist, aber ich hege die Hoffnung, daß er mir, wenn er zurückkehrt und Milton Abbas gesehen hat, dort auf halber Höhe ein Zierdörfchen bauen wird!

– In Blenheim ist eine ganz *entzückende* Brücke«, erzählte sie Andrew. »Schauen Sie sich die bloß genau an – genau so eine möchte ich hier haben.«

»Sobald Lord Egremont seine Zustimmung gibt, baue ich Ihnen gerne ein halbes Dutzend Brücken, Ma'am«, sagte Talgarth lächelnd.

»Oh, Sie Bösewicht! Da können Sie genausogut ›niemals‹ sagen! Aber Fanny, bringen Sie Ihre Freundin zum Haus zu einem Mittagsimbiß. Wir haben die besten Pfirsiche, die Sie je gekostet haben. – Und Sie brauchen keine Angst zu haben, daß Sie dem widerlichen Henriques begegnen«, fügte sie halblaut hinzu, während sie Fanny hinter Egremont und Scylla zurückhielt, die durch die Flügeltür schritten. »Chilgrove hat nämlich sein gebrochenes Bein gerichtet und ihn in einer geschlossenen Kutsche nach London zurückgeschickt. Mich dünkt, er wurde bei einem schimpflichen Abenteuer erwischt, und ich bin von Herzen froh, daß ich ihn los bin. – Fanny, Ihre Cousine ist *bezaubernd*. Gewiß sind Sie glücklich, sie bei sich zu haben. Ich sehe, George hat sich bereits über beide Ohren in sie verliebt!«

Scylla und Lord Egremont unterhielten sich tatsächlich wie alte Freunde. Fanny, die mit halbem Ohr zuhörte, staunte, wie gut sich ihre Cousine in der Weltgeschichte auskannte. Wo hatte sie, die von einem kleinen Staat in Nordindien quer durch Asien gereist war, all das Wissen her? Außerdem hatten sie offenbar einen gemeinsamen Bekannten, einen gewissen Colonel Cameron, den Lord Egremont im White's Club in London kennengelernt hatte. Nun sprachen sie über Dichtkunst.

»William Blake? Oh, den verehrt mein Bruder über die Maßen! Ist er wirklich ein Freund von Ihnen, Lord Egremont? Und besucht Sie hier? Ich fürchte, mein Bruder wird ständig in Ihrem Haus herumspuken in der Hoffnung, ihm zu begegnen!«

»Ihr Bruder ist ebenfalls ein Dichter? Das wird Madame aber freuen – sie sammelt Poeten wie Pfauen«, sagte Egremont, als ein

Pfau über die Terrasse schritt und Liz ihm ein paar Kuchenkrümel hinwarf. »Hat Ihr Bruder seine Verse veröffentlicht, Miss Paget? Unter was für einem Namen schreibt er?«

»Bislang ist noch nichts von seinem Werk gedruckt worden – hauptsächlich weil keine Möglichkeit bestanden hat, es einem Verlag vorzulegen. Aber er hat vor einiger Zeit einige Gedichte an John Murray in London geschickt. Ich glaube, er hatte vor, einen Künstlernamen zu benutzen – falls unsere englischen Freunde nicht gerne mit einem Verseschreiber in Verbindung gebracht werden wollen. Aber wie er lautet, weiß ich nicht.«

»John Murray? Ich suche oft sein Büro auf, wenn ich in der Stadt bin. Ich würde das Werk gerne im Manuskript sehen. Ich gehe in ein paar Tagen nach London, ich werde mich danach erkundigen. – Es heißt nämlich, daß Mr. Pitt eine Erwerbssteuer einführen will – ein höchst ungehöriger Schritt. Falls die Sache im Parlament debattiert wird, würde ich mir das gerne anhören.«

»Eine *Erwerbssteuer*?« sagte Fanny, die sofort daran dachte, daß Thomas so eine Idee rasend machen würde. Unvorstellbar, daß er gezwungen sein sollte, gegenüber einem Steuerbeamten die Höhe seiner Einkünfte offenzulegen, weil er Steuern zu zahlen hatte!

»Davon ist die Rede. Der Krieg gegen Frankreich kostet ungeheuer viel. Und jetzt bittet der Zar um hunderttausend Pfund zur Ausrüstung einer russischen Streitmacht, die er nach Holland schicken will.«

»Das ist wirklich schrecklich«, sagte Liz. »Warum sollen wir gezwungen sein, diese Russen zu bezahlen? Aber hör zu, George, Miss Paget brennt darauf, nach London zu reisen, um ihr indisches Prinzlein bei seinen Freunden abzugeben. – Sie könnte doch am Montag mit uns fahren und ein paar Tage im Egremont House wohnen.«

So einfach wurde Scyllas Reise nach London in die Wege geleitet. Sie bedauerte es zwar, daß sie ihren ersten Besuch in der

Hauptstadt nicht mit ihrem Bruder zusammen machen konnte, sah aber nur zu deutlich, daß dieses Vorgehen sehr von Vorteil war. Sie kannte zwar Thomas kaum, aber schon nach einem Tag war ihr klar, daß der Anblick des kleinen Chet ihm höchst zuwider war. Vielleicht lag es daran, daß der indische Säugling dem kleinen Thomas deutlich voraus war – er konnte laufen, war unternehmungslustig, spielte mit Gegenständen und machte erste Sprechversuche –, oder er glaubte insgeheim, er sei Scyllas eigenes Kind, und empfand daher die Anwesenheit des kleinen Chet in seinem Haus als skandalös (Scylla vermutete, daß letzteres eher der Fall war). Fest stand, daß sich Scylla, wann immer Thomas' Blick auf Chet ruhte, ausgesprochen unbehaglich fühlte. Da sie außerdem von Fanny gehört hatte, daß ihre großzügige Cousine Juliana für Cals und ihren Lebensunterhalt Vorsorge getroffen hatte, wollte sie bei Throgmorton, dem Treuhänder in London, vorbeigehen und nach den Geldern fragen und sich Zugang dazu verschaffen. Sie und Cal konnten auf Dauer nicht von seinem Preisgeld leben. Und schließlich kam am zweiten Tag ihres Aufenthalts in Petworth ein Brief von Cal, in dem er mitteilte, daß er in den nächsten acht bis zehn Tagen noch nicht in der Lage sei, von Portsmouth abzureisen. Das Verhör hatte zu einem befriedigenden Ergebnis geführt, aber sein Bein machte ihm einige Sorgen. Diese letzte Nachricht versetzte Scylla natürlich in Angst und Schrecken, aber es verstärkte ihren Entschluß, die Egremonts nach London zu begleiten. Wenn Cals Bein schmerzte, war er nicht in der Lage, sofort in die Stadt zu reisen. Es war also am besten, wenn sie hinfuhr und zurückkam, bevor er in Petworth eintraf.

Thomas war gar nicht erfreut über diesen Plan und beschwerte sich bei Fanny: »Warum muß sie so bald fort? Ist ihr unser Haus nicht gut genug? Würde mich nicht wundern, wenn ihr London so gut gefällt, daß sie nie mehr hierher zurückkehrt, und wir mit ihrem heißgeliebten Bruder sitzenbleiben!«

Entgegen seiner Erwartungen verbrachte Scylla jedoch nur ein paar Tage in der Hauptstadt und kam mit den Egremonts zusammen zurück.

Sie kehrte mit leuchtenden Augen und übersprudelnd vor Neuigkeiten von der Metropole wieder. Der neunundzwanzigste November war zum Nationalen Feiertag erklärt worden, angesichts Admiral Nelsons Sieg über die Franzosen bei Abukir; der Aufstand in Irland war endlich niedergeschlagen; sie hatte William Lamb kennengelernt, über den das Gerücht ging, er sei der Sohn von Lord Egremont und Lady Melbourne: »Ein ganz reizender junger Mann, Fanny, und ich konnte wirklich eine gewisse Ähnlichkeit feststellen!« Sie hatte den kleinen Chet beim Cousin seines Vaters abgegeben – »Ein überaus ehrwürdiger alter Mann, Fanny, mit einem langen weißen Bart und einem blauen Turban. Er ist eine Art Botschafter und steht einem Sikh-College in London vor. Es war so ein Vergnügen, wieder einmal Pandschabi zu sprechen. Er hat den kleinen Chet mit Freudentränen begrüßt, und ich bin überzeugt, daß er höchst einfühlsam mit ihm umgehen wird!« Mr. Fox und Mr. Sheridan waren im Egremont House zu Besuch und so unterhaltsam gewesen, daß Scylla zu gerne auch nur die Hälfte ihrer pfiffigen Äußerungen behalten hätte. Zu ihrer größten Verwunderung hatte sie von Mr. Throgmorton erfahren, daß die reiche Cousine Juliana sie und Cal mit einem außerordentlich stattlichen Vermögen ausgestattet hatte – »Wir brauchen Ihnen also in keiner Weise zur Last zu fallen, liebste Fanny!« Und das Allerschönste, das Allererfreulichste war, daß ihr Bruder Cal, ohne sein Wissen, bereits über Nacht zu gewaltigem Ruhm gelangt war! Sein Gedichtband mit dem Titel ›Die Traueresche‹ ging begierig von Hand zu Hand und war in den Leihbibliotheken sehr gefragt. Siebentausend Exemplare zu einer halben Guinee waren an Buchhändler verkauft worden, und eine Neuauflage war bereits in Vorbereitung. Mr. Murray hatte ihr versichert, daß Cal bereits jetzt mindestens zweitausend Pfund verdient hatte. »Stellen Sie sich das vor, Fanny, zweitausend Pfund!« Und er wartete neugierig auf weitere Werke.

Angesichts dieser erfreulichen Neuigkeiten war Scylla auch losgezogen, um sich selbst nach der neusten Mode herauszuputzen. Desgleichen hatte sie modische Kleider für Fanny und Bet erstanden, die Fanny sehr bewunderte. Sie fürchtete jedoch, daß Thomas tiefe Ausschnitte und durchsichtigen Stoff für wohlerzogene Damen nicht schicklich finden würde. Neben der Kleidung hatte sie auch ein Paket mit unschicklichem Lesestoff gekauft – *Evelina, Cecilia* und *Camilla* von Miss Burney und *Das Schloß von Otranto* von Horace Walpole.

»Es macht soviel Freude, Geld ausgeben zu können, Fanny. Sie können sich gar nicht vorstellen, wie arm wir waren, als wir durch Kafiristan gezogen sind.«

Sie hatte auch zwei Exemplare von Cals Gedichtband mitgebracht, hübsch in grünes Leder gebunden, mit Goldprägung.

»Die Traueresche!« rief Fanny auf den Buchrücken starrend aus. »Aber Scylla, wie seltsam! Wo wir doch eine Traueresche haben – in unserem Garten. Das sieht wie eine Vorahnung aus! Was um alles in der Welt sollte ihn veranlassen, ein Gedicht über so ein Thema zu schreiben?« Sie schlug das Titelgedicht auf und las staunend einen Vers davon.

O weiser Baum, oh, schenke mir ein Stück
Unsterblichkeit, gib Preis der Väter Gut
aus Eis und Feuer; gönne mir das Glück,
Welt zu erschaffen, wo noch alles ruht.
O windzerzauster Baum, gib mir den Mut.
Hoch raget dein Geäst ins Himmelreich,
kein Blitzstrahl und kein Donner Leids dir tut.
O Yggdrasil, vor Ehrfurcht ich erbleich,
oh, Odins heil'ge Esche, zeige mir dein Reich.

»Scylla, das ist ja wunderbar! Es ist weit schöner als Crabbe oder Cowper!«

Sie blätterte neugierig in dem Buch und sagte: »Kann ich es ausleihen? Oh, es ist eine Schande, es zu lesen, ehe er selbst es gesehen hat! Ich werde das Gefühl haben, Ihren Bruder bereits zu kennen, bevor er hier ankommt.«

»Gewiß können Sie es haben, ich habe es sogar für Sie und Thomas mitgebracht und schon Ihre Namen hineingeschrieben.«

Wie zu erwarten, war Thomas nicht im mindesten dankbar für dieses Geschenk. Die Verse beeindruckten ihn ganz und gar nicht. »Dummes Zeug«, brummte er vor sich hin, während er die Seiten verächtlich durchblätterte. »Verse! Wie kommt bloß ein erwachsener Mann dazu, solchen schwülstigen Blödsinn zu schreiben! ›Odin schwebt über dem flüsternden Meer.‹ – Pah!« Auch der Zufall mit der Esche beeindruckte ihn nicht weiter. »Warum machst du bloß aus einer Mücke einen Elefanten, Frances? Eschen gibt es auf der ganzen Welt. Lieg mir bloß nicht ständig mit dem Namen meines Cousins in den Ohren, mir wird schon übel davon, ehe er überhaupt hierher kommt. Es spricht alles dafür, daß er ein kümmerlicher, aufgeblasener, armseliger Bursche ist.«

Thomas hatte durch Fanny von Cals Veranlagung zur Fallsucht erfahren und war daher seinem Cousin gegenüber ganz besonders voreingenommen. Nach Thomas' Erfahrung war Fallsucht ein hysterisches, schnöselhaftes Leiden, fast immer vorgetäuscht, reine Krankheitssimulation, ein Trick, den feige Memmen anwandten, die Angst davor hatten, in der Marine zu dienen.

»Aber Cousin Cal hat doch in der Marine gedient«, sagte Fanny unklugerweise.

»Und es ist anzunehmen, daß die *Fallsucht* als Entschuldigung dienen soll, damit er abdanken kann, nun da Cousine Juliana ihm dieses hübsche Vermögen vermacht hat!« knurrte Thomas und machte sich davon, um seinen Pflichten bei der Presspatrouille nachzukommen.

Scylla sagte später an diesem Vormittag zu Fanny:

»Liebste Fanny, haben Sie Nachsicht mit mir? Ich brenne darauf, im englischen Wald spazieren zu gehen. Können wir in den Wald gehen, der jenseits Ihres Tals liegt? Denn wenn Cal mit seinem lahmen Bein kommt, werden wir keine großen Ausflüge machen können. – Außerdem hat Goble mir erzählt, daß bald mit Schnee zu rechnen ist.« (Sonderbarerweise hatte sich zwischen dem wiedergenesenen Goble und Scylla eine dicke Freundschaft entwickelt. Sie behandelte ihn mit einer ungezwungenen Freundlichkeit und hatte sich damit sein griesgrämiges, verschrobenes Wesen erschlossen.) »Er sagt, daß all die glänzenden Beeren an Ihren Hecken auf einen frühen, strengen Winter hindeuten, und wenn Schnee liegt, können wir vielleicht nicht im Wald spazierengehen. Würden Sie mir also die Freude bereiten, mich *jetzt* zu begleiten?«

Sie wunderte sich sehr, als sie erfuhr, daß Fanny noch nicht einmal zu der Brücke, die über den Bach führte, hinabgelaufen war, geschweige denn den Talhang hinauf und in den Wald hinein.

»Sie halten mich jetzt sicher für ängstlich, da Sie doch durch das Himalajagebirge gewandert sind«, sagte Fanny seufzend. »Aber Thomas erlaubt mir nicht, unbegleitet auszugehen, und Bet ist nicht gut zu Fuß.«

Und als sie Bet von dem geplanten Ausflug erzählten, sagte sie tatsächlich, daß sie besseres zu tun hätte, als durch den matschigen Wald zu ziehen – obwohl sie eifersüchtig war auf die wachsende Zuneigung zwischen Fanny und Scylla. Sie war gerade dabei, den Besatz des Kleides zu ändern, das Cousine Scylla ihr mitgebracht hatte.

Folglich liefen Fanny und Scylla alleine unter Gelächter den

Grashang hinab, kamen auf halber Höhe am vollbepackten Heuschober des Pfarrers vorbei und überquerten die Brücke im Talgrund, wo der Bach schon mit blassen Eisrändern geziert war.

»Ah, das tut gut!« rief Scylla aus und atmete die prickelnde, frostige Luft in tiefen Zügen ein. »Ich weiß nicht, wie es kommt, aber ich mag Sie, Fanny, als würde ich Sie schon mein ganzes Leben lang kennen. Ihr Haus ist entzückend, aber in der Atmosphäre liegt irgend etwas Bedrückendes. – Haben Sie einen Geist?« fügte sie lachend hinzu.

»Ich weiß es nicht genau«, sagte Fanny ernsthafter. »Ich halte es für möglich. Gesehen habe ich nichts dergleichen, aber ich habe etwas – gefühlt. Und die Handwerker – schlichte, abergläubische Burschen natürlich – erzählen sich Geschichten über den Geist eines kleinen Kindes. Aber Thomas sagt, das sei alles Blödsinn.«

Scylla fröstelte.

»Der Geist eines Kindes? Da bin ich aber froh, daß ich den kleinen Chet nach London gebracht habe. – Ich habe übrigens den Verdacht«, fügte sie offen hinzu, »daß Thomas glaubt, er wäre mein Kind, aber ich versichere Ihnen Fanny, das stimmt nicht!«

Da Thomas tatsächlich Fanny gegenüber diesen Verdacht geäußert hatte, widersprach sie nicht eben heftig. »Macht nichts!« sagte Scylla und lachte sie freundlich und übermütig an. »Ich denke mir, Thomas meint, daß das wilde Leben mich verdorben hat – und in gewisser Weise hat er leider recht, Fanny!«

»Ach, was für ein Unsinn!« widersprach Fanny mit überraschender Vehemenz. »Es ist nicht wichtig, was mit einem geschieht, wichtig ist nur, was man *ist*, und jedermann kann sehen, Scylla, wie gut und reizend Sie sind. Liz Wyndham schwärmt in den höchsten Tönen von Ihnen –«

»Liz Wyndham – eine weitere verlorene Seele. Das verdiene

ich auf keinen Fall«, sagte Scylla bekümmert. »Wenn Sie wüßten, Fanny –«

Sie hatten die Hügelkuppe erreicht und blieben einen Moment stehen, um zu verschnaufen und über das Tal zurückzublicken, auf das Häuflein Dächer, das am Hügel emporkletterte, angeführt von dem gewaltigen Rechteck des Petworth House und vom Kirchturm überragt.

Dann gingen sie einen kurzen Hang hinab und einen steilen, mit Büschen gesäumten Pfad hinauf und in den Wald hinein. »Der Wald hier heißt ›Dillywoods‹«, sagte Fanny. »Aber was wollten Sie mir erzählen, Scylla?«

Scylla wußte nicht, wie ihr geschah, sie hatte nicht die geringste Absicht gehabt, ihr Gewissen bei Fanny zu erleichtern, und tat es dennoch, zumindest bis zu einem gewissen Grade, und sie mußte feststellen, daß es Fanny nicht im mindesten zu belasten schien, ganz im Gegenteil. Sie war offenbar froh, eine Freundin zu haben, die solches Vertrauen in sie setzte. Und Fanny ihrerseits enthüllte alsbald alles über ihre Ehe mit Thomas, alles, was sie bislang niemandem hätte anvertrauen mögen, selbst Liz Wyndham nicht.

Bei diesem vertrauten Gespräch ergab es sich wie von selbst, daß die beiden das förmliche ›Sie‹ ablegten und zum vertrauten ›Du‹ übergingen.

»– Du siehst also, liebe Scylla, wie ich zu der *felsenfesten* Überzeugung gekommen bin, daß es nicht soviel bedeutet, was einem Menschen widerfährt – in bezug auf äußerliche Ereignisse, versteht sich – selbst wenn sehr beschämende und erniedrigende Dinge geschehen – solange sich dieser Mensch eine Art Kern bewahrt – der Selbstachtung und Reinheit – ach, ich drücke mich so *schlecht* aus«, rief Fanny ungeduldig aus. »Mein Vater könnte das viel besser sagen, wenn er noch am Leben wäre.«

Scylla sah sie verwundert an. »*Besser?* – Und du scheinst so ein ruhiges, sanftes, anspruchsloses kleines Wesen zu sein, das sein ganzes kurzes Leben an engen, abgeschiedenen Orten verbracht hat!«

»Ich glaube nicht, daß es eine große Rolle spielt, *wo* etwas geschieht«, bemerkte Fanny. »Ein Glaubensmärtyrer kann man ebensogut zu Hause wie unter der spanischen Inquisition sein.«

»Ja, aber auf meinen Glauben hatte Phillimore es nicht abgesehen«, entgegnete Scylla, »es bedurfte keiner besonderen Kraft, sich ihm zu widersetzen.«

»Kapitän Phillimores Beweggründe sind nicht deine Sorge. *Hör zu,* Scylla«, sagte Fanny und blieb mitten auf dem Weg stehen, um die Bedeutung ihrer Worte zu unterstreichen, »du *mußt* zu der Einsicht gelangen, daß das, was er dir angetan hat, so schauderhaft es auch war, nichts weiter war als eine – eine Art Naturkatastrophe, als wärst du in ein Erdbeben geraten. Solange deine Seele nicht eingewilligt hat, braucht es dir nichts anzuhaben. Wir Frauen sind so empfindlich. Unsere Stellung in der Welt ist so schwach. Das Gesetz schreibt vor, daß ich meinem Gatten in allen Dingen Gehorsam leisten muß. Mit der Heirat geht mein gesamter Besitz an ihn, ich habe keinerlei Recht auf etwas Eigenes. Nicht einmal auf ein eigenes Zimmer! Aber *eine* Festung haben wir – zu der hat niemand Zugang – sie liegt in unserm Innern. Hör zu, ich muß dir etwas ganz Absonderliches erzählen, was mir vor zehn Monaten zugestoßen ist. Damals mußte ich mit Thomas nach London reisen. – Du mußt wissen, daß ich vor meiner Hochzeit mit Thomas verliebt war – gedacht habe, ich sei verliebt – in einen jungen Mann namens Barnaby Ferrars«, – sie verweilte zärtlich bei dem Namen, »aber ich hatte keine Mitgift, also wollte er mich nicht heiraten. Als wir in London waren – habe ich – vermeinte ich, ihn auf der Straße zu sehen, und ich konnte dem Drang nicht widerstehen, ihm zu folgen, um zu überprüfen, ob es wirklich Barnaby war.« Ihre Stimme zitterte ein wenig. »Ich war in einer Menschenmenge von Thomas getrennt worden«, fuhr Fanny fort, »und als ich den

Mann dann eingeholt habe, habe ich gesehen, daß es *nicht* Barnaby war, nicht im allerentferntesten. Ich glaube, ich bin vor Enttäuschung ohnmächtig geworden.«

»Auf der Straße in London? Ganz allein? Du lieber Himmel, was hätte dir da alles zustoßen können!«

Scylla hatte sich etwas über London gewundert. Hier, am Nabel der Welt, in der kultiviertesten Stadt Europas, hatte sie Straßen und Torwege gesehen, die genauso finster, schmutzig und voller Unrat waren wie die in Kabul, Herat, Umballa oder jeder anderen orientalischen Stadt, die sie kennengelernt hatte.

»Nun, jetzt kommt das Sonderbare. Denn als ich wieder zu mir kam – und Scylla, ich hatte das Gefühl, als hätte ich meinen Körper nicht für Stunden, sondern vielmehr für Tage oder gar *Wochen* verlassen –, lag ich nicht mehr am Boden, sondern lehnte gegen eine Mauer beim Fluß in einer Straße namens The Strand. Ich kam nicht mit einem Mal zu mir, sondern ganz allmählich, wurde mir ganz allmählich meiner Lage bewußt. Ich hatte das Gefühl, mit jemandem Arm in Arm einhergeschritten zu sein – eng aneinandergeschmiegt – und ich hatte mit einem lieben Gefährten gesprochen –«

»Ein *Gefährte?* Wer?«

»Das ist das Allersonderbarste! Ich weiß es nicht! Bist du nie von einem Traum erwacht, Scylla, in der Gewißheit, daß du gerade mit dem Menschen, den du am liebsten hast, zusammen warst, auf dieser Welt oder anderswo?«

»Ja – aber –«

»Und trotzdem bist du dir nicht ganz sicher, wer dieser Gefährte war?«

Nun blieb Scylla ruckartig stehen und sah ihre Begleiterin durchdringend an. »Nein«, sagte sie nach einer Weile, und in ihrer Stimme lag ein schmerzlich resignierter Unterton, »nein, wenn *ich* aus solchen Träumen erwache, bin ich mir nie im Zweifel darüber, wer mein Gefährte war! Aber erzähl weiter, Fanny. Das ist die tollste Geschichte, die ich je gehört habe!«

»Nun, das ist schon alles! Ich bin aufgewacht, ich wußte, ich war mit *jemandem* zusammengewesen, aber er war nicht mehr da. Die Trennung war nicht plötzlich oder schmerzlich erfolgt, eher als hätten wir beide unseren kleinen Pflichten nachzugehen und daher trennten sich unsere Wege, in dem Bewußtsein, daß wir uns bald wiedersehen würden. Und – und dann bin ich allein weitergelaufen, am Fluß entlang, habe den Sonnenaufgang gesehen –«

Als sie sich diesen Moment in Erinnerung rief, wurde Fanny offenbar von ihren Gefühlen überwältigt. Sie tat einen Schritt zur Seite, lehnte sich gegen eine Buche und barg ihr Gesicht in den Händen. Scylla legte zutiefst ergriffen eine Hand auf ihre Schulter.

»Liebste Fanny – du brauchst es mir nicht zu erzählen, wenn es dich zu sehr quält –«

»Nein, nein; mehr war da nicht. Es war nur die Erinnerung an dieses Gefühl –« Sie holte tief Luft und fuhr fort: »Ich sah einen Pfarrer in eine Kirche gehen. Ich bin ihm gefolgt. Er hat seinen Frühgottesdienst gehalten. Danach bin ich zu ihm gegangen und habe ihn angesprochen – habe ihm erzählt, was mir zugestoßen ist, und ihn gefragt, was ich tun sollte. Sollte ich es Thomas erzählen? habe ich ihn gefragt. Ich wußte, daß Thomas so eine Geschichte nicht glauben würde. Er würde entsetzlich böse werden. Der Pfarrer – es war ein sehr alter Mann – hat darüber nachgedacht und dann gesagt, daß ich seiner Meinung nach nicht verpflichtet sei, es Thomas zu erzählen. Ich habe ihn gefragt, ob ich eine Weile in seiner Kirche bleiben könne – ich fühlte mich nicht in der Lage, Thomas gegenüberzutreten, ich hatte immer noch dieses seltsame Gefühl der *Entrücktheit* – und der Pfarrer, Vater Duarte, hat gesagt, ich könne gern bleiben, er wolle kurz nach Hause gehen und mir etwas zu essen holen.« Fanny lächelte verschwommen. »Aber er ist nie zurückgekehrt, der arme alte Mann. Als wir wieder in Petworth waren, habe ich eines Tages in der *Times* gelesen, daß er gestorben ist. Man hatte ihn tot auf der Straße aufgefunden; vielleicht genau an dem Tag. Ja – und nach einer Weile – bin ich dann zu Thomas zurückgegangen.«

»Und hast du ihm nie erzählt, was geschehen ist?« sagte Scylla mit ehrfurchtsvollem Tonfall.

»Ich habe es ihm nie erzählt. Er war sehr böse«, sagte Fanny gleichmütig.

»Das kann ich mir vorstellen! Und du hast so etwas nie wieder erlebt – hast keine Ahnung, wer dieser Gefährte sein könnte? – Glaubst du, es war ein wirklicher Mensch?«

»Ich weiß es nicht.«

Sie gingen schweigend weiter. Der Wald war wunderschön; fast alle Bäume waren inzwischen kahl, silbrige, mit Flechten bedeckte Äste, moosbewachsene Baumstümpfe, auf dem Boden ein dicker Teppich aus gelben und rostroten Blättern.

»Unvorstellbar, daß ich noch nie hier war, wo doch alles so nah ist«, murmelte Fanny.

Über das Tal herüber hörten sie die Kirchturmuhr zwei schlagen. »Du lieber Gott, sind wir schon so lange unterwegs?«

Scylla warf einen Blick auf Fanny und war von ihrer Blässe betroffen. »Wir sind zu weit gelaufen – ich habe dir zuviel zugemutet«, sagte sie reuevoll. »Ich habe ganz vergessen, daß du es nicht gewohnt bist, den ganzen Tag zu laufen, wie ich. Sollen wir uns einen Moment lang auf einen Baumstamm setzen? – Oder nein, schau mal, ich habe eine bessere Idee – ist da nicht ein kleines Haus, da drüben am Ende dieses Weges? Wir fragen einfach, ob wir uns da ausruhen können, bis du dich wieder kräftiger fühlst – Wie ich sehe, bist du ordentlich erschöpft.«

Reuevoll nahm sie Fannys Arm und führte sie langsam zu dem Häuschen. Es war offensichtlich so gebaut, daß es vom Petworth House jenseits des Tals einen malerischen Anblick bot. Es lag in einer Lichtung zwischen den Bäumen und war mit falschen Zinnen und einem winzigen Turm ausgestattet. Das Häuschen selbst schien nur aus zwei Räumen zu bestehen, aber blauer Rauch schlängelte sich verheißungsvoll aus dem Schornstein. In dem kleinen Garten blühten, neben sorgfältig gezogenem Gemüse, späte Rosen und Astern, und ein Feigenbaum streute seine großen, bleichen, handförmigen Blätter auf den Waldweg. Scylla hatte mit einem Mal ihre erste Begegnung mit Cameron vor Augen und die wilden Gärten um die zerfallene Grabstätte, wo sich zwischen den zerbrochenen Marmorsäulengängen Feigenäste gewunden hatten.

»Was für ein wunderliches Häuschen!« sagte sie, während sie an die Tür klopfte. »Es sieht so aus wie ein Lebkuchenhaus aus dem Märchen. Ich würde mich nicht wundern, wenn eine Hexe ihren Kopf aus der Tür strecken würde.«

»Ich glaube, ich weiß, wer hier lebt«, setzte Fanny an, als sich die Tür öffnete.

»Guten Tag! Ich bin mit meiner Cousine zu weit gelaufen und habe sie überanstrengt«, sagte Scylla ohne Umschweife zu dem alten Mann, der in der Tür stand. »Dürfen wir uns vielleicht eine halbe Stunde an Ihrem Kamin aufwärmen?«

»Aber gewiß.« Der alte Mann trat zur Seite und bat sie herein. Er war ungewöhnlich groß und spindeldürr. Aber obwohl er so zerbrechlich aussah, bewegte er sich forsch, und Scylla fiel seine eindrucksvolle weiße Haarpracht auf, und er hatte die blausten Augen, die man sich nur vorstellen konnte. Camerons Augen waren ebenso strahlend, aber von einem grünlicheren Meeresblau; die des alten Mannes waren dunkelblau wie eine Hyazinthe. Wo hatte sie bloß vor kurzem ebensolche Augen gesehen?

Sie hatten eine kleine Küche betreten, mit Steinfliesen, blitzblank wie das Achterdeck eines Schiffes. Rechts und links des Herdes stand ein Windsor-Stuhl, schwarz und vor Alter glänzend; aber der alte Mann wischte die Stühle sorgfältig mit einem Tuch ab, bevor er seine Besucherinnen aufforderte, sich zu setzen.

»Sie sind sicher Mr. Talgarth«, sagte Fanny ruhig. »Ich kenne Ihren Sohn. Ich habe ihn mehrmals bei Lord Egremont gesehen. Ich bin nämlich Mrs. Paget und lebe in dem Haus jenseits des Tals.«

Natürlich! dachte Scylla. Lord Egremonts Gärtner hatte solche wunderbaren dunkelblauen Augen. Sie beobachtete mit Interesse, daß der Name Paget den alten Mann irgendwie berührte; eine Klappe schien sich zu öffnen: Er musterte Fanny gründlich.

»Mein Sohn hat von Ihnen gesprochen«, sagte er. Seine Stimme war klar und tief, er klang nicht wie ein Bauer, sprach vielmehr in einem ungewöhnlichen Singsang, und Fanny fiel ein, daß er aus Wales stammte. Sie sagte lächelnd:

»Fast immer, wenn ich Ihrem Sohn begegnet bin, hat er mich aus einer mißlichen Lage befreit. Einmal hat er mir sogar das Leben gerettet!«

»Es war ihm eine Freude«, sagte der alte Mann schlicht.

»Das ist meine Cousine, Miss Paget, sie ist gerade aus Indien gekommen.«

»Sie werden es hier recht kalt finden, denke ich«, sagte der alte Mr. Talgarth. »Möchten Sie vielleicht einen Schluck von meinem Met?«

Er kredenzte den Met, der sehr süß und stark war, in fingerhutgroßen Gläschen. Als er sie aus dem anderen Zimmer holte, schaute Scylla neugierig durch die offene Tür und sah ein Bett, das mit einer großen Webdecke bedeckt war, und zwei Bücherregale. Das erinnerte sie an den Heiligen Pir, und sie sagte:

»Sie leben hier wie ein Einsiedler, Mr. Talgarth!«

»Ja, wissen Sie, darauf habe ich jetzt ein Recht«, sagte er ernst. »Ich habe mein Stück Arbeit in dieser Welt geleistet und verlange nichts mehr von ihr. Mein Sohn kommt vorbei, wenn er Zeit hat, um mir von den Neuigkeiten zu berichten. Aber zur Zeit ist er weg. Lord Egremont hat ihn zur Besichtigung berühmter Gärten auf Reisen geschickt.«

»Nicht gerade ein guter Zeitpunkt, zu Beginn des Winters.«

Das Lächeln des alten Mr. Talgarth leuchtete wie ein durchbrechender Sonnenstrahl der untergehenden Sonne. Er sagte:

»Mein Sohn ist ungemein widerspenstig! Den ganzen Sommer lang wollte er nicht weg, weil es immer irgend etwas zu tun gab.« Und er hub an, ihnen von der Arbeit seines Sohnes im Petworth House zu erzählen.

Nach einer Weile sagte Fanny zu Scylla: »Wir sollten jetzt wieder aufbrechen. Wir werden eine gute Stunde bis nach Hause brauchen.«

»Fühlst du dich auch sicher wieder kräftig genug?«

»Ja, ganz bestimmt. Mr. Talgarths Met hat mich ordentlich gestärkt. Wir sind Ihnen sehr dankbar«, sagte Fanny zu ihm. »Grüßen Sie bitte Ihren Sohn von mir, wenn er von seiner Reise zurückkommt.«

»Das mache ich.«

»Können wir wieder vorbeischauen, wenn wir uns im Wald verirren?« fragte Scylla, als sie aus dem Haus traten, und Mr. Talgarth erwiderte:

»Sie können kommen, wann immer Sie wollen. Auch wenn Sie sich nicht verirrt haben!«

Als sie über den Weg davongingen, sah er ihnen von der Türschwelle aus nach.

Auf dem Heimweg sprachen sie wenig, beide waren in Gedanken versunken. Aber es entstand keinerlei Gefühl der Verlegenheit. Sie hielten es beide nicht für nötig zu sprechen und fühlten sich auch so innig verbunden. Ein paarmal trachtete Scylla danach, ihren Schritt zu verlangsamen, weil sie dachte, Fanny müsse erschöpft sein, aber sie konnte feststellen, daß es immer Fanny war, die alsbald wieder schneller lief.

»Ich hoffe nur, daß wir zurück sind, ehe Thomas wiederkommt«, erklärte sie, als sie die Brücke über den Bach überquerten.

»Er kann dir nicht verbieten, im Wald spazierenzugehen!«

»Nein, aber solange ich weg bin, vernachlässige ich meine Haushaltspflichten.«

»Unsinn! Gewissenhafter als du kann man keinen Haushalt führen!«

Fanny erwähnte nicht, warum Thomas ihrer Meinung nach dagegen war, daß sein Weib und seine Cousine einen so ausgedehnten gemeinsamen Streifzug unternahmen: Es war zu erwarten, daß sie sich dabei sehr nahe kamen und Vertraulichkeiten austauschten.

Als sie durch das Eisentor in den Garten traten, sahen sie, daß vor dem Haupteingang eine Kutsche vorgefahren war.

»Oh, ob das Cal ist?« rief Scylla freudig aus. »Hoffentlich! Du mußt ihn unbedingt kennenlernen!«

Als sie das Haus betraten, bot sich ihnen ein seltsam gezwungenes Bild in der Eingangshalle: Patty schweigsam aufgeregt, mit aufgerissenen Augen; Bet völlig aus dem Häuschen, mit aufgerissenem Mund; Thomas, der offenbar gerade erst heimgekehrt war, da er noch seinen Überzieher trug, größte Abneigung und Feindseligkeit ausstrahlend. Scylla dachte, daß seine Stacheln so sichtbar waren, als wäre er ein Stachelschwein. Cal, der ebenfalls in einen Überzieher gekleidet war, lehnte erschöpft am Treppengeländer.

»Cal!« jubelte seine Schwester, und im gleichen Moment rief Fanny aus: »Oh, es ist tatsächlich unser Cousin! Thomas, warum bietest du ihm keinen Stuhl an?«

»Paß bitte auf, Liebling!« Cal bemühte sich um einen lockeren Ton, während er seine Schwester wachsam im Auge behielt, als sie herbeieilte, um ihn zu umarmen. »Ich kann mich nämlich noch nicht so gut im Gleichgewicht halten.«

Verdutzt und schlagartig erschrocken zögerte sie, und dann gab ihr eine neue, unsichere Steifheit in seiner Bewegung die Erklärung. Sie blickte nach unten und sah, daß er sich auf eine Krücke stützte und ein Holzbein hatte.

18

Die Bauern sagten, daß der Winter von 1798 auf 1799 seit Menschengedenken der schlimmste war; so etwas hatte man seit fünfzig Jahren nicht erlebt. Die bittere Kälte, die im frühen Dezember einsetzte, legte ganz Europa bis Ende März unter einer Eisdecke lahm. Der Frost hielt sogar bis in den April hinein an. Es schneite und schneite, das Wasser gefror in den Brunnen, die Tiere verhungerten, die Straßen waren von Schneewehen versperrt. Ein Gesandter von Mr. Pitt brauchte drei Monate bis Berlin. Österreich erklärte Frankreich den Krieg, aber man merkte zunächst nicht viel davon: bei so einem Wetter konnte man keinen Krieg führen.

In England rechnete man kaum mehr mit einer Invasion der Franzosen, und folglich hatte Thomas weniger zu tun. Und die Straßen in Sussex waren in so einem schlechten Zustand, daß Petworth für viele Wochen buchstäblich von der Außenwelt abgeschnitten war. Die Kunde von der neuen Steuer auf alle Einkommen über sechzig Pfund pro Jahr, die im Dezember verhängt wurde, erreichte sie und versetzte Thomas, wie Fanny es erwartet hatte, in Zorn. Wie konnte Mr. Pitt, ein guter Tory, nur so etwas tun?

Thomas war in dieser Zeit überaus gereizt. Sein Cousin Paget, dem man gerade erst ein Bein amputiert hatte, konnte vorerst nicht zur See zurück. Cal mußte sogar mehrere Wochen das Bett hüten, da sich der Stumpf auf der Reise nach Petworth entzündet und ein Fieber hervorgerufen hatte. Thomas war nicht einmal die Genugtuung vergönnt, daß er seinen jungen Cousin als Jammerlappen oder Weichling bezeichnen konnte, da Cal seine Schmerzen mit beachtlicher Stärke trug und sein Bett so bald wie möglich verließ.

Es überrascht nicht, daß die beiden Männer sich auf Anhieb nicht leiden konnten. Cal verkörperte für Thomas alles, was ihm zutiefst verhaßt war: Ihm haftete Glanz und Glorie des Weltreisenden, des Kämpfers zu Land und Wasser an, und er hatte sich ehrenhaft aus der Affäre gezogen, so daß man ihn nicht als Drückeberger oder Stutzer abtun konnte; dann schrieb er auch noch Verse, was schon an sich abstoßend war, aber noch hundertmal ärgerlicher, weil dieser Bursche auch noch zweitausend Pfund damit verdient hatte und laut Egremont halb London von ihm sprach.

Es verdroß Thomas über die Maßen, daß Egremont Cal eindeutig hoch schätzte und ihm seine Bibliothek im Petworth House zur Verfügung stellte und ihn mit seinen aufgeblasenen Gästen, Dichtern, Malern und ähnlichem Pack bekannt machte. Nicht daß Thomas danach getrachtet hätte, mit so einer langweiligen Gesellschaft in Kontakt zu treten. Doch reizte es ihn ungeheuer, daß sein Cousin offenbar von diesen Leuten vergöttert wurde, und er selbst wurde nicht einmal eingeladen! »Ich weiß, daß Sie viel zu beschäftigt sind«, sagte Egremont hin und wieder – eine lahme Entschuldigung, wenn überhaupt. Außerdem vertaten die Frauen in der Hermitage ihre Zeit damit, um diesen Krüppel herumzuschwirren, erboten sich, ihm vorzulesen, vorzusingen und Gott weiß was noch. Daß der Haushalt nicht skandalös vernachlässigt wurde, war nur darauf zurückzuführen, daß Thomas, der seinen aushäusigen Geschäften nicht nachgehen konnte, soviel mehr Zeit zu Hause verbrachte und nach dem Rechten sah. Und dieser elende Quacksalber Chilgrove war ständig um den Weg und gemahnte Cal, seinem Bein vorerst nicht zu viel zuzumuten, nicht zu reiten, nichts zu überstürzen.

Inzwischen hatte Thomas Chilgrove wiederholt ziemlich scharf wegen des Säuglings befragt, ob er irgendwelche Anzeichen sah, daß er zurückgeblieben war oder sich zu langsam entwickelte. Der Blödmann hatte herumgedruckst, gesagt, es sei zu früh, eine endgültige Aussage zu machen, Säuglinge würden sich sehr unterschiedlich entwickeln. Aber was war mit dem Sturz in den Brunnen? Doktor Chilgrove glaubte nicht, daß der sich irgendwie nachteilig ausgewirkt hatte. Im Hinterkopf hatte Thomas noch eine andere Frage, die er nicht stellen konnte: Was war mit dem Zeitraum in London, über den sich Fanny immer noch hartnäckig ausschwieg – was für eine Auswirkung konnte *diese Sache* auf das ungeborene Kind gehabt haben? In diesen Tagen konnte Thomas manchmal den Anblick seiner Frau oder seines Kindes kaum ertragen. Und ihm wurde übel, wenn er sah, wie dieser Bursche sie mit unverhüllter Bewunderung und sanfter Zuneigung anblickte. Cal hatte entdeckt, daß Fanny singen und Melodien erfinden konnte, und die beiden verbrachten manchmal ganze Abende damit, Worte und Musik zusammenzufügen, indem Fanny Melodien für Cals Verse fand – Pfui! Was für eine Beschäftigung für zwei erwachsene Menschen! Da half es auch nicht viel, daß Fanny immer darauf sah, eine Flick- oder Strickarbeit zur Hand zu haben, damit man nicht sagen konnte, sie vernachlässige ihre Pflichten.

Als die Pagets auch noch erfuhren, daß Fanny Harfe spielen konnte, es in ihrem Vaterhaus gelernt hatte, hatten sie die verstiegene Frechheit, in einem Laden in Chichester eine zu bestellen. Sie wurde während eines kurzen Tauwetters auf dem Karren eines Händlers herbeigeschafft. Und dann nahm das Gezupfe und Geklimpere kein Ende mehr. Sogar Bet war manchmal dabei. »Du hast mir nie gesagt, daß du Harfe spielen kannst!« beschwerte sich Thomas bei Fanny, und sie erwiderte: »Ich habe befürchtet, Sie könnten annehmen, ich wollte eine haben, wenn ich es erwähnt hätte. Und ich wußte aus Ihrem Gespräch mit Bet, daß Sie sich das nicht leisten konnten.« Fanny verstand es immer, sich selbst zu rechtfertigen!

Ein anderer Grund für Thomas' Verärgerung war die Tatsache, daß sich seine echte Zuneigung zu Scylla nicht entfalten konnte. Nun war endlich einmal ein prächtiges Mädchen da, beherzt, lebendig, hübsch und doch stets Thomas gegenüber gehörige Achtung zeigend, aber seine Beziehung zu ihr wurde unablässig behindert durch die engen Bande, die sie mit ihrem Bruder verbanden. Jede Bemerkung, die *ihn* irgendwie herabsetzte, verstimmte sie sofort. Es war eine überaus verteufelte Situation. Und das Schlimmste war, daß er und Scylla davon sprachen, daß sie nach London ziehen und sich dort niederlassen wollten, falls sein Bein nicht so ausheilte, daß er wieder zur See fahren konnte – eine abwegige Idee, die Thomas ganz und gar nicht befürwortete.

Es bestand keine wirkliche Ähnlichkeit zwischen Cal und Thomas' verstorbenem Halbbruder Ned – woher auch? –, aber manchmal ertappte sich Thomas bei dem verrückten Gedanken, daß Cal eine Verkörperung des längst vergessenen Ned sei, der zurückgekehrt war, um ihn zu quälen.

»Ich fürchte, du langweilst dich hier entsetzlich«, sagte Scylla eines Tages im Stall zu Cal. Sie war hinausgegangen und sah, daß er hier Zuflucht gesucht hatte, bei Goble, mit dem er sich stundenlang über die Marine und das Leben auf See unterhielt. Im Moment war Goble nebenan in der Geschirrkammer und feilte sorgfältig an Cals Holzbein herum, um den Winkel zu verändern, in dem es auf den Stumpf traf, damit er bequemer laufen konnte.

»Oh, es könnte schlimmer sein!« Cals Tonfall war heiter, aber seine dunklen Augen blickten ernst. »Fanny tut mir leid. Wie kann sie ihn nur ertragen? Sie ist so ein einzigartiges Geschöpf –«

»Paß bloß auf, Cal!« sagte seine Schwester dringlich. »Wenn Thomas nur den *geringsten* Anlaß zu dem Verdacht hat –«

»Mach dir keine Sorgen, meine Liebe. Er wird keinen Anlaß haben. Er haßt mich lediglich, weil ich jünger bin und mehr Glück habe.«

»*Mehr Glück!* Wo du dein Bein verloren hast – und er nur zwei Finger –«

»Das ist ein Grund, warum er mich haßt. Er mußte sie sich selber abschneiden. Mich hat das Schicksal begünstigt.«

»Du meinst, er hat sich *seinen eigenen Finger und Daumen amputiert?* Aber warum? – Woher weißt du das?«

»Warum? Das machen die Männer. Um einen Vorwand zu haben, die Marine zu verlassen. Woher ich das weiß? Ich fühl's in meinen Knochen.« Als sie es recht bedachte, kam Scylla zu dem gleichen Schluß. Ein weiterer Grund für Thomas, seinen Cousin zu hassen. Er war ehrenhaft verwundet worden und hatte genügend Rechtfertigung, den Dienst zu quittieren, und hatte dennoch vor zurückzukehren, wenn es möglich war.

»Dann war Phillimore doch kein Heuchler«, sagte sie nachdenklich.

»Verglichen mit unserm Cousin war er ein Ausbund an Ehrlichkeit und Rechtschaffenheit!«

»Cal, sag mir – was wirklich mit Phillimore geschehen ist.«

»Gough, MacBride und ich haben ihn gepackt und über Bord geworfen. Es war überhaupt nicht schwierig – wir haben ihn völlig überrumpelt.«

»Wessen Idee war es?«

»Meine. Aber sie waren sehr dafür. Phillimore hatte kein Geheimnis daraus gemacht, was er getan hatte. Und keiner von uns hatte hinterher auch nur die geringsten Gewissensbisse.« Dann fügte er trocken hinzu: »Zu schade, daß wir *jetzt* nicht im Golf von Biskaya sind!«

»Cal! Du kannst dich nicht einfach jeder Person entledigen, die du zufällig nicht magst!«

»Warum nicht? Ich mag nur böse Leute nicht. – Jetzt lauf ins Haus zurück, sonst glaubt Thomas, wir verschwören uns gegen ihn. Außerdem will ich versuchen zu schreiben, im Haus kann ich das nicht.«

»Na schön.«

Als sie von der Mauer sprang, auf der sie gesessen hatte, schwang in ihr noch das Entsetzen nach – das war wahrlich ein anderer Cal. In dem Moment kam Goble mit Cals Holzbein zurück und sagte:

»So, Mus Cal, jetzt schaun Sie mal, wie sich das anfühlen tut.«

»Ah, das ist viel besser, vielen Dank, Goble. Demnächst werde ich einen Kotillon tanzen.«

Er machte ein paar Probeschritte in den Schnee hinaus, rutschte aus, wurde bleich vor Schmerzen, fing sich wieder und lachte.

An diesem Abend eröffnete Fanny scheu, daß ihr, während sie Mrs. Strudwick beim Früchteschneiden und Weihnachtspuddingkochen geholfen hatte, eine Melodie zu Cals Gedicht von der Traueresche in den Sinn gekommen sei. »Sie ist ganz von selbst gekommen!« Sie spielte sie ihnen auf der Harfe vor.

»Nochmal!« sagte Cal. »Fanny, das ist großartig! Sie paßt wunderbar zu den Worten – unheimlich, geheimnisvoll und doch belebt. Scylla, kannst du sie singen?«

»Spiel sie nochmal, Fanny!«

Scylla hatte einen klaren, hellen Sopran, der von Mr. Winthrop Musson sorgfältig ausgebildet worden war. Sie sang:

Geopfert hast Allvater Odin du
ein Aug, zu trinken Mimirs Zauberquell.
Der Väter Gut, es ließ dir keine Ruh,
dem Wissen folgt Verwüstung auf der Stell!

»Bravo, Scylla! Versuch es ein wenig schneller!«

Scylla sang noch einmal, diesmal stimmte Fanny sanft mit ein, während Bet neidisch zusah und wünschte, sie hätte den Mut mitzumachen.

Zu zünden Feuer, lodernd warm und hell,
war'n Esche oder Ulme schnell gefällt.
Sie brennen nun in jeder Brust so grell,
verschlingen beutehungrig unsre Welt.
Unstillbar sind der Liebe Feuer ungezählt.

Thomas, der im Eßzimmer dabei war, seine Bücher zu überprüfen, kam ärgerlich herein und wollte sagen: »Könnt ihr gefälligst etwas weniger Lärm machen?« Aber als er sah, daß Scylla sang, hielt er sich zurück und betrachtete sie mit widerstrebender Bewunderung.

»Das ist mein Gedicht über Ihre Traueresche, Cousin Thomas«, sagte Cal, als der Vers gesungen war.

»Ich weiß wahrhaftig nicht, warum ihr alle so ein Theater um diese Traueresche macht!«

»Finden Sie es nicht sonderbar, Cousin Thomas, daß Cal und ich von ihr geträumt haben, ohne sie je gesehen zu haben?«

»Träume! Hirngespinste!« Thomas behielt seinen Verdacht, daß die Zwillinge wohl ihren Traum nur erfunden hatten, um Fanny zu beeindrucken, für sich, aber seine Miene brachte seine Gefühle deutlich zum Ausdruck.

»Glauben Sie nicht, Cousin Thomas, daß Träume Vorboten sein können?«

»Wenn das der Fall wäre, würde ich gerne träumen, daß meine Mühle einen ordentlichen Gewinn abwirft«, sagte Thomas säuerlich. »Bet, es ist höchste Zeit für dich, ins Bett zu gehen.«

Mit diesem deutlichen Hinweis kehrte er zu seinen Abrechnungen zurück.

Weihnachten ging in aller Stille vorüber. Mit Rücksicht auf Thomas' gereizte Verfassung beging Fanny das Fest lediglich durch ein hervorragendes Festmahl mit Rindsfilet, Plumpudding und Munzpastete, aber die Paget-Zwillinge besorgten für jeden

Geschenke, kleine Dinge, die Scylla in Petworth erstanden hatte, und Bücher. Thomas sah sich veranlaßt, Fannys Geschenk von Cal, ein Band mit Gedichten von einem Schotten namens Robert Burns, zu konfiszieren und zu verbrennen, da er das Werk höchst abgeschmackt fand und für weibliche Augen gänzlich ungeeignet.

»Es tut mir von Herzen leid«, entschuldigte sich Cal ein paar Tage später bei Fanny, als Thomas zu seinen Preßpatrouillengeschäften ausgeritten war, und sie daher Gelegenheit hatten, in Ruhe zu plaudern, ohne daß sein Auge über sie wachte und jeden Gesichtsausdruck eifersüchtig registrierte. Da der Schnee vorübergehend geschmolzen war und nur dicker Rauhreif das Gras bedeckte, wagten sie einen kleinen Spaziergang auf dem Eibenweg; Cal in einem Überzieher, auf seine Krücke gestützt, und Fanny in ein warmes Umschlagtuch gehüllt, in ihren Holzpantinen.

»Ach, machen Sie sich nichts daraus, Cousin! Ich glaube, er hätte jedes Geschenk von Ihnen vernichtet.« Dann sah Fanny schuldbewußt auf und fügte rasch hinzu: »Aber es tut mir sehr leid, weil die Gedichte so herrlich waren. Eins hat mir besonders gut gefallen, das, in dem die Blumenufer des lieblichen Doon beschrieben werden – es hat mich an dieses Tal im Sommer erinnert. Sie müssen es unbedingt sehen!«

»Ich hoffe, daß es mir irgendwann vergönnt sein wird. Aber jetzt ist es auch schön: Sehen Sie nur, wie die Bewegung der Sonne Schatten der Kälte hervorzaubert, die vom Schatten des Lichts überstrahlt werden.«

Fanny wandte sich um und blickte auf die graugrünen Hänge und den gespenstisch dunklen, blätterlosen Wald.

Cal betrachtete ihr Profil. Plötzlich sagte er:

»Es gibt ein anderes Gedicht von einem Schotten, das mich an Sie erinnert, Fanny. Ich habe es letzte Woche in Lord Egremonts Bibliothek gelesen. Es stammt von einem Schriftsteller mit einem wunderlichen Namen – James Hogg! – und es trifft Sie ganz genau. Ein Gedicht über ein Mädchen namens Kilmeny – kennen Sie es?«

Es brachte Fanny in Verlegenheit, daß er sich so intensiv mit ihr befaßte, und sie verneinte und fragte, worum es in dem Gedicht ging.

»Kilmeny geht in den Wald und schläft dort ein und entschwindet in ferne Welten. Und nach langer, langer Zeit, als man längst jede Hoffnung auf ihre Wiederkehr aufgegeben hat, kehrt sie zurück: ›Spät, spät in der Nacht kam Kilmeny nach Haus.‹ Und sie ist seltsam verwandelt.

> Ihr Blick war so ruhig und so ruhig ihr Sinn
> wie Nebelschleier auf glatten Meeren.
> Denn fort war Kilmeny und weiß nicht wohin,
> was sie sah, kann sie keinem erklären.«

»Und wo war sie?« Fannys Aufmerksamkeit war erwacht, sie blickte Cal staunend an. Hatte Scylla – konnte sie etwa – Fannys Vertrauen mißbraucht und ihm von ihrem Besuch in London erzählt haben? Aber in seinem Blick, der auf ihr ruhte, lag kein Wissen, nur ein gewisser sanfter Ernst.

»Sie war im Land der Gedanken – einem Land des Lebens und des Lichts – oh, Sie müssen es lesen! Es ist ein langes, wunderschönes Gedicht. Ich werde das Buch von Liz Wyndham ausleihen.

> Und wollt ihr singen von Kilmenys Reich,
> so wird euch das nimmermehr gelingen,
> die Stimme würde euch brechen sogleich,
> der Harfe Saiten würden zerspringen.

Und genauso sehen Sie manchmal aus, Fanny – ein Geschöpf, das *weit weg* war und nur widerstrebend zurückgekehrt ist und immer noch Erinnerungen und Geheimnisse einer anderen Welt in sich birgt.«

»Vielleicht waren Sie auch dort, Cousin? Ein Dichter muß in vielen verschiedenen Welten weilen.«

»Wer weiß? Ich glaube, daß uns irgendwelche unsichtbaren Bande verbinden – fühlen Sie das auch?«

»Oh, das dürfen Sie nicht sagen –« rief sie entsetzt aus und sah zu ihm empor und wickelte sich in ihr Tuch, als wollte sie vor ihm Schutz suchen.

»Ich liebe Sie, Fanny. Sie wissen das sicher. Geraten Sie nicht außer sich!« sagte er mit einem schwachen Lächeln, als er ihren betroffenen Blick sah. »Ich werde Ihnen in keiner Weise zu nahe treten – Ich möchte keinesfalls, daß sich Thomas' Zorn auf Sie entlädt! Mir schwant, daß dieser Zorn Sie schon so oft genug und unverdientermaßen trifft. Ich bin der Letzte auf der Welt, der diese Last noch vergrößern wollte. Aber wenn ich wieder auf See bin, werde ich Sie schmerzlich vermissen –«

Bei dieser Vorstellung entfuhr ihr unwillkürlich ein Laut des Protests, aber er fuhr fort: »Ich kann nun mal nicht ewig hierbleiben. Erstens würde das Thomas rasend machen. Zweitens könnte ich – wer weiß? – der Versuchung erliegen, von der Sehnsucht überwältigt werden, mich in Liebe mit Ihnen zu vereinen. Ich werde also gehen, sobald ich mit diesem hölzernen Gestell zurechtkomme.«

»Aber müssen Sie denn unbedingt zur See fahren?«

»Es ist ein gutes Leben, Fanny. Mein Freund Howard hofft, daß er das Kommando auf einer Schlup übernehmen kann, und wenn es soweit ist, hat er mir den Posten des Oberleutnants zur See versprochen. Ich werde keine Zeit haben, an Sie zu denken; jedenfalls nicht allzuviel.« Zärtlich zog er mit einem Finger den Schwung ihrer Lippen nach.

»Aber können Sie denn – *so* auf See? Wird man – wird man Sie überhaupt nehmen?«

»In Kriegszeiten – ja, ich glaube, ich habe gute Chancen. Fanny, ich habe nicht gefragt – ich habe es nicht gewagt – was – was für Gefühle Sie mir entgegenbringen?«

Sie hob langsam den Blick. Die Lippen, die er berührt hatte, bebten. Sie holte tief Luft.

»Ich hätte nicht fragen sollen.« Seine Stimme war voller Reue. »Vergeben Sie mir! Sehen Sie die Frage als unausgesprochen an. Sie frieren, wir sollten ins Haus zurückgehen.«

Er nahm ihren Arm, und sie gingen den Hang hinauf auf die Traueresche zu.

»Ich habe eine Menge Schneeglöckchen unter dem Baum gepflanzt. Ob Sie wohl noch lange genug hier sind, um sie hervorsprießen zu sehen?«

»Hoffentlich nicht«, sagte Cal.

Scylla trat durch die Gartentür zu ihnen hinaus. Sie hielt ein Papier in der Hand.

»Cal! Da bist du ja.« An ihrer Miene konnte man ablesen, daß sie das Gefühl hatte, keinen Moment zu früh erschienen zu sein. »Denk nur, ich habe einen Brief von unserer Pflegemutter bekommen.«

»Von Miss Musson? Großartig! Ist sie sicher in Boston angekommen?«

»Oh, das freut mich für dich!« rief Fanny aus. »Ich weiß, was für Sorgen du dir um sie gemacht hast. Ich lasse euch jetzt allein, damit ihr den Brief zusammen lesen könnt.«

Sie eilte davon, um den kleinen Thomas aus seiner Wiege zu holen. Sie bemühte sich darum, ihm das Laufen beizubringen. Thomas regte sich inzwischen dergestalt darüber auf, daß der Kleine keine Fortschritte machte, daß Fanny befürchtete, er könne sich anschicken, das Kind zu züchtigen für seine ›strohdumme Faulheit‹, wie er sich ausdrückte. Thomas hatte angefangen, andere Kinder zu beobachten, wenn er welchen begegnete, und begriff langsam, wie weit sein eigener Sohn hinter der normalen Entwicklung zurück war. Er kochte ständig vor Wut und wußte nicht, wen er dafür verantwortlich machen sollte. Daher verbrachte Fanny täglich viele Stunden mit dem Kleinen und bemühte sich, ihn zu *irgendeiner* Aktivität oder Reaktion zu verlocken.

Cal sah, daß Scylla Tränen in den Augen hatte. »Was ist los, Liebling? Schreibt sie etwa schlechte Nachrichten?«

»Oh, Cal, sie ist erblindet! Deswegen – deswegen war sie wohl gegen Ende unserer Reise so schweigsam. Erinnerst du dich?«

»Natürlich«, sagte er. »Ich dachte, das käme daher, weil sie gerne bleiben und Eremitin beim Heiligen Pir werden wollte. Hat sie ihren Bruder gefunden?«

»Ja – aber er liegt im Sterben – Komm, lies den Brief.«

Er nahm die einzelnen, vielfach korrigierten Blätter. Der Brief war von Miss Musson begonnen worden, aber ihre Schrift wurde immer unzusammenhängender und zittriger, und das letzte Blatt war in einer anderen Handschrift geschrieben.

»*Arme* Miss Musson«, sagte Scylla mit erstickter Stimme. »Ausgerechnet sie! So unabhängig, so tatenfreudig–«

»Ruhig, laß mich lesen.« Aber Cal, der neben ihr auf der Fensterbank saß, schlang einen Arm um ihre Taille. Als er fertig war, sah er auf, schwieg eine Weile und sagte dann: »Fabelhaft! Sie hat also den großen Rubin verkauft und aus dem Erlös ein Quäkerheim für alte Leute eröffnet – sie selbst ist Pflegerin, ihr Bruder ist bei ihr, solange er noch lebt – was könnte ihr und ihren Fähigkeiten mehr entsprechen? Sei kein Schafskopf, Scylla! Vergieß ein paar Tränen um meinetwillen, wenn du willst, aber verschwende keine Sorgen auf unsere Pflegemutter. Sie wird ihr Leben immer auf die für sie und ihre Mitmenschen beste Art und Weise regeln.« Er sah wieder auf den Brief hinab. »Was ist das für eine Nachschrift, die sie erwähnt? ›Ich habe die Nachschrift zuerst geschrieben, falls mein Augenlicht versagt, ehe ich zum Ende komme.‹ Wo ist diese Nachschrift? Ich sehe sie nicht.«

Etwas zögernd zog Scylla ein Blatt Papier hervor.

»Es geht um Cameron«, sagte sie mit leiser Stimme.

»Cameron? Was –?« Er las.

»Priscilla, mein Kind: das ist für Dich. Auf unserer Reise habe ich zu verschiedenen Zeitpunkten immer wieder mit Rob über Dich gesprochen. Ich hoffe, daß Du inzwischen weißt, daß er Dich von Herzen liebt. Er hat bislang ein etwas unstetes, wenig respektables Leben geführt und ist sicherlich verschiedene kurzlebige, unehrenhafte Verbindungen eingegangen.«

»Puh!« Cal hielt inne. »Man sieht unsere Pflegemutter geradezu die Nase rümpfen. Der arme Rob!«

»Aber ich bin nun zu der Überzeugung gelangt, daß seine Gefühle sehr tief gehen. Er hat so oft überaus verständnisvoll und ergeben von Dir gesprochen, daß Du, wenn Du Dich für ihn entscheidest, sicher sein kannst, den richtigen Gefährten fürs Leben gefunden zu haben.«

Cal unterbrach erneut. »Aber Scylla – hast du nicht gesagt –«

»Lies weiter!« Ihre Stimme klang eingeschnürt.

»Er hat mich gefragt, ob ich es für richtig halten würde, wenn er um Deine Hand anhielt. Er hat mir sein Anliegen mehrmals zaghaft vorgetragen, aufgrund des Altersunterschieds und wegen seinem Vagabundenleben. Zunächst konnte ich so einer Verbindung allerdings nicht zustimmen, und er selbst hat sich auch nicht als geeigneten Ehemann für Dich angesehen. Du und Cal waren für ihn hehre Wesen – ihm weit überlegen! Zudem wollte er Dich in Deiner Jugend und Unerfahrenheit nicht in Gefühle verstricken, bevor Du Gelegenheit hattest, die Welt zu sehen und anderen Bewerbern zu begegnen.«

»Andere Bewerber!« brach es bitter aus Scylla hervor. »Er hätte Kapitän Phillimore sehen sollen! Er hätte – aber lies weiter.«

»Er hat gesagt: ›Das Mädel sollte Gelegenheit haben, zu Almack's zu gehen, was offenbar ihr größter Herzenswunsch ist. Wenn ich sie mir schnappen würde, bevor sie das getan hat, könnte sie es mir womöglich ewig vorhalten.‹ Bei unserem Abschied in Akkon war ich dann allerdings so vom Ernst seiner Gefühle überzeugt, daß ich ihn gedrängt habe, Dir einen Antrag zu machen, ehe Ihr Euch ebenfalls einschifft. Ich hoffe von Herzen, daß er es getan hat, mein liebes Kind, und daß Du angenommen hast; nichts könnte mich glücklicher machen. Wenn er nicht den Mut aufgebracht hat, nutze ich jetzt die Gelegenheit, Dir mitzuteilen, wie tief und echt und unvoreingenommen er für Dich empfindet. Vielleicht hält es Dich davon ab, in England irgendeine oberflächliche, flüchtige Verbindung einzugehen, die Du später bereuen würdest.

Deine Dich liebende Pflegemutter Amanda Musson.«

»Oberflächliche, flüchtige Verbindung!« Scylla lachte unglücklich auf.

»Aber du hast doch gesagt, daß er dir einen Antrag gemacht hat?« Cal sah sie verdutzt an.

»Das hat er auch! Und ich habe es ihm nicht geglaubt! Ich habe ihn weggeschickt!« Sie verbarg ihr Gesicht in ihren Händen. »Ich habe ihn weggeschickt – auf eine unglaublich schroffe – widerwärtige Art; und warum um alles in der Welt sollte er je wiederkommen?«

»Du kannst ihm doch schreiben«, schlug Cal vernünftig vor. »An die Adresse in Bagdad, die er dir gegeben hat.«

»Schreiben? Das könnte ich nie tun! Bist du von Sinnen?«

»Frauen!« sagte Cal verzweifelt. »Wozu sind sie je erschaffen worden? O Gott, da kommt Bet von ihrer Harfenstunde zurück. Ich begebe mich in den Stall!«

Er ergriff seine Krücke und humpelte davon und ließ seine Schwester in der bedrückenden Gesellschaft von Bet und mit ihren eigenen Gedanken zurück.

In der folgenden Woche war es so bitterkalt, daß man sich nur im Haus aufhalten konnte. Cal machte die erzwungene Untätigkeit schrecklich nervös. Er wußte nicht, ob es an der Atmosphäre der Hermitage lag oder daran, daß Fanny ihm so nah war, jedenfalls konnte er weder im Haus noch in dessen Nähe schreiben. Die Muse küßte ihn nicht. Im Haus fiel es ihm besonders schwer, sich zu sammeln. Der Winterwind, der ständig blies, verursachte irgendwo in dem Gebäude ein gespenstisches Heulen, was ihn schrecklich ablenkte. Er ertappte sich dabei, daß er stets angespannt darauf wartete, daß es wieder erklang, und wo immer er sich befand, im Haus, in der Scheune oder im Stall, war er zu seinem Befremden und zu seiner Verzweiflung von der Idee besessen, daß er ein kleines Kind sehen würde, wenn er von seinen Manuskripten aufsah, vielleicht den kleinen Chet, der in der Tür hockte oder zu seinen Füßen kauerte oder über den Boden auf ihn zu kroch. Scylla war in dieser Zeit auch ungewöhnlich still und bedrückt. Sie war sogar ein paarmal so kurz angebunden zu Thomas, der sie in ein Gespräch verwickeln wollte, daß sie wiederum zu *dessen* schlechter Laune beitrug.

Thomas war ausgesprochen verdrießlich und unnachgiebig gestimmt; Patty war brummig, weil die neuen Verwandten sie kaum beachteten, weil sie sie für ein unausstehliches Kind hielten; Bet war eingeschnappt, weil Thomas ihr nicht erlaubt hatte, am Drei-Königs-Fest im Petworth House teilzunehmen, wo sie das Kleid tragen wollte, das Scylla ihr geschenkt hatte.

Angesichts dieser geladenen Stimmung in der Hermitage war früher oder später mit einer Explosion zu rechnen. Und eines Nachmittags Mitte Januar war es dann soweit. Cal, den die Kälte ins Haus trieb, trat in den Salon, wo er Fanny und Scylla vorfand, die sich vergebens bemühten, den kleinen Thomas dazu zu bringen, über den Kaminvorleger zu krabbeln, indem sie vor ihm eine hübsche Rassel schwenkten, die Scylla ihm von London mitgebracht hatte. Er starrte nur mit verschwommenem Blick auf das Spielzeug, streckte träge ein Fäustchen aus, verlor aber bald jedes Interesse und versenkte sich, allem Anschein nach, wieder in sich selbst.

»*Ich* konnte doch in dem Alter schon krabbeln?« wollte Patty wissen. »Stimmt's, Stiefmama?«

»Ich habe dich in dem Alter nicht gekannt«, sagte Fanny geduldig. »Komm, Kleiner!«

»Wie anders er doch ist als der kleine Chet«, raunte Cal unwillkürlich seiner Schwester zu, in der Erinnerung an das wache braune, lächelnde Antlitz des indischen Kindes und sein aufgewecktes Verhalten. Der kleine Thomas war blaß, wirkte abwesend, schien sich ständig in einem Dämmerzustand zu befinden.

»Wie anders als Fanny«, murmelte Scylla. »Er wirkt wie ein Wechselbalg.«

»Du sagst es – Nein, er wirkt wie ein Kind, dessen Seele von einem Troll gestohlen wurde. Ich hab's – das Kind aus meinem Gedicht!« Und nun ging es Cal nur noch darum, die Idee zu ihrer Quelle zurückzuverfolgen. Er ergriff einen Stapel Manuskriptseiten, die er gereizt durchgesehen hatte, in der Hoffnung, das könnte ihn inspirieren, und las laut:

Am Zauberberg beim Urdarquell hat er
verweilt, wo Zeit nichts weiter ist als Traum.
Sag, welche Kunde bringt er uns einher,

wo stilles Dunkel nur erfüllt den Raum?
Dort schwimmt kein Fisch, kein Vogel singt im Baum.
In jenem Reich formt sich kein Element,
die Schöpfungen an jenes Hügels Saum
sein törichtdumpfes Hirn ihm nie benennt.
Er faßt, er ahnet nichts, dieweil er nichts erkennt.

»Ruhig, Cal! Du wirst Fanny traurig stimmen.«

»Nein, hör doch! Beschreibt das nicht genau den kleinen Thomas:

Du armes Kind! Nie rührt der Vögel Lied
dein Ohr! Der Rose Rot erfreut dich nicht,
die Sonne strahlt, der Regen weiterzieht,
die Stürme brausen wild in dein Gesicht,
taub, blind und sprachlos bist du armer Wicht!
Nichts fühlst du außer dunkler Einsamkeit,
dein Weg geht weiter, tastend ohne Licht,
verwaist und dumpf zum Ende deiner Zeit.
Suchst deine Seel, verloren in Vergangenheit.

Paßt das nicht haargenau auf das Kind? ›Verloren in Vergangenheit‹«, wiederholte Cal mit dem Gefühl der Befriedigung, das ein Schriftsteller empfindet, wenn ihm ein Bild gelungen ist.

Dann verstummte er vor Schreck, als er plötzlich Thomas erblickte, der wutentbrannt und steif vor eisiger Ablehnung dicht neben ihm stand.

»Aha! Aha, Sir!« Der ganze unterdrückte Widerwille, der sich in den letzten zwei Monaten angestaut hatte, in denen sie gezwungenermaßen auf so engem Raum zusammenleben mußten, machte sich in Thomas' Ausruf Luft, zischte hervor wie konzentriertes Gift.

»So sehen Sie also meinen Sohn! Taub und sprachlos! Sie –

elender – eingebildeter – junger *Lafte!* Was erlauben Sie sich? Kommen ungebeten hierher, Sie vermaledeiter – Bastard – essen mein Brot – breiten sich in meinem Haus aus – und beleidigen mich dergestalt!«

»Thomas, Thomas!« flehte Fanny. »Vergessen Sie nicht, Cousin Cal ist unser Gast!«

»Das vergesse ich keinen Moment!«

»Eher der Gast von Cousine Juliana«, sagte Cal mit weißen Nasenflügeln. »Außerdem darf ich Sie daran erinnern, daß meine Schwester und ich ein ordentliches Sümmchen zu Ihrer Haushaltskasse beisteuern. Und dann möchte ich noch betonen, daß wir keine Bastarde sind – unsere Eltern waren nämlich durchaus vermählt, und zwar ganz legal, Chadar Dalna nennt man das in Indien –«

»Ach, sei ruhig, Cal! Das spielt doch keine Rolle. Du regst ihn nur noch mehr auf«, schaltete Scylla sich ein. »Entschuldige dich um Himmels willen!«

»Gewiß wird er sich entschuldigen!« sagte Thomas heftig errötend. »Oder er wird unverzüglich mein Haus verlassen!«

»Entschuldigen? Wofür? Weil ich ausgesprochen habe, was jeder längst bemerkt hat –, daß Ihr elendes Kind geistig zurückgeblieben, wenn nicht gar blödsinnig ist?«

Statt einer Antwort schnappte sich Thomas Cals Krücke, die gegen das Sofa lehnte, und wollte sie auf seinen Kopf niedersausen lassen. Er hätte ihn bestimmt bewußtlos geschlagen, wenn Cal nicht knapp zur Seite ausgewichen wäre. So traf er nur seine Schulter, und er fiel der Länge nach auf den Boden. Beim Fallen stieß er mit seinem versehrten Bein gegen die Harfe und riß sie um. Das Scheppern der Saiten vermischte sich mit seinem Schmerzensschrei. Im nächsten Moment stand er aber wieder aufrecht, totenbleich, mit zusammengepreßten Lippen und funkelnden Augen. »Sie verfluchter Lump! Dafür werde ich Genugtuung verlangen!«

»Cal, Cal!« beschwor ihn seine Schwester. »Sei nicht töricht! Vergiß dich nicht, bedenke, wo wir sind. Denk an Fanny!«

»Thomas!« bat Fanny ihrerseits. »Halten Sie ein, halten Sie ein! Wo soll das hinführen – Sie hätten Ihren Cousin nicht schlagen dürfen!«

»Oh, warum nicht?« sagte Cal eisig. »Einen Versehrten mit seiner eigenen Krücke niederschlagen – genauso ein Verhalten erwartete man doch von Cousin Thomas.«

Thomas, der schier toll war vor Zorn, schien fähig, seine Tat zu wiederholen, aber glücklicherweise ertönte in diesem Moment die Hausglocke und holte alle Beteiligten auf den Boden zurück. Thomas entfernte sich mit einem ärgerlichen Ausruf und brüllte einen Dienstboten an, die Tür zu öffnen. Scylla gelang es, ihren Bruder zu seinem Zimmer zu schleppen, wo er auf und ab schritt und Thomas verfluchte, bis er sich hinlegen mußte, weil er sich mit einem Mal schwach und elend fühlte infolge der Schmerzen, die der Sturz ihm verursacht hatte.

Das Läuten an der Tür, das die Auseinandersetzung der Cousins so glücklich unterbrochen hatte, führte eine günstige Wende der Dinge herbei. Es war ein Eilbote, den Cals Freund, der einstige Leutnant zur See und jetzige Kapitän Howard, geschickt hatte. Er ließ mitteilen, daß er in Portsmouth seine Ernennung bekommen hatte und auf ein Achtzehn-Kanonen-Schiff, die *Asp*, abkommandiert worden war. Er wollte Cal von seinem Glück berichten und seinen Freund bitten, unverzüglich als Oberleutnant zur See und Zweiter Kommandierender zu ihm zu stoßen.

Zu jedem anderen Zeitpunkt wäre Scylla in Wehklagen ausgebrochen bei der Vorstellung, daß er in seinem jetzigen Zustand zur See fahren sollte, war doch sein verletztes Bein gerade erst verheilt. Aber jetzt sah sogar sie ein, daß Cal unmöglich länger in der Hermitage bleiben konnte. Er und Thomas würden sich unablässig in den Haaren liegen. Todtraurig half sie ihm, seine

Sachen zu packen, und schickte Jem zum ›Weißen Hirschen‹, wo er für den nächsten Morgen, sechs Uhr, eine Postkutsche bestellen sollte.

»Auf diese Weise bleibt es mir erspart, diesen Miesepeter noch einmal zu sehen. Das ist auch besser so, denn wenn ich ihn zu fassen bekäme, würde ich ihn nicht mehr loslassen, bis ich ihm den Hals umgedreht hätte. Arme Fanny! Sie tut mir in der Seele leid! Mein einziger Trost ist, daß es nicht mehr lange währen kann, bis er seine gerechte Strafe bekommt. Im Umkreis von zwanzig Meilen gibt es bestimmt zwei Dutzend Leute, die Thomas Paget nur zu gern umbringen würden. – Aber was wirst *du* jetzt tun, meine Liebe? Willst du hier bleiben? Oder« – mit einem schwachen Lächeln fiel Cal Miss Mussons Brief ein – »willst du nach London gehen und bei Almack's dein Glück versuchen?«

»Oh, Cal, woher soll ich das wissen? Ich muß wohl eine Zeitlang hier bleiben. Nach London steht mir nicht der Sinn.«

»Das höre ich gern.« Cals Zorn verrauchte schnell angesichts der unmittelbar bevorstehenden Reise. Er sagte reumütig: »Ich fürchte, daß Fanny die Auswirkungen dieses unnützen Streits zu tragen haben wird. Thomas wird tagelang stinkwütend sein. Sie wird froh sein um deine Gesellschaft.«

»Und ich um ihre. Aber wenn –« Scylla wollte nicht sagen: *Wenn Thomas mich zu sehr belästigt oder mir zu nahe tritt,* sie wollte Cals Zorn nicht erneut wecken – »wenn ich dann beschließe, nach London zu gehen, werde ich bei unsern Verwandten, den Lambournes, wohnen. Sie haben ein Haus am Berkeley Square. Sie haben mir einen Besuch abgestattet, als ich im Egremont House war, und obwohl Cousine Caroline Lambourne mir nicht besonders gefällt, war sie doch überaus höflich. Sie hat mir nachdrücklich versichert, daß ich mich bei ihnen häuslich niederlassen könnte.«

»Hm!« meinte Cal, während er Halstücher in seinen Mantelsack stopfte. »Genau wie unsere Cousine Juliana und unser Cousin Thomas!«

»In Hampshire wohnt auch noch ein alter Großonkel«, sagte Scylla mutlos.

»Wenn ich dir schreibe, werde ich meine Briefe jedenfalls hierher schicken.«

»Oh, *bitte*, schreib mir Cal – ich werde dich so unsäglich vermissen – ich weiß wirklich nicht, wie ich es überhaupt ertragen soll.«

»Ach komm, Gänschen – vergieß keine Tränen auf mein sauberes Tuch! Du wußtest genau, daß wir uns einmal trennen müssen.«

»Wenn wir doch ein Haus hätten, in dem wir zusammen leben könnten.«

»Das kommt noch, wenn ich erst Admiral bin. Komm, laß das Klagen, geh für mich zu Mrs. Strudwick und luchs ihr eine Pastete oder irgendsowas ab, damit ich Thomas nicht beim Abendessen sehen muß.«

Aber Mrs. Strudwick, die Cal sehr zugetan war, bestand darauf, eine ganze Schachtel mit Eßwaren fertigzumachen, darunter ein Plumpudding und ein halber Schinken. »Ich weiß nämlich, daß man auf diesen Schiffen nur ekliges salziges Fleisch und Zwieback kriegt«, meinte sie, »wimmelnd vor Maden.«

Scylla blieb ebenfalls dem Familientisch fern und legte sich früh nieder und stand in der schwarzen, eisigen Morgenfrühe auf, um zum ›Weißen Hirschen‹ zu gehen und ihrem Bruder dort Lebewohl zu sagen, da er nicht wollte, daß das ganze Haus durch das Rumpeln der Kutsche geweckt wurde. Frischgefallener Schnee dämpfte ihre Schritte, aber er lag kaum zwei Zentimeter hoch und war auf den Pflastersteinen schon wieder geschmolzen.

Goble trug liebenswürdigerweise das Gepäck für Cal, wies einen Schilling für seine Mühen zurück und schien zutiefst bekümmert über den Abschied.

»Passen Sie man bloß auf, Mus Cal! Machen Sie mir nur keine Dummheiten mit dem Bein. Ich will wohl hoffen, Sie kommen wieder, wenn der alte Boney unter der Erde is.«

»Aber ja, dann komme ich wieder, Mr. Goble, und wir feiern ein Freudenfest!« sagte Cal und klopfte ihm freundschaftlich auf die Schulter. »Und machen Sie sich keine Sorgen mehr wegen der Geschichte, von der Sie mir erzählt haben. Was geschehen ist, ist geschehen, da hilft kein Reden.«

»Ja, da haben Sie wohl recht, Sir«, sagte Goble und humpelte davon.

»Worüber hat er sich Sorgen gemacht?« fragte Scylla.

»Ach, nichts weiter! Er hat was getan, was man nicht mehr gutmachen kann. Er ist ein sonderbarer alter Bursche – wir sind ins Reden gekommen – Ich konnte letzte Nacht nicht schlafen, in meinem Kopf ging alles drunter und drüber. Ich bin um drei Uhr aufgestanden und habe den Rest der Nacht draußen verbracht, bin im Schnee umhergelaufen und habe den Eulen gelauscht.« Scylla nahm ihm das gerne ab, da er bleich und hohläugig war. »Mir ist Fanny nicht aus dem Kopf gegangen, Scylla. Du paßt doch auf sie auf? Sie ist so zerbrechlich – wie diese Anemonen, die am Ufer des Kunar blühten – erinnerst du dich? Sag« – seine Stimme versagte kurz – »sag ihr bitte Lebewohl von mir, machst du das? Und gib ihr das« – er küßte sie flüchtig auf den Mund. »Ich kann ihr nichts Greifbareres geben, da Thomas es unweigerlich entdecken würde! Also – ich wollte gerade erzählen – so etwa um vier Uhr steht plötzlich Goble im Garten wie ein Gespenst. Ich sagte zu ihm: ›Um Himmels willen, Goble, was machen Sie um diese nächtliche Stunde hier draußen?‹ und er sagte: ›Mir geht was im Kopf rum, Mus Cal, daß mir schier das Herz erstarrt. In meim Traum hab ich nämlich hier draußen beim Brunnen ein Schemen gesehen, un da hab ich mich furchtbar drüber aufgeregt un bin gleich aus mein Bett rausgestiegen un hierhergekommen, weil ich nachsehn will, ob das stimmt.‹«

»Was ist ein *Schemen?*«

»Ein Gespenst, nehme ich an.«

Scylla schauderte. »Armer alter Mann! Vielleicht hat er da oben in seinem Verschlag nicht genug Decken. Ich werde Fanny fragen.«

»Tu das bitte auf keinen Fall – er hatte weit mehr als Decken im Kopf. Ah, hier ist meine Kutsche. Auf Wiedersehen, Liebling – vergiß mich nicht« – Und er umarmte sie schnell und schwang sich mit Hilfe des Kutschers unbeholfen nach oben. Die Pferde klapperten auf dem vereisten Pflaster davon, und Scylla war mit einem Mal allein. Tränen steckten ihr im Hals, sie hatte Hunger, ihr Herz hatte ein Loch und ihr war bitterkalt.

Sie kehrte nach Hause zurück, wickelte sich in Umschlagtücher und stieg in ihr kaltes Bett. Ich werde nie und nimmer schlafen, dachte sie. Aber sie hatte genau wie Cal in den frühen Morgenstunden wachgelegen und ruhelos mit weitgeöffneten Augen in die schwarze, hoffnungslos scheinende Zukunft gestarrt, und fiel daher bald in tiefen Schlaf und schlief sehr lange.

Als sie wieder erwachte, war es schon heller Tag, und im Haus herrschte eine beklommene, drückende Atmosphäre, die so durchdringend war, daß Scylla, noch ehe sie sich gewaschen und angezogen hatte, sicher war, daß etwas ganz und gar nicht stimmte. Und als sie dann ihre Locken auskämmte, klopfte es tatsächlich an der Tür.

»Wer da?« rief sie.

»Tess, Miss. Oh, Miss! Ist Master Thomas bei Ihnen da drinnen?«

»Master Thomas?« Scylla riß die Tür auf. »Du lieber Himmel, nein. Warum sollte er hier sein? Ist er nicht in seiner Wiege oder bei seiner Mutter?«

»Nein, Ma'am, er is gar nirgendwo nich! Er is verlorengegangen, und, oh, ich glaub, die Zigeuner ham ihn geholt!«

»Ach, Unsinn! Sicher ist er in Bets Zimmer.«

»Nein, wir ham schon überall geguckt, Miss, un jetzt holt der Herr die Wachtmeister«, sagte Tess unter Tränen.

Scylla war bestürzt und eilte in den Salon, wo sie Fanny vorfand, zitternd und bleich, aber gefaßt.

»Fanny! Ist das denn möglich?«

Fanny wandte sich um und ergriff wortlos Scyllas Hände. Im Eßzimmer konnte man die Kinderschwester Jemima hysterisch schluchzen hören, während Mrs. Strudwick sie ausschimpfte. Bet und Patty kauerten verschreckt, mit großen Augen in der Ecke; Thomas brüllte irgendwo draußen seine Befehle.

»Ja, es stimmt«, sagte Fanny schließlich. »Wer kann bloß so etwas getan haben? Ich –« Sie schluckte und verfiel in Schweigen. Draußen kamen nun offenbar die Wachtmeister an. Thomas wies sie an, die Wächter an den Mautschranken nach Midhurst und London zu befragen, ob irgendwelche Fremdlinge in der Nacht durchgezogen waren. Scylla bemerkte, daß sie alles so gut hören konnte, weil ein Fenster zwanzig Zentimeter offenstand, obwohl im Kamin kein Feuer brannte und der Morgen bitterkalt war. Sie wollte das Fenster schließen, aber Fanny streckte die Hand aus, um sie daran zu hindern.

»Thomas sagt, wir sollen das so lassen. Es war so, als ich nach unten kam.«

»Wie seltsam! War es gestern abend nicht zu?«

Scylla wußte, daß Thomas regelmäßig alle Fenster und Türen im Erdgeschoß überprüfte, ehe er zu Bett ging, Schlösser und Riegel kontrollierte. Aber vielleicht hatte er es gestern abend vergessen. Vielleicht war er genauso durcheinander, so außer sich wie Cal –

Cal!

Heiser, mit einer Stimme, die plötzlich viel tiefer klang als sonst, sagte Scylla:

»Fanny, Cal ist zur See zurückgekehrt. Er ist heute morgen mit der Postkutsche abgereist. Er – er wollte dir lieber nicht

Lebewohl sagen. Er hat mich gebeten, es an seiner Stelle zu tun –«

Fanny starrte sie schweigend an. Es schien eine Weile zu dauern, bis sie die Bedeutung der Neuigkeit begriff. Dann sagte sie fast unhörbar:

»Cal ist *weg*?«

»Ja, nach Portsmouth, auf ein Schiff, die *Asp*.«

Thomas trat mit zwei stämmigen Männern mit Zylindern ins Zimmer, den städtischen Wachtmeistern, die das offene Fenster gewichtig begutachteten.

»Ha«, sagte der eine, »hier kann einer eingestiegen sein.«

»Ohne weiteres«, sagte der andere.

Dann folgten sie Thomas zur Begutachtung der leeren Wiege des Säuglings nach oben und schließlich befragten sie Jemima, die mit geschwollenen Augen und heiser vom Weinen nur erklären konnte, daß sie am Vorabend in tiefen Schlaf gesunken war – »Ich weiß schier gar nich, wie lang ich geschlafen hab, so fest hab ich mein Lebtag noch nie nich geschlafen!« – und bei ihrem Erwachen am Morgen festgestellt hatte, daß der Kleine weg war.

»Sollte man nicht nach Lord Egremont schicken?« flüsterte Scylla Fanny während dieser Befragung zu. »Er ist doch der Oberherr der Gegend. Sicher tun die Männer ihr bestes, um ihre Pflicht zu erfüllen – aber sie wirken nicht sehr helle.«

Fanny nickte langsam.

»Ja, das wäre das beste. Ich wundere mich, daß Thomas das noch nicht getan hat.« Sie sprach langsam und benommen.

Thomas hastete in wilder, rasender Geschäftigkeit durch die Gegend – und wies nun die Dienstmägde an, noch einmal unterm Dach und im Keller zu suchen, dann befahl er Goble und Jem, den Garten und die Umgebung abzusuchen. Der Brunnen war offen in Erinnerung an den früheren Unfall und wurde ergebnislos untersucht. Auch in den Ställen und in Thomas' Gartenhaus und dem darunterliegenden Keller war nichts zu finden.

In aller Stille ging Scylla zu Goble hinaus.

»Goble, könnten Sie bitte zum Petworth House gehen – und Lord Egremont berichten, was hier geschehen ist?«

Goble sah mit stumpfem Blick zu ihr auf.

»Ah ja, das is wohl das beste, Missy. Ich geh mal gleich sofort los un hol ihn her.«

»Goble«, sagte Scylla – sie hatte ihre Stimme kaum in der Gewalt, ihr Atem ging in unregelmäßigen Stößen – »Goble, Sie wissen nicht zufällig etwas über die Sache? Über – über den Verbleib des kleinen Thomas?«

Er sah drein wie ein geprügelter Hund, geschlagen für einen Fehltritt, den er nicht begriff.

»Gott is mein Zeuge, ich weiß von nichts nix, Missy. Ich wollt, ich würd was wissen, da könn Sie Gift drauf nehmen.«

Sie ließ ihn ziehen, sie brachte es nicht über sich, die Frage zu stellen, die sie erzittern ließ: ob er dachte, daß Cal etwas damit zu tun hatte. *Cal?* Nein, es war einfach unmöglich. So ein schrecklicher Streich war ihm nicht zuzutrauen. Nicht, wenn Fanny betroffen war...

Schwach kehrte Scylla in ihr Zimmer zurück – das offensichtlich grob durchsucht worden war – und setzte sich auf ihr Bett und starrte vor sich hin.

Dann zog sie Miss Mussons Brief hervor und blickte auf ihn hinab.

»Du solltest wissen, wie tief und echt und unvoreingenommen er für Dich empfindet –«

Nach einer Weile verschwammen die Zeilen vor ihren Augen.

19

Lord Egremont kam um die Mittagszeit. Thomas, der inzwischen erfahren hatte, daß Cal Petworth verlassen hatte, vertrat hartnäckig die Ansicht, daß sein Cousin den kleinen Thomas gestohlen habe, und verlangte, man müsse ihn zurückholen.

»Sich so bei Nacht und Nebel davonzuschleichen! Es liegt doch auf der Hand, daß er es getan hat. Dieser Mann ist toll – fallsüchtig – gemein und wahnsinnig!«

»Gemach, gemach, mein lieber Bursche. Leutnant Paget? Ausgeschlossen! Warum sollte er so etwas tun? Er ist ein *Ehrenmann!* Kleine Kinder rauben? Du lieber Gott, Mann, Sie haben wohl Raupen im Kopf. Nein, nein, verlassen Sie sich darauf, es wird sich herausstellen, daß ein paar einheimische Rüpel dahinterstecken. Üble Sache, schockierende Sache, aber wir werden ihr sicher bald auf den Grund kommen.«

Egremont leitete, wie Scylla es erwartet hatte, weit klügere und zügigere Nachforschungen ein als die Wachtmeister. Er schickte eigene Leute los, die die halbe Stadt befragen mußten, forderte per Kurier in London Bow Street-Büttel an und organisierte eine gründliche Durchsuchung der Hermitage und ihrer Umgebung.

Gegen vier Uhr nachmittags, als die frühe Winterdämmerung bereits hereinbrach, folgte auf das unruhige Treiben, das das Haus den ganzen Tag in Atem gehalten hatte, eine lähmende Stille. Scylla, Fanny, Bet und Patty hockten im Salon zusammen, an einem schwachen Feuer, das niemand heller zu entfachen wagte.

Mit einem Mal sagte Scylla: »Ich glaube, sie haben etwas gefunden.«

Sie lauschten angespannt, spitzten die Ohren. Die Geräusche

kamen von draußen, aus der Richtung, wo die Esche stand. Scylla trat zum Fenster und schob die Vorhänge auseinander, konnte aber nichts erkennen. Draußen herrschte bereits pechschwarze Finsternis. Aber ein paar Minuten später ging die Haustür auf, und sie hörten verhaltene Stimmen.

»Wer soll es ihr sagen?«

»Ich jedenfalls nicht.«

»*Ich* werde es ihr sagen«, ließ sich Lord Egremonts Stimme fest und klar vernehmen, und er trat in den Raum. Er trug immer noch seinen Überzieher, an seinen Reitstiefeln klebte Schlamm. Diesmal lächelte er nicht.

Mit ernstem Gesicht sah er sich im Raum um, erblickte Scylla und deutete ihr mit einem winzigen Nicken an, sich an Fannys Seite zu begeben. Dann trat er selbst auf Fanny zu, ergriff ihre Hand und sagte sanft, aber bestimmt:

»Mein Kind, ich habe eine sehr schlimme Nachricht für Sie. Ich sehe keine Möglichkeit, die Sache zu beschönigen und sage es Ihnen daher frei heraus.«

Fanny sah zu ihm empor.

»Das Kind ist tot?«

»Ja«, sagte er.

»W-wo haben Sie ihn gefunden?«

»Er war unter dem Baum draußen begraben. Unter der Esche. Wenn es in der Nacht nicht geschneit hätte, wäre er früher gefunden worden, aber der Schnee hat die aufgewühlte Erde bedeckt.«

»Esche?« sagte Fanny. Ihr Lippen bewegten sich kaum. »Er wurde unter der Esche begraben?«

»Ja, leider.«

Scylla wollte Fannys Arm ergreifen, aber sie schien ihre Umgebung kaum wahrzunehmen.

»Was ist – wie ist er getötet worden? Er ist doch – ist doch nicht *lebendig* begraben worden?«

»Nein.« An Lord Egremonts Miene konnte man ablesen, daß er nur mit größtem Widerwillen sprach, aber keinen Ausweg sah. »Jemand hat ihm die Kehle durchgeschnitten.«

»Oh, du lieber Gott«, flüsterte Fanny halb zu sich selbst. Dann sah sie benommen und mit leerem Blick zu ihm auf. »Wer kann bloß *so etwas* tun? Ein *Kind*!«

»Ich weiß es nicht, meine Liebe. Aber wir werden es herausfinden, verlassen Sie sich darauf – Jetzt begleiten Sie mich bitte zum Petworth House, dort wird Liz sich um Sie kümmern.« Seine Augen begegneten Scyllas Blick; sie nickte zustimmend. »Sie sollten jetzt nicht hierbleiben. Das ist ein zu trauriger Ort für Sie.«

Fanny jedoch – verstört und betroffen wie sie war – wollte sich nicht vom Fleck rühren. »Ich muß hierbleiben. Thomas wird mich brauchen. Wo ist Thomas?« Nun erst wurde sie von ihren Gefühlen überwältigt. Tränen strömten aus ihren Augen. »Oh, Thomas – *armer* Thomas! Wie soll er *das* nur aushalten? Ich muß sofort zu ihm.«

Wieder tauschten Lord Egremont und Scylla einen Blick, und er schüttelte den Kopf. »Nein, Ma'am, das sollten Sie im Moment nicht tun. Ihr Gatte ist – nicht bei sich.«

»Wo – wo ist der Kleine? Kann ich ihn sehen?«

Egremont schüttelte entschieden den Kopf.

»Die Wachtmeister haben – haben den Leichnam in Gewahrsam genommen. Ma'am. Es wird ein Verhör geben.«

»Ein Verhör. Ja.« Fanny nickte. »Wie bei der armen Miss Fox.« Ein Schauder durchzuckte sie. Nach einer Weile sagte sie: »Ich denke, ich sollte mich einen Moment aufs Bett legen.«

»Sehr klug, meine Liebe – obwohl ich Sie gerne mitgenommen hätte. Aber wenn Sie hierbleiben wollen – muß jemand bei Ihnen bleiben.«

Scylla sagte: »Bet – bringen Sie doch bitte Ihre Stiefmutter nach oben. Ich komme sofort nach.«

Patty folgte ihrer Schwester und ihrer Stiefmutter. Sobald Scylla mit Lord Egremont allein war, fuhr sie fort:

»Sir, ich muß Ihnen was erzählen – ich – ich halte es für meine Pflicht. Mein Bruder ist, wie Sie wissen, heute zur See zurückgekehrt. Gestern abend hatte er einen heftigen Streit mit Captain Paget.«

»Ja, meine Liebe, das habe ich gehört.« Lord Egremont lächelte schwach. »Nach so einem Streit braucht man nicht lange auf Zeugen zu warten! Das halbe Gesinde hat wohl alles mit angehört! Und Thomas selbst hat mir auch davon berichtet.«

»Natürlich.« Scylla schluckte, dann berichtete sie ihm von Cals Nachtwache im Garten. »Ich weiß nicht – ob das irgend etwas mit dem Verbrechen zu tun hat, aber ich hielt es für richtig, Sie zu informieren.« Sollte sie erwähnen, daß Goble etwas auf dem Gewissen hatte? Nein – das war eine Sache zwischen ihm und Cal.

»Hat – hat Captain Paget meinen Bruder beschuldigt?«

»Das hat er in der Tat«, sagte Lord Egremont ruhig. »Und zwar in sehr deutlichen Tönen! Aber wir machen seinen verwirrten Zustand dafür verantwortlich. Ich zweifle nicht daran, daß er sich bis morgen besonnen haben wird. Aber wir müssen in jedem Fall nach Ihrem Bruder schicken.« Er ergriff Scyllas Hand und fügte hinzu: »Ma'am, ich lasse Sie nur widerstrebend in diesem heimgesuchten Haushalt zurück. Zögern Sie aber nicht, nach mir zu schicken, wenn irgend etwas Sie beunruhigt. – Nun sage ich Ihnen gute Nacht.«

Scylla ging langsam nach oben zu Fanny. Sie lag reglos, in ein Umschlagtuch gehüllt, auf dem Bett und starrte zur Decke empor.

Scylla setzte sich an ihrem Bett nieder und ergriff ihre Hand. Nach einer Weile sagte Fanny: »Beschuldigt Thomas Cal?«

»Ja.«

Am nächsten Tag aber schlug Thomas andere Töne an, jetzt beschuldigte er Fanny. Schon früh am nächsten Morgen erschienen zwei Bow-Street-Büttel und leiteten eine gründliche Durchsuchung von Haus und Garten ein: durchsiebten die Kaminasche, stocherten in lockeren Erdklumpen herum, hoben lose Dielenbretter an. Als eines der ersten Dinge entdeckten sie in der Grube eines etwas vom Haus entfernt liegenden Abtritts ein blutgetränktes Gewand, bei dem es sich um eins von Fannys Batistnachthemden handelte. Und darin eingewickelt war ein Rasiermesser von Thomas, das Fanny in ihrem Schlafzimmer in einer Schublade aufbewahrt hatte. Als sie dazu befragt wurde, sagte sie abwesend, daß sie es zum Auftrennen von Nähten benutzt hatte. »Um Säume herauszulassen, um Kleider zu verlängern.«

Ein Eilbote, den man inzwischen hinter Cal hergeschickt hatte, kam zu spät in Portsmouth an. Die *Asp* war unter dem Kommando ihres neuen Kapitäns mit der Abendflut des Vorabends davongesegelt, auf Weisung der Admiralität. Zu welchem Bestimmungsort? Das wußte keiner.

Nun machte sich in der Stadt der Klatsch breit. Wer konnte diese entsetzliche Tat begangen haben? Die meisten Leute meinten, daß die Büttel nur unter den Bewohnern der Hermitage nach dem Täter suchen mußten. »Gut möglich, daß es eine von den Töchtern war – die ältere is eine häßliche, gemeine Trine, un jeder weiß, daß die Kleine schrecklich eifersüchtig auf das Bürschlein war un es immerzu gequält un erschreckt hat.«

Da man sich aber kaum vorstellen konnte, daß die kleine Patty in der Lage war, den Kleinen aus der Wiege zu heben und ihm die Kehle durchzuschneiden, geschweige denn ein zwei Fuß tiefes Loch zu graben und ihn im gefrorenen Boden zu begraben, blieb der Verdacht schwerer auf Bet lasten.

Die Bow Street-Büttel nahmen sie stundenlang in die Mangel, und beim öffentlichen Verhör mußte sie sich der brillanten Befragung durch Captain Dallyn, dem Chief Constable, stellen.

Doktor Chilgrove berichtete über den Zustand der Leiche: »Der Hals des Kindes wurde bis auf die Knochen mit einem scharfen Gegenstand durchtrennt; der Körper wies ebenfalls etliche Stichwunden auf und war blutüberströmt. Er muß mindestens eineinhalb Liter Blut verloren haben. Der Leichnam war kalt und steif, als ich ihn um halb fünf am Nachmittag untersucht habe. Ich bin der Meinung, daß der Tod mindestens zwölf Stunden früher eingetreten ist, womöglich noch früher.«

Parsons, einer der Wachtmeister, berichtete von dem offenen Fenster. Das verursachte beträchtliche Aufregung im Rathaussaal (wo das Verhör stattfand), und die öffentliche Meinung schwenkte zu der Theorie zurück, daß irgendein Taugenichts, ein Bettler oder Landstreicher, ins Haus eingebrochen war, wohl in der Absicht zu stehlen, und zufällig das Kind aufgeweckt und es ermordet hatte, um sein Geschrei zum Verstummen zu bringen.

Aber was war dann mit dem unnatürlich tiefen Schlaf der Kinderfrau Jemima? Und was war mit Mrs. Pagets blutgetränktem Nachthemd? Und dem Rasiermesser, das sie in ihrer Kommode aufbewahrt hatte? Die Schöffen wollten auch Mrs. Paget befragen, aber Doktor Chilgrove schob dem einen Riegel vor, indem er Captain Dallyn davon unterrichtete, daß sie einen Nervenzusammenbruch erlitten hatte. Scylla, Bet und alle Mägde sagten aus, aber keine von ihnen konnte etwas Brauchbares beisteuern. Thomas wurde, ebenfalls auf Doktor Chilgroves Anweisung, nicht befragt. Sein Kummer und seine Pein waren so groß, daß er nicht in der Lage war, vernünftig zu antworten.

Die Schöffen kamen zu dem Urteil: Mord durch Unbekannt.

Später am gleichen Tag wurde Fanny in aller Stille, ohne Aufsehen zu erregen, verhaftet und weggebracht; nicht ins Gefängnis von Petworth, wo sie den Feindseligkeiten und dem Haß der Bürger ausgesetzt gewesen wäre, sondern nach Chichester, fünfzehn Meilen entfernt jenseits der Downs. Sie wurde höflich und rücksichtsvoll behandelt, durfte eine kleine Tasche mit ihren Toilettenartikeln und Nachtkleidung mitnehmen. Lord Egremont hatte sie es zu verdanken, daß man sie in eine Einzelzelle stecken und ihr sogar ein Federbett statt des üblichen Strohsacks zugestehen würde. Sie nahm diese Information unbewegt entgegen, mit der abwesenden Ruhe, die sie an den Tag legte, seit sie vom Tod des Kindes gehört hatte. Scylla verlangte aufgebracht zu wissen, woher sie das Recht nähmen, Fanny fortzuschaffen, wie sie dazu kämen, sie zu beschuldigen? Sicher würde Lord Egremont einem solchen Mißbrauch der Justiz nicht zustimmen.

»Lord Egremont ist der Oberherr der Grafschaft, Miss«, betonte einer der Haftvollstrecker phlegmatisch. »Ohne seine Zustimmung kann nichts unternommen werden.«

»Mach dir bitte wegen mir keine Sorgen, Scylla«, sagte Fanny schwach. Und mit gesenkter Stimme fügte sie hinzu: »Ich habe keinen von beiden je geliebt. Ich habe alles nur mir selbst zuzuschreiben.«

»Fanny! So etwas darfst du nicht sagen!« Scylla war außer sich. »Ich werde sofort zu Lord Egremont gehen – ich – ich werde dich im Ge – dort besuchen, sobald es geht. Ich bin ganz sicher, daß dieses Unrecht in Kürze wieder gutgemacht wird.«

Thomas war nicht zugegen, als seine Frau abgeholt wurde. Empört machte sich Scylla auf die Suche nach ihm und fand ihn im Schlafzimmer, wo er Mrs. Strudwick und die weinende Tess anwies, sämtliche Kleidung und alle Habseligkeiten von Fanny einzupacken.

»Thomas! Was tun Sie da?«

»Sie ist eine Mörderin«, sagte er kalt. »Sie hat meinen Sohn getötet. Ich will keine Überreste von ihr in diesem Haus haben.«

»Sind Sie toll geworden? Sie wissen genau, daß Fanny so etwas nicht tun könnte! Ihr eigenes Kind!«

»Ich weiß nichts dergleichen. Sie hat das Kind stets vernachlässigt. Sie wollte es nicht um sich haben. Sie hat es nicht geliebt, hat sich seiner geschämt, hat es vor den Leuten versteckt. Sie hat seit langem seinen Tod herbeigewünscht. *Ich kenne ihren Charakter!*« Er hob die Augen – wutentbrannt, blutunterlaufen, voll entsetzlichen Leids – und sah Scylla an. »Sprechen Sie nie mehr darüber, Cousine, ich bitte Sie, es schmerzt mich so unerträglich.« Scylla verließ ihn und ging zum Petworth House, wo sie Liz Wyndham vorfand, allein und tief bekümmert.

»George ist nach Chichester gefahren. Er tut, was er kann, um sicherzustellen, daß Fanny mit Anstand behandelt wird und eine bequeme Unterkunft bekommt.«

»Er ist sehr gütig«, sagte Scylla mechanisch. Dann brach es aus ihr hervor: »Liz! Um Gottes willen! Wie *konnte* er das nur zulassen, daß sie eingesperrt wird? Er kann doch nicht glauben, daß sie es getan hat.«

»Ich glaube nicht, daß er das denkt.« Liz sah noch bekümmerter drein. »Aber George kann sich nicht über die Gesetze hinwegsetzen. Und die Beweise gegen sie sind sehr stark, Scylla.«

»Aber Fanny – die gütige, sanfte Fanny, die keiner Fliege was zuleide tun könnte – ihr *eigenes* Kind? Ich habe gesehen, wie sie stundenlang versucht hat, dem kleinen Wesen Krabbeln, Stehen und Reden beizubringen –«

»Ja, das ist wahr. Aber, Scylla, ich glaube, sie hat den Kleinen nicht geliebt – ich weiß es sogar, sie hat es mir einmal gestanden ... Und ihren Gatten haßt sie wohl gar –«

»Da hat sie auch allen Grund dazu«, sagte Scylla verbittert.

»In der Tat. Aber deswegen – verstehen Sie, deswegen fürchte ich, daß der Säugling vielleicht in Fannys Augen zu Thomas' *Stellvertreter* geworden ist.«

»Das glaube ich nicht.« Aber entgegen ihrem Willen geriet Scylla erneut außer sich. Sie rief aus: »O Gott! Warum sind Cal und ich bloß je nach Petworth gekommen? Wenn wir nicht hierhergekommen wären, hätten Fanny und Thomas niemals – sie hätten niemals – Oh, wenn doch bloß Cal jetzt hier wäre.«

»Nun, George bemüht sich nach Kräften, ihn zurückzuholen«, sagte Liz. »Er hat die Admiralität ersucht, der *Asp* eine Eilbotschaft nachzuschicken – wo immer sie sein mag. Wir können nur abwarten.« Sie fügte zweifelnd hinzu: »Hoffen wir, daß die Aussage Ihres Bruders, wie immer sie lauten mag, Fanny gänzlich entlasten wird.«

Scylla fröstelte. »Wie soll das möglich sein? Er hat Fanny nach – nach seinem Streit mit Thomas nicht wiedergesehen. Als er sich von mir verabschiedet hat, hat er mich gebeten, Fanny Lebewohl zu sagen –«

Die Stimme versagte ihr.

Liz sah sie durchdringend an.

»Lieben sich die beiden?«

»Das ist möglich«, mußte Scylla eingestehen. »Ich habe manchmal gedacht... Sie passen so gut zusammen, er mit seinen Versen und sie mit ihrer Musik.«

»Möglich? Sagen Sie lieber unvermeidlich. Ihr Bruder ist so ein Gegensatz zu – Was sollte sie dagegen tun? Und Thomas war natürlich schrecklich eifersüchtig?« Liz fügte trocken hinzu:

»Wie hat er sich denn Ihnen gegenüber betragen?«

»Oh – er war überaus freundlich.« Scylla wollte den Blick in seinen Augen nicht erwähnen. Sie fuhr fort: »Aber jetzt – nach all dem – als Cals Schwester – weiß ich nicht, wie er empfindet – Ich denke, er glaubt, daß Cal und Fanny sich irgendwie verschworen und die Tat gemeinsam begangen haben.«

Liz sagte: »Wäre es nicht am besten, wenn Sie zu uns kämen und hier wohnen würden? Sie müssen sich unbehaglich fühlen, allein im Haus mit Thomas und nur diese zwei trübseligen Mädchen als Anstandsdamen.«

»Nun – da wäre ich Ihnen in der Tat sehr dankbar – dieses Haus ist mir jetzt so zuwider. Aber vielleicht ist es meine Pflicht, dortzubleiben und die Mädchen zu trösten –«, hub Scylla zweifelnd an.

»Papperlapapp! Dazu haben sie ihren Vater. Gehen Sie jetzt heim und packen Sie Ihre Sachen – Ich schicke Ihnen in einer Stunde eine Kutsche. Wir freuen uns sehr auf Ihre Gesellschaft!«

Scylla war sehr erleichtert, daß man sich ihrer so fürsorglich annahm, und kehrte zur Hermitage zurück. Das Haus, das noch vor drei Tagen so heiter und voller Leben gewesen war, wirkte jetzt wie ein verfluchter Ort, von traurigem Schweigen erfüllt, wenn nicht gerade ein Windstoß in irgendeiner Ecke das wilde, durchdringende Geheul hervorrief, das die Dienstboten erzittern und unheilschwangere Blicke austauschen ließ.

»Es hat drauf gewartet – die ganze Zeit – daß was geschehen tut«, meinte Tess, während sie Scylla beim Packen ihrer Kleider half. »Ich mach mich von hier weg – wenn meine Zeit rum is – schneller als wie Sie gucken können!«

»Tess«, sagte Mrs. Strudwick, die den Kopf zur Tür hereinstreckte, »hast du dem Herrn seine Matrosenjacke gesehen? Die Herrin hat mir neulich gesagt, ich soll ein paar lockere Knöpfe wieder festnähen, und ich kann sie nirgendwo finden.«

Tess wußte nichts von der Jacke. »Aber da kommt der Herr grade die Treppe runter, tun Sie den doch gleich selber fragen.«

»Ich trau mich nicht, ihn anzureden, der sieht so verwirrt und vergrämt aus.«

Tatsächlich machte Thomas, als er angesprochen wurde, eine finstere Miene und verbat sich, daß man ihn zu solchen Zeiten mit derartigen Nichtigkeiten belästigte. Dann fiel ihm ein, daß er die Jacke vor etlichen Wochen einem Bettler geschenkt hatte.

»Also, das is mir doch das Allerneuste!« raunte Tess Mrs. Strudwick zu. »Der Herr hat doch noch nie was weggegeben – schon gar nich, wenn's noch zu gebrauchen war!«

»Hab ich eine Arbeit weniger«, sagte Mrs. Strudwick und kehrte in die Küche zurück.

Thomas folgte Scylla in ihr Zimmer, wo sie ein paar Bücher in eine Schachtel packte.

»Was hat das zu bedeuten?« rief er voller Mißfallen aus und sah sich in dem kahlen, ordentlichen Zimmer um. »Das verstehe ich nicht. Was geht hier vor?«

»Ich ziehe ins Petworth House«, erklärte Scylla gefaßt. »Mrs. Wyndham hat mich eingeladen.«

»Sie ziehen ins Petworth House? Aber was veranlaßt Sie dazu?« Er schien wahrhaft betroffen und verwirrt, weit stärker als beim Empfang der Nachricht von Fannys Verhaftung, dachte Scylla erzürnt.

»Ich möchte nicht hierbleiben, Cousin.«

Nun wurde er wütend. »Sie können mich nicht einfach so verlassen! Was ist mit meinen armen Mädchen, wenn keiner mehr da ist, der sie tröstet und ihnen Beistand leistet?«

»Sie sind doch da, Thomas«, betonte Scylla kühl. »Und im übrigen müssen sie wohl so zurechtkommen, wie sie es gewohnt waren, bevor Sie Fanny geheiratet haben.«

»Es macht einen sehr schlechten Eindruck, wenn Sie mich verlassen! Die Leute werden behaupten, wir hätten uns zerstritten – oder Sie hätten kein Vertrauen zu mir!«

»Ich sage Ihnen ganz ehrlich, daß es mir gänzlich gleichgültig ist, was die Leute sagen«, erwiderte Scylla, während sie ihre Schachtel energisch mit einer Kordel verschnürte. »Mit meinem Bruder haben Sie sich ja gestritten – Ich halte es für das beste, Ihr Haus zu verlassen.«

Sie ließ den Blick schweifen und trat auf die Tür zu.

»Nein! So leicht lasse ich Sie nicht entkommen!« rief Thomas. Er trat rasch herzu, um sie aufzuhalten, und packte sie am Handgelenk. Selbst mit nur drei Fingern war sein Griff beängstigend fest.

»Thomas! Lassen Sie mich bitte los!«

»Nein!« Jetzt hatte er beide Handgelenke gepackt. »Begreifen Sie denn nicht – ist Ihnen denn nicht klar – was Ihre Gegenwart mir bedeutet? Sie dürfen mich jetzt nicht verlassen! Sie sind mein einziger Trost, meine Hoffnung für die Zukunft – der einzige Stern in der Finsternis, die mich umgibt!«

Voller Entsetzen rief sie aus: »*Solche Dinge* sollten Sie nicht zu mir sagen! Sie sind nicht bei Sinnen! Ich will nichts mehr hören – Seien Sie jetzt bitte still und bereiten Sie mir keine Qualen durch solche Reden. Denken Sie denn gar nicht an Fanny – an Ihre Frau?«

Als einzige Antwort umschlang er sie mit seinen Armen und küßte sie wild, ein ums andere Mal preßte er seine Lippen auf ihren Mund, während sie vergeblich versuchte, sich zu befreien. Sie wunderte sich über seine Kraft. Er war so klein, dünn, bleich und unscheinbar, schien aber die Energie, die Zähigkeit und die Kraft eines Mannes zu haben, der doppelt so groß war wie er.

»Ich liebe Sie, ich liebe Sie!« schnaufte er. »Sie und nur Sie allein! Es ist mir ganz gleichgültig, wie Sie zu anderen Männern gestanden haben – was mir zunächst, ich muß es gestehen, Sorgen bereitet hat. Aber nun ist meine Liebe zu Ihnen so groß, daß solche Gedanken mich nicht mehr schrecken –« Er küßte sie leidenschaftlich und drängte sie auf das ordentliche Bett zu. »Ich muß Sie besitzen! Sie müssen, Sie werden mein eigen sein!«

Schluchzend vor Wut gelang es Scylla, sich von ihm zu befreien und zur Tür zu laufen. Sie riß den Schlüssel aus dem Schlüsselloch, schlug die Tür zu, als er ihr nachsetzte, und schloß sie von außen ab. Dann lief sie in die Eingangshalle. Ihr Gepäck konnte später geholt werden – sie würde zu Fuß zum Petworth House gehen. Aber vor der Tür wartete Lord Egremonts Kutsche auf sie, und ihre größeren Gepäckstücke waren bereits im Kutschkasten verstaut. Sie mußte nur noch ihren Umhang anlegen und gehen. Sie hatte die Hermitage in letzter Minute verlassen, sagte sie sich. Ihre Lippen schwollen an – sie mußte Liz erzählen, daß sie sich am Bettpfosten gestoßen hatte. Die Szene, die sich gerade abgespielt hatte, konnte sie unmöglich schildern – es war zu entsetzlich, zu widerwärtig.

Scylla blieb viele Wochen im Petworth House. Ihr Leben verlief in ruhiger Gleichförmigkeit. Andere Besucher kamen und gingen, aber sie sah nicht viel von ihnen. Lord Egremont und Liz hatten volles Verständnis dafür, daß sie es vorzog, ihr Essen in ihrem Zimmer oder in der Bibliothek serviert zu bekommen.

Fast täglich besuchte sie Fanny im Gefängnis in Chichester. Eine von Egremonts Kutschen stand vollständig zu ihrer Verfügung. Fanny legte bei diesen Besuchen immer die gleiche Haltung an den Tag: ruhig, klaglos, in sich gekehrt. Sie bedankte sich für alles, was man ihr mitbrachte, für Obst, Lesestoff und sauberes Bettzeug. Sie wollte kein Mitleid und beharrte darauf, daß sie das ganze Elend selbst zu verantworten habe. Nie fragte sie, warum ihre Stieftöchter sie nicht besuchten.

Die Familie in der Hermitage war alles andere als glücklich. Nach dem Verhör durfte das ermordete Kind beerdigt werden. Der kleine Thomas wurde eines Abends in aller Stille neben seiner Großmutter beigesetzt. Obwohl die größten Vorkehrungen getroffen wurden, den Zeitpunkt der Beerdigung geheimzuhalten, sickerte etwas durch, und etliche Leute aus der Stadt machten sich zum Friedhof auf und sahen in schweigender Feindseligkeit zu, wie der winzige Sarg in die Erde versenkt wurde. Als Thomas und seine Töchter hinterher hastig in die Kutsche kletterten, rief eine Stimme: »Ihr Mörder! Wer hat euer Kind umgebracht?« Und die Menge schüttelte die Fäuste und stieß Schmähungen aus. Händevoll Schnee mit Steinen vom Straßenrand wurden ihnen nachgeworfen. Später am Abend wurden im Erdgeschoß etliche Scheiben eingeworfen und das Wort MÖRDER in roter Farbe an die Tür gemalt. Thomas mußte die Läden der unteren Fenster selbst tagsüber geschlossen halten, um seine Töchter vor der Feindseligkeit der Nachbarn zu schützen, die den Fahrweg herabkamen und auf das Haus starrten, als erwarteten sie, daß jemand mit blutbeschmierten Händen aus der Tür trat.

Scylla wurde von den Dienstboten vom Petworth House darüber unterrichtet, die sehr gut Bescheid wußten über die herrschende Stimmung. Gerüchte über die Krankheit und den Tod von Thomas' erster Frau gingen inzwischen in der Stadt um, und der Verdacht fiel wieder von Bet auf ihren Vater zurück. Man war sich allgemein darüber einig, daß ein Mann, der seine erste Frau umgebracht hatte, ohne weiteres auch sein Kind beseitigen könnte. Die Frage des *Motivs* wurde leicht abgetan: »Der is so ein schwerblütiger, kleinlicher Bursche – sicher is ihm das Kind auf die Nerven gefallen un hat ihn gereizt. Oder vielleicht war *er* wo, wo er nix zu suchen hat, hat sich an die Kinderschwester rangemacht – un das Kind is aufgewacht und hat ihn dabei gesehn!« Auch die arme Jemima blieb nicht von ihren Mutmaßungen verschont und Scylla desgleichen – sie nahm Abstand davon, in die Stadt zu gehen, nachdem man ihr ein paarmal auf der Straße ›Pagets Hurenweib‹ nachgerufen hatte.

Nach vier Wochen kam der Fall vor den Friedensrichter von Petworth. Lord Egremont hatte seinen eigenen Anwalt, einen Mann namens Burrows, beauftragt, Fanny zu vertreten, da Thomas Fanny sowohl in aller Öffentlichkeit als auch privat beschuldigte, das Verbrechen begangen zu haben, und Throgmorton, der Anwalt der Pagets, sie somit kaum vertreten konnte. Von der *Asp* oder von Cal hatte man nichts gehört. Aber eines Abends, ein paar Tage bevor das Gericht zusammentreten sollte, kam Lord Egremont in die Bibliothek, wo Scylla sich aufhielt. Er wirkte mitgenommen und verstört, wie so oft in diesen Tagen.

»Goble ist hier«, erzählte er ihr.

»Oh? Was sagt er?« fragte Scylla neugierig. Sie war ziemlich fest davon überzeugt, daß Goble Licht in die ganze Sache bringen konnte.

»Ach, ich weiß es nicht! Er ist ein sonderbarer Kauz, nicht ganz richtig im Kopf, fürchte ich. Er hat mir lang und breit eine Geschichte über den Geist von Thomas' totem Bruder erzählt –

Ich glaube, er wollte mich davon überzeugen, daß *er* aus dem Jenseits wiedergekehrt ist und den Mord verübt hat. Eine recht abwegige Idee! Aber eins hat er gesagt, was mich stutzig gemacht hat«, fuhr Egremont fort. »Offenbar geistert er selbst in der Hermitage umher, wenn er nicht schlafen kann, und das hat er auch in der bewußten Nacht getan, wenn auch, nach seiner Darstellung, etwas *nach* dem Zeitpunkt, zu dem der Mord begangen wurde. Und er sagt, daß er zuerst einen Geist, eine Erscheinung, umherhuschen sah – den Geist des armen Ned Wilshire, wie er annimmt, und dann später hat er gesehen, wie Thomas selbst durch das Tor am Glebe Path in den Garten kam und dann durch die Gartentür in der Hermitage verschwand.«

Scyllas Interesse wuchs. Sie fragte: »War Cal zu der Zeit mit Goble zusammen?«

»Ja. Die beiden saßen ruhig in der kleinen Laube am Ende des Eibenwegs. Cal sagte zu Goble: ›Pscht, dort geht Paget. Er darf nicht wissen, daß wir hier sind, ich will nicht noch einmal mit ihm aneinandergeraten.‹ Ich habe Goble gefragt, ob er sich ganz sicher ist, und er meinte, er könne sich nicht irren. Paget trug eine Weste und ein offenes Hemd.«

»Ein offenes Hemd? In einer Schneenacht? Goble muß geträumt haben!«

»Tja, das glaube ich langsam auch, vor allem weil er an dieser Stelle der Geschichte einen langen Abschnitt aus der Bibel rezitiert hat, über die Kinder der Sünde. Ich fürchte, seine Aussage würde vor jedem Gericht nur Gelächter hervorrufen.«

»Mehr hat er nicht gesagt? Er hat nicht von irgendwas gesprochen, was ihm auf der Seele liegt, etwas, das ihn bedrückt?«

Er warf ihr einen raschen Blick zu.

»Nein. Aber ich hatte das Gefühl, *daß* er bedrückt war. Warum fragen Sie?«

»Ich glaube, er hat meinem Bruder etwas offenbart, vielleicht etwas gestanden, was er getan hat. Aber ich habe nicht das Recht, davon zu sprechen – mein Bruder hat mir nicht erzählt, was es war. Es war ein Geständnis.« Dann brach es aus ihr hervor: »Lord Egremont! Und wenn sie nun Fanny für schuldig befinden – was dann?«

»Meine Liebe, es hat keinen Zweck, so weit in die Zukunft zu denken. Es handelt sich nur um ein Vorverhör vor dem Friedensrichter. Danach kommen die Assisen – bis dahin sind vielleicht weitere Beweise ans Licht gekommen.«

»Aber *wenn* sie schuldig gesprochen wird?«

Er sagte widerstrebend: »Es ist kaum anzunehmen, daß sie gehängt würde. Sie kann eine lebenslange Gefängnisstrafe bekommen – vielleicht dreißig Jahre.«

»Dreißig Jahre!«

»Sie würde wahrscheinlich in eine Strafkolonie nach Übersee gebracht.«

Diese Information war ein geringer Trost für Scylla.

Inzwischen hatte die Admiralität preisgegeben, daß die *Asp* ins Mittelmeer beordert worden war, mit Depeschen an Generalleutnant Charles Stuart, der jetzt vor Menorca gegen die Franzosen kämpfte. Lord Egremont hatte auf dem schnellsten Weg Boten nach Plymouth geschickt, die das Schiff abfangen sollten. Es sollte dort erwartungsgemäß anlegen, um Wasser zu tanken, aber das Unglück wollte es, daß es statt dessen in Falmouth festmachte und wieder lossegelte, ehe sie es erreichten. Die *Asp* war ein besonders schnelles Schiff, und obwohl mit anderen Schiffen Botschaften nach ihr ausgesandt wurden, stand fest, daß mit Cals Rückkehr nicht vor einigen Monaten zu rechnen war.

Die Anhörung vor dem Friedensrichter verlief kurz und bündig. Fanny, die zu diesem Anlaß nach Petworth gebracht wurde, erschien bleich, schweigsam und gefaßt in einem schlichten schwarzen Gewand und in einen Schleier gehüllt. Thomas war ebenfalls anwesend, näherte sich ihr aber nicht, und sie sah nie in seine Richtung. Die formelle Beweisaufnahme fand statt. Fannys Anwalt verkündete ihre Absicht, sich nicht schuldig zu erklären, und die Sitzung wurde vertagt »in Erwartung der Rückkehr weiterer Zeugen, die im Moment nicht erreichbar waren«. Die öffentliche Neugier wurde erweckt, weil von ›Zeugen‹ die Rede war, wer konnte da außer Leutnant Paget noch gemeint sein? Von Mund zu Mund ging die Kunde, daß der Gärtner der Hermitage, Henry Goble, aufgerufen werden sollte, aber er war verschwunden, war seit etlichen Tagen nicht gesehen worden. Wo konnte er sein?

Unerfreulich war das Verhalten des Gatten der Angeklagten, Captain Paget, bei der Anhörung. Doktor Chilgrove hatte sich bemüht zu verhindern, daß er in den Zeugenstand gerufen wurde, mit der Begründung, er leide an ›geistiger Unzurechnungsfähigkeit‹ und sei so erschüttert von dem, was er durchgemacht hatte, daß man auf seine Zeugenaussage nichts geben könne. Dem Einspruch wurde aber nicht stattgegeben. Thomas wurde also aufgerufen und hub alsbald an, seine Frau laut und kreischend zu verleumden, »die seinen Sohn zu einem Halbdeppen gemacht hatte«, und er wurde so hysterisch, daß er aus dem Gerichtssaal geführt werden mußte. Dieser Ausbruch schürte beim Volk die Vorurteile gegen ihn und er wurde mit Schmährufen bedacht, während überall im Saal »Schande« gemurmelt wurde, als Fanny wieder abgeführt wurde. Der Anwalt hatte gefordert, sie gegen Kaution freizulassen, aber der Friedensrichter hatte seine Zustimmung untersagt, mit der Begründung, daß es ihrer eigenen Sicherheit diente, wenn sie in Gewahrsam blieb.

Scylla hatte gehofft, Fanny nach der Anhörung sprechen zu können, aber die Menge vor dem Rathaus war so außer Rand und Band geraten, daß die Wachtmeister die Gefangene durch einen Seitenausgang in eine geschlossene Kutsche schmuggeln mußten, damit sie nicht von ihren aufgebrachten Fürsprechern überrannt und niedergetrampelt wurde.

Als Thomas in finsterer Stimmung nach Hause kam, wurde er vom Anblick seiner Tochter Martha überrascht, blühend und hübsch, mit einer ungewöhnlich matronenhaften Ausstrahlung.

»Wo zum Teufel kommst du denn her?« fuhr er sie an. »Du kannst auf der Stelle wieder dorthin zurückkehren, wo du herkommst, wo immer es sein mag! In meinem Haus hast du nichts mehr zu suchen!«

»Ich wünsche nicht im geringsten in Ihrem Haus zu leben«, gab Martha scharf zurück. »Ich bin zur Gerichtsverhandlung gekommen, und nach allem, was ich gehört habe, sehe ich mich veranlaßt, Patty zu mir nach Hause mitzunehmen. Das hier ist kein Ort für ein Kind ihres Alters. Du kannst auch mitkommen, Bet, wenn du willst.«

Bet fühlte sich zwar durch diese beiläufige Einladung beleidigt, befand aber dennoch, daß es sich an jedem anderen Ort besser leben ließ als in der Hermitage, und ging davon, um ein paar Kleider für sich und Patty einzupacken. Thomas verfluchte sie allesamt, aber ohne rechte Überzeugung, es war ihm eigentlich ziemlich gleichgültig, ob seine Töchter blieben oder weggingen. Ihm lag nichts daran, ihnen Lebewohl zu sagen, und er begab sich daher unverzüglich in sein Gartenhaus.

20

Die Leiche von Henry Goble wurde neben einem Grabstein auf dem neuen Friedhof gefunden. Der allgemeine Aufruhr und das Entsetzen angesichts dieses zweiten Todesfalls so kurz nach der Ermordung des kleinen Thomas Paget wurde durch Doktor Chilgroves Versicherung, daß kein Verdacht auf eine gewaltsame Todesursache bestand, gedämpft. Die Untersuchung der Leiche hatte ergeben, daß Goble von einer gefährlichen Lungenentzündung dahingerafft worden war, die er sich offensichtlich durch Unterkühlung und durch Überanstrengung seines bereits geschwächten vergrößerten Herzens, das der Doktor schon seit geraumer Zeit mit Fingerhutessenz behandelte, zugezogen hatte. Der arme Mann mußte zusammengebrochen sein, während er das Grab von Edward Wilshire pflegte, da er noch ein Bündel Krokusse in der Hand hielt, die er wohl in den Topf hatte pflanzen wollen, der neben ihm stand.

»Der arme Mann!« rief Scylla aus, als Lord Egremont ihr die Nachricht überbrachte. »Cal wird todunglücklich sein, wenn er von seinem Hinscheiden erfährt. Ich glaube, er war dem alten Mann sehr zugetan, obwohl sie sich erst so kurz kannten. Und was soll jetzt werden? Seine Zeugenaussage bei Gericht, selbst wenn sie etwas wirr gewesen wäre, hätte immerhin von einem *gewissen* Wert sein können; jetzt ist sie verloren. Alle Umstände scheinen meinen Cousin Thomas zu begünstigen.«

»Nicht *ganz* alle Umstände«, sagte Lord Egremont. »Ich habe hier einen Brief von meinem Freund James Henriques –«

»*Dieser* Tunichtgut«, brummte Liz Wyndham, die bei ihnen in der Bibliothek des Petworth House saß. »Wozu soll der denn taugen?«

»Ein bißchen Gutes tut er doch, Liebling, denn er schreibt:

»Mit dem größten Entsetzen habe ich in der *Times* gelesen, daß Deine reizende Nachbarin im Zusammenhang mit Eurem jüngsten Skandal in Petworth des Mordes an ihrem Kinde angeklagt wurde. Vielleicht könnte in dieser Angelegenheit eine Aussage von Mrs. Liliane Baggot (die im Moment unter meinen Fittichen lebt) von Bedeutung sein. Sie hat mir erklärt, daß Captain Paget ihr einst in einer unbekümmerten, redseligen Stimmung geschworen hat, es sei ihm gelungen, die erste Mrs. Paget zu beseitigen, und er würde nicht zögern, sich auch der zweiten zu entledigen, falls sie auch in Zukunft so unnahbar bleiben würde, womit zu rechnen sei. Mrs. Baggot wäre bereit, diese Aussage vor Gericht zu wiederholen, bittet aber darum, daß man ihr diese schreckliche Tortur nach Möglichkeit erspart.«

»Warum auch nicht?« bemerkte Liz achselzuckend. »Das ist doch nichts weiter als gemeiner Klatsch.«

»Ja, ganz recht, aber Nachforschungen über den Tod der ersten Mrs. Paget könnten etwas ans Tageslicht bringen. Wenn wir nur einen einzigen wirklich handfesten Beweis hätten!«

Lord Egremont wußte nicht, daß es so einen Beweis bereits gab, aber er sollte erst etliche Wochen später in diesem kalten, trostlosen Frühling ans Licht kommen.

Inzwischen beschloß der neue Generalgouverneur von Kalkutta, der Earl of Mornington, Tippoo Sahibs von den Franzosen geschulte Armee anzugreifen, und er wies seinen jüngeren Bruder, Arthur Wellesley, an, die Truppen unter General Harris Richtung Seringapatam, der Hauptstadt von Maisur, zu führen. Im Mittelmeer hatte die vereinte russisch-türkische Flotte Korfu erobert. Marschall Suworow war an der Spitze seiner russischen Truppen in Mailand eingefallen. Bonaparte, der Tippoo Sahib gedrängt hatte, die Briten in Indien zu überwältigen, marschierte durch die Wüste gen Syrien. Nur die befestigte Hafenstadt Akkon versperrte ihm noch den Weg nach Osten. Und die Schlup *Asp* hielt mit größter Geschwindigkeit mit wichtigen Depeschen an Bord auf Akkon zu.

In England schmolz der Schnee, fiel erneut, schmolz wieder. Und am Ende des Shimming Tals erhoben die Kühe des Bauern Fewkes, die die durchnäßten Hügel vergebens nach ein paar Maulvoll Gras abgesucht hatten, anklagend ihre Stimmen und brachten muhend und brüllend ihren Hunger und ihre Unzufriedenheit zum Ausdruck.

»Die verfluchten Viecher«, sagte Bauer Fewkes zu seinem Knecht Tom. »Die sind bald so dünn wie Kleiderbügel. Sie müssen ihnen noch'n paar mehr Gabeln voll vom Pfarrheu geben, Tom.«

Ein paar Wochen später bekam Fanny im Gefängnis von Chichester unerwarteten Besuch. Aufgrund ihrer sanften, ergebenen Höflichkeit war sie bei den Wärterinnen beliebt. Obwohl ihr eigentlich etliche Privilegien zustanden, machte sie keinen Gebrauch davon und erledigte jede Aufgabe, die man ihr zuteilte, mit Eifer und Sanftmut. Manch eine ihrer freundlichen Wärterinnen schwor, daß sie »niemals so eine üble Tat begangen haben konnte«, und sie hätten jederzeit beide Augen zugedrückt, wenn Fanny einmal gegen die Gefängnisordnung verstoßen hätte. Aber sie trachtete nie danach. In diesem Fall allerdings –

»Hier ist ein Leutnant Paget, der Sie besuchen möchte«, sagte die Tageswärterin, den Kopf zur Tür hereinstreckend. »Nach der Vorschrift dürfen Sie nur Ihren Gatten, den Anwalt und die engsten weiblichen Verwandten empfangen – aber sagen wir doch einfach, der hier ist Ihr Gatte, was? Er hat den gleichen Namen. Also was soll's? Und *er* kommt sowieso nie«, murmelte sie mißbilligend, während sie sich zurückzog und die Tür schloß. Fanny fiel fast in Ohnmacht vor Überraschung.

»Cal! Ich dachte, Sie sind im Mittelmeer!«

»Da war ich auch. Oh, Fanny! Meine Herzallerliebste! Wie können Sie das hier nur alles ertragen? Mein armer Liebling – was mußten Sie alles durchmachen!«

Eh sie sich versah, fand sie sich in Cals Armen wieder, und es tat ihr so wohl, daß sie versucht war, seine Liebkosungen zu erwidern, aber sie wandte sich ab und sagte bebend mit einem Blick auf das Gitter in der Tür: »Das dürfen wir nicht! Was soll man von uns denken –? Aber Cal, wie um alles in der Welt kommen Sie hierher? Das ist die größte Überraschung meines Lebens!«

Sie starrte ihn an, wollte es kaum glauben, daß er in Fleisch und Blut vor ihr stand, und sie bemerkte geistesabwesend, daß er sehr mager war und bleich unter seiner sonnengebräunten Haut.

»Wie ich hierherkomme? Ich komme direkt von Portsmouth – und bin auf dem Weg nach Petworth, um dort vor dem Friedensrichter eine Aussage zu machen. Ich werde erzählen – was Goble sicher schon berichtet hat, aber meine Aussage wird seine noch erhärten –, daß wir nämlich Thomas in der Nacht, in der dein Kind ge – gestorben ist, im Garten gesehen haben, daß er nur Hemd und Hose getragen hat und wild und mitgenommen aussah. Damals habe ich gedacht, daß seine seltsame Erscheinung auf unsern Streit zurückzuführen war, aber nun glaube ich, daß ihn Schuld und Entsetzen gepackt hatte angesichts der Tat, die er gerade begangen hatte. Glauben Sie das nicht auch?«

Fanny schauderte. »Ich weiß es nicht! Er beschuldigt mich hartnäckig, und ich weiß, daß *ich* es nicht getan habe – aber dennoch – ich mag nicht glauben, daß er – daß *Thomas* zu so etwas fähig wäre –«

Sie sah schmerzerfüllt zu Cal auf, der voller Entsetzen ausrief: »Sie glauben doch nicht etwa, daß *ich* es getan habe, Fanny?«

»Nein – oh, woher soll ich es wissen? Ich weiß nicht, was ich denken soll.«

»Hat Ihnen keiner beigestanden? Wo ist meine Schwester?«

»Sie besucht mich fast jeden Tag. Sie ist sehr gütig, und alle anderen auch.«

Jetzt blickte sich Cal in der Zelle um und sah überall die Spuren des guten Willens der Leute – Zeitungen und Bücher stapelten sich auf dem Boden, Marmeladentöpfe mit Blumen, Körbe voll Obst standen an der Wand aufgereiht.

»Viele Leute aus Petworth – die ich gar nicht kenne – schicken mir oft eine Kleinigkeit – Eier, Käse – und die Kinder schicken Sträußchen – und irgend jemand bringt täglich so einen Strauß –« Fanny zeigte auf einen wunderbaren Blumenstrauß aus Waldblumen und Tannengrün – Geißbart, gefiederter Ginster, leuchtende Rosenknospen, Kiefernwedel mit Zapfen, ein paar Schneeglöckchen und frühe wilde Narzissen. »Jeden Tag bekomme ich einen neuen, aber ich weiß nicht von wem. Ist er nicht herrlich?«

»Ja – gewiß – aber Fanny, es ist so fürchterlich, Sie an diesem Ort zu sehen. – Um Sie zu befreien, würde ich nur zu gerne selbst den Mord gestehen –«

»Cal, nein! So etwas dürfen Sie nie erwägen!«

»Nun, ich schätze, es wird nicht nötig sein«, meinte er. »Ich werde mich mit dem alten Goble zusammentun, und gemeinsam werden wir so viele Beweise aufbringen, daß der Arm der Gerechtigkeit Ihren widernatürlichen Gatten erreichen kann.«

Man hatte Fanny nichts von Gobles Tod erzählt. Lord Egremont und Scylla waren einhellig der Meinung, daß man sie nicht noch zusätzlich mit dieser schmerzlichen Nachricht belasten sollte.

Sie murmelte: »Wenn Sie das doch nur nicht tun müßten! Oh – ich will nicht sterben – und doch habe ich das Gefühl, es wäre vielleicht besser. Armer Thomas – ich habe ihn nie geliebt – es fiel mir sogar schwer, ihn nicht zu hassen – und das war ein großer Fehler. Ich habe das Gefühl, diese Strafe verdient zu haben.«

»Barer Unsinn!« sagte Cal.

»Nein, keineswegs. Ich habe eine Vorahnung, daß etwas

Schlimmes geschehen wird, wenn ich dies hier nicht als wohlverdiente Strafe dafür ansehe, daß ich Thomas kein gutes Eheweib war. Oh, Cal – tun Sie bitte nichts Unüberlegtes oder Zügelloses!«

»Kein gutes Eheweib? Sie waren das beste Eheweib, das ein Mann sich nur wünschen kann – viel, viel besser als er es verdient hat. Fanny, ich sollte Ihnen das vielleicht nicht sagen, aber falls – aber wenn – wenn Sie von all diesen Schrecken befreit sind, frei von Thomas – was geschehen wird, was geschehen *muß* – da er Sie sozusagen verstoßen hat – werden Sie mich dann heiraten? Wollen Sie meine Frau werden? Ich liebe Sie wirklich von ganzem Herzen! Meine Liebe zu Ihnen hat mich vom Jüngling zum Mann gemacht.« Er lächelte sie treuherzig an, und sie fühlte einen sonderbaren Stich im Herzen – seinen Worten zum Trotz sah er immer noch aus wie ein Knabe, eine weiche dunkle Haarlocke hing ihm wie immer in die Augen, die sie flehend anblickten.

»Fanny? Wollen Sie? Sagen Sie bitte ja!«

Sie war ihm so sehr zugetan, daß Sie weder Betroffenheit noch Überraschung noch Ablehnung vortäuschen konnte. Dennoch schüttelte sie den Kopf.

»Nein. Liebster, allerliebster Cal – nein! Ich liebe Sie über alles in der Welt – aber das geht nicht. Es wird nie möglich sein.«

»Warum nicht? Sie können sich scheiden lassen von ihm, oder –«

»Schweigen Sie! Es wäre falsch. Ich weiß es, ich fühle es, es wäre ganz falsch.«

»Nein! Nicht im mindesten! Es wäre richtig – richtig für uns beide!«

Sie sagte ruhig: »Seien Sie bitte still.«

»Ja, schon gut.« Er war niedergeschmettert. »Vergeben Sie mir! Ich – ich bedränge Sie immer zur falschen Zeit – wenn Sie ohnehin schon zu viele Sorgen haben. Ich wollte nur, daß Sie es wissen. – Aber Sie haben recht! Ich werde Sie jetzt verlassen. Ich werde Sie so bald wie möglich wieder besuchen. Inzwischen – wird das hier vielleicht für mich sprechen –« Und er zog ein Bündel Manuskriptseiten aus seiner Tasche und überreichte es ihr und sagte mit einem zarten Lächeln: »Ist das nicht seltsam? Solange ich unter Ihrem Dach weilte, konnte ich nicht schreiben – keine einzige Zeile – obwohl mein Herz voll war. Aber sowie ich wieder auf See war, strömte es nur so hervor, und heraus kam Fanny – Fanny – Fanny! Die sind für Sie. Sie sollen für mich sprechen. Nun sage ich Ihnen Lebewohl.«

Er berührte sanft ihre Stirn mit seinen Lippen und humpelte dann zur Tür und klopfte, damit man ihn hinausließ.

Während der einstündigen Fahrt nach Petworth lehnte er sich in die Kissen zurück und verfiel in einen tiefen Schlaf der Erschöpfung. Seit er die Nachricht von Fannys Verhaftung erhalten hatte, hatte er kaum eine volle Nacht Ruhe gefunden. Er wurde von Gewissensbissen geplagt wegen seines Streits mit Thomas, der sicher der Auslöser für alle folgenden Ereignisse gewesen war. Dann wieder wurde er gepeinigt von Sorge um Fanny und von der Sehnsucht verzehrt, ihr seine Liebe zu erklären. Da das nun getan war, war er so sehr erleichtert, daß er wie ein Kind schlief und erst aufwachte, als die Räder der Kutsche über das Pflaster von Petworth rumpelten.

Er wies den Kutscher an, direkt zum Petworth House zu fahren, da er von Fanny wußte, daß Scylla dort wohnte. Seine Sehnsucht nach ihr war fast so groß wie seine Sehnsucht nach Fanny, und er war bitter enttäuscht, als der Majordomus ihm mitteilte, daß Miss Paget gerade nicht im Haus war.

»Sie wird aber in zwei, drei Stunden zurück sein, Sir. Sie und Mrs. Wyndham sind nach Chichester gefahren. Sie kommen zum Abendessen zurück.«

»Wie ärgerlich! Wir müssen uns auf der Straße begegnet sein.«

Aber immerhin fand Cal den Hausherrn vor, der aufrichtig

erfreut war, ihn wiederzusehen. »Mein lieber Paget! Herzlich willkommen. Wo hat die Botschaft Sie schließlich erreicht?«

»In Akkon, Sir.«

»Akkon? Himmel nochmal, dann sind Sie aber schnell zurückgereist!«

»Wir hatten Depeschen für Captain Sydney Smith, Sir. Boney rückt in seine Richtung vor – in der Hoffnung, nach Indien zu gelangen – ich glaube, er ist jetzt in Jaffa – die Nachrichten mußten also auf dem schnellsten Weg nach England gebracht werden. Auf diese Weise war ich vom Schicksal begünstigt – andernfalls wäre ich wohl nicht so schnell zurückgekehrt.«

»Sie sind ja abgemagert bis auf die Knochen, mein armer Knabe. Wollen Sie sich ein wenig stärken?«

»Nein, vielen Dank, Sir. Ich könnte nichts hinunterbringen. Ich möchte so schnell wie möglich eine Aussage machen in dieser entsetzlichen Sache.«

»Gewiß! Kommen Sie mit in die Bibliothek, ich werde Frank Goodyear bitten, alles sofort niederzuschreiben. Frank! Frank!« rief er nach seinem Sekretär. »Kommen Sie her, ich möchte, daß Sie Leutnant Pagets Aussage niederschreiben.«

In der Bibliothek fanden sie einen jungen Mann vor, der zahlreiche kunstvolle Pläne studierte, die er auf dem großen Tisch ausgebreitet hatte. Er erhob sich höflich beim Eintritt von Lord Egremont und schickte sich an, den Raum zu verlassen.

»Ich werde Sie nicht lange stören, Talgarth, mein Lieber«, sagte Lord Egremont. »Gehen Sie doch etwas frische Luft schnappen, stutzen Sie einen Baum oder sowas in der Art, Sie sind ja bleich wie ein Teller voll Kutteln! Wenn Sie doch bloß meiner Anweisung folgen und sich die Gärten in Corsham Court ansehen würden, statt sich über diesen Plänen zu Tode zu schinden – Sie arbeiten viel zu viel!«

Er schüttelte den Kopf über Talgarth, als dieser mit einer Verbeugung den Raum verließ, und fügte an Cal gewandt hinzu:

»Prächtiger junger Bursche – prächtig. Stur wie ein Bock, versteht sich, befolgt meine Anweisungen nie – aber ich glaube, er wird einst Capability Brown ausstechen, er ist ein bemerkenswertes Naturtalent. Aber zur Zeit sieht er gar nicht gut aus. Dieser Dummkopf. Er befaßt sich zu viel mit diesen vermaledeiten Plänen – Entwürfe für meinen neuen Lustgarten. Aber das tut ja jetzt nichts zur Sache. So, Frank – sind Sie bereit?«

»Sir, ich denke, es wäre besser, den alten Goble herbeizuholen, damit er meine Aussagen bestätigen kann«, sagte Cal nach kurzem Nachdenken. »Allerdings nur, wenn es möglich ist, ihn herzubringen, ohne daß Thomas Verdacht schöpft.«

»Goble? Was? Haben Sie denn nicht gehört – Nein, natürlich nicht, wie sollten Sie? Er ist tot und dahin seit sechs Wochen.«

»Was?« rief Cal zutiefst erschrocken aus. »Goble *tot*? Wie ist das möglich? Ist er auch ermordet worden?«

»Nein, nein, der arme alte Bursche ist eines natürlichen Todes gestorben –«

Lord Egremont schilderte die Umstände: »Chilgrove sagt, daß es ihn nicht überrascht hat. Goble hatte schon geraume Zeit gekränkelt und nie sehr auf seine Gesundheit geachtet, möglicherweise hat er nie ordentlich gegessen. Ich bezweifle, daß er viel bekommen hat in diesem knauserigen Haushalt.«

Diese Neuigkeiten erschütterten Cal zutiefst. »Ich möchte meinen, daß seine Sorgen, die er mir anvertraut hat, sein Ende beschleunigt haben. Er hat mir erzählt, daß Schuldgefühle und Reue ihm seit Wochen den Schlaf raubten.«

»Schuld und Reue weswegen, mein Lieber?«

»Er hat mir erzählt, daß er Thomas' Kind in den Brunnen geworfen hat.«

»*Goble* war das?« rief Egremont über die Maßen erstaunt aus. »Du lieber Gott! Heiliger Strohsack! Was um alles in der Welt hat ihn dazu veranlaßt?«

»Er hat mir erzählt, daß ihm der Geist von Pagets Bruder

erschienen ist, vor zwanzig Jahren im Gefängnis von Petworth, und Vergeltung verlangt hat. Seitdem hat ihn das umgetrieben, und eines Tages, als er sich im Garten aufhielt, hat's ihn gepackt, und er hat den Säugling aus seiner Wiege geholt und ihn in den Brunnen geworfen. Dann hat er seine Tat bereut, aber es war zu spät. Er war dann sehr erleichtert, als der Kleine gerettet werden konnte. Aber der Gedanke bedrückte ihn zunehmend, daß das Schicksal ihn dazu ausersehen hatte, Thomas auf irgendeine andere Art zu bestrafen.«

»Heiliger Strohsack«, murmelte Lord Egremont erneut. »Und Ihnen hat er alles anvertraut?«

»Ja, es ist Stück für Stück herausgekommen, an den Schneetagen im Stall. Ich denke«, sagte Cal ernst, »daß er mich in seinen Gedanken mit Thomas' Bruder, der im Gefängnis gestorben ist, durcheinandergebracht hat.«

»Ich habe den Fall Wilshire nachgeschlagen«, murmelte Egremont. »Hat all sein Geld bei den Rennen in Goodwood verloren – betrunken und verlottert – im Gefängnis zu Petworth eingesperrt, bis seine Schulden von seinen Freunden bezahlt würden – am Gefängnisfieber erkrankt und gestorben. Das war natürlich vor dem Bau des neuen Gefängnisses. Armer junger Tor. Keiner von der üblen Sorte, würde ich sagen. – Aber lassen Sie uns nun Ihre Aussage aufnehmen, damit wir es hinter uns haben.«

Die Aussage brachte allerdings kaum mehr als eine Bestätigung Gobles früherer Zeugenaussage, wie Lord Egremont nüchtern bemerkte.

»Wir wissen, daß es um drei Uhr aufgehört hat zu schneien. Das bestätigt der Nachtwächter. Wir wissen, daß die Stelle, wo das Kind eingegraben wurde, mit Schnee bedeckt war, der Mord muß demnach mindestens eine halbe bis eine Stunde vorher begangen worden sein. Sie haben Goble um halb vier im Garten angetroffen, sagen Sie – Sie glauben nicht, daß er den Mord begangen hat? Daß er seine frühere Tat wiederholt hat?«

»Nein«, sagte Cal sehr entschieden. »Seine Reue über die frühere Tat war zu echt. Außerdem hatte Goble, soweit ich weiß, nur die Kleidung, die er am Leibe trug. Ich habe ihn nie etwas anderes tragen sehen. Und es war keinerlei Blut zu sehen – kein einziger Fleck.«

»Leider sind wir damit keinen Schritt weiter gekommen«, sagte Lord Egremont enttäuscht, »und dafür haben wir Sie den ganzen Weg von Akkon zurückgeholt!« Er hatte den Satz gerade beendet, als Reverend Martin Socket gemeldet wurde.

»Mr. Socket hat mir mitgeteilt, daß er in einer sehr dringenden Angelegenheit kommt, mein Herr«, sagte der Diener.

»Dann bitten Sie ihn bitte herein. – Nun, Martin, mein Freund – was kann ich für Sie tun?«

Mr. Socket wirkte tatsächlich sehr aufgeregt. Er befand sich in Begleitung eines anderen Mannes, der ein Stoffbündel unterm Arm trug.

»Giles Fewkes, was?«, sagte Lord Egremont, der in ihm einen seiner Pächter erkannte. »Was führt Sie zu mir?«

»Lord Egremont, Bauer Fewkes hat eine Entdeckung gemacht, die von großer Wichtigkeit sein könnte im Fall des Pagetbuben. Wir hielten es für richtig, Sie unverzüglich über die Sache zu informieren.«

»Im Pagetfall?« Lord Egremont sah mit einem Mal sehr gespannt drein. »So ein Zufall aber auch. Um was für eine Entdeckung handelt es sich?«

Reverend Socket warf Mr. Fewkes, dessen Zunge gelähmt schien, einen Blick zu und fuhr mit seinem Bericht fort.

»Also, vor sechs Wochen, Sir, habe ich den Inhalt meines kleinen Schobers, der am Talhang liegt, an Bauer Fewkes verkauft – dank der prächtigen Heuernte im letzten Jahr hatte ich nämlich mehr als genug Futter für meine drei Pferde und meine zwei Milchkühe. Und er hat ein paar Leute mit einem Karren geschickt, die alles zu seinen leeren Scheunen geschafft haben, in zwei großen Ladungen. Er wollte nämlich nicht immer hin und her laufen, wenn er eine Garbe Heu brauchte, um seine Färsen zu füttern.«

»Ja? Aber was hat das mit dem Pagetfall zu tun?« wollte Egremont etwas verblüfft wissen.

»Geduld, Sir, ich komme gerade zum wesentlichen Punkt. Das Heu wurde in zwei Wagenladungen weggeschafft, und der Schober – der, wie Sie wissen, auf halber Höhe des Hangs unterhalb der Hermitage liegt – wurde leer zurückgelassen. Das war zufällig alles an dem Tag nach dem Tod des kleinen Paget.«

»Oho? Tatsächlich?«

»Mr. Fewkes hat das Heu Ballen um Ballen an sein Vieh verfüttert, und heute hat er mitten in einem Bündel diese Jacke entdeckt, die wir Ihnen mitgebracht haben.«

Jetzt wickelte Bauer Fewkes das Stoffbündel auf und brachte ein steifes, staubiges, schmutzig aussehendes Kleidungsstück mit angelaufenen Messingknöpfen zum Vorschein, das ganz nach einer Matrosenjacke aussah. Es wies dunkelbraune Flecken auf und war mit Halmen und Heusamen gespickt. Darin eingewickelt war ein kurzes Schwert, das auf den ersten Blick rostig erschien, aber bei näherem Hinsehen zeigte sich, daß es dieselben dunklen Flecken hatte wie die Jacke.

»Gütiger Gott!« sagte Lord Egremont, auf die Beweisstücke starrend. »Das sieht aus wie ein Schwert aus der Ausrüstung der Petworth-Truppe. Und diese Jacke –«

»Ich kenne die Jacke – oder eine sehr ähnliche«, sagte Cal ruhig. »Sie gleicht einer, die mein Cousin Thomas im Haus zu tragen pflegte.«

Lord Egremont erhob sich und untersuchte vorsichtig den Griff des Schwerts, ohne ihn zu berühren. Er war aus einfachem Metall, das mit Draht umwickelt war, damit es besser in der Hand lag. »Schauen Sie her. Was sehen Sie da?« sagte er zu Cal.

Cal sah es sich ebenfalls genau an.

»Ich sehe einen Abdruck einer dreifingrigen Hand«, sagte er.

Egremont murmelte vor sich hin: »Er wußte *genau*, daß Haus und Grund durchsucht werden würden. Er hat das Nachtgewand seiner Frau über seiner Jacke getragen, um so das Blut abzuhalten. Darum hat Goble ihn für ein Gespenst gehalten. Aber auch die Jacke war durchtränkt. Er mußte sich ihrer entledigen. Er ließ das Nachthemd und das Rasiermesser im Abtritt, um seine Frau zu belasten – da hat er einen Fehler gemacht. Dem Kind war nicht nur die Kehle durchtrennt worden, es hatte auch Stichwunden. Mit einem Rasiermesser lassen sich keine Stichwunden beibringen. Er hat das Kind eingegraben – und zwar, bevor es anfing zu schneien. Als Sie in den Garten gekommen sind, war die lose Erde schon mit Schnee bedeckt, und er war am Talhang, um seine Jacke und die Waffe zu verstecken. Eine Stunde früher hätten Sie ihn beim Graben erwischt.«

Cal schauderte. »Ich muß gestehen, Sir, daß ich froh bin, daß mir dieser Anblick erspart geblieben ist!«

»Er hat die Jacke in dem Schober versteckt, vielleicht in der Absicht, später zurückzukehren und sie zu verbrennen, wenn die Bow-Street-Büttel ihre Durchsuchung beendet hatten. Aber als er dann zum Schober zurückkam, war das Heu weg. Er hat sich gewiß gewundert, wo es geblieben war. Es muß ihn in Angst und Schrecken versetzt haben –«

»Himmel!« rief der Pfarrer aus. »Paget ist zu mir gekommen – drei oder vier Tage später! Er hat mir erzählt, daß ihm das Heu langsam ausgeht und mich gefragt, ob ich welches für ihn übrig hätte. Ich habe ihm gesagt, daß dies nicht der Fall wäre.«

»Er muß auf glühenden Kohlen gesessen haben, weil er unbedingt wissen wollte, wo Ihr Heu geblieben war«, sagte Lord Egremont grimmig. »Hat er Sie gefragt?«

»Nein – wahrscheinlich hat er Angst gehabt, er könnte sich mit der Frage verdächtig machen.«

Egremont klingelte energisch nach einem Lakaien.

»Pringle, sehen Sie zu, daß die Wachtmeister unverzüglich hierherkommen. Und – warten Sie, als Friedensrichter und Oberherr kann ich Mrs. Pagets Entlassung aus dem Gefängnis anordnen. Frank, schreiben Sie die entsprechende Order an den Gefängnisverwalter von Chichester – Talgarth kann sie überbringen. Bleiben Sie hier, Socket, mein Lieber, und Sie auch, Fewkes. Sie werden vor den Wachtmeistern aussagen müssen. – Wohin ist denn Paget jetzt gegangen? Ich nehme an, er ist von der Reise erschöpft und braucht Ruhe. Also Frank, schreiben Sie: ›Hiermit ordne ich die sofortige Freilassung von Mrs. Frances Paget an –‹«

Cal hatte sich in Wahrheit nicht zur Ruhe begeben, sondern war über den Bartons Friedhof unterwegs zur Hermitage. Nach den Wochen auf See war er inzwischen recht beweglich mit seinem Holzbein, er stützte sich auf einen starken Stock, den er immer bei sich hatte.

Als er den Garten der Hermitage betrat, fiel ihm als erstes auf, wie sehr er sich mit dem Wechsel der Jahreszeit verwandelt hatte, seit er das letzte Mal hier war: Der Schnee war weg, Narzissen zeigten ihre schlanken grünen Spitzen, die Kirsch- und Apfelbäume blühten. Cal sah durch das Fenster des Gartenhauses. Es war leer, also lenkte er seinen Schritt über den Rasen zum Haus.

Mrs. Strudwick öffnete die Tür, und es verschlug ihr fast den Atem vor Staunen.

»*Master Cal*! Wir haben Sie niemals zurückerwartet!«

»Ist Ihr Herr – ist Captain Paget zu Hause?« fragte er schnell.

»Ja, Sir – er ist im Eßzimmer – soll ich Sie melden?« fügte sie zögernd hinzu, wohl in Gedanken an den Streit. »Er ist in letzter Zeit in einer seltsamen, gereizten Stimmung, Sir.«

»Bemühen Sie sich nicht, Mrs. Strudwick, ich kündige mich schon selbst an. – Wo sind die jungen Damen?« fügte er hinzu, da ihm das Haus so merkwürdig ruhig vorkam.

»Die sind weg, Sir, ihre Schwester, Miss Martha, hat sie weggeholt. Der Herr ist jetzt ganz allein.«

Cal trat ins Eßzimmer, wo Thomas, der offenbar ein frühes, einsames Mahl beendet hatte, im Dämmerlicht saß, als hätte er nicht genug Kraft, aufzustehen und sich an einen anderen Ort zu begeben. Eine Grützenschale und ein Teller mit einem halb aufgegessenen Stück Brot standen vor ihm auf dem Tisch.

Cal sah mit Staunen, was die vergangenen Wochen aus seinem Cousin gemacht hatten. Seine Stirn war runzlig, seine teigigen Wangen waren von tiefen Furchen durchzogen, das Haar über seinen Augen war gänzlich weiß geworden und an den Schläfen war es ergraut. Er sah abgezehrt und ausgetrocknet aus, wie ein halb verhungerter Raubvogel, der in seinem Käfig hockte, mit verkümmerten Federn, den Kopf tief zwischen die Schultern eingezogen.

Als Cal eintrat, wandte Thomas, der blind auf die verrammelten Fenster starrte, nicht den Kopf, sondern sagte grob:

»Raus, Frau, belästigen Sie mich nicht. Ich habe Ihnen doch gesagt, daß ich nichts mehr will.«

»Ich bin's, Thomas«, sagte Cal.

Selbst jetzt drehte Thomas sich nicht sofort um, aber Cal sah es weiß aufblitzen, als er seine Augen verdrehte. Nach einer Weile drehte er langsam den Kopf – und erinnerte Cal erneut an einen Vogel, der seinen Kopf schief hielt. Er sah schräg zu ihm auf und murmelte:

»Sie? Was zum Teufel haben *Sie* hier zu suchen?« Und nach einer Pause sagte er gereizt: »Verlassen Sie mein Haus!«

»Nein«, sagte Cal. »Es ist vorbei, Thomas. Es ist zu Ende mit Ihrem Glück.«

»Wovon reden Sie? Hinaus, sage ich!«

»Ihre Jacke ist gefunden worden. Die Jacke, die Sie im Heu versteckt haben. Und das Schwert – das Schwert, das Sie benutzt haben. Lord Egremont hat beides.«

Thomas schwieg nach diesen Worten so lange, daß Cal sich schon fragte, ob er vielleicht ihre Bedeutung nicht begriffen hatte. Aber dann stand er plötzlich auf. In der Dämmerung wirkte er größer, als er war.

»Warum sind Sie hierhergekommen?« wollte er wissen.

»Ich bin gekommen – weil zwischen uns noch nicht alles geklärt war, als ich Sie verlassen habe! Weil ich damals nicht gewagt habe, Ihnen zu sagen, was ich von Ihnen halte, da ich wußte, daß es auf *sie* zurückfallen würde. Ich muß Ihnen sagen, daß Sie ein ekelhaftes, niederträchtiges, grausames, engstirniges, gottloses *Scheusal* sind! Sie haben Fanny abscheulich behandelt – sie war tausendmal zu gut für Sie! Nur ein Ungeheuer wie Sie konnte auf die Idee kommen, sein eigenes Kind zu töten und ihr die Schuld zuzuschieben. Aber Ihre Pläne sind fehlgegangen, das befriedigt mich ungemein. Die Wachtmeister werden jeden Moment erscheinen, um Sie festzunehmen. Aber bevor das geschieht, fordere ich Genugtuung für den feigen Schlag, den Sie mir verpaßt haben. – Wie wollen Sie kämpfen, ich lasse Ihnen die Wahl!«

»Die Wachtmeister«, murmelte Thomas mehr zu sich selbst als zu Cal.

»Sind Sie zum Kampf bereit?« fragte Cal. »Los, Sie Kanaille, *kämpfen Sie*! Ich habe keine Angst vor Ihnen – wenn ich auch nur ein Bein habe!«

»Sie dämlicher Grünschnabel!« knurrte Thomas. »Sie interessieren mich nicht die Bohne. Sie mit Ihren Gedichten und Ihrem ganzen Gerede. Ich habe wohl gesehen, daß Sie in Fanny vernarrt waren, aber Sie hatten nicht mal den Mut, zur *Tat* zu schreiten! Ich verabscheue Sie dafür! Sie können nichts als Verse schreiben –«

»Warten Sie, bis ich Ihnen an die Kehle gehe!« rief Cal leidenschaftlich aus und schwang sich um die Ecke des Tisches.

Thomas trat behende zurück.

»O nein, lassen Sie die Finger von mir! Ich bin mein eigener Herr – mit *Ihnen* lasse ich mich nicht auf Handgreiflichkeiten ein.«

Ruhig, ganz ohne Hast, ergriff er eine Pistole, die neben ihm auf einem Stuhl gelegen hatte, außerhalb von Cals Sichtweite, und feuerte sie aus kurzer Distanz ab. Cal taumelte und schlug der Länge nach auf den Boden.

Mrs. Strudwick eilte schreiend herbei. Als sie zur Tür hereinkam, lief Thomas, immer noch ohne Eile, zur anderen Tür hinaus. Mrs. Strudwick warf einen Blick auf Cal und flog zur Haustür hinaus und schrie Jem an, er solle den Doktor holen.

Lord Egremont und die Wachtmeister begegneten ihr auf dem Fahrweg.

»Oh, meine Herren«, kreischte sie wie toll, »nehmen Sie sich vor dem Herrn in acht, er ist gefährlich. Er hat Master Cal umgebracht, und jetzt ist er irgendwo hier draußen!«

Die Männer spähten vorsichtig in den von der Dämmerung erfüllten Garten.

»Wie sollen wir den Kerl bei dem Licht je finden?« brummte einer von ihnen. »Er kann hinter jedem Busch lauern.«

»Der ist viel eher über die Wiesen auf und davon«, sagte ein anderer.

Aber sie mußten nicht sehr lange nach Thomas suchen. Er hatte eine Schubkarre unter die Traueresche geschoben, ein Seil über einen ihrer Äste geschwungen und mit einer Fertigkeit, die er wohl noch aus seiner Zeit bei der Marine hatte, einige Laufknoten geknüpft. Dann hatte er den Karren weggestoßen.

Als sie ihn fanden, zappelte er nicht mehr. Er hing reglos sozusagen direkt über der Stelle, an der er seinen Sohn eingegraben hatte und dicht neben seinem Cousin Cal, der, bevor er verschied, noch aus dem Haus gekrochen war und sich gegen den Stamm der Esche gelehnt hatte.

»Ich kann es immer noch nicht begreifen«, sagte Lady Mountague.

»Was hat ihn bloß dazu veranlaßt, das Kind zu töten? Und warum hat er es unter der Esche begraben?«

Sie heftete ihre aufmerksamen, kurzsichtigen Augen auf Fannys Gesicht und wiederholte: »Also, was kann ihn veranlaßt haben, so etwas zu tun?«

In Wahrheit hatte Lady Mountague eine sehr klare Vorstellung von Thomas' Handlungsmotiv, aber sie wollte erreichen, daß Fanny nicht ständig vor sich hin brütete. Sollte sie sich nachts das Herz aus dem Leibe weinen, wenn es nötig war, aber am Tage mußte sie sich gründlich mit dem auseinandersetzen, was in den letzten paar Monaten geschehen war, und sich davon befreien, bis alles gänzlich offengelegt und damit unschädlich gemacht worden war.

»Nun – wissen Sie, er war eifersüchtig. Er war auf uns alle eifersüchtig, weil wir so glücklich waren zusammen. Und insbesondere war er auf Cal eifersüchtig, weil Cal auf allen Gebieten erfolgreich war, auf denen er versagt hatte. Außerdem war Cal jung – er würde irgendwann einen Sohn bekommen – einen normalen Sohn, keinen armen, zurückgebliebenen Kretin –«

»Aber, aber, Kind! *Kind!* Man hat Ihnen hundertmal versichert, daß es nicht Ihre Schuld war, wenn irgend etwas mit dem kleinen Thomas nicht in Ordnung war. Und wahrscheinlich wäre er ohnehin zu einem ganz normalen Knaben herangewachsen.«

»Das ist ja noch schlimmer!« jammerte Fanny. »Thomas hat einfach *aufgegeben* – als wäre der kleine Thomas kein Mensch, sondern irgendein Projekt, das nicht erfolgreich verlief –«

»Nun klagen Sie sich aber bitte nicht selbst an, zu früh aufgegeben zu haben, meine Liebe, denn Ihre Cousine hat mir erzählt, wie geduldig Sie waren und wie Sie sich bemüht haben, dem Kind etwas beizubringen.«

»Aber ich habe ihn nicht geliebt!«

»Nun gut!« sagte Lady Mountague. »Lassen Sie sich das eine Lehre sein! Trachten Sie danach, von nun an alles zu lieben, was Ihnen begegnet! Und jetzt vergessen Sie das Ganze; für heute haben Sie genug geweint und Trübsal geblasen. Ziehen Sie Ihre Haube an, wir fahren jetzt zusammen nach Petworth. Sie wollen doch sicher Ihre Cousine und Liz Wyndham mal wieder sehen.«

»Sie haben viel Geduld mit mir, Ma'am.«

»Ich mag Sie, Kind. Es ist mir eine Freude, Sie um mich zu haben.«

Während der Fahrt von Midhurst nach Petworth sagte Fanny beim Anblick der Narzissen und Tulpen, die in den Vorgärten leuchteten, wehmütig:

»Würden Sie es mir gestatten, Ma'am, einen Blick in den Garten der Hermitage zu werfen? Ich – ich verspreche Ihnen, keine Trübsal zu blasen und nicht zu grübeln.«

»Aber gern, mein Kind. Soll ich Sie begleiten?«

Fanny sagte, das wolle sie Lady Mountague selbst überlassen, und diese warf ihr einen schelmischen Blick zu und erklärte, daß dieser Ort ziemlich unangenehme Erinnerungen bei ihr hervorrufe und sie Fanny lieber absetzen und sich schon zum Petworth House begeben wolle, um dort mit der fidelen Liz Wyndham ein Schwätzchen zu halten. Fanny mußte versprechen, nicht in Melancholie zu verfallen und nicht mehr als zwanzig Minuten dort zu verbringen. Sie vertraue darauf, daß Fanny nichts Törichtes anstellen würde.

»Ja, Sie können mir vertrauen, Ma'am«, sagte Fanny.

Fanny stand allein im Garten und sah sich zögernd um, als würde sie darauf warten, daß Geister erschienen und sich vor ihr verneigten. Der Brunnen, der Stall, der Obstgarten... Aber kein Geist rührte sich, die Sonne schien ihr warm auf den Rücken,

Vögel schmetterten ihre Lieder wie Diamantenkaskaden durch die frischbelaubten Bäume.

Fanny lief zur Traueresche und stellte fest, daß schon jemand vor ihr dagewesen war: Der Draht und die Lederriemen, die die Äste herabgebunden hatten, waren durchgeschnitten, die Äste waren frei und wiegten sich sanft im milden Frühlingswind.

»Oh, ich freue mich für dich!« hauchte Fanny. »Du armes Ding!« Sie legte zärtlich eine Hand auf den Stamm. Der Baum würde nie mehr das sein, was er einmal war, aber immerhin war er jetzt befreit und konnte, so gut es ging, wachsen. Sie fragte sich, wer ihn wohl befreit hatte.

Ermutigt ging sie ums Haus herum und öffnete die Eingangstür. Zur Zeit lebte hier niemand. Mrs. Strudwick und Tess waren weg, die Stätte war leer. Ob das Haus sehr trist und verlassen wirkte? Sie ging hinein und verharrte, wunderte sich über die Wärme, mit der das Haus sie zu empfangen schien. Sonnenflekken tanzten auf dem Fußboden des Salons, Lavendelduft entströmte der Kräuterschale auf dem Tisch in der Halle, aber das war es nicht allein – Liebe und Freundlichkeit strömte ihr entgegen, eine überaus heftige Freude über ihre Wiederkehr.

Sie ging nicht weiter hinein. Sie blieb im Korridor stehen, ließ sich von den Wogen der Willkommensfreude überströmen und ließ ihren eigenen innigen Gefühlen freien Lauf; wortlos versprach sie: Ich werde zurückkommen! Gräme dich nicht – warte auf mich! Ich werde bald zurückkommen! Dann trat sie wieder hinaus und drehte den Schlüssel im Schloß um.

Während sie vor dem Haus stehenblieb, sah sie zu ihrer Verwunderung einen Fremden den Eibenweg entlangkommen: ein großer Mann mit rotbraunen Haaren, der eine Art Uniform trug. Wer konnte das bloß sein, und was wollte er hier? Unerschrokken, da ihr Herz mit tiefem Frieden erfüllt war, ging Fanny über das Gras auf den Eindringling zu.

War es vielleicht Graf van Welcker? Juliana Pagets Gatte?

»Guten Tag, Sir«, sagte sie höflich, als sie in Hörweite war. »Kann ich Ihnen irgendwie helfen?«

»Guten Tag, Ma'am! Verzeihen Sie mir, daß ich hier einfach so eindringe. Ich habe zuerst die Glocke geläutet, aber niemand hat geöffnet. Ich suche nach Miss Scylla Paget –«

»*Oh!*« rief Fanny in lebhaftem Erstaunen aus. »Sind Sie vielleicht – sollten Sie etwa –?«

Sie betrachtete ihn genauer. Er gefiel ihr, mit seinem komischen üppigen rotbraunen Vollbart – in England trug heutzutage *kein Mensch* so einen Bart – aber er paßte zu ihm. Er sah aus wie ein Pirat. Das rote, ebenfalls dichte Haar steckte unter einer Turbankappe, die Tartanuniform, die blauen Augen, die aufmerksam und freundlich ihrem Blick begegneten –

»Sind Sie Colonel Cameron?«

»Jawohl!«

»Oh, sie wird überglücklich sein, Sie wiederzusehen!« rief Fanny aus. »Sie können sich nicht vorstellen, wie sehr sie sich nach Ihnen gesehnt hat. Seit ihr Bruder tot ist –«

»Ja, das war eine schlimme Geschichte – eine schockierende Geschichte.« Seine Miene verfinsterte sich. »Ich habe in London davon gehört – und Ihr Gatte ebenfalls, Ma'am – ich gehe doch recht in der Annahme, daß Sie Mrs. Paget sind?« Er sah auf ihr schwarzes Gewand.

»Ja«, sagte sie abwesend. »Kommen Sie von London, Colonel Cameron? Nicht aus dem Orient?«

»Ich bin mit dem gleichen Schiff wie Leutnant Paget von Akkon gekommen«, erklärte er. »Er hat mir von Menorca einen Brief geschickt, der mich durch glücklichen Zufall in Bagdad erreicht hat, als ich gerade nach Akkon aufbrechen wollte. Ich konnte ihn daher dort treffen, und wir sind zusammen nach England zurückgekehrt. Ich hatte eine Angelegenheit in Afghanistan geregelt. Seit Amerika mit Frankreich Krieg führt«, erklärte er mit einem leichten Lächeln, »diene ich als eine Art

Kurier, sowohl für England als auch für mein Heimatland, und ich hatte eine Nachricht für die britische Regierung über die Truppenbewegungen von Tippoo Sahib und über den Feldzug, den General Arthur Wellesley gegen ihn führt. Als ich meine Geschäfte in London beendet hatte, habe ich just in dem Moment, als ich nach Petworth aufbrechen wollte, von diesen schrecklichen Dingen gehört. Leutnant Paget hatte mir auf dem Schiff erzählt, daß seine Schwester möglicherweise – möglicherweise eine Antwort revidieren könnte, die sie mir einst gegeben hat –«

»Revidieren!« rief Fanny. »Oh, halten Sie sich nicht länger *hier* auf! Gehen Sie sofort zum Petworth House! Wissen Sie, wo es ist?«

»Ja, ich habe auf dem Weg hierher das Eingangstor gesehen.«

»Dann gehen Sie!« Sie schob ihn fast.

»Wollen Sie nicht mitkommen, Ma'am?«

»Nein – nein. Ich werde Ihnen folgen – sehr bald. Aber gehen Sie jetzt!«

»Sie sind eine energische Frau, Mrs. Paget. Wir werden gewiß Freunde werden«, sagte er und schritt den Fahrweg hinab.

Im Petworth House erfuhr Colonel Cameron von einem Diener, daß Miss Paget gerade im Park spazierenging, was sie meist um diese Tageszeit tat. Der Herr würde sie wohl beim See finden. Wollte er vorher Mrs. Wyndham oder Lady Mountague sprechen? Nein, er wolle nur Miss Paget sprechen.

Man wies ihn in den Lustgarten, wo ein verziertes Eisentor in den eigentlichen Park führte. Er überquerte den Zaunwall auf einer Brücke und sah über die große Grasfläche hinweg.

Weit in der Ferne am See sah er eine winzige schwarzgekleidete Gestalt langsam dahinschlendern. Er erkannte den silbrigen Schopf von Scylla, und der blaue Tupfer über ihrer Schulter war sicher ein Sonnenschirm. Der langsame, niedergeschlagene Gang der Gestalt ging ihm ans Herz – wann hatte er sie je so dahinschleichen sehen, als wäre es ihr ganz gleichgültig, ob sie vom Fleck kam oder nicht.

Er lief forsch ausschreitend in ihre Richtung, sie hatte ihn nicht bemerkt. Sie betrachtete die Wasservögel auf dem See. Als er aber Dreiviertel der Entfernung zurückgelegt hatte, hörte sie seine Schritte und wandte den Kopf.

Nun konnte er schon ihre Züge erkennen – ihr bleiches, verdutztes Gesicht. Sie schien ihren Augen nicht zu trauen – erstarrte vor Staunen. Im Näherkommen nahm er seine Kappe ab und schwenkte sie. Mit einem Mal durchfuhr sie ein Beben, wie elektrisiert ließ sie ihren Schirm fallen und rannte auf ihn zu, schnell – immer schneller. Zwei weitere Riesenschritte und er war bei ihr und nahm sie in die Arme.

»Scylla! Meine Liebste, meine Herzallerliebste!«

»Oh, Rob! Bist du es? Bist du es wirklich? Wie hast du mich gefunden? Woher wußtest du, daß ich hier bin? Wo um alles in der Welt kommst du her?«

»Das ist eine lange Geschichte. Das kann warten.« Er hielt sie fest umschlungen und barg sein Gesicht in ihrem Haar. »Wichtig ist nur, daß ich dich gefunden habe.«

»Rob – weißt du über Cal Bescheid?«

»Ja, ich habe es gehört«, sagte er ernst. »Ich bin unsagbar traurig – über diesen schrecklichen, sinnlosen Verlust – und ich habe das größte Mitgefühl mit dir. Wir wollen später über Cal sprechen – wir werden viel miteinander sprechen.«

» – Aber er hatte recht, bezüglich seiner Gedichte!« sagte sie stolz. »Er hat einen Namen hinterlassen.«

»Ja, er hatte recht. Man wird ihn nicht vergessen. – Und jetzt, meine Liebe«, sagte Cameron entschieden, »sprechen wir über *uns*.« Er sah sich um. »Ich habe das Gefühl, hier lauert irgendwo ein Tiger im Rhododendrongebüsch.«

»Und Therbah – der liebe Therbah – hat auf ihn angelegt!«

»Therbah schickt der Sahiba herzliche Grüße und hofft, sie in Bagdad wiederzusehen. Wir werden durch die Türkei reisen«, fügte er nachdenklich hinzu. »Akkon wird in den nächsten paar Monaten ein zu heißes, ungemütliches Pflaster sein. Glücklicherweise stehe ich gut mit der ottomanischen Regierung.«

»Türkei–?«

»Natürlich werden wir vorher heiraten«, fuhr er fort. »Therbah wird es nicht schätzen, wenn wir unvermählt zusammen reisen. – Und diesmal werde ich kein ›Nein‹ akzeptieren. Oh, wie grausam haben Sie mich doch behandelt! Eine abstoßende Verbindung! Nein! Selbst wenn ich der letzte Mann auf Erden wäre! Du lieber Gott, was für eine Abfuhr haben Sie mir erteilt! Ich bin davongekrochen mit einem Gefühl, als wäre ich aus nächster Nähe von meiner eigenen Kugel getroffen worden. Ich habe Tage – Wochen – gebraucht, um darüber hinwegzukommen.«

»Aber schließlich *sind* Sie dann darüber hinweggekommen?« meinte seine Liebste aus der Sicherheit seiner sie schier erstickenden Umarmung heraus.

»Ganz und gar nicht. Ich bin immer noch in einem mitgenommenen Zustand. Warum habe ich wohl die Mühe auf mich genommen, nach England zu reisen, doch nur, um Sie ausfindig zu machen – Sie Teufelsweib!«

»Aber woher sollte ich denn wissen, daß Sie – daß Ihre Gefühle wirklich echt waren? Wo Sie doch so ein strenger Zuchtmeister waren, der mich angefahren und rumkommandiert und mir beim kleinsten Aufmucken den Kopf gewaschen hat? Warum waren Sie immer so streng? Ich konnte doch nur annehmen, daß ich Ihnen schrecklich lästig war.«

»Mein geliebtes Tollköpfchen!« Er hielt sie einen Moment auf Armeslänge von sich. »Wofür halten Sie mich? Ich bin nur ein Mensch! Ich bin schier umgekommen vor Liebe zu Ihnen – seit unserer zweiten Begegnung –«

»Oh? Nicht seit der ersten? Dann bin ich Ihnen wohl etwas voraus, Colonel Cameron!«

»Ruhig! Wenn ich mich nur einen Moment vergessen hätte –«

»Oh, ihr Männer mit euren Vorstellungen von Ehre und Anstand! Dann wäre uns eine Menge Unheil erspart geblieben. Nun sollte ich Ihnen aber schnellstens das hier geben –« Sie mühte sich mit einem wollumwickelten Ring an ihrem Finger ab.

»Waren Sie bei Almack's, meine Liebste?« fragte der Colonel.

»Nein, aber was tut das zur Sache?«

»Dann fürchte ich«, sagte Colonel Cameron, während er ihre Hand ergriff, um die zwei schmalen gekreuzten Narben an ihrem Handgelenk und auf ihrer Handfläche zu küssen, »dann fürchte ich, daß Sie während Ihres gegenwärtigen Aufenthalts in England Ihre Chance verpaßt haben. Aber ich versichere Ihnen, es ist ein entsetzlich langweiliges Etablissement!«

Fanny sah über den Garten der Hermitage hinweg zur Kirchturmuhr. Von den zwanzig Minuten, die Lady Mountague ihr gewährt hatte, verblieben ihr noch fünf. Lächelnd dachte sie an Colonel Cameron – was für ein offener Mensch er doch war, ganz anders als sie ihn sich vorgestellt hatte, aber ihr war klar, daß er für Scylla genau der richtige war. – Sie ging langsam den Eibenweg entlang und blieb dann stehen, um an die Mauer gelehnt übers Tal hinwegzublicken.

Wie stets trug sie auch heute Cals Gedichte bei sich, sie nahm sie nun hervor und las sie. Sie waren so wunderschön und geheimnisvoll! Sie bannten diese ganze Landschaft auf das Papier – das Tal, das Haus – und sie selbst, Teil des Ganzen und doch Beobachterin, teilhabend und doch betrachtend. Wie sonderbar es doch ist, ein Mensch zu sein, dachte sie – aus der Natur geboren, ihr entsprossen und doch mehr enthaltend: einen Geist, der fortdauerte, der die natürlichen Grenzen überschritt. War ein Teil von Cal womöglich jetzt immer noch hier? Oder existierte er nur in den Zeilen, die er hinterlassen hatte? ›Odin schwebt über dem flüsternden Meer‹, murmelte sie und sah auf den Bach unter den Erlen hinab. ›Mimirs dunkle Fluten ziehn tief unter ihm her.‹ Und das Kinn auf die Hände gestützt, versank sie in eine Art Tagtraum. Wie seltsam alles gewesen war – Cal, Scylla, die Traueresche, das Gefühl, daß alles vorherbestimmt war. Sogar Thomas – armer, armer Thomas! – mit der Zeit würde der Schmerz, den sie empfand, wenn sie an ihn dachte, abflauen, oder sie würde ihn irgendwie zum Positiven wenden. Sie hatte Schmerz geerntet und mußte diese Ernte nun verwerten, wie jede andere Ernte auch, man durfte nichts vergeuden.

Wie lange sie an der Mauer gelehnt hatte, konnte Fanny nicht sagen. Es kam ihr unendlich lang vor. Nach und nach kam sie wieder zu sich, mit dem Gefühl, all das schon einmal erlebt zu haben ... Nur war sie damals in London gewesen, hatte sich im The Strand wiedergefunden, im Möwengeschrei und Kutschenverkehr, und das Wasser jenseits der Mauer war die Themse.

Aber heute wie damals fühlte sie sich beschützt, in liebender Gesellschaft, als würde jemand, dem sie sehr zugetan war, jemand, den sie seit jeher kannte und immer kennen würde, ganz in der Nähe warten.

Die Kirchturmuhr zeigte drei, Zeit zum Gehen. Dennoch zögerte sie. Und jetzt sah sie jemanden den steilen Talhang emporkommen. Er erreichte den leeren Heuschober des Pfarrers auf halber Höhe und verschwand, da der Weg hinter dem Gebäude vorbeiführte, tauchte wieder auf und kam näher. Ein junger schwarzhaariger Mann. Er sah auf, erblickte sie und hob die Hand zu einem ernsten Gruß und lief stetig auf sie zu.

Es war der Gärtner Andrew Talgarth.

Glossar

Anna – kleine indische Münze; 16 Anna = eine Rupie
Angrezi – Engländer
Ayah – Kindermädchen (wörtl. »Ersatzmutter«)
Begum – Frau des Fürsten (Nawaw)
Belaiti – Englisch
Burqa – langer Frauenschleier
Chadar – Schleier
Chapati – dünnes Fladenbrot
Charpoy – indisches Bett auf vier Pfosten
Conches (engl.) – Wellhornschneckentrompeten
Daroga – Anführer eines Heeres
Dhobi – Wäscher
Eblis (arab.) – Herr der Unterwelt; Satan
Feringi – Ausländer, Europäer
Feringistan – Europa
Hakima – kräuterkundige Frau
Howdah – Elefantensattel
Huka – Wasserpfeife
Khidmutgar – Tischdiener
Killadar – Festungsverwalter
Maharani – Königin (Frau des Maharadschah)
Mahout – Elefantenführer
Pachisi – »Würfel«spiel mit sechs Kaurimuscheln als »Würfel«
Palki – Sänfte für vier bis sechs Träger
Pice – Kupfermünze; 4 Pice = eine Anna
Punkah – Fächer
Punkahwallah – Fächerdiener
Perjamas – weite Hosen
Purdah – Gemächer – Frauengemächer
Sati – Selbstverbrennung der Witwen
Shazada – Königssohn
Shaitan (arab.) – Satan
Subadar – eingeborener erster Offizier einer Truppe indischer Soldaten
Syce (engl.) – Pferdebursche
Tonga – zweirädrige Kutsche
Yagistani – Amerikaner

Bitte beachten Sie auch
die folgenden Seiten

Joan Aiken im Diogenes Verlag

Fanny und Scylla oder Die zweite Frau

Roman. Aus dem Englischen
von Brigitte Mentz. Leinen

»In ein englisches Spukhaus des 18. Jahrhunderts und das bunt-grausame Indien der Maharadschas führt Publikumsliebling Joan Aiken in ihrem neuen aufregenden Roman *Fanny und Scylla* …
Joan Aiken verfügt, wenn man so will, über eine fast ausgestorbene Meisterschaft: Die Kunst, ungetrübtes Lesevergnügen zu bereiten.« *buch aktuell*

»Joan Aiken besitzt ein seltenes Erzähltalent, in dem sich psychologischer Scharfblick mit der Gabe vereinigt, den heutigen Leser in Spannung zu halten, obwohl die Handlung in eine ferne Vergangenheit führt.« *Die Furche, Wien*

Du bist Ich

Die Geschichte einer Täuschung
Deutsch von Renate Orth-Guttmann
Leinen

Man schreibt das Jahr 1815. In einem feinen Mädchenpensionat in England stellen Alvey Clement und Louisa Winship fest, daß ein einzigartiges Band sie eint. Zwar stammen sie aus sehr unterschiedlichen Gesellschaftsschichten und sind vom Temperament her ganz verschieden, aber vom Aussehen her *sind sie sich völlig gleich*. Dieser überraschende Zufall paßt der verwöhnten Louisa sehr gut ins Konzept.

»Wie Patricia Highsmith versteht es Joan Aiken, eine Geschichte langsam anlaufen zu lassen und sie mit unerbittlicher Hand zum dramatischen Knoten und dessen Auflösung zu führen.« *Die Presse, Wien*

Ärger mit Produkt X

Roman. Deutsch von Karin Polz
detebe 21538

Als Martha Gilroy den Auftrag bekam, eine Werbekampagne für ein aufregendes neues Parfüm zu starten, hatte sie keine Ahnung, worauf sie sich da einließ. Eine Reise nach Cornwall, wo sie einige Werbeaufnahmen machen wollte, geriet zu einem Horrortrip.

»*Ärger mit Produkt X* ist der Titel eines herrlich spannenden Krimis, dessen Autorin einen Hang zur Satire hat. Dies macht die Lektüre so amüsant.«
Martina I. Kischke / Frankfurter Rundschau

Tote reden nicht vom Wetter

Roman. Deutsch von Nikolaus Stingl
detebe 21477

Jane, Graham und die beiden Kinder sind eine ganz normale Familie. Graham ist Architekt, Jane hat ihre Arbeit bei einer Londoner Filmfirma aufgegeben, seit sie in das neue, teure Haus auf dem Land gezogen sind. Geldprobleme zwingen Jane bald dazu, ihren alten Job wieder anzunehmen und dem finsteren Ehepaar McGregor tagsüber Haus und Kinder anzuvertrauen...

»Joan Aiken präsentiert uns rabenschwarze, schaurigschöne Geschichten.« *Die Welt, Bonn*

Die Kristallkrähe

Roman. Deutsch von
Helmut Degner. detebe 20138

Kleine alltägliche Schrecknisse steigern sich in der *Kristallkrähe* über große Verwirrungen zu einem finsteren Ende. Da ist die junge Schriftstellerin, die mit ihrer entsetzlich eifersüchtigen Freundin zusammenlebt, die Ärztin und ihr Bruder, dem sie eine tödliche

Krankheit bescheinigt, dazu kommen diverse Schizophrene und Depressive und – ein entwichener Leopard.

»Als ihr Krimi *Die Kristallkrähe* erschien, verglichen die Kritiker sie mit Patricia Highsmith, Celia Fremlin und Margaret Millar. Wenn eine Bezeichnung auf sie paßt, dann wäre das: Storyteller, Geschichtenerzählerin.« *Titel, München*

Der eingerahmte Sonnenuntergang

Roman. Deutsch von Karin Polz
detebe 21473

Lucy reist nach England, um herauszufinden, was mit ihrer alten Tante Fennel und deren Freundin geschehen ist. Die beiden alten Damen lebten im High Beck Cottage am Rand des Hochmoors von Yorkshire. Nun scheinen sie verschwunden zu sein. Was wie ein ganz normaler Verwandtenbesuch beginnt, entwickelt sich rasch zu einem gefährlichen Abenteuer für Lucy …

»Das Beiwort ›unterhaltsam‹ ist für den Psycho-Thriller *Der eingerahmte Sonnenuntergang* von Joan Aiken schlichte Tiefstapelei. Die Lektüre dieses Buches ist ein hochgradiges Vergnügen.«
Martina I. Kischke/Frankfurter Rundschau

Haß beginnt daheim

Roman. Deutsch von Nikolaus Stingl
detebe 21686

Nach einem Nervenzusammenbruch ist Caroline zur Erholung bei ihrer Familie: der Mutter Lad, Trevis, der älteren Schwester Hilda und einer alten Tante. Doch statt zu genesen, wird sie immer verwirrter …

»Das Quartett der vier bösen Damen – Patricia Highsmith, Margaret Millar, Ruth Rendell [d.i. Barbara Vine] und Joan Aiken – ist auf dem Gebiet des Psycho-Krimis nicht zu schlagen. Die Damen verbreiten jenen

sanften Schrecken, dem Thriller-Fans nicht widerstehen können.«
Martina I. Kischke/Frankfurter Rundschau

Der letzte Satz

Roman. Deutsch von Edith Walter
detebe 21743

Willkommen in Helikon, dem eleganten Insel-Sanatorium, das seine Gäste vor allen Bedrohungen schützen kann. Außer vor sich selber…

»Dieses Buch ist eine Wonne!« *The Times, London*

Das Mädchen aus Paris

Roman. Deutsch von
Nikolaus Stingl. detebe 21322

Wohin sie geht, zieht Ellen Paget Liebhaber an: den ambivalenten Professor Bosschère in Brüssel, den unberechenbar-eigenwilligen Comte de la Ferté in Paris, ihren Stiefbruder Bénédict. Ihre gebieterische Patin, Lady Morningquest, bereitet einer zarten Romanze ein rasches Ende und schickt Ellen nach Paris…

»Wieder einer der bestrickenden, aufregenden Romane, die Joan Aiken seit zwanzig Jahren zu einem Publikumsliebling machen.«
Publishers Weekly, New York